評伝

スタール夫人と近代ヨーロッパ

フランス革命とナポレオン独裁を生きぬいた自由主義の母

工藤庸子――[著]

東京大学出版会

Madame de Staël et la modernité en Europe
Yoko KUDO
University of Tokyo Press, 2016
ISBN978-4-13-010131-8

目次

はじめに

なぜ、今、スタール夫人か？

「自由」「個人」「政治」「女性」――これら四つのキーワードを三角錐のように配置していただけば、めざす問題構成がご推察いただけるかと思う。二〇一五年夏、安保法制反対の国会前デモ。マイクを握って軽く腰をくねらせながらラップ調の「コール」を発していた清々しい若者たち、いや年齢や職業を問わず、集い、語り合う男女と無縁ではないものとして、この評伝が読まれることを願っている。

二世紀も昔、女性の参政権など夢見る者すらいなかった革命と動乱の時代。スタール夫人は政治的自由とは何か、市民的自由とは何か、個人の自由とは何かを考究しつづけた。あるときは権力の中枢近くに身を置き、あるときは政権と対立して亡命者となりながら、晩年にはヨーロッパの国際政治に関与するまでになる。しかしこの例外的な女性は死後に忘却の淵に沈み、ようやく二十世紀末のフランスで、自由主義研究の興隆とともに堂々たる姿をあらわした。スタール夫人をいかに描出すれば、二十一世紀の日本にとって、その存在が身近で刺戟的なものとなりうるか？　遠大な目標ではあるけれど、まずは一九六八年五月、たまたま留学先で歴史の大きなうねりに遭遇した筆者が、半世紀後の今になって、ある種の昂揚感とともにスタール夫人を発見することになった経緯から述べてみたい。

一九六八年五月。ボルドー郊外の広大なキャンパスに立ち並ぶ男子寮と女子寮で、男子学生と女子学生がいっせいに居住部屋を交換し、性的な隔離政策に反旗を翻すところから若者たちの「祝祭としての革命」が始まった。しかし新聞、ラジオ、テレビ、電話、郵便など、すべてのメディアが完全に停止して、情報の真空地帯が出現するゼネラル・

ストライキについては、あの異常事態を思い出そうとしても甦るのは茫漠として深刻な不安のようなものでしかない。たしかに武力衝突のために夜間は外出禁止、催涙弾の刺戟臭が立ちこめるボルドーの町は、パニックに陥っていた。わたしの記憶に刻まれた「ダニエル・コーン＝ベンディット（急進的な学生運動の闘士）が赤毛のロシア女を連れて攻めてくる」という巷の風評が裏づけている。ボルドー大学の当局が「内戦」の可能性を想定し、わたしを含むアジアの国費留学生たちに「国外退去」を求めたのも事実である。フランスの地方都市で「五月革命」を経験したことは、一年足らずの留学生活からもちかえった貴重な収穫だった。秋に帰国して再会した友人たちは、封鎖された本郷キャンパス近隣のカフェに集い、ジャコバン派の理論家サン＝ジュストの勉強会をやっていた。

スタール夫人は「祝祭」として始まり「恐怖政治」に転化したフランス革命を、そして不安定な総裁政府期につづくナポレオンの独裁体制を、文字通り最前線で生きぬいた。革命の幕開けとともに急速に政治化した社交空間《サロン》を舞台に、束の間の「男女共同参画社会」が出現したことは、ミシュレが記録にとどめている（本書六三頁）。スタール夫人がいうところの「熱狂《アントゥージアスム》〔精神の昂揚〕」enthousiasme には、一七八九年の「祝祭としての革命」が原初の心象風景として刷り込まれているにちがいない。夫人は個人的な経験と知見のすべてを投入し、この語彙を政治的・哲学的・美学的・文学的・宗教的なキーワードに練りあげてゆく。ポール・ベニシューによれば、「熱狂《アントゥージアスム》〔精神の昂揚〕」は「政治的自由主義の伴侶」というべき概念となり、その「説教師」さらには「神学者」としてスタール夫人はふるまったというのである（本書二四三頁）。

そうした経緯を跡づけようとするわたしの念頭に、一九六八年五月の政治的昂揚が、ささやかな疑似革命体験として浮上する。一八三〇年の七月革命、一八四八年の二月革命、一八七一年のパリ・コミューンはもとよりだが、これらに呼応して西ヨーロッパ諸国で展開された市民革命、一九一七年のロシア共産主義革命、あるいは一九六〇年代後半に始まる中国の文化大革命と八九年の天安門事件、一九七九年のイラン革命、一九八九年の東欧革命、さらには二

○一〇年以来のアラブ革命……「革命」を名乗る民主化運動はことごとく、一七八九年に始まるフランス大革命を参照点とみなし、直接間接に依拠しているにちがいない。その一方で大革命の現場に参入した知的エリートたちは、必ずしもみずからを先例のないドラマの立役者であると感じていたわけではないだろう。

ルイ十六世の大臣ネッケルを父にもち、ラファイエットなど一七七五年のアメリカ独立革命に馳せ参じた貴族たちとサロンで親しんでいたスタール夫人も、当初から英米仏の「三つの自由革命」[1]が比較可能であるという見通しをもっていた。十七世紀のイギリス革命が立憲君主制と代議制の手本を示す一方で、共和制による政治的自由を選択したアメリカがフランスに一歩先んじていることを熟知していたからである。アンシャン・レジームの身分制社会とは縁のないスイス人の家系に生まれ、スウェーデン人に嫁いだことも手伝って、スタール夫人は国境を越えてヨーロッパを俯瞰する視座を早くから身につけた。一方で、その特異な経験と立ち位置は、今日の人文社会科学の諸領域でスタール夫人が占める曖昧なポジションの遠因ともなっているように思われる。

第一線でめざましい発言をつづけておられる憲法学者、樋口陽一氏による二つの対照的な近代国家像という概念を参照しよう。『自由と国家――いま「憲法」のもつ意味』（一九八九年）によれば、特殊フランス的なモデルである「ルソー＝ジャコバン主義」は以下のように定義される。それは「一にして不可分の共和国」を「一般意思の表明としての法律」が支配する「法律中心主義」である。さらに著者は「旧大陸と新大陸」という小見出しを立てた断章で、「ルソー＝ジャコバン型国家像」と「トクヴィル＝アメリカ型国家像」を対置させ、アメリカ革命が一六八九年からのイギリス革命を継承しつつこれを換骨奪胎し、フランス型モデルとは対照的な多元主義的なモデルを定着させることができたのは、新大陸が身分制アンシャン・レジームに条件づけられぬ更地だったからであるとも述べている。ルソーとトクヴィルの対比は『憲法という作為――「人」と「市民」の連関と緊張』（二〇〇九年）の第Ⅱ章の主題となっており、第三共和政（一八七〇～一九四〇年）の安定期にようやく「ルソー＝ジャコバン型構造」がフランス的な意味での「共和国」という形態をとるとも指摘されている。同じ著作の第Ⅰ章には、国家による強力な統合を期待する「一にして不可分の共和国」において「国家からの自由」は可能か、という問題提起がある。ルソー型の「国家による自由」に対する反論として意味をもつこの主題は『国法学――人権原論』(二〇〇七年)においても随所で検討されており、樋口氏の憲法学にとって重要な論点である。[2]

二つの近代国家像はあくまでも理念的なモデルである。理念だからこそ、四十歳も年下のトクヴィルの著作『アメリカのデモクラシー』を読んだわけではないスタール夫人を、この見取り図にしたがって位置づけることが許されよう。すなわちスタール夫人は「ルソー=ジャコバン型国家像」より「トクヴィル=アメリカ型国家像」を志向した。さらにスタール夫人は「国家による自由」ではなく「国家からの自由」を選択したが、リュシアン・ジョームも指摘するように、これはフランスにおいては少数意見である(本書二三二頁)。しかもスタール夫人は、フランス共和国が「法律中心主義」の道を歩むことを予感するかのように、執行権と立法権の力の均衡を求め「現場主義」の政治論を展開した。自由主義における「教説《ドクトリン》の母」(本書二八一頁)と呼ばれたりもするスタール夫人だが、女性でプロテスタントであり、生粋のフランス人ではないという条件を脇に措くとしても、すでに幾重にも少数派ということになる。

本書の副題にも記した「自由主義」libéralisme という語彙がフランス語の文献に登場するのは、スタール夫人の死の直後、一八一八年である。[3] つまり本人が自覚的に使用した語彙ではないのだが、バルザックの登場人物の台詞に「自由主義的《リベラル》な意見」とは「スタール夫人に由来しバンジャマン・コンスタンが広めたもの」という表現がある(本書二七七頁)。十九世紀の前半に、スタール夫人は自由主義思想にとって最も重要な起源の一つであるという一般的な了解があったことは、この一例からも推測できる。そうした認識が次第に失われていったのは、なぜなのか。

「知性の評伝」biographie intellectuelle をめざして

すでに述べたように、スタール夫人の忘却と甦りという現象は、フランスにおける自由主義研究の動向と密接に結びついている。まずは『自由論の討議空間――フランス・リベラリズムの系譜』(二〇一〇年)の編者、三浦信孝氏の明快な展望を引こう――「フランス政治思想の主流はルソーとフランス革命を起源とし、それから一世紀後の第三共和政期に政体として定着した共和主義であって、自由主義は一九世紀後半から次第に傍系に追いやられ、さらに一世紀後の一九八〇年代からようやく復権の気運にある」[4]。自由主義を共和主義に対抗する傍系の流れとして捉えるという構図からして、一般論としては理解しにくいかもしれないけれど、ひとまず「ルソー＝ジャコバン型国家像」から排除された潮流という自由主義の位置づけを念頭に置いていただきたい。

同書に寄せた論考で宇野重規氏は「フランス・リベラリズム」の特質と両義性を以下のように定義する。それは要するに「フランス革命の衝撃」にいかに対応するかという問いへの回答なのであり、一方の側にフランス革命のプロジェクトは未完であるとする「永久革命」の思想、すなわち「ジャコバン主義的な伝統」がある。フランスのリベラリズムは明らかにこれに抵抗した。他方で、正統王朝派のように公然と「反革命」を掲げる勢力に対しても闘いを挑み、革命の成果を定着させてゆこうとした[5]。なるほどスタール夫人の主要な政治論は『革命を終結させうる現在の状況とフランスで共和政の基礎となるべき諸原理について』という雄弁なタイトルをもっている。一七九八年に執筆され、未完のまま二十世紀初頭まで筐底に眠っていた革新的な著作である。著者は政治的混沌のただ中で「永久革命」と「反革命」のいずれにも与せず、個人の政治的自由を希求するという困難なプロジェクトに取り組んだ。上記の意味合いにおける「フランス・リベラリズム」の流れにおいて、スタール夫人は圧倒的な先駆性を誇ることができる。

スタール夫人の政治思想にかかわる邦語文献として安藤隆穂『フランス自由主義の成立――公共圏の思想史』[6]（二〇〇七年）は抜きんでた存在感をもつ。すでに名を挙げたリュシアン・ジョームやピエール・ロザンヴァロンなどの自由主義研究を出発点に置いたこの大著では、啓蒙思想期の市民的公共性という問題から論を説きおこし、後半ではテルミドール派、スタール夫人、バンジャマン・コンスタンが横並びに置かれて各一章が割かれている。スタール夫人読解の対象は初期の『ルソー論』から『コリンヌ』などの文学作品までを網羅しており、その論述には余人の追随を許さぬという気迫が感じられる。

ところでわたし自身は「評伝」を書いてみたいと思っているのである。スタール夫人自身が作家の意識をもっていたことは確かだし、著作はつねに反響を呼び、論争の的になった。にもかかわらず——そもそも女性がフィクションやエッセイ以外の書物を刊行し、本格的に政治を論じようとすること自体が、前代未聞のマナー違反であったから——本人が生前に政治思想の専門家として認知されたことはないだろう。スタール夫人の政治的著作はナポレオン登場より以前、とくにロベスピエール失脚後のテルミドール期に集中しているのだが、その背景にあったのは、至近距離から革命のドラマを観察しえたという客観的な条件だけではないと思われる。より個人的な願望、すなわち傾聴に値する議論を展開し、大手を振って「革命の討議空間」に乗り込みたいという情熱が働いていたにちがいない。カントのように書斎に閉じこもり体系的に思索する哲学者と異なり、夫人はサロンで情報を収集し、目前の「状況」に対して有効な論理を構築しようと試みた。それゆえ一七九九年の末、ブリュメールのクーデタにより「状況」が一変してしまったことで、『革命を終結させうる現在の状況とフランスで共和政の基礎となるべき諸原理について』の公表は、もはや現実的な選択ではなくなったとスタール夫人は考える。来るべきナポレオン体制への反論として書かれていることは明白だからである。

厳しさを増す言論統制のもとで、その後スタール夫人が直接に政治を語ることはない。一方で一八〇〇年からの一〇年間に、いずれも大部で論理的な連続性と整合性をもつ主要著書四冊、すなわち『文学論』『デルフィーヌ』『コリンヌ』『ドイツ論』が書きあげられた。そしてカント哲学との出遭いが熟して『ドイツ論』第三部「哲学と道徳」に結実したとき、ジョームが「主体の自由主義」と呼ぶもの、すなわち主体としての個人を集団の統制力より上位に置くスタール夫人に固有の自由主義が確立したのである（本書二三二頁）。この思想的成果こそが、ナポレオン独裁体制への挑戦だった。スタール夫人が政治から文学へと逃避して、ロマン主義の先駆となる「恋愛小説」を書いたという通説は、そうしたわけで、きっぱりと放棄することにしたい。ジョームによれば、一八〇〇年を挟んで「制度的な思考」のステージから「哲学的な思考」のステージへと発展的な移行を遂げたのであり、『デルフィーヌ』と『コリンヌ』もそのような文脈で読みなおすことができるとわたしは考えている。

スタール夫人の作品そのものを誠実に読むという当然のマナーを守りつつ、以上のような知性の営みを時系列的に追ってゆく評伝を書いてみたい――これが本書の構想である。二〇一〇年に刊行されたミシェル・ヴィノックの評伝は、ゴンクール賞（評伝部門）を受賞しており、多産な著者の業績のなかで定評あるものに数えられる[7]。パリ政治学院で政治思想史を講じ、現在は名誉教授、学識に不足があろうはずはないのだが、にもかかわらず、この評伝はわたしの期待する biographie intellectuelle ではない。評伝は私生活に照明を当て、私生活の情報から公的な活動を読み解くという方針をとる。要は一冊の書物に親密圏の話題と公共圏での活動をいかなる比重で盛り込み、相互に関連づけて一人の人間を造形するかという問題なのだが、一般的な傾向として男性の著者による女性の評伝は――おのずとその方面に興味が向かうということか――親密圏が膨張しがちである。ヴァージニア・ウルフの『自分だけの部屋』の顰みに倣い、女性は恋愛のことばかり考えていると男性は考えているのだろうか、と不機嫌につぶやいてみてもよい。スタール夫人にわたしたちが真摯な共感と敬意を覚えるのは、生涯に二度結婚し、一五人前後の愛人をもち、父親の異なる五人の子どもを産んだからではないのである。革命史の専門家モナ・オズーフがお墨付きを与えたヴィノックの著作が、現時点における最も信頼のおける評伝であることはまちがいないし、読み物としても面白い[8]。しかし、たとえ括弧つきの形容であるにせよ「わるい女」mauvais genre の魅力が強調されることの不都合が、随所で目につかぬわけではない。二つだけ例を挙げるなら『ズュルマ』は裁判と道徳という主題にかかわる重要な作品であるにもかかわらず、不実な恋人ナルボンヌへの「復讐小説」として片づけられ、神秘思想家クリュドネル夫人とスタール夫人との交流は、バンジャマン・コンスタンとの愛人関係のもつれに癒やしをもたらすエピソードに位置づけられている[9]。神秘思想については『ドイツ論』の第四部「宗教と精神の昂揚《アントゥージアスム》」で複数の章にわたり、周到な考察が行われているにもかかわらず、である。

私生活の波瀾より知性の歩みを重視して、これを優先した評伝を書くときに、女性の主人公をいかに呼ぶべきか。

本書では、未婚の時代をのぞき、一貫して「スタール夫人」という呼称を用いるが、これはある種のワーキング・ネームとご理解いただきたい。(10) 既婚女性の姓と名のあいだには男性のそれと異なる亀裂があることを、身に浸みて知っておられる読者は少なくないだろう。公共圏では夫の名で呼ばれるという強制を逆手にとって、スタール夫人はみずからの姓を創造したとさえいえる。「ジョルジュ・サンド」という男の名をえらんだオロール・デュパンにせよ、ウィリーと離婚したのち、父の姓「コレット」だけを独立させてペンネームにしたシドニー＝ガブリエルにせよ、女性作家たちはそれぞれのやり方で、名と姓をめぐる屈折や葛藤を生きてきた。

「共和国の人文学」とスタール夫人

スタール夫人の忘却に拍車をかけたのは『ドイツ論』であるともいわれている。一八七〇年の普仏戦争に敗退したことで反独感情が昂揚し、ドイツ贔屓の思潮を十九世紀に導入したスタール夫人の責任なるものが問われたのである。崩壊した第二帝政にかわって誕生した第三共和政が「ルソー＝ジャコバン型国家像」を定着させる一方で、自由主義の系譜を周辺に押しやったことはすでに見た。フランス共和国の出自にふさわしい革命史観の確定と国民史の編纂を一手に引きうけて「共和国の人文学」を制度化したのが、パリ大学である。その後一九六〇年代から七〇年代にかけて、マルクス主義的なソルボンヌのフランス革命史講座に対抗する研究が、フランソワ・フュレの先導により展開されるようになり、いわゆる「修正派」の新しい歴史解釈が、フュレとモナ・オズーフ共編の『フランス革命事典』(11) に結実したことはよく知られている。そのフュレが一九七七年に、独立性の高い研究機関、社会科学高等研究院（ＥＨＳＳ）の院長に就任し、一九八四年、レイモン・アロン政治研究センターが設立されて、ここが自由主義研究の拠点となった。ピエール・マナン、マルセル・ゴーシェ、ピエール・ロザンヴァロンなどは、このセンターに籍を置いた政治学者である。二十世紀初頭の「共和国の人文学」をイデオロギーの土台から問いなおす「修正派」の歴史学と「ネオ・トクヴィリアン」などとも呼ばれる政治学の知的探究が血縁関係にあることは、以上の経緯からおわかりいただけよう。[12]

こうした学問の付置のなかに文学研究の動向を描きだすことができるだろうか。まずは日本における同世代の歩みについてふり返るなら、仏文科の新入生歓迎コンパで拳を振りながら「ラ・マルセイエーズ」を歌い、六八年にサン＝ジュストを読んでいたわれわれが「ルソー＝ジャコバン的」なフランス共和国の信奉者として迷いなく出発したことはまちがいない。仏文を専攻する者は、たとえ読んでいなくともマルクスに傾倒し、サルトルを信じる左翼ということになっていた。七〇年代から八〇年代にかけて、活況を呈する文壇で、フランス文学系の評論や翻訳に大きな反響が寄せられていたこともあり、学問の未来は盤石という感覚は長く尾を引いていたように思う。

ところで「共和国の人文学」において、十九世紀前半、とくに初期ロマン主義研究が相対的に冷遇されてきたことの一因は、イデオロギー的な疎外だけでなく、アカデミックな制度が内包する仕切り壁に由来するのではあるまいか。スタール夫人の全体像が見えてきた今、あらためて思うのだが、シャトーブリアンにせよコンスタンにせよ、革命により伝統が音を立てて崩れ落ちるのを目の当たりにした世代は、おのずと文明史の原点に立ち返り、歴史、哲学、政治、文学、そして宗教の領域をいわば融通無碍に回遊しながら思考した。たとえばシャトーブリアンの議会演説やコンスタンの古代宗教研究を『アタラ』や『アドルフ』と永遠に切り離したままでよいものか。[13] 初期ロマン主義の本質に潜むダイナミズムと越境性を忘れ、スタール夫人を「共和国の人文学」の下位区分である「フランス近代文学研究」の枠組みに収めようとすれば、当然のことながらスケールも矮小化する。恋愛小説と比較文学と新しい美意識へのいくばくかの貢献というお定まりの解説が、未熟で古めかしい女性作家の肖像を描きだして事は終わりになるだろう。

「共和国の人文学」が決定的に排除してしまったのは、なによりも「宗教」である。文学研究における「カトリック作家」という範疇は、社会的かつ政治的なものでありうる「宗教的なもの」を個人の「信仰」という内面の問題に還元してしまう。その力学を支えていたのは、制度的なレヴェルでは国是としての政教分離、そして知識人の潜在的イデオロギーとしてのマルクス主義であったと思われる。ポール・ベニシューのフランス・ロマン主義研究の第一巻『作家の聖別——一七五〇～一八三〇年　近代フランスにおける世俗の精神的権力到来をめぐる試論』が刊行されたのは、一九七三年。著者はジャン＝ポール・サルトルやレイモン・アロンとほぼ同世代だが、フランスのアカデミズムと疎遠なまま研鑽を積み、最晩年に瞠目すべき一連の著作を発表した。「聖別」や「世俗の精神的権力」というタイトルの語彙が示唆するように、宗教的なもの、より正確には精神的《スピリチュエル》＝霊的なものと人文的な知の営みとのせめぎ合いを壮大なパノラマに描きだす大著である。気がついてみれば文学研究の分野でも、すでに四〇年まえにベニシューが「共和国の人文学」と訣別していたのである。そのベニシューに早くから注目し、熱い支持を寄せたのが、ほかならぬフランソワ・フュレだったのは偶然ではない。わが国では二〇一五年、片岡大右氏を初めとする若手研究者たちの熱意と力によって、ようやく『作家の聖別』の邦訳が刊行された。(14) ポール・ベニシューとその衣鉢を継ぐマルク・フュマロリの「会話論」に導かれて、わたしはスタール夫人を読むことになったのだが、その具体的な経緯は後に譲る。

本書は二〇一三年に上梓した『近代ヨーロッパ宗教文化論——姦通小説・ナポレオン法典・政教分離』の終章「女たちの声——国民文学の彼方へ」の延長上にあり、二〇〇三年の『ヨーロッパ文明批判序説——植民地・共和国・オリエンタリズム』とともにゆるやかな三部作をなしている。(15) これら三冊において問われているのは、今現在のわたしたちが対峙しつつ同時に内在化してしまってもいる巨大な何か、いわば同調を強いる社会秩序のようなものであり、この目に見えぬ権力を記述するための検証の場がフランス十九世紀であることは、むしろ偶然ともいえる。ごく簡単にふり返っておくなら、『ヨーロッパ文明批判序説』は東京大学大学院における地域文化研究専攻の重点化構想に多少ともかかわった世代として、領域横断的かつ世界史的な展望をめざして文学研究を相対化する試みだった。その第Ⅲ部で素描したキリスト教の問題と民法典という新たな主題を組み合わせて議論の土台を作り、長らく親しんできたバルザック、フローベール、プルーストなどの小説を分析する試みが一〇年後の『近代ヨーロッパ宗教文化論』に結実した。執筆中から第三作は、論点がコンパクトに収斂するモノグラフィーにしたいと考えており、スタール夫人との遭遇は、今になって思えば宿命的と呼びたいほどに必然的なものだった。じっさいカトリック的なフランスに対峙するプロテスタント的ヨーロッパという視座をもちえた希有《けう》な女性作家であるスタール夫人を措いて、いったい誰が三部作のまとめ役を演じられようか。これらの書物をつらぬく関心を、とりあえず「近代ヨーロッパ批判」と呼ぶことはできようが、とりわけ本書では「自由」「個人」「政治」「女性」というキーワードをつねに念頭に置くことで、現代日本の切迫した問いにも向き合うことができたと感じている。

スタール夫人の作品のうち『コリンヌ』『ドイツ論』『フランス革命についての考察』は邦訳を適宜参照させていただいた。(16) ただし本書では、思考の基礎となる用語の統一が求められ、依拠すべき底本も大幅に更新されているという事情もあり、原則として新たな翻訳を試みた。佐藤夏生『スタール夫人』(二〇〇五年)は、執筆の過程でつねに座右に置いていた。文学に偏らずスタール夫人の全体像を的確に捉えた貴重な入門書といえる。文学関係の邦語文献としては、ほかに杉捷夫『スタール夫人・「文学論」の研究』(一九五八年)、城野節子『スタール夫人研究』(一九七六年)などがある。(17)

現在オノレ・シャンピオン社から刊行されつつあるスタール夫人の全集は、夫人の死の直後に刊行された全集以来、初めての全集企画であり、格調高い批評校訂版だが、責任者だったシモーヌ・バレイエの急逝も足かせになり、少なからぬ困難に直面しているように見える。そうしたなか、二〇〇九年には、スタール夫人の政治論を関連草稿を含めて編纂し、リュシアン・ジョームと革命史のブロニスラフ・バチコが長大な「解説」を付した重厚な一巻が刊行された。(18)「評伝」を書くからには、バチコを範として、フランス革命の紆余曲折を背景に置きながら個人の生の軌跡を読み解きたいと考えている。

それにしても政治や哲学や文学などのジャンルを問わず、新たな知の領域に踏み出すときの静かな昂揚感、あの「熱狂《アントゥージアスム》〔精神の昂揚〕」にも通じるはずのときめきが、すべての著作にみなぎっていることはスタール夫人のかけがえのない魅力――わたしたちのロールモデルと呼んでおこう。

第一章　生い立ち

――ルイ十六世の大臣ネッケルの娘（一七六六〜八九年）

1　母の秘蔵っ子

一七六六年四月二十二日、パリで誕生したアンヌ＝ルイーズ＝ジェルメーヌ・ネッケルは、ルイ十六世戴冠のおりには八歳、国王が断頭台に登ったときには二十六歳だった。身をもってアンシャン・レジームの黄昏を知り、フランス革命の怒濤をくぐりぬけ、恐怖政治の迫害を辛くもまぬがれて、総裁政府の周辺で深く政治にかかわるが、その後ナポレオン帝政期に国外追放の身となり、ブルボンの復古王政により丁重に迎えられたのも束の間、一八一七年七月十四日、奇しくもバスティーユ占拠の記念日に死去。長いとはいえぬ五一年の生涯である。

母シュザンヌの旧姓はキュルショ。ローザンヌ近郊に住む牧師の家に生まれたが、両親はシュザンヌが成人するまでに他界した。ギリシア語を学び、ラテン語をすらすらと口にして、クラヴサン演奏のほか、絵の手ほどきも受けており、貧しいとはいえ金髪碧眼のシュザンヌは、保護者や交際相手に事欠かぬ魅力的な娘だった。ローザンヌの社交界では『ローマ帝国衰亡史』の著者となるはずの歴史家エドワード・ギボンとの縁談が取りざたされたこともある。やがて裕福な未亡人に気に入られ、付き人のような恰好でパリの社交界に登場し、おかげでジャック・ネッケルとの結婚という僥倖に恵まれた。すでに銀行家として名を挙げていたネッケルは、シュザンヌの保護者である美しきヴェルムヌウ夫人の愛を得たいと望んでいたのだが、これが叶わぬとわかり、一七六四年、賢明にも断られるはずのない相手を妻に迎えることにした。新郎は三十二歳、新婦は二十七歳。二年後にジェルメーヌが誕生した。感情よりも理性によって結ばれた男女だったが、周囲が羨むほどに琴瑟《きんしつ》相和して、決して離れることのない雉鳩のようであったと娘はのちに書いている。

ジャック・ネッケルはジュネーヴ共和国の知識人階級の生まれ。コレージュを出たのち地元の銀行に勤め、まもなくパリの本店に派遣されて頭角をあらわし、三十歳でヴェルネ・テリュソン・ネッケル合資会社の共同経営者となっている。父方はプロイセンの出身だが、さかのぼれば十六世紀、カトリックのイングランド女王メアリー一世による苛酷な迫害を逃れ、アイルランドからドイツに渡ってきたプロテスタントの家系であるという。ジャックの父はジュネーヴに移住したのち教育の世界で実績をつくり、旧家との縁組みにより共和国のブルジョワ市民と認められた。一方、シュザンヌ・キュルショの祖父は地元の名士。祖母は、ルイ十四世によるナントの勅令廃止によりフランスを脱出したユグノの娘だった。ドイツとフランスとスイスという三つの文化圏の交わるところで二つの家系が共有するのは、ルター派もしくはカルヴァン派のプロテスタント信仰である。ジェルメーヌも教区のカトリック教会ではなく、オランダ連合州大使館内の礼拝堂で洗礼を授けられた(1)。ルイ十六世が「寛容令」によってプロテスタントに対する公職追放を解除するのは、革命前夜の一七八七年だが、フランスの十八世紀後半、宮廷の周辺やパリの社交界において、プロテスタントが身を隠す必要はなかったという事実をここで確認しておこう。

ネッケル夫人のサロンがパリで屈指の文化空間に成長するまでの経緯は次項でゆっくり考察することにして、まずは早熟な少女の肖像を。

ジェルメーヌ・ネッケル嬢は、やや融通の利かない母親の厳格さと快活あるいは雄弁なる父親の励ましに挟まれて育ち、おのずと父親のほうに親しむ一方で、早くから神童ぶりを発揮した。サロンでは母親の肘掛け椅子のかたわらに小さな木のスツールが用意されており、背筋をしゃんとして坐るように躾けられていた。しかしネッ

シュザンヌ・ネッケルとジャック・ネッケル

ケル夫人が押しつけられないものがあり、それは並み居る著名人に対する少女の応答である。グリム、トマ、レナル、ギボン、マルモンテルなどが好んで少女をとりかこみ、あれこれ問いかけては挑発するのだが、少女が返す言葉に窮することはなかったという。(2)

サント＝ブーヴ『女性の肖像』からの引用である。一八〇四年、ナポレオン戴冠の年に生まれ、十九世紀フランスの最高権威とみなされた批評家であり、そのサント＝ブーヴによって描かれた作家のイメージは、おのずと伝説となってゆく。ネッケル夫人は衆目の一致するところ、上昇志向のつよい潔癖な女性だったらしく、理想を追求するあまり、娘の教育についても考えうるかぎり最高水準のプログラムを組んだ。習得すべき科目は数学から歴史、地理、そして神学まで、語学はギリシア語、ラテン語、現代の外国語、というあたりまでは、おそらく母親がみずから目を配ったのだろう。舞踏、行儀作法、フランス語の朗読法については舞台で名を馳せたプロが指導に当たったという。(3)幼いジェルメーヌが母の期待に報いて余りある神童ぶりを発揮したことは、サロンでネッケル夫人に寄りそい「会話」に参加しているらしい九歳のジェルメーヌの姿からも見てとれる。

シュザンヌがルソーの信奉者でありながら『エミール』の方針を逆

サロンで母に寄りそうジェルメーヌ（9歳）

転させたようなエリート教育を実践したことはまちがいないのだが、ジェルメーヌ自身は与えられた環境を抑圧的なものと感じてはいなかったのだろうか。スタール夫人はシャトーブリアンのように子供時代の回想を書くことはなかったから、本人の証言とみなせる唯一の資料は手紙である。ところがスタール夫人の書簡が研究者の手によって刊行され始めたのは一九六〇年代であり、さまざまの困難があっていまだ完結を見ていない[4]。しかも、いくつかの評伝を付き合わせてみると、引用された手紙は異同が多く、おそらく不正確な写しがいくつも出回っているのだろうと推察される。ここでは校訂版の書簡集第一巻の冒頭に収録された三つの手紙から、母に宛てた断章を三つ抜粋してみよう。いずれもオリジナルは残されていないし、日付もない。まずは十歳か十一歳と推察される初めての手紙。

大切なママンへ。お手紙を書きたくなりました。胸がしめつけられるみたいで寂しいです。この大きな家は、つい最近までいちばん大切な人たちがいて、わたしには全世界でもあり、未来でもあったはずなのに、今では砂漠みたいに見えるのです。この空間はわたしにとって広すぎるということに、初めて気がつきました。わたしは自分の小さな部屋に駆け込みました。わたしを取り巻いている空っぽが、すくなくとも視界のなかにおさまるように（六頁〔以下、出典が明らかな場合、引用ページ数のみ記す〕）。

いくら早熟であっても「世界」や「未来」や「空間」などといった語彙の抽象度からして、自力で書けるとは思われない。両親が家を留守にするときには、家庭教師や小間使いなど複数の女性が身近にいたにちがいないから、おそらくは添削されたもの、もしかしたら書き取りに近いものだったかもしれない。第二の手紙は半年後、もしくは一年半後のもの。

> 大切なママンへ。お手紙を書こうという決心がなかなかつきませんでした。お母さまの自慢になるような、お母さまの教えに値するような自分だったら、喜び勇んで進歩したことをご報告して、毎日そのことに感謝するでしょうけれど。でも、同じまちがいを何度もくり返して、恥ずかしいし戸惑うばかりで、そんなことしかお知らせできないのですから、とてもがっかりして悲しい気持です（七頁）。

なるほどシュザンヌが教育ママであったことに疑問の余地はない。第三の手紙も十一、二歳のものとされており、こちらにはパパへの言及がある。

> 大切なママンへ。おふたりのもとを離れてから、お側にいないことを除けば、楽しく暮らしています。でも、その楽しさは、とても限られたものです。わたしの心のなかの空っぽな感じをすこしは埋めてくれるものがあるとすれば、同じように強くはないもう一つの感情（比較するのは馬鹿げていますけれど）のおかげであり、どれほどわたしがおふたりを愛しているかを思い出すと、気持が安らぎます。自分以外の人に対して抱くことのできる優しい感情が、そうした効果をもたらすのでしょう。ママンのことをパパのことと同じように深く愛しているのですが、その優しい感情がもともと自分のものかどうかよくわからないので、ちょっと後ろめたい気持でママンに捧げます（八頁）。

ジェルメーヌ　14歳（カルモンテル　紅殻チョーク画）

父の肖像と母に見守られて（1780年　ジェルメーヌの自画像）

つづく段落は、ますますラヴレター調になってゆき、「たとえあたしが千年生きようと、もしママンがそっぽを向いてしまったら、やっぱり焼き餅を焼くでしょう」などという文章が並んでいる。おそらくこの頃、ジェルメーヌは健康上の配慮からサン＝トゥアン（今日ではパリ南方の郊外）の別荘に独りで滞在したことがあり、そのことは、母の秘蔵っ子が父の愛娘へと変貌する転機になったはずだとヴィノックは推測する。ともあれ両親を熱愛する才能ゆたかな少女であることは認めるとしよう。しかし、この異様に昂揚した感情的な文体は、やはり不可解ではないか。ジャック・ネッケルの紹介は先送りにして、まずは大きな疑問に向き合ってみよう。ここで素描した母と娘の教育的な絆、そして少女の大人びた言語感覚は、希有な例外とみなすべきなのか。それとも十八世紀フランスの文化的・社会的な土壌が存在し、その伝統に培われたものなのか。

2　啓蒙の世紀と女たちのサロン

「はじめに」でひと言ふれたように、マルク・フュマロリの「会話」と題したエッセイに導かれて、わたしはスタール夫人を発見し、この女性作家が歴史に占める要のような位置に思い至ったのだが、前著で紹介した碩学の論考を、今いちどひもといてみたい(5)。エッセイの冒頭でフュマロリは Scripta manent, verba volant (書かれた文字はとどまるが、語られた言葉は飛び去る) という諺を引く。肉声によって「語られる言葉」は儚く消えてゆくけれど「書かれた言葉」は記録され、まさに記録としての重みをもつという示唆は、常識の範囲でも納得できる。とはいえ両者の相違は信憑性の多寡にはとどまらない。アンシャン・レジームの時代、文芸サロンの興隆にともなって成熟したフランス語の「会話」の積極的な意味づけと「語られる言葉」の歴史性を問うことがフュマロリの論考の狙いなのである(6)。

口頭言語による知のコラボレーションというだけのことであれば、プラトンの「対話篇」にまで起源をさかのぼることができる。古代からの伝統を引き継いだ恰好で、十七世紀前半、ルイ十三世の時代には、貴族階級と学者や文人たちの学術的な交流が盛んになっていた。それは博識な男性が主導する内輪の営みであり、啓蒙の世紀には碑文アカデミーを拠点とし、革命後にはサント＝ブーヴ、イポリット・テーヌ、エルネスト・ルナンなどの知識人によって脈々と継承されてゆく(7)。

この長い伝統とは異質な文化空間として、いわば社交界ヴァージョンのサロンがルイ十三世時代に誕生し、ランブイエ侯爵夫人はじめ知的な女性たちの活動の場となった。学識を追求する集団がギリシア語・ラテン語の素養を求めたのに対し、女性が主宰する文芸サロンの人びとは、もっぱらフランス語の純化と洗練を心がけた(8)。ラ・ロシュフコーの『箴言集』(一六六五年)、ラ・フォンテーヌの『寓話』(一六六八年)、ラ・ファイエット夫人の『クレーヴの奥方』(一六七八年)、セヴィニエ夫人の『書簡集』(一七二六年以降の死後出版)、ペロー『昔話』(一六九七年)など、ルイ十四世の

ランブイエ侯爵夫人と娘のジュリ

時代、サロンで育まれたフランス語による文学の精華を思いおこしていただきたい。十八世紀には、この新しい言論空間が啓蒙思想の涵養と伝播に貢献したといわれるが、ネッケル夫人を最後に、この系譜のサロンは途絶えたというのが、フュマロリの描く見取り図なのである。

　文芸サロンに出入りした上流階級の女性たちは、数としてはわずかだったけれど、そこに前例のない環境が生じたことはまちがいない。母が娘を教育すること、サロンで母娘の強い絆を誇示することが、文化的なトレンドになっていた。ランブイエ侯爵夫人と令嬢ジュリの肖像画は、キューピッドに祝福された麗しき関係という寓意にみちている。セヴィニエ夫人が遠隔の地に住む娘に送りつづけた膨大な手紙は、不朽の書簡文学とみなされて、『失われた時を求めて』の女性登場人物たちやプルースト自身も愛読しているが、そこで吐露される娘への情熱的な愛着は、微笑《ほほえ》ましいというより、いささか常軌を逸したものに感じられる。今日なら「共依存」と診断されてもおかしくはない。それにしても通信の秘密という権利概念の存在しない時代、書簡は半ば公的なメディアだった。母と娘のやりとりもサロンで紹介され、手紙は友人や知人のあいだで回覧され、論評されたのである。セヴィニエ夫人の感情表現は、洗練された趣味や礼節に違反するものではなかったと考えるのが自然だろう。夫人の書簡は後世の女性にとって手紙の書き方の模範、作文のお手本となり、十八世紀後半にも版を重ねていたのであり、前項で紹介したジェルメーヌの大仰な手紙も、母の秘蔵っ子がしたためたセヴィニエ風の私信という美意識の規範におさまっていたと思われる。世紀の初頭にパリでもっとも知的で輝かしい文芸サロンを主宰したランベール侯爵夫人は『娘に宛てた母親の意見』（一七二八年）の著者だったし、デピネ夫人、ジャンリス夫人も教育者として知られていた。ネッケル夫人がジェルメーヌを「わたしの最高傑作」と呼んだとき、念頭には何世代にもわたる野心的な母親たちのモデルがあったにちがいない(9)。

女性と野心？　エリザベート・バダンテールは現代フランスを代表するフェミニストの一人だが、啓蒙の世紀にかかわる著作の一つに『ふたりのエミリー――十八世紀における女性の野心』と題したものがある。ユダヤ＝キリスト教的な世界観において「野心」は男性固有のものであり、女性の本性とは相容れぬとみなされてきた、というのが冒頭の問題提起。しかるに「ルイ十四世の権威主義とナポレオンの権威主義にはさまれた時期には、支配階級の女性にとって、ほとんど吉日ともいえる時期があった」と指摘されている(10)。著者が注目するふたりの傑出した女性の一方は「科学」への野心を燃やしたエミリー・デュ・シャトレ侯爵夫人（一七〇六～四九年）、他方は「教育的な母」となることを生涯の目標としたルイーズ・デピネ夫人（一七二六～八三年、洗礼名は同じくエミリー）。シャトレ夫人はヴォルテールの盟友にして私生活のパートナー。早熟な才能を見せて十歳頃からサロンで来客と話すようになり、数学や物理学に目覚め研鑽を積むうちに、国境を越える最先端の議論に参入するだけの学知を身につけて、晩年にはニュートンの『プリンキピア』のフランス語訳という大事業にとり組んだ(11)。

デピネ夫人

一世代下のデピネ夫人はネッケル夫人の身近なロールモデルという意味で興味を誘う。父は帯剣貴族、母は娘の教育に無関心であり、女子修道院付属の寄宿舎で成長した。従兄弟と結婚するが、凡庸で浮薄な夫に失望して別居、パリの北十三キロほどのモンモランシーにあるラ・シュヴレットの城に、著名な文人たちを招待するようになる。一七四七年頃にはルソーを紹介され、評判の思想家のために一七五六年、近隣に隠れ家のような住まい、レルミタージュを提供する。この頃ルソーが夫人に紹介したのが『文芸通信』の編集で知られるフリードリヒ・メルヒオール・グリムである。[12]やがてグリムがデピネ夫人の愛人になり、その後ルソーはデピネ夫人ともグリムとも決裂して、土地を去る。ラ・シュヴレットおよびパリのサロンでデピネ夫人をとり巻いていた錚々たる人物は、グリムの親しい友人ディドロ、ダランベール、マリヴォー、ドルバック、レナル神父など。そのラ・シュヴレットの生活について、ディドロが証言をのこしている。啓蒙の世紀におけるサロンの描写で、これほど魅惑にみちたものはない、とフュマロリが太鼓判を押す断章を読んでみよう。狩猟好きの男たちが出かけてしまった初秋の昼下がり、名画の気品ただよう室内風景といえようか。

われわれは陰気で豪奢なサロンに居たのですが、さながら見て快い一幅の絵画を構成するかのように、てんでに何かをやっておりました。

庭園に面した窓辺には、グリムがいて絵のモデルになっており、彼を描いている娘さんが坐る椅子の背もたれには、デピネ夫人が寄りかかっている。

ひとりの絵描きがもっと低い位置の小さな腰掛けに坐って、夫人の横顔を木炭で素描しています。このデッサンは、なかなか美しい。実物に似ているかどうか、ちょっと覗いてみようとする女性はいないようです。

サン゠ランベール氏が部屋の片隅で読んでいるのは、わたしが貴女にも送った最近のパンフレット。

わたしはドゥドト夫人とチェスをやっている。

デピネ夫人の母上である優しいデスクラヴェル老婦人は、子供たち全員にかこまれて、子供たち、家庭教師たちとおしゃべりに興じている。

わたしの友人〔グリム〕を描いている娘さんの姉妹がふたり、一方は布に直接針を刺し、もう一方は丸い枠を手に持って、それぞれ刺繡をやっている。

優雅なサロンの風景　1784 年

三人目の姉妹はクラヴサンに向かい、スカルラッティを弾いている[13]。

このあと、ディナー（今日の夕食より早い時間帯の正餐）ではご馳走がたっぷりとふるまわれ、アイスクリームはなんとも美味だった！　食後は音楽の時間。クラヴサンを弾く娘さんが歌を披露して喝采を浴び、初々しい羞じらいを見せた。しばし男同士の女性談義。夕方の六時、狩猟に出ていた男たちがもどったので、ヴァイオリン弾きを招じ入れて、十時までは舞踏。夜食を終えたのが、十二時。午前二時には全員が寝室に退いた――このような環境でエスプリにとんだ会話が交わされ、評論やパンフレットが書かれ、刊行を控えた文芸作品が紹介されたのである。

さてネッケル夫人は、サロンの女主人としても、娘の教育者としても、デピネ夫人を手本あるいはライヴァルとみなしていたと思われる。一七六五年八月十五日、ディドロは女友だちに書き送る――「ところで、うっかりするとわたしは自惚れ男になりそうです！　ここにネッケル夫人なる女性がおりまして、なかなかの美人で才女だが、わたしに首ったけ。つまりわたしを招待したいと躍起になっておられるのです[14]」。ローザンヌの貧しい牧師の娘がパリに出て結婚したばかりなのだから、シュザンヌには後ろ盾がない。一世紀半後のプルーストが皮肉まじりに報告するように、新参者が評判の高いサロンに出入りして、目星をつけた花形を引き抜くことは、すでに伝統的な手法になっていた。努力家のシュザンヌは、じっさいディドロやグリムやレナル神父など、デピネ夫人のサロンの常連を自宅に呼び寄せることに成功する。そしてネッケル夫人のサロンは、アンシャン・レジームの有終の美を飾る文芸空間となってゆく。ここで草稿が披露されたのち、世に送りだされた名高い作品に、ベルナルダン・ド・サン＝ピエールの『ポールとヴィルジニー』、ビュフォンの『自然の諸時期』などがある。

一方のデピネ夫人は晩年にようやく夢を実現した。一七六八年に生まれた孫娘を相手に教育の理想を語るというスタイルで『エミリーとの会話』を著し、一七七四年に出版。これが大評判になり、一七八三年、死の直前に、アカデミー・フランセーズに創設されたばかりのモンティオン賞を獲得した。[15] 夫人の教育論については、ひと言ふれておくだけで充分だろう。一七五六年、十二、三歳の娘を育てていたころに手紙で披瀝したプログラムによれば、一日中娘と一緒に過ごす、学習はすべて目のとどくところで行う、学ぶべきものの筆頭は道徳、ついで文字の読み書き、しかるべき時期に哲学、ラテン語、イタリア語、英語など数ヵ国語、天才の作品は翻訳ではなく原典で読むように[16]……。この方式は、孫娘を対象とした教育書で敷衍されることになるのだが、問題の『エミリーとの会話』が刊行された一七七四年、ネッケル夫人の娘は八歳になる。ジェルメーヌの英才教育も、サロンでの「会話」の訓練も、じつは前代未聞どころか、上流社会における流行の最先端をゆくものだった。

ところでフュマロリによれば、啓蒙の世紀の女子教育の粋《すい》とみなされるべきものは、知識の伝達ではない。そうではなく「語られる言葉」に固有の妙味、現場にいなければ習得できない口頭言語の知的運用能力が求められたのである。幼いジェルメーヌが母のサロンで「会話のエスプリ」を浴びるようにして育たなければ、のちのスタール夫人はありえなかったとフュマロリは考える。ネッケル夫人も娘のまえで模範演技をしてみせたにちがいないのだが、女主人として見せる才知とはいかなるものであったのか。フュマロリがシュザンヌの遺稿集から引用する文章は参考になるだろう。

パリよりもスイスの住人のほうが、美徳において優れていると認めることに、わたしはやぶさかではありません。でも、美徳について優れた話しぶりをする人は、パリ以外にはいないのです。美徳はデロス島のアポロンに似ています。なにしろ御神託が下されるのは、太陽神の光が射しこんだことのない洞窟のなかと決まっておりましたから[17]。

美徳不在のパリにこそ、最高水準の美徳論が存在する――大ベストセラー『新エロイーズ』の愛読者ならではの軽妙な指摘、フュマロリによれば、これがルソーの思想をパリ風にアレンジしたシュザンヌのエスプリなのである。ジェルメーヌは母のサロンで百科全書派の会話によって育まれ、ナポレオン体制下、旅人あるいは亡命者としてコスモポリタンになったのち、自力で「ロマン主義の会話」を創出するだろう。「文学的かつ哲学的、雄弁にして戦闘的」であり、アンシャン・レジームの文化的な礼節ではなく、自然的「自我」の表出に役立つ会話である。帝政が崩壊したのちのヨーロッパでは、これが新たに「口承的なジャンル」genre oral として主流になったとフュマロリは指摘する[18]。模範とみなされた『デルフィーヌ』と『コリンヌ』は、知的な女性全員と小説を好む男性全員に読まれていたにちがいない。

ところで世紀の幕開けにかけて、まさしく「啓蒙サロンの会話」と「ロマン主義の会話」とを架橋する位置に、無視できぬ特異な一時期があった。革命から第一帝政にかけて開花した短命な「政治サロンの会話」とは、いかなるものであったのか？　フュマロリの文学史的な展望からは抜け落ちる一連の歴史的な場面を、本書では可能なかぎり丁寧に追ってみたい。親密圏と公共圏の特質を兼ねそなえたサロンにおいて、政治的な「会話」が活発に実践されていたのである。さまざまの局面で、印刷物だけでなく肉声の交流が「世論」や「公論」と呼ばれるものの生成に深くかかわったであろうことは容易に想像できる。

3　世論の政治家ネッケル

バダンテールの描いた「ふたりのエミリー」は、いずれも結婚生活に失望してサロンに生き甲斐を見出した女性だが、シュザンヌは夫の社会的な活動を援けるために社交に勤《いそ》しんだといわれている。伴侶としても父親としてもネッケルは敬愛の的だった。しかし公人としてのネッケルを語らずして、スタール夫人の生涯を描くことはできるまい。実業界上がりで外国人、しかもプロテスタントという負荷をのりこえて、ルイ十六世の治世の末期、国政の舵取りを託された人物なのであり、今日では政治学や思想史あるいは自由主義研究などの分野で、めざましく再評価がすすんでいる。

ヴィノックの評伝は、ジャックが妻と同様「物書き」で、しかも早くから書物を刊行し、世論の賛同を得るという手法に訴えていたことに注目する。[19] 一七七三年の『コルベール賛』はアカデミーの賞を獲得。一七七五年には『立法と穀物取引論』により、時の財務総監チュルゴの強硬な自由化政策が小麦粉価格の高騰を招き、民衆の生活を脅かしていると批判した。国家の介入を妨げぬ穏健な自由主義がネッケルの立脚する政策的立場であり、ジェルメーヌは父親の「政治経済学」économie politique の手腕を目の当たりにしながら政治の現場に親しんでゆくことになる。[20]

一七七六年十月、ネッケルが「国庫長官」に任命された。ジュネーヴ共和国のパリ駐在弁理公使という肩書きの外国人のために新設された官職で、中央機関である国王顧問会議に出席できないという制約はあるものの、罷免されたチュルゴを引き継ぐ重責である。[21] そうしたわけで一七七七年、ジェルメーヌがサン＝トゥアンの別荘から両親に情感あふれる手紙を書いたとき、ネッケルは事実上、ルイ十六世の大臣という地位にあった。ほぼ四年半にわたりネッケルは危機的な財政の立て直しをはかることになるのだが、「人気」が頂点に達したのは一七八一年二月『国王への財政報告書』を公表したときだった。この間の事情を柴田三千雄『フランス革命はなぜおこったか』を参照しながら補っておこう。そもそもネッケル登用という異例の人選には、以下のような背景があった。チュルゴによる理論優先の改革が世人の不安をかき立てており、これが期待をこめた「ネッケル人気」の引き金になった。さらにアメリカ独立をめぐる対英戦争が必至の情勢にあったため、巨額の戦費をまかなうためには、国際的に顔の売れた元銀行家が望ましいと判断された。こうして国庫長官となったネッケルの手法は、手堅い税制改革や節約政策のかたわら、みずからの知名度を活用して大規模な借金政策を展開するというものだった。上記『国王への財政報告書』は、これまでの密室財政を打破して国民の信用をとりつけようという意図において画期的であり、圧倒的な世論の支持を得た。なにしろ「一般人の視線が国家の楽屋裏に侵入した」のは史上初めてのことだった。[22]とはいえ初の「情報公開」という快挙には影の部分があった。書類上は歳入が歳出を一〇〇〇万リーヴルをこえる薔薇色の収支決算だが、戦争にかかわる特別支出八〇〇〇万リーヴルは報告されていなかったのである。[23]

これが宮廷の対立陣営の攻撃材料となり、ネッケルが国王顧問会議に出席できる国務卿の肩書きを要求すると、カトリックに改宗するか、顧問会議出席をあきらめるかの二者択一を迫られた。ネッケルは王に辞表を提出する。世論はまたしてもネッケルを祀《まつ》りあげ、有能な大臣を手放したルイ十六世への信頼は低下した。ネッケル夫人のサロンは自由主義的な人びと、改革をめざす人びとを惹きつけた。十代半ばのジェルメーヌは論争に耳を傾け、万事を理解し、父が政治の表舞台に復帰する日を待っている。一七八四年、ネッケルはレマン湖のほとりのコペにある城館と土地を購入し、封建制の土地所有が保証する男爵の肩書きを手に入れた。サロンでは、聡明で溌剌とした娘の魅力が花開き、病身のシュザンヌはしだいに影が薄くなる。[24]こうして革命前夜の一七八八年、ジェルメーヌはスタール夫人となるのだが、結婚に至る経緯は次項に送り、政治家ネッケルの歩みを追うことにしよう。

「革命」とは何か？——ふたたび柴田三千雄氏の著作に依拠するなら、それは「複数の要因の集塊」であり、その要因とは「既存体制の統合力の崩壊、変革主体の形成、そして大規模な民衆反乱の三つ」であるという。さらに「これ

ネッケルの復帰（左が国王夫妻）

らの要因は、個別バラバラでは、政治危機、社会危機を引きおこすとしても、革命にはならない」という指摘につづき、それらの要因の「複合」としてフランス革命を理解することが提案されている[25]。

ネッケルが一七八八年八月二十五日「財務長官」の職に復帰して、国王顧問会議に出席する大臣の肩書きを与えられたのは、まさに「既存体制の統合力の崩壊」という破局に対処するためだった。フランス全土に広がった混乱が政府の信用を失墜させたため、金融業者の協力が得られず、国の経済破綻が露呈して、もはや切り札はネッケルの召喚しかないと国王も認めざるを得なかったのである。世論の支持を得たネッケルが登場するだけで信用が回復し、当面の財源は確保された。だが一方でネッケルが直面したのは、啓蒙の世紀の用語である「政治経済学」の領域にはおさまらぬ、まさに複合的な危機だった。

国王顧問会議が公表していた全国三部会召集を実現させることが喫緊の課題となっており、ここには「代表制」とは何かという本質的な問いがかかわってくる。一六一四年以来開催されたことのない三部会を、前例に従って開くとすれば、三つの身分がそれぞれ同数の代議員を出し、審議も採決も身分ごとに分離して行われることになる。特権身分と平民の採決は二対一の比率であり、公正な代表制とは認められないという主張は、今日の目で見れば当然すぎるほど当然だろう。国民の大多数を占める第三身分からは、代議員数の倍増と頭割りの投票を求める声が上がっていた。ネッケルは決断を先送りにしようと試みる。

ジェルメーヌは当時の切迫した状況について、どのていど具体的な情報を得ていたのだろうか。一八一八年、著者の死の一年後に刊行された未完の大著『フランス革命についての考察』をひもとけば、ジェルメーヌが大臣の娘という特権的な立ち位置から事態の推移をつぶさに観察していたこと、ネッケル自身も早い時期から娘を対等な知的パートナーとみなしていたことが、ひしひしと伝わってくる。ネッケル家で異例なのは、存分に才能を開花させることが娘の幸福になると信じて疑わなかった父の存在であり、これに比べれば、評伝が好んで取りあげる母と娘の確執などは、世間によくある話の範疇に入るにちがいない。というわけで『フランス革命についての考察』の該当ページを開いてみよう。

この一件については著者はめずらしく、やや批判的な見解を述べることから始めている。「ネッケル氏はもっとも賢明だと思われる決定をみずからの責任で下そうとはしなかった。これは認めざるを得ないのだが、理性的な判断が勝つだろうという甘い期待を抱き、カロンヌ氏の開催した名士会議をふたたび招集するよう王に進言したのである」[26]。この指摘を導入として、つづくページでスタール夫人はネッケルの政治家としての資質を描きだしている。ネッケル氏はわざわざ名士会議を召集しながら、その意見に耳を傾けなかったと非難する者がいる。かりに彼の行動に難点があったとすれば、それは意見の聴取を優先したことだろう。じっさい国王の専横と闘ったばかりの特権身分が、あれほど「世論」opinion générale に逆らって、不当な既得権に固執しようとは、想像もできなかったのである。ネッケル氏は自説と異なる名士会議多数派による「意見」opinion を抹殺もしなかった。結果として、一七八八年十二月二十七日、ようやく「国王顧問会議決定」が下されるまで、二ヵ月が過ぎることになる[27]。その間、ネッケル氏は「公共精神」esprit public を探りつづけたのだった。その動向を船の羅針盤とみなして国王の判断が方向づけられると考えたからである。こうした記述につづき、まさに「公論」opinion publique と呼ぶべき熱気を帯びた言論空間が、革命前夜に立ちあがってゆくさまが描かれる。

中立を装う特権身分

男であれ女であれ、フランスの上流人士のなかで、世論に働きかけることのできる者たちはそろって、国民の大義（cause de la nation）を念頭に置いて熱弁をふるうようになっていた。時の流れが、その方向に向かっていたのである。十八世紀の全体が、そうした結果を招いたのであり、あの当時、古い制度を守るために論陣を張る昔ながらの偏見は、その後の四半世紀におけるいかなる時期と比べても、はるかに脆弱になっていた。要するに公共精神は、それほど支配的になっており、高等法院ですら、これに引きずられるようになっていた。[28]

次元の異なるコメントを三つほど。第一に、歴史的な文脈を補足するならば、この決定的な時期における力関係を、スタール夫人は王と第三身分の接近として捉えている。特権身分を代表する高等法院は「政治的自由の原則」にもとづく改革が既得権を脅かすことに抵抗してきたが、問題の二ヵ月のあいだに一定の譲歩を示していた。その結果、十二月の「国王顧問会議決定」は、国民的な賛同を得ることができたというのである。かりにこのような趨勢が、国王の固い意志により保持され貫徹されていれば、革命は避けられたはずだという示唆が読みとれる。

第二は表現の問題である。ベルトラン・ビノシュ『私的宗教と公論』は、第三章であらためて参照する基本文献だが、ここでスタール夫人の文体に関するビノシュの指摘を紹介しておこう。«opinion publique»«l'esprit du temps»«l'opinion populaire»«l'opinion générale»«l'esprit public»等の近似した表現が隣接してあらわれるのは、政治の素人ゆえに語彙がぶれているのではない。まずは、イデオローグが好む単一の意味と語彙が密着した固い文体に対し、スタール夫人には反覆を避けたいという意図、つまりは修辞学的なエレガンスという動機があった。異なる語彙は微妙なニュアンスを醸しだし、概念にふくらみをもたせることにもなるだろう。それに当時 opinion publique という語彙は、ほかの呼び方を排除するほどに定着してはいなかった。[29] ちなみに本書で opinion publique の訳語として断りなく使われている「世論」「公論」についても、同種の指摘ができる。形容詞ぬきの opinion を「世論」「公論」と訳すべきケースもあり、「オピニオン」と仮名をふるという方式をえらんだところもある。ビノシュの文体分析から推測されるのは、スタール夫人の野心が政治学や政治思想の理論構築とは異なる対象に向かっていたという事実である。書かれた言葉であれ、語られる言葉であれ、人を説得する言説によってこそ、然るべき「公論」が生成する。スタール夫人の文体の特徴をなす「説得の技法」は、現場の感覚によって動機づけられていた。[30]

第三は、本項の見出しの言葉「世論の政治家ネッケル」と引用の文章との関係である。ネッケルは五〇〇万リーヴルに近い資産を蓄えて、一七七二年には実質的に銀行業から手を引いていた。[31] しかし外国人であるネッケルに、フランスの歴史に根づいた特定の集団を代弁するという発想はない。まずは著作によって、みずからの選択する「政治経済学」を公開し、「国庫長官」に抜擢された後も刻一刻と変わる世論の趨勢をにらみながら採るべき方針を模索した。ネッケルにとって「人気」popularité とは、みずからの政策と「国民の大義」との整合性を示す力強い指標にほかならない。一七八八年の秋から翌年の冬にかけて、フランスでは不作のために小麦粉価格が高騰し、民衆の暴動が危惧された。『フランス革命についての考察』には、献身的なネッケルが財産の半分を王庫に預け、騒擾の危険を防いでいたという簡潔な記述がある。[32] ネッケルが抵当として差し出していた金額は二〇〇万リーヴル。パリで腕のよい職人の稼ぐ日当が一リーヴルといわれた時代である。[33] こんな具合にネッケルは、世論の圧倒的な支持をとりつけながら、ただし三部会の審議運営については未定の部分をのこしたまま、五月五日の開催式典に臨んだのである。そのときジェルメーヌはスウェーデン大使夫人として父の姿を眺めていた。その二ヵ月後の七月十一日、ネッケルは王に罷免されることになるのだが、一七八九年の経緯は別項にゆずる。

一七八八年の夏、三部会の開催が予告されてから、その準備のために言論統制は大幅に緩和されていた。九月に着任したネッケルは、投獄されていた言論人や出版業者を釈放し、言論の自由を一段と拡大させた。また宮廷の不安をよそに政治クラブの設立を奨励し、全国的な規模で世論が喚起されることを期待した。こうした手法に注目する柴田三千雄氏は、革命の第二の要因である「変革主体の形成」に、ネッケルが政策的に貢献したとみなしている(34)。チュルゴを批判して、社会の安定のためには飢えた民衆の声を聞くべきだと主張した『立法と穀物取引論』のネッケルと、革命前夜のネッケルは、明らかに「世論」を別の次元で捉えている。流動的な現実のなかで「世論」がみずからを啓蒙し成長してゆくことで「公共精神」を集約する能動的な政治主体が形成されるだろう。スタール夫人が父のかたわらで観察し、『フランス革命についての考察』の上記引用で力強く描きだしたのは、そうした意味での「変革主体」の形成プロセスにほかならない。

4　スウェーデン大使スタール男爵夫人の作家デビュー

――『ルソー論』（一七八八年）

一七八六年に二十歳になる娘のために、ジェルメーヌの両親は然るべき結婚相手を見つけようと動きはじめていた。有力な政治家にして屈指の資産家の令嬢という客観的な条件とは別に、本人の魅力は世間でどのように値踏みされていたのだろう。スタール夫人の肖像のなかで白眉とされるのは、バンジャマン・コンスタンによるものだが、その出所は『セシル』という表題のモデル小説で、しかもコンスタンが夫人に出会うのは一七九四年のことである。

私がマルベ夫人に出遭ったとき、彼女は二十七歳ぐらいだった。背は高いというより低いほう、すんなりしたというには体格がよすぎるし、顔立ちははっきりしすぎて整っているとはいいがたい、肌は色艶に難があり、瞳はまたとないほど美しく、腕もきわめて美しい、手は大きめだが輝くばかりに白く、胸元はみごと、身ごなしは素早くて、態度はどこか男っぽい、声はとても柔らかで、感動すると打ちひしがれたようになり、それが不思議に聞く者の琴線にふれる。そうしたものがひとまとめになっているのだから、初対面では好ましい印象を受けないけれど、ひとたびマルベ夫人が話し始め、活き活きすると、これが抗しがたい魅惑に変わる。

　彼女のエスプリには、どんな女性も、ひょっとしたらどんな男性も敵《かな》わぬほど大らかな広がりがあり、真面目な話のときは淑《しと》やかさより芯の強さが表に出るが、感性が問われる話になると、ちょっと身構えた気取りのニュアンスを帯びる。しかし朗らかな気分の彼女には、いわくいいがたき魅力があって、あどけないところとさばけたところが同居したような具合であり、これが人の心を虜にすると、彼女と彼女の話に耳を傾ける人たちのあいだには完璧な親密さが醸成される。それは遠慮や猜疑心などの密かな不信感を停止させ、人間が本能的に抱えもち、人と人をへだてるあの目に見えぬ障壁、友情でさえ取り去ることはできないあの障壁を、しばし忘れさせてくれるのだった。[35]

片仮名表記にした「エスプリ」という言葉は、サロンの時代を理解するためのキーワード。単語としては「公共精神」l'esprit public などにも使われているが、ここは「精神」とは訳せないし「知性」という漢字では「生命の息吹」という原義が失われる。コンスタンの描きだすスタール夫人は、宮廷に仕える取り澄ました貴婦人にも啓蒙サロンの知的で穏和な女性たちにも似ていない。スタール夫人にとっては「エスプリ」以上のキーワードであるかもしれぬ「精神の昂揚《アントゥージアスム》」を潜在的に志向するような、抗いがたい魅惑と気迫。それはジェルメーヌ本人が、動乱の人生のなかで徐々に培ってゆく資質だろう。

　さてジェルメーヌの婿選び。中肉中背でしっかりした目鼻立ち、役者なら「眼千両」といわれるかもしれないが絶世の美人でないことは確か。しかし強力な後ろ盾のある娘は、候補者に不自由はしなかった。プロテスタントという譲れぬ条件をふまえ、母親が提案したのはイギリスの少壮政治家ウィリアム・ピットである。父親が娘を手放したくないと思ったせいか、通称「小ピット」なる大物との長引いた縁談は、結局ご破算になった。一七九三年、フランス

エリック＝マグヌス・ド・スタール男爵

革命が急進化して領土拡大の野心を見せたとき、ピットは対仏大同盟を組織して革命勢力に対抗する陣営の頭目となるのだが、その翌年、スタール夫人は『ピット氏とフランス人に宛てた平和についての省察』と題した冊子を刊行し、許嫁になり損ねた人物にヨーロッパ諸国の和平を呼びかける。

エリック＝マグヌス・ド・スタール男爵は、早くからネッケル家に対し名乗りを上げていたらしい。ジェルメーヌより十六歳年上で、紳士で美男子だけれど、底抜けの浪費家という評判だった。そもそもパリ駐在スウェーデン大使の職は恒久的とみなしてよいものか、娘の個人資産は安全が保証されるのか、等々、父が実務家の敏腕をふるって交渉し、一七八六年一月六日、六五万リーヴルの持参金つきのジェルメーヌと借金にまみれたスタール男爵の夫婦財産契約が、ヴェルサイユ宮殿で王室臨席のもとに交わされた。結婚式が執り行われたのは、パリ左岸バック街にあるスウェーデン大使館のチャペルだった[36]。

パリに住んで社会的な地位を得るという希望を叶えてくれる唯一のプロテスタントがスタール男爵だった、というネッケル夫人の説明は、当たっているにちがいない[37]。ジェルメーヌは生涯にわたり、パリが命の源であるかのようにパリで生活することに執着した。それに当時の国内情勢・国際情勢を考えれば、スウェーデン人の外交官という選択は賢明だったといえる。スタール男爵の後ろ盾は、グスタヴ三世その人であり、クーデタにより王権を強化したこの君主にとって、フランスは最大の友好国である。ヴェルサイユの宮廷文化を取り入れ、拷問の廃止や言論の自由の推進など開明的な政策をとる啓蒙専制君主としてふるまい、北欧の大国としてロシアやデンマーク、フィンランドなどとの複雑な抗争に悩まされながら、フランスで勃発した革命の推移を見守った[38]。ジェルメーヌはスタール男爵の妻となってもスウェーデンの宮廷に参上することはないのだが、大使夫人としてグスタヴ三世にフランス便りを送り、一七八七年に長女が誕生すると、国王みずからが代父となって赤子はギュスタヴィーヌと名づけられた。夫人が初めて夫の祖国に足を踏み入れるのは未亡人となってからのこと、それもナポレオン戦争の末期、ロシアを経由した亡命の旅先のことである。

十八世紀末、ヨーロッパの家族像は転換期に差しかかっている。ネッケル夫妻は一七七六年にイギリスに滞在したときも十歳の娘をともなっていたし、シュザンヌの病気治療という名目の旅も、いつも家族連れだった。スタール夫妻の夫婦関係は、くらべてみるとアンシャン・レジーム方式に後戻りしたかのように見える。既婚婦人となったジェルメーヌは宮廷に出仕するようになり、ヴェルサイユに単身で滞在することもある。サン＝トゥアンの別荘にも独りで赴くことが多かった。夫婦が行動を共にしていれば、手紙を書く必要はないのだから、当時の書簡のかなりの部分が夫に宛てられているという事実は、むしろ夫婦の距離を物語っていよう。ナポレオンの民法典が妻に対して夫の住所で同居することを義務づけるまで、生活習慣という意味でも、上流階級の女性は比較的自由にふるまっていたのである。ジェルメーヌにとって結婚生活の拠点がバック街のスウェーデン大使館にあることは当然としても、ベルジェール街のネッケル家のサロンにも頻繁に顔を出し、タレイラン、モンモランシー、ラファイエット、ナルボンヌなど、やがて国民議会のスターとなるはずの改革派の貴族たちと親しく交わっていた。長女が二歳にもならぬうちに死んでしまってからは、情が深いとはいえぬ夫への失望を妻が露わにし、華やかな社交生活にありがちな嫉妬の応酬も始まって、スタール夫妻の関係は早々と冷却する。一七八八年の夏、王に召喚されたネッケルがヴェルサイユに居を構えると、ジェルメーヌも週末だけバック街の大使館にもどることにして、父のかたわらで政治の成りゆきを見守るようになる。

スタール夫人は一七八六年と翌年に『ソフィあるいは忍ぶ恋』と『ジェイン・グレイ』と題した戯曲を書いている。おそらくサロンで朗読されたり、一部が演じられたりしたのだろう。[39]『ジャン＝ジャック・ルソーの著作と性格についての書簡』（以下『ルソー論』）はスタール夫人が初めて刊行した書物である。女性が物を書き、サロンで朗読することは容認されていたものの、出版となれば相当の覚悟がいる時代だった。一七八六年の夏に、名のある作家に草稿を読んでもらったことは、手紙から確認されており、それなりに時間をかけて練りなおした著作とみなされている。一七八八年の十一月、ネッケル夫人のサロンで作品が披露され、年末に匿名で印刷された。部数は二〇部ほどで、身内の者だけに配られた。今日でいえばコピーの配布か回覧メール、それも「取扱注意」というところだろう。閉鎖的な社交界における趣味人の出版物という伝統的なマナーに従ったものであり、当面、著者は「一般公開」の意志はないかのようにふるまっている(40)。作品誕生の経緯そのものが、たとえば『ボヴァリー夫人』のように、密室における何年もの孤独な推敲をへて完成後に大々的に公表される小説とはまったく異なっていることを、まず強調しておかなければならない。

一七八八年十一月は、ネッケルが招集した名士会議において三部会の構成についての議論が暗礁に乗り上げた時期である。スタール夫人は母の推奨する女性のたしなみに逆らわぬふりをしながらも、じつは密かに機が熟すのを待っていたのではないか。大使館内にみずからのサロンを開いたスタール夫人は、母のサロンの主要メンバーを招き、急激に政治化してゆく公論に参入しようと考えていた。ジェルメーヌが父の補佐役を果たすためには、母の「啓蒙のサロン」ではなく自立した「政治のサロン」が必要だった。

年が明けるとグリムの『文芸通信』が『ルソー論』について好意的な書評を掲載したが、書物は一般読者に向けられたものではないとの断りが添えられていた。ところがいつのまにか五〇〇部ほどの増刷が世間に出回って、一挙に話題が沸騰する。文中に「わが父」などという表現もあり、匿名は実名が透けて見える仕掛けにすぎない。おりしも出版への統制がかつてなく緩んだ時期であり、海賊版か、それとも著者が黙認したものか、正体のわからぬ版がぞくぞくとあらわれて、一七八九年、革命勃発の年に、スタール夫人は華々しく作家デビューを果したのである。

それにしても一七八九年にルソーを語る本が話題を呼んで、波風が立たぬはずはなかった。ネッケル家の人びとが三人三様に、カルヴァン派でジュネーヴ出身のルソーを愛読していたことは確かだし、人間的な交流という意味でも、デピネ夫人のサロンの常連を引きついだネッケル夫人のサロンにおいて、ルソーが頻繁に俎上に載せられたであろうことは想像できる。一七七八年に没した思想家は、崇拝者や宿敵が入り乱れての論戦の対象となっていた。啓蒙の世紀を代表する思想のモニュメントを、二十歳になったばかりの女性が正面から論じること自体が、とほうもない倨傲とみなされる可能性は大いにあった。

なおのこと母のサロンで披露されればネッケル夫人の潔癖な道徳観に抵触しないという保証が得られるし、内輪の読み物という建前なのだから政治家としての父へのあからさまな賛辞も許されよう。ルソーの作品のなかで、多くのページが割かれているのは『新エロイーズ』と『エミール』だが、恋愛と教育は社交界でも推奨されるエレガントな話題ではないか。しかもセヴィニエ夫人に代表される書簡体という形式は、ジャンルとしてはサロンの会話の延長上にあり、女性にふさわしい軽妙な表現形式とみなされていた。ルソー本人が書簡体小説の最高傑作を書いているのだから、これに応答するというスタイルで、謙遜を装いながら芸を競うこともできる。一方、著者の政治的な狙いは剝きだしにならぬよう、ルソーへの賛辞に付随する議論のなかに、一見さりげなく、だが然るべき読者には歴然と見てとれるように折りこめばよい。

そうしたわけで「啓蒙のサロン」が「政治のサロン」に移行する時期の戦略性を秘めた刊行物として、六つの手紙からなる著作を読み解いてみたい。第一の手紙は『学問芸術論』（一七五〇年）『人間不平等起源論』（一七五五年）『演劇に関するダランベール氏への手紙』（一七五八年）を取りあげて、作家の文体という観点から論を展開する。ルソーはモンテスキューのように病根と治療法、目標と手段を同時に示してくれることはないのだが、読む者の魂に働きかける。完璧とは欠点がないことを指すとすれば、ルソーの文体はむしろ斑《むら》があり、そのことで熱気が一点に収斂するかのようなのだ。しかも「エスプリ」と呼ばれるもの、すなわち遠くに置かれたものをつなぐ繊細な関係性の糸を摑みとり、思考が歩んできた土地に新しい道筋をつけてゆく独特の能力が、ルソーにはそなわっている（四六〜四七頁）。

お気づきのように、ここで描きだされたルソーの文体の特徴は、スタール夫人の文体についても多かれ少なかれ当てはまる。ビノシュのいう「説得」の技法を、スタール夫人がヴォルテールではなくルソーから学んだことは明白であり、そこには天稟《てんぴん》ゆえの出遭いがあった。

才気煥発な会話のように話題を自在に操ることは、書簡体だからこそ許される芸の一つだろう。『演劇に関するダランベール氏への手紙』(41)には論理、雄弁、情念、理性を駆使した「驚くべき説得の技法」がある、とスタール夫人は指摘する。祖国愛、自由への熱狂《アントゥージアスム》、道徳への愛着がその思考を導いており、展開されるパラドックスも、ことジュネーヴに関してはまったく正当なものだ。そう絶賛したのち、スタール夫人は共同体をめぐる一般的な議論に話をシフトさせる。ジュネーヴのような小さな共和国の場合、社交の場から一般の男女が遠ざかっても、とくに不都合はないのだが、フランスは君主制の国家であり、君主に対抗する手段は「世論《オピニオン》」しかないのである。とりわけ女性の影響力を見逃してはならない。君主制のもとでは、政治的な軛につながれぬ女性のほうが、自立心と誇りをもっている。独裁者の支配下にあってさえ、女性の本性は堕落しないだろう（四八頁）。上述のように、ルソーについての著作が刊行された革命前夜、スタール夫人によれば「男であれ女であれ、フランスの上流人士のなかで、世論に働きかけることのできる者たちはそろって、国民の大義を念頭に置いて熱弁をふるうようになっていた(42)」のである。女性は直接政治に参加する権利をもたないからこそ、私利私欲を離れた「世論《オピニオン》」を代表できるという自負と信念は、総裁政府期の積極的な発言や、ナポレオン独裁へのたゆまぬ抵抗を支えることになるだろう。

第二の手紙と第三の手紙が取りあげる『新エロイーズ』（一七六一年）と『エミール』（一七六二年）はルソーの代表作とみなされていた。スタール夫人の見解を丁寧に紹介したいところだが、ここでは「啓蒙のサロン」の模範演技がなされているためか、やや予想通りという印象もないではない。小説は時代風俗の描写なのか、あるいは興味をかき立てる空想の産物か、それとも重要な道徳観念をドラマ仕立てにしたものか。以上、三つの選択肢の第三が、ルソーの採る立場であると冒頭に述べられている。女性が『新エロイーズ』を愛読すること自体は――現代であれば村上春樹のベストセラーのようなものだから——むしろありふれているし、ルソーをリチャードソンと比較して感想を述べることも——なにしろルソーは「フランスのリチャードソン」と呼ばれていたのだから——教養ある女性のたしなみとして作法通りだろう。リチャードソンの作品は内容において道徳性がまさっているが、ルソーは読む者に働きかけて道徳的な感情を育むはずだという指摘も、周知の論争をふまえての意見表明であろうと思われる(43)。教え子を愛してしまった家庭教師のサン゠プルーとその愛に応えてしまったジュリのいずれが、どのような意味で罪深いか、という議論もあり、作品は一貫して「道徳の手引き」のように読まれている(44)。

「文学」と「道徳」の馴れ合いを切断してみせたのは十九世紀半ばのフローベールだが、十八世紀には、両者がこれほど密着した関係にあったことを、あらためて強調しておきたい。サン゠プルーの自殺願望と、これに対するエドワード卿の反論（第三部書簡二一、二二）や、死に際のジュリがサン゠プルーに宛てて書いた手紙（第六部書簡一二）にスタール夫人が関心を寄せるのも、死をめぐる道徳的な考察という切実な動機があってのことにちがいない。ジュリの最後の手紙を偏愛するスタール夫人は「さようなら、さようなら、愛しい方」という別れの台詞ほど沈鬱で憂愁にみちたものはない、と賞賛の言葉を捧げている（六六—六七頁）。ここで予告しておくなら、スタール夫人のフィクションでは大方のヒロインが自殺する、もしくは自殺に近いかたちで死んでゆくのである。人間は神の意思に逆らって、自由に自分の死を選択することができるのか？　道徳の精髄ともいえるこの問いは、生涯スタール夫人につきまとう。晩年に『自殺論』と題した書物を執筆するほどに。

さて『エミール』については、個人の教育ではなく「人一般」espèce の教育を考察する著作であると指摘したうえで、基本的な構想と論説に賛同し、母性の賛歌には共鳴し（幼い娘が死んだために、叙情的な断章を再版で削除するのだが）、その一方で女性教育に関しては「自然の与えた弱さ」のなかに女性を押し込めようとする議論を全面的に否定する（七二—七五頁）。さらに『エミール』の続篇『エミールとソフィ(45)』で、理想の伴侶であったはずのヒロインが貞操を汚すという成りゆきに異議を唱え情をこめて反発するのだが、そのとき文章は不意に肉声の抑揚を帯び、著者の男性に対する女性読者の訴えとなる。

でも、なぜ彼〔ルソー〕はソフィを世界でもっとも幸福な状況を守りぬけない女性にしたのでしょう？〔…〕愛する人を裏切るなんて、まさに落ちるところまで落ちたソフィを、わたしたちに見せようと彼が決意したのは、なぜなのか。彼の描いたソフィは、ただ弱いというだけではありません。だいいち、ソフィは強さを必要としたでしょうか？　恋人と結婚したのですよ。〔…〕どうして、よりにもよって女性たちのモデルであるはずの女性を堕落させて女性たちを貶めるのですか？　ああ！　ルソーよ、あなたは女性というものを理解しておられない。女の心が女を惑わすことはあるでしょう、でも、女の心は女を守ることもできるのです（七五頁）。

こんなふうに情感を吐露する文体と客観的な考察のスタイルが、こともなげに並置されてゆくのだが、これも書簡体という器の柔軟性ゆえだろう。注目されるのは、ルソーの自然宗教論として名高い『エミール』第四篇「サヴォワの助任司祭の信仰告白」である。これが主たる原因で著者が迫害されたこと、ソルボンヌ大学神学部による告発やパリ高等法院による焚書と逮捕状、パリ大司教の教書による断罪やローマ教皇庁による禁書処分、さらには祖国ジュネーヴでの焚書などが相次いで、神学者や教会関係者からも非難攻撃の嵐が巻きおこったことは知られている(46)。しかし四半世紀後、ルソーのもっとも危険な議論に冷静な賛意を示すことを躊躇する必要はもはやなかったのだろう。

スタール夫人は「サヴォワの助任司祭の信仰告白」を全面的に肯定したうえで、こう主張する。ルソーは、わたしたちが必要とする「敬虔な思考」というものを尊重した唯一の偉大な思想家といえる。彼は「自然の本性」とは何かを問うたうえで、この本性が真理に連なるものであることを理性が受けいれられるよう、省察を重ねてゆくのである。その省察は、狂信者と無神論者の徘徊するこの時代に人が採用すべき諸々の意見《オピニオン》を、力強く提示する。ただし、ここで成し遂げられたことは「あの書物」の先駆けでしかありません……、というところまで読んで、読者はふと戸惑うことになるだろう（七八頁）。

なるほどこれはネッケル夫人のサロンで朗読された「ルソー論」なのであり、「あの書物」がネッケルの新著『宗教的意見の重要性について』[47]を指すことは、書物の欄外にスタール夫人自身の注により明記されている。それから著者はまた、不意にルソーへの二人称の呼びかけに移行して、お赦しください、この本はあなたに捧げられるはずだったのに、別の人間が「わたしの崇拝の対象」になってしまって……、という述懐がつづく。「わが父」という単語で締めくくられる昂揚した文章は、今日の視点からすれば大いに違和感を覚えさせるものだけれど、これもサロンで流通していたレトリックなのだろうと推察しておきたい。革命後には衰退するジャンルだが、ギリシア・ラテンの古代から éloge とか panégyrique などと呼ばれる個人を賞賛する文芸の伝統があった。上述のようにネッケルは『コルベール賛』という論文で実績をつくっているし、コンドルセの『チュルゴの生涯』（一七八六年）と題した著作なども政治家の高潔な人格を称え政策を擁護するという方式で書かれている。ネッケル夫人による『離婚についての省察』に唐突にあらわれる、理想の夫への大仰な感謝の言葉にも相通じるものがある[48]。

偉大な思想家ジャン＝ジャック・ルソーを継承する偉大な政治家ジャック・ネッケル——どうやらこの構図を明確に提示することが、スタール夫人の密かな狙いであるらしい。「ルソーの政治的な作品」と題した第四の手紙は、四ページに満たず相対的には短いが、冒頭から文体は一変する。国民議会が華やかな論戦の舞台となった時期、スタール夫人は友人たちのために議会演説の草稿に目を通し、時には代筆もしたといわれている。一日でも早く「世論《オピニオン》」に参画したければ、ネッケルの娘は勘所を押さえて政治の原理を語ることができると読者に思わせなければならない。

> 思索を求められることがらは様々にあるなかで、統治の制度創り（constitution des gouvernements）は、おそらく最も重要にして最も熟知することが困難なものでありましょう。かりに立法者たる者が、政治組織体（un corps politique）を編成し、不易かつ共同の利益によってその構成員を繋ぎとめ、人びとの情念の衝突や、人びとの能力

の結集や、気候風土の影響や、隣接する諸国の覇権などが、いかなる不都合や利点をもたらすかを完全に掌握して念頭に置くことができたとしたら、あるいはまた、永続することを約束された諸法によって、自らの卓抜な才に従う民を馴致し導くことができたとしたら、その立法者は、自然の法にも匹敵する普遍的かつ不可欠の法を住民に与えたことにより、いってみれば世界の創造という栄光にも参与することになりましょう（八〇頁）。

今日の一般読者にとっては難解な不意打ちのように思われる導入だが、ルソーの「立法者」をめぐる議論をふまえているだけでなく、当時の知識人階級においては了解済みの指導者の理想像を喚起したものであるらしい。ポール・ベニシューによれば、アンシャン・レジームの末期には、著述家たちの非宗教的《ライック》な知的共同体が数においても存在感を増していた。いわゆる「文人」の権威を称揚して古代の伝説類型にまでさかのぼり「立法者としての賢人」に擬えることが、とりわけアカデミーの演説などで「一個の紋切型」と化していたという。(49)

『社会契約論』（一七六二年）をめぐるスタール夫人の議論は「一般の利益が個別の利益に従うような契約はありえない」という基本的な了解を出発点とするのだが、次のページには「代表制」への信頼という意味で、自分はルソーの懐疑主義と立場を異にするとの示唆がある。さらにルソーは「諸国家の政治制度」と「諸法を与える権能をもつ存在」について考察したが、「諸法それ自体」については語ろうとしなかったとの指摘がつづく。原理によって更地に新しい社会を築こうというのならともかく、すでに形成された社会にとってはルソーよりモンテスキューのほうが有用だろうというのが、著者の見解なのである。(50) なるほど引用の文章にある「自然の法」「世界の創造」といった表現は、神の名において発言する「異例の人」とみなされるルソー的「立法者」のイメージを反映させたものにちがいない。しかし文頭に置かれた「統治の制度創り」という言葉から推察されるように、じつは著者の関心は「立法者」の定義ではなく、(51) 具体的な「統治」の形態に向かっている。それゆえルソーへの賛辞というスタイルをつらぬく一方で、モンテスキューを高く評価する。そしてネッケルその人を暗示する「為政者」homme d'Etat の責務、その政治家としての実践を、ルソーの高度に形而上学的な考察と対峙させ、実務家の困難な偉業を称える文章をさりげなく折りこんだりもするのである。

締めくくりの段落ではふたたびルソーを召喚し「フランスが近々見せることになる堂々たる光景《スペクタクル》」をあなたに見ていただけないとは、「周到に準備され、初めて偶然に弄ばれぬものとなるはずの一大事業《イヴェント》」を見ていただけないとは、なんと残念なことでしょう！　と感嘆符つきの文章が記される。目前に迫った三部会開催を指していることはいうまでもない。さらに昂揚した文体でルソーを証人に見立て、匿名の人物、すなわちネッケルへの期待を謳いあげたところで第四の手紙は終わる（八三―八四頁）。念のため付言するなら、ルソーの『社会契約論』がにわかに「革命の政治原理」として参照されるようになるのは、革命が勃発した直後のことであり、そうした風景が一七八八年の著者の視界に入っていないのは当然といえよう[52]。

さて最も短い第五の手紙「音楽と植物学へのルソーの造詣」は間奏曲のようなもの。第六の手紙「ルソーの性格」は、いちばん長く、晩年の自伝的な作品を網羅する。この時点で『告白』の第二部は刊行されていないが、校訂者の注によれば、ネッケル夫人を通じて情報を入手したらしい[53]。かつてジェルメーヌは母に連れられて最晩年のヴォルテールを訪ねたことがあるけれど、ルソーとの面識はない。しかし容姿や性格についてのエピソード、意地の悪い噂やゴシップのたぐいまで、情報はふんだんにあったはずだから、スタール夫人の描くルソーの肖像には、それなりの値打ちがあると思われる。ただし、ここは深入りせず、スタール夫人がルソー自殺説を信じ、これについては生涯考えを変えなかったことだけ指摘しておこう。

『ルソー論』は書簡体といっても『新エロイーズ』やラクロの『危険な関係』のようにフィクションではないのだが、それでいて純粋の思想書や文芸批評として読むことには無理がある。伝統ある文芸サロンへの慇懃な配慮と若々しい政治の討議空間への呼びかけとを同居させ、思想家ルソーへの賛辞に政治家ネッケルへの礼賛を潜ませた不思議な刊行物と要約しておこう。おわかりのように、スタール夫人は二十二歳でルソーのほぼ全作品に親しんでおり、しかもその思想のすべてに心酔しているわけではない。みずからの判断で批評的な距離を導入しているのである。

一八一四年、ナポレオンの失墜によって長い亡命生活から解放されたスタール夫人は『ルソー論』の再刊によせた「第二の序文」でみずからの作家人生をふり返り、こう述べる――「ルソーの著作と性格についての書簡は、ちょうどわたしが社会に出ようとした時期に執筆された。本人の承諾のないところで刊行されてしまったものであり、この偶然によって、わたしは文学の道に誘い込まれたのである」[54]。出版の経緯については、表向きの話と考えることにしよう。ここでの「文学」littérature は、詩や文芸批評やフィクションだけでなく、思想書から政治パンフレットまで、いわゆる「物書き」が書くものすべてを指すのだが、同じ「序文」から、スタール夫人の人生を貫く「女性と文学」というテーマにふれた文章を訳出しておきたい。

> 文学にかかわる趣味や研鑽が、男性にとって大きな利点となることは、かつて否定されたためしがない。しかるに同じ研鑽が、女性の運命にいかなる影響を与えるかという話になると、意見は一致を見ることがない。女たちを家庭内に奴隷のように閉じこめようというのなら、なるほど女性の知性が大きく育つことを危惧しなければなるまい。そんな境遇に、彼女たちが反抗したくなる怖れはあるのだから。しかしキリスト教の社会においては、家族の関係もまた公正であることを求められるのであり、理性が啓《ひら》かれれば啓かれるほど、理性はおのずと道徳の掟に従うことになるだろう〔…〕。
>
> 啓蒙された人間であるにもかかわらず、感情に押し流されるということはあるかもしれないが、それは啓蒙が原因で起きることはない。知性《エスプリ》において卓越した女性が、同時にきわめて情熱的な性格をもつことは、めずらしくない。しかし文芸の素養は、そうした性格の危なげなところをかき立てるのではなく撓《たわ》めてくれるだろう。じっさい知性《エスプリ》の快楽は、心の嵐を鎮めるためにある[55]。

死の三年前に公にされた文章である。分をわきまえぬ「才女」femme d'esprit という辛辣な批判をこれほどに浴びながら、めげずに政治論や小説や哲学的論考を書きつづけ、圧倒的な実績を遺した女性は、フランス文学史という枠で見るならば、スタール夫人の後にも先にも例がない。低俗な個人攻撃のパターンは、注に一例を示したように「才女」「思い上がり」「不美人」という三点セットに決まっていた(56)。

5　ネッケルの娘として一七八九年を生きる

一七八八年の末『ルソー論』が世間の噂になり始めたころ、ネッケルが三部会の準備に専念していたことは、すでに述べた。年明けの一月二十四日、ようやく選挙規則が決定する。なにしろ事態は複雑をきわめていた。三つの身分がそれぞれに異質な社会的基盤のうえに立っており、第二身分の貴族は直接選挙、第三身分は二段階から四段階の間接選挙、第一身分の聖職者は職能により直接もしくは間接選挙、パリは特殊な選挙方式といった具合にプロセスも異なっていた(57)。選出された議員がヴェルサイユで開会式に臨んだのは、一七八九年五月五日。前日に市中行列とミサが行われたときの感動を、スタール夫人は『フランス革命についての考察』でこう回想する。

三部会開催の前日、フランスの議員一二〇〇名がミサに列席するために教会まで行列を行ったのだが、あれは忘れがたい瞬間だった。フランス人にとって、それは誠に厳《おごそ》かであり目新しくもある光景だった。ヴェルサイユの町の全住民にパリから駆けつけた物見高い連中が加わって人山となり見物を決めこんでいた。性格も力量も未知数の、新しい権威のようなものが国家のなかに立ちあがったのであり、国民の諸権利に思いを致したことのない者たちの大方にとって、それは驚くべきことだった（一三九頁）。

〈僧　族〉　〈貴　族〉　〈第三身分〉
三部会開会式の定められた服装

つづく三部会構成員についてのスタール夫人の論評は以下の通り。高位聖職者は利己的な行動のために信用を失っていた。一般に大衆というものは、女性と司祭には厳しいのだけれど、それは義務への献身が期待されているからにほかならない。聖職者にとっての敬神に相当する貴族の誉れは、軍人の名誉である。しかるに平和がつづいたおかげでフランスの名門大貴族は名ばかりの冴えない存在になっていた。中流の貴族にとって現行の政治は、活躍の場を与えるものではなかったし、貴族の称号を得たばかりの連中は、払うべき税金を払わぬ特権を獲得しただけの見栄えのしない集団だった。要するに貴族とは宮廷に仕える身にすぎず、聖職者は往時の知的優越を失っていた。その結果、第三身分の存在感が増したのである。彼らの黒ずくめの服装、落ちついたまなざし、圧倒的な人数は、人びとの注意を惹きつけた。著述家、大商人、そして多数の法律家がいた(58)。第三身分のなかには貴族も混じっていたが、ひときわ目立ったのは、悪徳にまみれた醜男《ぶおとこ》で、ずばぬけた能力をもつという噂のミラボー伯爵である。

スタール夫人は高い建物の窓辺にしつらえた見物席から行列を眺めていた。政治に参加する権利をもたぬ女性にとって、高みの見物という象徴的な立ち位置は強いられたものでもあるのだが、この先はネッケルの娘という例外的な条件を存分に活かしてドラマの渦中に身を投じ、改革への期待、革命の熱狂、そして挫折や恐怖を生きることになるだろう。

五月五日の三部会開催式でネッケルは、財務官僚として破綻に瀕した財政を救う税制改革への道筋をつけようという心積もりだった。だが、もっと切迫した問題、すなわち三つの身分が合同で審議するのか、投票は頭割りかという代表制の理念にかかわる対立が未解決のままであり、議会は空転する。シエースのパンフレット『第三身分とは何か』

に鼓舞された第三身分は「全国三部会」という名称を捨て「国民議会」を宣言した。六月二十日、集会場が閉鎖され、議員は近くの屋内球技場に移動して、憲法を制定するまで解散しないことを満場一致で決議（いわゆる「球戯場の誓い」）。これに対して国王は、威嚇や懐柔や権威主義などのカードを繰り出すが、第三身分が分裂解体することはない。アンシャン・レジームにおいて唯一の立法者は国王である。その国王の諮問機関にすぎない身分制議会が一方的に立憲制議会への転身を決定し、七月七日には憲法委員会が設置されて「憲法制定国民議会」を名乗る。これは無血の「法律革命」に匹敵する行為だった。議員は地元の選挙民と連絡をとっており、世論に支えられた行動だという自覚が、実質的に国民的なスケールで、新しい代表制を機能させていたのである(59)。

一方で、ルイ十六世の統治は、フランソワ・フュレの形容によれば「混沌とした」ものだった。国王、王妃、大臣、ヴェルサイユの廷臣たちとその内部派閥、パリの市民、さらに世論と呼ばれる見えない力が流動的に絡み合っていた(60)。すでに見たように、国王がネッケルを召喚するときの動機は人間的な信頼ではなく、政治的手腕を見込んでの窮余の策である。国王は宮廷の頑迷な保守勢力に押され、二万の軍隊をヴェルサイユとパリの周辺に集結させた。そして勢力巻き返しの第一弾として、第三身分に宥和的なネッケルを罷免するという大胆な策が採られたのだった。

スタール夫人は『フランス革命についての考察』で、三部会が開催された五月から七月十一日に至るまでの経緯を二〇ページにわたり分析しているのだが、要点だけ確認しておこう。三部会は当然のことながら公開の集会であり、女性も排除されなかったから、スタール夫人は頻繁に傍聴席で演説を聞き、状況の把握に努めていた。一方「親臨会議」とは、国王の側近による非公開の会議であり、ルイ十六世はネッケルに代表される表向きの行政組織とは別に、大臣が責任をもてぬ「秘密の諮問会議」を抱えていたのである。このような王権の二重構造は、内閣が議会に対して責任を負うイギリスの制度では許されない、とスタール夫人は批判する。ネッケルを排除したこの親臨会議の圧力が、第三身分の団結と急進化、さらにはネッケルの罷免という一連の「事件」を招いたという解釈である（一五〇—一五五頁）。

七月十一日土曜日の午後三時、スタール夫人を含む少数の客とともに食卓につこうとしていたネッケルは、国王の親書を受けとった。だれにも気づかれぬよう国外に退去せよという命令であり、逮捕の危険もあると察知していたネッケルは、妻とともにサロンから退出し、娘にも知らせず馬車に乗り込んだ。ジェルメーヌはその晩パリに戻るが、翌朝ネッケルから連絡があり、スウェーデン大使館に自分の復帰を求める陳情団が押しかける可能性があると告げられる。別便により両親の行き先が判明すると、ジェルメーヌはただちに合流すべく、ブリュッセルに向けて出発。ネッケル氏はスタール男爵に付き添われてバーゼル経由でスイスをめざす。一日遅れで同じ路程を辿ったネッケル夫人とジェルメーヌがフランクフルトに着いたのが二十日。そこにネッケルの帰還を命じる十六日付けの国王親書が使者によって届けられた。バスティーユ襲撃により、事態はまたもや急変したのである。スタール夫人は夫に宛てて、かつてない情熱的な手紙を書き送る――「もし今もバーゼルにいるのなら、何千もの優しい気持、何千もの感謝の気持を受けとってくださいな。あなたは、わたしの宝物を、わたしの命を守ってくださった、今では、わたしがあなたにすべてを負っています(61)」。

一週間ほど時計の針を巻き戻そう。パリでは七月十二日の午前、ネッケル追放の知らせが届き、市中が騒然となった。パリ市民は、軍の包囲にそなえ、生活の防衛と自衛のための武器調達と欠乏した食料確保のために攻撃と略奪に走ったのである。その一方で「ブルジョワ」と呼ばれるやや富裕な市民の一部が市庁舎に集まって、市中の秩序を守るための民兵組織を立ちあげようとした。十四日、数万ともいわれる市民がバスティーユをとりかこむ。ここで群衆と守備兵のあいだに手違いの衝突が起きて銃撃戦となった。十五日、国民議会議員バイイがパリ市長に選出され、さらに民兵組織を改名した「国民衛兵」の司令官にラファイエット侯爵が任命された。一連の行動の政治主体となったのは、三部会の選出母体となっていたパリの選挙人たちである。国王はバスティーユ占拠に恐れをなして、ネッケルの復職を認めたうえで、十七日、パリに赴き、市庁舎で市長から革命のシンボルである三色の徽章を贈られると、これを帽子につけた。これは「国制」にかかわる事件ではなかったが、パリ市はいわば「市制革命」を起こして「自治体」となったのであり、このプロセスを認めた王権は手痛い敗北を喫したことになる(62)。

七月十四日の偉大な事件とその熱狂《アントゥージアスム》を思い返して、スタール夫人はこう述懐する。国民的な運動の盛り上がりがあってこそ、バイイやラファイエットが人びとの期待に応えたのであり、これまで宮廷に支配され沈黙を守っていた市民は、今や声を上げ、住民の歓声に耳を傾けていた。七月三十日、ネッケル凱旋の場面を『フランス革命についての考察』から引用しよう。

> ここでもう一度、あの日に思いを馳せることをお許し願いたい。わたしの人生がこれから開かれるという歳だったのに、あれがわが人生の栄華の終わる日でもあったのだ。パリの全住民が群衆となって路上にひしめいていた。窓辺にも、屋根のうえにも、男や女がいて「ネッケル、万歳！」と叫んでいた。彼が市庁舎に到着すると歓呼の声はひときわ高まって、広場は同じ感情につき動かされた観衆でいっぱいになり、ただひとりの人物に向かって人びとが一斉に詰めかけた。その人物こそ、わが父であった〔…〕。ネッケル氏が「和解」という言葉を口にしたとき、その言葉はすべての心に響いたのである。広場に集まった民衆は、即座にこれに唱和する様子を見せた。そこでネッケル氏はバルコニーの前方に進み出て、あらゆる党派のフランス人たちに和平をもたらす聖なる言葉を口にする。一体となった群衆が歓喜してこれに応える。この瞬間、何も見えなくなった。喜びのあまり、わたしは気を失ったのである（一六八頁）。

7月14日のバスティーユ（ペルネ画）

熱狂《アントゥージアスム》ゆえの失神？　スタール夫人とそのヒロインたちが、さらにはロマン主義の時代の女性たちが、たとえば現代日本の女性にくらべれば失神しやすいことはまちがいない。こうした感情と身体の連動システムが生理学的かつ文化的にいかに条件づけられるかという問題は看過できぬものなのだが、ここでは指摘するにとどめたい。

自由を希求するフランスにとっても、ネッケルの帰還は最後の祝祭となり、つづいて訪れたのは一連の失敗、違反、不幸だったとスタール夫人は考える（一六九頁）。ネッケル夫人は夫の復職が大きな危険をともなう選択であると危惧していた。ネッケル自身も血の犠牲を払った革命は大義を失ったと考えており、一方で国王の信頼も期待できないことを知っていた。それゆえ、十四日の事件のあとでネッケルがパリに戻ったのは、国王とフランスに対する献身ゆえなのだと娘は主張する（一六四頁）。こうして現場に復帰したネッケルは、一年後には世論に見捨てられ、一般の無関心のなかで辞職する。マルセル・ゴーシェによれば「彼の改良主義は貴族派には大胆にすぎ、愛国派には小心にすぎる」のだった(63)。不換紙幣アシニャの大規模な発行による財政立て直し案に抵抗し、議会と全面的に対決してしまったことが直接の原因となって引退を決意するのだが、革命の急速な進展が、政治家ネッケルを置き去りにしてしまったというのが当たっていよう。

しかし現代からふり返ってみると、政治の現場から退いたネッケルは、着実に政治思想家としての実績を積むことで、大臣としての限界をのりこえてしまったように見える。民主主義の理論という観点から、ネッケル、スタール夫人、コンスタンの系譜にくり返し言及するピエール・ロザンヴァロンの最近の研究は、そのことを物語っているし(64)、『フランス革命事典』におけるマルセル・ゴーシェの解説でも、政治家ネッケルへの言及は冒頭の三ページに過ぎず、残る一〇ページ以上が政治思想の分析に当てられている。スタール夫人は、敬愛する父の著作はすべて熟読したのだが、それだけでなく、ごく日常的に国政の問題や、読書の感想や、あるいは執筆の構想を父と語り合っていた。ネッケルの遺作『政治と財政についての最終見解』に序文をつけて刊行するほどのよき理解者だったから、父から娘へと譲り渡されたものは計り知れないのだが、これを本格的に論じる力はわたしにはない。

ゴーシェを参照しながら、一点だけ指摘しておこう。立法権と執行権の確執、理念的にいうなら両者の「序列」という問題について、父と娘は切実な関心を共有していたと思われる。ネッケルは、インド会社の株主だったころから三部会の開催された革命前夜まで「代表制」の立ちあげに腐心した人物である。(65) ジョン・ロックによれば「唯一の至高の権力である立法権力」のみが存在し「他のすべての権力はこれに従属する」というのだが、この定言が「代表制」の大前提であるとしよう。その場合、主権が集中するのは当然ながら立法機関であって、執行権はその道具とみなされる。ところが政治家ネッケルの実感において、執行権こそが「第一の権力」なのであり、そうでなければならないのである。イギリスとアメリカはネッケルにとってつねに貴重な参照例となるのだが、たとえば合衆国は共和制でありながら、フランスより「はるかに強く、はるかに尊敬すべき方法で政府の行動を保証した」という。あるいはフランスの立法議会が君主の「威厳」dignité に決定的な打撃を与えたことを批判して、「権力は合理的な権威と魔術的な影響力」をもち「自然のように作用」しなければならないのであり、これを代償として「自由」が初めて存在することになる、とネッケルは主張するのである。(66)

父の肖像のかたわらに立つスタール夫人（フィルマン・マソ画）

前項で見た『ルソー論』で『社会契約論』が「立法者」と「為政者」との対立の構図によって読み解かれていたのは、スタール夫人が父から学んだ政治のプラグマティズムがそうさせたものにちがいない。『フランス革命についての考察』において、著者が一七八九年の「人間と市民の権利の宣言」に対して垣間見せる控えめな態度にも、ネッケルのいう「政治の形而上学者たち」に対する距離感のようなものが見てとれよう。

一七八九年の「人権宣言」はイギリスとアメリカの宣言がもつ最良の部分を内包していた。しかし、一方で反論の余地がなく、他方でいかなる危険な解釈も許さぬものに言及を限ったほうが、おそらく賢明だったのではないかと考える。社会的差別は全員にとっての有用性以外の目的をもつものであってはならないこと、すべての政治権力は人民の利害に立脚すべきこと、人は法のまえで自由かつ平等なものとして生まれかつとどまることについては、なるほど疑問の余地はない（一八二頁　傍点スタール夫人）。

そう述べたあと、あまりにも茫漠とした領域に言及すれば詭弁の介入を許す空隙が生じることになるとスタール夫人は批判するのである。そして重要なのは法文を「箴言」のように磨き上げることだけではあるまい、といわんばかりの冷めた口調で、憲法制定議会での論争を回想したりもするのだが、これが「人権」という価値への実務派的な冷淡さゆえではないことは、ここで強調しておきたい。

この時代、人はこぞって「人権」を論じていた。リュシアン・ジョームが編纂した『人権宣言』という書物では、一七八九年の「人権宣言」から一七九一年、九三年、九五年の憲法前文の討議プロセスや、コンドルセやシエースなどの発言、そしてオランプ・ド・グージュの「女の人権宣言」までが紹介されており、当時の議論の沸騰ぶりが推察される(67)。じつはスタール夫人も「人権宣言」の草稿、といっても覚書のような文章を書いていた。今では全集で読むことができるその草稿に付されたジョームの解説を参照し、上記引用にある「法のまえで自由かつ平等」という表現の意味するところを確認しておきたい。スタール夫人にとって「人権」は「政治的な主権」から発生するものではなく「人間の本性」に由来する。つまり「人権」は主権の行使としての「統治」に先行し、その上位に立つのだが、ただし力点が置かれるのは、そうした理念的な了解ではない。具体的な諸権利を定義するのは「宣言」ではなく立法機関による「実定法」であり、これを守るのが司法制度の役割だという全体像のほうが重要なのである(68)。

ともあれ一七八九年のスタール夫人は、革命の討議空間に参画する力量を充分に蓄えている。差し迫った関心は、イギリスをモデルとした立憲君主制の国家にフランスが移行できるのかという一点にある。一連の事件によって君主の「威厳」が崩落していくプロセスを、ネッケルの娘は間近から刻一刻と追うことになるだろう。

第二章　革命とサロンのユートピア（一七八九〜九五年）

1　王権の失墜

一七八九年八月の議会は二十六日の「人権宣言」に先だって「封建的権利の廃止」にかかわる重要法案を採択した。フランソワ・フュレは『フランス革命事典』の「八月四日の夜」と題した項を、高らかな一文で書き始める。

一七八九年八月四日火曜日の夜は、わが国の議会史上もっとも有名な日である。それは何世紀にもわたって形成され、諸身分やばらばらの団体と共同体の階層秩序からなり、特権によって定義される法的・社会的秩序がいわば消滅して、法の普遍的権威に服従する、自由で平等な諸個人の総体として考えなおされた社会的世界に席を譲った瞬間を示している。(1)

討論は夜の八時から午前二時までつづけられ、理性の到来を祝う昂揚した気分のなかで、議会がみずからの意志でフランスの歴史の流れを変えた。フュレによれば、そのような「法的能力」を議会が自覚的に担ったという意味で、これは一つの「法律革命」なのである。八月四日から十一日の一週間に可決された諸決定により、旧社会の構造そのものが徹底的に破壊された。「近代的で自立的で、法が禁じないかぎりすべてを自由になしうる個人」はここに誕生

特権の廃止

し、革命の「急進的な個人主義」の本性が示された。その一方で、議会がルイ十六世に対し、諸決定の承認を求めたこの時点において、国王の人身と王制という制度そのものは「封建制」の一掃という目標から切り離すという方策が、すくなくとも当面は成功していたことになる。国王と側近は、ネッケルに作成させた個別法案に対する長い反論文書を議会に提示し、裁可を先送りにすることで抵抗した[2]。

スタール夫人は『フランス革命についての考察』で国民議会で可決された諸法の評価や八月四日以降の議会と王権の力関係を詳細に論じているのだが、そこは割愛して、十月五日と六日の事件の報告を読もう。「女たちと国民衛兵のヴェルサイユ行進」と呼ばれる突発的な出来事は、革命の進展を方向づけることになる。七月以来、パンの値段が高騰して庶民の生活が困窮し、騒擾のために富裕層の亡命も始まって奢侈品の手工業など労働者の生活基盤も揺らいでいた。さらに「人権宣言」も「八月四日」以降の法令も承認しない国王への不満がつのり、危機に拍車をかけた。八月末からパリの住民がヴェルサイユに陳情に押しかけるという計画が公然と口にされていたのだが、十月一日に国王の近衛兵と到着したばかりのフランドル連隊が宴会のさなかに三色の帽章を踏みにじったという噂が伝わり、民衆が蜂起した。裏切り者の貴族にかこまれた国王と議会をパリに連れて帰ろうという愛国派《パトリオット》のかけ声で、スタール夫人の記憶によれば、二〇万人が決起したという噂だった[3]。十月五日の朝、バック街のスウェーデン大使館で報せを受けた夫人は、ただちにヴェルサイユの父母のもとに駆けつける。国王が平時と変わらず狩りに出ていたことを知り、その「平静な精神」に驚くが、国王諮問会議に出席する父のそばにいたいと望む母

1789年10月5日，市場からヴェルサイユに向かう女達

に付き添って、スタール夫人も宮殿の控えの間に参上した。事情のわからぬ人びとが大勢詰めかけた広間に混乱した情報が届く。国王がただちにパリに向かうとか、ヴェルサイユの守備に当たるフランドル連隊が群衆を鎮圧するのだとか。午後、ようやくラファイエットが冷静沈着な姿をあらわした。ヴェルサイユへの道を先頭に立って進んだ女たちを国民衛兵の一団が追うことになったとき、これを制止できなかったラファイエットは、通報の意図もあって、まっ先に馳せ参じたのである。つづいて顔面蒼白の貴族が到着した。みすぼらしい服装で「地獄の一団」にまぎれ込んだところ、手当たりしだいの武器をもった女や子供、最下層の酔っぱらいたちが猛り狂って進んでくるという。

こんな具合に、スタール夫人は事の推移をルポルタージュのように報告するのだが、じっさいのところ、この日、ヴェルサイユまで二〇キロの道を行進した女たちは数千人。国民衛兵にブルジョワと手工業者がまじった次の一団は一万五〇〇〇人ほどだったとされる。ここで強調しておきたいのは、この「ヴェルサイユ行進」が庶民の代表者たちの言葉、それも無名の「女たちの声」がフランス革命の現場に響いた希有な事件だという点である。いずれ頻繁に参照することになるブロニスラフ・バチコ『フランス革命のポリティクス』は、そうした観点から二日の出来事のために一章を割き、ルイ十六世に謁見された女たちの証言なども詳細に分析している(4)。

女たちの代表を迎え入れた国王は、パリに食糧を供給することを約束したが、部隊の大部分はそれでパリに引き返そうとはしなかった。雨の一夜が明けて、疲弊し苛立った群衆が宮殿の中庭になだれこんだ。生々しい血痕のある長い廊下を通って現場にもどったスタール夫人は、緊迫したドラマに舞台の袖から立ち会うことになる。

> 群衆は声を張り上げ国王と家族のパリ帰還を求めていた。求めに応じる旨が伝えられると歓声があがり、空砲の音がわたしたちの耳に届いたのだが、それはパリの部隊による喜びの表現だった。そのとき王妃が広間にあらわれた。髪は乱れ顔は蒼ざめていたが、いかにも威厳があり、その人となりが胸を打った。群衆は王妃がバルコニーに立つことを要求した。「大理石の中庭」と呼ばれる建物中央の中庭全体が銃器を手に持つ男たちで埋めつくされていたから、王妃の表情に怖れの影が走ったとしても不思議ではない。しかし彼女はひるむことなく前に進んだ。両脇にしたがえた二人の子供が身の安全を保障するのである。
>
> 王妃が母であることを目の当たりにして、群がる人びとは表情を和らげた。この光景が政治の狂気を鎮めたのだった。前夜には王妃を殺害しようとまで思い詰めていたかもしれぬ者たちが、この世ならぬ人であるかのように、その名を崇《あが》めたのである。
>
> いったん蜂起した民衆は一般に、道理で宥《なだ》められるものではない。電流の一撃のような一瞬の感覚、それも瞬時に伝播する感覚によって働きかけるしかないのである。状況によって大衆は、それを構成する個人に比してより善いものにも、より悪質なものにもなるのだが、いかなる状態にあっても、罪深い行為や有徳な行為に大衆を導こうとするなら、自然の衝動に訴えるしかないだろう。

バルコニーからもどった王妃はわたしの母に近づき、こみあげる嗚咽をこらえながら、こう仰せられた。あの人たちは国王とわたしを無理矢理パリに連れもどそうとしている。近衛兵たちの首を槍に突き刺して先頭に立てるつもりなのですよ。この予感はあやうく的中するところだった。こうして王妃と国王はみずから治める都に護送された。その恐ろしい光景を目にするまいと、わたしたちは別の道を辿ってパリに戻った。ブーローニュの森を通って帰ったのだが、めったにないほど晴れやかな日で、葉叢《はむら》をそよがせる風もなく、太陽は田園を隈無く照らしていた。外界の事物に、わたしたちの悲しみに呼応するものは何ひとつなかった。自然の美しさと人間が人間に強いる苦しみとのこの強烈な対比を、過ぎゆく人生のなかで、人はいくたび経験することだろう！（二一二～二一三頁　傍点スタール夫人）

王家は一世紀以上も主のいなかったチュイルリー宮殿に帰還した。荒れ果てた居室について王妃は、まさかここに来ようとは思っておりませんでしたから、と弁解した。美しく苛立ったその表情を一度見た者は、決して忘れることができるまい。ルイ十六世の妹エリザベート王女は国王夫妻と運命を分かちあい、二人の後を追うように断頭台の露と消えるのだが、この時も「宗教的な諦念」を見せていた。さらにスタール夫人は述懐する、このような美徳は男にとって万能ではないけれど、女にあっては「英雄的」ではないか、と。

こうして王家は事実上パリ市民の監視のもとに置かれ、憲法制定国民議会もパリに移動した。十一月にはジャコバン・クラブが設立され、議会は巨大な財政赤字の埋め合わせのために教会財産の国有化を決定する。年が明けて一七九〇年三月、教皇ピウス六世が「人権宣言」を批判。七月「聖職者民事基本法」が成立し、カトリック教会は世俗の権力の管理下に入る。同月、シャン・ド・マルスで第一回連盟祭。九月、ネッケルは辞職してスイスに戻り、特権身分の牙城であった高等法院が廃止される。年が明けて一七九一年の四月、国王と議会の調整役であったミラボーが死去。教皇が「聖職者民事基本法」を弾劾。王族や大貴族がわれがちに亡命するなかで、革命派の疑惑がふくらんで、ルイ十六世逃亡の危険が喧伝され、人びとの不安を煽っていた。亡命貴族と外国勢力との結託、これに荷担する国王の裏切りという筋書きは、民衆にとって最悪の恐怖なのだった。

そして六月二十日、ヴァレンヌ事件が起きた。国外脱出を謀った国王一家がベルギー国境に近い町で拘束されたのである。一年半まえのヴェルサイユ行進は、賑やかで昂揚した示威運動という風情で幕となった。パリに帰還する一行は、国民衛兵、武装した女たち、ラファイエットが随行する王室の馬車、議員たちの馬車、そして「パン屋の主人とおかみさん、それに見習い小僧を連れてゆくよ」と叫ぶ民衆で、三万人にふくれあがっていた。国民にパンを与える「パン屋」という国王の呼び名は、親愛の情を排除するものではない。これに対して一七九一年六月二十五日、ヴァレンヌから連れもどされた国王一家を迎えたのは、群衆の沈黙だった。国民議会から派遣された委員の証言によれば「ものすごい数の民衆が集まっていた。まるでパリとその周辺の住民のすべてが集まったかのようだった。男、女、子供たちが家々の屋根を覆い、柵は人で鈴なりで、木にも人がいっぱいだった。脱帽している者は一人もなく、厳粛この上ない沈黙が支配していた」。モナ・オズーフは、この「驚くべき光景」を紹介したのち「一人の王が逃亡して主権を放棄した」と付言する(5)。

それは革命の無数のエピソードのなかで、とりわけ長いあいだ人びとを魅了し、さまざまの憶測を誘った事件だった。スウェーデン人士官フェルセンの王妃への献身的な愛とか、奇想天外な馬車のしつらえとか、国王側近たちのあいだに渦巻く野心や術策の数々が、どれほどロマネスクな夢想やときには荒唐無稽な空想を誘ったかは、ステファン・ツヴァイクの『マリ・アントワネット』（一九三二年）を一読すればわかる。オズーフによれば事件はいまだに「歴史の謎」でありつづけているのだが、一方で同時代を生きた人びと、とりわけ国民議会の多数派にとってそれは何よりも「青天の霹靂」だった。「革命を確定」して、穏健な立憲君主制に移行するための議論や駆け引きが精力的に行われていた最中のことだった。ヴァレンヌ事件はあらためて「憲法の精神」そのものにひそむ問題をつきつける。王権と国民議会という二つの権力が主権を二元論的に構成するかぎり、両者の桎梏という問題は避けられない。王の不可侵性には職務遂行の義務がともなうのか、国民は国王の権力行使の限界だけでなく王権の有無そのものを決定できるのか、等々。事件は議会の穏健派が苦心して隠蔽しようと努めてきた重大な論点を浮上させ、曖昧さのヴェールを剝がしてしまったのである(6)。

スタール夫人は、前年九月にネッケルが引退してからパリとスイスを往復する生活を送っていた。六月のヴァレンヌ事件のときは、たまたまコペにおり、スタール男爵に宛てた手紙のせっついた文面は、政治に深くコミットした人間の衝撃と焦燥の大きさを物語っている。ただし『フランス革命についての考察』における「一七九一年六月二十一日、国王の出発」と題した章の回想は、むしろ抑制されたものであり、国王の決断への心情的な理解さえ透けて見える。スタール夫人が王権と国王に対して抱く感情は複雑にして微妙なのだが、ここで想起しておきたいのは、この著作が書かれた環境である。執筆を開始したのは一八一二年の夏、ロシア経由でストックホルムに到着した亡命生活のさなか。革命初期には立憲王制をめざしたスタール夫人は、国民公会による恐怖政治を経て、総裁政府期には共和主義を掲げ、ナポレオン帝政との対決をへて、ふたたびブルボン王朝と和解する。とはいえ反ナポレオン同盟の重鎮とみなされ、ヨーロッパ諸国の為政者にあまねく名を知られた著者は、復古王政に対するおもねりが必要な弱者ではなかった。ルイ十六世個人にかかわる回想には、父ネッケルの主君であり、はかなく潰《つい》えた立憲体制の主役となるはずだった人物へのそこはかとない郷愁が漂っているようにも思われるけれど、それだけではあるまい。本書終章であらためて確認するように、最晩年に著者が到達した政治思想と歴史観が『フランス革命についての考察』に反映されていることは疑いようがない。

国王一家の逃亡を語るに先だって、スタール夫人は「然るべき敬意」をもって英国式の憲法を提案したならば、国王は誠意をもってこれを受けいれたにちがいない、と述べている。いかなる点で王の「情愛」が傷つけられたのか。第一に、君主制の国家であれば「恩赦」の権利は、国王に帰すべきものであるのに、これを拒絶した。第二に、給与の支払いを対価にして、聖職者に「聖職者民事基本法」に対する「宣誓」を要求した。第三に、大衆に嫌われた王妃が摂政になる権利を拒んで、個人としての国王を攻撃した。これらの選択は、国民の大義にとって必須の要件ではないというのが、批判の要点なのである。国王一家の沈鬱なパリ帰還については、国王夫妻の衣服が埃にまみれていたこと、打ち倒された主人に対して我が物顔にふるまう群衆を、王家の子供たちが唖然として眺めていたことなどが、

亡命貴族

簡潔に記されている（二三九～二四二頁）。

一七九一年九月三日に憲法が制定され、十四日、国王がこれに宣誓すると、パリは束の間の祝賀ムードにつつまれた。国王夫妻がオペラ座にお出ましになったときの様子を、スタール夫人は仔細に観察している。地獄の場面で舞台に明るい松明がもちこまれた瞬間に、おふたりの表情までが読みとれた。

> 復讐の女神たちが松明をふりかざして踊る場面になると、火事のような炎のために客席全体がほんのり明るんで、地獄を模した舞台の弱い反射光のなかに国王と王妃のお顔が見えた。わたしは不吉な予感におそわれた。王妃はにこやかにふるまおうと努めておられたが、愛想のよい微笑には、深い悲しみがにじんでいた。国王はいつものように、ご自分の感じていることより目に映るものに気をとられているようだった。落ちついた様子であたりを見回しておられ、無頓着にさえ見えた。君主の大方がそうであるように、感情表現を抑制することが習い性となり、感情の力まで摩滅してしまったのかもしれない（二四九頁）。

スタール夫人の記憶に焼きついた国王夫妻のイメージである。その夜、オペラ座がはねたあとも、灯火に煌々と照らされたパリに群衆がくりだして、そのなかを国王夫妻の馬車がゆっくり進んでゆくと、「国王、万歳！」という叫び声があがった。ヴァレンヌからもどった王を侮辱した者たちと同じ民衆だった。一仕事終えた国民議会の代議員たちもあたりを散策していたが、彼らはむしろ新体制の未来に不安を覚えているように見えた。民衆は浮かれていたし、表向きは革命が終結し、自由が打ち立てられたはずだったが、皆が疑心暗鬼で他人の表情をうかがっていた。

スタール夫人が九月十六日に知人に宛てた手紙――「国王と王妃はこの一週間というもの毎日のように、今や慣例となった表現によるならば、愛国派の行動を何かしらなさっておられます。人びとがおふたりに対してなした侮辱の数々を思えば、すべてを忘れることにして、フランスを脅かしている戦争の脅威をそうした行動により遠ざけようとなさるのは、たしかにお心の寛さゆえでしょう」(7)（傍点はスタール夫人）。ここでいう「愛国派の行動」とは、憲法の受諾が強制されたものではないこと、そして国民と国王の絆が強いことを内外に示し、亡命貴族の期待する反革命戦争の機運が諸外国で高まることを牽制するという意味だろう。スタール夫人は、国王の新しい決意が誠実なものであると賢明な人びとを納得させるためには、もう少し「威厳」を見せたほうがよいのだが、と寸評をつけくわえている。

2　スタール夫人のサロン（第一期）

一七九八年生まれのジュール・ミシュレは、革命の現場を当事者や生き証人の言葉から想像することのできた世代である。その歴史家の保証するところによれば、新しい時代の到来に昂揚したのは、とりわけ女性だった。

九一年、感情によって、情念によって、女性は存在感を見せた。これは認めねばなるまいが、自発性《イニシアティヴ》の優越においてもそうだった。後にも先にも女性がこんなに影響力をもったことはない。十八世紀には、百科全書派のもとで、知性《エスプリ》が社会《ソシエテ》を支配した。もっと後になると、行動が、狂暴でむごたらしい行動が支配しよう。九一年には、感情が、したがって女性が支配する。(8)

整然とした見取り図ではあるけれど「知性《エスプリ》の快楽は、心の嵐を鎮めるためにある」と考えるスタール夫人が、いささか短絡的なミシュレの解釈に納得するかどうかはやや疑問。それはともかく、一七九一年の政治的昂揚に関して歴史家が名を挙げるのは、スタール夫人のほか、ジャンリス夫人、コンドルセ夫人、ロラン夫人などである。前項で見た無名の庶民の女たちによる「ヴェルサイユ行進」は八九年の十月だが、オランプ・ド・グージュが「女性および女性市民の権利宣言」を発表したのは、憲法草案をめぐる議論が終結した九一年の九月。世論も文化的制度の一つであるとすれば、この時期の世論形成における女性の希有な存在感を、今日の用語によって制度の女性化と呼びたいという誘惑さえ覚えぬではない。この問題は『王妃裁判をめぐる省察』にかかわる項であらためて取りあげよう(9)。スタール夫人も『フランス革命についての考察』において、前代未聞の現象という側面を強調しつつ、四半世紀前を回想する。「憲法制定議会当時のパリの社交空間《ソシエテ》とはいかなるものであったか」と題した二ページほどの短い章を、やや丁寧に紹介しておきたい。

> パリのソシエテの魅力と華やぎは世に鳴り響いているけれど、二〇年来のフランスしか見たことがない外国人には、それがいかなるものか想像もつかないだろう。一方で、これは間違いのない話だが、革命初期の三年か四年、つまり一七八八年から一七九一年末に至る期間ほど、このソシエテが輝かしくもあり同時に勤勉でもあったことはない。当時はまだ政治的なことがらが上流人士の手中にあったから、自由の活力と過ぎし時代の礼儀作法の優雅さが、同じ人物のなかで結びついていた。教養と才能において傑出した第三身分の男たちが、そうした貴族たちに合流していたが、貴族たちも団体としての特権ではなく、みずからの能力を誇りに思っていたのである。その結果、社会秩序という課題が提起しうるもっとも高度な諸問題が、それに耳を傾け、それを議論することに最も長《た》けた知性によって検討されていたのである（二一八頁）。

つづく段落は英仏の比較論。イギリスは代表制が早く確立した国だけに、ソシエテの話題や関心に新鮮な刺戟がない。これに対してフランスのソシエテは、君主制がもたらす生活の余裕のために、いささか表面的なものになっていたのだが、そこに突然、自由の力と貴族階級のエレガンスとが混交するという事態が起きた。いかなる国、いかなる時代においても、革命初期のこの頃ほど、あらゆる形式での「語る技法」l'art de parler がめざましかったことはない。

イギリスの女性は、政治の話になると男たちのまえで沈黙を守ることに慣れている。フランスの女性は、自分の家ではほぼあらゆる会話の主導権を握っている。会話の才に必要なさわやかな弁舌を早くから身につけるよう、女性の知性《エスプリ》が育まれてきたのである。それゆえ公的なことがらについての議論も女性たちのおかげで和やかになり、しばしば楽しげで気の利いた冗談まじりのものとなる。たしかに党派精神がソシエテを分断していたが、各人は気心の知れた者たちと暮らしていたのである（同）。

「党派精神」はスタール夫人にとって重要な概念だが、これは後述するとして、おわかりのように、ここで「ソシエテ」――冒頭で引用したミシュレの文章にもあった語彙――の示唆するイメージは今日的な意味での「社会」と同じではない。かといってそれは「社交界」というわけでもなくて、ここでは一定水準の言論空間を指していよう。スタール夫人によれば、宮廷ではアンシャン・レジームに忠実な者たちと自由の信奉者たち、二つの陣営が睨み合っており、たがいに寄りつこうともしなかった。そこで自分は「進取の気象」から、両陣営のもっとも才気あふれる男たちをディナーに招き、ためしに対立する陣営を混ぜ合わせてみたこともある。じっさい相当のレヴェルに達した者たちは、思いのほか理解し合えるものなのだ――という辺りのコメントは、ネッケルの娘の面目躍如というところ。プルーストの世界でいえば、サロンの女主人にとって意表を突いた組み合わせの客を招待するというもくろみは、ディナーの凝ったメニューのように心躍るものらしいのだが、ゲルマント公爵夫人の思いつきがしょせんは社交界のゴシップにすぎないのに対し、スタール夫人の「進取の気象」は政治の表舞台にも影響を及ぼした。

やがて事態の深刻さが増して、当面の和解をとりつけることさえ容易ではなくなった、とスタール夫人は述べている。この時期はフランスの歴史で前例がないほど言論の自由が保障されていた。議会で抑圧された党派を揶揄することで鬱憤を晴らし、新聞雑誌は重大な状況を直視せず軽薄な地口を発したりもしたのだが、じっさい次元の低い中傷は、どの国にあっても宮廷貴族の本性に潜む悪弊であるようだ。とはいえ革命幕開けの暴力はいっときで沈静化しており、財産の没収とか革命裁判などは、まだ先の話だった。それぞれが知性を開花させるために充分な安寧に与ることはできていた。愛国派《パトリオット》の大義を汚す大罪はまだ犯されていなかったし、貴族たちのあまりの苦難ゆえ、彼らへの批判の矛先まで鈍るということも当時はなかったのである。

そうしたわけで「利害も感情も考え方も、すべてが対立していたが、断頭台が屹立するまでは、語られる言葉が二つの党派のあいだで受けいれ可能な仲介者でありつづけた」とスタール夫人は指摘する。政治的意見の対立を仲介するメディアとしての「語られる言葉」parole という発想に注目していただきたい。出版統制が崩壊したために「書かれる言葉」の信憑性が揺らぎ、相対的な価値下落を起こしていたという事情もあるだろう。それにしても、評価されているのは、一夜の社交で消費される私的で優雅な会話とは明らかに異なる「公論」の機能である。サロンはスタール夫人にとって、肉声のやりとりが支える革新的な討議空間となっていた。

しかし、ああ！　とスタール夫人は感嘆符をつけて述懐する。あれは「フランス精神」が最後の華やぎを見せたときだった。いや考えようによっては最初の華やぎだったともいえて、パリのソシエテあってこそ「すぐれた知性の相互交流《コミュニケーション》」が生じたのであり、この相互交流は、人の本性が到達しうるもっとも高貴な悦びだった。このような例外的な環境で育った夥しい数の人間が、かりに賢明で誠実な国制のもとで公事に参画することができていたならば、と嘆かずにはいられない。それというのも、政治制度のなかにも人と人との交流があり、沈黙したり騙したりという偽善的な行為がまぎれ込むこともある。この一五年で――つまりナポレオン独裁の時代に――フランスの会話は、党派精神による詭弁や臆病な追従のために駄目になった、とスタール夫人は断言する。かつて重大な問題に堂々ととり組んでいたとき、人が怖れたのは、公の尊敬に自分が値するのかということだけだった。こうした危惧は人間の能力を高めこそすれ抑圧することはない。

スタール夫人の歯切れのよい思考法、鮮やかな論理展開は、以上でご理解いただけたと思う。つづいてご紹介するのは、アンリ・メステル『最近のパリへの旅の想い出』から、常連によるサロンの賛美。あれは空前絶後の華やぎだったという感慨を、著者はスタール夫人と共有しているように見える。

昔のフランス、昔のパリについて懐かしく思わずにはいられぬもの、それはソシエテの魅力であり、あのようなものはかつて存在したことがないし、今後もどこであろうと、同じような度合いで、すくなくとも同じような具合に存在することは金輪際ないだろう(10)。

メステルはネッケル夫人とは旧知の間柄のスイス人。一七九二年の秋、スタール夫人と歩調を揃えて亡命の道をえらんだ著者が、一七九五年、恐怖政治の終結したパリを久方ぶりに訪れたときの印象を綴った書簡体形式のエッセイである。「革命前のパリのソシエテ」という表題のある最後の書簡の冒頭部分を訳出した。十八世紀、余暇をもてあまし優雅な日々を送る特権身分と親しく交わることができたのは、とりわけ文人や芸術家たちだった。メステルによれば、今では無知と党派精神のためにアンシャン・レジームは悪し様にいわれているけれど、一見閉鎖的に見える集団にさまざまの身分の人びとがおり、集団に寄与する者たちのあいだには完全な平等がなりたっていた。堅苦しい作法などが問われることはなく、各人が自然にふるまい、それとなく周囲に気を配る。求められるのは知性《エスプリ》の快楽であり、自分も楽しみ、颯爽とふるまい、人を悦ばせることだった。

性格も出自も異なる人間が寄り集まることの、最も顕著な功績は何かといえば、成功を収めたいと望む人間は、おのずと皆が理解できる言葉を話すようになり、最も一般的な関心に照らして話題を方向づけるよう事実や思考を提示することになる、そして一事に拘泥せず、ふと思いついたことがらを即座に捉えて見栄えのよいやり方で紹介し、しかも聞き手の好意につけこまぬよう、話は適切なタイミングで切り上げる、それというのも忘れてならぬのは、早く話す順番が回ってこぬかと待ち焦がれている人の気持なのであり、したがって多くの場合、鋭く素早く、明晰で迫力のある洞察を述べるにとどめることが望ましいのである。(11)

一息で一段落を書きあげたようなメステルのペンの練達もご想像いただきたいところだが、ここに描写されたのが、スタール夫人のいう「語る技法」の具体例に当たることを、まず確認しておこう。メステルはラ・ブリュイエールの言葉を引いて、話し言葉は書き言葉より「繊細に表現」できると主張する。その理由は明白、なにしろ「肉声の自然な音楽」は、書き言葉よりはるかに多彩なニュアンスを一瞬で伝えることができるのだから。(12)

つづいてメステルは『エミール』の第四編を引用する。ヨーロッパで注目される書物の大方がパリに住む著者の作品であることには、それなりの理由があるという趣旨の文章だが、ルソーの主張によれば、どこにいようとパリで書かれた本を読めば充分だと考える者はまちがっており、著者の書物よりも著者の会話のほうが多くを学べるというのである。いや著者自身でさえ、いちばん多くを学べる相手とはいえない。なぜなら「思考する頭脳を育むのはソシエテの精神」なのである。(13) こんなふうにルソーは「著作＝書かれる言葉」では代行できぬ「会話＝語られる言葉」の力に注目し、思考の鍛錬の場でもある文化的環境としてのソシエテを称揚する。スタール夫人のサロンをめぐる考察は、ルソーやメステルなど先達の議論をふまえたものであることをあらためて強調しておきたい。

一般的にいえば、サロンの会話には男のプライドがかかっており、むしろ真心がエスプリを撓《たわ》めてくれる内輪のやりとりのほうが好ましいという説もありえよう、というメステルの述懐は『新エロイーズ』に描かれた理想郷クラランへの目配せにちがいない。だが今日そのような親密な交わりは、田舎町でさえ容易に見つけられるものではない。とりわけフランスでは会話の技法に磨きがかけられているうえに、フランソワ一世の時代（十六世紀前半）から女性が宮廷に参内することが認められ、ときには政治の策謀に絡んだりもした。事の善し悪しは別として、女性がそのように教育されてきたことが男性に、さらにはソシエテのありように、大きな影響をおよぼしているとメステルは指摘する。

風俗や生活習慣にかかわる証言も貴重である。パリではちょっとした家ならかならずお客日があって、主人役は女性が務めると決まっている。マダム 某《なにがし》によって招待された者として参上するのが礼儀であり、お客はマダムをとりかこむ、ときには一人の女性を一ダースの男性がとりかこんでいたりするから、品行方正な女性のもとに一月も足繁く通ったあげく、その家の主人が誰だかわからない、などということもある。よく知られた笑い話だが、ジョフラン夫人の晩餐に毎週のように招かれていたさるイギリス紳士が、しばらく無沙汰をしたのちに夫人に迎えられ、こんなやりとりをしたという――「あのいつも奥さまのテーブルの反対側に坐っておられて、ひと言も口を利いたことのない小柄な男性、あの人はどうしました？」「あの人、わたしの主人でしたのよ」(14)。女主人の役割は、お客を呼ぶこと、たがいにしっくりするような組み合わせを考えることだけではない。それぞれの資質を理解して、失礼にならぬよう自然なやり方で、話をするよう促したり、口をつぐむよう仕向けたり、ある人にはエピソードを紹介させ、別の人には書物の感想を述べさせたり、ひと言の介入、あるいは目配せひとつで、議論が熱をおびすぎたり、弛《たる》んだりしないように、その場をとりしきるのである。

わたしの好む比喩によれば、こうした家の女あるじの才能は音楽家の才能に似ているのであり、オーケストラの指揮をする者は、耳も眼も全開にして、ときにはある楽器のパートの動きを和らげ、ほかでは別の楽器の動きを促して、可能なかぎり不協和音を避けながら、たえず適切なテンポを呼びもどす。それなくしては世界で最高の音楽も台無しになるのである。[15]

この種の才覚さえあれば、本人は凡庸であっても、まるで周囲の男たちにエスプリを授けているかのように、みごとに会話を盛りあげ、つないでゆくことができる。こうした女性がソシエテに君臨していることで、太陽王ルイ十四世が十七世紀に君臨したように、本人は偉大でなくとも偉大さの外観が生じるのである。才覚は経験によって開花するものだから、かつてタンサン夫人からジョフラン夫人が学んだものが、ジョフラン夫人からネッケル夫人やレスピナス嬢に伝授されてゆく。フランスでは、上流社会でなくとも女性がこうした才覚を見せることがある。自分がこの目で見たことだが、さるお針子が屋根裏部屋に駆け出しの才人たちを集めていた。客の若者たちの何人かは、やがて文学や政治の世界で活躍することになった。

会話の流れや興味を持続させるための物理的な工夫もあった。女主人は暖炉のかたわらに坐り、客たちは円陣を組むような具合に席に着く。これなら離れたところで失礼なひそひそ話というのはやりにくい。話の腰を折らぬよう配慮すれば、いつでも出入りは自由。生真面目に最初から最後まで付き合うという習慣はなかったから、一晩のうちに客がほどほどに入れ替わり、同じ台詞、同じエピソード、同じ省察が、パリの端から端まで一巡することもある。[16]

前章「啓蒙の世紀と女たちのサロン」の項で参照したマルク・フュマロリのエッセイに、典雅な会話は全員が演奏者でもあり聴き手でもある室内楽のようなもの、という秀抜な比喩がある。[17] 話題になっているのは十七世紀の風俗で、当時は某夫人のサロンに受けいれられるのはアカデミー・フランセーズに入るよりむずかしいと噂されるほど、人を寄せつけぬ閉鎖的なサロンこそが、時代の花形だった。室内楽の演奏からオーケストラの指揮へという比喩の転換は、サロンの規模と質の変化に対応したものだろう。スタール夫人が『フランス革命についての省察』で回想するように、[18] 革命前夜の「ソシエテ」は開放的になり、流動性も増して、それこそ大衆化の一歩手前というところまでサロンの数も増えていたと思われる。お針子がサロンを主宰したのであれば「ヴェルサイユ行進」で庶民の女たちを組織できる庶民の女がいなかったとは断言できるまい。

ところでメステルとスタール夫人は同じ時間と空間を分かちあっていたにもかかわらず、両者の回想には重大な齟齬がある。スタール夫人がソシエテの全盛期を「一七八八年から一七九一年末に至る期間」と区切っているのに対し、メステルの場合、革命の勃発が時代の終焉とみなされている。いいかえれば、スタール夫人がネッケル夫人から継承した啓蒙のサロンを自力で変容させ、かつて例のない政治的な公論空間を創出する過程そのものは、メステルの視野に入っていないのである。そうしたわけで革命勃発後のサロンについては別の資料、前項で紹介したブロニスラフ・バチコの『革命のポリティクス』をあらためて参照することにしたい。第六章「サロンのユートピアと政治のリアリズム」と題した一五〇ページの論考は、すぐれたスタール夫人論ともなっており、じつはバチコを読むことで、わたしはメステルに遭遇した。『最近のパリへの旅の想い出』について、バチコが「文化的制度としてのサロンの社会学的・歴史学的分析の嚆矢」と評価していることも付言しておこう(19)。

あらためて紹介するなら、バチコはリュシアン・ジョームとともに、スタール夫人の批評校訂版全集で政治・歴史関係の部厚い巻の解説を担当している革命史の専門家。その指摘によれば、スタール夫人が母から受けついだ人脈の特徴は「アメリカ派」Américains と呼ばれた人びと、すなわちラファイエット、マチュー・ド・モンモランシーなどアメリカ独立戦争に参加した経験をもつ自由主義の旗手たちだった。ほかにもタレイラン、ナルボンヌなどの大物がおり、さらにはスウェーデン大使夫人となることでグスタヴ三世との絆が生じ、諸外国との外交にかかわる人脈もある。予想されるように、サロンの常連には国民議会における有力メンバーが多かった。スタール夫人は革命を自由の到来とみなし熱狂《アントゥージアスム》とともに、まさに「躍りながら」政治に参入したのである(20)。バチコも参照するタレイランの『回想録』には、こんな記述がある。旧来のヒエラルキーと社会秩序が崩壊していった。若者たちは誰でもが、われこそは統治に参与する資格ありと自負しており、大臣たちの政策は片端から批判した。パリのサロンでは、国王夫妻の個人的な行為までが議論の対象となり、ほぼ確実にこきおろされるのだった。若い女性たちは、政治を動かす諸党派について万事を物知り顔に話題にした。あるとき舞踏会で、スタール夫人がダンスの合間に新大陸フランス植民地の統治形態を相手の男性に説明しているのを目にしたことがある[21]。

「すぐれた知性の相互交流《コミュニケーション》」というスタール夫人の言葉を思い出していただきたい。もはや「ネッケル夫人の金曜日」のような定例のお客日で、軽妙なエスプリを競い合い、文学を論じたり世間の噂話に興じたりというご時世ではなかった。女性は公共圏では発言しないという原則は昔のままだったけれど、議会や政治クラブの傍聴席は当初から女性に開かれており、憲法制定議会や愛国派《パトリオット》の集会は、しばしば深夜までつづくのだった。習俗の一変したサロンは、日々の重大事件について参加者が意見を交わし、議会の演説や報告を批判検討し、新たな作戦を練る場となった。女性が主役のフランス式サロンと女人禁制のイギリス式政治クラブとは、当然のことながら機能が異なっている[22]。ミシュレの熱っぽいペンは「霊感を与える女神たち」の役割を以下のように描きだす。彼女たちは演説を書き取らせ、添削し、書きなおす。翌日、政治クラブで、あるいは国民議会で、その演説が読まれるだろう。彼女たちは傍聴席に陣取って、胸をときめかせながら見守っている。演説者がそちらをふりむけば、ジャンリス夫人の繊細な微笑みが、あるいはスタール夫人の燃えるような黒い瞳が見えるはず……[23]。

スタール夫人には明確な政治信条があり、ネッケルが罷免されるまでは父の支援が目標となっていた。国王が強い執行権をもつ立憲王政をめざしていた「王政派」monarchiens が当初はサロンの中心をなしており、ヴァレンヌの国王逃亡事件があってのちは、一七九一年憲法のもとで革命終結をめざすフイヤン派を受けいれるようになる。しかし革命が急進的になればなるほど、穏健派は分が悪くなる。旧弊な貴族にとってネッケルのとったリベラルな政策はあらゆる不幸の源と見えていた。急進派、共和主義者、ジャコバン派にとって、リベラルな立憲派であるスタール夫人のサロンは、貴族に迎合し革命を妨害する野心家の巣窟だった[24]。

バチコは、もう一つ、ガヴァヌア・モリスの『日記』[25]という第一級の史料を使って重要な問いに答えている。一七八九年から九一年にかけて、スタール夫人のサロンは実質的にどの程度、政治的影響力をもったのか。傍観者の文人にすぎないメステルと異なり、モリスは英仏外交の要となった野心的な人物、ジョージ・ワシントンの側近で、一七八九年から独立戦争の負債や穀物取引にかかわる交渉役としてパリに滞在し、一七九二年から九四年までは駐フランス全権大使を務めている。ここではバチコの紹介するモリスの『日記』の要点のみ確認しておこう。才人で社交的なモリスは、タレイラン、ラファイエット、ナルボンヌとは日々顔を合わせるほどに親しく、ネッケルや国王の知遇を得るにも手間取ることはない。しかし闊達自在にふるまう一方で、モリスはフランス式の「会話」については違和感を漏らしている。「断定的な物言いが勝つのである。完璧にふるまいたかったら、けっして注意を怠らず、あなたの意見を求められるまで待つか、さもなければ小声でつぶやくのがよい。その意見は、明晰で鋭くて簡潔であるべきだ。そうすれば、あなたの意見は、人に思い出され、復唱され、尊重されるだろう」と指摘して、モリスは「自分は饒舌なほうだから」といささか不満げに話を締めくくる（三六七～三六九頁）。

いずれバンジャマン・コンスタンなどが習熟する議会の雄弁の萌芽のようなものが、政治に密着したソシエテにおいて育まれていたのだろう。それにしても、ミシュレがいうように、女性が演説の草稿を書くという事例がじっさい少なからずあったのか。バチコの著作には、ナルボンヌとタレイランの議会における演説や報告を調査してスタール夫人の文体と思想が透けてみえる部分を抜粋した文章が二例、紹介されている。一方は、大物の軍人でもあるナルボンヌ公爵が、議会の左翼に対し、貴族に対する偏見を捨て信頼関係を築こうと高らかに呼びかける演説で、「一般意思」がこれほど力強く表明された以上、誰であろうと革命の進展を阻むことはできない、と喝破したもの。もう一方は、タレイランによる「公教育」にかかわる報告のなかで、人間の進歩を「完成可能性」perfectibilitéというルソー的な概念によって顕揚したもの。バチコが指摘するように、サロンの黄金期であった四年間、スタール夫人の名を冠した書物は刊行されなかったけれど、その才能はゴーストライターの役割のなかで活かされ、磨きあげられていったと思われる(26)。

政治権力との巧みな駆け引き、世に言う「陰謀」に長けたスタール夫人についても、ひと言ふれぬわけにはゆかな

タレイランとフラオ伯爵夫人

い。一七九一年憲法が議会で承認されて国王が無条件の受諾を求められたとき、ガヴァヌア・モリスはルイ十六世に対し決定的な役割を演じようと試みた。これほど議会と王権の均衡がくずれた憲法は実施できるはずはないと判断したモリスは、これまでもアメリカ革命に通暁した政治家として意見を求められることはあったから、密かに「覚え書き」を提示することは越権行為ではないと考えた。国王は英語が読めるが、王妃は読めない。モリスは秘密文書の翻訳を愛人のフラオ伯爵夫人に校閲させた。ところがスタール夫人の晩餐会で、モリスは極秘であるはずの「覚え書き」をぜひ読ませてほしい、と夫人に迫られ、驚愕するのである。フラオ伯爵夫人はタレイランの元愛人、あるいはモリスと二股をかけた愛人であるところから、情報漏れが生じたものらしい。モリスはスタール夫人が「悪魔のようにしたたかな女」だと日記に書きつける。とはいえ、それで仲違いするようでは外交官は務まらない。例によってスタール夫人が情報収集能力を発揮しただけのこと。バチコによれば、夫人の影響力の頂点は、一七九一年十二月六日、ルイ・ド・ナルボンヌが軍事大臣に任命されたときであるという。サロンではフイヤン派の大物たち、軍隊の若き自由派たち、ジロンド派に連なるコンドルセなどが交流し、大方の合意が形成されたところで、ついにルイ十六世から任命を勝ち取った。これまでの本人の実績からして異例の抜擢ではないとバチコは説明しているが、それはそれとして、ナルボンヌがスタール夫人の愛人であり、一歳半になるオーギュストの父親であろうという話を疑う者はいなかった。ちなみにバチコは、タレイランも当時スタール夫人の愛人だったという説は否定する(27)。

ルイ・ド・ナルボンヌ

ルイ・ド・ナルボンヌは一七五五年の生まれ。カスティーリャの由緒ある大貴族の嫡子ということになっていたが、実の父親はナルボンヌ公爵ではなく当時の王太子という噂もあり、これが真実だとすれば、ルイ十五世の孫にしてルイ十六世にとっては一歳違いの異母弟に当たる。[28] 若くして頭角をあらわした颯爽たる軍人は、莫大な財産と出生の謎も手伝って、女を虜にするタイプの優雅な紳士だったという。スタール夫人は英雄を好む。一七九一年のナルボンヌは、反革命の外国勢力に脅かされるフランスが命運を託すべき人物と見えていたのだろう。しかし着任したばかりの軍事大臣の意欲と力量に議会の左派はクロムウェル張りの危険な野心を認め、執拗な抵抗を見せた。立憲王制の定着が模索されていたこの時期に、イギリスの清教徒革命と名誉革命という二つの国制革命は、模範とも反面教師ともなりうる参照枠として重みを増していた。一方でナルボンヌは個人的に国王の信頼が厚いわけではなかったから、任命からわずか三ヵ月後の一七九二年三月九日、大臣の職を解かれてしまう。[29]

この頃からサン゠キュロットと呼ばれはじめた急進的な民衆と、立法議会に集結したブルジョワとの亀裂があらわになった。国王が議会の法令に対して拒否権を発動すると、六月二十日、デモ隊がチュイルリー宮殿に押し寄せ、国王を拘束して赤いフリジア帽をかぶらせ祖国のために乾杯することを強要した。[30] 七月十四日、革命を記念する連盟祭の式典に出席した国王夫妻の様子を、スタール夫人は以下のように回想する。

王妃のお顔の表情がわたしの記憶から消えることはあるまい。眼は涙のために腫れ上がっていた。衣装の豪華さと立ち居ふるまいの威厳が、王妃をとりまく一団との対比を際立たせていた。何人かの国民衛兵がかろうじて王妃と群衆を隔てているだけで、シャン＝ド＝マルスに参集した武器をもつ男たちは、祭典のためというより暴動のために結集したように見えた。国王は天幕の座席からシャン＝ド＝マルスの端にある祭壇まで歩かなければならなかった。そこで国王は憲法に対して二度目の宣誓を行うことを求められたのだが、その憲法の残骸が、ほどなく玉座を押しつぶすことになるだろう。〔…〕

ルイ十六世の性格、すなわち決してとり乱すことのないあの殉教者の性格なくしては、このような状況を堪え忍ぶことはできなかっただろう。その歩き方や居ずまいには独特のものがあり、こんな場合でなかったら、もっと堂々としてほしいと感じたかもしれない。しかしこんな時だからこそ、すべてにおいていつもと同じでいられるだけで、崇高に見えてしまうのだった。国王のパウダーをかけた鬘が周囲の黒い頭髪のあいだを縫ってゆくのを、わたしは遠くから眺めていた。その衣装は以前と同じように刺繍をほどこしたものであり、辺りにひしめく民衆の服装から浮きあがって見えた。国王が祭壇の階段を上ってゆく姿は、すすんで自らを生け贄に捧げようとする聖なる犠牲者のように思われた。国王は階段を下りた。そして、乱れた隊列のあいだをふたたび横切り、王妃と子供たちのかたわらに着席したのである。この日を境に民衆はもはや国王の姿を目にすることはない、断頭台のうえに見るまでは。(31)

八月一日、プロイセン軍司令官ブラウンシュヴァイクの署名した文書——王室が侮辱されたら進軍してパリ市を破壊すると威嚇した文書——が伝わり、地方から馳せ参じていた連盟兵も加わって首都は一触即発の不穏な空気につつまれた。危機の推移を見守るロベスピエールは七月二十九日の大演説で、国王の廃位と普通選挙による国民公会の選出を俎上に載せていたが、個人として民衆の事件に荷担して手を汚すつもりなどなかった。八月九日の夜から十日にかけて、警鐘が打ち鳴らされ、パリ市の各地区《セクション》から派遣された委員が市庁舎に到着し、蜂起のコミューンが結成されて、これまでの市当局が一掃された。チュイルリー宮殿では護衛に当たるスイス兵と押し寄せたデモ隊との衝突が起き、多数の死者が出た。武器をふりかざす民衆に脅かされた議会は、王の身柄を保護しなかった。そして国王は、新しいコミューンによってタンプル塔に拘禁される。議会では、事の推移を容認した恰好で、執行権は臨時の委員会が代行すること、国王の運命は普通選挙によって選出される国民公会にゆだねることが決定された。法的には廃位ではないが、政治的には決定的な廃位だった。一七九一年憲法にもとづく代議制権力は、ここで甚大な打撃を受けた。以上はドニ・リシェによる総括だが[32]、『フランス革命についての考察』も、この事件に君主制の終焉と代議制の凋落を見てとるという意味で、現代の歴史家と展望を分かちあっている。

　スタール夫人によれば、大方の貴族がアンシャン・レジームの復活を密かに期待して「革命の原理」を誠実に追求しなかったことが、八月から九月にかけての騒擾を招いたというのだが、そこで夫人は「革命の原理、すなわち代議制による統治」と念を押さずにはいられない。事態の責任は特権身分にあるけれど、それにしても無軌道な民衆の暴走はおぞましい。回想によれば、八月九日の深夜からいっせいに鳴りはじめた四八の警鐘は、単調で陰鬱な響きを途切らせることなく明け方までつづき、スタール夫人はバック街のスウェーデン大使館の窓辺に立って、友人たちと状況の把握に努めていた。この日の終わりに自分たちが生きているという保障はなかった。午前七時に大砲が轟き、当初はスイス兵が蜂起した民衆に対して優勢に立ったが、王宮の外で暴徒に対峙しようと試みた人びとが虐殺されているとの報告を受け、スタール夫人は果敢にも馬車で外出する。行く手を阻まれて自宅にもどったところ、大切な友人たちは身を潜めることに成功したとの情報が入り、暗くなってから徒歩で心当たりの家々を訪問した。その夜、街角で歩哨を務めていたのは泥酔した庶民だった。ここで「秩序」とみなされたのは「殺人者たちの勝利」にほかならないという感想で、その日の記述は締めくくられる（二七七〜二八〇頁）。

　八月十日以降、大量逮捕のために監獄はあふれかえり、オーストリアとプロイセンの軍隊はすでに国境を越えてい

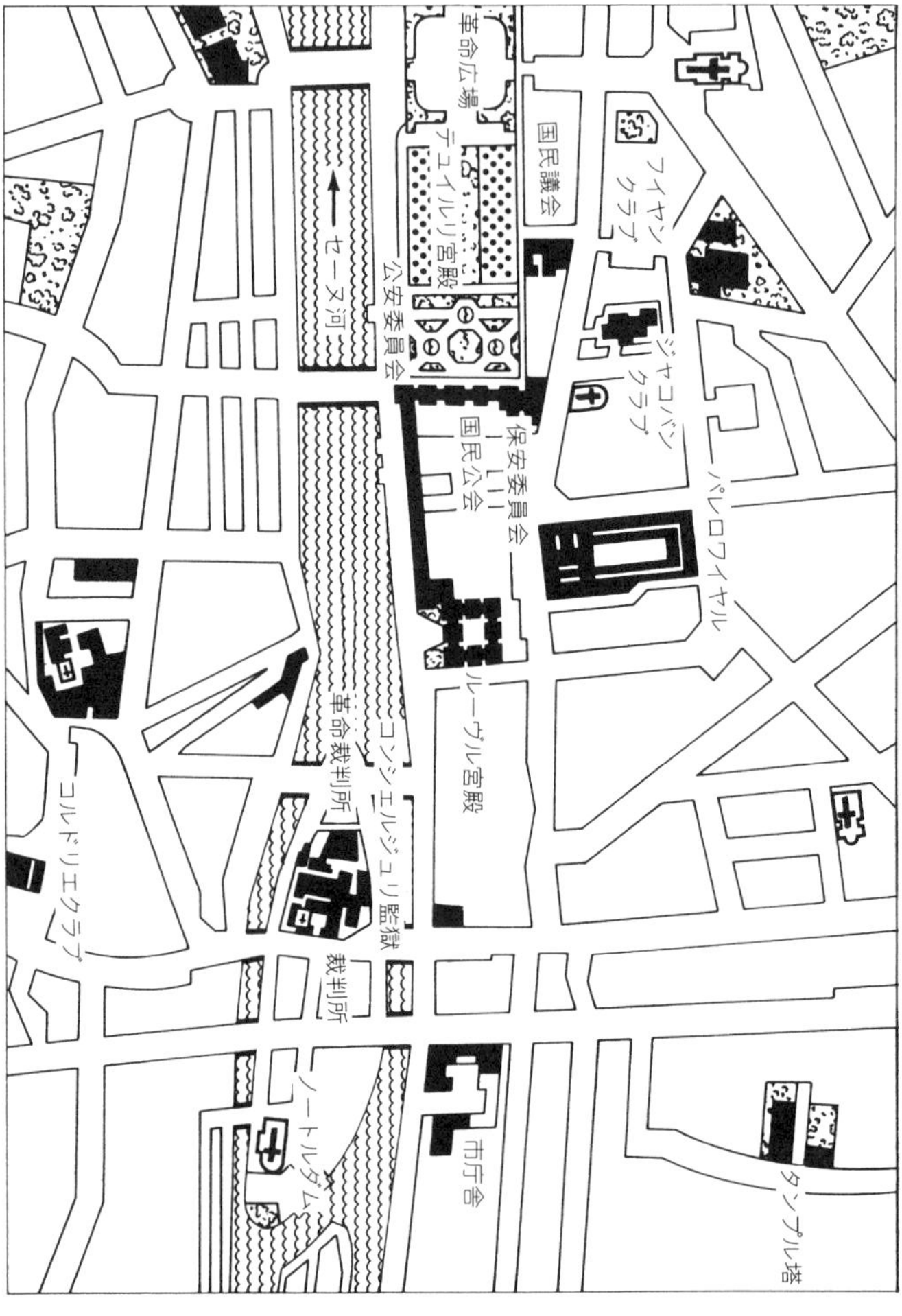
革命広場
デュイルリ宮殿
国民議会
フイヤンクラブ
←セーヌ河
公安委員会
ジャコバンクラブ
保安委員会
国民公会
パレロワイヤル
ルーヴル宮殿
革命裁判所
コンシェルジュリ監獄
コルドリエクラブ
裁判所
ノートルダム
市庁舎
タンプル塔

革命期のパリ中心部

た。外国軍が接近するほどに王権に近い人びとと、穏健な人びとの命は危険に曝される。スタール夫人は文字通り体を張って盟友たちをかくまった。ナルボンヌは知人宅を転々としたのちスウェーデン大使館のいちばん奥まった部屋に潜んでいたのだが、家宅捜索のために下っ端役人が兵士たちをともなって大使館に押しかけたとき、夫人は他人の命を救うためであればいかなる情動にも勝てることを知る。大使館の不可侵性を主張して、地理を知らぬ小役人に、スウェーデンは即刻フランスに攻め込むことのできる隣国だと嘘をつき、脅しに成功したというのである。ナルボンヌは偽のパスポートを入手してロンドンに逃げた。その後もスタール夫人は、蜂起コミューンのさる文学好きの大物と渡りをつけたりして[33]、次々と友人たちの国外脱出を援け、最後に自分のことを考える。

九月二日、ヴェルダン陥落の報せが届くと、八月十日と同じ警鐘が不気味に鳴りはじめた。コミューン側の暴徒によって「反革命」の嫌疑をかけられたパリの住民が多数殺されたこのときの騒擾は「九月虐殺」と呼ばれ、恐怖政治の開幕とみなされることになる[34]。

わたしは正規のパスポートを携え、六頭立ての馬車にお仕着せの従者たちという堂々たる構えで正面突破を謀ったのだが、あれは失敗だった、とスタール夫人はパリ脱出の経緯を回想する。危機的な場面で民衆の想像力を刺戟することは得策ではない。御者の鞭がピシリと鳴ったとたんに、地獄から這い出してきたような無数の老婆が馬につかみかかって、この女は国民の金を盗んで敵方に合流するつもりだよ、などと口々に勝手なことを叫びはじめた。わやわやと集まってきた人相のよくない連中に拉致され、集会場に連行されたのだが、携えていた複数のパスポートに難癖をつけられ、今度は市庁舎で取り調べをするという。八月十日には、あの建物の階段で何人かの男性が血祭りにあげられていた。ちなみに女性が暴徒に襲われるようになったのは「九月虐殺」が始まってからのことである[35]。三時間かけて市庁舎前のグレーヴ広場に着いたが、大きな馬車と着飾った従者を見ただけで、群衆は雄叫《おたけ》びを上げた。暴動は人間性を失わせるものであり、わたしは妊娠していたのだが、そのことに配慮してくれる者はいなかった。命の危険に曝されたのは、馬車から降りて武器を突きつける荒くれ者のあいだを歩んでいったときである。嫌悪の情がわたしを支えてくれた。もし、よろめいて倒れたら、その瞬間に惨殺されていたにちがいない。ロベスピエールが議長をつとめるコミューンに引き出されたが、あたりは女子供をふくむ民衆ですし詰めだった。ようやく発言の機会を与えられ、自分はスウェーデン大使夫人であり正規のパスポートを携えていると主張しているところに、偶然、例の文学好きのコミューンの大物があらわれた。その人物が自分の事務所にわたしと侍女を連れて行き、鍵をかけて閉じこめた。暴徒に埋めつくされた広場を覗き見ながら恐怖の六時間を過ごしたのち、結局はこの人物の介入のおかげで、翌日、護衛の官憲とともに侍女をともない国境に向かったのだった。ジュラの山脈が見える長閑な地方にまで辿りつくと、パリの惨劇は嘘のように遠のき、人びとは外国から攻めてくる余所者《よそもの》と戦うのだと口々にいっていた。わたしの念頭にあったのは、殺人者という「余所者」であり、彼らの刃《やいば》のしたに、友人たち、国王一家、フランスの最も立派な人間たちを、置き去りにしてしまったという思いだった。(36)

女性の身で革命の怒濤を生きのびたというだけのことであれば、スタール夫人と同世代の人間の半数は、同じ経験を分かちあったことになる。しかしおわかりのように『フランス革命についての考察』は、たんなるよく書けた手記などではない。生々しい歴史の記憶と冷静な政治的考察と例外的な人生の軌跡が絶妙に絡み合った書物なのである。

さて、コペに戻って二ヵ月後の十一月二十日、スタール夫人は男児を出産。アルベールはオーギュストと同じくナルボンヌの子であった。スタール夫妻はプロテスタント同士の結婚であり、おりしもフランスでは立法議会が離婚を承認したところだった。夫人の脳裏に婚姻の解消という考えが去来していた可能性はあるだろう。一方のスタール男爵は、一七九二年三月にスウェーデンのグスタヴ三世が暗殺されて後ろ盾を失ったものの、フランス政府との接点を保ち、それなりに外交官の才覚を見せていた。当面はスウェーデン大使夫人という肩書きを絶対に手放せないスタール夫人と舅ネッケルの経済的援助なしではやっていけない男爵は、いわば合理的な友好関係を維持することになる。婚外子の子供たちがスタール男爵の嫡子とされただけでなく、一七九三年の夏、ナルボンヌをスイスに呼び寄せようと躍起になるスタール夫人に協力を求められたときも、男爵は紳士的に助力を惜しまなかったという。(37)

その間、スタール夫人は父母の反対を押し切って一七九三年初頭、イギリスに渡り、ロンドンの中心から四〇キロほどのサリーにあるジュピター・ホールに四ヵ月滞在している。ナルボンヌが借りて住んでいた美しいカントリー・ハウスは、旧弊な亡命貴族たちとは一線を画した立憲王党派たちの根城となり、近隣の開明的なジェントリーとの交流も活発で、スタール夫人は水を得た魚のように生気をとりもどし、晴れて恋人との生活を満喫したのだった。文学史に残るエピソードがある。フランシス・バーニー(38)はジェイン・オースティンに尊敬され、ヴァージニア・ウルフがイギリス近代における女性文学の始祖と称えた小説家だが、たまたまジュピター・ホールから遠からぬ屋敷に逗留しており、その偶然のおかげをもって、スタール夫人と束の間の友情を育んだだけでなく、フランスから亡命した軍人の一人に未来の夫を見出したのだった。英仏の傑出した女性は、それぞれ相手方の言語を語り、控えめなバーニーに対して篤い友情を声高に標榜したのはむろんスタール夫人のほうだったが、そうこうするうちにスタール夫人の言動が顰蹙を買うようになり、保守的なバーニーの父親が介入して危険な交際から娘を遠ざけた。

そもそも一人の女性が夫のある身で別の男性の子を産んだという事実は、女性にとってのスキャンダルであり、相手の男性の評判が傷つくことはあまりないのだが、スタール夫人には私生活を隠そうとする気などさらさらなかったし、ロンドンに滞在すれば堂々と華やかなサロンに出入りして、才気煥発な言辞で周囲を圧倒するのだった。ギボンの親しい友人であるシェフィールド卿が語ったところによると、スタール夫人は「この上なく過激で隠謀好きの民主主義者でテムス川に火をつけかねない女」ということになっており、活き活きとして感じのよい女性だし、いささか滑稽だけれど「ずばぬけた知性」の持ち主だとする自分の意見を世間は認めたがらないという。ギボンはスタール夫人にとってナルボンヌとの悶着を打ち明けるほど信頼する相手であり、シェフィールド卿の鋭い論評に悪意はないだろう。ところでナルボンヌ自身はおそらく雅《みやび》で軽薄な貴人の恋に向いた男性であり、スタール夫人の昂揚した愛に独占的で抑圧的なものを感じていたと思われる。六月にスイスにもどったスタール夫人の執拗な誘いと自殺の脅しにもめげず、ナルボンヌはイギリスを離れようとしなかった。二人の関係はしだいに冷却するが、五年におよんだ「情熱恋愛」が、スタール夫人の文学的テーマである愛の悲劇にそれなりの滋養を与えたことはまちがいない[39]。

スイスにもどったスタール夫人は『王妃裁判についての省察[40]』を執筆し、九月初めに匿名で刊行する。いろいろな意味で謎めいたところのある著作だが、まずは先行する事件である「国王裁判」の経緯を確認しておきたい。一七九二年八月十三日、国王がタンプル塔に拘禁された時点で「政治的には決定的な廃位」とみなされる、という歴史家の指摘はすでに紹介した。九月二十日、立法議会は解散し、普通選挙により選出された国民公会が召集されて法的な「王政の廃止」が宣言された。十二月十一日に開廷された「国王裁判」は一七九三年一月七日に結審を宣言、十五日から評決に入る。スタール夫人がイギリスの港に着いた翌日の一月二十一日、ルイ十六世は処刑された。国外にいた者たちが手をこまねいていたわけではない。被告の弁護に当たったのは、高潔な教養人として知られたマルゼルブをふくむ三名だったが、じつはネッケルもこの危険な役目を引き受けると名乗りを挙げていた。結局ネッケルは『ルイ十六世に対する裁判についてのフランス国民に宛てた省察』なる文書を執筆し、これは十一月半ばにパリで公表された。ナルボンヌもまたパリに帰還して国王の弁護に当たると申し出たが、この軽率な決断にスタール夫人は烈火のごとく怒り、国民公会のほうも亡命者の提案を一蹴した。そこで『元軍事大臣ルイ・ド・ナルボンヌ氏による国王裁判への提言』なる草稿がマルゼルブに託され、これは一月に出版された[41]。スタール夫人は、父親と恋人がそれぞれに書いた王権擁護の文書を熟読したはずである。とりわけネッケルの主張は『フランス革命についての考察』の「国王裁判」の章で懇切に紹介されているから、その要点を確認するところから始めたい。

ネッケルによれば、一七九一年憲法に内在する矛盾こそが問題なのであり、そこで君主の身分は不可侵であるとされながらそれは見せかけにすぎず、国王は執行権の代表でありながら何を行うべきか判断すらできぬ立場に置かれていた。玉座にいながら敬意を払われることもなく、命令を発する権利をもっているかのように見えたが、命令に従わせる手段はもたなかった。一院制議会の意のままになる公僕のように扱われるかと思えば、世襲の国民代表とみなされたりもする。これほど不可解な政治システムに縛りつけておきながら、誰一人予測すらできない革命の進展について、その混沌たる経緯のすべてが君主の責任であるかのように訴追するとは、これほど不当な裁判はあるまいというのである。つづけてネッケルは、ルイ十六世の善き政策、すぐれた人格に言及する。自白を強要する拷問を廃止し、三部会を召集しただけでなく、信仰心に篤く、歴代の王のなかでは例外的に身持ちが堅かったし、プロテスタントを合法化して戸籍を与えるという英断も下した、等々（二八八〜二八九頁）。

そもそも「国王裁判」とはいかなる歴史的な意味をもつ事件だったのか。モナ・オズーフによれば、多くの歴史家は「国王と革命の対峙がはらむこの巨大な象徴的問題」に無関心だったが、この場面に強い光を当てたのは、ほかならぬミシュレだった。君主の権力とは「神の化身」の権力であり、革命とはそのような王権に対する「法の到来」であるというのがミシュレの理解だった。そこから国王は命を落とすことによって「君主政という宗教」に活力をあたえてしまったという核心的な歴史解釈が引き出されるのである。オズーフはこれをふまえて、では正確には、いかなる存在を裁判にかけようとしていたのか、と問いかける――「ミシュレが願ったであろうように王政全体、つまり過去の国王たちと来るべき国王たちをか。それともこの国王か。それならこの国王のうちにあるいかなる君主なのか。彼の内面に存在しつづけた絶対君主か。それとも一七九一年の憲法によって定められた君主か。聖別式の国王か、それともフランス人たちの国王か」[42]。

上述のようにネッケルの「国王裁判」への批判は、とりあえず一七九一年憲法の抱える制度的矛盾に向けられ、そのうえで制度の欠陥をルイ十六世という個人の責任に転化して断罪することの不当性を訴えたものだった。一方、オズーフによれば「国王裁判」にかかわった者たちのなかには、わずか二名だが、人間としての国王ではなく、君主政という制度自体に立ち向かうという自覚をもつ者たちがいた。サン゠ジュストとロベスピエールだけが、人民が主権者である革命は君主政と妥協することはできない、国王と市民は両立しえない、と主張したのである[43]。これに対してスタール夫人はサン゠ジュストの「何ぴとも君臨するからには無実ではありえない」という言葉を紹介し、この定言は逆説的に王権を神格化し、その不可侵性を示唆してしまうと批判する[44]。「祖国が生きるためにはルイは死ななければ

キリストに見立てた十字架上のルイ16世に，ロベスピエールが酢を含ませたスポンジを差し出している

ならない」というジャコバン的なテーゼを、それゆえ夫人は受けいれない。その一方で、実質的には国王の有罪が前提となっていた「国王裁判」の暴力性を告発し、そのような文脈において「人間としての国王」を「殉教者」として描きだすのである。

導くべきであった結論についても、明確な意見が表明されている。トマス・ペインの提案するように、ルイ十六世のアメリカ亡命こそが正しい選択肢だったとスタール夫人は主張する。ペインはアメリカ革命を『コモン・センス』（一七七六年）によって思想的に牽引し、イギリスに帰国してからはエドマンド・バークの『フランス革命の省察』（一七九〇年）に対抗してフランスの革命を擁護し、パリに居を構えて「名誉市民」の資格を与えられ、国民公会に選出されて国王裁判にかかわった人物である。アメリカは独立戦争を支援したルイ十六世を迎える用意があるだろうし、共和主義の観点からしても、この方式だけが、王政への執着を弱体化できるはずだった。武力に訴えて王冠を奪還する能力をもたず、人間的には公正であったルイ十六世を血祭りに上げることで、共和主義は過去の偉大さへの恐怖を露わにし、正義を手放してしまったとスタール夫人は考える（二九〇～二九一頁）。

『フランス革命についての考察』のなかで、スタール夫人はルイ十六世の裁判と清教徒革命におけるチャールズ一世（在位一六二五～四九年）の行動を比較するために新たな一章を設けているのだが、これに先立ち一つのエピソードが紹介されている。イギリスの国王は裁判の正当性そのものを断固否定したままで斬首されたが、ルイ十六世は尋問に対してつねに穏やかに返答した。死刑の判決にも動じなかった王は、ただ一つ、故意に人民の血を流したという告発に対してのみ、軽蔑と憤りの仕草を露わに見せた。(45) ルイ十六世はフェヌロンの『テレマック』を王太子時代から愛読し、好みの場面は暗記するほどに読み込んでいた。こうした書物が授ける「キリスト教的帝王教育」は「政治的防御」の心得を与えず、むしろ死ぬことを教えたのだとオズーフは指摘するのだが、なるほどこの解釈には説得力がある。(46) 今日ではルイ十六世の死が「模範的な殉教者」のそれであったということ自体は、異論の余地なき定説となっている。(47) 敬虔なキリスト教徒の王を殺したことで、フランス革命の記憶には「神殺し」の主題が刻まれることになるだろう。

4　レマン湖の畔にて

――『王妃裁判についての省察』（一七九三年）『ピット氏とフランス人に宛てた平和についての省察』（一七九四年）

フランソワ・フュレによれば、ルイ十六世をめぐっては対極的なふたつの解釈がある。必要な変化をとり入れ、王位を維持しようとする「見識ある賢明な国王」だったのか、それとも宮廷の隠謀に縛られ、事態の推移に対応することもできぬ「先見の明なき弱い国王」だったのか。どちらも描出可能なイメージだというのである。(48) 一方、マリー＝アントワネットは無能な夫を翻弄した淫奔な悪女だったのか、それとも国王の殉教に付き随《したが》った貞淑な妻だったのか。王妃は国王以上に振幅の激しい暗黒伝説と聖女伝説のあいだで弄ばれてきた。とっくの昔に死んだ女でありながら、これほど大衆の無遠慮な好奇心に曝されて、フィクションや映画や劇画のヒロインに生まれかわり、恋や快楽や苦しみが暴かれた女性はいないだろう。じつのところ「王妃裁判」は、今日も世界中でつづけられている。

現在では、党派精神のために地上から真実が消滅してしまったが、それ以前から王妃には中傷がつきまとっていた。その哀れにも単純な理由はただ一つ、王妃は女という女のなかでもっとも幸せだったからである。マリー＝

国王一家

アントワネット、最高に幸せな女！　幸せが彼女の宿命であった。そしていまでは人間の運命はあまりに悲惨なので、輝くばかりの隆盛を誇る光景とは不吉の前兆以外の何ものでもない(49)。

スタール夫人の『王妃裁判をめぐる省察』からの引用だが、ジャック・ルヴェルは『フランス革命事典』の「マリー＝アントワネット」の項の冒頭で、この文章を引く。そして、ひとりの凡庸な女性が時代のせいで英雄的な運命を背負うことになった人生の真相に、スタール夫人は迫ることができたと評している(50)。

むしろパンフレットというべき体裁の小さな書物だが、この著作をめぐっては「女性」と「政治」と「文学」という三つの層に不可解なもの、考察すべき課題があると思われる。『ひとりの女による王妃裁判をめぐる省察』というのが正確な訳である表題は「匿名」であることと同時に執筆者が「女性」であることを強調し、本文はのっけから女性読者に熱く呼びかける。

わたしの狙いは法の専門家として王妃を擁護することではない。いかなる法に依拠すれば王妃の身柄を拘束できるのか、わたしにはわからない。裁判官たちですら、そのようなことを敢えて考究してみることはないだろう。彼らが世論と呼ぶもの、彼らが政治であるとみなすものが、彼らの動機であり彼らの目標なのである。弁護とか証拠とか判決といった語彙は、人民と首長たちとのあいだで取り決められた言葉にすぎない。それとは異なる兆候によって、この高貴にして不幸な女性の未来の運命が定まってゆくだろう。したがってわたしは、もっぱら世論に語りかけ、政治を分析し、わたしが見てきたこと、わたしが王妃について知っていることを話したい、そして王妃に有罪を宣告することが、どれほど恐るべき結果を招くかを示そうと思うのだ。おお！　あなた方、あらゆる国々の、あらゆる階層の女性たちよ、どうかわたしの胸の疼きを分かちあいながら耳を傾けていただきたい。マリー＝アントワネットの運命は、あなた方の心の琴線に触れるものすべてをもっている。もしあなた方が幸福であるのなら、一方で彼女も幸福だったのだ。もしあなた方が苦しんでいるのなら、この一年、いやもっと長いこと、人生のあらゆる苦しみが、彼女の心を引き裂いてきたのである。もしあなた方がゆたかな感受性をもつならば、あなた方が母親であるならば、彼女もまた全霊を捧げて人を愛したのである。彼女にとって人生は、いまだ生きる価値のあるものだ、親しい存在がこの世にあるかぎり、生きる価値は残されている（三三頁　傍点スタール夫人）。

こんなふうに女性の書き手が読み手の女性に対し、それも特定の社会集団の女性ではなく「女性一般」に対し、切実な共感を分かちあおうと誘いかける文体が、当時すでに定型的なものとしてあったのか。「九一年、感情によって、情念によって、女性は存在感を見せた。これは認めねばなるまいが、自発性《イニシアティヴ》の優越においてもそうだった」というミシュレ『フランス革命史』の言葉はすでに紹介したとおりだが、同じ著者による『フランス史』の十九世紀の巻にも「女たちの恐るべき躍進」と題した章がある。そこでは一七九一年以降、恐怖政治からテルミドール期に活躍した女性たちが「ジャコバン女」と「反動の貴婦人たち」という項目で描出されている。(51) なるほどオランプ・ド・グージュもいたし、国民公会の議長まで務めたニコラ・ド・コンドルセの妻ソフィーは、知性においてもサロンの影響力という意味でもスタール夫人にならぶ存在だった。アラン・ドゥコー『フランス女性の歴史3――革命下の女たち』を参照すれば、テロワーニュ・ド・メリクール、クレール・ラコンブ、シャルロット・コルデー、ロラン夫人、リュシル・

サン＝キュロットの女

オランプ・ド・グージュ

デムーラン、フランソワーズ・エベールなど、身を挺して革命に参加することで後世に名を残した女性たちが少なからずいたこと、文筆によって世論に訴えようとした女性もまれではなかったことが確認できる[52]。さらに「ヴェルサイユ行進」の主役となった庶民の女性たち、あるいはヴァンデの反乱を支えた王党派の女性や農婦たちなど、数えきれぬほどの無名の存在を思い浮かべてみよう。十八世紀の最後の一〇年、フランスの歴史において「女性一般」の政治参加や社会進出が、相対的にはめざましいといえる程度に達成されていたことはまちがいない[53]。

それゆえ「女性一般」の言論活動が『王妃裁判についての省察』刊行の社会的な背景であったことは確かだとしても、それだけで読者を共感や情動に誘《いざな》う文体の由来が説明されるわけではない。この時期に「女性の連帯」という意識に裏打ちされた真の社会運動としてのフェミニズムは存在しておらず[54]、スタール夫人が読者として想定しているのも抽象的な女性でしかないという事実は強調しておくべきだろう。スタール夫人やコンドルセ夫人など、しかるべき女性の主宰するサロンは相互にライヴァル関係にあったし、女性解放を声高に唱えたオランプ・ド・グージュは素性の知れぬ美しい女だったから、上流階級の男性としか交流しなかった。ところで、よく知られているように、そのオランプが一八九一年九月、記念すべき「女性および女性市民の権利宣言」を発表したとき、この文書は王妃マリー＝アントワネットに捧げられていた(55)。

おそらく政治的立場とは次元の異なるところで、王妃は女性を代表し「フェミニテ＝女性であること」を体現する存在だという漠たる承認の意識が共有されていたのではないか。『王妃裁判についての省察』で、著者は冒頭の熱い呼びかけにより「女性一般」を特権的な審判者の座に据えたあと、身近な証人として正攻法の「弁護」を展開し、たとえば贅沢による過剰な出費とか、政治への介入とか、神聖ローマ帝国の皇后マリア・テレジアとの母娘の結託など、世間で指弾されている罪状に一通りの反論をこころみる。そしてクライマックスで、さながら情状酌量を迫るかのように、幸福の絶頂から奈落の底へ突き落とされた王妃の悲劇を叙情的に謳いあげている。強調されるのは、四人の子供をもうけた睦まじい夫婦愛、とりわけ麗しき「母性」の神話である(56)。

王女マリー・テレーズと王太子ルイ・ジョゼフを連れて，プチ・トリアノンの庭園を散歩するマリー＝アントワネット（ヴェルトミュラー画）

『王妃裁判についての省察』の刊行がやや腑に落ちないと感じる第二の理由は、政治的な射程がわかりにくいから、そして、この出版物が王妃の助命運動を盛り上げた形跡はないからである。上述のようにスタール夫人は、ナルボンヌの国王裁判への介入については見栄っ張りの軽挙だとして激怒した。ネッケルが国民公会に宛てて国王擁護の文書を送ろうとしたときも、権力との直接対決を恐れて反対したといわれている(57)。つまり王族の身柄について発言することが、どれほど剣呑な政治的仕草であるかを、スタール夫人は知らぬわけではなかった。しかしここはまず、国政の表舞台における革命的事件の推移を確認しておかなければならない。

一七九三年一月二十一日、ルイ十六世が処刑されてのち、二月一日には国民公会がイギリス、オランダに宣戦を布告。三月、革命裁判所が設立される一方でヴァンデの反乱が起き、五月には、ジャコバン派がジロンド派への対決姿勢を強めていた。六月二十四日、一七九三年憲法の採決が行われた。この「共和暦一年憲法」は施行されなかったが、革命の精神を明文化し社会的デモクラシーの諸問題を提起したという意味で「人権宣言」とともに革命の最も重要な法的遺産となる。六月末から八月にかけては「アンラジェ」と呼ばれる過激派が台頭し、九月初旬、国民公会は「恐怖政治」を実行に移す。そして十月十二日、革命裁判所でマリー＝アントワネットの尋問が始まり、十六日の未明、死刑が宣告されて、その日の正午、革命広場で刑が執行されたのだった(58)。

ミシュレによれば、一七九三年の夏、国民公会が緊急になすべきことが三つあり、それは「王妃を殺すこと、ジロンド派を殺すこと、オーストリアを打ち破ること」だったという(59)。恐怖政治は王政復活の可能性を根絶しなければならないのであり、そのためには象徴的な処刑が必要だった。生母が摂政となり幼い国王を擁立するという選択肢を排除するという理由もあった。スタール夫人がレマン湖の畔で八月に『王妃裁判についての省察』を拙速といえるほどの意気込みで執筆したのは、緊迫した時事問題への切り込みだった。女性の著者が女性の読者に語りかける小冊子という体裁は、あからさまな女物を装うことで権力との正面衝突を避けようという意図によるものだろう。ここでも「匿名」というのは見え透いた仕掛けにすぎず、著者がスタール夫人であることは、出版当初から自明であったと本人が述べている(60)。九月の初めに冊子は流通したらしいのだが、ひどい印刷ミスだらけのずさんな版だった。そこでイギリスにいるタレイランが協力を求められ、みずから校正の手配をするほどの熱意で刊行を急いだのだが、ロンドンで新版が発売されたのは、王妃処刑後の十月末だった(61)。

スタール夫人に勝算があったのか？　この問いに関しては、女性の出版物が政治の流れを変えることを期待するほど世間知らずではなかったはず、と推察しておこう。ネッケルは『ルイ十六世に対する裁判についてのフランス国民に宛てた省察』を公表した直後に「亡命者リスト」に名を記載された。つまり祖国を裏切った者という烙印を押され、フランスに置いたままの財産を差し押さえられていた。『王妃裁判についての省察』の新版が刊行されてまもなく、国民公会の公安委員会は、スタール夫人が国境を越えたら逮捕せよとの命令を出した(62)。

『王妃裁判についての省察』は一八一四年に再刊されている。このときは一七八八年の『ルソー論』と一八一三年の『自殺論』を合わせて三点セットになっていた。晩年の大作家スタール夫人にとって『王妃裁判についての省察』が、用済みになった時事的な文書ではなかったとすれば、その理由は何か？　ここでおのずと第三の文学的次元にかかわる疑問が浮上する。著者自身が再刊の趣旨を説明しているわけではないのだが、女性が女性の情感に訴えるという戦略において『王妃裁判についての省察』には「女性文学」の旗揚げという意図がこめられていたのかもしれない。一八九四年の『ズュルマ』は罪を犯した女の「裁き」の物語であり、枠組みの近似は偶然とは思われない。一方で『ルソー論』の結末で自殺が話題になっていることは上述のとおりであり、一八一四年に刊行された三点セットは、死をめぐる省察という共通性をもつのである。ところで『自殺論』には、ジェイン・グレイという在位九日で斬首されたイングランド女王の虚構の書簡が添えられており、ご記憶のようにスタール夫人は革命勃発の直前に『ジェイン・グレイ』という戯曲を書いていた。生涯温めつづけた一連のテーマのなかに、フランス王妃の悲劇的な死はごく自然に位置づけられたものと思われる。死後二〇年が経過して王政が復古した一八一四年、亡き王妃はすでに半ば伝説のヒロインになっていた。スタール夫人の時事的なパンフレットが文学作品として甦ることで、そのヒロイン像は一段と輝きを増したにちがいない。

サン゠キュロットの暴虐を風刺したイギリスのカリカチュア

『王妃裁判についての省察』と異なり、一七九四年の末に刊行された『ピット氏とフランス人に宛てた平和についての省察』（以下『平和についての省察』）は、正面から現代政治を論じたパンフレットである。執筆の時期は同年十月から十一月と推察される。このときも初版は「匿名」であったらしいが、内容が男物であるという自覚ゆえか、一人称の主語が文法的に男性形になっていることは興味深い(63)。刊行に先立つフランス内外の政情を補足しておこう。亡命貴族と周辺諸国による干渉戦争は、一七九二年四月の対オーストリア戦によって始まっていた。戦況が思わしくないなか、「祖国は危機にあり！」という掛け声のもと、地方から連盟兵がパリに集結し、「九月虐殺」をへて、国民公会が召集されたことはすでに述べた。公会は当初はジロンド派の後見のもとにあったが、一七九三年六月二日に粛正が始まり、急進的なモンターニュ派の支配する公会の第二の局面が訪れて、これが一年以上つづいたのだった。その間に最左翼のエベール派とダントン率いる右派の相次ぐ粛正があり、国民公会に一体化した「独裁者」ロベスピエールが、ついに共和国暦二年テルミドール九日（一七九四年七月二十七日）のクーデタにより逮捕された。翌日にサン゠ジュストとともに処刑。ここが「恐怖政治」の終焉、そして「テルミドール期」の起点となるのだが、国民公会そのものはさらに一五ヵ月生きのびる(64)。

以上が国内事情だが、他方で諸外国との「革命戦争」の進展を一瞥するなら、一七九二年九月二十日、国民公会が召集されたその日にオーストリア・プロイセン連合軍と対峙したフランス革命軍が連合軍を押し返した。パリの民衆が大挙して義勇兵となった革命軍が、ヨーロッパの旧体制に勝利したという象徴的な意味合いが喧伝された。十一月にはベルギーを占領、「革命の防衛」から「革命の輸出」へと路線を切り替えて戦線が拡大されてゆく。これに対して一七九三年の春から夏にかけ、イギリスの呼びかけで、革命フランスを包囲する対仏大同盟が組織された[65]。その中心的な人物が、時のイギリス首相ウィリアム・ピット（小ピット）である。一七九四年の十月、フランス軍は対仏同盟軍に勝利をおさめ、国内ではヴァンデの反乱軍との和平交渉に入る。ロベスピエールの処刑後、議会に復帰したジロンド派の影響力が増しており、結束が崩れ始めた対仏大同盟に対する外交的な働きかけが求められた局面で、まさに時宜を得た提言として『平和についての省察』は刊行されたのである[66]。

著作の内容については、自由主義研究の第一人者リュシアン・ジョームによる全集の「解説」を咀嚼しながら読解を進めたい。本文に先立つ「はじめに」のページで、スタール夫人はピット氏とフランス国民に「党派精神」l'esprit de parti を捨て、相対的な平安が得られたこの時期に「いくつかの一般的な観念」を検討してみようではないか、と呼びかける（八五〜八六頁）。本書でこれまでに引用した断章にも、たとえば『フランス革命についての考察』には「党派精神がソシエテを分断していた」という指摘があり、『王妃裁判についての省察』には「党派精神のために地上から真実が消滅してしまった」という批判があった。二年後に出版される『個人と諸国民の幸福に及ぼす情念の影響について』は「党派精神」というタイトルの一章を設けており、著者にとって特別に重い意味をもつ言葉である。

本文は二部構成で、三章からなる第一部はピット氏に宛てられている。スタール夫人はイギリス首相に対し、フランス革命の本質を解き明かすことから始めるのだが、「フランスを支配するのは、諸々の個人ではなく、諸々の理念である」（八七頁）という冒頭の定式からして、経験主義的な英国との相違を際立たせようという明確な意図が読みとれる。革命が過激化したプロセスについては「形而上学的な抽象」によって霊感を受け昂揚した熱狂《アントゥージアスム》が、革命の提供した財産上の利権や職業的野心と結びつき、「教義《ドグマ》と略奪、原理と傲慢」が一体となってしまったと説明する（九〇頁）。ジョームによるなら、じっさいフランスの革命には「イデオロギー革命」としての側面が強くあるという。ただし、特定の思想的プログラムが前提にあったという意味ではなく、集合的心性が圧倒的な力をもったのだが、その本質をスタール夫人は正確に捉えているというのである。諸外国との戦争は、ジャコバンという党派を超えてイデオロギー的な団結を強化した。なぜ民衆の義勇軍が国王たちの軍隊による対仏同盟に勝てるのか。スタール夫人によれば「彼ら（民衆）の独裁者たちは、民主主義的な理念を利用して、恐怖の名において熱狂《アントゥージアスム》を操った、そして自発的なものと強制されたもの、両方の利点を掌中におさめた」からにほかならない（九〇頁）。この分析は、現代における強制的政治体制についても有効ではないか、とジョームは評価する。イデオロギー的で愛国的でありながら、新しい利害にがんじがらめになった革命に、なるほど「独裁者」は存在したが、真の意味での「首長」は不在だった。ロベスピエールでさえ、国民公会と一体化することをやめた瞬間に失墜した。これこそがフランス革命の特質なのだという理解が「フランスを支配するのは、諸々の個人ではなく、諸々の理念である」という大胆な定式を裏づけているのである。第一章は、「啓蒙と理性の抵抗しがたい進歩」によって、フランスは専制を克服し、しかるべき体制を発見するはずだという予言によって締めくくられる。随所で素描されるのは、アメリカの共和制やイギリスの立憲君主制をモデルとした穏健派による政権であり、この部分はほぼ一年後に書かれる『国内平和についての省察』の萌芽ともいえる(67)。

第二章は対仏同盟に向けての発言。『ピット氏とフランス人に宛てた平和についての省察』は、ジョームも指摘するように、その後の戦況とのかかわりという観点からも絶好のタイミングで執筆された。半年後の一七九五年の四月から七月にかけて、フランス共和国は、次々にオランダ、プロイセン、スペインと条約を結び、三列強の同盟から抜けだすことに成功するのだが(68)、スタール夫人の著作が流通したのは、その準備交渉が着々と進められていた時期だった。王殺しの国が国王たちを相手に交渉し国境を確定するという野心的な事業において、明らかにフランスは、オーストリアおよびイギリスに対し有利な地歩を占めつつあった。とりわけイギリスにとってオランダは主要な貿易相手国であり、地理的にもエスコー川の河口という要衝がフランスの支配下に入ったことの痛手は大きかった。王殺しの共和制が君主制の自国への脅威と受けとられたことも事実だった。そのイギリスとの和平という提案が、やすやすと受けいれられない理由は、フランス国内にも存在した。ジョームによれば、領土の拡大と征服は、王殺しと同じ資格において、共和主義の旗印のようなものという了解が一部にあった。その延長上に浮かびあがるのは、政界に復帰したシエースが提案するヨーロッパ全体の同盟対イギリスという見取り図であり、ナポレオンの大陸封鎖を予告するような地政学、今日のEU問題とも無関係ではないヨーロッパ構想だろう。(69) スタール夫人は、強い抵抗があることを承知のうえで、海峡の向こうのイギリスとの接近を謀っているのである。

対仏同盟に対するスタール夫人の批判は、亡命者たちへの待遇にも及ぶ。諸外国は「ルイ十四世の偏見にまで後退」した狂信的な王党派に耳を傾ける一方で、ラファイエットのような開明的な「立憲派」を厳しく弾圧したではないか、というのだが、ここでスタール夫人が擁護するのは、特定の個人というより、一七八九年のサロンにおける「王政派」であり、ヴァレンヌの事件後はフイヤン派と呼ばれた集団であることを確認しておこう。(70) 亡命者を二つに分けるとすれば、免罪されるのはスタール夫人と同じく「九月虐殺」まで祖国にとどまり恐怖政治から脱出した人びとなのである。(71) じっさいフランス革命という「人間精神の新時代」に「暴動」しか認めなかった人びとへのスタール夫人の批判は手厳しい。旧弊な王党派は政治的な問題を「信仰にかかわる原則」のように扱い、「説明の労を執ろうとせず信じよと命ずる宗教的専制」を政治的な意見に持ちこんでいるからである（九三〜九四頁）。ところで頑迷な王党派と急進的ジャコバン派には共通するものがあるとスタール夫人は考える。フランスの国土の両端から地下道を掘り進み、合流したところですべてを爆破するのではないか、と不穏なイメージが提示されたのち、あらためて諸外国の王権とフランス共和国に対し、今後は穏健な中道路線が選択されてブルジョワジーの所有権が守られてこそ、ヨーロッパの社会に安定がもたらされるはずだと主張する。(72)

第三章は、目前の冬に停戦することの是非を問う。「この戦争には世論が絡みすぎている」（一〇〇頁）とスタール夫

ナポレオン1世に対する対仏大同盟の盟主となり，オーストリアとロシアの皇帝，イギリスのジョージ3世を金で操る小ピット
（1806年　イギリスのカリカチュア）

人はいうのだが、これはジョームによればイデオロギー的な重圧という意味だ(73)。一七九四年の末、書物が刊行された時点でフランスは共和国だが、一七九三年八月、国民投票により承認されたいわゆる「ジャコバン憲法」は革命の危機という非常事態のなかで施行を延期されており、一七九五年四月に新憲法を制定することが決定され、九月に「共和国暦三年憲法」が公布されるまで、フランスは国制を定める最高規範をもたず、実質的に「臨時政府」によって運営されていた。諸外国は革命的な共和主義の伝播を恐れているのかもしれないが、あなたがたが承認するよう求められているのは国制の選択ではない、フランスという国家の存在そのものなのである、とスタール夫人は主張する。それにまた、いずれの国でも戦争は徴兵と課税という重い負担を国民に強いるのがつねであり、大方の民衆蜂起はこれが原因で起きるのだと警鐘を鳴らし、為政者に対しそれとなく脅しをかけたあと（一〇一頁）、結論部分は「自由の国イギリス」の国民に直接呼びかけて選択を迫る――「戦争がピット氏を政権の座に据えているのであり、平和はフォックス氏を政権の座に呼びもどすだろう」（一〇五頁）。あからさまな内政干渉だが、この挑発は無視されなかった。イギリス議会下院において野党ホイッグ党の党首フォックスは、二度にわたりスタール夫人を引用してピットの主戦論を批判し、辞職を迫ったからである(74)。

第二部はフランス国民への呼びかけとなる。スタール夫人は革命の両義性に注意を促し、「フランスの革命には、生命力と破壊力の諸原理が、社会組織を刷新する思考と解体するシステムが同居している」と指摘する（一〇六頁）。ジョームによれば、これこそが十九世紀の自由主義が考究することになる大きなテーマであり、おそらく初めて、それもジャコバンの恐怖政治が終結したばかりという早い時点で、明確に文章化された革命解釈であるという[75]。革命の総決算のなかで善と悪のふるまいわけがなされることだろう、とスタール夫人は考える。そして、戦争と恐怖政治が過激派の政策のなかで相互に支え合ったのに対し、穏健派は平和が訪れなければ生きてゆけないのだと指摘する。さらに兵士や亡命者の帰還を想定して将来のヴィジョンを語り、統治の目標は「所有と人間の安全」を保障することでなければならぬと宣言するのである（一〇七〜一一一頁）。この結論が、一七九五年憲法が模索することになる精神を予告していること、イデオローグの一人として発言権を増すピエール＝ルイ・レドレルはじめ、著作に賛辞を贈った者はフランス国内にもいたことを付言しておこう[76]。

5　文学への助走
――『ズュルマ』（一七九四年）『フィクション試論』（一七九五年）

一七九三年の九月に刊行された『王妃裁判についての省察』と一七九四年末の『ピット氏とフランス人に宛てた平和についての省察』のあいだを縫うようにして、スタール夫人は文学作品と批評的エッセイに手を染めている。一七九四年四月の『ズュルマ――ある作品の断片』は本文一三ページほどのフィクションであり[77]、もう一方の『フィクション試論』は、革命裁判の暴虐を嘆く数ページの韻文作品と二十歳になるまえに書いたとされる三篇の物語とともに『断片集』という表題の書物におさめられ、一七九五年五月に発表された[78]。これらの作品は一体となって一七九六年十月の『個人と諸国民の幸福に及ぼす情念の影響について』を準備しており、さらには一八〇〇年の『文学論』へと継承されてゆくのだが、刊行の時点で一定の反響は得られたものらしい。なかでも『フィクション試論』はゲーテの目に留まり、一七九六年二月にゲーテ自身による翻訳がシラーとフンボルトの編集する雑誌に掲載された(79)。

すでに述べたように『ズュルマ』は虚構の「裁き」の物語である。『王妃裁判についての省察』が実在の女性を死から救うための弁護であるとしたら、これは殺人を犯した架空の女性のための弁明ということになるのだが、前置きとして「裁判」と「文学」の関係についてひと言ふれぬわけにはゆかない。一七九三年三月、国民公会によって設置された「革命裁判所」は、テルミドール九日のクーデタによりその活動が事実上停止するまで、一六ヵ月にわたり、忌まわしき実績を挙げた。全国の「革命法廷」で死刑を宣告され、処刑された犠牲者は一万六六〇〇人、逮捕者数はおそらく五〇万人に近いとされる。いまだに実態を把握することさえできぬ「大恐怖」と呼ばれる現象であり、今日に至るまで「テロリズム」の元祖とみなされている。フランス革命の経過のなかで内外の脅威が頂点に達した時期に、貴族の裏切り、貴族の隠謀という強迫観念が広がり、サン＝キュロットの活動家によって実行されたものである(80)。

こうした特殊な環境で蔓延した革命裁判に先立ち、十八世紀後半には裁判制度そのものが大衆の耳目を集めるようになっていた。詳述するゆとりはないが、裁判は芝居に匹敵するイヴェントであり「日常生活のメタファー」としての機能を果たす。それまで遠い宮廷にあった政治の世界が法廷に移ることで、人びとは日常的な興味をもって政治に積極的にふれるようになった。とりわけ一七八五年に発覚した王室がらみのスキャンダル、いわゆる「ダイアモンド首飾り事件」は、私的な興味の世界と公的な政治の世界を法廷という場で重ねあわせるという意味で、決定的な影響をもたらした。それは、柴田三千雄氏の表現によるなら「新しい公共圏」の誕生に匹敵する出来事だった(81)。

『ズュルマ』の舞台は南米オリノコ河の岸辺。ギロチンの災厄が猖獗《しょうけつ》を極めていた時期に刊行されたという条件をふまえるなら、通常の意味でのエキゾチズムとして片づけるわけにはゆかない。語り手は「未開人」の捕虜となったヨーロッパ人だが、地元の住人と交流を深め、とりわけ族長のような老人と友誼を結んでいる。語り手の説明するところによれば、未開人は社会的な結合の最初の基礎となる「所有権」というものを知らないから、財産とは別の尺度によって、運命の荒波から人間を守る天使である「保守の精神」esprit conservateurを身につけた長老のような人物を首長にえらぶ。ある日、老人は、これから裁判があり、自分をふくむ七名の者が審判を下さなければならない、その辛い場面に立ち会ってほしい、と語り手に依頼する。死の判決を下すとき「人が人に対してもつ権利を濫用し、神の復讐を不当に肩代わりしているのではないか」という疑念に胸を引き裂かれるにちがいないからというのである。裁判官たちは死刑の判決を下したのち孤独に蟄居することを求められ、一週間後にふたたび集まって判決を破棄するか否かを話し合う。あなた方の国には上級裁判所というものがあると聞いているが、われわれのところでは「一時の印象から永遠の良心」へと上訴の手続きがなされるのだ。この制度は貴重だとわれわれは考えている。じっさい厳しい判決がくつがえされることは少なくないのだから。さらに老人は、裁判は人民のまえで公開で行われること、有罪が決まれば家族は追放されることを告げる。誤審や冤罪を避ける方策が講じられている「未開人」たちの裁きが、これほど入念に紹介されていることの寓意は明らかだろう。ちなみに過激で破壊的な変革を抑止する「保守の精神」はスタール夫人の政治論を特徴づけるものでもあり、いずれ憲法構想として具体化されることも予告しておこう(82)。

裁判の行われる広場と死刑囚が縛りつけられる「ラタニヤ」の木は、一筆書きのように素描されるだけ。緑の芝のうえに矢で射抜かれた美青年の亡骸があり母親がすがりついている。そこへ麗しきズュルマが登場し、堂々と口上を述べる――自分にも救わねばならぬ家族がいるゆえ、弁明することをお許し願いたい。フェルナンの心臓を矢で貫いたのは、この自分であり、あなた方の法によればわたしは死刑になるはずだが、神のまえで罪を犯してはいないと考える。老いた方たちも「情熱《パッション》の言葉」に耳を傾けていただきたい。フェルナンは幼いときスペインの将軍に捕らえられ、文明の民のもとで育てられた。しかるに誇り高い気性ゆえに、ヨーロッパの軛につながれることを嫌って故郷にもどってきた。民に慕われる勇敢な戦士にわたしは密かに心を寄せるようになり、ついに青年がわたしに目を留めた。青年のおかげでわたしは「ヨーロッパ人たちの書物」を理解するようになり、こうして「わが不幸の恐るべき姿」をあなた方に描いてみせる才覚も身につけた。やがて彼なしでは生きられないと感じるようになり、情熱は恐ろしいほどの密度に達したのだった。心変わりするときには、わたしがそれと気づかぬうちに殺してほしいと彼に迫ったりもした。

「情熱とはそれ自体のなかに描きだされるものであり、そこから派生したものに同じ価値があろうはずはない」とズュルマはいうのだが、ここで「派生したもの」とは、たとえば聴き手の民衆をまえに語られる「献身」の物語を指している。青年の母親が川で溺れたときに命の危険を冒して救ったこと、青年が敵に通じたという嫌疑をかけられ追放されたとき砂漠で艱難《かんなん》を分かちあったこと、毒矢に射られた青年の傷口に唇を当て毒を吸い出して、おかげで青年は一命をとりとめ自分は生死の境をさまよったこと。しかしながらフェルナンに身も心も捧げたからといって、何かを要求する権利があると思っているわけではない。ただわたしの魂の奥底には「愛の強い力」があり、これほどの情熱をもって愛された男が「自由」だと感じるはずはないと信じてしまったのである。フェルナンはある日、ひとりの娘のまえに跪いていた。それを目にしたわたしは矢を放った。

『ズュルマ』の「裁き」には三つの階梯がある。誰にフェルナンを罰する資格があろうか、と女は聴衆に問いかけていう。彼に命を与えたわたしだけが、その運命を決する権利をもつのではないか？　女が男に下す第一の裁きについては、いかなる裁きの場も、いかなる国民も、天上世界ですら、あいだに割って入ることはできないという主張である――「わたしを彼に結びつけていた愛は、道を誤らせ、罪に陥らせることなどできぬものであり、人の定める法や世間の意見などを超えている。それは真理であり、炎であり、純粋な元素であり、道徳的な世界の原初の理念なのです」。女が口をつぐむと一瞬の静寂が訪れて、聴衆から無罪を求めるざわめきが立ちのぼり、裁判官たちが同調する。これが第二の「裁き」だが、家族が解放されるのを見届けたズュルマは素早く毒矢でみずからを傷つけ、第三の裁きを下す――「フェルナンを殺した者をわたしが生かしておくとあなた方は思われたのか？　ああ！　あの人なしでわたしが生きながらえることができるのだったら、あの人の心変わりは正しかったことになりましょう」（一二〇頁）。

『ズュルマ』が不実なナルボンヌに当てつけた個人的な「復讐小説」として読まれてきたことは、どうやら文学史的な事実であるらしい。ヴィノックの評伝も「苦い愛」と題した章の冒頭で、この小品を「悪魔払いの文学」として十数行で片づけている。(83) しかし考えてみれば、女の真摯な愛に相対した男の優柔不断や裏切りという主題は、二十歳になるまえに書いたとされる三篇の物語から『デルフィーヌ』と『コリンヌ』という円熟期の大作まで、じつはスタール夫人の作品に倦むことなく反覆されており、そもそも男女の葛藤なくして恋愛小説は成り立たないのである。重要なのは、女の自死もしくは男女の死へと至るお定まりの悲恋ではなく、凡庸な物語を糧に増殖する思考の豊穣さではあるまいか。

スタール夫人は啓蒙の世紀とロマン主義の時代の橋渡し役という希有な歴史性を担った作家であり、同じ役割を演じた作家に、二歳年下のシャトーブリアンがいる。文学史によれば『アタラ』(一八〇一年)と『ルネ』(一八〇二年)は、本来『キリスト教精髄』(一八〇二年)の例証として書かれた挿話が独立して刊行されたものであるという。『ズュルマ』の場合も、副題に示唆され、一七九四年の「序」にも明記されているように『個人と諸国民の幸福に及ぼす情念の影響について』の「愛についての章」のために書かれたエピソードだった。作家相互の影響関係を論じようというのではない。宗教論や哲学的エッセイなどの抽象的議論を可視化するための具体例というレヴェルで「フィクション」が構想されている、しかも著者自身が「本来は挿入されるはずだった」という言い回しによってそのことを公表しているという形式的な共通性をひとまず強調しておきたい。(84)

『アタラ』と『ルネ』ではカナダに近い北米のフランスの植民地が、そして『ズュルマ』ではカリブ海に面した南米大陸が舞台となっている。ポール・ベニシュー『作家の聖別』によれば、啓蒙の世紀のフランスは、海外の植民地や古代の文明に無垢な原初の世界を求めていたという。無限に遠い時空には「やがて人類の発展により枯渇される定めの、感情の充溢と想像力の熱気」があると考えられていたのである。(85) じっさい『ズュルマ』の一七九六年版「序」には、愛という感情に想像しうるかぎりのエネルギーを与えるためには「未開人の魂と教養豊かな精神」が必要なのだと記されている。(86) 主人公の男女がヨーロッパの文明に育まれた未開人であるという人為的な設定は、抽象的議論を具体化するための装置として不可欠なのである。その一方でカリブ海の風物そのものは著者の関心すら惹かないらしく、ただ「ラタニヤ」と呼ばれる処刑用の樹木が一本だけ孤独に立っている。[87]『ズュルマ』の舞台は、華麗なヴィジョンの誘惑となって立ちあらわれるユゴーやフローベールのオリエンタリズムとは無縁である。

一七九五年前後、スタール夫人にとって「フィクション」という言葉は特別の意味をもっていたにちがいない。数年後の『文学論』ではむしろ「想像力の作品」や「小説」という用語が頻繁に使われるようになるのだから、なおのこと、この語彙に託された意味とは何かを明らかにしなければならない。ベルトラン・ビノシュが編纂した「フィクション」をめぐる論集によれば、デカルトからスタール夫人を両端とする一世紀半ほどのあいだに「フィクション」の概念を援用した作家や思想家に、ディドロ、ルソー、コンディヤック、ダランベール、サド、ライプニッツ、ヘルダー、シラー、ゲーテなどがいる。[88]錚々たる名を見ただけで、スタール夫人にとっては初めての批評的エッセイ『フィクション試論』が啓蒙の世紀の伝統に根ざした論考であることが想像されるだろう。

そうしたわけで、これからフィクションについて語ろうというわけだが、その目的と魅力の両方と関係づけながら考察を進めることにしたい。それというのも、この種の作品においては、有用性をともなわぬ娯楽性はありうるかもしれないが、娯楽性のない有用性というものは絶対にありえない。フィクションが活用されるのは魅了するためなのだ。それがめざそうとする結論が道徳的あるいは哲学的であればあるほど、感動を誘うあらゆるものでそれを美しく飾り、そうとは予告せずにしかるべき目的地にまで導くことが求められるだろう。神話的なフィクションについては、詩人の才能だけを考察するつもりである。おそらく宗教的な影響という点からも考察されるべきだと思われるのだが、この観点はわたしの課題とは関連しない。古代の作品について語るときには、それが今日に与える印象を問うことになるだろう。わたしは詩人の宗教的な教義ではなく、文学的な才能を検討するつもりである。[89]

提言はおそらく斬新というよりはオーソドックスなものである。望ましいフィクションとは「道徳的あるいは哲学的」な議論を補強するための感動的な挿話であるという主張は、当然のことながら『ズュルマ』読解の指針ともなるだろう。スタール夫人はフィクション一般を「驚異的かつ寓意的なフィクション」「歴史的なフィクション」「すべてが作り事であると同時に模倣でもあり、なにひとつ真実ではないが、すべてが真実らしく見えるフィクション」という三つの特性により分類する。「歴史的なフィクション」はときに無用な筋書きによって歴史の道徳性を破壊するという批判もあり、スタール夫人のめざす領域が、フィールディングやリチャードソンの名が引かれる第三の区分であることは、おのずと推察される。言及される作品は、ホメロスやヴェルギリウスからラ・フォンテーヌの『寓話』、スウィフトの『ガリヴァー』、ヴォルテールの『カンディード』など多岐にわたる。著者の共感が、ラ・ファイエット夫人の『クレーヴの奥方』、ゲーテの『若きウェルテルの悩み』、そしてルソーの『新エロイーズ』に向かうことも予想どおり。じつのところ、今日の視点から見て興味深いのは、個別的な影響関係よりむしろ「道徳」や「哲学」と不可分で「有用」なものとして「フィクション」が定義され、それが文芸の王道とみなされていたという事実そのものではないか。啓蒙の世紀の人文的風景として念頭に置くことにしたい。十九世紀に入って「文学」が急速に自立性を獲得し、テオフィル・ゴーティエが「芸術のための芸術」という挑発的な標語を掲げるのは、ちょうど四〇年後のことである。

一七九二年の「九月虐殺」以来、パリを離れていたスタール夫人は、こんなふうに多産といってさしつかえない文筆の成果を挙げていた。その間の感情生活の波瀾について、簡潔に整理しておこう。ナルボンヌへの執着が薄れたのは『ズュルマ』による「悪魔払い」が功を奏したからというだけではあるまい、というのがヴィノックの評伝の論調なのだが、ここで登場するのがアドルフ＝ルイ・リビング。オリノコ川のフェルナンにも負けぬ美青年であったらしい。四十に手の届きそうなナルボンヌに比べれば、スタール夫人と同じ二十八歳という年齢は充分に若かったし、申し分なく劇的な過去を背負っていた。スタール男爵と同じスウェーデン人であるリビング伯爵は、主君グスタヴ三世が一七九二年三月十六日に襲撃された事件に連座して、死刑の宣告を受けた。その後減刑されて国外追放となった身で、パリを経由してレマン湖の畔に立ち寄り、そのまま居着いてしまったということらしい。スタール夫人の「歓待の精神」はじつに寛大に開かれている。明らかに「党派精神」を超えた次元に身を置いて、スイスに逃れてきた者を受けいれ、パリで投獄された友人たちに資金援助をしていたのである。リビングの母親を呼び寄せてともに暮らす算段をしているところに、改悛したナルボンヌがあらわれるというメロドラマ風の展開もあったらしいが、この話は省く。優柔不断な男が女の激しい愛に全面的に応えることをためらうという筋書きは、リビングの場合も同じだった。[90]

スタール夫人の人生にとって決定的な意味をもったのは、一七九四年九月に出遭ったバンジャマン・コンスタンである。ずばぬけた教養に恵まれながら賭け事が好きで風采はあがらず模範的とはいいがたい生活を送ってきたコスモポリタンの青年は、年齢は二歳下。「エスプリ」の輝きによりスタール夫人の期待に応え、ただちに特別な待遇を受けるようになる。コンスタンによるモデル小説『セシル』から、スタール夫人の容姿や仕草を描いたとされる断章を本書第一章で紹介したが、[91] つづく部分を読んでみよう。

マルベ夫人が革命を避けてスイスに住むようになってから、ほぼ一年が経つというころだった。フランスのもっとも華やかなソシエテで育まれた彼女は、その優雅な作法の一部を身につけていた。とりわけ人を賞賛する独特のやり方を知っていたが、これは選りすぐりのフランス人を特徴づけるものなのだ。彼女のエスプリはまぶしく感じられ、彼女の明朗さにうっとりし、彼女の賛辞のおかげで私はすっかり舞い上がってしまった。わずか一時間ほどで、彼女はいかなる女性も絶対に敵わぬような力で私を捕えたのである。まずは彼女の近所に住むことにしたのだが、じきに彼女の館に住むようになった。ひと冬のあいだ、私は彼女に愛の告白をして過ごした。

一七九五年の春、私は彼女にしたがってフランスに移り住んだ。私の性格と年齢のわりに青臭い頭がかき立てる激情とともに、革命をめぐる世論に参入した。野心の虜となった私にとって世界中で望ましいと思われることは二つだけ、すなわち共和国の市民となること、そして一党の党首となることだった(92)。

パリのサロンで培われる文化的洗練をコンスタンは「ソシエテの優雅な作法」「人を賞賛する独特のやり方」と呼んで正しく捉えている。馴れ初めの時期を回想する文章に先立って「書き物と会話」によって「今世紀の最も名高い女性」となったという紹介があることもいいそえておこう。それにしても『セシル』は情報の客観性を標榜する「回想録」ではない。明らかに未完のまま放置され、草稿は行方不明になってしまったが、これが奇跡的に見出されてようやく刊行されたのは一九五一年のことだった。モデルが透けて見えるというだけでなく、私生活の感情的ストレスを治療するために逡巡や懊悩や妄想を吐露したテクストのようでもあり、いずれにせよ現実世界の素朴な反映を見てとることは慎まねばならない。それにまた直情型のスタール夫人とちがって『セシル』の一人称に託されたコンスタンという人物は、底なしの不可解な混沌を秘めている。上記の引用から想像されるのは、颯爽たる行動力をもつコンスタンの姿だが、感情生活においては『アドルフ』の主人公に輪を掛けて、病的な優柔不断に足下を掬われながら生きていた。そのコンスタンが遺したスタール夫人の肖像については、第五章であらためて触れることにしたい。

スタール夫人がレマン湖の畔ローザンヌの近郊にあるメズリに借りていた館は、亡命先とはいえ深閑と静まりかえってはいなかった。リビング、寛容なスタール男爵、早々に和解したナルボンヌのほか、かつてパリのスウェーデン大使館においてサロンを賑わせていたモンモランシーなど錚々たる貴族たちがスタール夫人のもとを入れ替わり訪れていた。そうした環境では、ひと冬つづいたというコンスタンの「愛の告白」は要するに即効性をもたなかったのだろうと推測されるのだが、一方で意気投合した「エスプリ」どうしの切磋琢磨は火花を散らすようであったらしい。一見ささやかながら『フィクション試論』から引用した上記の断章に、象徴的な文章がある。「神話的なフィクション」については「詩人の才能」という観点からだけでなく、本来は「宗教的な影響」という点からも考察されるべきだという趣旨の断り書きがあるのは、無名のコンスタンがスタール夫人に見せた草稿「諸宗教の精神」への力強いオマージュなのである。十代に構想されたというコンスタンの『宗教論』は、四〇年を費やすライフワークとなり、一〇〇〇ページを超える壮大な古代宗教研究に結実する。(93)

一七九二年九月から二年半にわたりスイスを拠点としていたスタール夫人は、コペの城館に住む両親の庇護下にあったわけではない。父親には潤沢な資金援助を求める一方で、精神的には独立した生活を営んでいたにちがいないのだが、道徳堅固な母親が娘の華やかな異性関係に悲憤慷慨する場面はあったと思われる。もともと病弱だったシュザンヌは一七九四年五月十五日に死去。一方のネッケルは、あくまでも寛大な父親としてふるまっており、おそらくバンジャマン・コンスタンの真価もただちに見抜いていたのだろう。一七九五年五月、スタール夫人が晴れてパリのスウェーデン大使館に帰還したとき、忠実な友として付き添ったのはコンスタンだった。

第三章　政治の季節（一七九五〜一八〇〇年）

1　選択としての共和主義
――『国内平和についての省察』（一七九五年執筆、死後出版一八二〇年）『情念論』（一七九六年）

一七九四年七月二十七日、テルミドール九日のクーデタに始まり、一七九五年八月二十二日の共和暦三年憲法の採択、同年十月二十七日、国民公会の解散につづく総裁政府成立をへて、一七九九年十一月九日、ブリュメール十八日のクーデタによりナポレオン・ボナパルトが権力を奪取するまでの「テルミドール期」を、この章は俯瞰することになる。スタール夫人の全集におさめられた政治論の主要な著作二冊がこの時期に書かれているのだが、そのうち『国内平和についての省察』はすでに印刷されていたものの流通を差し止めた。理由は一七九五年十月五日、ヴァンデミエール十三日のクーデタ。もう一冊の『革命を終結させうる現在の状況とフランスで共和政の基礎となるべき諸原理について』は出版そのものを躊躇していたのだが、計画が放棄された直接の原因はブリュメール十八日のクーデタにある。それほどに時局の変転と正面から向き合い、実力を蓄えつつある陣営に睨まれる危険を冒しながら、スタール夫人はこれらの論考を書いた。世の喧噪を離れて書斎の安全地帯に立てこもり、政治思想の原理原則を更地に構築したものではないという事実を念頭に置いて読んでみることにしよう。

『ピット氏とフランス人に宛てた平和についての省察』と対をなす文書『国内平和についての省察』は一七九五年の

六月から七月にかけて、別説によれば七月から九月にかけて執筆された[1]。前年七月のクーデタ以来、政局は中心となる人物を欠いたまま、ロベスピエールに近いジャコバン派の追放、反革命勢力の巻き返し、飢えた民衆の武装蜂起、一七九三年憲法（「平和」になるまで凍結されていた急進的な共和国憲法）の実施要求などにより翻弄されていたのだが、それでも「十一人委員会」の草案にもとづき、八月には新憲法が制定された。立法機関は、法案を作成する「五百人会」とその法案の採否を決する定数二五〇人の「元老会」という二つの機能に分かたれ、「五百人会」の推薦にもとづき元老会が選ぶ五人の総裁が構成する「総裁政府」に執行権が託された[2]。それにしても「テルミドール派」という名称に見合う単一の政治的ヴィジョンが存在したわけではないし、一方では、たとえ憲法が施行されても、いつ何どき新たな政変により現政府が覆されるか、予測できないという状況がつづいていた。スタール夫人の提言が中道路線であることは確かなのだが、だとしたらこの文書の何が独創的な提案であり、なにゆえ公表は危険とみなされたのか。

ピット氏に宛てた文書と同じく、テクストは二つの集団への「呼びかけ」の形式をとっている。ごく短い「序文」は、フランスにおける革命の目的が「自由」という価値であることをあらためて宣言し、今やフランスの国民的期待ではありえぬ絶対王政と民衆を動員した過激な独裁体制という両極端の選択肢をまず排除する。そのうえで、現在最もしっかりした基盤をもつ二つのシステム、すなわち「異なる儀式」を採用しながら「自由」という「同じ信仰」を希求しているはずの「二つの精神」が合意できるかどうかを検討することが、著者の目的であると述べる（一三五～一三九頁）。第一部「自由の友である王党派たちについて」では、第一章で現在の状況において王政の復活という選択が果たして合理的か否かを問い、第二章では、いかなる原則の共和政なら王党派の穏健な人びとの賛同を得られるかを考える。第二部「秩序の友である共和主義者たちについて」では第一章に「秩序の友である共和主義者たちの掲げる諸原則は自由の友である王党派の掲げる諸原則とまったく同一であること」、第二章には「共和国は才能と徳において傑出した人材を必要としていること[3]」という表題がつけられており、議論の流れが穏健派の糾合をめざしていることは一目でわかる。リュシアン・ジョームの示唆するように「立憲王党派⇩秩序」「共和主義⇩自由」という図式を想定する通念を反転させて「王党派⇩自由」「共和主義⇩秩序」という組み合わせで人目を惹くレトリックであること、「秩序」と「自由」の結合こそが、ネッケルの娘スタール夫人の政治信条であることも強調しておこう(4)。

政治的自由は市民的自由に対し、これを保障するという役割を果たす。それは手段であって目的ではない。この点について考え方がずれてしまったことが、フランス革命がかくも混乱を来《きた》したことの一因なのである。人びとは市民的自由を犠牲にして政治的自由を追求した。その結果、見せかけの自由が統治者のもとにあり、安全への希望は権力者のもとにしかないという状況がもたらされた。真に自由な国家においては反対のことが起きるはずなのだ。すなわち政治的権利は、各人が祖国に対して支払う税のようなものとみなされなければならない。それは監視を怠らぬこと、市民の義務を果たすことである。これらの貢ぎ物が実らせた成果として、人は市民的自由を手に入れる。政治的自由は、権力に憧れる野心家にとっては重要なものだろう。市民的自由は、圧政を嫌う平和的な人間が関心をもつものだ。何かを保障するという役割を超える力をもってしまった政治的自由はいかなるものであれ、これが担保したはずの目的を危険にさらすことになる（一六八頁）。

ジョームの注によれば、これは近代的な自由の定義としてモンテスキュー、そしてシエースの一七八九年九月七日の議会演説を踏襲したものであるという。注目すべき点は「政治的自由」に対抗しうるものとしての「市民的自由」という概念が、フランス革命の「混乱」を分析し、モンタニャール独裁体制を批判する根拠として援用されていることにある。スタール夫人の主要な政治論『革命を終結させうる現在の状況とフランスで共和政の基礎となるべき諸原理について』、さらにはバンジャマン・コンスタンの『近代人の自由と比較された古代人の自由について』（一八一九年）へと引きつがれ、練りあげられてゆく重要な概念である(5)。

さてスタール夫人の主張の要は、三つの柱、すなわち立法院の二院制、執行権の独立と補強、そして所有権に連動する政治的権利にある。とりわけ一七九三～九四年の革命政府が排除した所有権の保障は、アンシャン・レジームの世襲的特権とは異なる個人の権利としてテルミドール期が明確に提起した課題であり、その後も受けつがれてゆく市民的権利となるだろう。しかしジョームによるなら、スタール夫人の議論の独創性はこうした主張の内容そのものより、綿密な議論によって「中間党」とも呼ぶべき集団を形成しようという積極的な働きかけにある。ちなみにとりあえず「中間党」と訳してみたフランス語の parti mitoyen は、二陣営を分断するのではなく接合する集団というイメージであり、後述のようにこの語彙もコンスタンの著作に継承されている(6)。

もう一点、用語の問題を確認しておくなら、フランス革命期に「デモクラシー」という語彙はそもそも使用されることが多くはなかったし、使われるときのニュアンスは複雑な陰影をともなっていた。スタール夫人が「民主主義に帰属するもの」と「共和主義に帰属するもの」を区別することが肝要だ、と主張するとき、「民主主義」が想定するのは、じつは「人民」の全体ではなく、その一部である「無産者」が政治権力を掌握した政体にほかならない(7)。「政治的平等は自然状態より恐ろしい」という指摘もあり、そこから生じたのは「所有」を迫害する「奇怪な社会」だったという述懐がつづく(8)。

それにしてもフランスは現状において共和国なのであり、他方で王政の復活については、具体的な人選や選出方法はいうまでもなく、いかなる王政なのかという難問もあり、国民的合意に至ることは不可能に近いとスタール夫人は考える。フランスが共和政にとどまることは事の成りゆきとして自然だけれど、一方で「制限王政」に到達するには「軍隊の支配」を経過しなければなるまい、という意味深長な見解も記されており、ナポレオン独裁をへて王政復古へという道筋を辿ったフランスで、予言的な一文とみなされるようになったという(9)。

以上で『国内平和についての省察』のあらましは紹介したことになるが、一方で、現実の勢力図は時々刻々と変化する。当時の国民公会は恐怖政治を打破したという自負心と恐怖政治の手先だったという暗い記憶を同時にもっていた。テルミドール九日の事件以来、世論が右傾化してゆき、有権者たちが日ごとに王党派に取り込まれてゆくように見えることに不安をおぼえた国民公会は、解散に先立って、新たな立法府の選挙に当たり、議員の三分の二は現在の国民公会議員から選ばれるという強引な規定、いわゆる「三分の二法」を採決したのである。これが王党派と穏健派の危機感を煽り、一七九五年十月五日、ヴァンデミエール十三日のクーデタの引き金となった。王党派の騒擾を鎮圧したのは、ポール・バラスに事を託された若き将軍ボナパルトである。「高級住宅街に住む反動分子」に対する共和国の勝利をもたらして、一躍パリで名を挙げた将軍は、市街地に大砲をもちこみ、かつて民衆が武力蜂起によって自力で掌握した都市を正規軍の支配下においた。(10) 軍隊を後ろ盾にしたクーデタは、この後もくり返されることになるだろう。(11)

事件より数ヵ月まえ、五月にコンスタンをともなってパリに帰還したとき、スタール夫人は「王党派」「亡命者」「外国人」という個人攻撃を見越しての弁明という意図から、今日でいえば「新聞広告」のような長文の宣言をいくつかのメディアに掲載した。

したがって私は、一つの政体を採用する国民の幸福と意思に無関係な諸々の考察によって特定の政体に執着する者たちの偏見を分かちあう者ではないこと、正義と人道という神聖な基盤のうえにフランス共和国が確立されることを真摯に願う者であることを、ここに宣言します。現在の状況においては、共和政の統治のみがフランスに安寧と自由をもたらすものであることに異論の余地はないと私は考えるからであります。(12)

これほど潔く「共和政」に賛意を表明し、強引な国民公会の「三分の二法」にも表立って反対の声を上げず、もっぱら「中間党」の機運を盛り上げるために宥和的な働きかけをつづけていたのである。それなのに、という見方もあるが、じつはスタール夫人が、モンモランシーやナルボンヌなど亡命貴族の大物や「高級住宅街に住む反動分子」と旧来に変わらず親交を結んでいることも否定しようのない事実ではあった。かつてナルボンヌを軍事大臣に推挙して以来、スタール夫人には「陰謀家」という風評がつきまとう。[13] じつはヴァンデミエール事件のときも手をこまねいて見ていたわけではないのだが、この話は次項にゆずる。ともあれ印刷されたばかりの『国内平和についての省察』は、厳しい情勢を察した著者自身の判断で発売中止となった。十月十五日、国民公会の公安委員会はスタール夫人が裏で騒擾にかかわったと見て、一〇日以内にフランス国外に退去するよう命じたのだった。[14]

そうしたわけで『国内平和についての省察』は一八二〇年、遺稿として全集に収録されるまで日の目を見なかった。にもかかわらず、執筆中の原稿は多くの人が目にしていたはずであり、だいいち刷りあがった書物は書店で売られなくとも読むことはできる。[15] それにまた、次項で詳しく見るように、スタール夫人にとって書くことはサロンで語り合うことと不可分の営みであり、この時代、口頭言語は書記言語に劣らず公論形成の機能を果たしていたのである。それゆえ、たとえ未刊の書物であろうとも、この時点でいかなる思想が芽生え、周囲に発信されていたかという観点からテクストを読み解くことは許されよう。

スタール夫人は七ヵ月のフランス滞在ののち、コンスタンとともにスイスにもどり待機する。総裁政府はスタール夫人の国外追放という決定を維持したまま動静を厳しく監視しつづける。[16] 夫人がスイスに本拠をおけば、総裁政府に睨まれた王党派の面々が頼ってくるのは当然だったけれど、それはそれとして、本人がパリにもどってサロンを再開したいのであれば、なんとしても身の証しを立てなければならない。コンスタンがスタール夫人のもとで執筆し、一七九六年六月にスイスで刊行したパンフレット『フランスの現政府の力とこれに同盟すべき必要性について』は、題名からして意図は明白、まずはコンスタンが総裁政府と渡りをつけて、スタール夫人がこれに続こうという二段構えの戦略だろう。女は政治に口出しをするなという教訓の執拗さを、スタール夫人は身に沁みて理解したところである。

一七九二年の末にスイスで書き始められていたらしい『個人と諸国民の幸福に及ぼす情念の影響について』（以下『情念論』と略記）は、一見したところ無難な内容の書物のように見える。[17] スタール夫人の全集においても、主要な政治論三篇とは別の巻に『ルソー論』『自殺論』などとともに収められている。文学史的なジャンルとしては「道徳論」

traité de morale に分類されるといわれれば、「自殺」をめぐる論考に隣接することにもとりあえず納得がゆく。今日ではあまり馴染みのない「道徳論」の起源は古代のアリストテレス倫理学などにさかのぼることができようが、フランスにはモンテーニュ、パスカル、ラ・ロシュフコー、ラ・ブリュイエールなど「モラリスト」と呼ばれる人間探究の伝統があり、「フィクション」をめぐる考察と同様に、啓蒙の世紀においては由緒ある文芸のジャンルとみなされていた。エルヴェシウスの『精神論』（一七五八年）が広く読まれ、アダム・スミス『道徳感情論』（一七五九年）も評判になっていた(18)。ルソーの『エミール』第四編はある種の「情念論」とみなせるし、感情と理性の葛藤ということであれば『新エロイーズ』が思いおこされる。

そうしたわけでスタール夫人の『情念論』が伝統に則ったものであることは確かだが、まずは全体像を紹介しておこう。長い「序文」に先導された三部構成である。第一部は「情念」の分類的な記述、「栄光」「野心」「虚栄」「愛」「賭け事、吝嗇、酩酊」「羨望と復讐」「党派精神」「罪」などが、相対的には好ましきものから絶対的に悪しきものへと順番に俎上に載せられる。第二部と第三部は、過剰で危険なものとなりうる「情念」を統御するための対抗的な価値を検討する。「友情」「親子夫婦の愛」「宗教」は第二部、「不幸への心構え」「哲学」「学問」「善行」などが第三部。つまり与えられた環境にもかかわる問題は前者に、より内省的な課題は後者に分類されている。ベアトリス・ディディエの文学史的な展望によれば、この周到な分類の枠組みと分析の細部には、テルミドール期を先導した「イデオローグ」たち、とりわけカバニス、デステュット・ド・トラシとのあいだにスタール夫人が培うことになる親近性が読みとれる。スタンダールの『恋愛論』（一八二二年）がこの系譜に位置するという指摘も、言われてみればなるほどと思われる(19)。

じつは『情念論』は第一篇「道徳論」と第二篇「政治論」との二部構成が予定されており、初版では一〇行ほどの「緒言」で、とりあえず第一篇のみを刊行すると報告されていたのだが、第二篇の執筆計画は立ち消えになってしまったという事情がある。長い「序文」には、いずれ書かれるはずの「政治論」との相関関係が念入りに記述されている。

まず「道徳論」は「個人」の問題を「政治論」は「諸国民」の問題を扱うという区分が示され、「情念《パッション》」を「意志とは無関係に衝動的に人間を突き動かしてしまう力」と定義して、これが「幸福への障害」になるという問題提起が、第一篇と第二篇をつらぬくという構成である。そして個人にかかわる一般的な議論を共同体に適用できるのかという疑問にあらかじめ答えるかのように、著者は社会統計学にもとづく政治学とでも呼べそうな大胆な構想を披露する。「道徳論」の場合、それが個別ケースに適用されると完全に空振りに終わってしまうこともあるけれど、組織体は一定の所与を基盤とするものであり、大多数の動向というのは予測できるという主張である。

ひとりの個人であれば、情念《パッション》の欠落した人間も想定できる。しかるに人間の集合の場合、あらゆる種類の性格をもつ相当数の人間からなるわけであり、ほぼ似たような結果が得られるはずだ。偶発的なものに左右される状況というのは、検証の機会が増えるほどに確実な算定ができるようになる。例を挙げるなら、ベルン州では一〇年ごとに区切ってみればほぼ同数の離婚がある。イタリアの諸都市では、毎年決まって何件ぐらいの殺人があるか正確に算出できる。つまり多様な要因の結びつきが無数にあるなかで生じる出来事は、一定期間に一巡すること、一定の率で生起することがわかるのであり、そのためには多数の機会にめぐまれた観察結果を確認できればよい。そうしたことからおのずと考えられるのは、政治学（science politique）がいつの日か幾何学の明証性を獲得するだろうということである。(20)

蓄積されてきた人間学としての「道徳論」を土台とし、数学や幾何学の手法や厳密さに学びつつ科学としての政治学を打ち立てること――これが語られた夢である。「いずれ人類が手に入れることができるであろう完成可能性（perfectibilité）の最も偉大なもの、それは政治学についての確実な観念を我がものにすることである」という定言も紹介しておこう（一四一頁）。

一国の統治にとって「情念《パッション》」ほどに厄介なものはない。まさに「情念」に翻弄された革命の時代だからこそ、恐怖政治のおぞましき災禍を直視して、どうすれば「国民の幸福」を達成できるかを考究しなければならないと著者はいう。いかにもモラリスト的な分析に政治論の問題提起を接続してみせる文章の一例を引こう。個人による「幸福の定義」は、しばしば相反する要素を対にして、負の要素だけを排除したものであると著者は指摘する。たとえば、不安をまぬがれた希望、危惧をまぬがれた活動、中傷をまぬがれた栄光、心変わりをまぬがれた愛、といったもの。これに対して「国民の幸福」についての解説は奇妙に時局的になる。背反するものを結びつけたいという願望については個人の幸福論と同じだが、国民は共和政の自由と王政の平穏、才能ある者たちの切磋琢磨と分派活動の沈静化、軍国精神の対外的発揚と国内における法の遵守などを対にして、これらを共存させたいと希望するというのである（一三八頁）。それゆえ第二篇「政治論」においては、一般に「情念《パッション》」が抑制されるほどに「公共の自由」が譲歩を迫られる危険も減るのだという事実を論証したい、と著者は予告する。もっとも、統治をめぐる古代と現代との比較考察を求められるこの仕事は、別の人物が完成させてくれるかもしれない、という述懐がつづくのは、バンジャマン・コンスタンを念頭に置いての発言である（一四〇頁）。スタール夫人が一歩ゆずるというより、対等な分業という示唆だろう。

長い「序文」の半分ほどを読んだところだが、この先もむしろ政治論的な文章がつづき、スタール夫人の政治思想を特徴づける「最良の人びとによる貴族政」aristocratie des meilleurs という概念が浮上する。「才能と徳と所有」という観点から公に評価される「最良の人びと」が公明な選挙により選ばれるという方法なら、国民が敵味方に二分されることはない、国政をまかされた一部のエリートは、全体のための統治をめざすにちがいない、というのだが、この提言のポイントは「世襲貴族」ではなく「選ばれた者たちの貴族政」aristocratie de l'élection とも言い換えられる流動的な集団イメージ、そして近代的なメリトクラシーにも通じる実力本位の発想にある[21]。この論点は『革命を終結させうる現在の状況とフランスで共和政の基礎となるべき諸原理について』のなかで「代表制」および「二院制」をめぐる問題提起として理論的な発展を見るだろう。

さて話はようやく本論に進む。まず確認しておきたいのだが、「情念《パッション》」がつねに「幸福への障害」として否定的に捉えられているわけではない。冒頭の章で著者は、真の「栄光」とは、はかなき「野心」や空しき「虚栄」と異なり、偉大な社会的価値であるとして、ネッケルを引き合いに出している。「栄光」はとりわけ身分制社会との関連において分析されており、これが『デルフィーヌ』において、主人公レオンスが体現するアンシャン・レジームの「名誉」という価値と連動するのは偶然のことではない。第一篇の中央に置かれた第四章「愛について」は異例の扱いで、直前に「注記」と題した二ページ強の文章が挿入されている。批判が集中することを覚悟で書く、とまず断ったうえで、スタール夫人ならではの憂愁に満ちた愛のヴィジョンが描かれてゆくのである。おお！ 唯一の友のために命を差し出す日の幸福よ！ 絶対的な献身によって言葉に尽くせぬ感情を見抜いてもらえるものならば！ 愛する人とともに死刑を宣告された女は、歓喜とともに処刑台へ歩む、自分だけ生きながらえる苦しみから解き放たれ、誇らしく恋人の運命を分かちあい、いつの日か愛を失うこともあろうからと予感して、狂おしくも優しい感情に浸りつつ永遠の契りである死を慈しむ（一九九頁）。これこそが、スタール夫人の夢見る理想の死なのである。ズュルマやデルフィーヌなどのヒロインはもとより、イングランド女王ジェイン・グレイ、そしてロラン夫人など断頭台で命果てた妻や恋人たち、これら英雄的な女性たちが分かちあうのは、愛は死によって成就するという確信にほかならない。命を賭けた崇高な愛という主題は、革命の日々に非日常的な舞台のうえで演じられたのち、ロマン主義文学の伝統の一つとなってゆく。

すでに述べたように「愛」のあとには「賭け事、吝嗇、酩酊」「羨望と復讐」「党派精神」「罪」という悪しき「情念《パッション》」が並ぶのだが、ここでは最後の二章に触れておく。第七章では「党派精神」について、ほかのいかなる「情念《パッション》」よりも苛烈であり「狂信」や「信仰」に似たものだと指摘されている。歴史をふり返ればカトリックとプロテスタントの抗争は、数世紀にわたりヨーロッパの災厄を招いてきたが、現代の革命については旧貴族とジャコバン派のあいだにこれに匹敵する「党派精神」の対立がある。あらゆる「情念《パッション》」のなかで「党派精神」はもっとも「画一的」uniformeであるという形容は、多様性を許容しないという含意だろう。主義主張のもたらす結果より「教義の徹底」l'intégrité du dogme のほうが重視されるという分析は、今日であれば「原理主義」と呼ばれる現象を指す。それは反＝知性であり、共通の憎悪によって団結し、意見が異なるという理由だけで「政治的信仰」religion politique を分かちあわぬ者を徹底的に弾圧する、という指摘は「全体主義」への予感を語っているようにさえ思われる（二三一～二二五頁）。スタール夫人によれば、正面から対立する旧貴族とジャコバン派は、たがいを恐れるのが当然なのに、むしろ戦闘にくわわらぬ中道の輩が漁夫の利を狙っているとみなし、そろって穏健派を不倶戴天の敵とみなす。それにしても、個々の「党派精神」の寿命は限られている。戦争が永遠につづくはずはないのであり、最終的には理性と徳を重んじる世論が息を吹き返し、決着をつける時がくるにちがいない（二三一頁）。そう結論するスタール夫人の政治的な信条は、最終的には人間の判断力への信頼によって支えられている。

　ところでスタール夫人は「ロベスピエールの暴政」だけは「党派精神」によっても、いかなる悪しき「情念」によっても説明できないと考えている。「恐怖」を統治の手法とするという意味での「恐怖政治《テロリズム》」という語彙は、初出が一七九四年の末であり、一七九三年九月五日、国民公会が採択した宣言では「恐怖《テロル》」という表現が使われていた[22]。崩壊したばかりの政治体制の実態も摑めず、名称すらないものを、スタール夫人は「ロベスピエールの暴政」と呼んでいるのである。それは人の本性を、人の犯しうる罪さえも超えるものであり、あらゆる残虐非道な精神が前代未聞の偶然によってこんなふうに合流することは、金輪際ないだろうとも述べられている（二二八～二二九頁）。目前の惨状をまえにして、とりあえず絶句するしかない当時のフランス人たちの心境を想像するにとどめよう。夫人の希望的な観測とは裏腹に、フランス革命期の「恐怖政治《テロリズム》」は今日に至るまで、ある種のプロトタイプとして参照されるようになるのだが、一方でスタール夫人自身の解釈も深められてゆく[23]。その第一段階として「ロベスピエールの暴政」が、すでにロベスピエールという名の個人とは異なる水準の政治システムとして把握されていることに注目しておこう[24]。

　それというのも著者によれば、人間ロベスピエールは「罪」と「狂気」という観点から解明できるはずなのである。

人が道徳の支配下に置かれるのは世論と自負心があるからだが、何かの事情で人生を道徳律から切り離してしまった瞬間に、血管のなかを罪を求める血が流れ始めると著者はいう。ロベスピエール本人を知るスタール夫人は、症例研究のような不思議な文体で「罪の天才」génie du crime の肖像を描きだす。身体的な感覚が道徳的な水準と連動するのだろうが、この種の狂気に囚われた人間たちは、しばしば手とか頭が痙攣する。犯罪者は目的のために行動しているのではない、喉が渇いていなくとも血を求める野獣さながらなのだ、といったイメージからも推察されるように、スタール夫人は人の肉体に潜む獣性のようなもの、今日なら「サディズム」と呼ばれるような性向に注目するのである(25)。国民公会において「腐敗せざる人」l'incorruptible と称えられた潔癖な政治家は、失墜してほどなく「暗黒伝説」につつまれることになるのだが、そこにスタール夫人が一役買っていることはまちがいない。

『情念論』の第一部は、冒頭の章のネッケルと終章のロベスピエールとの対決という潜在的な構成に支えられている。かろうじて恐怖政治から抜けだしたフランスをいかに立てなおすかという「政治論」への関心は、著作全体の目に見えぬ基底なのである。さらに「序文」には「秩序と自由により偉大な国民を創生し、王政が誇ってきた芸術と科学と文芸の輝きを共和国の独立に結びつけるための方法」を見出さねばならぬという高らかな宣言がある（一四二頁）。著作の野心は、一般の文学史でいう「道徳論」の枠内に収まるものではない。

コンスタンが総裁政府への強力な支持を表明する政治パンフレット『フランスの現政府の力とこれに同盟すべき必要性について』を刊行したのは、一七九六年の六月だが、この著作はあらためて別項で取りあげる。その四ヵ月後、スタール夫人は『情念論』を上梓した。「病人が健康について書いている」といったたぐいの個人攻撃はいつものことながら、イギリスなど諸外国も含め、反響はそれなりのものだった。今回もレドレルは好意的であり、政治的な展望についての論評はなかったものの、著者本人に依頼されたとおり、これが「フランス的」な著作だと保証してくれた。なにしろこの時期、スタール夫人は「外国人」とみなされ、総裁政府による逮捕令まで出ていたのである。コンスタンが書いた書評は、「序文」に予告された第二巻「政治論」の構想に大きな関心を払っていた。リヴァロルは「女学

者」の晦渋な文体を批判した。(26)

2　総裁政府とスタール夫人のサロン（第二期）

一七九六年の十一月、コンスタンはフランスに足場をつくるため、シャンティイから一〇キロほどのところ、エリヴォに土地付きの旧修道院を購入した。資金を援助したのはネッケルである。相変わらず国外追放の身であるスタール夫人は、密かに翌年の一月、ここに身を寄せる。コンスタンが親交をむすぶ総裁政府の大物バラスが後ろ盾になり、ようやくスタール夫人は一七九七年五月末パリに帰還して、バック街の旧スウェーデン大使館でみずからのサロンを再開した。(27) 今度こそは、という思いがあったにちがいない。『情念論』には、以下のようなヨーロッパ諸国への呼びかけまで記されており、みずからの政治信条を公表して身の潔白を証明したつもりだった。

すべての情勢から推察して、フランスは共和国にとどまるべきだと思われる。すべての情勢から確信できるのは、ヨーロッパはフランスの例に倣《なら》ってはいけないということだ。フランスの現在の立場という問題は、今日のもっとも才知あふれる論考の一つ、バンジャマン・コンスタンのそれが周到に論じている。なかでもわたしを捉えて離さぬ二つの感情的な動機がある。共和国を打ち立てた革命をひっくり返すために、新たな革命を起こして苦しもうというつもりなのか？　あれほど夥しい軍隊の勇気が、あれほど夥しい英雄の血が注がれたのは、妄想《キマイラ》の怪物のためであり、それが代償に求めた諸々の罪の記憶だけが残るというのだろうか？〔…〕ヨーロッパは、自由の友に、フランス共和国の友に耳を傾けてほしい。これらの人たちは、罪を犯すことなくそれができる、それを望むことで血を流す必要もないとわかった時点で、率先して共和国に賛同したのである（一四九～一五〇頁）。

コンスタンの著作とは、いうまでもなく『フランスの現政府の力とこれに同盟すべき必要性について』のこと。くり返すなら、熱気あふれる文体から読みとれるのは、今や「共和国の友」となり、現政権を支持して緩やかな改革の道を探るしかないという冷静な判断、ブロニスラフ・バチコの言葉を借りるなら「政治のリアリズム」である。それにまた「自由の友」にとり、原則の問題としても、古代ローマから最近のアメリカに至るまで、人民の代表が統治する共和政こそが望ましいことは自明ではないか。フランスのような成熟した大国に共和政が可能かという重大な疑問については、わが盟友であるコンスタンの著作に考察がある。[28] それはそれとして、ヨーロッパはフランスを模倣せず、ただ先駆的な試みを見守るべきだ、というスタール夫人の提言は、フランス革命を輸出するための戦争や、ヨーロッパの王政の国々による干渉戦争はぜひとも回避しなければならぬという主張を言外に含んでいる。引用につづく部分には、人類の前衛としてのフランスが取り組んでいる困難な課題が決着するまでに「一世紀はかかる」とも予告されており、じっさい十九世紀末にようやくフランスは安定した第三共和政を築くのだから、ここでも鋭い直感が働いたことになる（一五〇頁）。

さて、以上のような政治信条をもつ女性が、サロンを主宰して公論に参入するという状況について、ここで考えてみなければならない。恐怖政治が終結した直後から、少なからぬ数の女性たちがサロンを再開するようになっていたが、そこには革命初期の身分ごとに仕切られたサロンとは明らかに異なる交流風景が広がっていた。女性たちは帰国を望む亡命者たちのために口添えし、夫や親族を監獄から救いだすために、国民公会のメンバーと和解しなければならないという差し迫った動機を抱えていた。しかしスタール夫人の願望は実利的なものにとどまらない。まずはフランス共和政のために「政治的なプロジェクト」を実行すること、ついで「文化的な使命」を果たすこと（本人の表現によるなら「王政が誇ってきた芸術と科学と文芸の輝きを共和国の独立に結びつけること」）、そしてパリに住みサロンで活動するという「実存的な欲求」を満たすこと。以上三つの条件は、バチコが指摘するように、スタール夫人が自分らしく生きるための唯一無二の方式を構成する三つの要素にほかならない。[29]

革命期、サロンは政治と文化を接合するものとして、しかるべき機能を果たすことを期待されていたのだが、それは具体的に何を意味するか？　いや単刀直入に、そもそも共和政のもとで、いかなるサロンが存在しうるのか？　と問うてみてもよい。じじつ共和派は制度としての政治を掌握した今も、文学を初めとする文化的な伝統や、習俗と「ソシアビリテ」（社会的結合関係）の洗練を決定的に欠いていた。これに対してスタール夫人は、華やかな社交生活という入り口から政治の世界に入ったのであり、公論空間で活動することができたのは、身につけた文芸の素養や政治哲学や礼節のマナーのおかげだった。大臣の娘という希有の来歴と環境から得たものを活かさぬという法があるものか、とスタール夫人は考えたにちがいない。由緒ある家系の貴公子たち、当代一流の文人たちに囲まれて生身の女性として修得した「政治文化」の伝統を、飽くなき知的挑戦によって共和国フランスのヴィジョンに合流させ、これに統合してみせること――これがスタール夫人の壮大な野心であり、総裁政府期の困難だが豊かな思考と経験が土壌となることで、一八〇〇年からの一〇年間に『文学論』『デルフィーヌ』『コリンヌ』『ドイツ論』という大輪がつぎつぎに開花するのである。

フランス王政の伝統に育まれた貴族的な文化の特質は何か、という問題は『文学論』の第一部、とりわけ「なにゆえフランス国民はヨーロッパのなかでもっとも典雅と良き趣味と快活をそなえる国民となったか？」と題された第十八章以下で縦横に論じられることになるのだが、そうした伝統に対置される概念である「低俗」vulgarité という語彙について簡単に紹介しておきたい。スタール夫人自身が自分の造語であると述べており、語彙としては存在していたという説もあるらしいけれど、重要なのは、一つの言葉に託して新しい概念を創出し、説得的な分析の見取り図を展開してみせる手捌きだろう。対義語は「洗練」urbanité であり、語源的には田舎臭い粗野に対する都会風の垢抜けという構図である。たんなる好みや美意識の話ではない。革命のなかで「低俗」の精神が文化という価値を切り捨てて、社会的な人間関係を政治信条の評価、それも粗暴で一方的な断罪に還元してしまったことが問題なのだ。スタール夫人によれば「党派精神の荒っぽさを和らげることができるのは、習俗の洗練のみ」ということになる。(30)

スタール夫人のサロンは、フランス共和国を承認した唯一の大国スウェーデン大使館にあり、ネッケルの資本が後ろ盾となっていた。革命初期のサロンで常連だった貴族たち、ラファイエットやタレイランなど王党派の若者たちは、恐怖政治のために散り散りになり、処刑されたり、亡命したり、投獄されたりしていたが、幸運にも生きのびた者たちが徐々に社交の場に復帰した。そこにつぎつぎと新顔があらわれて、文化的・社会的な混交がようやく本格化するのだが、これは帝政から王政復古期までの十数年を要するプロセスの、いわばプロローグのようなものでしかない。(31) 「社交」というすぐれてフランス的な営みは、革命により変容するが衰退はしなかった。それは「ソシアビリテ」の現場であると同時に、バルザックからプルーストまで最盛期の小説に恰好の主題を提供し、フランス文学の社会学的な側面を養う貴重な滋養となることも付言しておきたい。

この時代「回想録」と呼ばれる書き物は、玉石混淆、数えきれぬほどあった。地方出身で国民公会に入り、総裁政府期に大物となり、ナポレオンにより帝政貴族の伯爵に列せられたティボドーなる人物の証言を、バチコは引いている。めざましい活力を見せる旧貴族系のサロンは「黄金のサロン」と呼ばれ、憧れと畏怖の対象だった。十八世紀の上流社会における「礼節《シヴィリテ》」を垣間見たこともない「革命家」たちにとって、それは現代風にいえばジェンダー的カルチャー・ショックの経験だったにちがいない。政治の実権を握ったティボドーのもとに「黄金のサロン」からの招待状は降るように舞い込んだけれど、そもそも女たちが無骨な男たちと会話をするのは、相手の腹を探るため、何かを得るためだろう。かりに辛辣な革命批判を聞かされ、敵対する陣営との交際を強いられても、美しい女に首根っこをつかまれたら手の出しようがない。そのうちに骨抜きにされ、ついには我が意に反して他人の「意見《オピニオン》」に感染することになる。なかでもスタール夫人のサロンは、あらゆる党派に開かれて別格の威光を放っていた。夫人はみずからは共和派であると公言したうえで、ルイ十六世の大臣だった父を敬い、王党派の面々と親しく付き合っていた。女性であり、エスプリと才能と主義主張をもつことで、当面は世間の指弾を免れていたのだろう。特定のサロンに知的で慇懃なエリートが参集するという風景は昔からあったけれど、それにしても、この時期のスタール夫人ほどに「政治的な影響力」をもった女性はいるまい、とティボドーは述懐するのである。[32]

なるほどスタール夫人の「政治的な影響力」が伝説となっても不思議ではないと思わせるエピソードがある。バチコが紹介するのは、ラクルテルという若き王党派による証言で、四〇年後の回想であるところからして、語彙や文体が忠実であろうはずはないのだが、引用者であるバチコが「頭がくらくらしそう」と形容する大演説の一部を訳出してみよう。一七九五年八月末というから、新憲法の草案と合わせ、国民公会に所属していたジャコバン系議員の延命を図る「三分の二法」が採択されて、世の中が騒然となっていた時期のことである。[33] 軍隊が周辺に配備された現時点のパリで、王党派が武力蜂起をもくろんでも勝利する見込みはないし、一方で国民公会の姿勢を硬化させ、他方では過激な陣営を刺戟して、混沌たる騒擾を誘発するだけだとスタール夫人は判断し、関係者をサロンに召喚したという。説得の熱弁も空しくヴァンデミエールの武装蜂起は実行された。スタール夫人は一役買ったとみなされて、国外に追放されたというその後の展開を思いおこしたうえで、ラクルテルの回想をお読みいただきたい。

あなたがたは革命を終結されるおつもりのようですが、革命を再開するために最善の道を歩んでおられる。相手にしているのが、唯々諾々と席を譲ってくれる人たちだと思うのですか？　ダントンの弟子たち、コ、ト、コルドリエ・クラブのつ、わ、も、の、たちが、自分たちにとって生きるか死ぬかの問題であることを見抜かないと思うのですか？　あの人たちは、今も掌握している絶対的な権力を手に、あなたがたとの決戦に臨むにちがいない。あなたがたが知らない武器も、つまり革命家たちの武器も手にしているのです。あなたがたが人民主権を語ろうとしても、所詮は新米なのですよ。あなたがたが、たどたどしく口にする言葉を、あの人たちは、ずっと巧みに操ることができる、なにしろ自分で使うために考案した言葉なのですから。フリュクティドール五日と十三日の法〔三分の二法〕によって行われる投票では、彼らが単独で政権を掌握できるようになってしまっていることが、わからないのですか。わたしの予想によれば、ほんの束の間はパリがあなたがたの定める法に従うかもしれないけれど、結局多数派となるのは彼らです。かりに多数派になれなかったら、勝手に多数派になってしまうにちがいない。そのとき、あなたがたに何が言えるとお思いなのですか？　先方が〔当面は王党派の支持母体である〕パリの諸地区に投票箱を運びこみ、自由に開票せよと言ってくれるとでもお思いなの？　そんな権利があなたがたにあるとでも？　あの人たちは人民の代表であり、パリの住民などはその一分派に過ぎないのですよ。[34]

パリの城壁の外には軍隊が待機しており、あなたがたは国王の手先だと兵士らは教えられている、一方、パリ郊外のジャコバン派の庶民たちは、今は総裁政府に対して距離を置いてはいるけれど、特権身分への反感はずっと根強く激しいものだから、いざとなればあの人たちを助太刀して牛耳ろうとするだろう、それゆえ「わたしが予見できるのは、わたしの友人たちが無意味に血を流すだけだということです」と畳みかける。先ほど、ある人が「世論」を掌握しているといわれたが、わたしはその方におたずねしたい、世論という大砲は、いったい何口径なのか――いうまでもなく、ボナパルトの指揮する砲兵隊を念頭に置いての痛烈な皮肉である。[35]原著で数ページにおよぶ止めどなき雄弁であり、文体としては、そのままコンスタンの議会演説にも転用できるだろう。オーケストラのように調和的な「会話」が交わされていたネッケル夫人のサロンと異なり、テルミドール期におけるスタール夫人のサロンは対抗する諸勢力の帰趨が賭けられた「討議空間」となっている。

　スタール夫人が後世の記憶に残るような説得工作を行ったということ自体、まちがいのない事実であるらしく、フュレ／オズーフ編『革命事典』でも「人民主権」にかかわる辛辣なひと言が引用されている。[36]身を挺してヴァンデミエールの武装蜂起を阻止しようと試みたスタール夫人が、それでも総裁政府に迫害される理由を、バチコは以下のように説明する。この時点ですでにスタール夫人とそのサロンは、パリの政治集団全体にとって、疑心暗鬼、警戒心、妄想、噂話がターゲットにするはけ口のようなものになっていた。共和派、王党派が口を揃えて「陰謀家で男好き」という紋切型をふりかざし、スタール夫人を攻撃した。[37]

やや大きな文脈で捉えるなら、革命が勃発したことにより、議会やクラブなど、政治的な公共圏は飛躍的に拡大したが、本来そこは男が活動する空間であり、女は傍聴席の見物人にすぎなかった。その一方で革命により友人や家族の人間関係にも政治が浸透し、親密圏までが政治化されてゆく。政治参加の機運が最高潮に達したエリート層では、公共圏から閉め出された女性がサロンという親密圏——正確には公共圏に開かれた特殊な親密圏——に政治をもちこんだ。「隠謀を企む女」という主題も、本来ならそうした政治文化の一現象として分析すべきだろうが、ともあれ妄想のターゲットになった者は少なからずいた。たとえばジロンド派の「黒幕」とみなされて一七九三年に断頭台に登ったロラン夫人はスタール夫人に並ぶ大物だった(38)。しかしテルミドール期には、本格的な文筆家としても知られたスタール夫人にまさる有名人《セレブ》は存在しない。激しい個人攻撃に曝されたスタール夫人は、人間の誠意や理性の力を過信していたということになるのだろうか。書かれた言葉は誤解を解いてくれるとスタール夫人が信じていたことは、真摯な文体の行間からも読みとれる。じじつ書かれたものと語られた言葉と本人の行動のあいだには、いかなる齟齬もないのである。自由の選択、穏健派を糾合する共和政、そして国民的な和解という原則に従うなら、旧知の亡命貴族に呼びかけ、共和派とテルミドール派の人脈を開拓するのは理の当然ではないか。これほど公明正大な手法が、他人の目にはいかがわしく映る。共和主義を標榜する女が、帰国すれば死罪になる共和国の敵たちを保護するのは怪しいではないか、何か腹黒い思惑があるにちがいない、等々(39)。スタール夫人は述懐する——「共和国はわたしを追放し、反革命はわたしを縛り首にする」と。たんなる愚痴ではないことを強調しておきたい。つづく文章はフランスで中道路線を探ることの難しさについて、こう分析するからである。「わたしに必要なのは、まさに両者の中間の道なのですが、フランスで中道とは、一方の極端から他方の極端へと移行するときに足早に通りすぎる抜け道のようなものでしかありません(40)」。

ロラン夫人

そうしたわけで、ヴァンデミエール事件後の一七九五年末から九七年一月まで、スタール夫人がスイスに引きこもっていた時期も、総裁政府の監視は執拗につきまとった。じっさい当局にとっては、亡命者の行動は申し分なく胡散臭《うさんくさ》いものだったのである。ジュネーヴやローザンヌやベルンなどの上流社交界に招待されれば共和主義擁護をぶちあげて保守派の顰蹙を買い、その一方で彼女の屋敷に逗留する遠来の客たちは、それぞれ隠謀に荷担する密使ではないかと疑われた。バチコは報告書や書簡、そして一七九六年四月二十二日付けの逮捕令状などを精査して、総裁政府の猜疑心を煽るために密告者や役人が練り上げた噴飯ものの文章を引用しているが、それは注に訳出しておこう(41)。逮捕令の出た数ヵ月後にスタール夫人が無事フランスの土を踏むことができたのは、バラスの口添えもさることながら、下っ端役人が熱意のあまり、国境の検問所に強盗などのお尋ね者と並べてスタール夫人の名を貼りだしてしまい、さすがにこれはスキャンダルになったものだから、おかげで当局としても事態をうやむやにせざるを得なかったということらしい(42)。

一七九七年一月、フランスにもどってみると議会の右傾化が著しく、三月末に「五百人会」の三分の一の改選が行われると、国民公会との連続性は実質的に失われてしまった。ジャコバン派に近い旧勢力は敗退して政治経験の浅い新人が大方を占め、そのグレーゾーンが広がるなかで、王党派の躍進がひときわ目立っていた(43)。議会と総裁政府の溝は埋まらず、言論統制の箍《たが》がはずれて抑制の効かなくなったジャーナリズムも、対立を煽るような論調のものが多くなる。選挙の直後、スタール夫人はレドレルに手紙を書き送り、迷っている場合ではない、立場を明確にするべきなのだと迫っていた。啓蒙の知見と財産と徳をもつ、あなたのような人材が、共和派に合流すべきでしょう。かりに共和国が倒れれば、一七八八年よりさらに専制的な王政が戻ってくる、なにしろ第三身分の王権に抵抗できる勢力は消滅してしまったのだから——という調子だが、スタール夫人のこうした説得活動は、考えてみれば昨日まで自分を迫害していた政権への間接的な支援にほかならない(44)。この時期、コンスタンとスタール夫人は完璧に息のあった二人三脚を演じており、交渉や駆け引きが嫌いではない夫人は、バチコの表現によれば、水を得た魚のようだった。王党派のクラブに対抗するため、コンスタンは総裁政府の重鎮バラスの支援により結成されたクラブの中心メンバーとなり、スタール夫人はスウェーデン大使館のサロンに例のティボドーなどグレーゾーンの大物を招いては、二人で説得に当たるのだった[45]。

一七九七年九月四日、フリュクティドール十八日の事件は、右傾化した立法議会に対し、総裁政府が軍隊の支持をとりつけて巻き返しを図ったクーデタである[46]。これに先立ち、不穏な政情が随所で露呈して緊張が高まっていた。反共和主義のジャーナリズムがスタール夫人に向けた憎悪と攻撃は凄まじいものだった。大方は有象無象《うぞうむぞう》の物書きが公表する辛辣な風評や下品な戯《ざ》れ歌のたぐいだが、急先鋒となったフォンターヌの名をここで挙げぬわけにはゆかない。その後もシャトーブリアンの盟友としてスタール夫人との浅からぬ因縁がつづくことになるからだが、皇帝ナポレオンに重用《ちょうよう》され、一八〇八年には新制帝国大学の初代総長に就任して全国の教員養成機関の頂点に立つ知識人である。フォンターヌはスタール夫人の著作を読破して、本格的な論駁にとり組んだ。恐怖政治は偶発的なものではなく、革命に内在する不可避の悪だという主張など、スタール夫人の主張を逆手にとって共和主義との全面対決を図ったものといえる。それにしてもバチコの指摘するように、フォンターヌほどの人物であっても——やたらに交際範囲の広い女だとか、そもそも女は文章が書けないとか——品性を疑うような差別的言辞を弄してしまうのはなぜなのか[47]。ボナパルトの影がちらつき始めたこの時期に、十九世紀が承認する男らしさのコードが早くも編纂されつつあったということか。いずれ見るように、スタール夫人は十八世紀の「礼節《シヴィリテ》」を普遍的なモデルとして称揚するのだが、それは同時に、革命後の市民社会が醸成する「低俗」vulgarité に対する必死の抵抗運動でもあった。

世間の噂は別として、つまり歴史的事実として、スタール夫人は一七九七年九月四日、フリュクティドールのクーデタにどの程度関与したのだろう。バラスを筆頭に三名の総裁が、亡命先のアメリカから戻ったタレイランを味方に引き入れて、議会を足場にする反対勢力の一掃を図ったものだが、この政変につづく時期には「小さな恐怖政治」が横行した[48]。宣誓拒否僧への弾圧は激しさを増し、言論の自由は圧殺され、フォンターヌはイギリスに逃亡した。スター

将軍ボナパルト　1797年頃

ル夫人はレドレルをスイスのコペにかくまった。一方、亡命者リストに載っていた父ネッケルは、総裁政府へのスタール夫人の支持が評価されたものか、リストから削除された。逮捕される危険、財産を剝奪される危険がなくなったという意味である。[49] バチコの総括によれば、スタール夫人がクーデタの「黒幕」だったと主張する歴史家はいるまいが、それなりに事情に通じていたことは確かであるという。ただし「政治のリアリズム」を自負する夫人の行動には、善意による幻想の部分が少なからず含まれている。この時期の旺盛な活動は、本人にとってはむしろ、ほろ苦い思い出となるだろう。「スタール夫人はフリュクティドール十八日を仕組んだが、十九日は仕組めなかった」というタレイランの意地の悪い警句は、痛いところを突いているのである。[50]

ボナパルトとの出遭いは、フリュクティドール事件から三ヵ月ほどたった一七九七年の末。外務大臣タレイランの館で五〇〇人を招待する大舞踏会が開かれた日に交わされた二人の会話は伝説となっている。この日、アンシャン・レジームを再現したような豪奢な空間で、着飾った女たちは共和国の新しい習俗に相対することになる。二年前、ヴァンデミエール事件で共和国の守護者としてふるまったボナパルトは、その後は表舞台に出ようとせず、機が熟すのを待っていた。イタリア軍を率いて赫々たる戦功を立てながら、フリュクティドール十八日のクーデタには部下を差し向けただけだった。信用を失った総裁政府や「小さな恐怖政治」に荷担するのは愚かだと判断したからであり、事件のほとぼりが冷めた年末に、遠征先から「英雄」として帰還して、パリ中を熱狂させているというのが当時の状況だった。[51] 将軍は前年にジョゼフィーヌと結婚し、家庭的で健全な市民という顔も見せるようになり、さらにフランス学士院に入会し、さしあたりは権力に無縁な無骨で学究肌の軍人という役柄を完璧に演じている。言い伝えとなった会話には複数のヴァージョンがあるのだが、ナポレオンの部下であった軍人の回想がオリジナル版とみなされているらしい。「シバの女王とソロモン」の対面などという大仰な比喩を前置きにした場面、興味津々見守る人びとにかこまれて、二人の会話の前哨戦はスタール夫人の熱烈な賛辞、男のなかの男という仄めかしをボナパルトが慇懃に聞き流すというスタイルで始まった。しかしそこで夫人が慎ましく口をつぐむはずはない。

ボナパルトの躍進に気を揉む年配の女性たち（1798年　イギリスのカリカチュア）

「将軍」と彼女は言った。「誰よりも愛したくなる女性はどんな方ですの？」「わたしの妻です」「とってもわかりやすいですわね、では、誰よりも尊敬したくなる女性は、どんな方？」「家のことを一番きちんとやる女性ですな」「それもわからないではありません。それでは将軍にとって女のなかの女とは、どんな方？」「一番たくさん子供を産んでくれる女ですよ、マダム」[52]

そういうなり、将軍は踵を返して、スタール夫人を人垣のなかに置き去りにした。報告者である軍人は、ボナパルトがスタール夫人の政治的な立場と高圧的な性格を警戒したと解説しているが、それだけではあるまい。貴族と文人が培った文芸サロンの慇懃なマナーという二世紀にわたる伝統を、ボナパルトは拒絶した。それこそ大砲の一撃よろしく、無粋な応酬でぶちこわしたのである。そマナーが約束事である以上、会話を中断し、相手のご婦人に背を向けて立ち去ってしまうだけで無礼であることはいうまでもないが、それだけではない。近い将来ヨーロッパに君臨することになる人物が、具体的な言葉とふるまいをとおして「洗練」を拒絶し「低俗」を造形してしまったことには、見逃してはならぬ歴史的意味がある。「シバの女王とソロモン」という比喩が図星だというつもりはないけれど、両雄の対決に賭けられていたのは歴史と文化と女性という三つの主題なのである。自然のなりゆきとして、二人は仇敵になるだろう。(53) 二年半後に刊行される『文学論』において、スタール夫人は物を書こうとする女性についてこう語る――「王政のもとで彼女たちは滑稽に見えることだけを恐れればよかったが、共和政のもとでは憎悪を恐れなければならない」。(54)

3　バンジャマン・コンスタン、知性の盟友にして感情生活の伴侶となる

一七九七年初頭にコペからフランスに帰還して、パリのサロン再開を目前に控えた六月八日、スタール夫人は女児を出産した。実の父親とみなされるバンジャマン・コンスタンについて、まずは最小限の伝記的事実を確認しておこう。

一七六七年十月二十五日、スイスのローザンヌで誕生。父母ともに、迫害を逃れてフランスから移住したユグノの家系であり、父ジュストはオランダ駐留スイス傭兵軍連隊長。母は初産の産褥熱で死亡した。子供は祖母に預けられ、素性の知れぬ家庭教師たちにより初歩の教育を受ける。十歳からは父親に同行してローザンヌ、ブリュッセル、オランダを転々としており、初めてイギリスに渡ったのは十三歳のとき。父親はオックスフォードに入れたかったらしいが、年齢制限により断念。十五歳でドイツのエアランゲン大学に遊学（一年三ヵ月）、生涯の悪癖となる賭事を覚える。十六歳でスコットランドのエディンバラ大学に遊学（二年弱）、文芸哲学クラブに所属し、無頼《ぶらい》な青春を謳歌するかたわら旺盛な知識欲を発揮。パリ滞在は一七八五年から翌年まで断続的だが、エルヴェシウスやモンテスキューを愛読

していた青年は、文人シュアールのもとに身を寄せて、夫妻のサロンでコンドルセ、マルモンテル、ラ・アルプなど反宗教的な思想家たちと交わった。二十七歳年上の知的な女性シャリエール夫人と親交を結ぶ一方で、派手な恋愛や博打のために顰蹙を買い、ついに父親の勘気に触れるが、イギリスに逐電して無銭旅行。ようやく父の命にしたがい、一七八八年よりドイツのブラウンシュヴァイク公国の宮廷に出仕（宮廷侍従職、のち公使参事官）。結婚と離婚など私生活の波瀾については省略するが、一七九四年の九月十八日、スタール夫人と出遭い、翌年、宮廷の職を辞して、夫人とともにテルミドール事件後のパリに向かう。男女の絆が結ばれたのは、ヴァンデミエール事件への関与を疑われたスタール夫人に追放令が出て、スイスに戻った時期らしい——というところで、本書の現時点に合流したことになる。スコットランド訛りの英語と独仏語を完璧に使いこなし、政治哲学や神学を読みあさり、フランス革命に熱い関心を寄せていた青年は、文筆家としてはさしたる実績があるわけではない(55)。

スタール夫人　1797 年
（ジャン＝バティスト・イザベイの鉛筆画）

バンジャマン・コンスタン

一七九六年五月にローザンヌで印刷された『フランスの現政府の力とこれに同盟すべき必要性について』（以下『フランスの現政府の力』）は、著者にとって記念すべき政治パンフレット処女刊行なのだが、長らく看過されており、学問的な版が刊行されたのは一九八八年のことである。[56] 編者のフィリップ・レノーは「解説」の冒頭で、十九世紀自由主義の大きな流れが一〇年ほどまえから見直されていると指摘する。そして啓蒙の世紀のチュルゴに代表される自由主義的な経済政策とは異なる思想的源流として、テルミドール事件の直後に胎動した新世代の思想に注目するのである。

コンスタンという個別的なケースを越えた次元においても、こうした紆余曲折（「三分の二法」をめぐる政治的な混乱やフリュクティドールのクーデタなど）のなかから見えてくるのは、何よりも初代自由主義者たちが革命に愛着しているという事実である。この事実は今日しばしば過小評価されているが、それは彼らの書いたもののなかに、われわれが「恐怖政治」に対する批判しか読みとらないためだろう。いうまでもなく、フランスの自由主義者たちはまっ先に革命により獲得した諸結果（市民的な平等、そして国有財産の売却によって生じた諸変化）を防衛しようと考えた。しかし、それだけでなく、大方において、彼らは革命の諸原理にも愛着しているのである。とりわけアンシャン・レジームの評価については個別の意見は分かれるものの、それが決定的に過去のものになったという見方については全員が一致する。[57]

政治思想史という観点からすれば、一見ささやかだけれど注目すべき潮流がここで誕生したことになる。すでに見たように、この時期、スタール夫人とコンスタンとのあいだには緊密な知的協力関係があり、上述のように『情念論』の書かれなかった第二部「政治論」の構想が、コンスタンに託されたとも解釈できる。[58] 異なる著者名で発表されたいくつかの書物が果たしてどのようにシンクロナイズしているか、おのずと興味を誘われよう。『フランスの現政府の力』の中心的なテーゼは、すでに存在しているという事実が政体に「力」を与えるのだという論理にあり、現政権が客観的に見て盤石か否かを検討することは、そもそも著作の趣旨ではない(59)。

　充分に認識されていないようだが、この共和国に第一の有利な点があるとすれば、それは一番しっかり打ち立てられたものだという事実である。才知ある女性が人生を称えて、こう言った――存在しているって、素晴らしいことじゃありません？　この言葉は、とりわけ諸政府について真理として当てはまる（四三頁）。

「すべての情勢から推察して、フランスは共和国にとどまるべきだと思われる」という文章から始まるスタール夫人の指摘を思い出していただきたい。存在している、云々という台詞がスタール夫人のものでなくとも理論的にはいっこうにかまわないのだが、男女が「会話」をとおして共に思考したことの小さな痕跡をテクストに刻んだものと推察しておこう。スタール夫人を理解するためにも、おりにふれてサロンの口頭言語と不可分の「才知」とは何かに思いを致すことは大切だろうから(60)。ご記憶のようにスタール夫人は『情念論』で、共和政を建設した革命に匹敵する革命を、もう一度やりなおせというのか？　英雄たちが血を流したのはなんのためだったのか？　と切迫した問いを投げかけていた(61)。コンスタンはこれに対して、共和政を保守すること以外に選択肢はないと応答する。

　小ぶりの版で七〇ページほどの小著だが、議論は明快かつ具体的である。人民は一七八九年七月十四日に「自由」を求め、一七九二年八月十日の蜂起により「共和国」に賛同した。さらに一七九四年七月のテルミドール事件と一七九五年五月の蜂起のときに「無政府状態《アナーキー》」に反対した。これが人民の意思であり、フランスにとって喫緊の課題は「現政府の力」を承認したうえで「テロリスト」たち――恐怖政治を導き無政府状態を招いた政治家たち――の復帰を阻止することにある（四八～五二頁）。これに対して、共和政の苦難を宿命的なものとみなし、王政復古の可能性を問うとしたら、どうなるか。立憲王政をめざす者は、共和派はもとより、穏健な王党派以外の全員を敵にまわすことになる。いかなる方法で誰を王位に就けるかという合意も得られまい。相対的にはむしろ絶対王政のほうが、過激王党派の一翼を完全に掌握できるという意味で、当初の安定を確保できるだろう。「中間党」parti mitoyen の支持をとりつけ、これを併呑するかもしれない。たとえ軛に繋がれても一息つきたいと願っている者は山ほどいるからだ。しかしアンシャン・レジームへの回帰をめざす「純粋王党派」は、すべての妥協、寛容、馴れ合いを拒むだろう。老いて怨念を抱えた亡命者たちによって、革命のページが一枚一枚と過去へ向かってめくり直されるにちがいない（五三〜五九頁）。

彼らは総裁政府の手先から国民公会のメンバーへ、国民公会のメンバーからジャコバン派へ、そこからジロンド派へ、ジロンド派からフイヤン派へ、フイヤン派から立法議会議員へ、立法議会議員から憲法制定議会議員へ、憲法制定議会議員から王政派へ、王政派から一七八九年七月十四日に罪を犯した者全員へと遡ることだろう。(62)

彼らの復讐は政治的であると同時に個別的なものとなろうから、全国津々浦々で共和国に忠誠を誓った聖職者や役人や庶民が血祭りに上げられるにちがいない。といった具合に劇的な描写がつづき、こうした「純粋王党派」にとって仇敵は穏健な中道路線なのであり、「ラファイエットはロベスピエールと同じ穴の狢《むじな》とみなされる」との指摘もある（六二頁）。形態はいかなるものであれ、今、王政を選択すればフランスは内戦に突入するというのが、第三章までの趣旨。第四章では、苦しみの記憶を克服すべきこと、第五章では、ロベスピエールの恐怖政治を負の教訓とするなら、当面の政府はみずからの基盤を固めることに専念し、無軌道な動きを見せることもある世論に対しては一定の距離を保つべきことが主張されている。第六章は、大国に共和政は可能かという問いをタイトルに掲げているのだが、わずか三ページほどで満足できる回答が得られるはずはない。議論のポイントは、二五〇〇万人の共和国が可能かという現時点の疑義について、その可能性を妄想だとして排除する者は、根拠としてギリシア・ローマの古典しか援用できないという論理的な弱点の指摘にある。過去に事例がないからといって不可能だとは断定できない、政治の理論と現実の柔軟性とのあいだにはギャップがあり、国民は生活を守るためには相当のことに耐えるものだから、やってみなければわからない、というのである。第七章は一二ページほどで、共和国のメリットを説き、結論の章は以下の一文でしめくくられる――「要するに、この安寧を共和国に見出そうとするか、さもなくばフランスが辿ってきた恐るべき道を逆向きに進み始めるか、そして自由の名において流された血の河を遡り、ついには暴政に復帰するか、どちらをえらぶかということだ」（九九頁）。

のちに議会演説の名手と称えられることになるコンスタンの政治パンフレットは、冴えた説得の技というだけでも読み物として面白いのだが、やや詳しく紹介してみたのは、サロンや個室での知的会話や原稿の朗読が参加者たちにいかほどの刺戟をもたらしたかを、一抹の羨望とともに思いおこすためでもある。たがいに調和し補完しあう二つの精神の成果として、スタール夫人の『情念論』とコンスタンの『フランスの現政府の力』を合わせ読むことができる。

一七九六年五月一日、フランス政府の官報に当たる『ル・モニトゥール』に『フランスの現政府の力とこれに同盟すべき必要性について』の全文が、次のような趣旨の短い紹介文を添えて転載された。スイスで刊行されたこのパンフレットは、まだ多く流通してはいないが、ひとりの外国人が我が国の状況と我が政府の力を洞察する慧眼は注目に値しよう。祖国の安寧と幸福のために裨益するところ大であると考え、ここに公表する次第、云々(63)。なるほどタイトルに「フランスの」という限定がなされているのは、当面は「外国人」の中立的な発言であることを仄めかすためとも読める。コンスタンが潜在的な能力を想像させる「力」force という語彙を用いているのに対し、紹介文では権力が盤石であることを仄めかすかのように puissance と置き換えられているのは、政治文書をめぐる駆け引きといえようか。

ほどなく、ある人物が『成立したばかりの政府の弱さと政府が国民の大多数に同盟すべき必要性について』という茶化すようなタイトルのパンフレットを刊行して、コンスタンに応酬した。フィリップ・レノーの解説によれば、反革命の檄文などではなく、それなりに鋭い批判を含んだ文書である。コンスタンは、統治システムとしての政府は社会に対し一定の自律性を獲得すべきであり、現時点においては、共和政に肩入れした陣容を組むことが不可欠だと考える。これに対して批判文書は、代表制を字義通りに実行することを求めていた。著者は中道路線の地盤は救いがたく脆弱であるという認識に立ち、むしろ世論への立脚を優先して右傾化しつつある「国民の大多数」の意見に政府のほうが寄りそうべきだと主張するのである。(64) ときには矛盾して見えるコンスタンの政治的なふるまいが、いかなる論理に動機づけられて変化してゆくかを詳《つまび》らかにするという意味でも、この論争は興味深いとレノーは指摘している。

「陰謀家」のレッテルを貼られたスタール夫人と異なり、コンスタンは政治的な過去のない潔白な人間として登場したはずだった。ただし『フランスの現政府の力』をめぐっては、じつは序幕のドラマがあった。前年の夏、一七九五年憲法草案と併行して国民公会系の議席をあらかじめ確保するための「三分の二法」が審議されていた時期に、コンスタンは激越な批判文書を二度にわたって書いていた。ブロニスラフ・バチコは「政治的に初心《ナイーヴ》」なせいだと評するのだが、そこで何が起きたかというと、一躍コンスタンが王党派の寵児になってしまったのである。王党派サロンの招待が舞い込み、反国民公会系のジャーナリストたちに祝福されたコンスタンは、「命がけで共和国を希求せぬ輩《やから》」を呪いながら方向転換を図る。(65) そして前言を翻し、中道路線の補強と共和国の保守のためには「三分の二法」が不可欠だとする陣営に合流したのである。『フランスの現政府の力』のやや屈折した以下の一文は、この経験をふまえて書かれたものだろう——「統治する者たちにとって正義は義務であるのだが、公平性を求めることは、狂気の沙汰であり犯罪的ですらあるだろう。一つの制度を機能させようとするのなら、人はその制度のために、あえて不公平になることを求められるのだ」（四七頁）。一七九七年の四月、選挙結果に不安を覚えた総裁政府が王党派議員を逮捕、追放したフリュクティドール十八日のクーデタにも、コンスタンが異を唱えることはない。(66) フィリップ・レノーが分析するところによれば、一七九九年の末、ブリュメール十八日のクーデタにより総裁政府が倒れるまでの政治状況は、「フランスの現政府」を言論によって支援することに決めたコンスタンと、その実質的な「弱さ」を前提として代表制の名のもとにコンスタンに論争を挑んだ上記の人物の双方に、多少とも理があるような形で揺れ動いていた。(67)

テルミドール期の最後を、スタール夫人は『フランス革命についての考察』のなかでこんなふうにふり返る——総裁政府はフリュクティドールの事件により、人民の代表という大義に致命傷を与えてしまったが、その後も二年近く生きながらえたのである。伝説の巨人に擬《なぞら》えて、自分が死んでいることに気づかぬまま闘いつづけたともいえるだろう。選挙であれ、議会の審議であれ、結果をいかようにも操作できるのであれば、国民の関心を繋ぎとめることができようはずはない。貴族や聖職者への迫害も、庶民の怨恨を動機としたものではなくなっていた。フランスの独立が保障された以上、対外戦争も切迫した目的を失っていた。総裁政府はフランスにヨーロッパの友好をもたらすどころか、ナポレオンの路線を先取りし、王侯だけでなく、諸国民にフランス政府に対する反感を植えつけてしまったのである。イタリアでは、フランス軍の圧力によりカピトール（カピトリヌス）の丘で華々しく「ローマ共和国」誕生の祝典が行われたけれど、見守る共和主義者は古代の彫像のみだった。真の熱狂《アントゥージアスム》に突き動かされた国民の同意が存在しなければ、調和ある政治制度が持続することはない。パリでの政変は、国民の目の届かぬ後宮《ハーレム》の内部で進行した。恐怖政治も反革命も望まぬ国民は、やむなく軍人に期待をかけたのである。(68)

まさに死に体の政権と今ならいうのだろうが、事態を傍観している場合ではなかった。危機の時代、人は「命がけ」で政治を論じるのである。一七九七年に発表されたパンフレット『政治的反動について』でコンスタンは、革命がエスカレートして収拾がつかなくなったときに生じる逆流現象を「反動」réaction という概念で捉えている。「反動」には人間に向けられるものと、人間の思考に向けられるものと、二種類あるのだが、いずれの場合も「法」ではなく「恣意」によって、「理性」ではなく「情念」によって牽引される。じっさい人は裁判にかけられることなく追放され、諸々の観念《イデー》は検討されることなく放棄されているではないか。(69) とすれば、そのような不穏な状況における「作家の責務」とは何か。

啓蒙によって世論を導く者たちは、諸観念に対する反動に抵抗しなければならない。諸観念はもっぱら思考の領域に属するのであり、この領域に法が踏みこむことは断じて許されない。

権力と理性のあいだの協約はうるわしい。この協約に基づいて、知識人は正統な権力を握る者たちに語りかけるのだ――あなた方は我々をあらゆる法に反する行為から守ってほしい、そうすれば、我々はあなた方をあらゆる有害な偏見から守ってさしあげよう。あなた方が法の保護によって我々を包んでくれるなら、我々はあなた方の打ち立てた制度を世論の力によって支援するだろう。(70)

コンスタンによれば、この「協約」が果たされるためには、絶えざる緊張関係にある「権力」と「理性」がいたずらな警戒心を捨て、誠実な信頼を分かちあうことが不可欠なのである。この小著にスタール夫人はただちに応答し、いよいよ「作家の責務」を果たさんものと、本格的な「政治論」にとりかかる。

4　未完の政治学と憲法案

――『革命を終結させうる現在の状況』（一七九八年執筆、死後出版一九〇六年）

一世紀以上にわたり、人目に触れることさえなかった幻の「政治論」をひもとくまえに、ピエール・ノラによる時代の俯瞰図をここに挿入しておきたい。テルミドール期の「注釈者」という意味で、コンスタンとスタール夫人は別格であるとノラはいう。二人はともに一七八九年の諸原理に愛着する共和主義者だったが、「恐怖政治とギロチンが世論を革命から遠ざけてしまった」こともはっきり認識していた。二人が政治論に本腰を入れたのは総裁政府期の一七九六年、おりしも「バブーフの隠謀」なるものが発覚し、過激な平等思想と所有権の否定という恐怖政治の生々しい記憶が人びとの不安をあおった時期である。「徳と恐怖」で統治した国民公会の記憶から、共和主義の理念を切り離すこと、理論的探究をとおして新しい共和政を「法によって保障された市民的平等と、社会の統治における諸利害の反映と、市民の教育」のうえに構築することが二人の目標となるだろう。(71)

『革命を終結させうる現在の状況とフランスで共和政の基礎となるべき諸原理について』という長大なタイトルをもつ草稿の束は数奇な運命をへて、二十世紀の初めにようやく一冊の書物となった。本格的な評価を得たのは、世紀も終わるころだった。ミシェル・ヴィノックは評伝の序文の冒頭で、かつてパリ政治学院（シアンス・ポ）で政治思想史を一〇年ほど担当していたが、その間、ただの一度もスタール夫人のために授業を行ったことがない、と一抹の反省をこめて述べている。じっさい一九八〇年代まで、政治思想の領域では偉大なコンスタンの陰にスタール夫人が隠れてしまっていたというのが、アカデミズムの地勢図だった。九〇年代以降、フランスの自由主義思想が脚光を浴び、さまざまの文献が発掘されるなかで、ようやく作家像が一新される。今日ヴィノックは、この著作によって、スタール夫人は「総裁政府・統領政府期における最先端の政治思想家の一人」に名を連ねることになったと保証するのである。(72)

おそらく一七九八年の五月から十月のあいだに、サン゠トゥアンにあるネッケルの別荘を足場に執筆されたらしいのだが、これだけヴォリュームのある堂々たる論考について、書簡や回想などに明確な情報がいっさい残されていないという事実が、そもそも謎めいている。(73) 国民の支持を失った総裁政府がまたもや議会の選挙に介入し、もはやクーデタの名にも値しない泥仕合が繰りひろげられていた。九年に及ぶ政変と流血に疲弊したフランスにとり「革命を終結させる」ことは喫緊の課題であるにもかかわらず、あるいはむしろ、それが焦眉の急だからなおのこと、現政権を批判して共和政の原則にまで立ち入るという行為自体が剣呑《けんのん》なのだった。この年の末にはスタール夫人が次作の『文学論』にかかりきりだったことが知られているから、この「政治論」がほぼ形をなしたところで著者は出版を躊躇《ためら》い、その後も公表する機会に恵まれなかったものと推察される。

最終的に草稿を託されたのが、スタール夫人の直系の子孫ではなく、友人のレカミエ夫人であったことは、一八八五年にその子孫が貴重な遺品を国立図書館に寄贈したときに公になった。ただし、いつ頃、いかなる経緯でレカミエ夫人に渡されたかは不明であるという。一九〇六年に初版が刊行されたが、当時からすでにスタール夫人は、名声の大きさと読者の少なさという奇妙な不均衡によって特徴づけられた女性作家であり、そもそも人文学の政治思想史という枠組みで存在を認知されていたとは思われない。アルベール・チボーデは、政治思想史と文学史を架橋した批評家として知られるが、そのチボーデが一九三六年刊行の『文学史』で自由主義的潮流における「教説《ドクトリン》の母」という言葉をスタール夫人に捧げたとき、根拠として挙げたのは『フランス革命についての考察』であり、三〇年前に刊行されていた政治論への言及はない。[74] 一九七三年のポール・ベニシュー『作家の聖別』のみが、問題の一九〇六年刊行の政治論を含め、入手可能な文献のすべてを視野に入れた公正な文学史であることを、敬意をこめて強調しておこう。その後一九七九年に、初めての批評校訂版が刊行され、さらにコンスタンの草稿研究の成果と照合させた画期的な校訂版が、二〇〇九年にブロニスラフ・バチコの一〇〇ページに及ぶ解説を付して全集に収められた。[75] いいかえれば「自由主義の母」スタール夫人の復権が果たされ、その全貌が明らかになってから、まだ数年にしかならない。ともあれコンスタンとスタール夫人の知的コラボレーションがいかなるものだったかを想像するためにも、さらにはスタール夫人を旧弊な恋愛小説作家というイメージから解放するためにも、これは内容を正確に把握すべき必読文献なのである。

二〇〇九年版の編者によれば、作品は構想の途中で放棄されたのではなく、ほぼ完成して仕上げの段階に入っていたとみなしうる。原稿はスタール夫人の肉筆によるもの一部しか存在せず、そこにコンスタンの書き込みがある。一九七九年の校訂版においては、小見出し風の語彙や、抜粋箇所を示唆する原稿上のメモは、おそらくコンスタンによる添削や校閲の一端であろうと推察されていた。しかるにその後コンスタンの草稿類や関連資料を精査した結果、じつはスタール夫人の原稿を専門の書写人が書き写した断片が、直接間接にコンスタン自身の著作、とりわけ『政治の諸原理』（一八一五年）などに活用されていることが判明したという。[76] コンスタンとスタール夫人はほぼ生活を共にして、それこそ日夜政治を語り合っていたのである。それぞれの筆跡が「知的所有権」の記号というわけではないのだし、原稿が一定期間コンスタンにゆだねられていたとしても、そこに譲渡や借用の意志があったかどうかなど憶測すらできない。二人の知的連帯は完全に平等なものであり、いわゆる「著作権」の概念など超越していたと解釈すべきだろう。

さて『革命を終結させうる現在の状況』の本体は大判で二〇〇ページほど。バチコの周到な「解説」を案内役として読むことにしたい。

> デカルトが代数を幾何学に適用したように、算術を政治に適用する必要がある。この適用が完全になされたあかつきには、政治の論争は終結するだろう。人間の情念は、機械の内部の摩擦と同様に算術的に捉えることができる。一定数の例があれば、同じ出来事が反覆されることは確実なのである。したがって立法者は一つの国民の情念を、出生、死亡、婚姻などと同様に算術的に捉えることができる。人間精神の完成可能性《ペルフェクティビリテ》の最終段階は、道徳システムのあらゆる分野に算術を適用することである。じっさい幾何学的に真理である諸原則のうえに統治を打ち立てることは大いに有益であるはずだ。[77]

真理を深く掘り下げて人間の心の動きを形而上学的に分析できるようになり、さらに個人の感情と合致する社会制度を提案できるようになれば、人類はいかほどに進歩することか、と遠大な目標が披瀝されてゆくのだが、それにしても算術的な発想と対になった幾何学的な厳密さとは、いかなるものなのか。

> 人間の情念がもたらす効果については、他のところでも指摘したことがあるが、理性のもたらす結果と同じように算術的に捉えることができる。相当に大きな人数が問題になっているときには、利害とか、嫉妬とか、野心とか、復讐心といったものが、特定の環境において、相当数の人間について何を引きおこすかを、われわれは知っており、そのため一般法則が例外に勝つことになるのである。まずは前提となる知識を確立し、そのうえで、統

治する者たちの利害を国家と憲法の保守のほうへと導き、かつ統治される者たちの嫉妬をポストへの期待や健全な競争心へと導くような統治組織、法に反した道を通って抜け駆けしたいと思う野心の願望を阻止するような統治組織、公的な権威が充分な力と持続をもって憲法的な手段によりながら、あらゆる種類の悔恨や怨恨を抑えこむことができるような統治組織を見出すことが必要とされるだろう[78]。

ご記憶のように「他のところ」とは二年前の『情念論』を指し、そこでも政治学の幾何学的な明証性という野心が語られていた。引用した二つの断章で「算術」calcul と形容されている探究の方法は、今日であれば人文社会学的なアプローチに「統計学」の概念を加味したようなものを志向しているのだろう。スタール夫人ひとりの特異な発想ではない。命名そのものが意味深長なのだが、厳密な学としての「道徳・政治科学」という枠組みは、コンドルセやイデオローグたちも関心を共有する尖端的な学問領域だった[79]。一七九五年、フランス学士院に「道徳・政治科学アカデミー」L'Académie des sciences morales et politiques が新設されたこと、この組織が今日も名称を変えることなく人文社会学の活動を展開していることには、それなりの理由と必然性がある。

『フランスで革命を終結させうる現在の状況と共和政の基礎となるべき諸原理について』という解説的なタイトルからも推察されるように、著作はフランス革命を定義しつつ現状の問題点を分析する第一部と、共和政の諸原理に立ち返り可能な国制のあり方について提言する第二部から構成されており、終章は「理性が及ぼす力」と題されている。一七九八年、いまだ動乱の渦中にある著者は、フランス革命をいかなる展望のもとに捉えていたか。バチコの素描する明快な見取り図をさらに要約してご紹介しよう――イギリスの革命という先例に解釈の鍵を見出そうとする論調が多いなかで、スタール夫人はフランスの革命は本質において前例のないものであり、その近代性は「哲学的な基礎のうえに統治組織を打ち立てること」を目標とした点にあると考える（四三三頁）。かりに革命の目的が王朝の交替とか外敵の排除にあるのなら、戦闘で決着をつければよい。世論の支持は、おのずと勝者についてくるだろう。一方で宗教を変えようとする場合は、より多くの住民が巻き込まれ、国が二分されることもある。十七世紀イギリスで起きた革命も、宗教の演じた役割が大きいことに特徴があり、そこでは内戦の勝者が教会の神秘的な権威を借りて、民心の動揺を抑えることができた（三一〇頁）。クロムウェルは、その絡繰りを熟知したうえで国民を支配したのである。ただし、清教徒革命においても、宗教の教義をめぐる論争そのものは、民衆の関心を惹いたわけではないし、一六八八年の名誉革命が政治的自由をもたらしたといっても、庶民はその恩恵に与ることはなく、ましてやその原理を学びとることもなかった。これに対してフランスの革命は、イデオロギー性と民衆の参入と普遍的な性格によって特徴づけられる。イギリスという国が人間によって動かされているとすれば、フランスでは理念《イデー》が万能なのであり、民衆の扇動や政権による暴力的支配さえ、革命の諸原理に堂々と依拠して正統性の衣をまとうことができた。革命を準備したのがヴォルテールやルソーのような啓蒙思想家《フィロゾフ》たちであったところから、すべての者が自由を希求して議論に参加する土壌ができていた。しかも政治と宗教が同時に俎上に載せられたために、党派精神に駆られた勢力が大衆を巻き込んで、革命は当初から個別的な関心事を離れてしまったのである。フランスで革命の基礎となる諸原理は、それゆえ本質において普遍的であり、すべての人間、すべての国民の琴線に触れるものをもっている。しかし革命の哲学的な使命、そのイデオロギー的なスケールは、貴重な特質であると同時に弱点ももたらすことになる。なるほど革命の掲げる理念や原理や目標が、きわめて先進的であり、政治の分野における完成可能性《ペルフェクティビリテ》の頂点を指し示していることは長所といえる。だがそもそも革命の信奉する原理とは何であったのか？　バチコにしたがって再確認しておくなら、それは言論と精神の自由、ついで市民的な平等、すなわち世襲的な特権や差別の廃止、そして今日われわれが使う用語としての民主主義、すなわち代表制による国民主権という三原則である。フランス革命の独自性を保証するこれらの貴重な理念が、スタール夫人の立ち位置から見ると、現実の流れのなかで障碍を産みだしていた。といってもパラドックスは見かけのものでしかない。立法に携わる一握りの人間が、反論の余地なき革命の理論を実現することを急ぎすぎたのであり、その結果、国民の啓蒙が置き去りにされたまま、共和国が強引に樹立されてしまったのである。[80]

フランスで一七八九年に期待されていたのは穏健な王政であった。それを樹立するためなら恐怖政治など必要なかったはずである。一方共和政が樹立されたのは、人びとの精神が共和政に見合った準備を整えるより、五〇年も早かった。それを樹立するためには、恐怖政治に訴えるしかなかった。ところがこの残酷な方法は、何一つ確立することができなかったのであり、それどころか、フリュクティドール十八日に至る昨今の反動により、哲学的な啓蒙は革命の初期をはるかに越える地点まで後退してしまったのである。ヴォルテール、エルヴェシウス、ルソーは今やジャコバンとみなされており、事態を見透した野心家たちは迷信をふりまいている（三七四頁）。

「早すぎた共和国」というテーゼは、この著作の基調をなす思想の一つであり、くり返し浮上するのだが[81]、これに関連すると思われるもう一つの問題提起は「恐怖政治」にかかわるものである。著者の意図が「フランス革命の諸原理そのもの」を見据えることにあり、「それらの実践と称する行為にともなう忌むべき状況」（二九一頁）は検討の埒外にあると宣言した以上、「恐怖政治」が章のタイトルになったりはしない。しかし、それは革命に内在する罪悪なのかという重大な問いについての回答は、明快に与えられている。一七八九年の初代革命家たちは国民の支持を得ていたのに対し、これにとって代わった革命家たちは自然な運動に寄りそうことなく、国民を啓蒙の限界を超えるところまで駆り立てた。「革命の残虐行為は、それが遭遇した障碍から生まれた」のであり、「こうした行動の暴力性によって、哲学的な道徳性とはまったく無縁な代理人と手法が招き寄せられてしまった」というのである（三〇九頁）。一七九六年の『情念論』では、政治システムとしての「恐怖政治」は偶発的な災厄として棚上げにしたうえで、人間の獣性やサディズム、そして「罪の天才」ロベスピエールという個人的な尺度から現象を記述していたことを思えば、原理的な解明への前進は明らかに認められる[82]。ピエール・ノラが示唆するように、そしてバチコやリュシアン・ジョームも指摘するように、革命と恐怖政治を分離することは、スタール夫人にとって避けて通れぬ課題だった[83]。その先に横たわっているのは、持続する共和国の構想を立ちあげるという遠大な計画である。

第二部冒頭の章は「憲法について」と題されている。「共和政の基礎となるべき諸原理」が「憲法《コンスティテューション》＝国制」の水準に位置することはいうまでもないが、いったいスタール夫人にこれを論じる資格と素養があったのか。たしかに一七九一年憲法に関しては父ネッケルが国王と議会の調停役を担う大臣の職にあり、自身も立憲王党派のサロンを主宰していたのだから、これ以上は望めぬポジションにいた。「新憲法の一部は彼女のサロンで作られた」とジャック・ゴデショは事もなげに年譜に書き込んでいる[84]。一七九五年憲法の草案が練られていた時期にも、スタール夫人はパリのサロンを再開しており、草案作成の任に当たる「十一人委員会」の報告者ボワシー・ダングラスとは親交を結んでいたから、成立の経緯に通じていたにちがいない。その一方でスタール夫人は、一七九三年憲法には関心すら抱いていないように見える[85]。実施されることはなかったにせよ、一七九三年憲法こそが「フランス革命」と「フランス共和国」の思想的な原点であるとする歴史観は厳然として存在するのだから、わたしたちはここで共和主義者スタール夫人の立ち位置と論点を再確認する必要に迫られる。渦中の人であったスタール夫人が――樋口陽一氏の形容をそのまま借りるなら――一七九三年を「逸脱、上すべり、そして悪夢[86]」と捉えていたことはまちがいないだろう。上述のように、一七八九年以前への「反動」を食いとめて共和政を保守することこそが、切迫した課題であるという認識を、スタール夫人とコンスタンは分かちあっていた。そうしたなかで『革命を終結させうる現在の状況』は、憲法をめぐる観念的な論争は回避して、まずは一七九五年憲法が機能不全に陥っている理由を解き明かし、憲法改正の具体案を素描することに徹したものと思われる。

　スタール夫人は、このような論述の姿勢そのものを父親の経験から学びとっていたにちがいない。ネッケルが引退してから著述家として実績を挙げたことはすでに述べたが、一連の著作の本旨は「原理の問題にとりつかれた人物たちにたいする、統治の方策の問題にとりつかれた政治の実務家の側からの、厳密で手厳しい分析である」とマルセル・ゴーシェは指摘する。しかもそれらの著作において考察の中心は相次ぐ憲法の検討にあり、そこで「分析の試金石」としているのは「統治の可能性」だというのである[87]（傍点はゴーシェ）。憲法を語るスタール夫人の基礎知識と土地勘がいかに例外的なものか、鋭利な議論のなかでネッケルの娘という特権がいかに活用されているかは想像できるだろう。

それにしても野心的な企画ではないか。バチコによればスタール夫人が父親から譲り受けた最大の教訓は、「諸機能の分立（séparation）」と「諸権力の分割（division）」を混同しないことであるという――「ある雄弁な思想家の指摘するところによれば、諸々の権利が互いに合意することこそ肝要なのである。それなのに人びとは、諸機能の必然的な分立と、諸権力の分割を絶えず混同し、そのことにより諸権力が否応なく相互に敵対するようにしむけている」（三八五頁）。原注によれば「雄弁な思想家」の指摘とはシエースの憲法批判を念頭に置いたものだというが、ここで問われているのが、まさに「統治の可能性」であることはご理解いただけよう。じっさい一七九五年憲法は「権力の分割」のレヴェルに深刻な欠陥を抱えていた。総裁政府は法案の提案権も拒否権ももたず、議会に対していかなる影響力も行使できなかったから、両者のバランスは暴力的な衝突によって立て直すしかない。そこで毎年のように「小さな革命」が起きて「王党派」か「テロリスト」かを追放するという状況がつづいたのだった（三七五頁）。現行憲法は「権力の分割」という原則にもとづき、総裁政府は立法議会の議員を大臣に指名できないという禁止条項を設けていたが、スタール夫人の提案では、これを廃し、立法機関と執行機関の「機能の分立」は維持したうえで、積極的な人的交流と協力態勢をめざす。さらに総裁政府の自立性を担保するために、一会期の「停止的拒否権」を認め、奥の手として議会の解散権を政府に与えている(88)。

こんなふうにスタール夫人は検討すべき案件を一つ一つ具体的に論じたうえで、バチコが少しばかり皮肉なニュアンスをこめて「素晴らしい仕掛け」merveilleuse machinerie と呼ぶ統治組織の設計図を描いてみせる(89)。その鮮やかな手捌きを、逐一紹介する余裕はないのだが、もう一点だけ、革命後に引き継がれる重要な問題提起という意味で、二院制をめぐる考察にふれておきたい。なるほど総裁政府期にくり返された選挙結果への暴力的な介入は断固排すべきではある。だが、それはそれとして「毎年の選挙の偶然のなりゆきに安心してすべてをゆだねられるほど、国民は自由への愛着と知見を身につけたといえるのか？」とスタール夫人は問いかける（三七四頁）。主権者としての国民が、啓蒙において未熟である現状をどうするか。これが上述の「早すぎた共和国」というテーゼに関連する問題提起であることはいうまでもない。だとすれば現状において望ましき代表制とはいかなるものか。

したがって代表制統治があり、その統治の原理が尊重されるためには、その統治が、いってみれば世論のつくりあげる全体枠の内部比率を反映した縮図のようなものになっていなければならない。立法機関は、諸々の感情の自立性が脅かされることなく、秩序破壊的な野望が挫かれるような具合に、さらには社会の異なる二つの利害がそれぞれに代表されるような具合に組織されていなければならない。このような考え方を発展させることにより、憲法に明示された保守的制度（institution conservatrice）は、実践において有用であるだけでなく、これが代表制統治の抽象的理論の本質をなすものであることを、より説得的に示すことができると思われる（三八一〜三八二頁）。

ざっとふり返るなら、一七八九年に三部会が「憲法制定国民議会」に統合されたのち、一七九一年憲法も一七九三年憲法も一院制を採用しており、とりわけ「国民公会」は立法権と同時に臨時の執行権を担うという極端な権力集中を行った。その反動として一七九五年憲法は執行権を五人の総裁に分割し、さらに執行権と立法権を徹底的に分断したうえで、立法府も二つに分割した(90)。議員は毎年三分の一が改選される。五百人会と元老会には法案の提案と採択という役割分担があり、元老会は被選挙人資格の制限が厳しいなどの差異化がなされているが、いかなる代表制の理論にもとづく二院制かという問いへの回答がないという認識が、スタール夫人の議論の出発点にある。

上記引用の「感情の自立性」という語はあらためて取りあげるとして、ポイントは「保守的制度」と訳してみたフランス語が前提とする動詞にある。「社会の異なる二つの利害」とは、テクストの後続部分を読めば明らかなように、「獲得すること」と「保守＝保全すること」をめぐる原初的な願望のようなもの（besoin d'acquérir / besoin de conserver）

を指すのであり、じつは財産の有無による対立や階級闘争のようなものが想定されているわけではない。「二つの利害」はつねに共存しており、自然界の比喩を使えば、それは「運動と持続」のようなものであるという。要するに現行憲法には「持続」の契機が欠けている。選挙は形式的には自由だが、実践においては専制的であり、「テロリスト」と「王党派」が代わる代わる議会を掌握することになる。これを阻止する権能を期待されるのが「保守的制度」であり、具体的には議会上院の大胆な強化と再編が提案されているのである（三八二〜三八三頁）。

啓蒙的知性と財産と信用という意味で傑出した人材により構成される元老院は、少なくとも初代議員に関しては身分の安定した「終身制」がよい。それでは「貴族政」ではないか、という非難の声が聞こえるが、とスタール夫人は反論する。旧制度における世襲の特権身分を破壊するためには、まさしく「貴族的な制度」が当面は必要とされるのである。民主主義者自身が獲得した権利を保守する知恵を現時点でもっていないことが、最大の問題なのだから、という主張だが[91]、元老院の構成案というのが興味深い。人数枠の整合性がないところから、未完の作業だろう。これまでの三つの国民議会議員、新しい議員、学士院会員、傑出した思想家、そして軍人枠があるが、宗教者枠はない。いずれも相当の資産をもつことが条件となっており、それは自立と社会的信用の符牒と解釈されている（三七七〜三七八頁）。

ここでもう一度、樋口陽一氏の著作を参照し、スタール夫人の憲法案に示された「統治の可能性」という主題を「革命の原理」と交叉させてみよう。あらためて確認するなら、身分ごとの「三部会」や職業別の代表といった発想は、一七九三年までの革命的プロセスにより完全に排除されていた。この決断と不可分のものとして、いわゆる「中間集団」の解体と「人一般としての個人を主体とする人権」という近代憲法の基本的理念の立ちあげが同時に進行したという事実は、フランスの革命を決定的に特徴づけている[92]。スタール夫人の創意工夫は、そうした与件を受けいれて、感情的な動機に左右される社会集団を権利の主体として再生させることを可能なかぎり回避しつつ、しかも世論の多様性や相克する運動と持続の利害を「縮図」として反映する「保守的制度」を二院制の内部に思い描いたことにあるといえようか[93]。

『革命を終結させうる現在の状況』は原稿のまま一世紀以上眠っていたのだから、直接に世論や国政に働きかけたという実績はないけれど、著者はサロンで持論を開陳し、論争を挑み、説得に努めたはずである。上述のように、そうしたプロセスの全体が、コンスタンによって共有され活用されたことも確認されている。「二院制」と「中間集団」という主題は、政治的・社会的な検討課題として後世にゆだねられることになるのだが、この時点でスタール夫人が近代的な「代議政体」をめぐる本質的な問題提起を行ったこと自体が、政治を見据える論者としての明敏の証しだといえはしまいか。じっさい『フランス革命事典』で「スタール夫人」の項を担当したマルセル・ゴーシェは、論述の半ば以上を、この著作の分析に当てており、しかも「代議制のシステムの真の性質を対比によって明らかにすること」をめざした考察が、この書物の最も注目に値する部分になっていると述べている。ゴーシェも引用する一文、「政治的自由」と「世論」と「民主政《デモクラシー》」という基本的語彙を「対比」によって位置づけた『革命を終結させうる現在の状況』の文章を、あらためて読んでみよう。

> 最も完全な政治的自由を享受するために、三〇〇〇万人の結社《アソシエーション》は必要とされない。代議政体は、世論がこれを支配するという理由により、事実上の政治的自由をもたらしてくれる。ただし七五〇人が三〇〇〇万人を統治する国家において、民主政は存在しない。なるほど純粋な民主政は、さまざまの不都合を伴いながらも多大の成果を享受させるけれど、そのような民主政が存在するのは、アテナイの広場だけだろう[94]。

「七五〇人が人民であると宣言するような短絡的な同一視」は古代都市の理想が呼びおこす夢想のようなものだとスタール夫人は指摘するのだが、ロベスピエールが人民であるとする国民公会の幻想は、まさにその典型だったと補足しておこう。ともあれ、この「同一視」を排除するために構築された鋭利な議論こそが、ゴーシェによればスタール夫人の政治論の真骨頂なのである[95]。

かりに『革命を終結させうる現在の状況』が一七九八年の末か一七九九年に出版されていたら、とバチコは仮説を立て、敵の船団に「火船」を放つほどの効果があったかもしれない、と機知をまじえて答えている。いまだ帰国を許されぬ亡命貴族たちに共感を寄せながら、現行憲法を痛烈に批判しているのだから、これは挑発であり、有力政治家と結んだスタール夫人の隠謀と解釈されたにちがいないというのである。手を組む相手は、バラスか、それともタレイランか……[96]。

不穏な書物であることを著者が自覚しなかったわけではない。よくあることだが、スタール夫人も自分が女性であるという事実を白旗のように掲げて攻撃をかわそうとする。著者は「はじめに」でこう宣言する。共和政の理論に真の熱狂《アントゥージアスム》を覚えているからこそ執筆を思い立ったのだが、これを適用する手法についての意見《オピニオン》を開陳せぬことには理論も役立つまい。自分は女であるから猜疑心をかき立てたり、個人的な野心を疑われたりすることはないはずで、真実を語るための条件に恵まれている（二八九頁）。本文中にも、これに呼応した言葉がある――「わたし自身は、政治的なキャリアのなかで何かを恐れたり期待したりすることはありえない身なのである。この自立性ゆえにこそ、有益と思われる意見を表明することは自分の責務であると考えた」（四〇二頁）。一方で、削除候補だったらしい原稿のなかには、こんな述懐もある――「わたしは自分の政治的な意見を知らしめねばならぬと感じている。なにしろわたしの影響力なるものが非難されているのだから。かりに公正で賢明な男性が、このような主題を女性が扱うことは不都合であると断じるなら、その男性に思いおこしていただきたい、憎悪が身にふりかかって、わたしの生活をかき乱し、私的な情愛の問題まで穿鑿したのだということを」（五〇四頁）。

スタール夫人は弱者を代表しているという確信を書くことの中核に据えていた。女は真実を語ることができると宣言したのち、こうも語っている――「つまり、この書物は勝者の理論的な意見《オピニオン》と敗者の感情に応えるものとなるだろう」（二八九頁）。理性と感情の両方に、分析の技と憐憫の情の両方に、勝者の共和主義的理想と歴史の敗者が味わった苦しみの両方に、著者は共感を寄せている。それゆえ、上記引用にあるように「諸々の感情の自立性が脅かされることなく、秩序破壊的な野望が挫かれるような具合に」立法機関は組織されなければならないと主張するのである。バチコによる長大な「解説」の「勝者の意見、敗者の感情」というタイトルは、そのようなスタール夫人の意を汲んだものであることを、ここに付言しておこう(97)。

5　宗教と自由と公論について

『革命を終結させうる現在の状況』の第二部冒頭の章までを、やや丁寧に読んだところだが、「憲法＝国制」を論じることが著作全体の主たる目的であったことは確かとしても、第二章以下の「宗教」や「作家」などのテーマに目をとめぬわけにはゆかない。おのずと想像されるように、こうした主題は一七九八年の政治危機という次元をはるかに超えて、大きな歴史的展望につながってゆく。スタール夫人の著述家としての使命感を育んだにちがいない諸問題を、それにふさわしいスケールで読み解いてみたい。

本書第一章で「公論」という用語をめぐって参照したベルトラン・ビノシュ『私的宗教と公論(98)』を、再度ひもとくことになる。小ぶりの版で二〇〇ページほどの著作の随所にネッケル、スタール夫人、コンスタンへの言及があるのだが、とりわけ「一七九八年におけるスタール夫人——共和国原理にかかわる宗教的な観念」という小見出しを立てた一〇ページほどの緻密な考察は示唆に富む。上記のようにスタール夫人自身は「政治と宗教が同時に俎上に載せられた」ことがフランス革命の特異性であると考えていたのだが、何よりも前提となる歴史的な展望を理解するところから始めなければなるまい。ハーバーマスからフーコー、ブルデューまで公共圏をめぐる最も著名な論者をリストアップしたのち、ビノシュは以下の簡潔な定式から出発してみようと提案する——「意見《オピニオン》が公的なものとなったのは、宗教が私的なものになったからこそである」（一七頁　傍点ビノシュ）。

では、いつ頃、いかなる事情で宗教が私的なものになったのか、という疑問に答えるのが、第一部「寛容のパラドックス」である。なぜ「寛容」の概念が宗教の私事化につながるかは順を追って確認するとして、まずは国家と宗教の関係について。いくつか水準の異なる軋轢を想定しうるのだが、たとえば宗派と宗派の争いに国家が割って入るというケースを想定してみよう。カトリックとプロテスタント、イエズス会とジャンセニスムといった神学を根拠とする抗争は、その本質からして和解や妥協はむずかしい。そこで国家が仲裁に入って決着をつけた場合、結果として世俗の法は教会の法に対して優位に立つという実績を挙げたことになる（二四〜二五頁）。これに付随して、とりあえず優位に立った世俗の法が、信仰の選択をどこまで強制できるのかという問いと、私人が内面の信仰と公共の場における宗教的実践を分離できるかという二つめの問いが浮上するだろう。今日であれば、公共の場において複数の宗教が実践されることに不都合はなかろうという反論が予想されるけれど、十七〜十八世紀においてはホッブスの『リヴァイアサン』に記されているように、公共的崇拝は統一性のなかにあるという認識が大前提なのである（二七〜二九頁）。

> しかしながら、コモン－ウェルスは、ただひとつの人格であるから、神に対してもまた、ただひとつの崇拝を示すべきであって、それが、私人たちが崇拝を公共的に示すべきことを命じるばあいに、そのことはなされる。そしてこれは、公共的崇拝であり、それの固有性は統一的 *Uniforme* であるということである。[99]

英語の「コモン－ウェルス」はラテン語の *res publica*（公の事柄）の訳語であり、フランス語ではこれが「共和国」République と訳されて、ここでは具体的な国家や統治の形態ではなく、理念的な政治共同体を指す。かりに「共和国」が「一つの教会」と一致することが求められるとしたら、その「共和国」によって否認された宗派はどうなるか。ビノシュは、そう問いかけてから、三つに一つだという。第一に、亡命して生きのびるか、第二に地下に潜って秘密の儀式を存続させるか、第三に消滅するか。いずれにせよ、信徒集団から完全に切り離された神秘的な内面の信仰というのは――おそらくキリスト教に関しては――実質的に想像しがたいというのである。したがってこの方式では、国家の介入により宗教間の紛争が解決し、平和が実現するという筋書きはありえない（三〇頁）。

　そこで援用されるのが「寛容」という概念である。本来であれば「真理」から「統一的な宗教」が導かれ「平和」が築かれるというのが伝統的なテーゼであったはずだが、ホッブスにおいては、宗教の統一を保障するのは世俗の権力であり、すでに「真理」という項目は遠ざけられている。そうであるなら、いっそ「統一的な宗教」を放棄して、国家が複数の宗教・宗派の存在を認めてしまったらどうか、という過激な提案をしたのが、ピエール・ベールだった。それは一六八五年のフォンテーヌブローの王令（ナントの王令廃止）の前後、ユグノへの弾圧が猖獗をきわめた時期に練られた全面的な対決の理論である[100]。それぞれの宗教・宗派が個別に他者への「寛容」を実践することで、複数の宗教・宗派が共存できる、そのとき真に公正な祖国への愛国心が育まれるのだという主張は、先鋭にして徹底したものであり、新旧のキリスト教だけでなく、異教徒、そして無神論までが承認されることになっていた（三一～三三頁）。

　ピエール・ベールと比較されるべきは、ちょうど同じころ出版されたジョン・ロックの『寛容論』（『寛容についての書簡』）だが、ビノシュの分析の要点のみ紹介しておこう。ロックが思い描くのは、国家は個人の信仰の問題に介入せず、教会も個人は自主的に信仰を選択するという暗黙の了解に立つことで、世俗の権力と宗教権力は――無神論を排除するという合意を共有したうえでだが――個別の制度として併存するという構図である（三七～四〇頁）。二人の思想家が浮き彫りにするのは、国家と宗教の力関係という次元での英仏の相違だろう。ロックは諸宗教・諸宗派にいわば同一平面で対峙する国家を想定するのに対し、ベールは「フランスでは、君主の絶対的な権力が、内戦を回避する唯一の手段なのだ」と喝破する。ビノシュも示唆するように、海峡を挟んだ両国の相違は現代にまで引きつがれている。フランス人がイギリスにおいては諸宗教・諸宗派の社会的な葛藤が放置されていると感じる一方で、イギリス人はムスリムのスカーフ問題に強権的な国家の介入を見て違和感を覚えるのである（四二～四三頁）。イギリスの「多文化主義」もフランスの「ライシテ」も、公共圏の中立性を担保するための理論であることにかわりはないのだが、とりわけ後者がわかりにくいのは、これが典型的な「国家（の介入）による自由」の風景を呈しているからだろう。付言するなら、ナポレオンのいわゆる「コンコルダート体制」も、複数の宗教・宗派を共存させるために立ちあげた国家による宗教管理システムにほかならない。

さて、ビノシュによる「寛容」をめぐる「パラドックス」とはこうだ――「本質的なものについて意見の一致を見ることは諦《あきら》めるという最終的な合意に達しないかぎり、平和に生きることはできない」。つまり本質的な問題について合意せぬことに合意することが「寛容」の前提だというわけだが、これに「パラドックスのパラドックス」なるものがつづく――「意見の不一致にまかせてよいとみなしたものは、自動的《イプソファクト》に非本質的になる」（五一頁）。ここで上述の「真理」「統一的な宗教」「平和」という三点セットを思いおこしてみると、「寛容」の顕揚によって、本来は普遍的な「真理」とみなされるべきものが切り崩されることになりはしないかという疑問がわいてくる。十八世紀の『アカデミー・フランセーズ大辞典』によれば「寛容」とは「その宗教にとって本質的とはみなされぬある種の事柄に関して、お互いを許容すること」であるという。この定義を足がかりにして、およそ宗教とは本質的ではないものだ、と主張するなら、たしかに大胆すぎる論理の飛躍にちがいない（五四頁）。おそらく重大なのは、個別的な見解というレヴェル、つまり「意見」のレヴェルで宗教が論じられてしまったという事実そのものなのである。「寛容論」が「宗教的な意見」opinion religieuse という表現の産みの親であるかどうかは確定しがたいとしても、要するに宗教とは意見の問題にすぎない、と主張することができるのか。「いかなる者も、その意見について、それが宗教的なものであっても、その表明が法律によって定められる公の秩序を乱さぬ限り、安寧を脅かされることはない」――名高い「人権宣言」の第十条は、じつのところ、そう仄めかしているように読めなくはないのである。[101]

フランスにおいては一七五〇年頃に少なくとも開明的な人びとのあいだでは「寛容論」が定着したとされるが（五九頁）、そのために教会の権威が凋落することは避けられなかった。じっさい「宗教的な意見」は私的な事柄である、という提言は今や自明のものに思われる。こうして「私事化」した宗教が「公共圏」を明け渡すことで、意見《オピニオン》一般が公的な権威を帯びるようになり、言論の自由への条件が整ってゆく。以上がスタール夫人の「宗教」にかかわる論説を読み解くために求められる歴史的経緯の基礎知識である。

人間の道徳性にとって宗教的な観念（idées religieuses）という絆が必要であることは、すでに証明されていると思われる。なるほど天稟《てんぴん》と教育のおかげで、この基本的な支えに依存しないところまで到達した例外的な人物たちが何人かいることは認めよう。宗教的な観念による全般的な抑制が公論そのものに働きかけた国々に、著名な人士たちのあいだで育まれた公論に対する昂揚した愛着が存在したことも認めよう。しかるにフランス共和国においては、一つの宗教が必要なのである。(102)

『革命を終結させうる現在の状況』の第二部第二章「諸宗教について」の導入部分だが、ビノシュによれば「人間の道徳性にとって宗教的な観念という絆が必要であること」という第一のテーゼは自明どころか、今まさに証明されなければならない問題であるという。これまでに見た歴史的展望からも推察されるように、スタール夫人のみならず、同世代や後続世代の思想家たちが――自由化された公共圏の恩恵に与って――宗教と道徳の関係を、すなわち宗教の支えなくして道徳を立ちあげることができるか否かという困難な問題を考究してゆくことになるだろう。引用二番目の文章、生まれつきの才と教育のおかげで神なき道徳に到達する人間がいないわけではない、という指摘は、ピエール・ベールの喚起した論争への目配せであり、三番目の文章、宗教に支えられた公論がめざましい活力を見せた国々というのは、古代世界の愛国心を念頭に置いてのことらしい（七八頁）。反論の根拠に挙げられそうなこれら二つのケースは存在するものの、ことフランス共和国に関しては、やはり「一つの宗教」が必要なのだとスタール夫人は主張するのである。

この主張そのものは、例外的なものではない。フランス革命が急進化して国民公会が非キリスト教化を強引に押し進めた時期でさえ、あからさまな無神論が政権によって称揚されたことはない。ロベスピエールの構想した「最高存在の崇拝」という礼拝行為からも――これを真正の「宗教」と呼ぶことができるかどうかは別として――そのことは想像できる。いくつもの新興宗教的な儀式が登場するなかで、一七九七年一月に総裁政府の保護を得た「敬神博愛教」théophilanthropie がにわかに成長を遂げていた[103]。教義は神の存在と霊魂の不滅を信じることという二点のみ、洗礼や結婚などの儀式はあるが、自然宗教の一変種といえる。スタール夫人は、この「敬神博愛教」を共和国にふさわしい宗教としてひとまず推奨するのだが、現政権に肩入れせざるを得ない身としては、ほかに選択肢はなかったのだろう。興味深いのはしたがって、推奨された宗派の実態よりむしろ、著者自身の立論の方式と駆使される概念である。

そもそも「一つの宗教」という提案について、カトリックの復帰という選択が退けられる理由は何か。絶対君主政から立憲君主政への移行が王朝の交替なくしてはありえないように、過去の君主政と一体となって運命を共にした宗教組織が、無条件に共和政に引きつがれることはありえない、とスタール夫人は考える。そして革命勢力によるカトリックへの迫害を厳しく批判したのち、自分はカルヴァン派のよき信徒であり、「敬神博愛教」もしくはプロテスタンティズムの二者択一を新しい共和国のために提案したい、と率直に述べる。

共和国は本来、その制度についても、思想についても、あらゆるところで「論理的思考」raisonnement を基礎として運営されなければならない。それゆえ人知を越える神秘である「教義」にもとづく宗教ではなく「自然宗教」が望ましい（四一五〜四一六頁）。じっさいに宗教は難解な「教義」ではなく、信徒集団の礼拝行為である「儀式」をとおして一般の人びとを説得し、信仰を育んでいるのである。プロテスタントの牧師は地元住民の教育に携わり、道徳と宗教的な観念の涵養に貢献しているが、このような聖職者の支えなくしてフランスに道徳を確立することは不可能だろう。独身義務のない牧師は家庭の父でもあり、市民でもあるのだが、スイスでは政治にかかわることは禁じられている。つまり牧師に期待されているのは「私的な道徳」の領域における指導力なのである（四一七〜四一八頁）。こう述べるスタール夫人の共感が、政府の御用宗教と見えなくもない「敬神博愛教」よりも、カルヴィニズムに傾いていることは明らかなのだが、これを我田引水と非難しても始まるまい。

あらためて確認するなら、カトリックの「教義」とは教会の真理として、つまり信じるべき教えとして聖職者が信徒に手渡すものであり、その細部までが真理の輝きに満たされている。教会の秘蹟とか、マリア信仰とか、プロテスタントと相容れぬ神学論争の論点はもとよりだが、洗礼、婚姻、埋葬など避けてとおれぬ人生の節目、そして庶民の日常生活の指導にいたるまで、非本質的で「意見の不一致にまかせてよい」ものなど、教会にいわせれば一片たりとあろうはずがない。スタール夫人の論述の行間に読みとれるのは、こうした伝統ある「啓示宗教」をまえにして「自然宗教」の人間中心主義的な思考が抱く違和感であり、アンシャン・レジームに深くかかわってきたカトリックという制度的な教会は、理性にもとづき個人が論理的に思考する時代の共和政にふさわしいはずがないという直感的理解である。

それにしても、国教としてのカトリックを批判する断章の冒頭に置かれた「大方の宗教と宗教的な観念とはまったく別ものである」（四一四頁）という指摘は何を意味するものなのか？「宗教的な意見」という表現がそうであるように「宗教的な観念」も、じつは哲学の観点から宗教を論じるときの表現なのであり、ビノシュの解説によるなら、これに向き合う「大方の宗教」とはカトリックにせよプロテスタントにせよ社会的に認知された既存の宗教、いわゆる「実定宗教」religions positives の信仰を指す。つまり世俗的・哲学的な用語で語られる「宗教的な観念」は、諸教会に公認された信仰の用語には翻訳できない、あるいは還元できないというのが「別ものである」という定式の趣旨だろう。一方で、スタール夫人はこうも語っている。「宗教的な観念」など所詮は庶民に、つまり他の啓蒙に時間を割くことのできない人たちにふさわしいものであると主張する思想家《フィロゾフ》がいるけれど、自分はそうは思わない。教養のいかんを問わず、すべての人間にとって「宗教的な観念」は必要なのである（四一二～四一三頁）。このように位置づけられた「宗教的な観念」が、今後は「人間の道徳性」を支えることになるというのが、先の引用文冒頭に置かれた「人間の道徳性にとって宗教的な観念という絆が必要であることは、すでに証明されている」というテーゼの含意なのであり、ビノシュの洒落た表現によれば、啓蒙思想からスタール夫人が受けついだ「厄介な遺産」ということになる。[104]

その基盤にある啓蒙思想からのゆたかな「遺産」という意味では、具体的に三つの文献を想起しておく必要がある。まずは「自然宗教」に共感を寄せる者として、ルソー『社会契約論』の第四編第八章「市民の宗教について」をスタール夫人は熟読していたにちがいない。モンテスキューが『法の精神』で純粋に政治的な「徳」を扱うと予告しながら「宣誓」という宗教的な仕草に例外的な効果を認めているという事実にも、夫人は目をとめる。宗教的な観念は無知な庶民のための平易な啓蒙にすぎないという説に反論するためである。[105] しかし何よりも、父ネッケルが革命勃発の前年に『宗教的な意見の重要さについて』[106]を刊行し、ルソーを引きついで理論的な考察を展開していた。国外においてもよく読まれ、十九世紀半ばまで版を重ねる書物である。ネッケルは「宗教論の作家として哲学を放棄することはなかったし、哲学の作家として宗教論を放棄することもなかった」[107]と、のちに娘は賛辞を寄せており、判型は小さいが四五〇ページに及ぶ父の著作こそが、スタール夫人の知恵袋だったと思われる。上記引用の「人間の道徳性にとって宗教的な観念という絆が必要であることは、すでに証明されている」という幕開けの一文は、修辞学的に見れば父へのオマージュにほかなるまい。

『革命を終結させうる現在の状況』の第二部第一章「憲法について」が六〇ページに及ぶ力作であるのに対し、第二章「諸宗教について」は一〇ページ強。限られた時間で書物の全体像を作るため、著者は先を急いでいたのだろう。論述が未熟だと批判することは易しいが、重要なのは議論の完成度よりむしろ、啓蒙と宗教をめぐる理論的考察が共和国にとって喫緊の課題であることを著者がこの時点で痛感し、思考の訓練を積んだという事実ではないか。とりあえず書かれた文章は長い冬眠に入ったが、ある時期からカントへの関心が芽生えて「哲学」「道徳」「宗教」をめぐる根本的な問いなおしが行われ、やがて『ドイツ論』の第三部と第四部に結実するという見通しを、ここで立てておくことができる。

さて「党派精神」に支配されるフランス共和国の現状を、スタール夫人は以下のように批判的に捉えている。国民主権によって一定の自由と政治的な平等が与えられた社会において、意見《オピニオン》はしばしば二つの党派に引き裂かれ、翻弄されており、そこでは公共的な敬意という抑制もあまり効果がない。しかるに真の自由を打ち立てるためには、強力な意志が必要であり、個人の意見《オピニオン》はこれまで以上に賢明になることを期待されている。じっさい個人的な意志の影響力が増すほどに、多数の人間に道徳を教える手段が不可欠になる。すべての意思が鎖につながれた独裁政治であるのなら、じつは道徳の指導者など不要なのである（四一一頁）。こうした了解にもとづいて、スタール夫人は、共和国に道徳を！　と呼びかける。教育や啓蒙の立ち遅れが「早すぎた共和国」[108]の病根となっている。ビノシュも指摘するように「党派精神」に「公共精神」が打ち勝つこと、そして早々と獲得してしまった「権利」に見合う水準に「道徳」が追いつくことが焦眉の急なのである[109]。

党派精神が不安を覚えず公共精神に席をゆずることができるようになれば、そのときフランスは自由になるだろう。ところで作家以外の何ものが、自らの考察によって、人びとの利害と諸々の原理とのあいだ、勝者の意見と敗者の安寧とのあいだを調停することができるだろう（四三六頁）。

格調高い宣言は『革命を終結させうる現在の状況』の第二部第四章「作家について」からの引用である。まずは「党派精神」が「公共精神」の対立語として使われていることを強調しなければならないが、そこで弱者への配慮が「公共精神」の育成のために不可欠であるとすれば、当然のことながら「公教育」という問題が浮上すると思われる。ところが、この主題について『革命を終結させうる現在の状況』が雄弁に語ることはない。無関心ゆえではあるまい。そもそも十八世紀フランスにおける教育機関は、イエズス会などの宗教勢力によって運営されており、内容も古色蒼然たるものだった。革命が勃発して、にわかに「国民」が主権者になると、宗教的な偏見や無知から解放され、旧来の政治権力に対抗できる主体的な選挙民を育成することが、誰の目にも明らかな緊急の課題となった。一七九二年四月二十日にコンドルセが立法議会で行った報告は革新的な構想という意味で画期をなすものだが、ちょうどこの日、フランスはオーストリアに宣戦布告、法案の審議は延期されたまま立ち消えになる。その後も国民公会にいくつかの法案が提出されたものの、国王裁判や反革命との闘いや内輪の権力闘争に明け暮れる政権が、実質的な成果を挙げることはついになかった。恐怖政治の生々しい記憶を抱えるスタール夫人には、子供を強制的に公立学校に入れることへの抵抗感もあったらしい(110)。

教育施設には創設者の思想という限界がつきまとう、それゆえ作家のほうがよほど「公共精神」の速やかな進歩に貢献するというのが、スタール夫人の主張だった。あらゆる領域で一定水準の思想家を多数養成し、出版の自由によって守られたそれらの思想家たちが国民を然るべき水準まで啓蒙したときに、その国民が要求するような学校制度を立ちあげて、政府が支援すればよいというのである（四三七頁）。十九世紀末、ジュール・フェリーの教育改革が、カトリック修道会への依存を裁ち切って共和国にふさわしい教育制度を立ちあげるために乗りこえなければならなかった困難の大きさを思えば、一国の「公教育」を創設することが、どれほど途方もない大事業であるかはおのずとわかる。スタール夫人が「作家」になることをえらんだのは、そもそも「公教育」が女性の介入を許さぬ領域であるという自明の事実に加え、物書きなら女性という負荷を乗りこえて個人プレーで勝負できるという目算があったからにちがいない。

『革命を終結させうる現在の状況』の「作家について」の章を執筆する著者は、すでにみずからの思い描く「作家」に変身しつつある。ほかならぬ一八〇〇年の『文学論』を予告する文章を書いているようにも見える。人間の情念は長い目で見れば、賽子の確率と同様、数学的に予測できるという持論につづき、現代は政治学の時代であるという主張がくり返される。それも「漠然たる形而上学」métaphysique du vague ではなく、アダム・スミスの経済学、ニュートンの理論などと同列にならぶ科学としての政治学をめざすべきだとして、コンドルセ、シエース、レドレル、ゴドウィンなどの先駆者の名を挙げる(111)。これを引きつぐ未来の星がバンジャマン・コンスタンであることも名指しで記されている（四三九〜四四三頁）。これらの作家たちとはやや異なる領域に、もっぱら「想像力の作品」を産みだす作家たちがおり、ここでも新しい時代のための変革が求められている——などと考えながら原稿に向き合うスタール夫人の脳裏には、壮大なスケールの次なる執筆計画がふつふつと沸きあがっていたのかもしれない。啓蒙の世紀の「フィクション」から十九世紀の「想像力の作品」が枝分かれする地平は、すでに視界に入っている。

第四章　文学と自由主義（一八〇〇～一〇年）

1　革命の終結と独裁者ボナパルト

一七九八年の秋、スタール夫人は『革命を終結させうる現在の状況』を書き進めるかたわらで、総裁政府の命運は尽きたと悟ったのだろう。バラス、タレイラン、シエースなどの名とともに、世間で本命として取り沙汰されていた人物について、夫人の胸中で期待と警戒がどのような割合で混じり合っていたかを推し測ることはむずかしい。しかしスタール夫人の「幻想」などと呼ばれたりもする曖昧な感情が、もっぱら知的な動機によって培われていたことはまちがいない。『革命を終結させうる現在の状況』の「作家について」の章には、こんな一文がある――「フランス革命はその性格からして、啓蒙された人間の集団によって真の諸原理が保守され、牽引されなければならない。ボナパルトは学士院の会員になることに価値を認めたことにより、世論に対し進むべき正しい道を教示したのである」[1]。政治的野心とは無縁の知性派の軍人というイメージを作ることに余念のないボナパルトは、一七九七年末に自然科学系のアカデミーに入会、時の会長宛ての書簡に「真の征服、いかなる慚愧《ざんき》の念もともなわぬ唯一の征服とは、無知に対する征服である」との名言を書き記したという[2]。一七九八年五月に始まったエジプト・シリア戦役に一六七名の学者、技術者、芸術家が学術調査団として随行したことも、よく知られている。活力を増す公共圏と世論の寵児であり、見栄えのする演技力を身につけ、惜しみなくプロパガンダの才を発揮する若き武将に幻惑された知識人は、スタール夫人やコンスタンだけではないのである。それにまた特定の論評を文脈から切り離して引用することは、しばしば論者の意図への裏切りとなる。スタール夫人の立ち位置を計測するためには、むしろボナパルトの学士院入会という話題につづく段落を読むべきだろう。

じっさいのところ軍隊の勲《いさお》、将軍や兵士の不敗の戦果ほど賞賛に値するものはない。しかるに軍事的な精神(esprit militaire)ほど、自由に逆らうものもないのである。長く激しい戦争は、いかなるものであれ憲法《コンスティテューション》＝国制の維持とは折り合いがつきにくい。戦争に勝利をもたらすものは総じて法の支配を脅かす。なるほど革命への熱狂《アントゥージアスム》ゆえに兵士の勇気が甚だしく鼓舞されるということはあるだろう。ただし自由がやってくるのは、それを求めて遂行した戦争が終わったのちであり、自由が戦争と手を携えてくることはありえない。軍事的な精神は征服し、自由は保全するものであるからだ。軍事的な精神は問答無用、力ずくで前進するが、自由は啓蒙の支えなくしては在《あ》りえない。軍事的な精神は人間たちを犠牲にするが、自由は人と人との絆を増殖させるものである。軍事的な精神は、論理的な思考を規律違反の兆候として嫌悪させるが、自由は確たる意思のうえにおのが権威を打ち立てる（四四七頁）。

軍事的な覇権と自由の希求は本質的に相容れない——一七九四年と九五年に二つの「平和論」と書くことから出発したスタール夫人の信念は固い。ところでスタール夫人の制度論における「保守＝保全」的な機能の重要さについては、前章で見たとおりだが、ここでも「軍事的な精神」に対峙する「自由」が「保守＝保全」と形容されていることに注目しておこう。(3) スタール夫人が切実な危機感を『革命を終結させうる現在の状況』の草稿に書きつづってからほぼ一年後の一七九九年十一月九日、ブリュメール十八日のクーデタが実行された。

フランソワ・フュレの分析を参照しつつ、事件を歴史の流れのなかに位置づけることから始めたい。それは総裁政府の惨憺たる評判がおのずと招き寄せてしまった出来事ともいえるのだが、別の角度から見れば、シエースとボナパルトという二人の人物が導いた策謀の結果であるという。一方のシエースは『第三身分とは何か？』を携えて革命の勃発に臨み、特権身分に対峙する偉大な指導者として脚光を浴びたとき、すでに四十歳を超えていた。立法議会と国民公会の議員を歴任して国王の処刑とジロンド派の追放に賛同し、恐怖政治末期の数ヵ月は身を潜めていたが、テルミドール事件後に現場に復帰して、総裁政府の有力メンバーとなる。他方、一七六九年にコルシカで生まれた若き士官には、フランス革命に身を投じたという意識はない。テルミドール期の大物政治家バラスやその取り巻きたちには仕えたが、それは一つのステップに過ぎず、めざすはみずからの栄光である。シエースとボナパルトは、フュレの表現によればフランス革命の過去と未来であり、一方が終了し他方は開始するというかたちで二つの人生が出遭ったのである。

ところで大革命から出てきたフランスとは、安楽と個人が裕福になることに情熱を傾ける人間であふれた巨大な国家である。この点については総裁政府のエリートたちが範を示しているのだ！　こうした古典的な分析を「代議政体」の理論によって描こうとしたのはコンスタンでありスタール夫人であるが、ボナパルトはこれに別の伝統から引き出した、しかも自分の野心に有利な国民心理という要素をつけ加える。フランス人の虚栄、さらにはまたフランス人全体を考えるとすれば栄光にたいする渇望である。市民の平等と新たに生まれた利害とのあいだにあってさえ、国民の支配的な情熱がかようなものにとどまっているのならば、国民の真っ只中で育ち、国民とともに大きくなった新しい国王は、国民の獲得したものの保証であり国民の栄光の具現であって、なんと速やかに共和国の自由を国民に忘れさせてしまうことだろうか！(4)

啓蒙の申し子として登場したボナパルトが、大国における共和政は徳なしでは立ちゆかないという十八世紀の教訓を知識として知らなかったはずはないのだが、それに拘束される理由もなかった。同じ「栄光」という言葉を使っても、十八世紀の美徳に養われたネッケルの栄光と、若き将軍の軍事的な栄光はまったく別ものである。後者が国民の自由を犠牲にするものであることをスタール夫人は早くから見抜いていたのであり、だからこそコンスタンは率直に、公然とシエースに接近した。テルミドール期の政治的失態にもかかわらず完全に消え去ったわけではない「徳の共和国」への希望を古参の革命家に託したのである(5)。法務大臣のカンバセレス、全国警察大臣のフーシェ、外務大臣を辞任したばかりのタレイランなどがシエースの周囲を固めていた。ボナパルトとのあいだに確執があるとはいえ、この時期のスタール夫人の情報収集能力は万全だった。初代総裁の唯一の生き残りであるバラスのほか、ボナパルトの兄ジョゼフと弟リュシアンはサロンの常連であり、シエースとの絆も固かった。七月半ばからコペに滞在していたスタール夫人は、ブリュメール十八日（十一月九日）の夕方、パリにもどり、すでに道中で、バラスが政権を放棄して同じ街道を反対方向に向かったことを把握していたのである。これは出来すぎた偶然なのか、じつはスタール夫人とコンスタンもクーデタに絡んでいたのではないか、そう嫌疑をかけられても不思議はないのだが、歴史家のとる解釈はそうではないらしい(6)。ともあれクーデタの推移を仔細に観察する慧眼のコンスタンは、時々刻々スタール夫人に詳細な報告を送っていた。十二月十二日に憲法草案が採択され、第一統領ボナパルト、第二統領にはカンバセレス（国王処刑に賛成した左翼系でシエースに近い人物）、第三統領ルブラン（元王党派で憲法制定議会議員、アンシャン・レジームのエリート出身）による新体制が発足。二十四日、シエースの強い後押しのおかげをもって、コンスタンは晴れて「護民院」の一員となることができた。スタール夫人は四月末に『文学論』を出版するが、第一統領に迎合するジャーナリズムの激しい攻撃に曝される。

こんな具合に、ありあまるほど豊富なエピソードを順を追って紹介するのは、ここまでとして、ふたたび『フランス革命についての考察』を開いてみよう(7)。スタール夫人が一八一二年の秋、亡命の旅先ストックホルムで書き始めた著作なのだから、皇帝ナポレオンとの全面的な対決という姿勢が鮮明なのは、ごく自然な成り行きといえる。「私はフランスの王冠が地に落ちているのを見出したのであり、それを拾いあげたまでである」というボナパルトの台詞が、ある意味で核心を突いていることは否定できないが、じつのところフランス国民をこそ援け起こすべきだったのだ（三四九頁　傍点はスタール夫人）——こんな寸評が第三部を締めくくり、第四部は裏切りのテーマで幕開けとなる。エジプトの遠征先で軍司令官と学士院会員という肩書きを並べて使う将軍は、啓蒙の友であり文芸の保護者と目されていた。しかしマムルークに対しては「マホメット教徒」への共感を語り、帰国してまもなくローマ教皇と妥協してコンコルダートを締結する人物は、すでにこの時からヨーロッパを相手に「欺瞞《ミスティフィケーション》」の戦略を練っていたのである。ボナパルトは一人の人間だが、それだけでなく、一つのシステムなのであり、人間の利己心を操るボナパルトが正しいとすれば、神の被造物である人類のイメージは一変するにちがいない。それゆえ、諸世紀の趨勢にかかわる大問題として、これを解明しなければならない、と著者は覚悟のほどを披瀝する。

　こうして『フランス革命についての考察』は「独裁者の肖像」を描きだすことになるのだが、そこに政治学的な解釈と歴史的な視点を導入しようという気構えがあることを見逃してはなるまい。じじつナポレオンの登場を「徳の共和国」の終焉と捉えていたという意味で、スタール夫人の理解はフランソワ・フュレの歴史解釈とみごとに符合する。(8)一七九九年から一八一四年までを射程に入れた『フランス革命についての考察』第四部は十九章からなり、そこにネッケルの名をタイトルに入れた三つの章が挿入されている。ボナパルトによってパリから追放されたスタール夫人が、一八〇三年の末からドイツに滞在していた時期に父が急逝したという不幸な事情もあったのだが、たんに出来事の順列を追ったものではない。第十章「統治に関するネッケル氏の諸原則の要約」と第十一章「ボナパルト皇帝となる。彼によってなされた反革命」は一目瞭然、意図的な対比をなしている。二人の政治家を並置することで、第一帝政の独裁というシステムを浮き彫りにしようという狙いにちがいない。

　シャトーブリアン『墓の彼方の回想』四十四編の中ほど六編が、大詩人の視点から皇帝ナポレオンを描くという野心的な営みに捧げられていることを、ここで思い出してみてもよい。(9)シャトーブリアンは、第一統領ボナパルトに仕えたのち皇帝ナポレオンと袂を分かち、一八一四年からの王政復古期は政権の中枢に身を置いたこともあり、一八三〇年に成立したオルレアン公ルイ・フィリップのブルジョワ王政に反発して引退したのちは、執筆に専念して一八四八年の第二共和政成立まで生きのびた。フランスの知性を代表するとみなされた大作家が晩年に、文字通り諸世紀を俯瞰する視座を獲得したのに対し、スタール夫人はナポレオンの百日天下が終焉してちょうど二年という時点で、この世を去っている。騒乱の渦中から同時代を捉えていたのだから、視界が限られていたことは当然すぎるほど当然だろう。にもかかわらず、フュレ／オズーフ『フランス革命事典』で、スタール夫人は「歴史家」の巻に登場する。しかも、邦訳で全七巻、ルソーやロベスピエールやルイ十六世やネッケルやミシュレなど、夥しい数の政治家や思想家などの項目が立てられた『事典』のなかで——マリー＝アントワネットという特殊な存在は別として——個人の知的営みゆえに目次に名を掲げられた唯一の女性なのである。唯一であることに率直に驚く感性をもちつづけたい。

凡百の年代記や回想録の著者と「歴史家」が異なるのは、思考のプロセスが構造化されているからである。いいかえれば『フランス革命についての考察』第四部におけるネッケルへの言及を私的な夾雑物、身内の繰り言として片づけたのでは、時代に根ざした著作の個性を見失うことになる。それにしても一八〇〇年前後の知識人にとって「歴史」を記述するとはいかなる営みであったのか。ネッケルとスタール夫人が共有する思想の土台であるモンテスキュー『法の精神』から、二つの断章を引用しておきたい。

> 私はまず人間を研究した。そして、私は、法律や習俗のこの無限な多様性のうちにあって、人間がただみずからの気紛《きまぐ》れだけから行動しているわけではないと考えたのであった。
>
> 私はいくつか原理を立てた。すると、個々の場合がいわばおのずからこれらの原理に従うことがわかった。あらゆる国民の歴史は、いずれもこれらの原理から出てくる結果にすぎず、個々の法律は、それぞれ他の一つの法律と結合しているか、あるいはまた、他の一つのより一般的な法律に依存していることがわかった。〔…〕

私は、自分の諸原理を自分の偏見から導き出したのでは全くなく、事物の本性から導き出した。(10)

十九世紀の幕開け一〇年間に書かれた四冊の代表作から遺著となった『フランス革命についての考察』まで、一貫してスタール夫人の関心を導いているのは、このような意味合いにおける「国民の歴史」にほかならない。そう強調したうえで付言するなら、この断章は、じつは今日の「道徳・政治科学アカデミー」の公式サイト上に学問の精神を要約する文言として引用されている。(11)人文・社会科学が啓蒙の世紀の遺産を受けつぐものであることが謳われているのだが、前述のように一七九五年に設立された「学士院」の三部門の一つが「道徳・政治科学」と名づけられたことの意味にあらためて思いを馳せてみよう。(12)なるほどモンテスキューによるなら「道徳」と「政治」は、知の領域として地続きなのである。その新部門を、一八〇三年、ボナパルトは不穏な組織とみなして閉鎖した。(13)『法の精神』の冒頭に置かれた断章を、もう一つ。

この著作の初めの四編の理解のために、私が共和政体における徳(vertu)と呼ぶものは、祖国への愛、すなわち、平等への愛だということを注意しておかなければならない。それは、決して道徳的な徳でもなければ、キリスト教的な徳でもなく、政治的な徳である。(14)

以上のような語彙の布置を背景に置いてみれば、スタール夫人による「独裁者の肖像」がもっぱら「政治的な徳」の欠如という位相で描かれていることの必然性が納得できる。具体的な告発の材料に事欠くはずは、むろんないのである。『フランス革命についての考察』の第四部第二章「ブリュメールの革命」によるなら、ボナパルトは諸団体と個人を貶めることで権力を築こうと試みた。国民を代表する立法院を暴力によって踏みにじった軍隊は、五〇〇人の議員を烏合の衆とみなすようになるだろう。司令官の命令一つで、意見《オピニオン》の多様性を規律違反であるとして矯正するというやり方は、ここで始まったのである、云々[15]。

具体的な問題に入るまえに「ブリュメールの革命」という章タイトルについてひと言補足しておきたい。いささか奇妙なことながら、この時代、頻繁にくり返された暴力的な政変や騒擾について「クーデタ」という語彙は使われていなかった。それらは小規模の革命、小規模の恐怖政治とみなされていたのである。政治用語としてこれが定着したのは、第二帝政期、一八五一年十二月二日の「クーデタ」によりボナパルトの甥ルイ・ナポレオンが権力を掌握してからのことであるという。よく知られているように、マルクスは第二帝政誕生の経緯を「ルイ・ナポレオン・ボナパルトのブリュメール十八日」と呼んだ。今、本書が視野に入れている時点に、近代的な「クーデタ」の起源にして典型とみなされる事件が存在すること、スタール夫人は「革命」と呼んではいるが、これが前例のない政治プロセスであることを認識したうえで、独裁とは何かを論じようとしていることを強調しておこう[16]。

史上初めての「クーデタ」とされるブリュメール事件（部分）

ひとまず権力を掌握したボナパルトが立法委員会を任命してから一月足らずの十二月十二日、一七九九年憲法の草案が採択された。歴史家ジャン＝ポール・ベルトの比喩をまじえた解説を参照するなら、まず執行権は、実質的に第一統領が握る。大臣、大使、行政官は、ボナパルトだけに責任を負い、ボナパルトだけが任命権をもつ。またボナパルトだけが法案の発議権をもつ。ほかの二名の統領は、ボナパルトの座る安楽椅子の「肘掛け」のようなものだった。立法府は三院に分かれている。「護民院」Tribunat は、定員一〇〇名で審議はするが採決できない「腕をもがれた議会」であり、「立法院」Corps législatif は定員三〇〇名で護民院から上程された法案を審議なしで採決する、つまり「口がきけない議会」だった。最後に「保守元老院」Sénat Conservateur は定員六〇名（のちに八〇名）の終身議員からなり、憲法の修正権をもつ(17)。

ここで誕生した政治制度について、スタール夫人は以下のように、痛烈に批判する。そもそも「護民院」は語ってもよいが「立法院」は沈黙せよという、その許可と禁止の根拠が不明であるし、これら二院はフランスの人口に比して定員が少なすぎる。政治的な権威は「元老院」に集中しようという意図だろうが、任命制のこの組織には、一定の財産をもつという個人の独立の条件が、資格の要件として課されていない。結果として元老院議員は執行権に雇われ、給料をもらう立場になる。これが専制を隠蔽する仕掛けなのだ。この絡繰りのおかげで、ひとりの人物の命令に、複数の人間が議論した成果であるかのような外観が与えられるのだから。前章で見たスタール夫人の二院制構想、とりわけ「保守元老院」に相当する上院に託された代表制の自立的な機能が完全に否定されているのである。立法権の個人への隷属に、スタール夫人が自由を圧殺するシステムの精髄を認めたのは偶然ではない(18)。

ところでよく知られているように、当時の政治的な諸概念は古代世界を参照枠として練りあげられた。「統領」も「護民院」も「元老院」もローマ史の用語だし、ボナパルト自身、古代の賢人風の威厳を身にまとうことに執着した。その一方で、国民を熱狂させる新時代の英雄を演出するためのメディア戦略を練り、演劇的な肖像画を一流の芸術家たちに描かせた。たんに人目を惹こうということか、ときには傍若無人なふるまいに及ぶこともある。スタール夫人は独裁者ボナパルトが秘めている怪物的な混沌に無関心ではいられない。以下は、至近距離にいた目撃証人としての言葉である――それは十八世紀最後の日々だったが、ボナパルトは第一統領としてチュイルリー宮殿を居所に定めた。歴代の国王の記憶が刻まれた宮殿の中庭に馬車が到着する。ガラガラと音を立てて馬車のステップが降ろされ、姿をあらわした統領は、自分で要求した宮廷風の歓待は目に入らぬがごとく、つめかけた群衆にも一顧だにせず、表情のない視線を宙にさまよわせて階段を上っていった。ボナパルトは個人の存在に配慮せず、大衆だけを相手にする技を

エピナル版画のナポレオン
　鷲はローマ神話の最高神ジュピターの聖鳥であり，800 年にローマ皇帝の称号を与えられたカール大帝の紋章でもあった

知っていた（三六六～三六七頁）。

晴れて権力者となったボナパルトは、思いどおりの自画像を可視化する方策を考える。世間では、カエサルかクロムウェルか、それとも清教徒革命のあと王政復古に貢献した将軍ジョージ・マンクの再来か、と大仰に騒ぎ立てているが、これらの名は得体の知れぬ野心家をめぐる解釈の符牒ではないか。自分はそれらのいずれでもない、と世論を納得させることが緊急の課題だった[19]。まずは新聞雑誌に圧力をかけるという常套手段に訴えた。一八〇〇年一月十七日のアレテ（命令）によりパリで発行されていた七三紙のうち六〇紙が発行禁止とされただけではない[20]。スタール夫人によれば、たんに沈黙を強いるのではなくて、ローマの民が求めた円形競技場の娯楽に代わるものとして「饒舌な専制」を施行したのである。すべての定期刊行物が日々異口同音に何かを語り始めたとしたら、これに抵抗できる者はないだろう。金で雇われた文筆は、自分を堕落させる以上に、世論を堕落させるだろう。印刷術の発明がもたらした本来の言論の自由と新聞雑誌による野放図な言論の暴力を混同してはならないというのが、スタール夫人の持論だった。書物を読まず、新聞雑誌に煽動される民衆が世論の担い手になっていることを、ボナパルトは疾うに知っており、ときには自分で記事を書きもした。荒々しくぎくしゃくした文体から書き手が透けて見える、という指摘につづき、スタール夫人はボナパルトの人格についてこう述懐する。奥底に「低俗」vulgarité なところがあって、あの野心の壮大さをもってしても、それは隠しおおせるものではない（三六八～三六九頁）。

独裁者ボナパルトがスタール夫人に仕掛けた執拗な迫害に関しては、もう一つ『追放十年』という貴重な証言がある。詳細は次章にゆずるが執筆の開始は一八一一年、翌年の秋、亡命先のストックホルムで『フランス革命についての考察』を書き始めたときに『追放十年』も併行して書きつがれたとされる。死後出版された未完の著作であるところから、全体の構想をふくめ謎は多いのだが、さいわい質の高い批評校訂版があり、二つの著作の符合や相違までが検証されている[21]。題名からも推測されるように『追放十年』は「歴史」ではなく「回想」であり、犠牲者の告発というスタイルで書かれている。第一部は一七九七年から一八〇四年まで、第二部は一八一〇年から一二年までの二部構成。後半は、監視の目を逃れてコペを脱出し、ロシア、スウェーデンを経由してイギリスに亡命する劇的な旅の記録だが、前半には、生身のボナパルトを観察した者の遠慮会釈ない人物評という面白さがある。

たとえば「人類を相手取った巧みなチェスの勝負師」という形容とか、真面目な話をすると「切れ味の良い冷たい刃」のようなものが感じられてぞっとしたとか。容姿に関しては、もともと血色が悪く痩せていたが、自分でまき散らした不幸を滋養に小太りになって多少は見場がよくなっていたという。それにしても胴体は不格好だし、機嫌がよければ低俗であり、礼儀正しくふるまおうとすれば不器用で、とりわけ女性に見せる態度は下品で粗野だった、等々(四九頁)。ボナパルトが気に入らぬ女性に無礼な言葉を浴びせたというエピソードは世に溢れていた。負けん気の強いスタール夫人はゴシップのネタにならぬよう——むしろ上等のゴシップ・ネタになるように?——あらかじめ架空問答を想定し「毅然として辛辣な応答」を頭のなかに詰め込んで社交の場に臨んだこともあったとか(一〇六頁)。第一統領が権力の基盤を固めるにつれ、君主政の影と宮廷風の虚飾が忍び寄った。頭を撫でつけダイヤモンドと金ぴかの衣装で着飾ったボナパルトは「成り上がり者の見苦しさと暴君の厚かましさ」をすべて兼ねそなえたかのようだった、云々(一一九頁)。個人的な恨《うら》み辛《つら》みの、はしたない吐露だろうか? モリエールという天才が出現して以来、フランス文学には——『人間嫌い』のセリメーヌなど——女が男の悪口をまくし立てるときの胸のすくような芸という高級な伝統がある。弱者のしっぺ返しを披露するスタール夫人は、明らかに楽しんでいる。帝政の運命がいつ尽きるかなど、誰にも予測できなかったのだから、もともと『追放十年』は発表できない原稿として書き始められたのである。

それにしても皇帝ナポレオンほどの権力者が、有権者ですらない一人の女性を無視できなかった、いや無力化できなかったのは、なぜなのか。スタール夫人はパリから追放されて、本人にいわせればパリにしか存在しない本物の「サロンの会話」という命の源を奪われた。「語る言葉」を奪われたからこそ、本腰を入れて書物を書いたといえるのか。わずか一〇年で、それも迫害に耐え郷愁に苛まれながら、何かに憑かれたように精力を傾注して『文学論』『デルフィーヌ』『コリンヌ』『ドイツ論』といういずれも大部の著作を一気に書きあげたのである。「書かれた言葉」は時空を超えて、自由への闘いを貫徹するための武器となる。その確信はあったにちがいない。これら四冊は、最晩年の二冊と異なり、あからさまな「反ナポレオン文学」として書かれたものではない。にもかかわらず、いやそれゆえにこそ、皇帝ナポレオンの覇権という暗雲に覆われたヨーロッパで圧倒的な反響を呼び、十九世紀の思潮を方向づけるほどの衝迫力をもった。かりにスタール夫人がこれらの文学作品を公にしなかったら、真の「栄光」を手にすることはなく、したがってセント＝ヘレナ島に幽閉された英雄の口から、やや屈折した次のような賛辞が漏れることもなかったにちがいない。

「それにしても、要するに、このことは誰にも否定できないだろうが、つまるところ、スタール夫人はなかなか大きな才能をもつ女であり、まことに傑出して、才気にあふれている。後世に残るだろう。私の周囲の連中は、たぶん私が態度を和らげるだろうと期待して、あれは敵にしたら厄介だが手を組めば役に立つ女だと一度ならず仄めかしてみたものだ。じっさいあの女が私と仲直りをしていれば、あんなふうに私の悪口をいったりしなかっただろうから、おそらく私は得をしたはずだ。なにしろあの立場とあの才能のおかげで、あれこれの派閥を牛耳っていたからな。ああした派閥がパリですさまじい影響力をもったことを知らぬ者はない」そして彼［ナポレオン］はこうつけくわえた。「これまでも私のことをさんざん悪し様《あざま》に言ったし、これからも言うに決まっているが、にもかかわらず、本当の話、あれが性格《たち》の悪い女だと信じているわけではないし、そう言い張るつもりもない。正直なところ、われわれのあいだに、ちょっとした諍《いさか》いはあった、それだけのことさ」[22]

賛辞と非難が相半ばする、まさに「低俗」な台詞である。ご推察のようにラス・カーズ『セント゠ヘレナ覚書』からの引用であり、スタール夫人を囲むコペの思想家グループは「自分を標的にした武器庫」のようなものだった、という元皇帝の述懐につづく部分を訳出した。この資料の位置づけに関しては注をご覧いただくとして、ナポレオンの台詞に先だって括弧つきで記した語彙、スタール夫人の「栄光」についても、簡単に補足しておきたい。シャトーブリアンの『墓の彼方の回想』に、こんな一文がある――「ネッケル氏はスタール夫人の父親である。虚栄心の強い人物だから、娘の栄光のおかげで自分の記憶を後世に残す真の資格を得ることになろうとは、思いもよらなかっただろうが[23]」。かつての「父の娘」という定型的な表現が、今や反転して「娘の父」になっているのだが、そのことだけに注意を促そうというのではない。ロマン主義の時代とは政治と軍隊に並んで文学が「栄光」という名の祭壇に奉られて不思議ではない時代だった。そのロマン主義の幕開けに、スタール夫人が歴史の舞台で演じた役割については、シャトーブリアンもナポレオンも、しかるべき敬意をはらっている。

2　『文学論』(一八〇〇年)
――「新旧論争」から「南と北の文明論」へ

一七九八年の秋から冬にかけて『革命を終結させうる現在の状況』の最終的な推敲を放棄するようなかたちでスタール夫人が『文学論』の執筆にとり組んだことは、すでに述べた。刊行されたのは一八〇〇年四月。反響は大きく、賛否両論の批評が寄せられた。同年十一月、著者は周到な再検討を経た改訂版を刊行し、これが、その後の定本となる。『社会制度との関係において考察した文学について[24]』というのが正確な表題であり、前著との連続性は明白なのだが、とりわけ『革命を終結させうる現在の状況』第二部第四章「作家について」は分岐点に当たる。そこで予告された「作家」écrivain なるものが、どれほど政治的な責任を問われる存在か、まず確認しておこう。

> 世に言う「文人」homme de lettres は、もはやフランスには存在しない。そのような職業集団、自立した職種は、もはや存在しないからである。共和国の国民が状況に応じ、祖国の危機に応えて、書き、闘い、統治するのである。その際、フランス革命の原理は哲学的なものであるゆえ、その政治体制の改善に貢献するのは啓蒙の力であって武力ではないという了解を、しっかり打ち立てることが肝要であるとわたしは考えた[25]。

念を押すまでもあるまいが、スタール夫人は「政治」を諦めて「文学」に逃避したのではない。上記引用の前後に表明されているのは、「政治」と「哲学」を包摂する営みとして新時代の「文学」を立ちあげようとする決意である。同時に伝統との訣別が示唆されているのかというと、話はさほど単純ではない。スタール夫人は『文学論』の「緒言」において、もっとも広い意味での「文学」の重要性を検討することが著作の目標であると述べる。そして「哲学的な著作、想像力の作品をふくみ、あらゆる著作のなかで物理学を除き、思考の活動に関わることすべて[26]」が広義の文学である、と断っているのだが、じつは守備範囲という観点からすれば、これは十八世紀の「文人」たちによる「文芸」の営みをそのまま受けついでいるのである[27]。だとすれば、フランス革命後の共和国にふさわしい「文学」の言挙げを自負する著作の革新性は、どこに認められるのか？　スタール夫人の『文学論』といえば、今日のアカデミックな範疇としては「文学史」および「比較文学」さらには「文学社会学」の起源に位置づけられることが少なくないのだが、その企図の独創性を、わたしたちはいかに描出することができるだろう[28]。

文化一般にかかわる歴史的な記述と呼ばれるものの典型はいかなるものか、確認したければ、手近な「文学史」や「美術史」の教科書を一瞥してみればよい。夥しい作家や作品を「流派《エコール》」や「主義」などによりグループ分けしたうえで、才能の多寡や審美的な優劣により等級をつけ、「詩と小説と演劇」とか「絵画と彫刻」といった内部区分を導入して全体を年代順に配列し、整然たる秩序に収めるという作業によって、今日の典型的な歴史記述は成り立っている。スタール夫人はまったく異なる知的・政治的環境に身を置いて、はるかに広大な地平を視野に入れながら「文学」をめぐる考察を開始した。一八〇〇年の『文学論』を素人臭い未熟な文学史として読むことは、二世紀後の制度化された思考が陥りがちな愚行であることを、あらかじめ強調しておこう。

とはいえ『文学論』が「文学史」や「比較文学」の雛形のような体裁を見せていることもまた、事実なのである。第一部「古代人および近代人の文学について」は、ギリシアとローマの悲劇、喜劇、哲学、弁論術などについて述べ（第一〜七章）、北方民族の侵入とキリスト教の確立という歴史の転換に触れてから（第八章）、近代人における文学の精神について論述し（第九章）、後半はイタリアとスペインの文学、北方文学とその評価、さらにはイギリス文学、ドイツ文学へと検討の対象を広げ（第十〜十七章）、ヨーロッパにおけるフランス文学の優位を主張したのち、ルイ十四世時代、十八世紀と時代を下って一七八九年に至る（第十八〜二十章）。以上の構成を、教科書的な文学史と比較するなら、なるほど中世文学の欠落や、スペインとドイツが相対的に手薄であることが欠陥とみなされよう。しかるに『文学論』の土台となっているのは、定規の目盛りのような世紀の進行、碁盤の目のうえの地理的な配置ではない。一つの運動体のような文明史観なのである。

ヨーロッパ文明の時空は「異教的な古代」と「キリスト教的な近代」が拮抗するなかで、両者の力関係によって構造化されてきたという捉え方があり、おそらくこのヴィジョンをぬきにしては、近代ヨーロッパの生成を語ることはできない。ここでいう「古代」と「近代」は共存する文明の遺産であって、十世紀以上の距離に隔てられた具体的な時代区分ではない。フランスの十七〜十八世紀に頂点に達するいわゆる「新旧論争」は、そうした文明史の内部から発生したものだが、論争の萌芽は十四世紀の初期ルネサンス人文主義にあるという。十七世紀末に古代派のボワローと近代派のペローのあいだで新旧の文学の優劣をめぐる論争が交わされた、などという要約は、じつのところ問題の矮小化も甚だしいのである。二〇〇一年刊行の『新旧論争』と題した論集が手許にあるのだが、マルク・フュマロリの長大な解説とともに、ジャンバティスタ・ヴィーコ、アレキサンダー・ポープのほか、フランス十八世紀を中心に三〇編の論考や書簡を編纂した八〇〇ページの書物を一瞥しただけで、十九世紀の幕開けまで、いかなる密度をもって古代との対話が継続されていたかを実感できる。[29] モンテスキューやルソーの名を挙げるまでもなく、ギリシア・ローマの哲学を範として同時代を考察する啓蒙思想の営みも、スタール夫人が幼い頃から日常的に慣れ親しんだ古典文学も、フランス革命や第一帝政が好んで援用した古代世界の視覚表象も、ある意味では同じ文明史観の内部で生起した知的・習俗的な現象といえる。『文学論』の第一部「古代人および近代人の文学について」という表題が明示するのは、この著作が伝統ある「新旧論争」の後塵を拝しているという事実である。

人類の進歩という概念は「新旧論争」の根幹にかかわる問題提起でもあった。ルソーのように理論的な葛藤を孕む例もないではないが、おおむね「近代派」とみなしうる啓蒙哲学が、科学と技芸の進歩発展の可能性を信奉したことは当然なのであり、スタール夫人もその一人だった。そうしたわけで、いわゆる「完成可能性」perfectibilité は『文学論』の理論的支柱をなしているのだが、手放しの進歩主義を仄めかすかのようなこの語彙も、しばしば論敵が非難したのとは異なり、スタール夫人とコンスタンがルソーから借用した楽天的なお題目などではない。『文学論』改訂版の「序文」において、著者は人類の「完成可能性のシステム」は、五〇年来、信頼のおける哲学者たちが依拠するところであると指摘して、さらに注で補足説明を行っている。

このシステムがあまりに馬鹿馬鹿しい解釈を産んできたところから、本書でわたしがこの言葉に与える正確な意味をここに明記する必要があると考える。第一に、人間精神の完成可能性というときに、わたしが謂わんとするのは、近代人が古代人に優る精神的能力をもつということではない。そうではなくあらゆる種類の思考の蓄積が、世紀とともに増大してゆくというだけのことである。第二に、人類の完成可能性というときに、わたしが示唆しているのは、何人かの思想家の夢想にあるような荒唐無稽な未来などではない。そうではなくあらゆる集団、あらゆる国々における文明の着実な進歩のことを考えているのである（五九頁）。

つづけてスタール夫人は、政体のいかんにかかわらず「完成可能性」という主題を共有する哲学者がいるとして、英国立憲王政のもとにあるスコットランド人のファーガソン、封建制度の残存するドイツの国民であるカント、フランスでは穏健な絶対王政のもとでのチュルゴ、そして恐怖政治に対して信念を貫いたコンドルセの名を挙げる。さらに注をつけて英国のゴドウィンと自分の問題設定の差異を指摘するという念の入れようであり、「完成可能性のシステム」を普遍的な原理として定立しようという意気込みがうかがえる。[30]

これが一つの文明史観である以上、『文学論』が広義の「文学史」の源流とみなされるのは当然ともいえる。それと同時に『文学論』が「比較文学」の始祖となったのは、「北の文学」と「南の文学」という空間的な対比が書き込まれているからである。上記のように第八章「北方民族の侵入、キリスト教の確立そして文芸の再興について」が論述の転換点となっており、歴史の大きな流れは「普遍的な文明」へと向かうというのが、スタール夫人の展望なのである。

輝かしい古代文明の担い手であったギリシア人やローマ人は、支配下においた世界を啓蒙したのだが、ヨーロッパ南方で開花した文芸や技芸は、やがて北方から侵入した蛮族によって蹂躙されることになる。だが悲惨な戦争は一方で、文明の混交という成果をもたらした。おかげでキリスト教はヨーロッパ全土に浸透し、理性の進歩に多大なる貢献をした（一六三〜一六五頁）。

キリスト教は北方の諸民族を制覇したが、同時にそれらの民のもつメランコリーへの性向、陰鬱なイメージへの傾斜、死者たちの記憶とその運命についての深く絶えざる関心などを自らのものとした。古代の多神教《パガニスム》は、その土台と原理において、そうした土地の人びとを統治する資質をもたなかった。キリスト教の教義、初期教派の昂揚した精神は、霧のかかる風土に生きる住民の情熱的な悲哀に好ましい影響を与え、これを導いたのである。真実や純潔を尊び、約束を忠実に守る彼らの美徳のいくつかは、神の掟に守られて定着した。宗教は彼らの勇敢な本性をゆがめることなく、新たな目的を与えることに成功した。苦難に耐えて戦闘のなかで傑出することは、彼らの習俗のひとつだった。宗教は、信仰を擁護し義務を全うするために、苦痛や死の危険を冒すことを求めたのである（一六七〜一六八頁）。

一般に無知な民を文明化することは、退廃した民を再生させることよりは容易なのであり、そのため南方の民は、北方の民に匹敵するほど深い感化をキリスト教から受けなかった。さらにまた宗教は、北と南の諸民族の絆となり、対立する習俗を共通の意見《オピニオン》のなかで融合させるという効果をもったとスタール夫人は指摘する（一六八頁）。キリスト教は宗教として古代の多神教《パガニスム》に優るという了解済みのテーゼを背景に、こうして「南方」に対する「北方」の優位という空間の布置がくっきりと描出された。それだけでなく、これが「異教的な古代」に対する「キリスト教的な近代」の優位という文明論の見取り図にも呼応して、人類の進歩と「完成可能性」という中心的なテーゼを補強する。以上のような文明史の展望が支えとなって、近代的な「文学」の概念は、古代の模倣という「新旧論争」の呪縛から解放されていったものと思われる[31]。

さて『文学論』の「緒言」はこんな文章で始まっている――「宗教、習俗、法律が文学に及ぼす影響、そして文学が宗教、習俗、法律に及ぼす影響について、わたしは検討しようと考えた」（六五頁）。すでに取りあげた断章からも、国家の政体や風土が住民の思考に強力に働きかけるという前提があることは推察できるだろう。スタール夫人が長らく読みこんできたにちがいないモンテスキュー『法の精神』の第三部第十四編「風土の性質との関係における法律について」を継承した思考法である。地域の住民、社会的な身分、諸国民、等々、相当数の人間をまず社会集団として捉え、その集団が産出する文化一般の特性に迫ろうとする姿勢は『文学論』にとどまらず、スタール夫人の著作に一貫した方向性を与えている。『コリンヌまたはイタリア』『ドイツ論』という表題に読みとるべきものは、一八〇〇年には語彙としては存在していない社会学的な視点だろう。『文学論』について著者が個人的に共感を寄せているイギリス文学など、地域ごとの論述を紹介する余裕はないが、第十八章「なにゆえフランス国民は、ヨーロッパのなかで最も典雅と良き趣味と快活さをそなえる国民であったのか?」に触れぬわけにはゆかない。フランス人の良き趣味についてはヨーロッパで定評のあるところだが、そもそも「国民の性格」は諸々の制度や状況が決定するものであり、革命によって伝統が失われた今こそ、その由来を再検討してみる必要があると著者はいう。

国民精神を一義的に左右するのは宗教と法律である。風土も一定の影響をもたらすが、いずれにせよ社会的なエリートの教育が、時の政治制度に直結することはいうまでもない。一方で、文芸や礼節の良き趣味というのは「気に入られるか否か」plaire ou déplaire という水準に位置しており、これは法律の定めるところではない。イギリスやスウェーデンなどの制限君主政のもとでは、自由への要求が絶えず国王と臣下の抗争の種となり、封建制度を引きずるドイツには啓蒙の中心となる文化空間が欠けていた。共和国では人間相互の関係が目前の利害に導かれ、快楽への関心は後回しになるだろう。フランスの場合はどうかというと、王の権威は貴族の暗黙のコンセンサスによって支えられていた。国王は権力においては絶対的でありながら、権利においては曖昧な存在であり、支配層のなかで廷臣にさえ配慮を怠らぬようにする必要があった(二七一～二七三頁)。

特権身分を特徴づける「名誉」honneur という価値のために、貴族は君主への服従に自由な選択という外観を与えなければならなかった。「騎士道精神」によって君主に仕えるという建前を保持することにより、権力への服従を意志の表明に変えたのである。これに対して国王は「栄光」gloire を付与する者、世論《オピニオン》を代表する者としてふるまわなければならない。国王と第一線の臣下との関係はデリケートなものであり、権力を行使するさいにも、行動様式《マナー》における典雅と良き趣味が求められた。そのため、たとえ当座の権力が恣意的なものであっても、世論の自由を圧殺することはありえなかった。こうして「気に入られる」という条件は一般的なものとなり、典雅で優雅な様式がしだいに宮廷の習慣から文人の書く文章にまで浸透していったのである。自由な国家においては統治が人民の美徳を推進するのだが、王政のもとでは宮廷が国民の精神を涵養する。上流階級を見習おうとするのは人の常なのだから（二七三〜二七四頁）。

穏健な王政のもとで花開いた宮廷文化、そして宮廷との交流のなかで成熟したサロンの文化が、唾棄すべきものとして排除するのは「滑稽＝見苦しさ」ridiculeである。この禁忌が上流貴族の行動を厳しく律し、サロンが舞台となった会話や人間関係のなかで、慇懃さとエレガンスの繊細な規範が編みだされていった（二七六頁）。そこでは女性が力をもっていた。文化的に陶冶された紳士たちにとって、知的で洗練された空間で女性に認められることは、じっさい社会的な信用につながり、出世の道ともなったのである。「典雅と良き趣味」に付随する「快活さ」gaietéは、こうしてフランス的な本質とみなされたのだった。しかるに当然のことながら、革命により政体が変われば、そうした文化的なシステムの全体が崩壊することになる（二七八頁）。

以上のような歴史的認識をふまえて『文学論』の第二部「フランスにおける啓蒙の現状と将来の進歩について」は、今後の可能性を問うのである。九章からなる全体の主題を列挙するなら、良き趣味と習俗の「洗練」urbanité——「低俗」vulgaritéの対義語で垢抜けした都会性——が文学と政治に及ぼす影響、好ましい競争社会のありよう、文芸をたしなむ女性、想像力の作品、哲学、作家と政治家の文体、弁論術、といったところ。なかでも「女性」をめぐる問題提起は、以前にも使った比喩によれば論敵を逆上させる火船のようなものである。じつは『文学論』第一部においても、社会制度の一側面として、要所要所で女性の地位をめぐる考察がなされていた。たとえばローマ人はギリシア人より女性を尊重したが、それは家庭内の話であり、それゆえローマの「洗練」は、どこか男っぽく女性的な繊細さを欠いている（一三六頁）。これに対してキリスト教の浸透した北方の民においては、余暇にめぐまれたエリートの女性が教養を身につけ、武勲をめざす男たちの憧憬の的になったりもした（一六五頁）。奴隷制度のある古代社会においては、子供と女性は同種の隷属状態に置かれていたのだが、キリスト教は結婚を神聖な制度とみなすことにより、少なくとも道徳的・宗教的な意味合いにおいては、両性の平等をもたらした（一七一頁）。

第二部第六章「文芸をたしなむ女性について」の冒頭には、そもそも社会において女性はいかなる存在であるべきかという根本的な論点さえ、うやむやなままなのだという指摘がある。女性に教育の機会を保障する法が整備されなければならないという正面切った議論もあり、家庭的な美徳が評価される理由はわからぬではないが、そうした美徳を裏切った女より、傑出した才能で人目を惹いた女のほうに男が辛辣に当たるのはなぜなのか、といった率直な心情の吐露もある。そして文筆を志す女性一般の運命について――以前にも引用した文章だが――「王政のもとで彼女たちは滑稽に見えることだけを恐れればよかったが、共和政のもとでは憎悪を恐れなければならない」と断言するのである（三三一～三三三頁）。

フランス文化の洗練に寄与する諸々の規範が「滑稽＝見苦しさ」を排除する感性に支えられたものであることは、以上に見たとおりだが、くり返すなら、この感性は女性が主導し、男女が分かちあうものだった。典雅な礼節の失われた時代にあって、傑出した女性は男性の「憎悪」に曝される。アンシャン・レジーム期には、聡明な女性が世論に参画することはむしろ評価されていたのだが、革命が起きて以来、男性は「最も愚劣な凡庸さ」に女性を押しこめるほうが、政治的にも道徳的にも有益だと考えるようになっている（三三五～三三七頁）。それにしても女性が才能の卓越ゆえに「栄光」を手にしたことで非難されるのは、女性の本性が栄光と背反するとみなされているためなのか（三三九頁）、等々、じつのところ、この種の異議申立ては枚挙にいとまがない。

『文学論』は論争的な書物である。一八〇〇年のスタール夫人は、一八〇四年のナポレオン法典の精神を予感して、市民社会における男性優位の権威主義を本能的に見抜いたうえで、先取りの論戦を挑んでいるかのようなのだ。それでいて『王妃裁判についての省察』と異なり『文学論』はあからさまな女物ではない、つまり攻撃を避けるために著者が女性であるという事実を強調し、その代償のように、扱う主題や叙述において謙遜を装う書物ではないのである。「新旧論争」をふまえた構想のダイナミズムといい、ギリシア・ローマの古典からシェイクスピアを経由して同時代の哲学的論考に至る作家と作品の多様で膨大なリストといい、一年をやや超えるぐらいの期間で、しかもパリとコペを行き来しながら、これだけ重量感のある一冊を書きあげられる知性とは、いかなるものなのか。今日の文学研究者で、これほど豊かな読書経験をもつ者はフランスにも数えるほどしかいないはずであり、わたし自身は圧倒されるとしかいいようがないのだが、おそらく謎を解く鍵の一つは、サロンの会話にある。

フランスにいてもスイスにいても、スタール夫人は当局の厳しい監視に曝されていた。にもかかわらず、一八一二年、身の危険を感じてついにイギリス亡命を図るまで、サロンを完全に閉ざしてしまうことはない。とりわけナポレオンが政権を握ってからは、コペの城館は反独裁を掲げる自由主義者たちを惹きつけ、ヨーロッパ的なネットワークの拠点となってゆく。その思想的活力たるや、上述のように、退位した皇帝が「自分を標的にした武器庫」と形容するほどだった(32)。スタール夫人をかこむ知識人たちの流動的な集団は、のちに「コペ・グループ」と呼ばれ、文学史・思想史の領域で認知されることになるのだが、当時のコペの城館におけるサロンの営み、その生活風景とは、一体どのようなものであったのか。

当時スタール夫人は「文学」についての著作を執筆しており、日々午前中に一章を仕上げていた。午後の正餐のとき、あるいはサロンでの夕べのひとときに、構想のさなかにある章の議論展開を記した草稿をテーブルにぽんと置き、皆を挑発してその原稿をめぐる議論に誘いこみ、彼女自身が瞬時の即興でそれを話してみせる、そして翌日になると、問題の章が書きあげられている。書物のほぼ全体が、こんなふうにして仕上げられたのである。私がコペに滞在していたときに夫人が考えていた問題は、文学に対するキリスト教の影響、北方の詩に対する『オシアン』の影響、北方の夢想する詩、南方の感覚に依拠する詩、等であった。書かれたものより即興の語りのほうが、ずっと溌剌としていた(33)。（傍点は原典）

コペの城館　1889 年の外観

コペの城館　サロン

誇張もあろうが、嘘ではあるまい。まるで研究室の合宿ゼミのようでもあるけれど、現代の「会話」にこんな驚くべき成果は期待できない、と思わず場違いな感想を漏らしたくなる。失われてしまったのは一つの文化、知的であると同時に繊細で優雅で昂揚した集団的言語パフォーマンスの技法である。貴重な証言をのこしたのはシェヌドレという名の詩人で、出典はサント＝ブーヴ『帝政期のシャトーブリアンとその文学グループ』第二巻。シェヌドレの言葉は引用されたものだから、どのていど信憑性のおけるものかは確認のしようもないのだが、傍点をふられた「話してみせる」*parler* という動詞にかかわる論評の部分も紹介しておこう。スタール夫人の持ち前は活気と熱っぽさであり、相手を惹きつけ自分の惑星の軌道に乗せてしまう。語る言葉には雷電が宿るかのようであり、才気のすべては、あの素晴らしい瞳に集約されている[34]。

サロンの躍動する会話が知的作業の推進役となり、さらには固有の文体を支える言葉の磁場を提供するのである。『文学論』という書物の誕生だけでなく、作家としての営みの出発点に、いわば「語られる言葉」と「書かれる言葉」の幸福な結婚があった。この事実が、スタール夫人の経験を特徴づけ、比類なきものとする。同時代における同種の文学史的な著作として比較されるラ・アルプの『文学史講義』は、題名のごとく講演原稿から生まれ[35]、シャトーブリアンの『キリスト教精髄』は夜の静寂《しじま》につつまれて瞑想する隠者のような作家のイメージを描きだす。それゆえお望みならこれをスタール夫人固有の「女性のエクリチュール」と呼んでみてもよい。著作の生成が、女性の主宰するサロンと不可分であるという事実は『デルフィーヌ』から『ドイツ論』までをつらぬく本質となるだろう。

シャトーブリアンとスタール夫人の生涯にわたる交流は『文学論』をきっかけとして、ただし、あまりフェアとはいえぬやり方で始まった。一七六八年生まれのシャトーブリアンは、スタール夫人より二歳年下でナポレオンより一歳年長。ブルターニュの最果ての港サン＝マロで古い家柄の貴族の次男として生まれ育ち、一七八七年、ヴェルサイユで国王に謁見するが、一七九一年には革命を避けて北米への旅に出る。翌年帰国するものの、反革命軍に参加して負傷。かろうじてイギリスに渡り、本人の回想によれば飢えるほどの極貧に耐えながら帰国の機会を探っていた。一七九八年に亡命先で再会したのが、総裁政府に睨まれてフランスを脱出したフォンターヌ、上述のようにスタール夫人の手強い論敵のひとりである。一足先に帰国したフォンターヌは、一八〇〇年四月に刊行された『文学論』が大きな反響を呼んだときにも、『メルキュール・ド・フランス』で三度にわたり、合計五〇ページにおよぶ手厳しい批判を展開し[36]、これに全面的に応えるかたちでスタール夫人は改訂版を刊行した。この新版に寄せた批判によって、無名の亡命者にすぎなかったシャトーブリアンは一躍、脚光を浴びたのである[37]。

友人のフォンターヌに宛てた私信という体裁の書評は、慇懃かつ皮肉な文体で書かれている――「ご存じのように私自身の狂気は何かというと、スタール夫人が至るところに完成可能性を見るように、至るところにイエス・キリストを見てしまうことであります。不幸なことに、パスカルに倣って私も、キリスト教だけが、人間の問題を解明してくれると信じているのです[38]」。自分が宗教に期待するものをスタール夫人は哲学に付与しているという主張が論点を変えながらくり返されており、とりわけ「完成可能性」の概念は、第二版の加筆を考慮することなく、のっけから槍玉に挙げられている――「ああ！　われわれが年を取るほどに完成されてゆき、息子は常に父親より優れていると確信できるなら、これほど嬉しいことはありません[39]」。しめくくりには、かりにスタール夫人とお近づきになれたとしたら、こう申し上げたいところだが、と断って、貴女の文体は形而上学の用語が多すぎて単調である、貴女の欠陥のすべては哲学に由来するものだ、もし世評が気になるのであれば宗教の懐に戻りなさい、等々の無遠慮な忠告がならび、察するところ貴女は幸福ではないらしい、などと礼を失する感想まで披露されている[40]。

『文学論』の誠実な読解ではまったくない。軽妙にして辛辣な書評の技を見せながら、遠回しに『キリスト教精髄』を予告する護教論を展開しているのだが[41]、それはともかく、孤独な隠者のごとき自画像にこだわるシャトーブリアンは、一方で皇帝ナポレオンと肩を並べる大詩人を自認するようになる。それほどの野心を秘めた複雑な

シャトーブリアン（ゲラン画）

人物なのである。一八〇一年四月二日に刊行された『アタラ』の「序文」には『文学論』の著者に向けた謝罪の言葉があり、[42]ほどなく手打ちの提案がなされたのだった。五月八日、バンジャマン・コンスタンを含む一二人の客とともに、和解の食事会が行われた。[43]スタール夫人は別れた恋人にも不実な友人にも寛大で、ともかく根にもたないタイプ。十九世紀フランス自由主義の起点に位置する二人は、才能ある者の直感により、すでに相手が只者《ただもの》ではないと確信していたにちがいない。

3　『デルフィーヌ』（一八〇二年）
——情念、世論、カトリック批判

文学史的な知名度に反比例して内容は知られていない作品の典型といえようか。ヨーロッパ文明史として読み解ける『文学論』と『ドイツ論』は、文化史や政治思想史の分野で基本文献とみなされることがないではない。しかしスタール夫人の恋愛小説を一冊は読んでみようという心意気のある研究者でも、まず手に取るのは『コリンヌ』だろう。かりに邦訳すれば二〇〇〇枚はゆうに超えそうな書簡体小説『デルフィーヌ』の原典八〇〇ページを読破した人が多くいるとは思えない。なおのこと、作品の紹介も兼ね、開かれた文脈のなかで政治と宗教と文学を架橋する読解をめざしたい。

一七九六年の『情念論』をあらためて手に取れば、スタール夫人の執筆活動がどれほど一貫した企画性によって支えられているかを確認できる。前章で述べたように、もともと第一篇「道徳論」と第二篇「政治論」との二部構成が予定されていたが、後半の構想はおそらくコンスタンに譲るかたちで立ち消えになり、その一方で、刊行された書物では、充実した「序文」や第一部「情念《パッション》について」の第七章「党派精神」などに「道徳」と「政治」を接続する主題が周到に盛り込まれたのだった。[44]その第一部の中ほどの第四章「愛について」の冒頭には、まだ萌芽すら存在しない

『デルフィーヌ』を総括するかのような文章がある。表現することも叶わぬ感情がいかばかりのものか、ひたすら愛の強度を暗示する「絶対的な献身」が話題になるのだが、それは激動の時代ならではの希有にして崇高な行為として想起されている。

愛する男とともに死刑の判決を受けた女が、勇気にすがろうなどという下心は捨て去って、ただ歓喜を胸に刑場へと歩む。自分だけが生き残るという苦痛をまぬがれたことを喜びとして、恋人と運命を分かちあうことを誇りに思い、恋人が自分に抱く愛の終わりが来るときを予感しているということか、猛々しさと優しさの相半ばする感情を抱き、その感情ゆえに、さながら永久《とわ》の契りであるかのように死をいつくしみながら歩むのだ。栄光よ、野心よ、狂信よ、あなた方の熱狂《アントゥージアスム》には間隙がある。ただ感情だけが一瞬一瞬に陶酔することを知っている。(45)

このような「感情」こそは幸福な感動のほとばしる泉、春も、自然も、天空も、宇宙の全体が恋しい人の宿るところとなるだろう、といった具合に愛の賛歌はつづく。死において成就する愛は、栄光や野心など、あらゆる情念《パッション》を凌駕する崇高な感情だというのだが、おそらくこうした愛の至上主義は『デルフィーヌ』を特徴づけるものではあっても、前代未聞とはいえない。『トリスタンとイゾルデ』のような伝承の世界からロマン派の恋愛小説までが共有する普遍的な傾向の一つだろう。そもそも文学が存在するかぎり「感情」の特権化は自然なことであり、検討すべきはむしろ、特権化の様式ということになる。そこで『デルフィーヌ』の愛の様式を決定するものは何か、と問うてみれば、おのずと「革命の時代」という答えが返ってくる。いいかえれば、この作品の歴史性は、著者の目前で展開されてきた革命が空前絶後の舞台を提供しているという事実にあると思われる。デルフィーヌは今まさに銃殺されようとする恋人の腕に抱かれて死ぬという数奇な運命を生きた。これに対して数年後のコリンヌは、愛のはかなさに失望し、平穏だが灰色の日常のなかで徐々に衰弱して死ぬだろう。もはや「革命の時代」ではないのである。

作品がジュネーヴとパリでほぼ同時に刊行されたのは、一八〇二年十二月。[46] ナポレオンは着々と統治体制を整えつつあった。一八〇一年四月から、カトリック教会との和解をめざしてローマ教皇との交渉が精力的に進められ、七月には教皇庁とコンコルダート（政教条約）を調印。対応する国内の宗教制度を法的に定義する「付属条項」とセットにした条文が、一八〇二年四月八日に議会で承認され、つづく十八日、ノートル゠ダム寺院で祝賀のミサが執り行われた。ミサの四日前に刊行されたシャトーブリアンの『キリスト教精髄』が飛ぶように売れたのは、むろん偶然ではないのである。恐怖政治により壊滅状態にあったカトリック教会と社会の表舞台から遠ざけられていた国民の信仰生活が、今やフランス全土で甦りつつある。一八〇二年は、そんな華やぎに充ちた年だった。

一般に「コンコルダート体制」と呼ばれる宗教政策と対にして、ナポレオンが「二つの御影石」と自賛したもう一つの偉業は民法典の編纂であり、こちらは革命が先鞭をつけたラディカルな改革が一八〇〇年から一八〇四年に至る入念な再検討をへて、ついに決着を見た。その詳細には触れないが、本来的に婚姻は、法律と宗教と習俗という三重の力学に曝されている。婚姻に至るか、婚姻外の関係かという問題を含め、さまざまのかたちの男女の愛のありようもまた然り。アンシャン・レジームにおいては、人間の生死と婚姻は教会の司る「秘蹟」とみなされており、周知のようにカトリックは離婚を認めない。一七八九年八月二十六日の「人権宣言」により方向づけられた国制の非宗教化が進展し、一七九二年九月二十日、立法議会はその解散の日に、戸籍を自治体の管轄下に置き、婚姻を民事契約とみなし、離婚を認めることを決定した。

『デルフィーヌ』のドラマは、一七九〇年四月十二日から一七九二年十月に設定されている。これは革命政府のもとで婚姻と家族制度のありようが根底から問い直された時期であり、[47] 一方、作品の刊行は民法典編纂の作業が進展するさなかだった。国民の一人一人に関係する最先端のトピックについて議論の材料を提供し、世論に働きかけようとする狙いがあったことは疑いようがない。登場人物の男女は、それぞれの信条と環境に条件づけられながら、権威を失いつつある「神の掟＝教会法」と不安定な「人の掟＝法律」のあいだで翻弄されることになる。たとえば「神の掟」

により結ばれた男女が「人の掟」を盾にして離婚を望むことができるのか、そもそも離婚という選択は宗教に裏打ちされた「道徳」により承認されうるか、という問いは、作品の随所に浮上する。さらに「神の掟」は愛し合う男女の自由と幸福を守り、保全するものか、という懐疑が見え隠れする展開もある。

話を先取りするなら『デルフィーヌ』は同時代の読者にとって、まぎれもないカトリック批判の書であった。世論を動かす文学作品の政治的な衝迫力を知らぬはずはない第一統領は、一八〇三年二月、スタール夫人に対しパリから四〇里以内に近づくことを禁じる追放令を下す。一方でカトリック復興に寄与したシャトーブリアンは、同年五月、ローマ駐在特使の秘書官という職を得て、『キリスト教精髄』の再刊を献辞とともにナポレオンに捧げたのだった。そうしたわけで独裁者の相貌が鮮明になりつつある一八〇一～〇二年が『デルフィーヌ』の執筆・刊行の時期であり、物語内容の時代は、記憶も鮮やかな革命の初期一七九〇～九二年となっている。これら二つの歴史的な時間とのかかわりのなかで、小説は読み解かれなければならない。

デルフィーヌは二十一歳、父親代わりに養育してくれたダルベマール氏と短いが満ち足りた結婚生活を南仏で送ったのち未亡人となり、遠縁のヴェルノン夫人を頼ってパリの社交界にデューした。そのヴェルノン夫人の一人娘で十八歳のマチルドとモンドヴィル夫人の息子レオンスとの縁談がもちあがったところでドラマの幕が開く。ヴェルノン夫人は賭け好きでモンドヴィル夫人に経済的な負い目があり、マチルドは美しき信心家、モンドヴィル夫人は旧弊なスペイン貴族、そしてレオンスは高貴で聡明な青年だが名誉心と嫉妬心に縛られている、というふうに、それぞれが『情念論』で論じられた何らかの主題を、いわば固定された属性として担っている。デルフィーヌについては、麗しき容姿と文芸の素養、あふれでる感情と他者への献身、そして憐憫の情と要約できようか。登場人物の「性格《キャラクター》」と「心理」が多様なエピソードを動機づけるバルザック流の人間ドラマとは異なる様式で、まさしく「情念」のメカニズムによって物語の曲折が決定されてゆくことに注目しよう。

惹かれ合う男女が、ついに結ばれることなく死ぬというだけの物語である。八〇〇ページの大長編には「時遅し！」

という劇的な行き違いが、少なくとも二度、用意されている。レオンスがマチルドと結婚してしまうのは、デルフィーヌに裏切られたと信じたからであり、これがヴェルノン夫人の画策と不幸な偶然の積み重ねによる誤解であったことが、ついに判明するまでが、第一の山場となる。デルフィーヌがほかの男に思いを寄せたことは一度もないとレオンスはようやく確信するのだが、時すでに遅し。結婚によりほかの女を愛する自由は奪われている。二人は抑制され昇華された愛を分かちあおうと試みて挫折する。事情を察したマチルドに乞われて、デルフィーヌがレオンスの前から姿を隠したのち、マチルドは産褥で死ぬ。自由の身になったレオンスがデルフィーヌを探し当てるまでが第二の山場となって、ようやく二人は再会するのだが、それはデルフィーヌがスイスで修道女の誓願をしてしまったのちだった。しかし考えてみれば修道誓願そのものが、革命政府によって禁じられているのだから、いっそフランスにもどり世間との交流を完全に断ち切って、二人だけの幸福を求めることは許されるのではないか(48)。この最後の可能性が現実味を帯びて二人に共有されるのは、レオンス処刑の前夜、牢獄のなかで二人が一夜を過ごすときである。もはや、時遅し。

『デルフィーヌ』はパリのサロンを舞台とした書簡体小説であり、話題の大方は社交空間における日々の出来事で占められている。ときには赤裸な真情の吐露があり、哲学的な考察が展開されることもあるが、革命の真っ只中という事実は奇妙なほど隠蔽されている。ごく簡単に復習するなら、一七九〇年末には、聖職者民事基本法が施行されて政権の宗教勢力への対決姿勢があらわになり、翌年六月には国王夫妻のヴァレンヌ逃亡事件があり、九月に憲法が制定されてフランスは立憲君主政となる。一七九二年四月にはフランスがオーストリアに宣戦布告して、亡命貴族と外国勢力の結託する反革命戦争の危険が高まってゆくのだから、世情はますます騒然としていたはずである。物語の大団円、もともと政治に野心のないレオンスが、貴族の血を受けた者の「名誉」を口実にして国外の反革命勢力に合流しようと試みるのは、じつは感情生活の破綻と密かな自殺願望による。ところが彼は味方の軍隊を見つけるまえに、たまたま行きあった革命側の兵士に捕らえられてしまう。レオンスの後を追ってきたデルフィーヌは——スタール夫人が友人たちのためにやったように——地元の裁判官に直訴して助命の許可をとりつける。その直後にパリから強硬な派遣議員が到着し、人情味ある地方役人の解放令を撤回してしまうのだ。じつは現実に、よくあったことらしい。なにしろ時は一八九二年の秋、八月の王政崩壊につづく「九月虐殺」の直後、革命が急進化して恐怖政治へとエスカレートしてゆく転換点に当たる。そうしたわけで『デルフィーヌ』の主な出来事は、穏健な立憲王党派が革命を主導していた相対的には平和な時期に設定されているのだが、にもかかわらず作品は、もはや取り返しがつかないという悲劇的な意識に染まっている。「時遅し！」とは、恐怖政治を経験してしまったフランス人たち、一八〇二年のスタール夫人と読者が暗黙のうちに分かちあっていた時の感覚にほかなるまい。

ボナパルトの野心と統領政府の今後が予測できぬ一八〇二年という時点で、文学が正面から同時代の政治を論じ、特定の党派に荷担することは、たしかに剣呑だったはずだから、『デルフィーヌ』のなかで、革命の主要な事件が背景に退き抽象化されている理由はおのずとわかる。一方で宗教をめぐる議論は、登場人物たちの布置を決定し、エピソードのレヴェルにも大胆に露出する。そもそも幕開けで信心家のマチルドから立派な聖職者を紹介すると勧誘されたデルフィーヌの応答からして、なかなか大胆なのである。孤児であった自分は「宗教的な観念」については保護者から与えられた知識しかもたないが、そのダルベマール氏の行いはつねに正しく寛容なものだった、と指摘したのちデルフィーヌはこう語る。

ムッシュー・ダルベマールがあまり世間を知らなかったのではないかということについては、わたしもそんな気がしてきたところです。あの人は、自分の行動を決するときに、それ自体が善であるという尺度によってのみ考えており、自分のふるまいが他人に与える印象というものにかかずらうことがなかった。そのように思考することが哲学者《フィロゾフ》であるというのなら、正直のところわたしだって、その肩書きをいただく権利がありそう。なぜって、この点に関しては、ムッシュー・ダルベマールと完全に同じ意見《オピニオン》ですから。でも、もし貴女が哲学者《フィロゾフ》という言葉でわたしたち女性のもっとも純粋で繊細な美徳をいささかなりとも軽んじることを意味しておられるのなら、あるいはまた哲学《フィロソフィー》という言葉で人生の苦しみを感じぬ力を意味しておられるのなら、そんなふうに貶《けな》されることも褒められることも、どちらも不当だろうと思いますの（I－七〇～七一頁）。

自分が分かちあわぬ諸々の意見、知りもしない仕来りのことで気を揉まずとも、「道徳」と「心情の宗教」religion du cœur さえあれば、男の人たちは険しい人生を生きることができるのだから、わたしにもそれらの導きだけで充分なはず、というのがデルフィーヌの信条である。今日の用語でいえば主体的な生き方をえらんだ女性ということになろうが、まさにそれゆえに、われらのヒロインは「世論」によって告発される。たとえばレオンスの昔気質の母親のもとに「とても才気があって、信条においても行動においてもあきれるほど哲学者《フィロゾフ》、昨今の政治思想に熱をあげている」（I－一四五頁）というデルフィーヌの評判が届くのは、相思相愛の男女の邪魔立てをして、マチルドをレオンスに娶《めあわ》せたい一党の策謀による。

作品には「哲学者《フィロゾフ》」という肩書きにふさわしい男性が二人、登場する。一人はデルフィーヌの親しい友人テレーズと深く愛し合っているトスカナ出身のセルベラン氏。かりに離婚が法的に可能になったら、今はデルヴァン夫人であるテレーズに結婚を申し込む用意があるとデルフィーヌに打ち明け、テレーズが信心深いカトリックであることを知るデルフィーヌは絶句するのだが、セルベランの誠実な理性の言葉には深い感銘を受ける（I－九一頁）。デルフィーヌはテレーズに懇願されて、セルベランとの最後の逢瀬のために心ならずも自宅を提供し、そこで不運な行き違いが生じたために、セルベランはデルヴァン氏を決闘で殺してしまう。情報が錯綜するなか、レオンスはセルベランとデルフィーヌとの仲を疑ってマチルドとの結婚を急ぎ、夫の死の原因をつくってしまったテレーズは罪の意識に苛まれ、セルベランの必死の反対を押し切って修道女の誓願をする。

もうひとりの「哲学者《フィロゾフ》」は南仏出身の貴族でプロテスタントのルバンセ氏。その妻エリーズはオランダ人の横暴な男のもとに嫁いでいたのだが、オランダの法により離婚に漕ぎつけたのち、身一つでフランスにもどってルバンセと再婚した(I-二三九〜二四〇頁)。エリーズはヴェルノン夫人の姻戚でもあるのだが、マチルドは、最初の夫が生きているのに再婚するなんて、そんな「スキャンダル」が自分の目前で許されるはずはない、と公言して交際を拒む(I-二二九頁)。これが「世論」の評価であることを痛いほど知り抜いているエリーズは、決して社交界に足を踏み入れようとせず、ひっそりと田舎で暮らしている。かつてルバンセは「人嫌いで博識の哲学者《フィロゾフ》」という前評判とともに登場したのだが、エリーズが友人のデルフィーヌに語る夫の人物像はこんな具合である――ムッシュー・ド・ルバンセは「世論」におもねる気は毛頭ないが、その一方で「栄光」によって「世論」を掌握できると考えている。社交界に興味はないけれど、知的な世界で認められたいという野心は人一倍つよいのである。妻である女性をめぐる非難や悪評については、いかなる「印象」も抱かず「無関心」であるため、それが自分の救いとなっている。自分の離婚と再婚は、他人の不幸を招いていないから、道徳によっても宗教によっても断罪されないと考える(I-二四三〜二四四頁)。おわかりのように聡明で冷静なエリーズは、情念の嵐に翻弄されるテレーズとの対比によって造形されている。

スタール夫人の身辺の男性という意味では、かつての恋人ナルボンヌに似ているのはレオンスであり、ルバンセはプロテスタントでケンブリッジで学んだという経歴からしても、バンジャマン・コンスタンの面影が認められるというのが定説だが、重要なのはモデル問題よりむしろ、レオンスとルバンセの対比だろう。立法議会議員となり革命に参画するルバンセは、知人たちの身の安全のために奔走して周囲の信望を集めているだけでなく、事あるごとにみずからの意見《オピニオン》を堂々と表明する。一七九一年九月二十七日、デルフィーヌ宛ての長い手紙には、近いうちに議会で離婚法が審議されるだろうとの予告に絡めて結婚制度をめぐる自説が縷々開陳され、つづけてカトリックとプロテスタントの比較論が披露されている。まずイギリスという「道徳的、宗教的で自由な国」を称え、婚姻制度については「病めるときも健やかなるときも、良きときも悪しきときも」伴侶たることを式場で誓うという習慣への共感を語る(引用は英語イタリック)。ただし、優れた社会・政治・宗教制度をもつイギリスが、離婚の事由として姦通のみを想定していることには賛同できないとルバンセはいう。現実には「性格や感情や信条」の対立こそ、修復しがたい障碍なのであり、愛が不可能なところに幸福はないのだから（II－六二頁）。

カトリックは婚姻の解消不能性（indissolubilité）を公に定めた唯一の宗教なのですが、それは、この宗教の精神には、さまざまのかたちの苦痛を人間に与えることが、道徳的かつ宗教的な陶冶のために有効な手段であるという考えが含まれているからでしょう。

信徒がみずからに課す苦行とか、野蛮な時代に横行した異端審問における拷問とか、この宗教が人間を美徳に向かわせようとして用いる手段は、苦痛と恐怖に満ちています。神の摂理によって導かれた自然の本質は、まさに正反対の方向へ歩む、すなわち、甘美なる魅力や趣向を掲げて、あらゆる良きもの、あらゆる善なるものに向けて人間を誘導してゆくのです。

プロテスタントの信仰は、カトリックと比べれば、はるかに福音書の純粋な精神に近い。苦痛を動員して人間の精神を脅えさせたり縛ったりすることはないからです。その結果、イギリス、オランダ、スイス、アメリカなどプロテスタントの諸国では、習俗はより純潔であり、犯罪は狂暴さを和らげ、法律はより人間的なものになりました。これに対して、スペイン、イタリアなど、カトリシズムが圧倒的な力をもつ国々では、政治制度や私的な習俗に、人間を向上させる最良の手段は拘束と苦痛であるとみなす宗教の誤謬が染み込んでいます（II－六三頁）。

苦痛のなかで研ぎ澄まされ昇華される愛なのか、それとも生きる歓びとしての愛なのか。二者択一を迫るようなルバンセの主張が客観的に見て妥当かどうかを生真面目に検討することには、あまり意味がない。ここでカトリックとプロテスタントの対比として語られたことがらは、とりあえず登場人物の意見《オピニオン》にすぎず、この比較論がドラマの構造を決定しているとは思われないからである。それにしてもヨーロッパ近代小説における男女の愛のありようが、しばしば愛することの苦しみと愛を生きる歓びの背反するヴィジョンの組み合わせから構成されていることはまちがいない。五年後の『コリンヌ』では、古代の異教世界とキリスト教世界のあいだに、ルバンセのいうプロテスタントとカトリックの対比に応じた構図が再現されることを予告しておこう(49)。

デルフィーヌは設定においてはカトリックでありながら「拘束と苦痛」によって美徳へと教導する教会の手法には違和感を抱きつづけており、事あるごとにマチルドの教条主義と対立する。一方、後ろ盾も財産もない娘として成長したヴェルノン夫人は、賭事で憂さを晴らしながら社交界では善良で魅力的な女としてふるまっていた。しかし陰ではデルフィーヌの真摯な情愛を踏みにじり、奸策によって一人娘の縁談をまとめたのである。そのヴェルノン夫人が、死期が迫ったとき、ほかならぬ犠牲者のデルフィーヌに宛てて長大な告白の手紙をしたためる。自分の唯一の長所は気位の高さだろうが、おかげで嘘をついて咎められても決して言い訳はしなかった。しかし「女などは取るに足らぬ存在だと考えて、いかなる権利も、ほとんどいかなる能力も女に認めようとしない人たちが、気力と自立という美徳、率直さと誠実さを女に求める」とは、なんとも不当ではないか。女は宿命的に「おのれを偽ること」fausseté を余儀なくされるのであり、自分は子供のころから、女であり財産がないという条件は「暴君に対してあらゆる奸計を用いることが許される不幸な奴隷」であることに等しいと考えていた。その後も「女は社会のあらゆる制度の犠牲者」であるという確信が揺らぐことはなかった。娘が刺々しい性格であることがわかったときに、カトリックの信仰が歯止めになると考えたのだが、それは正しかったと思う、等々（I－三四〇～三四三頁）。手紙を読んだデルフィーヌは胸をえぐられるような憐憫の情におそわれ、動揺する。そのデルフィーヌに対してマチルドは、母を説得して、聖職者による告解を受けカトリック教徒として死ぬ心構えをさせてほしい、貴女のような哲学者《フィロゾフ》がやれば説得の効果もあろうから、と懇願する。ヴェルノン夫人は断固として教会の介入を拒む。強いられて見ず知らずの聖職者に告解をすれば、自分は嘘偽りを述べるにちがいない、自分は自分なりに神を信じているのだから、後悔の念を捧げたデルフィーヌに見守られて死ぬというのである（I－三五二～三五三頁）。

カトリックの「宗教儀式」はヴェルノン夫人の臨終だけでなく、レオンスとマチルドの結婚式、同じ教会でのテレーズの修道誓願、そしてチューリヒ近郊でのデルフィーヌ自身の修道誓願など、一連のドラマの要《かなめ》に配されており、しかもそのいずれもが、人間性を欠いた苛酷な経験として描かれる。その一方で、デルフィーヌは「プロテスタントの儀式はなんて感動的なものでしょう！」とダルベマール嬢（亡き夫の妹で話の聞き役である独身女性）に書き送ったりもするのである。知人の子供の初聖体拝領に列席したときの印象を語ったものだが、感動がもたらされるのは「心情の宗教」にのみ依拠してこれを威厳ある古代の記憶で補強しているからであり、この方式だけが想像力に訴えるのだと説明されている（Ⅱ－一九二頁）。賛美歌を歌う子供たちの歌声に充たされた空間で「父なる神」との対話がなされるという、微笑《ほほえ》ましい場面の詳細な報告は割愛するけれど、強烈な明暗の対比という意味で、ルバンセが同じダルベマール嬢に書き送ったマチルドの臨終の報告を一瞥しておきたい。入念な告解と長い祈禱と十字架への反覆的な接吻からなる厳かなカトリックの儀式について、ルバンセは「人間の最期の瞬間をこれほど陰気な道具立て」によってとり囲み、「今にも息絶えようとする憐れな人間に、死を凌駕するほどの恐怖を植えつける」のは何のためなのか、と自問する。自分の考えによれば、人生の終わりは一日の終わりのようであってほしい、日々の眠りにつくように、愛する者たちに別れを告げて永遠の眠りにつくことが望ましい（Ⅱ－二六一～二六二頁）。プロテスタントのルバンセが、スタール夫人の宗教観や死生観を多少とも代弁していることはまちがいない。

人間の死と宗教の関係を問うことは『デルフィーヌ』という作品に託された課題の一つだった。これまでに述べたことがらを背景に置くことで、レオンスとデルフィーヌの愛と死が、ようやく固有の意味を担うドラマとして浮上するだろう。レオンスは「信仰には向かない」（Ⅰ－一二二頁）ことを自覚して、宗教とは縁のない生活を送る一方で、決闘事件を起こしたり、暴漢に襲われて一命をとりとめたりというふうで、のっけから暗い死の影が漂う黒髪の美青年として登場した。絶望して自殺の願望を仄めかしたことも一再ならず、反革命軍に身を投じようとしたのも命を捨てるため。そのことを知るデルフィーヌは、レオンスに付き添って刑場に赴く直前に、みずから緩慢な毒を飲み、恋人の魂を救うために告解僧になり代わって最期の祈りへと誘うのである――「ああ！　レオンス、わたしの人生の栄光であり苦しみでもあり、もっとも深き情熱の的でもあった人！　このわたしが、あなたを死へと導くのです、このわたしが……祈りが、わたしに自然を超える力を与えてくれました、祈りとは魂の飛翔であり、苦痛から、自然の定めから、人間たちからわたしたちを解き放ってくれるもの。レオンス、わたしに倣ってくださいな、この隠れ家を共に探すのです……」(II－三三一頁)。

以上を総合するなら、デルフィーヌの考える「心情の宗教」とは、ポール・ベニシューがいうところの「理神論」、すなわち秩序と幸福、そして世界の意味を最終的に保証する神を想定する人間中心主義の宗教であろうと思われる。(50) ベニシューが人間賛美の「プラグマティズム」とも形容する信仰のありようは、デルフィーヌを養育したダルベマール氏の宗教のかたちにも当てはまる。自殺によって死の瞬間を恋人と分かちあい、あまつさえ神の御許へと導く聖職者の役割を演じるデルフィーヌの決意と行動は、啓示宗教であるカトリックからすれば明らかに教義への違反である。このようなヒロインの主体的な信仰に、スタール夫人は密かな共感を寄せている。

残されたのは、レオンスの「絶望」が何に由来するかという疑問である。謎を解く鍵は、じつは作品冒頭のエピグラフに示されている。著者が母ネッケル夫人の遺稿から引用した文章だが、「男は世論に挑むことを、女はこれに従うことを学ばなければならない」とある(I－四八頁)。すでに見たように、ルバンセは私生活においては離婚した女性を妻にすることで正面から「世論」に挑戦し、政治と知性の世界で「栄光」を追い求めていたのだが、これに対してレオンスの信奉する美徳は、君主政の遺産である「名誉」のみ。ルバンセの「栄光」が主体的な行動によって勝ちとるものだとすれば、レオンスの「名誉」は「世論」に承認され賞賛されることを期待する。(51) 保養地バーデンにデルフィーヌと隠れ住んでいたときに、誰かが「ご覧あそばせ、あのお若い方と結婚するために、例の修道女は尼僧院を逃げだしたんですわ！」と囁き、「そのご立派な信条のおかげで、フランスでは人が殺されているんだわ！　そんなスキャンダルをここで許していいの！」と別の女たちが応じれば、これらの言葉によってレオンスの「名誉」は粉みじんに砕かれる（Ⅱ－二九六頁）。

ルバンセとならぶ「哲学者《フィロゾフ》」であるセルベランは、決闘でテレーズの夫を殺《あや》めてからイギリスに渡って身を隠していたのだが、友人たちの身を案じてフランスに戻り、物語の大詰めの証人となる。レオンスとデルフィーヌの亡骸を小川の畔のポプラの根方に埋葬した信義に厚い人物による、悲劇の総括を読むことにしよう。

> レオンスは、幸福と愛のためにはそれが責務であると思われたいくつかの状況においては、世論に立ち向かうべきでした。そしてデルフィーヌは反対に、自分の心の純粋さに信を置くあまり、女たちが従わなければならぬ世論の力というものに充分な敬意を払おうとしなかった。それにしても、社会によって定められたこの道徳を、人は本性により、あるいは良心により、おのずと学びとれるものでしょうか。この道徳は、男と女にほとんど正反対の掟を押しつけているのです（Ⅰ－三三五頁）。

文脈により「世論＝公論」あるいは「意見」と訳し分けなければならない「オピニオン」の単純とはいえぬ機能、すなわち主体として生きたいと願う個人の「意見」と匿名の社会集団が醸成する「世論＝公論」との葛藤こそが、作品の根幹をなす主題ではないか。主人公の男女の生き方に関するセルベランの論評を書物のエピグラフと呼応させることにより、作者自身が読解の指針を明示したともいえるだろう。『デルフィーヌ』は――本書の『フィクション試論』の項で見たように――道徳的な考察を誘うフィクションという意味で、啓蒙の世紀の伝統を受けついでいるのだが、ここに提起されているのが、現代にも通じる新鮮かつ普遍的な問題であることを見逃してはなるまい[52]。公共圏の拡大と世論の活性化を純粋に量的な進歩とみなし、肯定的に捉えるだけでは足りない。今日的な用語を使うなら、世論の同調圧力という負の現象があり、その犠牲になるのは、とりわけ弱者の女性であるという事実を、スタール夫人は先鋭な意識をもって犠牲者の視点から描出したのである。

刊行の直後から、見えやすい論点をめぐる批判が巻きおこった。すでに述べたように教皇庁との和解とカトリック信仰の再生が大々的に演出されていた時期であり、反革命の宗教勢力にとっては諸悪の根源である啓蒙哲学への著者の傾倒が、さらには著者が女性であることまでが槍玉に挙げられた。それにしてもコンスタンによれば、大評判の本が書店でたちまち売り切れてしまったこと、「すべての人がそれを読んだ、もしくは読みたがった」ことは事実であるという。[53]『デルフィーヌ』は版を重ね、著者は厳しい攻撃に応えるために、ヒロインの死に方を変更して、新ヴァージョンの長い結末を執筆するのだが、この問題は次章の『自殺論』の項にゆずる。[54]

4 『コリンヌまたはイタリア』(一八〇七年)
――国民性と市民社会の成立

一七九九年末のブリュメールの政変以降もスタール夫人のサロンは活況を見せていた。クーデタで功績のあったリュシアン・ボナパルトは第一統領と衝突してスペイン大使に赴任してしまったが、長兄ジョゼフ・ボナパルトは忠実な常連の一人だったし、フーシェのような政権側の人間も抵抗勢力も、ひとしなみに歓待するというスタール夫人の流儀に変わりはない。生涯の友となる美しきレカミエ夫人と親交を結んだのも、のちにスウェーデン国王となる将軍ベルナドットと知り合ったのも、この頃である。スタール男爵は借金と病に追いつめられながら別居生活を送っていたが、一八〇二年の五月、コペで看病しようという夫人の申し出を受けてスイスに向かう途中、国境沿いの町で息絶えた。宿屋の一室で心を尽くして最期を看取ったのはジェルメーヌ自身である。一方「護民院」の議員となったコンスタンは、一八〇〇年一月五日、自由主義陣営の旗手として華々しい演説で注目を集めていたのだが、これに激怒したボナパルトは、一八〇二年一月、議員改選のおりに罷免してしまう。[55]コンスタンは移り気でありながらスタール夫人への執着を捨てることがない。二人の感情生活は間歇的な大嵐に見舞われたものの、当面は知的連帯の力学が上回っ

19世紀の最も権威ある批評家，サント＝ブーヴ

ていた。年末に『デルフィーヌ』を刊行したスタール夫人に一八〇三年二月、追放令が下されたとき、二人は盟友として行動を共にする。(56)

パリ立ち退きを迫られた夫人は、ただちにドイツへと向かう。ドイツ語を読み、理解するために修練を積み、ヴァイマルとベルリンに滞在して、ゲーテやプロイセンの貴顕たちと交わった。このとき集められた最初の素材は、一八〇七年から一八〇八年の再訪が可能にした補足作業によって作品に結実する。こんなふうに一足飛びにライン川を越えて彼方に飛翔することは、まずは苛立つボナパルトとの訣別を、さらには十八世紀哲学に親しむ習慣との訣別を意味していた。その習慣を、夫人は華々しく選びとったばかりと見えていたのだが。偉大な精神は、そんなふうにふるまうものなのだ。まだこちら側に居るとばかり思っていたのに、気がついてみると、あちらの対極に身を置いている。(57)

サント＝ブーヴによるスタール夫人の肖像だが、とりわけライン川のくだりは、啓蒙の世紀のフランスから未知のドイツへの鮮やかな跳躍を照らし出す名文として、しばしば引用される。リュシアン・ジョームも示唆するように、(58)一人の身に起きた事件というだけではない。かりにスタール夫人がこの時点でライン川を渡らなかったら、独仏の思想的潮流の遭遇も、国境を越えるロマン主義運動も、別様の展開を見たはずという含意である。スタール夫人のドイツへの本格的な関心は『文学論』構想の過程で芽生え、一八〇〇年二月にはヴィルヘルム・フォン・フンボルトからドイツ語の手ほどきを受けるようになる。その年の秋、フンボルトはゲーテに宛てた手紙で、ドイツの文学を教示することでスタール夫人の視野は大きく開かれるにちがいない、と報告したという[59]。そうしたわけで『文学論』と『デルフィーヌ』の著者となった女性は、ライン川の彼方で無名どころか、並々ならぬ期待をもって迎えられたのである。

一八〇三年十二月十四日から翌年の二月二十九日までヴァイマルに滞在。宮廷で歓待され、ゲーテ、シラー、ヴィーラントの知遇を得た。三月八日から四月十九日まで、ベルリン滞在。宮廷やサロンに出入りして、すでに作家として認められていたアウグスト・ヴィルヘルム・シュレーゲルを説得し、子供たちの家庭教師になってもらう。自分も本腰を入れてドイツ語・ドイツ文学を学ぶ心積もりであったことはいうまでもない。ベルリンで父危篤の報せを受けたスタール夫人はただちに出発、途中ヴァイマルで、ネッケルが死去したことを知らされる。同席していたシュレーゲルによれば、夫人は鋭い叫び声をあげて床に倒れ、暴れぬよう両腕を抑えられたまま、狂ったように叫びつづけたという。五月十九日、シュレーゲルとコンスタンに付き添われ、コペに帰還[60]。

放心状態から立ちなおると、故人の資産状況をてきぱきと掌握し[61]、遺稿を整理して「ネッケル氏の性格とその私生活について」と題した序文を付して刊行。同じ年の十二月、十四歳、十二歳、七歳になった三人の子供とシュレーゲルをともなって夫人はイタリアに旅立った。コペ・グループの一員であり『イタリア中世諸共和国の歴史』の執筆にとり組む経済学者シスモンディがトリノで合流し、ローマにはフンボルトが外交官として赴任していた。周到なネットワークからしても、大きな知的収穫が見込める旅である。しかしドイツからイタリアへという迂回はいつ、どんなふうに動機づけられたのか[62]?

スタール夫人にとって、未来の可能性を暗示するドイツと不当に看過されたイタリアは、もともと対をなす関心であったらしいのだが、それにしてもドイツを論じる著作をしばし棚上げにして、イタリアを舞台にした小説を書くというアイデアは、まったくの偶然から生じたものだった。一八〇四年二月一日、ヴァイマル劇場で評判のオペラ『サアルの妖精《ニンフ》』を見て新しい構想が沸いた、とスタール夫人は父に書き送っている[63]。人間の男に恋をする水の精の伝承を素材にした作品で、同じ系譜にジャン・ジロドゥの戯曲『オンディーヌ』があるといえば、物語の大筋は想像していただけよう。なるほどコリンヌは才能と美貌と知性と情感において――さながら妖精のように――例外性の刻印を押されている。男は強く惹かれながらも、同族の美しく平凡な娘を伴侶にえらぶ。舞台はイタリア、男はスコットランドの出身という布置は、ただちに決まったという。

のちにバンジャマン・コンスタンは、かりに相手の男がドイツ人なら結婚してしまっただろうし、イタリア人なら騎士のごとく女に尽くすだけだろうし、フランス人なら愛人にしたいと思うだろう、と語ったという。つまり、イタリアの自由な女とイギリスの社会的規範に縛られた男という組み合わせだけが、果てしなく持続する愛の葛藤を可能にするというのである。[64]どこかで聞いたようなコンスタンの軽口そのものが、じつは『コリンヌ』の人物配置を忠実になぞっただけのものであることを見逃してはなるまい。つまりそれほどに、この小説は登場人物たちの「国民性」nationalitéを造形することに成功し、鮮やかなヨーロッパ恋愛地図を描きだしていた。十九世紀の「国民文学」を開花させたスタンダールやバルザックは「南方」や「北方」出身の男女の人物像を創出するときに、暗黙のうちにスタール夫人の恋愛地図を参照していたと思われるのであり、そのような意味合いにおいて『コリンヌ』にヨーロッパ近代小説の祖型の一つを認めることができる。[65]

一八〇〇年の『文学論』が、古典文学の素養とシェイクスピアを初めとするイギリス文学の造詣によって支えられていることはすでに見た。そこで提示された「北の文学」と「南の文学」という見取り図によれば、『デルフィーヌ』は近代化されたキリスト教世界の内部を描く「北の文学」なのであり、対する『コリンヌ』は「北方」と「南方」の対決と統合をめざす。ご記憶のように、スタール夫人によれば「南方」とは、古代ギリシア・ローマの多神教《パガニスム》が息づく世界であり、その「南方」で生まれ「北方」に伝播したキリスト教が、厳しい風土のなかで高度な美徳を育んだのである。[66]

物語は、深い憂愁を湛えたイギリス紳士ネルヴィル卿が保養のためにイタリアを訪れて、ローマで桂冠詩人と讃えられるコリンヌに魅了されるところから始まっている。そのオズワルドに宿命的な愛を抱いてしまったコリンヌは、旅人を引き留めるために、みずから案内役《チチェローネ》を買って出る。イタリアを語ることは、みずからを語ることでもあるのだから。ローマ探訪の初日は、異教《パガニスム》の神殿パンテオンとカトリックの総本山サン・ピエトロ大聖堂との比較がメインテーマ、十数ページにわたってつづくコリンヌの説明から、短い断章を二つだけ引用してみよう。

　異教徒は生を神聖なものとみなし、キリスト教徒は死を神聖なものとみなしました。二つの宗教の精神とは、そのようなものなのです。ただし、わたしたちのローマン・カトリックは、北国のそれに比べると暗鬱でないように思われます（九六頁）。

　この大聖堂の全体的な風情は、陰鬱な教義と華やかな儀式の混交という完璧な特徴をもっています。観念においては悲哀が根底にありますが、その適用においては南方の安らぎと活力が感じられ、意図は厳粛であるけれど、解釈はとても甘美です。キリスト教の神学と異教のイメージがここにある、要するに人間が神に捧げる礼拝の輝きと威厳の最もみごとな結びつきがここにあるのです（一〇五頁）。

　古代ギリシアの女性詩人と同じ名をもつヒロインは、[67] みずからをカトリックであると同時に異教徒の末裔ともみなしており、南方のカトリックに固有の魅惑を語らずにはいられない。『デルフィーヌ』では「哲学者《フィロゾフ》」の気質をもつルバンセが、カトリックは厳しい死の宗教であるのに対しプロテスタントは生を肯定すると主張していたことを思い出していただきたい。[68] キリスト教の内部における新旧の対立や、異教とキリスト教の対立が、観察可能な事実にもとづくテーゼとして提示されているわけでは必ずしもないだろう。そうではなく、生命力の賛歌と死への畏怖、温暖な風土と寒冷な土地といった対比そのものが、登場人物たちの国民性を造形する原動力となり、いわば表象の力学として

クマエの巫女（シビュラ）（ドメニキーノ画）

機能するのである。オズワルドの故郷が霧に包まれたスコットランド、北のホメロスと讃えられたオシアン伝説の寒冷な土地であることは、ヒロインの文明論的な特異性を際立たせる仕掛けとして不可欠ともいえる。

オズワルドは、フランスの亡命貴族デルフイユ伯爵とともにドイツから冬のアルプスを越えてローマに到着し、陽光の降り注ぐカピトリーノの丘で、「ドメニキーノの巫女《シビュラ》」のような衣装をまとったコリンヌが二輪馬車に乗ってあらわれ、即興詩を上演し、元老院から桂冠を授けられるのを目の当たりにした。現代の読者にはいささか唐突で大仰なドラマの幕開けだが、こうした盛大な芸術イヴェントは、ペトラルカの例にあるごとくイタリアの伝統に根づいたものらしい[69]。「シビュラ」とは古代地中海世界の神託を受ける女性であり、しばしば太陽神アポロンの巫女を指す。コリンヌは異教の誘惑を湛えたイタリアの化身としてオズワルドのまえに出現したのである。姓も出自も知れぬ謎めいた黒髪の美女が、二十代半ばで気安く「コリンヌ」と呼ばれ、しかも人びとの敬愛の的となって自由な生活を送っている。よりすぐりの常連や遠来の客でコリンヌのサロンは賑わっており、ローマの貴族カステル＝フォルテ公が、騎士のように恭しくかたわらに控えている。オズワルドは、玄人ではなさそうな女性があられもなく公衆の視線を浴びて技芸を披露し、評判が傷つかぬイタリアの風習に驚き、デルフイユ伯爵は、やはりまともな素性の女ではあるまいと勝手に判断する（八六～八七頁）。同じ勘違いは、もう一人のイギリスからの旅行者、エッジャモンド氏によってくり返されるのだが（一六八～一六九頁）、そこでも根拠となるのは、家系を示す姓によって公共圏における社会的アイデンティティを保証されぬ女性であるという事実。近代ヨーロッパの市民社会では、芸人にせよ娼婦にせよ使用人にせよ、父もしくは夫の姓を明かすことができぬ女性は、まっとうな人間と認められないのである。

こうしてバンジャマン・コンスタンの解説どおり、生真面目なイギリス人はコリンヌが自分にふさわしい結婚相手かどうか思い悩み、軽薄なフランス人は友人に席を譲ってコリンヌを口説き落とそうとはせず、諦めのよいイタリア人は忠実な友として陰に控えている。ドイツ人については、一見申し分のないの求婚者があらわれたが、女である自分の優越を見せないよう努めることに疲れてしまったという話がコリンヌの手紙に書かれているが（三八七頁）、これは添え物のエピソードにすぎない。じつはドイツの隠然たる存在感は、小説の構想そのものに潜んでいる。すなわち『コリンヌ』は、スタール夫人がドイツから学びとった新しい美意識とロマネスクな想像力を早々に実践したものであり、その意味でも三年後の『ドイツ論』への中継となるのだが、この問題は本書で扱うには大きすぎる。(70)

『コリンヌ』は原典で六〇〇ページ近い長編小説である。オズワルドとコリンヌは結婚により結ばれることを切に望みながら、それぞれ口外できぬ重い秘密を胸に抱え、かりにその秘密を相手に明かしてしまったら、二人の愛は破綻するにちがいないと恐れつつ、鬱屈した日々を送っている。二十に分割された作品の半ばを過ぎた第十二篇「ネルヴィル卿の物語」から第十四篇「コリンヌの物語」にかけて、長い告白と対話が配置されており、読者はここでようやくドラマの複雑な絡繰りを理解することになる。その山場に至るまでのタイトルを拾うなら「ローマ」「墓所、教会、宮殿」「イタリア人の習俗と性格」「イタリア文学」「彫像と絵画」「民衆の祭りと音楽」「聖週間」「ナポリとサン・サルヴァトーレ修道院」という具合。二十一世紀の読者は、こんな見出しを掲げた小説があろうかと困惑するにちがいない。

国立図書館で『コリンヌ』は長らく「旅行記」の棚に置かれており、じっさいガイドブックとして参照されていたという。(71) スタール夫人は、一八〇四年十二月から六ヵ月に及ぶイタリア旅行のおりに、超一流の知識人によるガイドつきでローマ、ナポリ、フィレンツェ、ヴェネツィア、ミラノなど主要都市の歴史的建造物や遺跡、そして名高い景勝地を訪れている。周到な現地調査というだけではない。登場人物たちの経験は一七九四年から九五年にかけて、つまり将軍ボナパルトのイタリア侵攻より以前に設定されているため、フィクションのなかでは、フランス軍に収奪された美術品を当時の状況にもどすという念の入れようなのである。架空の物語であること自体は、高級なガイドブックとしての値打ちを下げはしないだろう。オズワルドも教養人だから、コリンヌの解説をきっかけに、南方と北方の文化をめぐる対話が導かれるし、地元の人間と交流する場面など旅人たちの体験も、文明論的な解釈を誘うエピソードとして読者に提供できる。一つだけ例を挙げれば、ナポリでイギリスの戦艦が港に停泊していることを知り、二人は町に居住するイギリス人たちとともに船上の社交と礼拝に参加した。オズワルドは故郷を彷彿させる控えめな男女の交わりのなかにコリンヌが収まる姿を見て感動し、一方のコリンヌはプロテスタントの簡素で親密な礼拝に深く心を揺り動かされる。牧師の祈りの言葉を会衆は反覆して唱和する――「神よ、国の外にあるときは、幸多き国制《コンスティテューション》をわれらに防衛せしめ給え、帰国のときは、家族のもとで家庭の幸福をわれらに再び与え給え！」（二九七頁）。愛国心と家族制度を基盤とする近代国家イギリスの「国教会」に、これ以上ふさわしい祈りはあるまい。

　要するに『コリンヌ』は、旅行ガイドとフィクションが、未熟なまま無造作に混在しているだけの作品なのだろうか？　一見ハイブリッドな構成を、今日の常識に照らして欠陥とみなす分析は不毛だろう。「コリンヌ」という表題が比較的早い時期に決まったことは、書簡で確認できるのだが、一方で著者が構想中の作品を呼ぶときに「イタリアについての作品」「イタリアについての小説」といった表現を用いていることからしても、概論的な「イタリア論」とロマネスクなジャンルとのあいだを揺れ動いていたことはまちがいない。タイトルについてはルソーの『エミールまたは教育について』の顰みに倣うという意図があったらしい。ベアトリス・ディディエは、ルソーに比較してみればスタール夫人の作品はロマネスクな次元が勝《まさ》っていると指摘しているが、それだけではない[72]。十九世紀の初頭、ヨーロッパで国民アイデンティティの創造と近代小説の規範作りが同時併行的に、まさにシンクロナイズして進行したという事実を『コリンヌまたはイタリア』というタイトルは如実に物語っていると思われる。これを読解の仮説として、後半を読んでみよう。

ローマの社交界を離れ、二人はイタリア周遊の旅に出る。[73] それぞれに過去を封印して生きてきた男女が、夜の帳《とばり》の降りたヴェスビオ火山の頂近く、溶岩が「地獄の川」のように流れるところで、禍々しい火口の明かりに照らされながら語り合っている。おりしもオズワルドは長い告白を済ませたところであり、コリンヌは翌日に自分の身の上を明かすと約束した。ところが翌日、オズワルドのもとに届けられたイギリスからの封書に見覚えのある筆跡を認めてコリンヌは激しく動揺する。手紙はエッジャモンド夫人からのものであり、父はエッジャモンド夫人の娘ルシルと自分との縁組みを望んでいたとオズワルドが告げると、コリンヌは失神するほどの衝撃を受けて椅子にくずおれる（三三六〜三四〇頁）。

ミゼノ岬のコリンヌ（フランソワ・ジェラール画）

ようやく気を取りなおしたコリンヌは、さらに一週間の猶予を求めたのだった。完璧なネイティヴ・イングリッシュを身につけながら、決して身元を明かさず、あくまでもイタリアの女としてふるまうコリンヌは、いよいよ謎めいた女になってゆく。一方、ヴェスビオ火山のふもとでオズワルドが打ち明けた話は、むしろ単純明解なものだった。フランス滞在中に革命の勃発に遭遇したオズワルドは、若い未亡人とかかわりをもち、女の執念と政治情勢が災いして帰国もできぬまま、病身の父を見捨てたような恰好で死なせてしまったのである（三〇五〜三三六頁）。深い罪悪感がオズワルドの心身を苛んでいるという状況は、父の最期を看取ることができなかったスタール夫人にとって、みずからの喪失感に裏打ちされた設定でもあるだろう。オズワルドの父が望んだ息子の結婚相手が、ローマにあらわれたイギリス人旅行者の親戚に当たるエッジャモンド卿の娘ルシルであることは、じつは早い時点で読者に告げられていた（一二四頁）。しかし、このエッジャモンドという姓こそが、コリンヌの秘密であるという事実を、オズワルドも読者もまだ知らない[74]。告白を先送りにした一週間の猶予を、コリンヌは祝祭の日々として演出しようと試みる。ナポリ近郊のミゼノ岬では土地の踊りにくわわり、恋人のまえで古風な竪琴を奏でながら即興詩を披露して、カピトリーノの丘の祭典を凌駕するほどの才能と輝きを見せた（三四二～三五六頁）。

催しが終わり、帰途についた一行を悪天候が襲う。オズワルドは海で溺れた見ず知らずの老人を危険も顧みず救出する。勇敢だが捨て鉢な行為そのものが、亡き父ネルヴィル卿への屈折した負い目を語っていると思われるのは、気絶するほど疲れ切ったオズワルドが我に返ると反射的に、胸にかけた父の肖像を引き出すからである。海水に洗われた小さな肖像は消えかかっている。嘆き悲しむオズワルドを見て、コリンヌは肖像画を預かり、三日をかけて修復する。父に生き写しの肖像画をわたされてオズワルドは我を忘れるほどに感動し、手にはめていた指輪を引き抜いて、自分の父が母に贈った「神聖な指輪」をコリンヌに捧げたのだった。コリンヌは戸惑い、霊感を受けて描いたのではありません、じつは父上に何度もお目にかかっているのです、と言葉少なに説明し、呆然とするオズワルドを残して立ち去った。まもなくコリンヌの手紙が侍女によって届けられた（三五六～三六〇頁）。

エッジャモンド卿は、わたしの父でした、と手紙の冒頭でコリンヌは打ち明けていた。イタリア人の母が死んだのち、父はイギリスに帰って再婚した。十歳で母を失ったわたしは十五歳になるまでイタリアに残って教育を受け、その後スコットランドに隣接するノーサンバランドの父の家に引き取られた。新しい母は謹厳でよそよそしく、真っ白な肌と絹のような金髪をもつ三歳の妹がいた。すべてが陰気で凡庸で、悲しいほどイタリアと異なっていたが、とりわけ食事の席では全員が沈黙を守り、女たちは早めに別室に退いてお茶の用意をする。デザートは男だけの時間となるという社交のマナーは、女性なしの社交などありえないと信じる自分にとって、なんとも解《げ》せぬものだった。わたしは自分の才能を隠そうとせず、万事イタリア風にふるまっては人びとの顰蹙《ひんしゅく》を買い、義母に叱られ、父からは、イギリスには家庭の務め以外に女の天職はないのだと諭《さと》された。内心ではイギリスの風土や習慣のすべてを疎《うと》ましく思うのだが、根は穏やかな性格だから義母と衝突することもなく、歳の離れた妹ルシルを教育することだけに楽しみを見出していた。わたしが二十歳になる頃に、父は娘の結婚相手として親友ネルヴィル卿の息子、ほかならぬオズワルドのことを考えた。一歳半ほど年下だが知的で都会的な青年だという評判を聞いて、わたしはその人の父上に気に入ってもらわねばならぬと思い込み、我が家に滞在したネルヴィル卿のまえで、自分の美点を存分に見せようとした。踊り、歌い、即興詩を作ってみせた。父上は、終始にこやかに応じてくださったが、その後、結婚相手を決めるには息子は若すぎるように思うという手紙が届き、この話は立ち消えになった。我ながら愚かなふるまいであったとは思う。父上のご判断がどれほど否定的なものであったかはわからない。でも、今の自分は別人のようになっているのだし、この話を打ち明けた誠意を汲んでほしい、とコリンヌはオズワルドに訴えていた(三六〇～三七六頁)。

まもなくエッジャモンド卿が他界して、索漠たる生活のなかで望まぬ相手との縁組みを義母に迫られたりするうちに、コリンヌは望郷の思いを募らせる。二十一歳になり、父母の遺産を相続することになったとき、イタリアに戻りたいと義母に話すと、成人した以上、好きなように行動することは許されるけれど「世論《オピニオン》に照らして不名誉」な決断をするのであれば、「名前を変えて家族に迷惑をかけぬ」ようにすべきであり、「あなたは死んだことにしなければならない」という答えが返ってきた(三八二頁)。イタリアに戻ったとき「コリンヌ」という名をえらんだのは、ピンダロスの恋人でもあった女性詩人に惹かれていたからであり、その後五年間はローマで自由に暮らしてきた(三八六頁)。以上でわたしの身の上はおわかりになったと思う、という言葉につづき、長い手紙の締めくくりでコリンヌは、オズワルドにこう語りかけていた――自分があなたに対して抱く愛は抗しがたいものであるけれど、わたしとの結婚はあなたにとって自己犠牲かもしれない、無垢で純真なルシルを懐かしむにちがいない、それゆえ、あなたを自由にしてさしあげたい、指輪はお望みのときにお返しする、と(三八九頁)。

さて、わたしたちは『コリンヌ』第十四篇の山場を読み終えたところだが、このあとは思いきって要約しなければならない。第十七篇「スコットランドのコリンヌ」をはじめ、物語後半の紆余曲折は一般読者の圧倒的な支持を得たはずであり、とりわけヒロインの哀切きわまる感情の起伏は女性読者の紅涙をしぼったにちがいないのだが、この点についても簡単に触れるにとどめよう。

オズワルドは結論を出すことができぬまま、軍務に復帰するためイギリスに帰る。コリンヌはもう一度、直接に会って納得したいという思いに駆られ、誰にも告げずにイタリアを発つ。ロンドンで病に倒れ、ようやく外出できるようになったある日、劇場で、まばゆいばかりに美しく成長したルシルと老いたエッジャモンド夫人、そして二人をエスコートするオズワルドの姿を見てしまう。オズワルドが閲兵式で晴れ姿を見せた日にも、コリンヌはヴェネツィア風の黒い衣装で身を包み、マントで顔を隠して外出した。馬車の窓から目にしたのは、慎ましやかな乙女に凛々しい軍人が寄りそって轡《くつわ》を並べて歩むカップルの艶《あで》やかな乗馬姿だった。スタンダールかバルザックを先取りしたような劇的な場面である。

帰郷したオズワルドを追ってスコットランドに向かったコリンヌは、たまたま行きあった老人から、オズワルドの父が「イタリア女」との結婚に反対していたこと、ルシルとオズワルドは相思相愛であることを聞かされる。せめて父の墓前で祈ってから国に帰ろうとエッジャモンド夫人の領地に足を踏み入れたところ、邸宅では舞踏会が開かれており、物思いにふけるルシルの姿が垣間見えた。コリンヌはゆきずりの盲人に頼んで封筒に入れた指輪をオズワルドに届けさせ、その場をあとにする。が、精根尽き果てて、ほどなく路上で気を失うのである。そこになんたる奇遇か、デルフイユ伯爵が通りかかって献身的にコリンヌを介抱し、病み衰えた彼女をイタリアに向かう船に乗せる。この展開は、アレクサンドル・デュマ・ペールによる波瀾万丈の小説さながらといえようか。

デルフイユ伯爵は、オズワルドの友人としてコリンヌに敬意を払ってきたのだが、病床で錯乱するコリンヌの譫言《うわごと》から事情を察してしまったのである。オズワルドは閲兵式の日にヴェネツィアの衣装を着た女を見かけて不審に思っていたし、ましてや唐突に届けられた指輪はいくら考えても解けぬ謎だった。ルシルと結婚したのちに、善人だが軽薄なデルフイユ伯爵の口をとおして、ようやくオズワルドはコリンヌの行動の真相を理解する。しかし時すでに遅し。オズワルドは海外に出征し四年が経過した。帰国したオズワルドは、その間に生まれた娘とルシルとともに、コリンヌの消息を確かめようとイタリアに向けて発つ。ルシルもまた、死んだと思っていた姉がオズワルドの恋人であったことを、デルフイユ伯爵から聞いていた。冬のアルプスを越えたのち、一家はイタリアの諸都市を訪ねてあるく。パルマでは、娘を抱くルシルに生き写しのコレッジオの聖母像が、オズワルドを深く感動させた。ボローニャでは、ドメニキーノの描いた巫女《シビュラ》の姿がカピトリーノの丘のコリンヌを忍ばせた（五五八頁、五六一～五六二頁）。フィレンツェでついに再会した姉と妹は、煩悶を抱えながらも和解する。コリンヌはオズワルドに最後の詩を捧げて死んでゆく。

　ここであらめて『文学論』以来の問題提起に立ち返り、イギリス人の父とイタリア人の母をもつヒロインという設定と、ヨーロッパの「北方」と「南方」の対決と統合という企てについて考えてみたい。オズワルドに宛てた告白の手紙のなかでコリンヌはこう述べていた。

階段の聖母（アントニオ・アッレグリ・ダ・コレッジオ画）

　わたしは運命の計らいで何か特別の恩恵に与ったと感じておりました。まれな条件がたまたま結びついたおかげで、二重の教育を受け、こんな言い方が許されるとしたら、二つの相異なる国民性をもつことができたのですから（三七九頁）。

コリンヌは、シェイクスピアを外国人でありながら「イタリアの国民的性格」を誰よりもよく理解した作家として賞賛し（一九四頁）、みずからイタリア語に翻訳した『ロミオとジュリエット』のヒロイン役をオズワルドのために演じたりするのだが、興味深いのは、こうした宥和的な実践だけではない。そもそもnationalitéというフランス語が「特定の国民に固有の性格」という意味で――「国民アイデンティティ」というニュアンスを帯びて――使われたのは、上記の引用文が初めてであるといわれている(75)。だとしたら『コリンヌ』を「国民性」の定義と葛藤の物語として読み解くべきだろうか。南のイタリアは自由の国であるのに対し、北のイギリスには自由がない。それゆえ母なるイタリアを愛するヒロインは、父の国イギリスの国民性の前に敗退する――物語の大筋だけを辿るならば、ふとそんな単純化をしたくもなるのだが、それでは著者の政治学的・社会学的な野心を裏切ることになる。

当時、小国に分裂したままオーストリアやフランスなどの隣国に蹂躙されるイタリアは、国を統一し統治する意欲さえもたぬ退嬰的な地域とみなされていた。『コリンヌ』の示唆する繊細な地政学によれば、イタリアの自由とは、じつは解放の証しではなく「世論《オピニオン》の力が弱い」ことに由来する現象にほかならない。温暖な風土に甘えて快楽を追い求める民は「尊厳の感情」によって自己を厳しく律することがない。しかも個人の生き方に制度は関与せず、「法律も習俗も、報いを与えることもなければ、罰を与えることもない」というのである（二九一～二九二頁）。オズワルドもイタリアを批判して「軍人という職業と自由な制度」のないところでは、男が尊厳と力を身につけることはできないという（一五七頁）。「自由な制度」を支える基盤は世論の力が強いことにあろうから、模範的なイギリス人はおのずとオピニオンの人となる。ローマで二人が出遭ってまもなくのこと、初期キリスト教徒が殉教した競技場の遺跡をまえにして、オズワルドは昂揚した口調でこう語る。想像力は天才の閃きをもたらすかもしれないが、真の美徳とは、みずからの意見《オピニオン》と感情に身を捧げることで獲得されるものなのだ。いかにも気高く純粋な言葉ではあるけれど、コリンヌは困惑して目を伏せた。このような人は「オピニオンの崇拝」のために、つまり自分の選択した原則と義務を信奉するあまり、他人と自分自身を生け贄にしかねないと不安になったからである（一一六頁）。ヒロインの鋭い予感をとおして、作者が作品読解の鍵を読者に手渡そうとしているようにも思われる。

オズワルドはむしろ優柔不断な男だという捉え方もある。「滅多にない数々の長所に恵まれながら、彼の性格には弱いところ、決断を避けるようなところが少なからずあった」（二九六頁）と書いてあるのだから、当たっているにはちがいない。今にも結婚を申し込むかと思えば逡巡するというぎくしゃくした運動が、物語の持続を作りだしていることも確かであり、これは『デルフィーヌ』と『コリンヌ』をつなぐ共通項といえる。ベアトリス・ディディエは、さらに論を進めて「男の優柔不断」は「女性の文学」の特徴かもしれないと指摘する。ヴァージニア・ウルフ、コレット、あるいはマルグリット・デュラスなどを見れば明らかなように、女性作家は自分に優越する男性を造形することが得意ではないらしい。十八世紀の末もそうだが、大きな社会変革が招き寄せる「男性性の危機」も関連しているとディディエはいうのである。なるほどと思わぬでもないが、だとすれば、男性作家においては「優柔不断」と形容できそうな男性主人公が稀少だといえるのか。まずはコンスタンのアドルフ、フローベールのシャルル・ボヴァリーやフレデリック・モロー、プルーストの「わたし」など、それぞれに性格は異なるが、決断すること、行動することが苦手な主人公を列挙することはむずかしくない。じつは、ディディエ自身もつづくページで示唆しているように、優柔不断な男と犠牲者としての女という組み合わせは、恋愛小説の最もありふれた枠組みの一つ、すなわち「クリシェ」にほかならない[76]。自立した女性作家であるスタール夫人が、人生や結婚をめぐる独自の哲学をヒロインに投入し、この定型的な枠組みに多少とも新鮮な趣を与えたことは事実だろうが、それが文学史に画期をなすほどの決定的な貢献だったとはいいがたい。

　初期の政治論や『デルフィーヌ』をめぐる本書の議論の延長上で『コリンヌ』を「世論《オピニオン》の小説」という観点から読んでみよう。革命の言論空間に身をもって参入したスタール夫人は、自由の根幹が個人の意見の尊重にあることを確信していたにちがいない。政治の現場においては、なるほど自立した意見《オピニオン》こそが反権力であり自由の砦だといえる。だが一方で、不特定多数の世論《オピニオン》が、目に見えぬ抑圧のシステムとして機能することもある。公共圏から閉めだされ、親密圏に閉じこめられた女性たちは、しばしば不可視の権力としての世論に曝され、その犠牲になっている。

　ご記憶のように「男は世論に挑むことを、女はこれに従うことを学ばなければならない」というエピグラフを掲げ

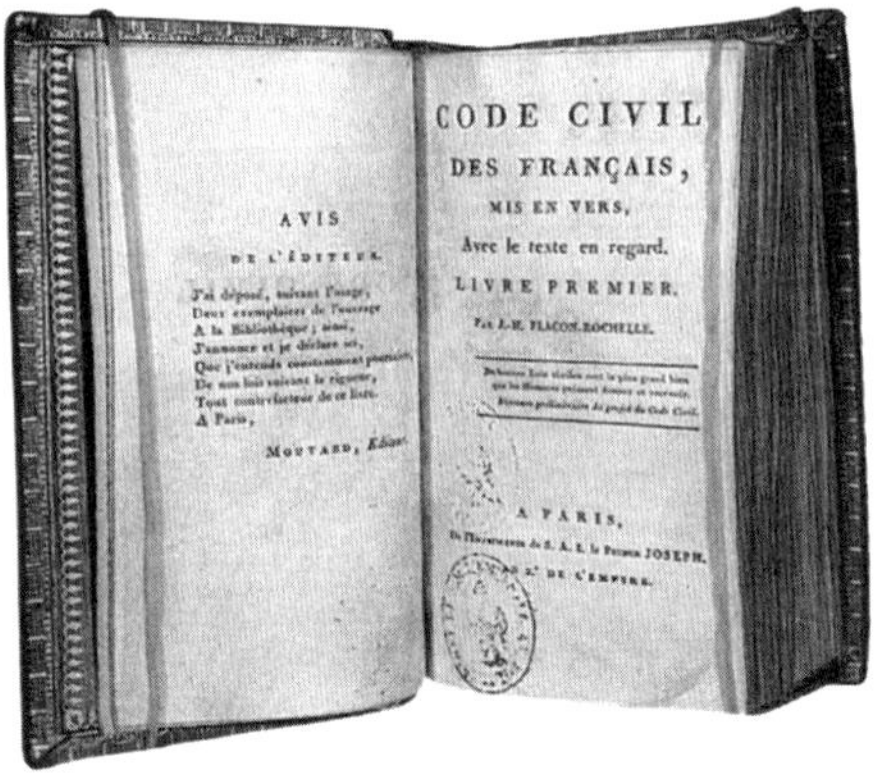

ナポレオン自身が所有していた民法典

た『デルフィーヌ』も、すでに「世論《オピニオン》の小説」という新しい特質を見せていた。ただし、男女の対比をめぐる道徳的な寓意が、いささか図式的にドラマに反映されているという印象はぬぐえない。これに対して『コリンヌ』は、小説でなければできぬ具体的かつ繊細な方法で、世論の機能ぶりを描出したのである。エッジャモンド夫人は「世論《オピニオン》に照らして不名誉」な決断をするのであれば「名前を変えて家族に迷惑をかけぬ」ようにすべきであり「あなたは死んだことにしなければならない」とコリンヌに宣告した。この宣告を受けたために、一人の女性が個人のアイデンティティを保証する姓と名を剝奪された、そして社会的に抹殺されたのち、コリンヌを名乗ったのだ（三八二、三八六頁）。ルシルの婚約により遺恨を捨てたエッジャモンド夫人が、あらためて義理の娘を認知して、その生存を世間に公表したのちも、コリンヌはコリンヌでありつづける（五〇六〜五〇七頁）。これは父母の愛の証しである本当の名（親密圏で使われていたはずのファースト・ネーム）が最後まで明かされぬ、世にも奇妙な小説なのである。

ところでエッジャモンド夫人にとっては自明であるらしい世論《オピニオン》の中身とは何か。それは国民が共有すべき価値をめぐる暗黙の了解であり、たとえばナポリに停泊した戦艦で、国教会の牧師が愛国心と家族という神聖な価値を称揚していたことは、すでに見た[77]。しかしオズワルドの父ネルヴィル卿がコリンヌの父エッジャモンド卿に宛てた手紙ほど単刀直入に、然るべき市民社会の理想を語った文章はあるまいと思われる。

我らの幸福な祖国に生を享《う》けた者は、何を措いてもイギリス人であるべきです。市民であることの幸福を手にした以上、市民としての義務をまっ先に果たすべきでありましょう。男たちが名誉ある仕事に就いて行動し頭角を現すことを政治制度が保障しているところでは、女たちは陰に隠れていなければなりません(四六七頁)。

貴殿の令嬢のような才能のある女性が、そのような役割に甘んじるとは思われない。令嬢はイタリアで結婚すべきであり、かりに愚息が令嬢と結ばれたなら、その魅惑の虜となって「国民精神」を放棄するにちがいない。その「国民精神」があってこそ「国民が一つの団体」となる、「自由な、しかし解消できぬ共同体《アソシエーション》」となるのだとネルヴィル卿は強調するのである。さらにつづけて、息子は妻がイギリスで不幸であることを知り、イタリアに行ってしまうだろうが、そこで役立たずの無為な生活を送ることに苦しむにちがいない、と言い添えていた。コリンヌとの縁談を断り、ルシルを息子の妻にしたいと明言した父の手紙を、イタリアから帰国したオズワルドは知り合いの老人(コリンヌがスコットランドへの旅の途中で出遭うことになる老人)からわたされて、読んでしまったのである。

レオンスはアンシャン・レジームの貴族の名誉を体現し、オズワルドは十九世紀の市民社会にふさわしい家父長の義務と社会的規範を選択する。『デルフィーヌ』と『コリンヌ』を隔てる五年のあいだに、フランスは一つの分水嶺を越えた。その刻印であるかのように、一八〇四年に「ナポレオン法典」とも呼ばれる民法典が制定されて、家族制度の堅固な礎《いしずえ》が築かれていた。新しい時代の幕開けだろうか？　スタール夫人は二つの長篇小説によって近代ヨーロッパの巨大な社会変革についての証言を遺したが、とりわけ貴重な貢献は、来るべき市民社会の抑圧的な性格を察知して、フィクションにより先取りの批判を行ったことにある。その新しい時代が、二世紀後の今もつづいていることは「企業戦士」などという言葉に馴染んだ世代の女性であれば、身に滲みて知っている。そうした意味合いにおいてなら『コリンヌ』を、時代を超える「女性の文学」と呼ぶことができるだろう。(78)

5　『ドイツ論』（一八一〇年、刊行は一八一三年）
――主体の自由主義

ブリュメールのクーデタ以来、着々と独裁体制への準備がなされていたのだが、一八〇四年、フランスは帝政に移行した。その年の二月から三月にかけて「王党派の陰謀」なるものが発覚し、首謀者カドゥーダルを逮捕、モロー将軍を流刑に処し、三月二十日には、王位継承権に近いとされるダンギアン公爵（アンガン公）を捕縛して翌日に銃殺。その日、「ナポレオン法典」が採択された。二十七日、元老院でフーシェによりナポレオンに「不滅の地位」を与える提案がなされ、これを受けて護民院がナポレオンを皇帝にするとの動議を採択。国務院がただちに新憲法の作成にとりかかり、五月十八日に元老院がこれを承認、「ナポレオン一世」による帝政が成立する。その後、人民投票が実施され大多数が賛同。誕生したばかりの宮廷ではブルボン王朝の儀式や礼儀作法が復活され、半年後の十二月二日、皇帝ナポレオンの戴冠と聖別の儀式がノートル＝ダム寺院で挙行された。

この時期、フランスで最も読まれていた文筆家、賛否両論を巻き起こしていた巨頭は、まちがいなくスタール夫人とシャトーブリアンだった。シャトーブリアンはダンギアン公爵の処刑を取り返しのつかぬ道義的裏切りとみなし、身の安全を脅かされることを覚悟で野に下った。スタール夫人は一八〇五年六月末にイタリア旅行から帰還して、コペのサロンを再開、まもなく『コリンヌ』の執筆にとりかかる。八月にはシャトーブリアンの訪問もあり、サロンの活動は最盛期に入る。「アーティスト」のコリンヌさながらに、スタール夫人もみずから戯曲を執筆し、内輪の催しで舞台に立ったりもした(79)。サント＝ブーヴによれば、コペの城館の滞在者はときに三〇名を超え、サロンにおける文学的・哲学的な会話は午前十一時の朝食から深夜まで、自然なかたちで続けられた。国籍を問わず当代一流の頭脳が参集するなかで、スタール夫人はコンスタンを「筆頭の才人」とみなしており、二人の丁々発止のやりとりは、寸分の狂いもなくラケットで球を打ち返す競技さながらだったと伝えられている[80]。一八〇六年四月、スタール夫人は密かにフランスに入り、立入禁止のパリを遠望するかのようにオセール、ルーアン、ムーランを転々としながら、ほぼ一年を過ごす[81]。

一八〇七年四月末に刊行された『コリンヌ』は『デルフィーヌ』を凌ぐ反響を呼んだ。「ヨーロッパ全体が、この名によって彼女に桂冠を授けたのである」とサント＝ブーヴは語っている。「全面的な圧政の時代において、『コリンヌ』は天才の威風堂々たる自立の象徴」とみなされた。批評家が示唆しているのは、ローマにおけるヒロインの戴冠には、独裁に対峙する文芸という構図、そして文芸の勝利というマニフェストが読みとれるという事実である[82]。刊行された作品がそのようなものとして同時代のヨーロッパ諸国で受容されたということ自体が、本書が視野に入れるべき政治的な風景といえる。

スタール夫人は出版の直前にコペに戻り、友人たちと賑やかな夏を過ごす。同年十二月ウィーンに赴き、宮廷やサロンで歓迎されて一八〇八年五月末まで滞在。ドレスデンを経由してヴァイマルを再訪したのち、七月にコペで『ドイツ論』の執筆を開始した。『文学論』を書いているときにドイツへの強い関心が芽生え、フンボルトがこれを支援したことは上述したが、同じ頃スタール夫人は、ドイツ文化をフランスに紹介したいと願う亡命貴族シャルル・ド・ヴィレルと知り合い、意気投合した。一八〇三年十月、ナポレオンに追い立てられてライン川を越えたときメッツに立ち寄ったのは、ヴィレルと会見するためであり、この時すでに『ドイツ便り』という表題の書

戴冠式の衣装を身にまとい民法典に手をかざすナポレオン（ジロデ＝トリオゾン画）

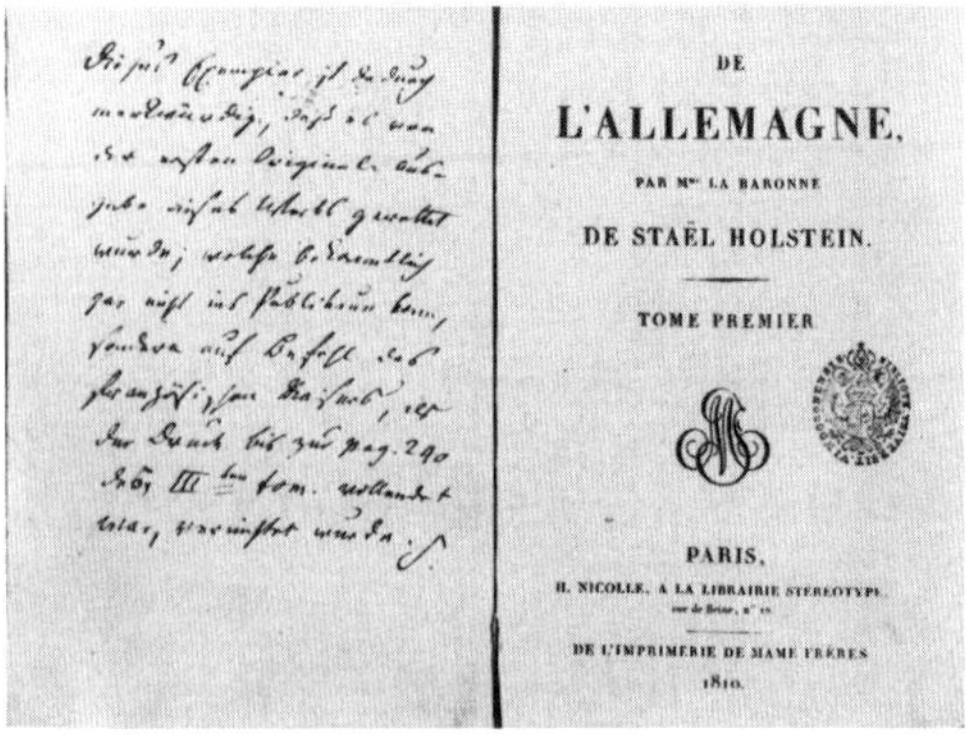

断裁をまぬがれた貴重な1810年版『ドイツ論』

物を構想していたという。それにしてもナポレオンの苛立ちは収まらない。スタール夫人は『デルフィーヌ』の「序文」でも「ドイツの作家たちの豊かな独創性(83)」に学ぶべきであるとして、輝かしきフランス古典主義の伝統をないがしろにしていたし、そもそも自分に睨まれた陰謀好きの女が、行く先々で文化大使のごとく丁重にもてなされていることも気にくわない。しかもウィーン滞在の時期にはフランスの古典演劇に対抗しドイツの国民文学を顕揚するアウグスト・ヴィルヘルム・シュレーゲルの文学講義を支援して、あまつさえ反ナポレオンの論陣を張るフリードリヒ・フォン・ゲンツと旅先で会見していたというではないか(84)。

スタール夫人の反ナポレオンの意志がドイツ贔屓と表裏一体をなしていることは疑いようがない。皇帝の座に就いたばかりのナポレオンがルイ十四世の後継者を自認して、古めかしい美意識をふりかざし、新しい機運を封殺しようと試みていたことも事実だったから、声高にドイツを賛美すること自体が、皇帝への反逆にほかならないともいえた。著者がくり返し主張したように『ドイツ論』には直接にフランスの現状を批判する言葉は見当たらないのだが、それでも言論の自由を行使する挑発的行為と受けとられる可能性は大いにあった。おりしも一八一〇年二月にはアンシャン・レジーム期の検閲制度が復活しており、九月に印刷製本された『ドイツ論』は合法的に闇に葬られた。かろうじて救い出された校正刷りは、著者とともにヨーロッパを一巡し、一八一三年、亡命先のロンドンでようやく刊行されることになる(85)。その「序文」には、ナポレオンによる言論弾圧の現場が詳細に報告されていた。

著者の証言するところによるなら、検閲を経て印刷製本された書籍を警察大臣が差し押さえて破毀するという二段構えの統制が可能だったらしく、[86]刷りあがった初版一万部が山積みになったパリの書店に官憲が乗り込み、一冊の持ち出しも許さぬという厳戒態勢で作業が行われたのである。これに先立ちパリから四〇里以上離れたロワール川沿いの城館に滞在するスタール夫人のもとに一通の令状が届いていた。夫人に好意的だった警察大臣フーシェが退けられ、その後任となったロヴィゴ公爵（サヴァリ将軍）の署名があり、印刷に付された『ドイツ論』の最終稿を当局に提出し、二十四時間以内に国外に退去せよとの内容である。一週間の猶予を嘆願するスタール夫人の書簡に対し、ロヴィゴの送った返信はそのまま「序文」に掲載されている。的はずれなのか穿《うが》った見方なのか、にわかには断じがたい警察大臣の酷評は、おかげで『ドイツ論』の一部として後世に伝えられることになる。

> 拝察するところ、この国の空気は貴女には馴染まないのではないか。我々は今のところ、貴女が賞賛する諸民族のなかに模範を探し求めなければならぬほど困ってはおらぬのです。
> 今回の貴女の著作は、フランスらしからぬものであり、印刷差し止めを決めたのは小生自身です。書店に損害をかけたのは気の毒だったが、小生としてはこれを世に送り出すことは許せなかったのです（I－三九頁）。

『ドイツ論』は第一部「ドイツとドイツ人の習俗」、第二部「文学と芸術」、第三部「哲学と道徳」、第四部「宗教と精神の昂揚《アントゥージアスム》」という構成の大著である。冒頭には「一般的考察」と題した数ページの導入があり、先行する三つの著作『文学論』『デルフィーヌ』『コリンヌ』に通底する文明論を一段と発展させた見取り図が描かれる。ヨーロッパの主要な国家の起源は、ラテン系、ゲルマン系（チュートン系）、エスクラヴォン系（スラヴ系）の三つの人種に大別できる。ラテン系の民は古い文明の性格を具えており、ゲルマン系の民に比べると抽象的な観念に向かうことは少なく、地上的な快楽や利益を求める傾向がある。ゲルマン系の民はローマに抵抗したのち、遅ればせにキリスト教によって文明化された人びとであり、野蛮状態から騎士道精神の時代に移行して、古い塔や城壁に魔法使いや幽霊が出没する中世の記憶を保ちつづけている。スラヴ系の民は、近代化を急ぐあまり、独創性よりも模倣性のほうが目につくように思われる。したがってヨーロッパの文学には、異教的な古代の魅惑を継承するものか、それとも中世の霊的宗教から生じたものかという二つの区分しかないことになる。以上の展望が「南の文学」と「北の文学」という対比の延長上にあることはおわかりだろう。スタール夫人によれば、フランスとドイツは社会的な側面では近似しているにもかかわらず、文学的・哲学的な体系《システム》においては対象的なのである。しかるにドイツ人の知的活動についてフランス人はまことに無知であり、それゆえ「思考の故郷《ふるさと》」とも呼べるヨーロッパの一国を紹介することは有意義であると思われる。そう述べたあと著者は、ただし、自分は「フランスで支配的な意見《オピニオン》」とは異なる意見を述べるつもりである、と宣言する（I－四五〜四七頁）。

いかなるものであれ支配的な精神と異なる意見は、かならず俗人を憤慨させるだろう。学ぶこと、検証することのみが、自由闊達な判断力を与えてくれるのであり、新しい知見を獲得するためには、また手にした知見を保守するためにも、この自由闊達な判断力が不可欠といえる。それというのも、人はともすればある種の紋切型の思考に身をまかせてしまうからであり、それは真実にではなく権力に身をまかせるに等しい。こうして人間の理性は、文学や哲学の領域においてさえ、隷従に馴染んでゆくのである（I－四八頁）。

「紋切型の思考＝受容された思考」idées reçues とは、真実と切り結ぶものではなく、人がそうとは気づかずに身をまかせてしまう権力にほかならないという指摘など、フローベールの『紋切り型辞典』を彷彿させるではないか。つづく文章の「文学や哲学の領域においてさえ」という強調表現は何を示唆するか。文学や哲学の営みは、政治や経済や自然科学などの論説よりいっそう反省的な思考の覚醒を求められるゆえ、なおのこと既成の議論に盲従すること、不可視の権力に隷従することの危険を知らねばならぬという自戒だろう。スタール夫人の高い志に深い敬意と共感を表明したうえで、本書のこれまでの問題構成に照らして重要と思われるポイントを確認してゆきたい。いうまでもないが、網羅的な紹介は不可能なのである。

概論的な第一部は二十章からなり、第一章でドイツの国土と景観、第二章でドイツ人の習俗や性格を論じたあと、第三章で早々と「女性」を俎上に載せる。『コリンヌ』がイギリスとイタリアの比較論だったとすれば、こちらは独仏の比較論。ドイツの女性に固有の魅力は、ゆたかな感性と想像力にあり、彼女たちは詩や芸術を語る言葉をもっている。フランスでは「エスプリと諧謔」が女性のコケットリーとみなされるけれど、ドイツの女性にとっては「精神の昂揚《アントゥージアスム》」こそがコケットリーなのである。それにドイツの男性は誠実であるから、恋愛が女性の幸福を脅かす危険も相対的には少ないといえる。「ロマネスクな色彩」を帯びた愛の感情は信頼に足るものに思われて、軽蔑や裏切りへの恐れはおのずと遠のくからである(87)。

第十一章「会話の精神《エスプリ》」は、じつはドイツに欠けているものを話題にしているのだが、スタール夫人の書いた文章の「最高傑作」という評価さえあるらしく、マルク・フュマロリも一言漏らさず読みとる価値があると太鼓判を押している(88)。パリへの立入りを禁じられ、スイスでの厳しい監視に疲れ果て、ついに亡命の長旅に出るスタール夫人にとって、切ないほどの郷愁の対象はパリであり、そのパリのかけがえのない魅力はサロンの「会話」にあったという(89)。「会話」の妙味を語る段落を以下に訳出してみるが、はたして原典に宿る「エスプリ」を多少なりとも伝えられるだろうか。

活き活きとした会話がもたらす幸福感とは何か、厳密にいえば、それは会話の主題に由来するわけではない、そこで披露される思想や知識は主たる関心事ではないのであり、大切なのはある種の会話の技《マナー》、すなわち居合わせた人たちが相互に働きかけ、おたがいに素早く相手を喜ばせ、それぞれが考えたことをただちに言葉にし、その場で自分の成果を享受して、易々と喝采を浴び、言葉の抑揚や、身振りや、視線などを微妙に駆使してエスプりを発揮する、そうして思うがままに、さながら火花を散らす電気のような効果を産みだして、ある者たちには過剰な活力を発散させる一方で、ほかの者たちは不快な無気力から目覚めさせる、そんな会話《マナー》の技である（I－一〇一～一〇二頁）。

一段落にピリオドが一つもない長くて軽妙なセンテンス。理想の「会話」とは、知性と言語と身体の総合的パフォーマンスなのであり、原典のフランス語は、そうした「語られる言葉」の精髄を「書かれる言葉」の舞台にほかならぬテクスト上で華やかに演じてみせようという試みであるとご想像いただきたい。フランクリンの凧による雷の実験を知らぬはずはない当時の知識人にとって、サロンならぬ入道雲のなかに堆積した電位差を一瞬で解消する火花放電の効果という比喩は、なかなか洒落たオチだったにちがいない。つづく断章には「会話とは我が家に通じる道ではなく、楽しみながら気儘に彷徨《さまよ》う小径である」というベーコンの言葉が引いてある。こうした演技的なテクストに、性急な要約は禁物だろう。絶妙に口語的でありながら、高度に抽象的な思考にも耐えうる文体で、たとえば「会話」や「世論」をめぐる多角的な分析や、あるいはカント哲学の紹介がなされていたりする。そのこと自体が『ドイツ論』の醍醐味であり精髄なのだから。

スタール夫人によればドイツでは、各自の地位や職業が尊重されており、宮廷を中心とする上流社会に出入りするためには、それなりの資格《ディプローム》があれば足りる。ところがフランスの場合「良き趣味」に違反しただけで、社交界から追放される。選択されたモデルは、高尚で快適で洗練されたものにちがいないのだが、それは全員にとって同じもの。このモデルに倣うことで、人は「似た者同士の寄り合い《ソシエテ》」という感覚を得る。裏を返せばフランス人は「自分の見解と独りきりで向き合うと、自室で独りきりになったように退屈してしまう」というのである（I－一〇六頁）。

本書で紹介してきたサロンの「会話」をめぐる証言や解説は、上記引用にせよ、スタール夫人のサロンを知る者たちの回想にせよ、あるいはマルク・フュマロリの一般的な考察にせよ、語られる言葉のユートピアに寄せられた賛辞という傾向がつよかった。ところがスタール夫人自身は持ち前の批判精神を発揮して、フランス的な「ソシアビリテ」(社会における人と人との結びつき)に潜む危険な要因まで剔抉してみせる。政治の現場で行動するときに、世論が間違った指針を与えることもあるのだが、それでも大多数の意見に同調しなければ、何か不都合を招くにちがいないと人は考える。こうした「ソシアビリテの精神」は、身分のいかんを問わずフランス人に浸透しており、非難されたり滑稽だと思われたりするのは御免蒙りたいという願望が先走る。語り合うことが圧倒的な影響力をもつ国では、しばしば「言葉のざわめきが良心の声を覆って」しまうのだ(I-一〇七頁)。

政治哲学者フィリップ・レノーも『啓蒙の礼儀作法——法、習俗、マナー』と題した著作で『ドイツ論』第一部の「会話論」に注目し、スタール夫人の批判的な論点を高く評価する[90]。サロンで培われる「ソシアビリテ」も、その規範である「礼儀作法《ポリテス》」も、じつは「模倣の精神」——今日の語彙でいう同調圧力や自主規制——によって維持されており、おのずとそこに政治的かつ権力的なものが働くことになるというのである。スタール夫人の恋愛小説二篇が、いずれも「世論」と呼ばれる匿名の集合的意見によってヒロインが抹殺される物語だったことを思いおこしていただきたい。個と集団の葛藤とその絡繰りについて考察しつづけたスタール夫人は、フランスとの対比をとおして、ドイツ的な思考のなかから自由な個人を析出しようと試みる。

> ドイツ人たちのあいだでは、この模倣の精神がいかほど悪しきものとなることか！ 彼らの優越性は、精神の独立、孤独な生活への愛着、個人の独創性にある。フランス人たちは群をなしているときにだけ万能になるのであり、彼らのあいだでは天才でさえ、ひとまず受容された意見を足場にしたうえで、それを乗りこえようとするのである。それにフランス人の性格のせっかちなところは、会話の薬味にはなるけれど、かりにドイツ人がせっかちになったりしたら、天性の想像力という魅力の本領が、あの穏やかな夢想、時間と根気をかけてすべてを見極めるあの深い洞察力が台無しになるだろう(I-一〇八頁)。

ヴォルフガング・フォン・ゲーテ

「精神の独立」「孤独な生活への愛着」「個人の独創性」「想像力」「穏やかな夢想」「深い洞察力」という一連のキーワードを拾いだしてみれば、『ドイツ論』の第二部「文学と芸術」、さらには第三部「哲学と道徳」における議論の方向性が見えてくる。リュシアン・ジョームのいう「主体の自由主義」が生成するのは、第三部である。

第二部については、当時「文学研究」や「比較文学」と名指される学問領域や方法論の了解があったわけではないという事実を念頭に置き、論述の手法を具体例に則して見ることにしよう。そもそも啓蒙の世紀のフランス人は、もっぱらイギリスの哲学や文学に関心を寄せ、ドイツの動向には冷淡だったのだが、それでも『若きウェルテルの悩み』（一七七四年）は大きな反響を呼んでいた。ヴィーラント、クロプシュトック、レッシング、ヴィンケルマン、ゲーテ、シラー、ヘルダー、シュレーゲル兄弟など、章タイトルに名を掲げられた作家や批評家のなかで、特別の待遇を受けるのは、当然ながらゲーテである。詩、演劇、そして小説など、ジャンルごとの分析にもゲーテはかならず登場し、さらに『ファウスト』については独立した一章が設けられている。[91]『ドイツ論』は『ファウスト』第一部が発表されてから二年足らずで執筆されており、偉大なゲーテにかかわる最新情報という性格を濃厚にもっている。

よくいわれるように、スタール夫人はすぐれて教育的な著述家であり、一般の読者に作品の魅力を活き活きと伝えることを最優先の課題と考えていた。『ファウスト』はドイツで広く知られた人形劇「ファウスト博士」の伝承を素材としたものであり、メフィストフェレスという名の「文明化された悪魔」に主人公が誘惑される物語である、と手短に紹介し、あとはドラマの梗概を挟みながら主要な場面——冒頭の「夜」におけるファウストの独白と天使の合唱、グレートヒェンとファウストが語り合う「マルテの家の庭」、最後の「牢獄」の場面など——をそれぞれ数ページにわたる抄訳でつないでゆく。グレートヒェンが嬰児殺しの罪で処刑される前夜に牢に忍び込んだファウストが、恋人に脱獄を迫る大団円。メフィストフェレスの介入のあと、グレートヒェンの「ハインリヒ！ ハインリヒ！」(スタール夫人の抄訳では「ファウスト！ ファウスト！」)という呼びかけで、唐突に幕が下りる。この仕掛けについては、以下のようなコメントが付されている――「この言葉によって舞台は中断される。著者の意図はおそらく、マルガレーテ〔グレートヒェンは愛称〕は死ぬが神によって赦され、ファウストは生きながらえるが魂は滅びるということだろう」(I－三六五頁)。

『ファウスト』第一部が発表された一八〇八年に、スタール夫人は『ドイツ論』の構想を抱えてヴァイマルを再訪したのである。文芸時評的な信憑性を高めるためにその後も情報を収集し、話題作への反響を確かめたにちがいない。ドイツ語圏の文壇に通じた忠実なシュレーゲルも、つねに傍らにいた。『ファウスト』第二部はゲーテの死の直後、一八三二年に出版されるのだが、これらを対にして読む後世の読者にとっても決して的はずれではないガイダンスが、一八一〇年に書かれていたことの意味は大きい。『ドイツ論』なくしては、ジェラール・ド・ネルヴァルの名高いフランス語訳『ファウスト』が、一八二七年に日の目を見ることもなかっただろうと推察されるのである[92]。

偉大なゲーテがフランスでは理解されていないという熱い思いがスタール夫人にはあったにちがいないのだが、話題はゲーテだけではない。ドイツ語圏の主要な現代作家をフランスの一般読者に紹介する、彼らの主要作品を網羅して、抄訳をまじえた解説を書くという誠実な姿勢と徹底した啓蒙の精神は、第二部「文学と芸術」を通じて揺らぐことがない。スタール夫人がシュレーゲルを家庭教師にしてドイツ語を本格的に学び始めてから、わずか数年である。コペのサロンの最盛

アウグスト・ヴィルヘルム・シュレーゲル

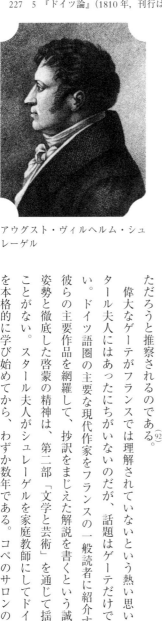

期、社交は時間をとられる営みであったにちがいない。イタリアというテーマへの思いがけぬ迂回もあったし、ナポレオンによる迫害もあり、コンスタンとの腐れ縁めいた関係や新たな異性との出遭いのために私生活も波瀾に満ちていた。その傍らで、これほど大量の文学作品を読み、理解したのである。スタール夫人はドイツ語を完璧に理解していたという周囲の証言は正当なものだろう。

しかしスタール夫人が、さらなる情熱と精力を傾注したのは第三部「哲学と道徳」であったと思われる。スタール夫人にとってカントとの遭遇は「衝撃的」だったとリュシアン・ジョームは形容しているが[93]、じじつテクストを読むわたしにも、フランスの哲学を刷新するために必要なのはカントを理解することだと肝に銘じた著者の意気込みが伝わってくる。しかしスタール夫人の論述の手法を範として、日本の一般読者を対象に、夫人のカント論の紹介者をつとめられるかと聞かれれば、あっさり諦めたくもなる。が、そうもゆかないので、第一章「哲学について」から大きな流れを見てゆこう。

広義の哲学のなかでドイツが牽引するのは「形而上学」であり、そこでは創造の神秘と無限、人間精神における観念の形成、諸能力の実践という三つの対象が検討される。なかでも興味深いのは第二の対象であり、観念の起源と形成を探究することは、宗教と道徳にかかわるあまたの疑問にも連動するはずである。哲学という名に値する哲学は、人間の思考が何に由来するかという疑問に答えなければならないが、そのさい、神であれ事物であれ外界の法則によって導かれるとする「宿命論」に立つべきか、あるいはむしろ「自由意志」の存在を証明するところから始めるか、いずれをえらぶかは根源的な選択となる（II－八九～九二頁）。

こうした指摘を前置きとして、スタール夫人はまずフランシス・ベーコン、ホッブス、ジョン・ロックなどイギリス経験主義を俯瞰するのだが、そこには人間の知識が蓄積されて系譜学的に発展することによりアダム・スミス流の「分業」が生じることを戒める、以下のような文章も挿入されている。

一つの学知（science）について、それに固有のことしか知らぬとすれば、それはリベラルな研究にスミスのいう分業を導入するようなものであり、分業は本来メカニックな技にしか適さない。それぞれの学知がほかのすべての学知と何らかの接点により触れあう高みにまで到達したときに、はじめて人は普遍的な観念の領域に近づいたといえる。そこから吹きおろされる風は、すべての思考に活力を与えることだろう（Ⅱ－九六頁）。

これが『ドイツ論』の方法論と学際的な野心を正当化する弁明でもあることはいうまでもない。つづく経験論批判を要約しておこう。生の刺戟は人間の外部に由来するとみなす形而上学は、最終的に人間から自由を奪うことになる。そして、この形而上学が論理的に追求されると、感覚をすべての基盤とみなす「唯物論」と快楽や幸福への有用性を追求する「功利主義」の道徳がおのずと導かれる（Ⅱ－一〇二頁）。イギリスが発見したこの種の議論を発展させたのはフランスであり、ロックの経験論はコンディアックに継承されている（Ⅱ－一〇九頁）。しかし感覚を観念の起源とみなす議論では「魂の不滅」と「義務の感情」は根拠づけることができない。感覚のなかに、それらを開示する証拠は見出されないからである（Ⅱ－一一〇頁）。つづいて宗教、感性、道徳をターゲットにした懐疑主義という視点から糾弾されるのは、ピエール・ベールとヴォルテール。『カンディード』は最善説《オプティミズム》や自由意志など「人の尊厳」にかかわる哲学的な意見を辛辣に揶揄する悪魔的な書物だとするスタール夫人の批判は手厳しい（Ⅱ－一一五頁）。一方で夫人は詩人・劇作家としてのヴォルテールには、全幅の信頼を寄せていることも付言しておこう。

イギリスのベーコン、フランスのデカルトに相当するドイツの哲学者はライプニッツである、という指摘につづき「予定調和」「モナド論」などを中心にライプニッツの解説が数ページ。そして第六章「カント」という流れだが、この長めの章が、一般読者のための概論として考え抜かれた力作であることは、わたしとしても確認しておきたい。人間の悟性とは何かを問う『純粋理性批判』、道徳とは何かを問う『実践理性批判』、そして美の本質を問う『判断力批判』、いわゆる「三批判書」の紹介がこの章の課題である。先だって、形而上学に至る近道は存在しないゆえ思考の努力を惜しんではならない、とまことに教育的な読者への呼びかけがあり、まずカントの立ち位置が一筆で示される――「唯物論哲学は、人間の悟性を外的事物の支配下に置き、道徳を個人の利害にゆだね、美を快適というだけのものに還元してしまった。カントは魂のなかには原初的な真理と自発的な活動を、道徳のなかには良心を、芸術のなかには理想を回復させたいと考えたのである」（Ⅱ－一二八頁）。こうして「三批判書」の問題提起に呼応する見取り図が提示され、いよいよ各論ということになる。

ヒュームの因果律批判に始まり、「カテゴリー」「主観」「アプリオリ」といったキーワードを個別に検討し定義しながらカントの思考の論理的な構成を浮上させようとするスタール夫人の手法は、当然ながら第二部「文学と芸術」における抄訳と解説という手法とは異なっている。とはいえカント哲学の難解な概念について論争することが目標であるはずはなく、スタール夫人の論述はあくまで啓蒙的である。たとえば推論のみにより宗教的な真理を打ち立てようとするならば、そもそも人の経験はこうした問題について確実な足場を提供しないから、経験からの推論は真理の防衛にも攻撃にも使える柔軟な武器のようなものにしかならないという指摘がある。

人間の自由、魂の不滅、世界の持続の一過性もしくは永遠性といった問題について、カントは背反する二つの議論を二つの平行線上に置く。最終的に秤がどう傾くかは感情の決するところだと彼は考える。それというのも形而上学的な論拠は、二つの議論においてまったく同等であると思われるからだ（Ⅱ－一三三頁）。

重大な形而上学的問いについての背反する議論は「アンチノミー」と呼ばれるという著者注が、この文章にはつけられており、このような徹底した懐疑主義によって推論の曖昧さを排除するのが、カントの厳密な方法論なのだという解説がつづく。引用中の「感情」については、これが「第二批判」の「道徳法則」によって定義される主要な概念であることを補足しておこう。著者は『ドイツ論』の第三部「哲学と道徳」と第四部「宗教と精神の昂揚《アントゥージアスム》」を通底する思考の運動を産みだして、晴れやかなフィナーレである終章の「幸福論」に繋げることを目論んでいる。しかも、この構想そのものが、じつはカントに由来する、とりわけ自由の観念を定立する「道徳法則」は『ドイツ論』後半の礎石にほかならないと思われる。「良心」「道徳」「感情」「自由」「義務」などの語彙を配したページから、功利主義批判の導入となる文章を訳出しておこう。

われわれに自由の確信を与えてくれるのは感情であり、この自由こそが義務の教説の基礎である。それというのも人間が自由であるのなら、外的な事物の働きかけに対抗し、意志を利己主義から救い出すために、自分自身で絶対的な力をもつ動機を作りださなければならぬことになる。義務は人間の神秘的な自立性の証拠であり保障なのである(Ⅱ－一三五頁)。

知性の領域にかかわる『純粋理性批判』と感情の領域にかかわる『実践理性批判』と同じ思考のシステムを、崇高なるものと美の領域に適用したのが『判断力批判』である。無限の感情の反映である美の理想とは、自然のなかにある最善のものの模倣でもなく、快適な印象という次元に還元されるものでもない。それは義務の感情や悟性の概念と同様に、人間に内在する能力を基盤としており、われわれが何かを見て美を認めるのは、そこに理想のイマージュが存在するからにほかならない(Ⅱ－一三六～一三七頁)。

スタール夫人は『純粋理性批判』については文体の晦渋さを認めたうえで、道徳と美をめぐるカントの論説は明解そのものであると保証して、第六章を閉じている。ただし予想されるように、二十一章からなる『ドイツ論』第三部の全般的な考察も、ヤコービ、フィヒテ、シェリングなどの個別的な紹介も、カントに関連づけて展開されており、その存在感は他を圧倒する。周知のように、ドイツ観念論のフランスにおける受容を知るためにスタール夫人は避けてとおれぬ存在なのだから、この先は哲学史にゆずるとして、知性の評伝としての本書の趣旨にたち返り、政治学の視点が『ドイツ論』第三部の道徳論をいかに読み解くかを確かめておきたい。ちなみに『ドイツ論』第四部「宗教と精神の昂揚《アントゥージアスム》」は、個人の自由を定立する哲学と道徳は宗教と両立するか、という問いに向けて開かれている。新たな文脈で考察すべきこの問題は次章に送る。

リュシアン・ジョームの大著『消された個人またはフランス自由主義のパラドックス』によれば、スタール夫人の自由主義が確立するのは、まさに一八一〇年、カントとの遭遇が『ドイツ論』に結実したときであるという。形而上学的な理解としては不充分だとしても、カントの「自由意志」を発見したことで、最終的に「人と市民の尊厳」という次元に着地することができた。イギリス哲学から継承した功利主義、経験論、唯物論を批判することにより、フランスの自由主義にドイツ観念論の基盤を与えることに成功したというのである(94)。

フランスの自由主義には、個人を優先するか、それとも集団の統制力に注目するか、選択しだいで相容れぬ二つの流れがあるとジョームは述べている。前者を突きつめるとスタール夫人の「主体の自由主義」となり、後者はギゾーの出発点とみなされるのだが、フランスでは大方が後者の道を、すなわち国家に対抗する自由ではなく、国家による自由という道を選択した(一一頁)。スタール夫人が『ドイツ論』によって定式化した自由主義の潮流は、そもそもフランスにおいては少数派であるうえに、スイスのプロテスタントという出自も制約になり、然るべき哲学的な考察の対象とされてこなかった。しかるに共和主義の圏内においてもジュール・フェリーの思想が、さらにはアランの哲学における「権力を裁く市民」という発想が、またトクヴィルの思想のある部分が、スタール夫人の系譜のゆたかな成果とみなされる(一七頁)。

ジョームは『消された個人』の第一章「主体の自由主義の形成――スタール夫人とバンジャマン・コンスタン」を以下のように書き始める。かりにフランス自由主義の歴史に人為的な日付を与えるとしたら、一七九九年から一八一三年のあいだ、すなわちスタール夫人の『革命を終結させうる現在の状況とフランスで共和政の基礎となるべき諸原理について』が執筆された時点から『ドイツ論』がロンドンで出版されるまでが、その胎動の時期であったといえる。

これら二冊に大評判になった遺著『フランス革命についての考察』を加えれば、ある種の自由主義の系譜においてスタール夫人が「教説《ドクトリン》の母」とみなされる理由は納得できるというのである。(95) ジョームによる『ドイツ論』の分析は、第三部の第十二章「個人の利害に基づく道徳」を「イデオローグの道徳」への批判として、第十三章「国民の利害にもとづく道徳」を「ナポレオンの道徳」への批判として読み解くことを眼目とする(四〇頁)。「イデオローグの道徳」をめぐるジョームの議論に踏みこむ余裕はないのだが、エルヴェシウスやコンディヤックの流れを汲む経験論と功利主義哲学は、個人の自由を定立する根拠を欠くとして、スタール夫人によって退けられるという道筋は、すでに示すことができたように思う。一方の「ナポレオンの道徳」について、ジョームがまず紹介するナポレオン本人のシニカルな台詞は、こんな具合である――「善意とか、抽象的な正義とか、自然法などは戯言《たわごと》にすぎない。第一の法とは必要性にほかならず、第一の正義とは公共の安寧＝公安(salut public)にほかならない〔…〕。その日その日の苦労があり、状況によって法が定まり、人それぞれに本性があるということだ」(96)。対するスタール夫人は『ドイツ論』の第三部第十三章において、カントの厳格な道徳律がいかなる「状況」にも左右されぬものであることに言及し、さらに革命のさなか「公安委員会」の名においてなされた暴虐を想起する。

道徳においては、個人の総数が重要さを決定するのではない。無実の人間が一人、死刑になった場合、同時代の人びと全員がその不幸を嘆く。ところが何千人もの人間が一つの戦いで命を失っても、誰も彼らの運命について情報収集を行ったりはしない。たった一人の人間に対して行われた不正義と多数の人間の死とのあいだに、こんなふうにあらゆる人間が途方もない距離を置くのは、いったいなぜなのか？　それは、あらゆる人間が道徳律に与える重要性ゆえなのだ。宇宙のなかでは、そして宇宙にも匹敵するわれわれ各自の魂のなかでは、道徳律は物理的な命より、千倍も重いのである。(97)

ジョームによれば、この断章で見逃してならないのは、反覆される「あらゆる人間」という表現であるという。「道徳律」とは「公共の安寧」が想定するような総数としての集合体に依拠する掟ではなく、各自が健全な判断に至るための視点を指すのである。いいかえれば「国民の利害」の名において、正義か不正義かを判断するのは、あくまでも個人であり、その個人は君主と同等に判断する権利をもつことになる。君主の立ち位置は特別のものであり、人民と諸外国の力の双方を視野に入れて判断することができるのは君主のみであるとするマキャヴェリズムへの、全面的な反論である。さらにナポレオンが一八〇四年に元老院で行った演説を想起してみてもよい――「われわれは絶えず偉大な真理に導かれてきた、すなわち、いかなる例外もなくすべてが、フランス人民の利害のため、その幸福のため、その栄光のためになされなければならぬという意味で、国民の主権はフランス人民にある」。これこそ見せかけの民主主義であり、数のまやかしではないか。一八八〇年代にジュール・フェリーが政教分離のための闘いに挑んだときの述懐が参考になろう――「我が国では、良心の自由がようやく手にした戦利品を粉々に打ち砕くのは、かならず多数の意見という議論なのだ」。フランス人の大多数の信仰という数の原理に従うなら、公教育はカトリック教会の指導のもと宗教的なものとして運営されなければならない。しかし「良心の自由とは量的なものではなく原則の問題である。かりに良心の自由を奪われる市民が一人だけだとしても、フランスの立法者は、この唯一のケースのために法を定めることを名誉と心得るはずである」。こんなふうにナポレオンとフェリーを対比させたのち、ジョームは二十世紀の全体主義の時代に人がアリバイとして駆使した詭弁を、スタール夫人は一七九三年の革命政府に奉仕した者たちのまやかしの議論のなかに見抜いていたと指摘する[98]。じっさい『ドイツ論』は、家族のためとか職業上の要請とか、やむない事情のために「状況」と――すなわち「公安」をふりかざす恐怖政治の国家権力と――折り合いをつけようとした者たちを厳しく戒めている。ちなみにその段落は、検閲官がきわめて不穏当とみなして削除を求めた部分であるという[99]。ナポレオン体制に迎合する者への当てこすりを見てとったという意味で、国家の検閲は機能していたことになる。

以上『ドイツ論』第三部の読解としてはわれながら不充分だとは思うけれど、フランス自由主義思想を懐胎した「教説の母」というイメージは、それなりに鮮やかに浮上したのではないだろうか。一七九六年の著作のタイトルが示唆するように「個人と諸国民の幸福」こそが、政治的自由主義に課された考究のテーマであり、この点についてスタール夫人の信念が揺らぐことはない。ただし、スタール夫人が歩んだ知的な道程をふり返るとき、一七九〇年からブリュメール事件の一七九九年までの「制度的な思考」のステージと、カントを発見した一八〇一年から一〇年までの「哲学的な思考」のステージのあいだには、必然的な進歩発展というよりは、ある種の不連続性が認められるとジョームは指摘する。断絶をもたらしたのは、政治的・制度的な与件を根底からくつがえしたナポレオンである。そのおかげで、というべきか、革命のなかで成長したスタール夫人の政治思想は、いわば仕切り直しをして「反ナポレオン」として成熟し、ついに「自由な主体」という哲学的な地平に逢着したのである(六二〜六三頁)。スタール夫人の「主体の自由主義」を「反体制の自由主義」として理論化してゆくのがコンスタンである、というジョームの指摘も最後に紹介しておこう(四九、六三頁)。

さらに引用を一つ。帝政崩壊後、一八一五年版の『ドイツ論』「序文」を締めくくる言葉である——「魂の自立が国家の自由を築くにちがいない[100]」。

第五章　反ナポレオンと諸国民のヨーロッパ（一八一〇〜一七年）

1　宗教と哲学とロマン主義
——到達点としての「精神の昂揚《アントゥージアスム》」

『ドイツ論』の第四部「宗教と精神の昂揚《アントゥージアスム》」もカントの名のもとに書き起こされる。キリスト教の「教義」について議論することには長い伝統があるけれど、もっと自由に、そして大きなスケールで「天上の事象」について考察できるようになったのは、二〇年ほど前からカントの思想が浸透したおかげだというのである(1)。スタール夫人にとって宗教への関心は、父ネッケルから受けついだ遺伝子のようなものであり、『革命を終結させうる現在の状況』においても、革命後のフランスにふさわしい制度的宗教は何かという問題にふれていた(2)。人びとが求めているのは、ヴォルテールが『哲学事典』でやってみせたような辛辣で軽薄な宗教批判ではない。アンシャン・レジームの制度論にほかならぬ「寛容論」とは異なる新たな指針を見出さなければならない、と夫人は考える(3)。

第三部「哲学と道徳」で著者は「道徳」を啓示宗教の超越的な権威から解放し、自律的な主体の次元で根拠づけていた。その延長上で第四部は「宗教」を世俗の知の領域に解放する試みとなるだろう。「ドイツでは大方の著述家たちが宗教の観念を無限の感情と結びつけている〔…〕。理想美がわれわれに感じさせる精神の昂揚《アントゥージアスム》、胸騒ぎと清らかさに同時に満たされたこの感動、これを呼び覚ますのが、無限の感情である」（II－二三八頁）というのだが、冒頭近くにあることの文章からしても、タイトルに並んだ「宗教」と「精神の昂揚《アントゥージアスム》」が別個の主題ではないことが推察されるだろう。

無限の感情は魂の真の属性である。あらゆる種類の美しきものは、われわれのなかに永遠の未来と崇高なる存在への希望や願望を呼び起こす。森を吹きぬける風の音や歌声の妙なる調和を耳にしたとき、あるいは雄弁な言葉や詩の魅惑に触れたとき、そして、とりわけ清らかで深い愛情を抱くとき、人は宗教と魂の不滅を身に沁みて感得せずにはいられない(Ⅱ-二三九頁)。

『ドイツ論』の冴えわたる文体の芸にも注目しよう。哲学を語るときには哲学的に、詩を語るときには詩的に、声音まで自在に変容するかのようであり、たとえば上記引用は平明かつ叙情的な文章で哲学的宗教論と精神の昂揚《アントゥージアスム》という二つの主題をゆるやかに束ねている。ここでクローズアップされた「無限の感情」は、政教分離の進む十九世紀フランスで、世俗の宗教論にしばしば登場する重要な概念である。一八六〇年代半ばから七〇年代半ばにかけて刊行された『ラルース大辞典』でも、フリードリヒ・シュライアマハーに依拠して「宗教感情」なるものが懇切に分析されており(4)、読みくらべてみれば『ドイツ論』第四部の先駆性を随所で確認することができる。スタール夫人自身がシュライアマハーを読み、共感を寄せているのだから、むろん偶然ではない。この思想家は「寛容」とは「無関心」にすぎぬとして退ける一方で、ほかならぬ「無限の感情」とは何かを明断に描出しており、その宗教的意見は「哲学的な神学」と呼ぶにふさわしいと『ドイツ論』の著者は賞賛するのである(Ⅱ-二四八頁)。

ルターの登場によって哲学が宗教に接近して以来、いわゆる「自由検討」libre examen の精神がプロテスタントの基礎をなしているという了解があり、これがスタール夫人を強く惹きつけていた(Ⅱ-二四四〜二四七頁)。第一章と第二章でドイツとプロテスタントにかかわる概論を述べたのち、第三章以下で著者は敬虔主義の流れを汲む「モラヴィア兄弟団」やドイツ南部で実践されているカトリック信仰などを、現地での印象をまじえて紹介する。さらにドイツのヤコブ・ベーメ、フランスではサン＝マルタンなどの名を挙げて「神秘主義」や「神智学」などの系譜を取りあげる。一八〇八年には、神秘思想家クリュドネル夫人がコペの城館に滞在したこともあり、この領域への関心が並々ならぬものであることが窺える[5]。

スタール夫人によれば、ドイツ北部で実践されているプロテスタント信仰は、想像力に訴える力に乏しいといわざるをえず、一方でカトリック信仰は哲学的な探究を排除する。そのため宗教的かつ思想的な資質をゆたかにもつドイツ人は、宗派の壁をこえて宗教を感得する方法を探し求めることになった。そもそも哲学における観念論と宗教における神秘主義のあいだには、ある種の類似性《アナロジー》が認められる。観念論は地上の事象を「思考の内部」に位置づけるのに対し、神秘主義は天上の事象を「感情の内部」に位置づけるのだから。教義に依拠する宗教は「戒律」によって信徒を導くが、神秘主義の宗教はわれわれの魂の「内的体験」のうえに打ち立てられる。社交界の凡庸で信仰浅き者たちと異なり、神秘主義者たちは一般に詩や芸術に共鳴する。観念論哲学と神秘主義キリスト教と真の詩情とは、啓蒙による人間の完成という意味で、三者三様に同じ方向をめざすからである（Ⅱ－二七〇～二七二頁）。

こんなふうにスタール夫人の宗教論は一貫して、みずから思考し感じとる主体の経験という水準で展開されてゆく。超越的な存在によって開示される真理を前提とする啓示宗教では許されるはずのない人間中心主義といえるだろう。その特質は第十章「精神の昂揚《アントゥージアスム》について」以降、いっそう露わなものとなってゆく。いわゆる「狂信《ファナティスム》」を「精神の昂揚《アントゥージアスム》」と混同することは大きな間違いであり、前者は何らかの意見《オピニオン》を対象とした「排他的な情熱」だが、後者は「世界の調和」に寄りそうものなのだと断って、スタール夫人はこう述べる。

美しきものを愛すること、魂が高みに昇ること、献身を嬉しく思うことが、偉大で静謐でもある同じ感情のなかで一体となる。ギリシア人がこの言葉に与えた意味は、もっとも気高い定義となっている。精神の昂揚《アントゥージアスム》とは我らの内なる神を意味するというのである（Ⅱ－三〇一頁　傍点スタール夫人）。

第十章は短めであり、精神の昂揚《アントゥージアスム》が啓蒙と幸福に与える影響を考察することが最後の課題となるという予告で閉じられる。つづく第十一章は、ここが『ドイツ論』という書物全体の総括に当たるという断りから始まって、ドイツ思想と精神の昂揚《アントゥージアスム》との親和性を説く。そして終章――「いよいよ幸福について話すときがきた！」という感嘆符つきの一文が皮切りとなり、これまで「幸福」という言葉を周到に避けてきたのは、一世紀近くにわたり下品な快楽や利己的な生活や打算のために、この言葉が冒瀆されてきたからにほかならず、今は断言できるのだが、精神の昂揚《アントゥージアスム》こそは、最大限の幸福を約束する感情なのである、と著者は高らかに宣言する。サント゠ブーヴが「スタール夫人の会話」の魅力が凝縮されたページと絶賛するテクストは、(6) いってみれば「精神の昂揚《アントゥージアスム》」の言語的パフォーマンスとなっている。畳みかけるような疑問文が一ページ以上つづくこともあれば、感嘆符つきの短い文章が噴出するような段落もある。しかし華麗な技を見せながら大空を飛翔する鳥のごとき文体は、数行を訳出したのでは醍醐味も伝わるまい。いっそ、これまた検閲の逆鱗に触れたと注記されている、幕引きの段落を紹介しておくことにしよう。

おお、フランスよ！　栄光と愛の地よ！　いつの日か、あなたの国土で精神の昂揚《アントゥージアスム》が消滅し、計算がすべてを支配して、論理のためだけに人が命さえ軽んじるようになってしまったら、麗しき天空は、輝かしい精神は、豊穣な自然は、あなたにとって何の役に立つだろう？　活力あふれる知性と周到でもある激情が、あなたを世界の主にしてくれるかもしれない。しかし、あなたが世界に遺すのは、津波のように恐ろしく砂漠のように不毛な土石流の痕跡だけだろう！（Ⅱ－三一六頁）

帝政期のフランスがヨーロッパを制覇して「世界の主」になったのは、一八〇七年から一〇年までとされており、これは『ドイツ論』の構想が具体化し書物として完成するまでの時期にぴたりと重なっている。ナポレオンは精神の昂揚《アントゥージアスム》を享受できぬ男であり反面教師だったというリュシアン・ジョームの指摘は当たっているにちがいない。(7) だが一方で、本質においてシニカルなナポレオンほどに、通常の意味での熱狂《アントゥージアスム》の嵐を身辺に巻き起こす魔術的な技を身につけた人間はいなかった、と付言しておきたい気もするが、ナポレオンの肖像を描くのはまたの機会としよう。当面は『ドイツ論』が、ナポレオンの軍隊による不毛な覇権を断罪する言葉で締めくくられていることを強調するだけで足りる。

さて、わたしたちは、スタール夫人の主著四冊をひととおり読了したところである。『ドイツ論』の着地点を見定めたところで、あらためてポール・ベニシュー『作家の聖別』の壮大な展望を背景に置き、スタール夫人の歩みをふり返ってみることにしたい。第三部「哲学と道徳」、第四部「宗教と精神の昂揚《アントゥージアスム》」が連続する思考の軌跡を描いていることは、すでに見たとおりだが、ベニシューによればスタール夫人の「哲学」は「宗教」に接近しつつ、しかも一定の距離を保ちつづけているという。「至高の価値」は多様でありながら等価でもある複数の名――献身、熱狂《アントゥージアスム》〔精神の昂揚〕、名誉、自由、徳、宗教、天才――のもとで賞賛されるが、それらは「根強い人間主義」に貫かれている。宗教に捧げられたオマージュは、じつは「哲学によって宗教を併合する一つの手法」にほかならない、とベニシューは断言するのである。じっさいシャトーブリアンの『キリスト教精髄』が、信仰への回帰というエピソードを発端に置いているのに対し、スタール夫人には「回心」の意識はない。そうしたわけで『ドイツ論』第四部が提示するのは、哲学により修正された信仰の可能性であり、世俗の知による「宗教との同盟」がここで成立したというベニシューの見取り図には、圧倒的な説得力がある。この「同盟」はナポレオンが第一統領時代に教皇と結んだ政教条約《コンコルダート》、

ナポレオンはカトリック，プロテスタント，ユダヤ教を国家の管理下に置いた

すなわち政治と宗教の同盟に匹敵し、射程の長さにおいては政教条約を越えるというのである（8）。

『キリスト教精髄』と『ドイツ論』を比較してみれば、ベニシューのいう「宗教との同盟」の「射程の長さ」を別の角度から捉えることができるかもしれない。よく知られているようにシャトーブリアンの護教論は、あくまでも詩的な言語を駆使することにより「感性」で受けとめるべき究極の対象として「無限」を描きだす。一方のスタール夫人は、シャトーブリアンが曖昧な領域として回避した「感情」を前面に押し出して、宗教的なものの受け皿とした。その後のヨーロッパ思想の流れを見るならば、カトリックの伝統に宥和的なシャトーブリアンの護教論よりも、世俗の知に馴染みやすく、ドイツ観念論はもとよりシュライアマハーなどのプロテスタント系神学とも親和性をもつスタール夫人の哲学的宗教論のほうが、はるかに永続的な波及効果をもったといえるのではないか。この系譜は、現代世界でごく曖昧に「スピリチュアリズム」などと呼ばれている宗教的・霊的なものの再発見とも無縁ではないはずなのだが、その一方でスタール夫人個人の署名入りの影響は、十九世紀半ばで見失われたままになっている。

「熱狂《アントゥージアスム》〔精神の昂揚〕」は、政治の領域では自由と呼ばれるのである」とベニシューは喝破する。スタール夫人が「寛大な犠牲」や「美しい魂」そして「道徳的な生」などの命題を謳いあげたのは、これが反革命思想と革命的急進主義、すなわち人類の進歩の証しである革命そのものの否定と革命の名を騙《かた》る恐怖政治への反論を同時に可能にするからにほかならない。統治に関する二つの極論であり、いずれも専制政治を含意する過激主義を共に断罪するために、秘められた政治的意図のもとに「熱狂《アントゥージアスム》〔精神の昂揚〕」をめぐる諸命題が定立されたのだともいえる。同じ命題に依拠してコンスタンは第一帝政を批判した。こうして「熱狂《アントゥージアスム》〔精神の昂揚〕」は、絶対王政、ロベスピエール、ナポレオンのいずれにも与《くみ》せず、これらの圧政を遠ざけて、人間の尊厳を求める唯一の道という資格を得ることになる。ネッケルや一七八九年の愛国派《パトリオット》の思想を継承するスタール夫人が『ドイツ論』によって総括した自由主義の要諦は、ベニシューの鋭利な分析によれば以上のようなものである（9）。

ところでベニシューが「世俗的スピリチュアリズム」と名づける霊性の問題と、フランスにおけるロマン主義の生成は深いかかわりをもつ。ひとまず「スピリチュアリスム」の一般的な意味を辞書で確認するなら「唯物論《マテリアリスム》」の反意語で「魂の霊性、すなわち肉体と区別され独立した霊的な原理の存在を認める教説」という明解な回答が返ってくるだろう。ただし「人間の卓越性」の源として「神的なものの根源的優越を認める」ことに、その本質があるというベニシューの指摘を勘案するなら、その立ち位置が微妙であることは容易に推察できる。十九世紀初頭の「スピリチュアリスム」はカトリックのような制度的宗教と紛争を起こす可能性を抱えながらも、社会秩序を再建するために宗教の側に立つことを選択したのである（二五一頁）。超越的な次元と人間の視点をいかに連結するかという永遠の問いに、各自がとりあえずの回答を示さなければならないのだが、そこでスタール夫人がカントに期待したのは、哲学の理論が信仰の基盤を与えてくれることだった（二五四頁）。カトリックやプロテスタントなどの実定宗教の教義には必ずしも同調しないが宗派の壁を越えて共有されうる神秘主義への傾倒も、いうまでもなく「熱狂《アントゥージアスム》〔精神の昂揚〕」の顕揚も、ベニシューの用語によるなら「自由主義的スピリチュアリスム」によって動機づけられている。

「自由主義的スピリチュアリスム」においては、世俗の作家や思想家が「熱狂《アントゥージアスム》〔精神の昂揚〕」の説教師、さらに言えばその神学者なのである」とベニシューは述べている（二七〇頁）。本書の「はじめに」でも示唆したように、スタール夫人の生の本質に肉薄する言葉として、これ以上の定言はあるまいと思われるのだが、フランス第三共和政の時代に確立したアカデミックな文学研究は、ベニシューの登場に至るまで、政治と哲学と文学をゆるやかに束ねる近代的な宗教経験としての「スピリチュアリスム」という読解の水準を想定してみることもなかったのである。

　そのことによりスタール夫人の小説世界が、あたかも個人的体験の雛形であるかのように矮小化されてしまった可能性はある。あらためて作品の霊的な相貌に注意してみよう。デルフィーヌの「献身」や「犠牲」の精神がいつしか崇高な美徳の域にまで高められ、ついには刑場に向かう恋人に随伴して祈りへと誘うのも、コリンヌがのっけから「クマエの巫女《シビュラ》」の似姿をとってあらわれるのも、小説のヒロインが人間の精神と神的存在との交流を媒介する「祭司」という性格をもつからではないか。前章で紹介した場面だが、霊感を受けた詩人でもあるコリンヌは、ミゼノ岬で即興詩を披露する。「神託を下す巫女は冷酷な力に駆り立てられていると感じたものでした。何かしら御しがたい力が天才を不幸に突き落とす。天才には天界のざわめきが聞こえるけれど、それは死すべき肉体の器官で捉えられるものではありますまい。天才は、余人の与り知らぬ感情の神秘を見抜き、その魂には神が隠れ棲む、でも神を魂が包摂できましょうか！」――ベニシューは、ロマン主義の「天才《ジェニー》」は世俗の殉教者としてキリスト教の殉教者伝と競合するまでになるというのだが、コリンヌの歌うこの一節は、その例証として引かれている(10)。

世界の秘鑰《ひやく》を解き明かす霊的な洞察力は、社会的なしがらみや俗世間の「世論」に縛られぬ例外的な女性に宿るという直観を、スタール夫人は暗黙の了解としてフィクションに反映させていた。ご記憶のように『ズュルマ』においても罪の裁きを下すのは、土地の長老ではなくヒロイン自身だった。スタール夫人の小説では、犠牲と献身を積みかさね、道徳的に陶冶されてゆくのは、つねに女性であり、しかもそのプロセスは理不尽なまでに苛酷な苦しみをともなっている。じつは『ドイツ論』第四部にも、第五章「神秘主義」と第七章「神智学」をつなぐ第六章に「苦痛について」と題した一〇ページほどの考察が置かれているのである。「苦痛は善である」（原文イタリック）という神秘主義の定言が議論の発端となるのだが、道徳の問題は『自殺論』の項であらためて取りあげることにして、まずは「苦しみ」の主題がスタール夫人の「スピリチュアリスム」に内在することだけを確認しておこう。

ちなみに「苦しみ」は「メランコリー」という主題と結びつき、よく知られたロマン主義の美学を構成する。すでに『文学論』において展開されていた議論だが、「北の民」は快楽よりも苦痛に関心をもつという。この特性が、北方のゆたかな想像力を育んできたとスタール夫人は主張するのである。薄暗く霞みのかかった厳しい気候風土がメランコリーを醸成し、これが「国民精神」の基礎となる。じっさい「北方の詩」は自由な民にふさわしい。陰鬱な空の下、荒涼とした土地に暮らす人びとは、隷従を耐えがたい試練とみなし、幸福の唯一の源泉は自立にあると考えたからである。ハイランド地方やスカンディナヴィアの人びとが「個人の力と意志の強さ」を賛美したのは、イギリスで代議制が実現するよりはるか昔のことだった。歴史をふり返るなら「すべての人のための自由が確立する以前から、各人の自立が存在した」のである[11]。

『文学論』にはカントの論文を手がかりに、すぐれた芸術作品がもたらす歓びについて考察する文章があるのだが、そこでも北国の「メランコリックな想像力」が称揚されている。「無限を夢想」させる想像力だけが、死すべき人間の限界を忘れさせ、慰めをもたらすからである[12]。

古代世界においては想像力が易々と陶酔するほどに、立派な詩人とみなされた。今日、想像力は理性と同様に、まやかしの希望から覚醒していなければならない。そのとき初めて、哲学的でもある想像力が偉大な効果を産みだすことだろう〔…〕。われわれの生きる時代においてはメランコリーこそが、才能を与える真の霊感源なのである。この感情に取り憑かれたという自覚のない人間には、作家として大きな栄光を求める資格はない（三六一頁）。

こうして読みなおしてみると『文学論』から『ドイツ論』まで、いかに首尾一貫した議論によって、美学的あるいは政治哲学的な諸々の主題が撚りあわされ、練りあげられてきたかを実感できる。「近代的なメランコリー」と呼ぶべき感情の由来は、ひとまず明らかになったように思うが、文学史におけるスタール夫人の位置づけという問題が最後に残されている。ベアトリス・ディディエによるなら『ドイツ論』は「ロマン主義のマニフェスト」として読めるという。具体的にはどういうことか。

まずは「闘いの武器」が一通り提示されているという意味で。じっさい第二部「文学と芸術」では「規則」や「趣味」という既成の価値観に抵抗することや、ジャンルの違いという壁を取り払うことが力説され、スタンダールの『ラシーヌとシェイクスピア』（一八二三年）やユゴーの『クロムウェル・序文』（一八二七年）を予告する演劇論が展開される。第十一章「古典主義の詩とロマン主義の詩」では romantique という語彙が、歴史的な経緯とともに明確に定義された。それはドイツ文学に導入されたばかりの語彙であり、中世の騎士道精神とキリスト教信仰の流れを汲むという。異教的なものに根ざした古典文学に対し、ロマン主義の詩情が新しい機運となるという主張である。『ドイツ論』が執筆刊行された一八一〇年前後のフランスに、われこそは「ロマン派」と名乗る作家はまだおらず、「ロマン主義」と名づけられた芸術運動も存在していない[13]。スタール夫人は未来に向けて美学的な旗揚げをしたのであり、『ドイツ論』を糧にしてライン川の彼方への憧憬を育んだ作家や思想家に、ラマルティーヌ、ヴィクトル・クーザン、エドガール・キネ、ジェラール・ド・ネルヴァルなどがいる[14]。

2　亡命者としてヨーロッパを見る
――『追放十年』（死後出版一八二〇年）

一八一〇年の春から秋にかけて、スタール夫人が大西洋に注ぐロワール川沿いの城館に逗留したのは、表向きは『ドイツ論』の校正と出版の準備に専念するためだったが、じつはアメリカへの亡命という計画が万が一の選択肢として温められており、港に出やすい地の利という動機も働いていた。奇妙なことに、スタール夫人はナポレオンを名指しで批判しないという紳士的マナーを貫いていれば、いつかは名声の迫力が権力を説得し「恩赦」が得られると期待しつづけていたらしい。しかしメディア戦略に長けたナポレオンが求めていたのは、沈黙ではなく賛辞である。警察大臣ロヴィゴをはじめ、そのことを夫人に仄めかす世話焼きもいた[15]。一八〇五年五月、おりしも夫人がイタリアに滞在していた時期に、ナポレオンはイタリア王となり聖別式がミラノで行われた。そこでスタール夫人との和解をお膳立てしようという動きもあった[16]。一八〇七年の末、夫人が二度目のドイツ旅行に出たのは、ティルジット条約が締結されて半年後のことであり、フランスがプロイセンを犠牲にしてロシアと手を結ぶ大陸封鎖の戦略が、深刻な脅威となってヨーロッパ全土を覆っていた。スタール夫人はフランス皇帝の名が轟く諸国を移動して、最新の文化情報を収集したにもかかわらず、発表された作品では、どのページをめくっても、この世にナポレオンなど影も形も存在しないか

〈過去〉　〈現在〉　〈未来〉

大陸封鎖に脅かされるイギリス　1807年のカリカチュア

のようだった。

スタール夫人の主要著書四冊は明らかにナポレオンを意図的に回避しているのだが、その反動であるかのように『追放十年』と『フランス革命についての考察』は「反ナポレオン文学」の相貌を見せる。(17) 一八一七年七月十四日、スタール夫人が亡くなったとき『フランス革命についての考察』はほぼ完成されており、遺言にも長男オーギュストとシュレーゲルに刊行を託すという遺志が記されていた。一方の『追放十年』は、死の直前まで執筆計画に入ってはいたのだが、著者の念頭で素描されていたはずの全体像は肉体とともに滅び去り、いくつかの未完のヴァージョンと関連のありそうな草稿の束だけが遺された。オーギュストは相対的に完成度が高いと思われるヴァージョンを選択し、不都合な部分は削除して注をふんだんにつけ、一八二〇年に刊行したのだが、フランスとロシア両国で広く読まれたこの初版が、書誌学的に大きな問題を残したことは確かだった。今日では幸いなことに、シモーヌ・バレイエという類い希な専門家が草稿研究や生成論の手法を基盤にして編んだ模範的な批評校訂版が存在する。実証的な調査にもとづく膨大な注には、オーギュストによる追加情報も反映されており、ヴィノックの評伝よりはるかに生々しく、スタール夫人における「追放」という主題を浮き彫りにする。文学研究の視点から見ると興味はつきないのだが、ここでも話題をしぼらざるをえない。すでに紹介したように、第一部は一七九七年から一八〇四年まで、第二部は一八一〇年から一二年までという二部構成になっているのだが、これは偶然に残された途中経過にすぎない。亡命の旅先ストックホルムで一息ついた著者は、執筆を再開したときに、一八〇四年以降の記述はとりあえず空白のままにして、一八一〇年のフランス滞在から筆を起こしたのである[18]。

というわけで話は『追放十年』の第二部冒頭に記された『ドイツ論』発禁の顚末にもどる。いつものことだが、スタール夫人は一族郎党を引きつれて移動する。ロワール川沿いの城館では十三歳の美しい少女になったアルベルティーヌとイタリア人の音楽教師、そしてレカミエ夫人が音楽を奏でたり、コンスタン、シュレーゲルのほか地元の名士や遠方からの来客たちも加わって、優雅な遊びや社交に興じたりというふうで、近隣の庶民まで興味津々様子をうかがっていた。スタール夫人が姿が見せると人だかりができるという当時の知名度は、どうやらイタリアのコリンヌに優るとも劣らぬものだったらしい。『ドイツ論』の検閲は順調に進行し、一同が楽観的になりかけたところに警察大臣の退去命令が届く。スタール夫人はたまたま五里ほどの距離にあるマチュー・ド・モンモランシーの城館まで泊まりがけの遠出をしていたのだが、留守宅では警察の手入れがあるまえに隠せるものはすべて隠そうということで、夫人に共感を寄せるロワール地方の知事コルビニー、息子オーギュスト、そしてアルベルティーヌの家庭教師として雇用されスタール夫人の腹心の友となったイギリス人女性フランシス・ランダル（通称ファニー）が連携した。スタール夫人に同行していた次男のアルベールは、警察が待ち受けているのを知り、母の携えていた書き物を預かって、馬車を飛び降り城の壁を乗りこえる（一九三〜一九八頁）。こんなふうにして救出された草稿類や校正刷り、さらにはアウグスト・ヴィルヘルム・シュレーゲルが密かに持ちだした資料などがあったおかげで、『ドイツ論』は三年後にロンドンで甦るという僥倖に恵まれたのである[19]。

国外追放を宣告されたスタール夫人がアメリカ渡航をあきらめたのは、娘に冬の荒海を渡らせるのは心配だという尤もな理由からだったが——じつは本人が船の恐怖症だったらしい——それだけでなく、夫人がイギリスに向かう危険を察知した警察大臣ロヴィゴの妨害もあった。こうして一行は重苦しい気分でコペに帰還した。それから決死の逃亡を企てるまでの二年半に、いったい何が起きたのか？

　スタール夫人は、ここで初めて、政治権力によって自由を奪われ、迫害されることの悲痛な苦しみを知った。心血を注いで「主体の自由主義」を立ちあげた労作は、初版一万部が日の目を見ることなく断裁されてしまった。ナポレオンの君臨する大陸には、もはやスタール夫人の本を出版する度胸をもつ業者はいないだろう。今や「言論の自由」のみならず「行動の自由」まで制限されており、居所はコペあるいはジュネーヴの町のみと指定されている。以前にも総裁政府がスタール夫人の「隠謀」なるものを勘ぐって、一七九六年四月に逮捕令が出たりしたことはある。[20]しかし統制のとれぬ総裁政府の素人臭い政治家たちとは相手が違うのだ。ジュネーヴの知事バラント男爵はスタール夫人とは長い親交があり、権力の手先となるはずはない気骨のもちぬしだった。その息子プロスペル・ド・バラントは父の反対を押し切って一八〇五年頃からスタール夫人と相思相愛の仲にある。[21]複雑な人間関係のなかで公正さを失わぬ知事が、まず職を解かれて引退を命ぜられた。ちなみにジュネーヴ共和国は一七九八年にフランスに併合されているから、厳密にいえばフランス入国を禁じられたスタール夫人がジュネーヴの町に滞在できるのは例外的な温情という

警察大臣ロヴィゴ（サヴァリ将軍）

プロスペル・ド・バラント

ことになる。これも知事バラントが警察大臣に掛け合ってくれた成果だった。(22)

一八一一年二月末、ロヴィゴの配下カペルが後任の知事となる。(23) 着任早々、カペルは夫人に対し、ナポレオンこそ『コリンヌ』で著者が見せた「精神の昂揚《アントゥージアスム》」にふさわしい題材なのだから、せめて「四枚の手稿」でも書いてみないかと迫り、一八一一年三月二十日に皇太子が誕生したときには「祝賀の詩篇」を求めたという。夫人がシュレーゲルに語ったところによれば「ナポレオンの栄光を称え、帝国の正統性を認める」ならば、現在の軟禁状態を改善する、と半ば公式の提案があったとされる。近代国家における「警察」の機能が着々と整備されてゆく時代であり、監視、密偵、脅し、懐柔、等々、あらゆる手が尽くされた。カペルがロヴィゴに送付した報告書のたぐいは、シモーヌ・バレイエによって詳細に検証されているのだが、手口がこの上なく下品であり、知事という公職にある者が法的な正当性すら無視して監視態勢を敷いていたことはまちがいないという。『追放十年』の著者も黙ってはいない。コペはジュネーヴと異なりスイス連邦の土地であり、自分はスウェーデン人の寡婦である、フランスの知事が国外に住む外国人の一挙手一投足に目を光らせ、コペから二里以内の禁足を命じて国外における外国人の移動を禁じる法的根拠はどこにあるのか、と（二〇六～二〇八頁）。

じっさい使用人などを通じて、コペの城館の内部にまで捜査の手は伸びていた。そのため『追放十年』の初稿は「偽装された手稿」として書かれている。スタール夫人が数枚の原稿を仕上げると、ただちに腹心の友ファニーが固有名を片端からイギリスの地名や歴史的人物の名に置き換えて清書するのである。批評校訂版には、スタール夫人が安全な環境で、この初稿を元に本来の固有名を復活させながら書き足していった新しいヴァージョンが、元原稿と並べて掲載されている。一例を挙げておこう。左ページの「偽装された手稿」には「イギリス・エリザベス女王時代の未刊の回想録からの抜粋、エディンバラ図書館の草稿より――エリザベスとマリー・ステュアート」と尤もらしいタイトルがつけられて、じっさいには一八〇四年三月、スタール夫人がベルリンに滞在していたときの出来事が語られている。ダンギアン公爵処刑という衝撃的な報せを受けたルートヴィヒ大公が、早朝に馬を走らせ、寝室の窓辺でスタール夫人に注進してくれた。そのときの切迫したやりとりの報告に、この「憎悪の想像力さえ思い及ばぬ大犯罪」をめぐる批判的省察がつづくのだが、たしかに舞台をエディンバラに移して関係者の名前を適当にすげかえておけば、いかにもそれらしいテクストになる。内実は正面切ったナポレオン告発の文書であることなど、古《いにしえ》の英国史によほど通じた人間でなければ見抜けるはずはないのである(24)。

ナポレオンの仕組んだ「追放」というシステムを、スタール夫人は死に擬《なぞら》える(25)。人間らしく生きるために不可欠な、人と人との紐帯である「ソシアビリテ」の剝奪を意味するからにちがいない。同じ理由から、コペでの禁足処分も耐えがたいものになっていた。ナポレオンに睨まれるのを恐れた者たちの足が遠のいて、しだいに寂寥感が増しただけでなく、意を決してスタール夫人との交流をつづけた友人たちが、立てつづけに追放されたのである。まず七年も行動を共にしたシュレーゲルが、カペルによって五月にコペから追放された。スタール夫人に「反フランス的」な思想を吹き込んでいるためであるという（二〇八頁）。八月にスイスを訪れてスタール夫人と再会したモンモランシーのもとにも、狙い定めたように追放令が届く。スタール夫人が止めるのも聞かず、友を慰めようと九月にコペを訪問したレカミエ夫人も同じ処分を受けた。スタール夫人は投獄の予感に脅えて日を送るようになる（二一六～二二二頁）。ナポレオン体制の終結した一八一四年の時点で、不当な収監とみなされるものが二五〇〇件あったというのだから、スタール夫人の懸念が杞憂だったとはいえるまい(26)。

それにしてもベルンに居を構え、スタール夫人を亡命させる手段を講じようと躍起になっているシュレーゲルの苛立ちをよそに、一八一二年五月二十三日まで、スタール夫人がコペ脱出を遅らせたのはなぜか？　プロスペル・ド・バラントと入れちがいにスタール夫人の心に棲みついた青年士官の子を身ごもっていたのである。ジョン・ロカはジュネーヴの旧家の出身で、フランス軍に入って対スペイン戦争で重症を負い、帰郷したところだった。スタール夫人は四十五歳、長男オーギュストより二歳年上のロカは二十四歳。亡命者となったスタール夫人に日陰の身のまま優しく寄りそって、日夜献身的に支え、夫人の死の前年に教会で夫婦の契りを交わすことになる。一八一一年の末から翌年

ジョン・ロカ

の春にかけて、コペには寄りつく者もなかったから、夫人は「水腫症」を称して引きこもり、極秘のうちに四月七日、無事男児を出産した。だが密偵を使うカペルが察知しないはずはない。この件に関するロヴィゴへの報告が公文書として保存されているのだが、バレイエによる注記では「言語道断なほど下品」とのみ形容されている[27]。さて、身軽になった夫人の劇的な逃避行は以下のように始まった。

翌日、午後二時、わたしは夕食には戻るといって馬車に乗り込んだ。手荷物はいっさいなし。わたしは扇を片手にもち、娘も同じく扇を手にもって、ただ息子と彼の友人の一人でありわたしの友人の一人でもある人物が、数日の旅に必要なものを入れた頭陀袋を身につけていた。コペの並木道を下りながら、長年の良き友のように慣れ親しんだ城館に別れを告げるのだと思うと、今にも気が遠くなりそうだった。長男はわたしの手を握り「お母さま、イギリスに向けて発つのですよ、そのことを考えてくださいな」といった。この言葉で気持がしゃんとした。それにしてもわたしは、本来のルートであればすぐ手の届きそうな目的地から、二〇〇〇里になろうかという距離によって隔てられていた。少なくとも一歩ずつ近づいていることは確かだったけれど。何里か進んだところで召し使いを一人送り返し、翌日にしか戻らぬと伝えさせ、そのまま日夜、馬車を走らせて、ベルンの先にある農場に到着。同行してくれることになっていたもう一人の友人と、そこで落ち合う手筈になっていたのである（二二八～二二九頁）。

イタリックで記された孝行息子の台詞には、オーギュスト本人による注がつけられている。当時イギリスは「自由という大義のために苦しむ者」にとって希望の国だったのである。まわりくどく指し示されている「ある人物」がジョン・ロカであることは、お気づきだろう。家族や友人は実名で登場するが出産や恋愛などの個人情報は伏せられている『追放十年』における初出である。二〇〇〇里、つまり八〇〇〇キロは、ナポレオンの軍隊を避けてロシアの内陸を迂回し、さらにスウェーデンからイギリスへ、という路程からはじき出された概算の数字だろう。ベルンで待機していたのが、忠実なシュレーゲルであることはいうまでもない。

ちょうど一年前、スタール夫人はパリの公証人に命じて、アメリカ、イギリス、ヨーロッパで有効な三〇万リーヴルの信用状を作成させていた。出奔の直前には、失踪したあとの情報が錯綜するよう知人たちに手紙を送り、次男アルベールは、一足遅れで二十七日にコペを出て、旅行用の馬車に使用人を乗せウィーンに直行する。シュレーゲルがベルン近郊でスタール夫人に合流したところで、オーギュストはオーストリアを通行するための偽名のパスポートを入手して、ただちに単身コペに引き返し、母が城館を自分に売却したことを示す手続きをした。没収を恐れての配慮である[28]。実務能力に長けた大人たちと血気盛んな青年たちが一致団結した脱出劇だった。それにしても亡命の旅は始まったばかりだし、スタール夫人の感性に冒険譚は馴染まない。訴えたいのは「追放」という経験の非人間的な苛酷さなのである。

六月六日から二十二日までのウィーン滞在は、一八〇八年のそれとちがって索漠としたものだった。ナポレオンは大陸政策にふさわしい婚姻関係として、ロシアとオーストリアとのあいだで迷ったのち、一八一〇年の三月、マリー＝アントワネットの兄の孫にして現オーストリア皇帝フランツ一世（一八〇六年に消滅した神聖ローマ帝国皇帝フランツ二世）の妹であるマリー＝ルイーズを皇妃に迎えていた。今やオーストリアの宮廷にとって、スタール夫人は監視すべき厄介な訪問者にすぎない。一刻も早くナポレオンの勢力圏の外に出なければならないのだが、ロシア経由でスウェーデンをめざすか、それともコンスタンティノープルから海路イギリスに向かうか、スタール夫人はぎりぎりまで決しか

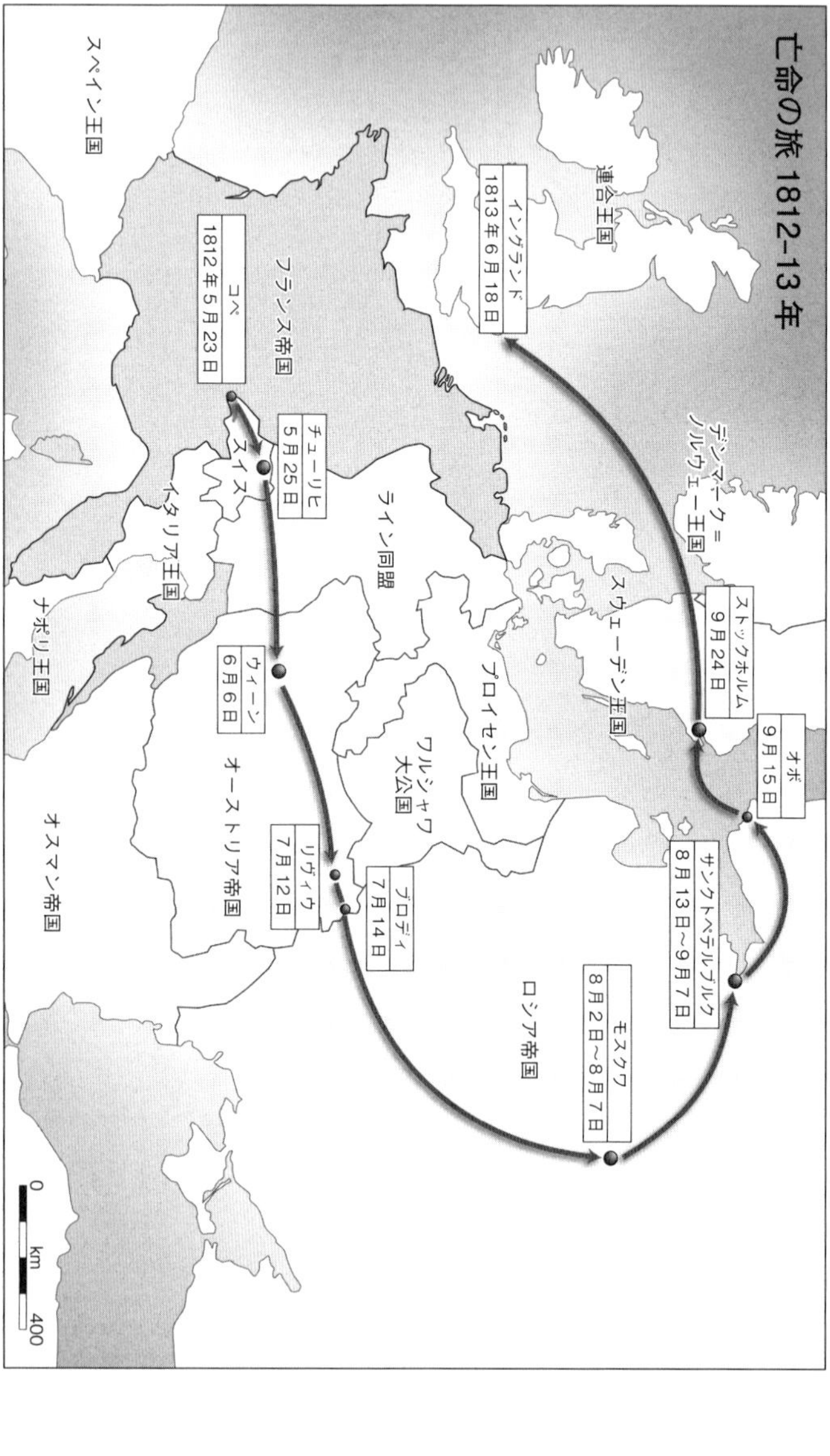

亡命の旅　ヨーロッパの地図

ねていた。ナポレオンの大陸軍がニェーメン川を渡ってロシア侵攻を開始したのと、スタール夫人が陸路を選択したのは、ほぼ同時だった。夫人と三人の子供たち、シュレーゲル、ジョン・ロカ、ファニーことランダル嬢、そして四名前後の使用人からなる一行が、現在の西ウクライナに位置するブロディでロシアの国境を越えたのは、革命記念日に当たる七月十四日だった（二五五頁）。

軍隊の動きを気にかけながら、迂回路をとって荒涼とした大地一〇〇〇キロをひた走り、一八一二年八月二日、ようやくモスクワに到着。スタール夫人を歓迎し、広壮な邸宅を案内してくれた総督ロストプチンは、九月の半ば、ナポレオンの侵攻に備えてモスクワに火を放つことになる（二七七頁）。先を急ぐ旅人たちは八月七日にモスクワを出発、六〇〇キロを駆けぬけたのち、八月十三日から九月七日まで、サンクトペテルブルクに滞在。ここでスタール夫人は、皇帝アレクサンドル一世に二度にわたって拝謁し、大陸軍との決戦を控えたクトゥーゾフとも面会した。

ロシア、スウェーデン、イギリスの同盟関係にスタール夫人が果たした貢献が、どの程度のものかという問いがある。八月二十七日から三十日にかけて、アレクサンドル一世は、バルト海の港町オボ（現フィンランドのトゥルク）でスウェーデン王太子ベルナドットと会談。そこへスモレンスク陥落の報せが届く。『追放十年』によれば、このときロシア皇帝は「かりにペテルブルクが陥落したら、シベリアに撤退するまで」と徹底抗戦の決意を語り、ベルナドットが「そのご覚悟があれば、ヨーロッパは解放されます！」と応じたとされる。スタール夫人は、オボ条約を締結したばかりの皇帝と再会して言葉を交わし、両雄の結束は固いと確信したと述べており、その後ストックホルムからザクセン＝ヴァイマル公妃に送った手紙にも、この条約により列強三国の同盟は揺るぎないものになったとの報告がある。[29] ヴィノックやバレイエも認めるように、この頃からスタール夫人は、ヨーロッパの国際関係に実質的な影響力をもち、生涯夢見た政治的な役割を担うようになってゆく。[30] なにしろ夫人はスウェーデンとは婚姻による絆があり、しかもベルナドットは旧知の間柄だった。南仏ポーの生まれでナポレオン麾下の将軍として名を馳せたベルナドットは、世継ぎのいないカール十三世に信頼されて今やスウェーデンの王太子となっている。早くからスタール夫人は、ナポレオンに敵対しうる唯一のフランス人ではないかと期待をふくらませていたのである（六九頁）。

それというのも『追放十年』の著者にいわせれば、コルシカで育ったナポレオンはフランス人ではなかったし、当然ながらフランス人に似ていないから、フランス人を愛することもできないのだった。ロシアの皇帝に保護されたスタール夫人は「アフリカの暴君のおかげで、わたしはフランス人たちが敗退するよう祈らなければならない！」と屈折した呪いの言葉を吐いている（二九五頁）。スペインにせよ地中海の島にせよ、国境を南に越えればアフリカ圏という表象の地理学は、当時のフランス人にとっては常識的なものであり、ナポレオンの他者性と暴虐をアフリカという地名に託した表現は、草稿にくり返しあらわれる。[31] 福音書のイメージを援用し、皇帝をサタンに見立てた文章もある。ネヴァ川の水面に映る大理石の宮殿に見とれながら、山上で「アジアの王国は私のものだ」と告げる人物を幻視したと著者はいう（三〇二頁）。早くもナポレオンの「暗黒伝説」が紡ぎだされているのである。

しかし全体として見れば亡命の旅の記述のなかで、ナポレオンの存在はむしろ隠然たるものと形容すべきかもしれない。とりわけウィーンを脱出してからモスクワまでの旅を語る文章は、紀行文的な華やぎと豊かさを見せる。『文学論』『コリンヌ』『ドイツ論』における文明の見取り図で、実質的に空白のままだったスラヴの土地と民族に直接触れる希有な機会なのである。旅人の印象によれば――コルシカがアフリカであるように――ロシアはアジアなのだった。[32] いずれ大陸軍の進撃路になるオレルやトゥーラの町では、スタール夫人の到着を知った地方貴族たちが代わる代わる自宅に招いてくれて、文学的な評価を動機とする歓待を受けた、それもシャーベットや薔薇をともなうアジア風の歓待で、心が慰められたと夫人は述べる。贅を凝らした邸宅に住む貴族たちは、いざ事があれば、フランスの農民でもへこたれそうな厳しい環境で旅をする。「快適さ」 conforatble という発想がロシアにはないのである（二六七頁）。野辺で農民の女たちが見せてくれたロシアの民族舞踊は「慎ましやかな官能性」が素晴らしく、そこに入り混じる「懶惰《らんだ》と熱気」にはインドの踊り子を思わせるものがある（二六八頁）。ロシア人の饒舌と沈黙は、フランス人のそれとは別種の原則をもつ。果てしなく語るのは伝えたいことがあるからではなく、慇懃さの証しでしかないらしい。彼らは状況に応じてフランス人にもイギリス人にもドイツ人にもなれそうだが、本質はロシア人のまま、つまり猛々しくかつ控えめで、友情よりは情熱に向いており、繊細というより気位が高く、有徳というより宗教的であり、騎士道精神を知るというより剛胆なのである。何ごとであれ女っぽいことを嫌うロシアは、習俗においてヨーロッパよりアジアに近い（二六九〜二七〇頁）、等々の記述のあと、当然のことながら、スタール夫人はアジア的封建制にほかならぬ農奴制に目を留める。自由な統治が不在であることの弊害は誰の目にも明らかだが、ロシアはあまりに広大であり、権力者たちの圧政が直接に庶民階級の個々人を押しつぶすことは少ないように見える（二七〇〜二七一頁）。と、ここで曖昧な譲歩の姿勢を見せるのは、ロシア皇帝は開明的な君主であるという建前を崩すわけにはゆかぬ亡命者のさりげない友誼ということだろう。

それにまた、一八一二年の夏、スタール夫人が見聞したロシアは異常事態にあった。西ヨーロッパの先進諸国から侵入した大軍を古都モスクワで迎え撃つという空前絶後の体験が、目前に迫っていたのである。市民階級と呼べる中間層が育っていない国家において、貴族や軍人からなる一握りの上層階級と、大地に生きる農民たちが、それぞれのやり方で、愛国心と信仰心を燃え上がらせていた。ピョートル大帝以来のロシアの血塗られた歴史のなかで「祖国と宗教への愛着」こそが国民の保持してきた「美徳」なのであり、これは「今日でも世界を驚かせるに足るものだ」とスタール夫人は保証する（二七一頁）。そうしたわけで、モスクワとペテルブルク滞在についての夫人の回想は、唯一無二の現場からの証言という歴史的価値をもち、文字通りユーラシア的なスケールの文明論につながってゆくのだが、この話題もまたの機会に譲らねばならない。

オボの港に着いた亡命者たちは、海を渡る恐怖に脅えるスタール夫人を必死で励まし、スウェーデンに向けて船出した。牢獄よりはましでしょう、とシュレーゲルに慰められて、ようやく気持が落ちついたのも束の間、大嵐に襲われ、命からがら岩だらけの小島に上陸した、というところで原稿は不意に途切れている（三一二〜三一三頁）。

3　死ぬことの自由か神への反抗か
――『自殺論』（一八一三年）

スタール夫人の一行は、一八一二年の九月末から翌年の六月までストックホルムに滞在した。その間に夫人は『追放十年』の執筆を再開し、『フランス革命についての考察』を書き始める。さらに、一八一三年四月には『自殺論』が現地で刊行されているのだが、この著作に関しては一八一一年、コペで軟禁状態に置かれていた時期に大方が書かれていたらしい。持ち出しに成功した原稿に手を加え、亡命先の保護者であるベルナドットへの「献辞」を付した五〇ページほどの小著である。(33) しかし、なぜこれを王太子に献呈したか、俗にいう帝王学どころか、こんな不吉な主題の著作が権力者へのオマージュにふさわしい選択といえるのか。いやそれ以前に、そもそも「自殺」を論じた動機は何か、と問うべきかもしれないが、いずれにせよスタール夫人は宮廷や社交界における礼儀作法《ポリテス》の極意をわきまえた人間なのである。「献辞」のなかで「これまで父以外の人に書物を捧げたことはありません」（三四一頁）といささか恩着せがましく王太子に語りかけるからには、未来のスウェーデン国王に献呈するにふさわしい書物に仕上げたという自信があったにちがいない。

ルソー、ゲーテ、シャトーブリアンなどと同様に、スタール夫人も若いときから「自殺」という観念につきまとわれていた。ナルボンヌとの大恋愛のさなか、ということは二十代の半ばだが、戦場に赴いた恋人に万一のことがあれば自分も生きてはいられないと自殺用の阿片を入手して、その後も手放すことはなかったという実生活のエピソードも伝えられている。(34) ただし、ここで問題にしたいのは、あくまでも省察の対象としての「自殺」である。すでに触れたように、スタール夫人は処女出版の『ジャン＝ジャック・ルソーの著作と性格についての書簡』においてルソー自殺説を採用しており、ある種の兆候をここに認めることもできる。さらに特筆すべきことに、この女性作家が世に送ったヒロインたちはほぼ全員、自殺もしくは自殺に近い死に方をしているのである。
ヨーロッパ近代小説という枠組みで見れば、男性作家のヒロインより女性作家のヒロインのほうが、自殺者が少ないということは、一般論としていえるかと思う。ジェイン・オースティンとその弟子筋のイギリスの女性作家たちは、ハッピーエンディングの「婚活小説」を書くことに熱心だった。自死をえらぶことになるヴァージニア・ウルフでさえ『ダロウェイ夫人』において、物語論的には傍系の男性登場人物に自殺の欲動を託しているし、コレットは『シェリの最後』で元高級娼婦の美しいレアを陽気な高齢者にしたうえで、戦争後遺症の美青年をピストル自殺させている。これに対してスタール夫人は、女が決然と死をえらび、パートナーの男が女の後を追うように死んでいったりする小説を、くり返し書かずにはいられなかった。一七九五年の『断片集』に収められた若書きの中篇小説三篇では、二人のヒロインが自殺し、残る一人は絶望のために死んでゆく。なかでも奇妙なのは『アデライードとテオドール』。心のなかでは深く愛していた夫が自分のふるまいに傷つけられて軍務に就いたために死んでしまい、慚愧《ざんき》の念に囚われたヒロインが、忘れ形見を出産した直後、熟慮に裏づけられた決意を実行する。隠しもっていた阿片を飲んだヒロインは「死によって解放される人間」として人生に決着をつけるのである。[35] スタール夫人は、愛と死の宿命的な結びつきに魅入られていた。しかも、そこには解放としての死という倒錯的な主題が見え隠れする。満ち足りた娘時代に書いた小説からしてそうなのだから、血腥い革命や苛酷な追放の経験に培われた悲観主義《ペシミズム》がヒロインたちの死亡率を押し上げたとはいいきれまい。

よく知られているようにキリスト教は自殺を禁じている。人間の生死は神の司る神秘なのであり、そこから「汝、殺すなかれ」という戒めが導かれ、この禁止には、みずからを殺《あや》めることも含まれる。ナポレオンの宗教政策によって息を吹き返したカトリック教会にとって『デルフィーヌ』がさまざまの意味で胡散臭《うさんくさ》いものであったことは上述したが、とりわけヒロインが密かに緩慢な毒を飲み、刑場まで恋人に同行するという結末が、自殺の美化であるとして厳しい批判にさらされた。これに応えて著者は異なるヴァージョンの結末を書き、さらに「『デルフィーヌ』の道徳的目的についての小察」と題した十数ページの弁明まで用意した。『自殺論』の萌芽ともみなせる論考である。新しい結末では、デルフィーヌがレオンスの領地に移り住むのだが、恋のために還俗した修道女という来歴ゆえに世論の攻撃にさらされて、コリンヌの行く末を暗示するかのように衰弱して死んでゆく――自死か、さもなければ絶望による死か、二つに一つだといわんばかりの変更である。レオンスは反革命軍に身を投じ、望みどおり、戦死する。この新ヴァージョンは著者の生前には刊行されず、一八二〇年に息子のオーギュストが編んだ全集に採用されて日の目を見た。王政復古により、帝政期以上にカトリック教会の発言権は増していたのである。宗教勢力の批判を想定した配慮は、一八二〇年の全集の構成にもあらわれている。オーギュストによる編纂は原則として執筆年によるのだが、一八一三年の『自殺論』は例外的に一七八八年の『ルソー論』と一七九六年の『情念論』と同じ巻に収められた。ルソーには自殺という問題が絡み、『情念論』も自殺を美化した断章があると批判されていたからであり、編者は趣旨説明を添えて『自殺論』は一連の批判に対する決定的な反証となると主張していた。[36]

『自殺論』は『情念論』と同じく「道徳論」の伝統に根ざしており、緒言によれば「不幸な人たち」のために書かれたものであるという。「人生を憎悪するほどに不幸な人間を嫌悪してはならないが、一方で、不幸の重圧に耐えかねてくずおれる人間を賛美してはならない」という言葉が、全体の議論を方向づけている（三四五頁）。三部構成の著作であり、「苦しみが人間の魂に及ぼす影響とは、いかなるものか？」「キリスト教が自殺についてわれわれに課す掟とは、いかなるものか？」「この世における人間のもっとも大きな道徳的尊厳とは、いかなるものか？」という三つの側面から考えると予告されている（三四六頁）。

まずは苦しみについて――『ドイツ論』につづく著作である以上、思考に連続性が見られるのは当然といえようが、とりわけ第四部「宗教と精神の昂揚《アントゥージアスム》」の第六章「苦痛について」は「苦痛は善である」という神秘主義者たちの定言から始まっていた。さかのぼれば、デルフィーヌも神に語りかける独白のなかで「苦痛のなかには宇宙の秘密のすべてが内包されています」と述べていた。[37]『自殺論』はひとまず道徳の水準で、いわば教育的な効果という観点から苦しみを肯定する。

毅然たる穏やかさをもって逆境の試練に耐えるなら、そこから抜けだすときに、われわれは目に見えて立派な人間になっているにちがいない。魂の最も貴重な資質は、ただ苦しみによってのみ育てられる。われわれ自身がこのように完成されてゆくことにより、いずれそのときがきて、幸福がもたらされるのだ（三五一頁）。

つづけて著者は、愛や名誉にかかわる不幸など、一般に自殺の動機とみなされる苦しみを話題に取りあげる。そして、神が人の運命を導いているのだから、その運命が盲目の力であろうはずはない、甘んじてこれを受けいれるか、それとも身を挺して拒むのか、その分かれ道に関しては、そもそも神が人間に選択の自由を与えているのかを確かめなければならないと指摘する。

この課題に応えるのが第二セクションだが、念のため確認しておけば、自殺は「神の至高性」に対する反抗であるという了解は、新旧のキリスト教に共通のものであり、いかなる苦難のなかでも死を能動的にえらぶ自由を認めないという回答そのものは、信徒にとって自明なのである。ただプロテスタントの場合、自殺者は教会墓地に埋葬しないという禁止などが実践においてゆるやかであり、そうした精神風土の相違が、カトリックの視点から見たスタール夫人の立ち位置を微妙なものにする(38)。なおのこと、神の掟にかかわる著者の結論は異論の余地なきものとなるだろう。冒頭には旧約「ヨブ記」のエピソードや福音書におけるイエスの説教などが、地上の苦しみを受けいれることの教訓として引かれている。唯一、すすんで命を差し出すことが賞賛される特異なケースがあって、それは「殉教」である。カトリック神学においても「自殺」と「殉教」は対比的に論じられる主題だが、スタール夫人によれば、殉教者はみずからの血を流すことで美徳の大義を世に知らしめる。これに対して自殺の罪を犯す者は、勇気という観念を貶め、死そのものを見苦しい事件と化してしまう。殉教者が死への本能的な恐怖を克服するように、自殺者もまた意志の力によって本能を抑えるけれど、そのふるまいは馬車を制駆できずに奈落に落ちる者に似ているというのである（三六五～三六六頁）。

『自殺論』の本論に当たるのは「人の道徳的尊厳について」と題した長めの第三セクションだろう。ただし宗教によって結論が示されたはずの問題を、人間の視点から再検討しようというのだから、スタール夫人の死生学的な問いかけは、すでに違反性を孕んでいるともいえる。キリスト教の信仰をもつ者が、とりあえず宗教の掟を脇に措き、道徳的な観点から人間の死を考察することが推奨されるのか？　死とのかかわりにおける「人の尊厳」を人がみずから定立できるのか？　『自殺論』の問題構成から読みとれる転換期の思想状況は、十九世紀に加速されてゆく死の世俗化という現象と無縁ではないと思われる。人の死は神のものなのか、それとも人間のものなのかという根源的な問いが、ここには秘められている。この疑問は、ひとたび公言されると、臨終におけるカトリック教会の現前という長い伝統をゆるがし、葬儀や墳墓の非宗教化を促し、現代における終末医療や安楽死の議論にまで関与することになるのだが、前著『近代ヨーロッパ宗教文化論』で検討した主題ゆえ、ここでは示唆するにとどめたい[39]。

スタール夫人が「献身」dévouement という言葉で指し示すのは、おのれの命を代償にして崇高な価値に身を捧げることであり、たとえばカエサルに降伏することを拒んで自害した小カト（マルクス・ポルキウス・カト）が一つの模範とみなされる。ただし「献身」による死は、こうした能動的な自死よりも、死の受容とみなすべきケースが多いと著者は指摘する（三六九頁）。言及されるのは、あえて獄中にとどまり毒杯をあおったソクラテスや、ヘンリー八世の懐柔に応じることなく斬首に処せられたトマス・モアなど（三七五頁）。さらにスタール夫人はキリスト教的な近代へと時代を下り、イギリスのような憂愁に閉ざされた地方にくらべると、南方では生を享受するにふさわしい自然や社会環境に恵まれており、おのずと自殺者も稀なのだと簡潔に述べる。どうやら著者の意図は「形而上学的な精神の昂揚《アントゥージアスム》」の国ドイツについて、これまでの議論を補足し補強することにあるらしい（三七七頁）。ベニシューの指摘を思い出していただきたいのだが、『ドイツ論』がなしとげたのは哲学と宗教との同盟であり、この同盟から誕生した「世俗的スピリチュアリスム」の中核に「熱狂《アントゥージアスム》〔精神の昂揚〕」の概念が位置づけられていた。なるほどそういわれれば『自殺論』の著者も「熱狂《アントゥージアスム》〔精神の昂揚〕」の「説教者」にして「神学者」としてふるまっているようなのだ[40]。

具体例を検討することによって、その教説はより鮮明なものとなるだろう。一八一一年十一月二十一日、ベルリンに届いた劇作家クライストと人妻との華々しい心中事件の報せはただちに国境を越えて、執筆中のスタール夫人に衝撃を与えたのだった。センセーショナルな出来事は『自殺論』のなかで否定的に論じられている。原注によれば、K氏とV夫人はポツダムの旅館で食卓について聖餐式の賛美歌を歌い、その後、二人の合意のもとに、男が女の頭を銃で打ちぬいてから自殺した。V夫人には父と夫と娘がおり、K氏は詩人としても公職においても評価されていた、とも書き添えられている。これはドイツ人が陥りがちな「奇妙な昂ぶり」singulière exaltation にすぎないとして、著者は周囲の興奮ぶりを含め、徹底的に批判するのである。そもそも二重の殺人が行われる舞台で、主への服従を祈念する賛美歌を歌うことなど、キリスト教徒に許されるはずはない。それというのも、男は女を殺したのであり、たとえ合意のもとであろうと、人間の意志などは一過性のものだから、正義と人間性という永遠の法則に照らしてみれば、他人の生に対する「残忍な所有権」féroce propriété を前提とする行為は言語道断といわざるをえない。たしかに男は女の後を追ったけれど、殺人者として死ぬよりも、祖国のための戦いか、気高い理想に命を捧げることもできたはず。それに愛し合っている男女なら、一年でも、いや一日でも、ともに生きる幸福を味わおうと考えるべきではなかったか。このような道を踏み外した例があるために、誤解を招くのだが、とスタール夫人は主張する、真の「熱狂《アントゥージアスム》〔精神の昂揚〕」とは理性に内在し、理性の発育を促す熱気にほかならない。理性と「熱狂《アントゥージアスム》〔精神の昂揚〕」は相矛盾するどころか、魂の本質が合わせもつ不可分の特質なのである（三七八〜三八一頁）。

だが考えてみれば、スタール夫人の小説でも、愛し合う男女が相次いで死んでゆく。クライスト事件のいったい何が、これほど夫人を苛立たせるのだろう。たとえば『デルフィーヌ』の結末には、草稿も含めると四つのヴァージョンがあり、その一つは、レオンスが銃殺される瞬間にデルフィーヌが体で恋人をかばうというもの。「レオンスの代わ

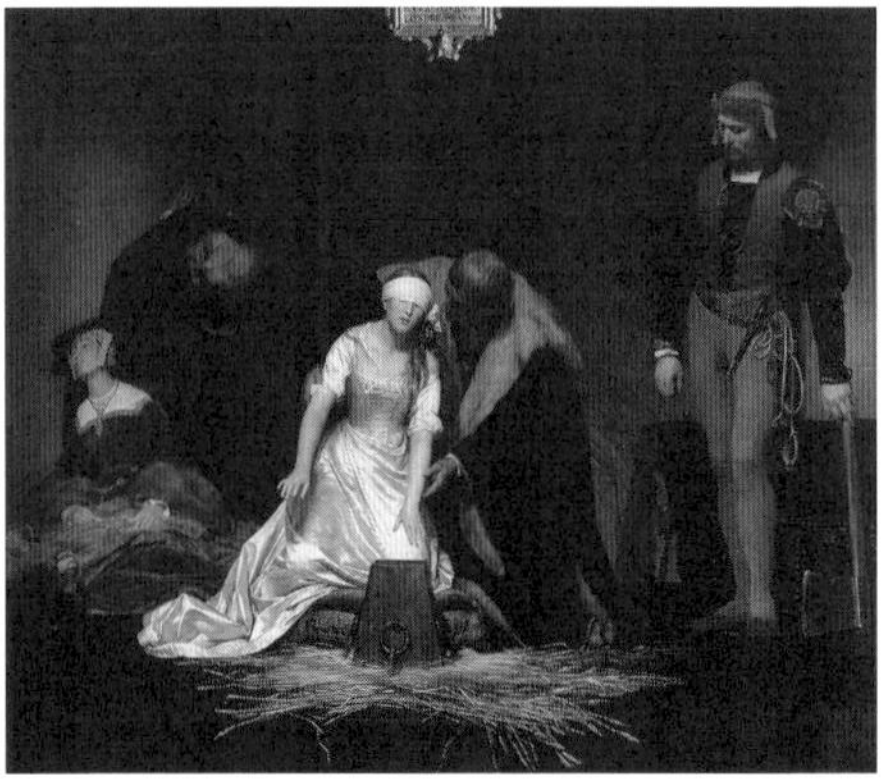

ジェイン・グレイの処刑（ポール・ドラロシュ画）

りに銃弾を身に受けるというのは、よほど動作が巧みでなければ無理だろう」と実務肌の父ネッケルにたしなめられ、このアクロバティックな結末は、お蔵入りになった[41]。これこそが、スタール夫人の夢想する「献身」の極致であり、自殺をせずに疑似心中を遂げるための、合理的だが現実離れした解決法だったのかもしれない。お気づきのように人の死をめぐる省察においても、賭けられているのは主体の自由主義なのである。V夫人のように男の「残忍な所有権」の対象とならぬためには、選択の自由が、みずからの知性と感情に照らして納得できる選択の機会が与えられなければならない。

『自殺論』には、本論につづき「ジェイン・グレイについての覚書」と題した数ページのエピソードが付されている。本書第二章の『フィクション試論』の項で見たように、抽象的な思索としての本論に、多様な解釈を誘う虚構の物語を添えるという形式は、当時めずらしいものではなかった[42]。ヘンリー八世の妹を祖母にもつジェイン・グレイがプロテスタント勢力の後押しで王位を継承することになったが、カトリック勢力に担がれたヘンリー八世の長女メアリーにより、戴冠式からわずか九日で廃位に追いこまれ、一五五四年二月十二日、二十歳にもならぬ身で処刑された。この史実を紹介する「前置き」と、ジェインが信仰の導き手であった聖職者に宛てて獄中でしたためたという設定の創作書簡からなっており、手紙は最愛の夫ギルフォード公の斬首された亡骸を見たという報告で終わっている。

ジェインは獄中で一つだけ、選択の自由を手にしたのである。訪問を許された元教育係の老人アシャムが恭しく毒薬を差しだした。老人とジェインの悲痛な問答を再現する余裕はないが、おぞましい処刑への恐怖を認めつつも、神の意志に従うつもりだとジェインは述べる。しばしの沈黙があって、ギルフォード公はいかに考えておられるか、というジェインの問いに対し、老人が答えていう、自分は断頭台で死ぬつもりだが、妃について意見は述べぬとのことでした。ああ！　わたしに選択する手柄を与えてくださるとは、それを先に知っていたなら、迷うことすらなかったでしょう、宗教が命じることを愛が教えてくれたはず、とジェインは心情もあらわに述懐する。老人が悲しげに立ち去るとまもなく、メアリー女王付きの司祭があらわれ、五日後に刑が執行されると告げる。そしてジェインの脅えを見てとり、カトリックへの改宗と引き替えに助命を提案したのである。この会見により、わたしの魂は立ちなおり、神のお導きにより、望ましき死が見えてきました、とジェインは手紙の宛先である聖職者に語る。

神の摂理によって、アシャムがわたしのために望んだもの、すなわち意志的な死 (mort volontaire) が与えられました。わたしは自分を殺すのではない、生きることを拒むのであり、自分の意志により受諾した断頭台は、このときから、生け贄がみずからえらんだ祭壇のように思われたのでした。信仰を対価にして買い求めなければならぬ命など惜しくはない、これは徳高き人間に許された自死として、唯一のものでありましょう（三九二頁）。

美徳のために命を犠牲にすることと自己中心的な死は峻別されなければならない（三七二頁）。そのことへの無理解から、V夫人の誤ちは生じていた。スタール夫人のいう「献身」とは、主体の放棄ではないのである。ジェイン・グレイは、ふたたび牢を訪れた老人とともに『イリアード』やヴェルギリウスの詩篇を詠い、その気高い「精神の昂揚《アントゥージアスム》」に慰めを見出した。「この世における人間のもっとも大きな道徳的尊厳とは、いかなるものか？」という『自殺論』第三セクションの問いにかかわる崇高な範例として、挿話のヒロインは造形されている。

だが、いかなる模範なのか？　ジェイン・グレイの「哲学的な精神と宗教的な信念」は最期まで揺らぐことがなかった、という言葉が「前置き」を締めくくっているのだが、おのずと想起されるのは、ベニシューのいう哲学と宗教の同盟という主題である。筋書きだけ追えば、自死を禁じる宗教の掟を優位と認め、哲学が宗教に奉仕したという趣旨の物語と読めなくはない。しかし当事者は「自分の意志により受諾した断頭台」を「徳高き人間に許された自死」と定義しているのである。宗教と哲学の力関係はなんとも曖昧ではないか。同盟はむしろ「哲学によって宗教を併合する一つの手法」にすぎない、というベニシューの卓見も参考になろう。哲学的な著作に添えたフィクションは、解釈し思考しつづけるために読者にゆだねられたテクストなのであり、設問への回答が自明ではないからこそ、豊かな意味をもつ。スタール夫人が読んでいたにちがいないモンテーニュを、ここで引用しておこう――「死についてあらかじめ考えることは、自由について考えることにほかならない。死に方を学んだ人間は、奴隷の心を忘れることができた人間なのだ(43)」。

さて、このような哲学的著作をスウェーデン王太子に献呈することが、非礼に当たるか否かという問いについては、もはや議論するまでもあるまい。ベルナドットはスウェーデンの王位継承権を授かるさいに、カトリックからプロテスタントに改宗した人間であり、その意味でもスタール夫人の声に耳を傾ける立場にあった。夫人より三歳年長の人望厚き軍人は、ブリュメール事件の前後から頭角をあらわし、クーデタに荷担しなかったところから、第一統領の対抗馬ともみなされた。ナポレオンの覇権に綻びが生じ、フランスという国家が危機に曝されている今、反独裁の旗頭として、ベルナドット以上にふさわしい人材はないとスタール夫人は考えていた。アレクサンドル一世と提携したベルナドットをひとまずフランスの首長に擁立し、ナポレオン以降のヨーロッパ新秩序を模索しようという各国の外交的な動きも顕在化しつつある。『自殺論』がストックホルムで刊行されたのは、そのような状況下であった。

著者は本論の末尾で、亡命者となったフランス人たちの不幸に言及する。そして、フランスが「自由を、すなわち正義を政治的に保障すること」を学びとるならば、その栄光は計り知れないものになる、と宣言するのだが、その主語である「われわれ」は、さながらベルナドットに応答せよ、唱和せよと呼びかけているかのように思われる（三八四頁）。一方で巻頭「献辞」が為政者へのオマージュとして書かれるのは当然のことだろう。自分と家族に安らぎを与えてくれた国への感謝がつづられ、さらに王太子自身は「祖国への献身」による死という以外に、みずからの死を思い描くことはあるまいけれど、徳高き哲人としてご高覧いただけると思う、と著者は語りかける。「あるフランス人の言によれば、殿下は王政の騎士道精神と共和政の騎士道精神を合わせもつ方だとのこと」（三四二頁　傍点は原典イタリック）という言葉は、追従というより、望ましき開明的な君主像を浮き彫りにするためだろう。つづく段落には「憲法が道を塞いだときに苛立つ者もいるが、殿下はむしろそのことを誇りに思われた」との指摘がある。表向きはベルナドットの「立憲主義」への賛辞だが、内実はブリュメールのクーデタにより既存の憲法を踏みにじり、執行権の邪魔にならぬ新憲法を制定した者への厳しい批判だろう。ちなみにこの時代、原理としての「立憲主義」を主張する者はいたけれど、この語彙自体は存在していない。

ベルナドットはスタール夫人の期待に応えなかった。温厚な性格だったとも伝えられており、いずれにせよナポレオンに敵対する野心家ではなかったのである。ちなみに南フランスの平民を初代国王とするスウェーデン王国のベルナドッテ王朝は、現国王カール十六世グスタヴにまで至っている。

4　いかなる女性としてスタール夫人は生きたのか？

スタール夫人がモスクワの炎上を知ったのは、一八一二年の秋、オボの港を出てフィンランド経由でストックホルムに到着したときである(44)。厳寒のロシアから退却したナポレオンは翌年の春から起死回生の戦いに挑むが、一八一四年三月三十一日、パリは連合軍の手に落ちる。翌日、タレイランを主席とする臨時政府が成立した。

一八一三年六月からロンドンに滞在していたスタール夫人は、七月に『ドイツ論』を刊行、初版は数日で売り切れた(45)。ただちに『ドイツ論』および他の著作の再版などにとり組むかたわら、ヨーロッパ外交の舞台で脚光を浴び、反ナポレオン陣営の重鎮として発言力を増してゆく。データ化された情報が世界を駆けめぐる今日と異なり、サロンの会話や署名入りの私信が国際政治の力学に関与した時代だった。スタール夫人がスウェーデン王妃に宛てた一八一三年七月八日付けの手紙には、四日間に訪問客が三〇〇人、ご招待は二〇件とある。[46] 晴れてパリに帰還したのは一八一四年五月だが、いつものごとく現実主義の状況判断により、復古王政のブルボン家と和解してサロンを再開した。諸外国の要人や帰還した亡命者たち、政界と軍隊の大物たちが引きも切らずに訪れたという。七月から九月までコペに滞在し、ここでもイギリスで得た知己などと活発な交流が行われる。一八一五年三月、ナポレオンがエルバ島を脱出したとの報せをパリで受け、ふたたびコペへ。新たな「自由帝政」を標榜するナポレオンの積極的な働きかけに対し、コンスタンは要請に応じて「帝国憲法付加法」を起草するのだが、スタール夫人が応答することはない。[47]

五十歳のスタール夫人は、早すぎる死を予感するかのように、私生活の整理にとりかかる。一八一六年一月、イタリアに向かったのは、伴侶ジョン・ロカの病気療養と娘アルベルティーヌの結婚のため。夏はバイロン卿などの珍客もあり、コペで賑やかに過ごし、十月十日、密かにジョン・ロカと結婚。一八一七年二月、パリで脳卒中のため麻痺状態に陥り、革命記念日の七月十四に死去。

「はじめに」で述べたように、スタール夫人の「知性」が開花し成熟するさまを描出することが本書の狙いであり、予定の紙幅は尽きている。復習を兼ね、ヴィノックによる評伝をメモ風にまとめることにして、まずは家族との関係を中心に――スタール氏の子である長女は二歳にならぬうちに早世し、つづく二子はナルボンヌの子とされる。長男オーギュストはしっかり者で献身的に母を支え、スタール夫人の死後、全集の編纂に当たる。次男アルベールは向こう見ずな性格が災いし、亡命先のストックホルムでベルナドットに仕官してまもなく、決闘で落命。その衝撃はロンドンにいたスタール夫人を打ちのめした。コンスタンの子とされるアルベルティーヌは、つねに母親に寄りそって気立てのよい娘に成長した。ネッケルが国庫に預けた二〇〇万フランが復古王政によりついに返却されて、堂々たる持参金つきの花嫁候補となったものの、母親のお眼鏡にかなったヴィクトル・ド・ブログリー公爵はカトリックの家系である。嫁ぎ先の一族を満足させるため、ローマに赴いてプロテスタントとの婚姻に求められる教皇庁の認可を取得し、まず民事婚の手続きを完了してから、カトリック教会とイギリス国教会により二重に挙式するという念の入れようだった（四七六〜四七七頁）。重荷を下ろしたスタール夫人は、これまで日陰の身に甘んじていたロカと密かに結婚し、亡命の直前に生まれた男児を夫婦の子として認知した。その直後にしたためた遺言には生存している三人の子供たちを含め周囲の人間への周到な配慮が記されていた（四八二〜四八三頁）。病身のロカは寡夫となって半年後に死去。幼い息子はアルベルティーヌによって養育された。オーギュストが若死にしたため、スタール男爵家は途絶えたが、夫人の血と知的遺産は娘を介してブログリー公爵の家系に引きつがれた（四九三〜四九四頁）。子供たちがそろって母を敬愛していたことは疑いようがなく、母の異性関係が睦まじい家族に軋轢や確執をもたらしたという形跡は不思議なほど残されていない。

スタール夫人とアルベルティーヌ（ヴィジェ＝ルブラン夫人画）

その異性関係について、書簡などを洗いざらい調査して物語を書くつもりはさらさらないし、ヴィノックの示唆する「一五人の愛人」（一一頁）という数字の真偽など確かめる気にもならない。それにしても、おおむね公正であろうと推察されるヴィノックの評伝と、そこに引かれたあまたの恋文をもとに、以下のような一般的論評はできるかと思う。スタール夫人が個々の恋愛に投入する感情と知性の総量は、相手のそれをはるかに凌ぐものだった。現象としては、つねに女のほうが積極的であり、男が逃げ腰になれば、女はいっそう燃え上がる、と記述してさしつかえない。革命や哲学的思索と同等に、いや女性の本領と認められているという意味ではそれ以上に、愛こそは「熱狂〔精神の昂揚〕《アントゥージアスム》」の表出であり実践ではないか。スタール夫人はフィクションをつうじて精神の上昇運動と苦痛にみちた献身としての「ロマン派的な愛」を定式化した。コリンヌのように愛の美徳の「巫女」となり、実人生という舞台で演じてみたいと願ったとしても不思議ではあるまい。この先は推測にすぎないが、相手役の男たちは、いずれも多かれ少なかれ役者不足だったのではないか。

唯一の例外はバンジャマン・コンスタンである。役者は美形であるに越したことはないけれど、コンスタンは唯一、スタール夫人の評によれば見苦しい風体で、しかも感情と知性の総量においてスタール夫人に拮抗していたと思われる。本書では知性のパートナーとしての出発点を第三章で素描することしかできなかったが、リュシアン・ジョームの指摘するように、スタール夫人の「主体の自由主義」を「反体制の自由主義」として理論化し実践してゆくのがコンスタンであるという相互関係は、それだけで手応えのある政治思想史の検討課題となるだろう。一方、コンスタンの感情生活はどうかといえば、これも一冊の書物を著すに足るほどの混沌たる素材を孕んでいるのである。一七九四年にスタール夫人に出遭い、間歇的に熱烈な愛を捧げる一方で――その人柄が及ぼす強力な呪縛を逃れたいということか――これも間歇的に別の女性たちに拠り所を求め、ついに秘密結婚をしてみるが、スタール夫人が裏切りに逆上すれば、すごすごとコペに舞い戻る。注に簡単に紹介しておくが、激しく揺れ動く男の心理を暗号形式で書き留めた『日記』など、常人の理解を越えるとしか形容のしようがない。(48) スタール夫人のほうも、みずからは「恋愛の自由」を行使しながら、コンスタンへの執着を捨てることはなかった。離れていった男たちを怨むことなく、しばしば友人として交流を再開するのがスタール夫人の流儀だったが、この点についても、コンスタンの待遇は別格だった。病床のスタール夫人は、愛娘の父親でもあるコンスタンの見舞いだけは頑として拒みつづけたまま、世を去った。それほどにふっきれない思いをスタール夫人に抱かせたコンスタンが、理解者という意味で唯一無二の友でもあったことはまちがいない。

スタール夫人における二つの特質は情愛と憐憫だった。なるほど彼女は卓越した才能の例に漏れず栄光への大きな情熱を抱いていた。気高い魂の例に漏れず自由への大きな愛着を抱いてもいた。ただし、ほかの感情によって抑制されぬかぎり圧倒的で抵抗しがたい力をもつこれら二つの感情が、一瞬にして席をゆずってしまうことがある。何らかの事情のために、これらの感情が愛する者たちの幸福にとって障害になると思われたとき、あるいは苦しむ人の姿を見て、自分にとって大義の成就や意見《オピニオン》の勝利よりいっそう神聖な何かがこの世に存在すると思い至ったとき、それが起きるのだった。(49)

レカミエ夫人（ジャック＝ルイ・ダヴィッド画）

夫人の死後一二年をへて復古王政の末期に刊行された『文学・政治論集』に収められた文章だが、つづけてコンスタンはこう述べている。私人としての魅力と文学の才だけに話題を限り、ここ四〇年のあいだ活発に議論されてきた諸問題へのスタール夫人の堂々たる参画ぶりについては沈黙を守るという方法もあるだろう。が、それは夫人の望むところではあるまい。そう断って、スタール夫人が自由を熱愛する一方で、不幸のどん底にある人間に党派を越えて援助の手を差しのべ、隠れ家を提供し、迫害された者たちのために奔走したことなどに言及したのち、『コリンヌ』を文学作品として鮮やかに分析し、ネッケルの人柄に触れてから、『フランス革命についての考察』に集約されたスタール夫人の政治思想を正面から論じているのである。十九世紀の市民社会が政治の舞台から女性を排除して、社会的な活動や発言の機会さえ奪ってしまったことを思えば、コンスタンが一八二九年に死者に捧げたオマージュは、例外的に公正なものだったといわざるをえない。

スタール夫人とレカミエ夫人。世に聞こえた「知の化身」と十一歳年下の楚々とした「美の化身」との睦まじい交わりは伝説となっている。この友愛についても、コンスタンに優る証言者はいない。三十ほど歳の離れた銀行家の夫は実の父親であり、財産を継承するために「白い結婚」（性を伴わぬ結婚）をしたのだという世間の噂がいかにも似つかわしい、謎めいた乙女のような、シャトーブリアンの言によるなら「純真と官能の肖像」(50)のような、慎ましやかな既婚婦人を思い描いていただきたい。レカミエ夫人のサロンを訪れるヨーロッパの王侯貴族、パリの有力者や文人は、軒並み虜《とりこ》になったと伝えられており、遅ればせながらコンスタンも一八一四年に、狂おしい恋の炎を燃えあがらせたことがある。一七九八年にネッケルが亡命者リストからはずされて、ようやくパリの屋敷を処分できることになり、これをレカミエ夫人の夫が買い取ったところから、スタール夫人との交流が始まった。

この著名な女性のまえに出ただけで、彼女はひどく気後《きおく》れしてしまった。スタール夫人の容姿については毀誉褒貶がある。しかし素晴らしいまなざしと穏やかな微笑、思いやりの表情を絶えず見せ、せせこましい気取りや気詰まりなよそよそしさとはおよそ無縁であり、気持を和ませる言葉、熱意《アントゥージアスム》からあふれでたように感じられるやや直接的な賛辞を口にしながら、汲めども尽きぬ話題を操る夫人は、まずは相手を驚かせ、惹きつけ、近づく者たちの大方を味方にしてしまうのだった(51)。

コンスタンによれば、スタール夫人ほどに自分の圧倒的な優越性を知りながら、その優越性を重圧と感じさせない人間はいないという。夫人は詩情あふれる雄弁な想像力をもっており、信仰に近い確信をもって才能の卓越を自覚していたが、そのために自己中心的になることはなく、ただ確信に支えられ、誠心誠意語っていたのである。

スタール夫人と年下の女友だちとの語らいほどに心惹かれるものはなかった。一方が無数の新しい思考を展開するときの素早さに、それらの思考を捉えて判断する相手の素早さが呼応した。雄々しく力強い精神がすべてを開示すれば、繊細で軽やかな精神がすべてを理解した。その現場に居合わせるという幸運に恵まれた者でなければ、そうしたやりとりから生じる和合の何たるかを描くことはできるまい(52)。

レカミエ夫人は人柄は控え目だが権力になびかず、ナポレオンに睨まれながら、ヨーロッパ的な人脈と人望を頼りに身を挺して迫害された人びとを保護するようになる。心からの信頼によって結ばれた女性二人の友愛に絡むもう一人の人物は、シャトーブリアンである。『キリスト教精髄』の草稿を携えて亡命先のイギリスから密かに帰国したばかりのころ――フォンターヌに誘われてスタール夫人の『文学論』を酷評してほどなく――たまたまスタール夫人邸を訪問し、そこでレカミエ夫人を見かけたのだった。白いドレスを着て青い絹のソファにくつろぐ「純真と官能の肖像」は、未来の文豪の記憶に深く刻まれた。すれ違いの一二年が経過して、一八一四年春、帰国したばかりのスタール夫人が催したシャトーブリアンによる作品朗読の席で再会。その後も交際が深まることはなかったが、死の直前のスタール夫人がまたもや偶然とは思われぬ心遣いで二人を結びつけた。一八一七年五月二十八日、別れの晩餐さながらに、スタール夫人は選りすぐりの友人たちを招く。『墓の彼方の回想』によれば、その席で著者は「守護天使」が自分の右隣にいることを発見したという(53)。

その何日かまえ、シャトーブリアンは病床のスタール夫人を見舞って

コペの城館に用意されたレカミエ夫人の部屋

いた。

スタール夫人は枕を重ねて半ば体を起こしていた。近くに寄り、薄暗がりに目が慣れてきたところで、ようやく病人の姿が見えた。高熱のために頬が火照っていた。美しいまなざしが暗がりから私に投げかけられ、彼女はこういった——「*Bonjour, my Dear Francis.* わたし、とても苦しいの、でも、だからってあなたを大切に思うことに変わりはありませんよ」。彼女は手を差しのべ、私はその手を握って口づけした。ド・ロカ氏だった。頭を上げると、寝台の反対側で壁を背にして白っぽい痩せた姿が立ちあがるのが目に入った。ド・ロカ氏だった。表情はやつれ、頬は窪み、目は混濁し、顔色は喩えようもない。この人も死にかけていた。それまで一度も会ったことがなく、二度と会うことはなかった。彼は口を開こうともせず、私のまえを通りすぎながら、ただ黙礼した。足音さえ聞こえず、亡霊のように遠ざかっていった。[54]

これほど重篤な病人であったから、スタール夫人は晩餐会でも招待客とともにテーブルにつこうとはしなかった。シャトーブリアンは述懐する、消滅する才能というものは、死んでゆく個人よりも、社会に大きな衝撃をもたらす、と。

スタール夫人とともに、私の生きた時代の少なからぬ部分が崩れ落ちたのである。卓越した知性が斃れるとき、一つの世紀に裂け目が生じることがあるのだが、これほどの裂け目は繕うことも叶うまい。彼女の死は、神秘的な驚愕のようなものの混入した、曰く言いがたき印象を私に与えたのだった。[55]

スタール夫人の死とともに、文豪と「守護天使」との新しい友愛の物語が誕生する。パリのオー・ボワ修道院の一角にレカミエ夫人が借りた小さなアパルトマンは、シャトーブリアンの日参する格調高い文学サロンになってゆく。ヴィクトル・クーザン、メリメ、ラマルティーヌなどが訪れる特権的な空間は、文学を志す者たちの憧憬の的だった。一八三〇年代の半ばから、ほかならぬ『墓の彼方の回想』の草稿も朗読されるようになる。伝えられるところによれば、部屋の壁にはジェラールによるあの大きな『ミゼノ岬のコリンヌ』が掛けられており、今にもスタール夫人の声が聞こえてきそうであったとか(56)。それにしてもナポレオン法典のもと、サロンで女性が「オーケストラの指揮者」のようにふるまうことはもはやない。求められるのは、聡明で控え目な「守護天使」でしかないだろう。

5　歴史の始まり
――『フランス革命についての考察』（死後出版一八一八年）

作家の死後の評価にかかわるこの項に、何よりふさわしいのはスタール夫人に深い共感を抱く現代の女性歴史家の文章である。『フランス革命事典』の編者の一人、モナ・オズーフがヴィノックの評伝『スタール夫人』に寄せた書評からの抜粋。

彼女のことを念頭に置き、ナポレオンは「女たちは編み物をやればいい」と不機嫌な台詞を吐いた。編み物ですって？　好きなのは理解すること、話すこと、説明すること、説得すること、虜《とりこ》にすることであり、彼女にいわせれば、それらは要するに同じことだった。彼女は革命を「未曽有の好機」として受け入れた。黄昏を迎えたのは、みずからが嫌悪する世襲の階級制であり、曙を迎えるのは、みずからが期待する卓越した能力への評価である。彼女は頑として主張しつづけた。それというのも、革命の犯した数々の罪にもかかわらず、掲げられた諸原理そのものは、つまり啓蒙の推進、市民的な平等、代表制統治に向けた力強い前進などの諸原理は、無疵であ

セント＝ヘレナのナポレオン（エピナル版画）

ると彼女の目には見えていたからである。ここに於いてジェルメーヌの政治信条は確立した。反動の誘惑は微塵も覚えなかった。ただ、ジャコバンと特権貴族という、いずれ劣らず有害かつ退嬰的な勢力に挟まれて、自由の共和国を根づかせる可能性に賭け、ひたすら中道の路線を模索したのである。(57)

この評価を得るまでの二世紀を、スタール夫人は無理解という煉獄のなかで生きてきた。死の直後から、スタール夫人を『コリンヌ』の作者というだけの狭苦しいイメージに押しこめてしまったのは、例によって不機嫌なナポレオンだった。退位した皇帝が述懐したところによれば、スタール夫人がヒロインのなかにあまりに見事に自分を描きこんだおかげで、なかなか読み終えることができないという。なにしろ読んでいると、スタール夫人が見える、聞こえる、その辺にいそうな気がするので、すぐ放り出してしまうのだ――そういいながらもナポレオンは、結末を知りたいのだと言い訳しては『コリンヌ』を読んでいたという。ラス・カーズによる『セント＝ヘレナ覚書』の記述だから脚色はあるだろう。(58) それにしても女性作家とヒロインを徹底的に同一視して、女性文学を親密圏の告白にすぎぬものとみなし、公共圏への働きかけや作品の社会的・政治的野心を黙殺するナポレオンの読み方は、なんと近代的であることか。昨今まで、これは男性評論家が女性作家の作品を論じるときの典型的な姿勢だったのだから、ヴァージニア・ウルフならずとも、ひと言辛辣な論評をしたくなる。まことにナポレオンは恐るべき先駆者だった。

くらべてみればコンスタンの読解は、はるかに妥当なものに思われる。コリンヌの魂が、イタリアをじっさいに旅する以上に、イタリアの魅惑を伝えてくれるのはなぜか。それはヒロインの芸術家的な資質や研ぎ澄まされた感性が、イタリアという土地の産物であり、コリンヌは「あの空、あの気候、あの自然が産んだ娘」であるからだと述べたあと、スタール夫人はイタリアをいかに提示しようかと考えたときに、あのような性格のヒロインを必要としたのだとコンスタンは主張する。(59) ヒロインの名と国名を並べただけの不思議なタイトルの内的論理をみごとに言い当てているではないか。

一七九九年生まれのバルザックは、スタール夫人に出遭ってもおかしくはない世代である。『ルイ・ランベール』は、ヴァンドームのコレージュに入学した風変わりな少年が、狂気の天才になり早世する物語。公園の片隅でスヴェーデンボリの難解な神秘主義思想に読みふける見窄《みすぼ》らしい少年をたまたま見かけたスタール夫人が隠れた才能を直観し、鷹揚に教育費と生活費を出してくれたという逸話が発端になっている。夫人が『ドイツ論』の出版を控え、ロワール河沿いの城館にとどまっていた一八一〇年の出来事と推察されるのだが、当時、ヴァンドームのコレージュにいた少年バルザックの身にも起こりえた遭遇である。同じくバルザックの『老嬢』には、ある人物が「自由主義的な意見」opinions libérales について「皇帝アレクサンドルのために最近つくられた造語であり、私の知るところでは、スタール夫人に由来しバンジャマン・コンスタンが広めたもの」と蘊蓄を傾ける場面がある。(60) おそらく十九世紀半ばまでは、生身のスタール夫人という存在が、こんなふうに社会的な記憶となって人びとに共有されていたのだろう。しかし大きな流れとしては「スタール夫人」と「コリンヌ」という二つの固有名が密着すればするほどに、その人の人間性や哲学的・政治的思索の軌跡は忘れられてゆく。それが不当だといっても仕方あるまい。それにまた本書のめざす「知性の評伝」biographie intellectuelle の幕引きにふさわしいのは、むしろ固有名から切り離され匿名のものとなった知的遺産を視野に入れることであると考える。

これまで述べてきたことをふり返るなら、スタール夫人の初期の論考は「政治」の現場に直結するものだった。立憲王党派から共和主義者へと変貌したのも、純粋に思想的な転向とみなすのは正確ではない。危機的な状況のなかで、選択可能な国制の形態をさぐるというプラグマティズムが動因になっていたにちがいないからである。リュシアン・ジョームが指摘するように一八〇〇年を挟んで「制度的な思考」のステージから「哲学的な思考」のステージへと移行したのも、論理的な要請というよりむしろ、第一統領との勝ち目のない対決を避けるためだったと説明できる。

一八一〇年までの十年間に執筆された四冊の代表作は「文学」と「哲学」と「宗教」を架橋した。くり返し強調しておきたいのはベニシューのいう哲学と宗教の同盟という功績である。そこで実践されたのは「哲学によって宗教を併合する一つの手法」だったという表現がいささか挑発的に感じられるとすれば、「宗教を哲学的な語彙で思考する手法」といいかえてもよい。スタール夫人の「熱狂《アントゥージアスム》〔精神の昂揚〕」が「宗教」と「哲学」を和解させる標語でもあったことは『ドイツ論』の第四部で充分に示されており、本書で試みたように『自殺論』もその延長上で読み解くことができる。ただし、一七八九年の未曽有の政治的昂揚を原体験とするこの語彙自体は、ナポレオン帝政崩壊後の沈滞したフランス社会では、かつての輝かしい説得力を急速に失っていったと思われる。その一方で『ドイツ論』の議論に親しんだ者たち、あるいは二番煎じ、三番煎じでスタール夫人の思想に触れた者たちは、人間の理性と感情を糾合する「内的体験」として宗教を語ること、それも個人がみずから編みだした語彙で語ることを本能的に修得してしまったにちがいないのである。

超越的な神が真理を司る啓示宗教であり、万人が共有すべき単一の教義を基礎とする制度宗教でもあるカトリックにしてみれば、これは明らかな違反行為だろう。おそらくそのためもあり、カトリック的フランスにとってスタール夫人の「主体の自由主義」は、どこか本質的なところで違和感をぬぐえぬものでありつづけた。警察大臣ロヴィゴがそこまで見抜いたはずはないけれど『ドイツ論』は「フランスらしからぬもの」という酷評は、なるほど図星といえなくはない。十八世紀、啓蒙の哲学とカトリック信仰は、統治すべき精神的領土を分割し、反目しながらも共存していたのだが、革命後のフランスは宗教の領土の大半を、多様な個人に開放してしまったようにも見える。ロマン主義の文学は文学のやり方で中世の信仰や騎士道精神を語り、哲学は哲学のやり方で宗教的なものをとりこんだ道徳を打ち立てようとした。一般には非宗教化が進展したとみなされる十九世紀前半は、サン＝シモンからオーギュスト・コントに至るまで、きわめて宗教的な教説が科学的な言説と同盟を結んだ時代でもあった。かくして『ドイツ論』は、人文的な知のパラダイム転換と呼ぶべき水準で、決定的な影響を及ぼしたのではあるまいか。とほうもなく大きなスケールの、ただしあくまでも匿名の遺産である。

「歴史」の領域におけるスタール夫人の遺産についても語っておかねばならない。一八一八年、オーギュスト・ド・スタールとヴィクトル・ド・ブログリーの編集により上梓された『フランス革命についての考察』は、初版六万部があっというまに品切れとなり、一八二〇年までに三版を刊行。同年、全集にも収められて、その後一八八一年まで、さらに五回重版されたのち忘れられてゆく。[61] そして一世紀後の一九八三年、ようやく長い眠りから覚めたのだが、このとき編集と解説に当たったのはジャック・ゴデショ。一九〇七年生まれの歴史家にとっては、最晩年の仕事ということになる。第三共和政お墨付きの一国史観を相対化する「環大西洋革命論」、あるいは革命にかかわる理論や行動の複雑な力学に注目する「反革命」の研究などを主要業績とする個性的な研究者が、ここでスタール夫人に注目したことの意義は大きい。[62]

ゴデショによれば、スタール夫人の著作は、歴史や政治社会学にかかわるものが多数を占めるにもかかわらず、もっぱら小説家として読まれており、革命から帝政期までを対象とする歴史研究の分野では、エルネスト・ラヴィス、アルベール・マティエ、ジョルジュ・ルフェーヴル、ジャン・テュラールなどの著作でも、まったくおざなりの言及しかされてこなかった。しかるに一八一八年の『フラン

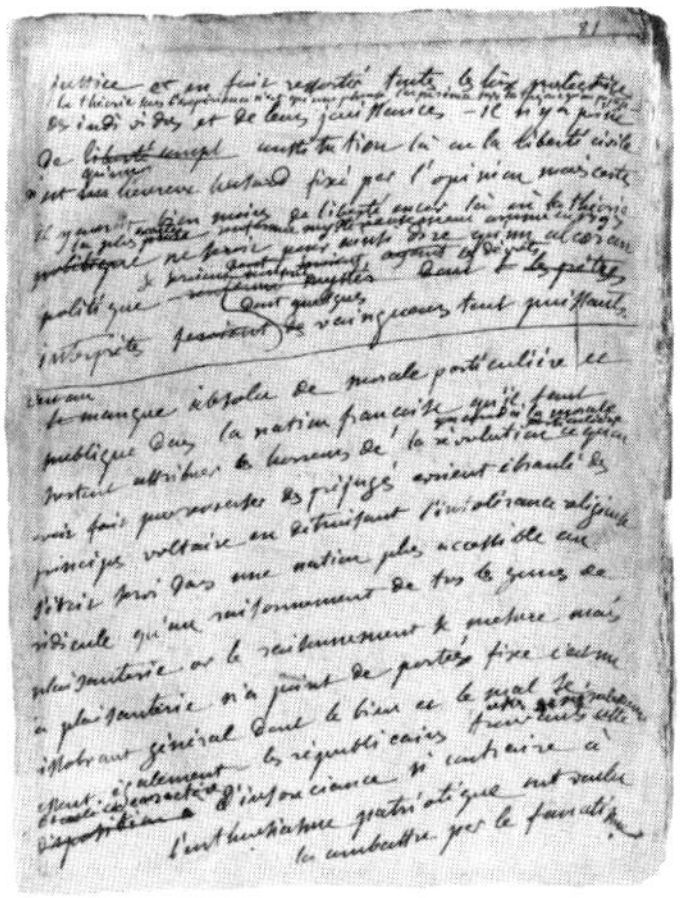

政治論考の自筆原稿

ス革命についての考察』は、革命を一七五〇年から一八一六年までの大きなスパンで総体として捉え、世界の進歩発展のなかに位置づけた初めての書物なのであり、大きな反響を呼ぶには、それなりの理由があった。しかもスタール夫人は十七世紀のイギリス革命と比較し、類似と相違を析出することによってフランス革命を定義しようと試みた。[63]ゴデショはアメリカ革命に触れることがほとんどないと不満を漏らしているが、沈黙は無関心の証しではないだろう。スタール夫人は、ヨーロッパの内部でさえ、現地を訪れ「風土」と「社会」を観察したうえでなければ、特定の国民や国民性について語ることはない。かりに一八一〇年のアメリカ亡命計画が実現していたらトクヴィルの先達となったかもしれない、などと今さら空想してみても仕方ないだろう。ともあれスタール夫人の国境を越える展望は「環大西洋革命論」に響き合うというだけでなく、今日の尖端的な「比較史」や「世界史」の枠組みにとっても示唆的なものにちがいない。ちなみにフィリップ・レノーの最近の著作『三つの自由革命——イギリス、アメリカ、フランス』も、コンスタンとスタール夫人を然るべく位置づけており、国境を越える自由主義研究といえる。[64]

それにしても『フランス革命についての考察』が、今日のアカデミックな「歴史学」が範とするような作法で書かれているはずはない。そもそもスタール夫人がこれを亡命先のストックホルムで書き始めたときには、父の業績と著作について回想を書いておきたいという心境だった。ところが書いているうちにフランス革命の主要な事件を語るとともに、イギリスを論じたいと思うようになった、と緒言に記されている。[65]本論劈頭を飾るのはこんな言葉である。

　フランスの革命は社会秩序にかかわる偉大な画期の一つである。これが偶発的な事件でしかないと考える者たちは、過去にも未来にも視線を注いでいないことになる。そうした者たちは、役者をドラマととりちがえているのである。そして何世紀にもわたって準備されてきたものを、みずからの情念の赴くままに、その時々の人間の営みに帰してしまうのだ。

　じっさい歴史の主要な危機を一瞥してみれば確信できることだが、それらの危機は思想の発展に何らかのかたちで結びついているかぎり、いずれも避けて通れぬものだった。いっときの闘争と多少とも長引く不幸が去ったのちには、かならず啓蒙が勝利して人類の偉大と成熟に貢献したことを確信できるはずである。

わたしの野心は、われわれが生きてきた時代について、すでに遠い時代であるかのように語ってみることにある。見識ある人は思考の力によって未来の世紀に身を置くことができるといわれるが、わたしが到達しようとした不偏不党の高みに辿りつくことができるか否かは、そうした人たちに判断していただこう（六三頁）。

今から二世紀も昔、高等教育から全面的に排除された女性の一人によって、「不偏不党の高み」をめざす人文学的な「野心」が、堂々と端正な言葉で語られていたのである。しかもその著作は第三共和政公認の歴史学が確立するまでは、多くの読者を惹きつけていた。アルベール・チボーデも一九三六年刊行の『文学史』において、第一部「一七八九年の世代」の第八章「スタール夫人」の最後に「教説《ドクトリン》の母」という小見出しを立て、『フランス革命についての考察』はシャトーブリアンの『墓の彼方の回想』に相当すると述べている。

これは最も重要な著作の一つ、政治的な人生の遺言、さらには一つの宣言《マニフェスト》である。すなわち一〇年後には「ドクトリネール」と呼ばれるであろう学派の宣言、ジュネーヴの伝統とイギリスへの共感に染められた王党派自由主義の宣言であり、この勢力が一八三〇年に権力の座に就いて、同年バンジャマン・コンスタンのために盛大な葬儀を営むことになるのだが、なろうことなら教説《ドクトリン》の母であり、ドクトリネールの公爵（ブログリー公爵）の義理の母でもあるスタール夫人のために、さらに壮麗なる葬儀を営みたいと思ったことだろう。コリンヌが岬のうえからレカミエ夫人のサロンの来客たちを見守っていたように、スタール夫人の精神はフランスを導くことになる。ある日、若きギゾーがコペを訪れて、重々しい美声でシャトーブリアンの一篇を朗読したことがある。スタール夫人はギゾーの腕に手をかけてこういった――「ここに住んで、わたしたちといっしょにお芝居をやりましょうよ！」[66]

チボーデの文体の妙味も楽しんでいただきたいのだが、ギゾーはスタール夫人のサロンの舞台より、本物の政治の舞台に立つことをえらび、おかげで七月王政期にスタール夫人の遺産を活かすことができた、というのが朗読のエピソードの顚末である。つづいてチボーデは、ナポレオンの覇権的ヨーロッパ構想に「スタール夫人のヨーロッパ」une Europe de Madame de Staël を力強い筆法で対峙させる。思想の領域においては一八一四年から一九一四年まで、いや見ようによってはさらに一九一四年から一九三〇年に至るまで、結局のところ「スタール夫人のヨーロッパ」に理があったといえる。スタール夫人は「形成されつつあるヨーロッパ意識」にとって「一つのステップ」ではなく「一つの原則」だった。これが政治思想史の先駆とみなされるチボーデが遺著に記したスタール夫人の最終的評価である。くり返し見てきたように「スタール夫人のヨーロッパ」とは、英国の政治に学び、独仏の文化的宥和を推進するヨーロッパ構想であり、これが今日のＥＵにもかかわる問題であることはいうまでもない。チボーデが「ヨーロッパ意識」について、スタール夫人の視座をここまで共有できるのは、チボーデ自身がギゾーと同様に、ジュネーヴの精神風土に育まれた批評家であることとも関係していよう。一つだけ惜しまれるのはチボーデが、すでに発見されていた『革命を終結させせうる現在の状況とフランスで共和政の基礎となるべき諸原理について』を視野に入れなかったことである[67]。本書の第三章で見たように、スタール夫人が「政治的自由」を理論化したのは共和主義の存立を模索した時期だった。チボーデがスタール夫人の自由主義を躊躇なく「王党派」の系譜に位置づけてしまったのは、その事実を看過したためにちがいない。

フュレ／オズーフ編『フランス革命事典』でスタール夫人が「歴史家」の巻に収められた理由は、もはや問うまでもあるまい。執筆者はマルセル・ゴーシェ。解説によれば『フランス革命についての考察』は刊行と同時に「すさまじい反響」を呼んだ。旧国民公会議員からの批判もあり、その論争は、復古王政下における「本来の意味での革命史学」を産みだす論戦のきっかけをつくり、その「知的母胎」ともなった。そう指摘したあとゴーシェは『革命を終結させせうる現在の状況』との比較に移る。そして「革命とは啓蒙である」という基本テーゼや代議制をめぐる議論などは一貫していると認めながらも、「距離をとることで成熟した作品は、むしろ当座のパンフレットであったはずの作品にくらべて、分析の鋭さの点で後退している」とも述べている。(68)

これに対してスタール夫人の「評伝」を書き終えようとしているわたしは、思わず反論したくなる。一七九八年の『革命を終結させうる現在の状況とフランスで共和政の基礎となるべき諸原理について』は、長いタイトルの後半からも推察されることだが、風前の灯火のような総裁政府の「共和政」を死守するために「基礎となるべき諸原理」を意気込んで書いたもの。理論が鋭利で正当であるだけに、出版は不可能だった。その経験から学んだ自分が、いまだ脆弱な復古王政のもとで共和政の夢を紡ぎ、公表すれば大きな混乱を招くにちがいないそれらの「諸原理」を、またもや孤独に理論化するのは空しい営みではないか。ここは客観的な「現在の状況」を受けいれて、イギリス型の政治的自由と立憲王制の安定をめざし、その方向で世論に働きかけるのが賢明にちがいない。

ゴーシェの指摘するように『フランス革命についての考察』は「後退」しているかもしれないが、それは政治思想史の重鎮が、暗に自由主義理論の進展と先鋭化を期待したからでもあるだろう。いいかえれば、ゴーシェはスタール夫人の政治思想を執筆時の政治的な「状況」とのかかわりで読み解こうとはしていない。とはいえ、ふり返ってみれば、本書は『フランス革命についての考察』を「評伝」の素材として無造作に活用したにすぎず、もはや全体像を語る余裕はない。(69)きわめて私的でありながら新しい「革命史学」の「知的母胎」ともなった書物を、いずれもう一つの私的かつ公的な記憶の書物である『墓の彼方の回想』と合わせて読んでみたいと考えている。

さてスタール夫人の遺著は、こんなふうにして文学史、歴史、政治思想史の領域で微妙に異なる角度から読まれてきたのだが、最後に貴重な証言として、邦訳の訳者の読み方を紹介しておきたい。『フランス革命文明論』と題した瀟洒な三巻本の邦訳を一九九三年に上梓した井伊玄太郎氏は一九〇一年の生まれ。二つの世界大戦を生きた経験をもち、政治経済学部出身で、デュルケム、トクヴィルなどの翻訳を手がけた研究者が、どれほど切迫した思いで二十世紀の末にこの大著の翻訳にとり組んだかは、第一巻の「訳者序文」と第三巻の「訳者解説」に熱く語られている[70]。

鍵となるのは、原題にはない「文明論」という表題である。「文明」とは「進歩や退歩や自滅に陥り乍ら永遠の過去から永遠の未来に亘って持続的なもの」を指し、ギゾーの「ヨーロッパ文明史」「フランス文明史」、トクヴィルの「アンシァン・レジームと革命」「アメリカの民主政治」はスタール夫人のこの「持続的観点」を継承したものであるという。さらにラスキン、ベルクソン、サン＝シモン、オーギュスト・コントなどの名が挙げられて、今、求められているのは「特殊的文明の総合」であるとの指摘がつづく。現在の状態では「個体と全体は不可分」であることをふまえた総合が達成されておらず、「社会のあらゆる方面に自由な討論と諸学の総合の場としてのサロン」をつくり、「総合的文明論」を成熟させる必要があると「訳者序文」は説いている。念頭に置かれているのは、イギリス風の男性クラブではない、フランス風の「女主人公」をもつサロンである。訳者の形容するところによれば、スタール夫人は象徴的には「フランス革命の「女神」」とさえいえる「底知れぬ泥沼に根をおろした大輪のハスの花」のような存在であるのだが、その女性が「くらやみの中で、ひとめにつかないままに、最近まで留っていた」のはなぜか。第一の理由は「単に女性であるというだけで男性支配的社会では無視されがちであるから」と、単純明快な答えが返される。背後にあるのは、都市化とともに形成された「男性支配的社会」をめぐる人類学者マリノフスキーに依拠したイメージであるらしい。人文社会学の進展とともに二十世紀を歩んだ大学人の学問的遺書のようにも読める「訳者序文」は、つぎの一文で閉じられている――「現代において、文明論は、人類の生死にかかわる重大事である」。

参照してきた数々のスタール夫人論への応答というには、本書はあまりにささやかだけれど、最後にもう一度、「支配的な精神と異なる意見」をもつことを恐れてはならないと戒める言葉に立ち返ってみたい。

それというのも、人はともすればある種の紋切型の思考に身をまかせてしまうからであり、それは真実にではなく権力に身をまかせるに等しい。こうして人間の理性は、文学や哲学の領域においてさえ、隷従に馴染んでゆくのである。(71)

すでに引用した『ドイツ論』の文章であり、スタール夫人が先達として名指すのは十六世紀のガリレオと十八世紀のルソー。学ぶこと、検証することのみが、思考する主体の自由を支えるというスタール夫人の教訓は、時空を越えて現代日本のわたしたちも説得するだろう。考えてみれば、文学研究におけるスタール夫人についての「支配的」な見方は、人文社会科学の諸領域における再評価の動きにもかかわらず、驚くほど変わらなかった。「自由な討論と諸学の総合の場としてのサロン」が欠けているからにちがいない。スタール夫人が政治論や小説のなかでくり返し描出したように、本来的に意見《オピニオン》は啓蒙の手段であり自由の発露でもあるのだが、その一方で不特定多数の意見《オピニオン》が「支配的な精神」への同調へと周囲を誘い、不可視の権力となることもある。政治の現場はいうまでもなく、学問の世界でも、社会生活においても、この二重の力学を見極めることが肝要であると思われる。

夢想の場面をつけくわえることをお許し願いたい。かりにスタール夫人が今、甦ったとしたら？　あの大きな黒い瞳を輝かせ、幼少期から発音をプロに訓練された美しいフランス語で、こう呼びかけるだろう。まずは自立して生きたいと願う個人が自由な語らいの場に集うことから始めましょう！「男性支配的社会」のほころびを目の当たりにして育った若い世代には、どことなくスタール夫人的な機運が感じられるような気がしている。

あとがき

半世紀以上昔、大学に入学したとき、女子学生に文学部以外の選択肢があろうとは夢にも思わなかった。経済学部を選んだ友人が、学年で紅一点だったことはよく覚えている。六十代になってから、宗教史、法学、政治学などの文献を少なからぬ数ひもといた。なんだ、わたしにも理解できるじゃないの、と呟きながら。まるで笑い話のようではある。しかし、明治維新以来、近代ヨーロッパをモデルとみなし、その社会秩序を規範として取り込んできた日本、いまだその呪縛から脱けきれぬ現代日本で、この不均衡が解消されたとはいえるまい。大学図書館に収蔵された知の集積を定量的に調べてみたら、男女比はどのぐらいになるだろう。

革命後のフランスで、女性を対象としない高等教育が着々と立ちあげられてゆく時代にスタール夫人は生きた。それならわたしは個人プレーで勝負する、著作によって、あるいはサロンにおける会話によって「支配的な意見」に対し論争を挑み、国民を啓蒙してみせる——排除された者の立ち位置から、スタール夫人はそう決意したのかもしれない。その成果を二十一世紀のわたしたちは以下のように要約できる。①革命の正統的な遺産を継承する「共和主義」に対して傍系に位置づけられた「自由主義」の産みの親とみなされ ②個人の確執には還元できぬ原理的な次元において「ナポレオン体制」への異議申し立てを行い ③英仏海峡を挟み異質な政治圏が対決してはならず、独仏の文化的宥和は大陸の平和のために不可欠であると主張して、カトリック的なフランスとは異なる視点から、今日のＥＵ構想にも通じる新しいヨーロッパを展望した。

フランス革命とは、個人の市民的自由を定立しうる統治の諸原理とは何かという根源的な問いが荒々しいかたちで浮上した事件だった。英米の先例を知るスタール夫人が王権の凋落を目の当たりにしながらルイ十六世の処遇をめぐって考えたこと、あるいはスウェーデンの王太子に捧げた「憲法が道を塞いだときに苛立つ者もいるが、殿下はむしろそのことを誇りに思われた」という一文は、今日の日本でも議論の糧として新鮮なものにちがいない。わたし自身はいかにも遅まきながら、スタール夫人に向き合うことで一市民として「政治学入門」を果たしたと思っている。

たかが「女性の評伝」なのに、予想に反して内容はずしりと重い、という声がどこからか聞こえてきそうな気がする。この重みはスタール夫人に捧げる筆者の敬意と共感に見合ったものなのだが、とはいえ、読者は律儀にページをめくることをやめ、見慣れぬ議論は素通りしていただいて一向にかまわない。ひとりの女性が革命と独裁の時代を濃密に生きぬいたさまを想像し、実在した五一年の人生に思いを馳せてふと感慨を覚えてくだされば、このうえなく嬉しい。

わたしの当初の目標は、先行する二冊と同様「近代ヨーロッパ」という大枠を設け、そのなかでスタール夫人を論じることにあった。「評伝」という形式は、むしろ対象の個性によって要請されたものともいえる。コンスタンやサント＝ブーヴが正しく捉えているように、スタール夫人は「会話と書物の人」であり、世論に働きかけるためには「語られる言葉」と「書かれる言葉」を等分に駆使しなければならないと考えていたのである。作家の主要著書の内容のみを粛々と紹介するという方式が、どこか物足りなく感じられるのは、スタール夫人が「状況の人」でもあるからにちがいない。本書でくり返し見たように、思想的な方向転換の理由は多くの場合、理論的な破綻ではなく、政治的な「現在の状況」circonstances actuelles が激しく変化したことにある。思考を養った土壌として、スタール夫人の生きた特殊な言語的環境まで、たとえば父ネッケルとの親密な交わりとか、洗練されたサロンの社交風景なども描写すべきだろう。そうしたもくろみにふさわしいのは「評伝」という器ではないか。「はじめに」でもふれたように「女性の評伝」といえば「恋愛専科」のような著作を期待する世の風潮がありはしないかと以前から不満に思っていたから、ここは「知性の評伝」により反旗を翻してみたいという意図もないではなかった。

一般的なマナーにしたがって「評伝　スタール夫人」とすっきりまとめる気になれなかったのは、以上のような複合的な狙いをアピールしたいという切なる願望によるのだが、それ以前に、わが国におけるスタール夫人の知名度は絶望的に低いという認識がまずあった。あるとき蓮實重彦先生が「スタール夫人？　それは面白い。ゴダールですね」と謎めいた言葉で断定なさり『映画史』に言及があることをご教示くださった。引用されているのは、« La gloire est un deuil éclatant du bonheur » というこれまた謎めいた文章で、スタール夫人がナポレオンに書き送ったということにしてあるが、真偽のほどはわからない。『ドイツ論』に呼応した文章があるけれど、その文脈からの読み解きが正しいという保証はさらにない。そう断ったうえで引用文にもどるなら、名文家のスタール夫人らしく、本来「栄光」を形容すべき「赫々たる」éclatant という形容詞を「死・埋葬」にかけたところが修辞学の技。栄光などというものは、陛下、幸福を潔く弔ったのちにしか、やってこないものでございます、という意味だろうが、文学の栄光は皇帝の栄光に匹敵するという暗黙の了解があってこそ、ナポレオン相手の述懐が成立する。「映画の悲惨と栄光」が問われている『映画史』（２Ｂ）の前後の文脈にはこれですっきり収まるし、そう考えれば、スタール夫人ほどに「文学の悲惨と栄光」を語るにふさわしい作家はいないだろう。長編小説など一般には読まれぬといっても、このていどには「文学史」的に認知されているのである。

それにしてもゴダールがレマン湖の畔という精神的故郷を自覚的にスタール夫人と分かちあっているという指摘は示唆に富んでいる。ゴダールについて論評はできないけれど、「スタール夫人」論にとり組んでいたこの三年のうち二年半を、たまたま『「ボヴァリー夫人」論』の著者と無縁ではない言語的環境ですごすことになった。具体的には大著をめぐる書評などにつづき『凡庸な芸術家の肖像』文庫版の解説を書き、『論集　蓮實重彦』を編纂し、今も『伯爵夫人』のことを考えつづけているというだけの話だが、一見かけ離れたこれら複数の世界に、偶然とは思われぬ親和性を見出して胸がときめいたりすることもある。「知的放蕩」をすすめる元東大総長と「支配的な意見」とは目に見えぬ権力にほかならないと二世紀前に悟ってしまった女性作家の立ち位置は、思いのほか近い。

東大本郷キャンパスで開かれる「フランス政治思想研究会」に足を運ぶようになったのは『近代ヨーロッパ宗教文化論』を刊行した翌年だったと思う。政治学、思想史、宗教学、そして文学や美術史までを鷹揚に受けいれる開かれた言論空間で多くを学び、父権的ではない学問の長兄という役どころを見事に演じる宇野重規氏、そして高山裕二さんはじめ個別の実績をもつ優秀な若手研究者たちから大きな刺激を受けたことを、感謝とともに記しておこう。二〇〇三年に『ヨーロッパ文明批判序説』を上梓してから『近代ヨーロッパ宗教文化論』を仕上げるまでに一〇年が経過してしまったが、『スタール夫人』は前作の終章から切れ目なく構想されている。わたしのイメージでは「姉妹篇」というよりは、話し相手の大切な弟に寄りそう姉のようなもの――今は亡き弟・善郎に、連続する二作を胸中で捧げたい。

東京大学出版会の斉藤美潮さんは、思いきり歳の離れた妹のように感じることもある。頼りない筆者を今回も誠実に支えてくださった。学知と関心の圧倒的な迫力と広大さという意味で仰ぎ見る先達が、間近で活躍しておられることの仕合わせを思い、わたしは静かに学びつづけよう。年齢とともに執筆の効率は落ちるけれど、スタール夫人のいう知性《エスプリ》の快楽は減じるわけではないのだから。

二〇一六年　晩夏

工藤庸子

著者略歴
1944年　浦和生まれ
1969年　東京大学文学部卒業
東京大学大学院総合文化研究科教授（地域文化研究），
放送大学教授をへて
現　在　東京大学名誉教授

主要著訳書
『ヨーロッパ文明批判序説――植民地・共和国・オリエンタリズム』（東京大学出版会，2003年）
『宗教 vs. 国家――フランス〈政教分離〉と市民の誕生』（講談社現代新書，2007年）
ルネ・レモン『政教分離を問いなおす――EUとムスリムのはざまで』（工藤庸子，伊達聖伸訳・解説，青土社，2010年）
『近代ヨーロッパ宗教文化論――姦通小説・ナポレオン法典・政教分離』（東京大学出版会，2013年）
『いま読むペロー「昔話」』（訳・解説，羽鳥書店，2013年）
マルグリット・デュラス『ヒロシマ・モナムール』（訳，河出書房新社，2014年）
『論集 蓮實重彥』（編著，羽鳥書店，2016年）

評伝 スタール夫人と近代ヨーロッパ
フランス革命とナポレオン独裁を生きぬいた自由主義の母

2016年10月27日　初　版

［検印廃止］

著　者　工藤庸子《くどうようこ》

発行所　一般財団法人　東京大学出版会
代表者　古田元夫
153-0041 東京都目黒区駒場 4-5-29
http://www.utp.or.jp/
電話 03-6407-1069　Fax 03-6407-1991
振替 00160-6-59964

印刷所　研究社印刷株式会社
製本所　牧製本印刷株式会社

ISBN 978-4-13-010131-8　Printed in Japan

人名索引

ア　行

アラン (Alain, Emile Chartier, dit)　232
アレクサンドル 1 世／ロシア皇帝 (Aleksandr I)　255, 266
アロン，レイモン (Aron, Raymond)　10
アンガン公　→ダンギアン公爵
安藤隆穂　5
井伊玄太郎　283
ヴィーコ，ジャンバティスタ (Vico, Giambattista)　178
ヴィーラント，クリストフ・マルティン (Wieland, Christoph Martin)　203, 226
ヴィノック，ミシェル (Winock, Michel)　7, 18, 26, 101, 103, 139, 247, 268, 269, 275
ヴィレル，シャルル・ド (Villers, Charles de)　219
ヴィンケルマン，ヨハン・ヨアヒム (Winckelmann, Johann Joachim)　226
ヴェルギリウス (Vergilius)　265
ヴェルムヌウ夫人 (Vermenoux, Madame de)　13
ヴォルテール (Voltaire)　38, 103, 143, 144, 229, 237
宇野重規　5
ウルフ，ヴァージニア (Woolf , Virginia)　7, 81, 215, 259, 276
エリザベート王女 (Elisabeth, Philippine Marie Hélène de France)　59
エルヴェシウス，クロード＝アドリアン (Helvétius, Claude-Adrien)　113, 130, 144, 233
オースティン，ジェイン (Austen, Jane)　81, 259
オズーフ，モナ (Ozouf, Mona)　7, 8, 60, 83, 124, 168, 275, 282

カ　行

カール 13 世／スウェーデン国王 (Karl XIII)　255
カエサル，ガイウス・ユリウス (Caesar, Gaius Julius)　172, 262
片岡大右　10
カト，マルクス・ポルキウス (小カト) (Cato, Minor, Marcus Porcius, Uticensis)　262
カドゥーダル，ジョルジュ (Cadoudal, Georges)　218
カバニス，ピエール・ジャン・ジョルジュ (Cabanis, Pierre Jean Georges)　113
カペル，ギヨーム (Capelle, Guillaume)　250, 252
ガリレイ，ガリレオ (Galilei, Galileo)　285
カロンヌ，シャルル・アレクサンドル・ド (Calonne, Charles Alexandre de)　29
カント，イマヌエル (Kant, Immanuel)　6, 179, 224, 228, 230–233, 235, 245
カンバセレス，ジャン＝ジャック・レジ・ド (Cambacérès, Jean-Jacques Régis de)　166
ギゾー，フランソワ (Guizot, François)　232, 281, 282
キネ，エドガール (Quinet, Edgar)　246
ギボン，エドワード (Gibbon, Edward)　13, 81
ギルフォード公 (Dudley, Guilford)　264, 265
クーザン，ヴィクトル (Cousin, Victor)　246, 275
グージュ，オランプ・ド (Gouges, Olympe de)　52, 64, 87, 89
グスタヴ 3 世／スウェーデン国王 (Gustav III)　34, 35, 71, 80, 103
クトゥーゾフ，ミハイル・イラリオーノヴィチ (Kutuzov, Mikhail Illarionovich) 255
クライスト，ハインリヒ・フォン (Kleist, Heinrich von)　263
グリム，フリードリヒ・メルヒオール (Grimm, Friedrich Melchior)　22, 24, 36
クリュドネル夫人 (Krüdener, Juliane de)　7
グレイ，ジェイン (Grey, Jane)　91, 116, 264, 265
クロムウェル，オリヴァー (Cromwell, Oliver)　143, 172
ゲーテ，ヨハン・ヴォルフガング・フォン (Goethe, Johann Wolfgang von)　98, 102, 103, 203, 226, 227, 258
ゲンツ，フリードリヒ・フォン (Gentz, Friedrich

von)　220
ゴーシェ，マルセル(Gauchet, Marcel)　8, 50, 51, 145, 149, 282, 283
ゴーティエ，テオフィル(Gautier, Théophile)　103
ゴデショ，ジャック(Godechot, Jacques)　145, 279, 280
ゴドウィン，ウィリアム(Godwin, William)　160, 179
コルデー，シャルロット(Corday, Charlotte)　87
コレット，シドニー・ガブリエル(Colette, Sidonie Gabrielle)　8, 215, 259
コンスタン，ジュスト(Constant, Juste)　130
コンスタン，バンジャマン(Constant, Benjamin)　4, 5, 7, 9, 32, 33, 73, 104–106, 109–112, 118–120, 130, 132, 133, 135–140, 151, 188, 195, 207, 215, 218, 232, 270–272, 277, 281
コンディヤック，エティエンヌ・ボノー・ド(Condillac, Etienne Bonnot de)　102, 233
コント，オーギュスト(Comte, Auguste)　279, 284
コンドルセ，ニコラ・ド(Condorcet, Nicolas, marquis de)　41, 52, 131, 142, 160, 179
コンドルセ夫人(Condorcet, Sophie de)　64, 87

サ　行

サヴァリ将軍 →ロヴィゴ公爵
サド(Sade, marquis de)　102
佐藤夏生　11
サルトル，ジャン＝ポール(Sartre, Jean-Paul)　9, 10
サン＝シモン，アンリ・ド(Saint-Simon, Henri, comte de)　279, 284
サン＝ジュスト，ルイ・ド(Saint-Just, Louis de)　9, 83, 92
サント＝ブーヴ，シャルル・オーギュスタン(Sainte-Beuve, Charles Augustin)　15, 19, 186, 202, 218, 240
サンド，ジョルジュ(Sand, George)　8
シェイクスピア，ウィリアム(Shakespeare, William)　183, 204, 213
シエース，エマニュエル・ジョゼフ(Sieyès, Emmanuel Joseph, Abbé)　46, 52, 95, 109, 146, 160, 163, 165, 166
シェヌドレ(Chênedollé, Charles-Julien Lioult de)　185
シェフィールド卿(Sheffield, Lord, John Baker Holroyd)　81
シェリング，フリードリヒ・フォン(Schelling, Friedrich von)　231
シスモンディ(Sismondi, Jean-Charles-Léonard Simonde de)　203
柴田三千雄　27, 32, 98
シャトーブリアン，フランソワ・ルネ・ド(Chateaubriand, François René de)　9, 16, 101, 127, 167, 175, 186, 187, 190, 191, 218, 241, 242, 258, 273–275, 281
シャトレ夫人(Châtelet, Emilie, marquise du)　21
シャリエール夫人(Charrière, Isabelle de)　131
ジャンリス夫人(Genlis, Stéphanie Félicité, comtesse de)　21, 64, 72
シュアール(Suard, Jean-Baptiste)　131
シュレーゲル，アウグスト・ヴィルヘルム(Schlegel, August Wilhelm von)　203, 220, 226, 247, 248, 250, 251, 253, 255, 257
シュレーゲル，フリードリヒ(Schlegel, Friedrich)　226
城野節子　11
ジョーム，リュシアン(Jaume, Lucien)　4–6, 11, 52, 71, 93–97, 108–110, 144, 202, 226, 228, 232–235, 270, 278
ジョフラン夫人(Geoffrin, Madame)　69, 70
シラー，フリードリヒ・フォン(Schiller, Friedrich von)　98, 102, 203, 226
ジロドゥ，ジャン(Giraudoux, Jean)　204
スウィフト，ジョナサン(Swift, Jonathan)　103
杉捷夫　11
スタール，アルベール・ド(Staël-Holstein, Albert de)　80, 248, 268
スタール，アルベルティーヌ・ド(Staël-Holstein, Albertine de, duchesse de Broglie)　248, 268, 269
スタール，ギュスタヴィーヌ・ド(Staël-Holstein, Gustavine de)　35
スタール，ルイ＝オーギュスト・ド(Staël-Holstein, Louis-Auguste, baron de)　74, 80, 246, 248, 251, 253, 260, 268, 269, 279
スタール男爵，エリック＝マグヌス・ド(Staël-Holstein, Eric-Magnus, baron de)　34, 48, 61, 80, 103, 105, 201

スタンダール（Stendhal） 113, 245
スミス，アダム（Smith, Adam） 113, 160, 228
セヴィニエ夫人（Sévigné, Marie, Madame de） 19, 20, 37
ソクラテス（Sokrates） 262

タ 行

ダランベール，ジャン・ル・ロン（Alembert, Jean Le Rond d'） 22, 102
タレイラン，シャルル・モーリス・ド（Talleyrand-Périgord, Charles Maurice de） 35, 71, 73, 74, 91, 122, 128, 150, 163, 166, 267
ダンギアン公爵（Enghien, Louis Antoine Henri de Bourbon, duc d'） 218, 250
タンサン夫人（Tencin, Claudine Guérin de） 70
ダントン，ジョルジュ（Danton, Georges Jacques） 123
チボーデ，アルベール（Thibaudet, Albert） 140, 281, 282
チャールズ1世／イングランド国王（Charles I） 84
チュルゴ，アンヌ・ロベール・ジャック（Turgot, Anne Robert Jacques） 27, 32, 179
ツヴァイク，ステファン（Zweig, Stefan） 60
ディディエ，ベアトリス（Didier, Béatrice） 113, 208, 215, 245
ディドロ，ドゥニ（Diderot, Denis） 22–24, 102
ティボドー（Thibaudeau, Antoine Clair, comte de） 122, 127
テーヌ，イポリット（Taine, Hippolyte） 19
デカルト，ルネ（Descartes, René） 102, 229
デステュット・ド・トラシ（Destutt de Tracy, Antoine, comte de） 113
デピネ夫人（Epinay, Louise, Madame d'） 21, 23, 24, 37
デムーラン，リュシル（Desmoulins, Lucile） 87
テュラール，ジャン（Tulard, Jean） 279
デュラス，マルグリット（Duras, Marguerite） 215
デュルケム，エミール（Durkheim, Emile） 284
ドゥコー，アラン（Decaux, Alain） 87
トクヴィル，アレクシス・ド（Tocqueville, Alexis de） 3, 4, 232, 280, 284
ドルバック，ポール＝アンリ・ティリ（Holbach, Paul-Henri Thiry, baron d'） 22

ナ 行

ナポレオン1世 →ボナパルト
ナルボンヌ，ルイ・ド（Narbonne, Louis de） 7, 35, 71, 73–75, 79–82, 90, 100, 103–105, 111, 195, 258
ニュートン，アイザック（Newton, Isaac） 21
ネッケル，ジャック（Necker, Jacques） 3, 13, 14, 18, 26–29, 31, 32, 35, 36, 41, 43, 45–52, 56, 72, 80, 82, 83, 90, 106, 128, 145, 158, 167, 168, 175, 203, 237, 242, 271, 272
ネッケル，シュザンヌ（キュルショ）（Necker, Suzanne Curchod） 13–15, 17, 21, 23, 24, 27, 35, 43, 50, 67, 70, 71, 106, 199
ネルヴァル，ジェラール・ド（Nerval, Gérard de） 227, 246
ノラ，ピエール（Nora, Pierre） 138, 144

ハ 行

バーニー，フランシス（Burney, Frances） 81
ハーバーマス，ユルゲン（Habermas, Jürgen） 151
パスカル，ブレーズ（Pascal, Blaise） 113, 187
バダンテール，エリザベート（Badinter, Elisabeth） 21, 26
バチコ，ブロニスラフ（Baczko, Bronislaw） 11, 71–74, 120, 122–124, 126, 128, 136, 140–144, 146, 150, 151
バラス，ポール（Barras, Paul） 111, 119, 126, 127, 150, 163, 166
バラント男爵（Barante, Claude-Ignace, baron de） 249, 250
バラント，プロスペル・ド（Barante, Prosper Brugière） 249, 251
バルザック，オノレ・ド（Balzac, Honoré de） 4, 10, 122, 277
バレイエ，シモーヌ（Balayé, Simone） 11, 247, 250, 252
樋口陽一 3, 4, 145, 148
ピット，ウィリアム（小ピット）（Pitt, William, the Younger） 33, 34, 93, 96, 108
ビノシュ，ベルトラン（Binoche, Bertrand） 30, 31, 38, 102, 151, 153–155, 157, 159
ヒューム，デイヴィッド（Hume, David） 230
ビュフォン，ジョルジュ＝ルイ・クレール（Buf-

fon, Georges-Louis Leclerc, comte de）　24
ピョートル大帝／ロシア皇帝　（Pyotr Ⅰ）　257
ファーガソン，アダム（Ferguson, Adam）　179
フィールディング，ヘンリー（Fielding, Henry）　103
フィヒテ，ヨハン・ゴットリープ（Fichte, Johann Gottlieb）　231
フィリップ，ルイ（オルレアン公）（Louis-Philippe Ier）　168
フェヌロン（Fénelon, François de Salignac de La Mothe）　85
フェリー，ジュール（Ferry, Jules）　160, 232, 234
フーコー，ミシェル（Foucault, Michel）　151
フーシェ，ジョゼフ（Fouché, Joseph）　166, 201, 218, 221
フォックス，チャールズ・ジェイムズ（Fox, Charles James）　96
フォンターヌ，ルイ・ド（Fontanes, Louis de）　127, 186, 187, 273
フュマロリ，マルク（Fumaroli, Marc）　10, 19, 20, 22, 24, 25, 70, 178, 223, 224
フュレ，フランソワ（Furet, François）　8, 10, 47, 55, 85, 124, 164, 167, 168, 282
ブラウンシュヴァイク公爵（Brunswick, Charles-Guillaume-Ferdinand, duc de）　76
フラオ伯爵夫人（Flahaut, Adélaïde Filleul, comtesse de）　74
フランツ1世／オーストリア皇帝　（Franz I）　253
プルースト，マルセル（Proust, Marcel）　10, 20, 24, 65, 122, 215
ブルデュー，ピエール（Bourdieu, Pierre）　151
フローベール，ギュスターヴ（Flaubert, Gustave）　10, 39, 102, 215, 222
ブログリー・ヴィクトル・ド（Broglie, Victor, duc de）　268, 269, 279, 281
フンボルト，ヴィルヘルム・フォン（Humboldt, Wilhelm von）　98, 202, 203, 219
ベーコン，フランシス（Bacon, Francis）　224, 228, 229
ベール，ピエール（Bayle, Pierre）　153, 155, 229
ベニシュー，ポール（Bénichou, Paul）　2, 9, 101, 140, 199, 241–244, 262, 265, 266, 278
ベルクソン，アンリ（Bergson, Henri）　284
ヘルダー，ヨハン・ゴットフリート（Herder, Johann Gottfried von）　102, 226
ベルト，ジャン＝ポール（Bertaud, Jean-Paul）　170
ベルナドット，ジャン＝バティスト・ジュール／スウェーデン王太子　（Bernadotte, Jean-Baptiste Jules）　201, 255, 258, 266–268
ベルナルダン・ド・サン＝ピエール，ジャック・アンリ（Bernardin de Saint-Pierre, Jacques-Henri）　24
ペロー，シャルル（Perrault, Charles）　19, 177
ヘンリー8世／イングランド国王　（Henry Ⅷ）　262, 264
ボアルネ，ジョゼフィーヌ・ド・（Beauharnais, Joséphine de）　128
ポープ，アレキサンダー（Pope, Alexander）　178
ホッブス，トマス（Hobbes, Thomas）　152, 153, 228
ボナパルト，ジョゼフ（Bonaparte, Joseph）　166, 201
ボナパルト，ナポレオン（Bonaparte, Napoléon）　6, 38, 44, 66, 95, 107, 127–129, 163, 165–175, 184, 190, 193, 201, 202, 217, 218, 220, 233, 234, 240–242, 246, 247, 249–251, 253, 255, 256, 266, 267, 273, 275, 276, 282
ボナパルト，リュシアン（Bonaparte, Lucien）　166, 201
ボワシー・ダングラス（Boissy d'Anglas, François Antoine, comte de）　145

マ　行

マティエ，アルベール（Mathiez, Albert）　279
マナン，ピエール（Manent, Pierre）　8
マリア・　テレジア／神聖ローマ帝国皇后（Maria Theresia）　89
マリー＝アントワネット（Marie-Antoinette）　85, 86, 89, 90, 168, 253
マリー＝ルイーズ（Marie-Louise）　253
マルクス，カール（Marx, Karl）　9, 170
マルゼルブ（Malesherbes, Chrétien-Guillaume de Lamoignon de）　82
マルモンテル，ジャン＝フランソワ（Marmontel, Jean-François）　131
マンク，ジョージ（Monck, George）　172
三浦信孝　5
ミシュレ，ジュール（Michelet, Jules）　2, 63,

64, 73, 83, 87, 90, 168
ミラボー伯爵（Mirabeau, Honoré-Gabriel de Riquetti, comte de） 46, 59
メアリー1世／イングランド女王（Mary I） 14
メステル，アンリ（Meister, Jacques-Henri） 67, 68, 71, 73
メリクール，テロワーニュ・ド（Méricourt, Théroigne de） 87
メリメ，プロスペル（Mérimée, Prosper） 275
モア，トマス（More, Thomas） 262
モリエール（Molière） 173
モリス，ガヴァヌア（Morris, Gouverneur） 72–74
モロー将軍（Moreau, Jean Victor Marie） 218
モンテーニュ，ミシェル・ド（Montaigne, Michel Eyquem de） 113, 266
モンテスキュー，シャルル・ド（Montesquieu, Charles-Louis de） 37, 42, 109, 130, 158, 168, 169, 178, 180
モンモランシー，マチュー・ド（Montmorency, Mathieu de） 35, 71, 111, 248, 251

ヤ 行

ヤコービ，フリードリヒ・ハインリヒ（Jacobi, Friedrich Heinrich） 231
ユゴー，ヴィクトル（Hugo, Victor） 102, 245

ラ 行

ラ・アルプ（La Harpe, Jean-François de） 131
ライプニッツ，ゴットフリート・ヴィルヘルム（Leibniz, Gottfried Wilhelm） 102, 229
ラヴィス，エルネスト（Lavisse, Ernest） 279
ラクルテル，シャルル・ド（Lacretelle, Charles de） 123
ラクロ，ショデルロ・ド（Laclos, Choderlos de） 43
ラコンブ，クレール（Lacombe, Claire） 87
ラス・カーズ（Las Cases, Emmanuel, comte de） 175, 276
ラスキン，ジョン（Ruskin, John） 284
ラファイエット，マリー・ジョゼフ・ド（Lafayette, Marie Joseph, marquis de） 3, 35, 48, 57, 60, 71, 73, 95, 122, 134
ラ・ファイエット夫人（La Fayette, Madame de） 19, 103
ラ・フォンテーヌ（La Fontaine, Jean de） 19, 103
ラマルティーヌ，アルフォンス・ド（Lamartine, Alphonse de） 246, 275
ラ・ロシュフコー，フランソワ・ド（La Rochefoucauld, François, duc de） 19, 113
ランダル，フランシス（通称ファニー）（Randall, Frances, dite Fanny） 248, 255
ランブイエ侯爵夫人（Rambouillet, Catherine, marquise de） 19, 20
ランベール侯爵夫人（Lambert, Anne-Thérèse, marquise de） 21
リヴァロル（Rivarol, Antoine de ） 118
リシェ，ドニ（Richet, Denis） 77
リチャードソン，サミュエル（Richardson, Samuel） 39, 103
リビング，アドルフ＝ルイ・ド（Ribbing, Adolphe-Louis, comte de） 103–105
ルイ13世（Louis XIII） 19
ルイ14世（Louis XIV） 14, 70, 220
ルイ15世（Louis XV） 75
ルイ16世（Louis XVI） 3, 14, 26, 27, 47, 56, 59, 61, 74, 75, 82–85, 90, 122
ルヴェル，ジャック（Revel, Jacques） 86
ルートヴィヒ大公（Friedrich Ludwig Christian von Preußen） 250
ルソー，ジャン＝ジャック（Rousseau, Jean-Jacques） 3, 15, 21, 22, 36–44, 68, 102, 103, 113, 143, 144, 158, 168, 178, 208, 258, 285
ルナン，エルネスト（Renan, Ernest） 19
ルフェーヴル，ジョルジュ（Lefebvre, Georges） 279
レカミエ夫人（Récamier, Juliette, Madame ） 139, 248, 251, 272, 273, 275
レスピナス嬢（Lespinasse, Julie, Mademoiselle de） 70
レッシング（Lessing, Gotthold Ephraim） 226
レドレル，ピエール＝ルイ（Roederer, Pierre-Louis） 118, 126, 128, 160
レナル神父（Raynal, Guillaume-Thomas, abbé） 22, 24
レノー，フィリップ（Reynaud, Philippe） 132, 135, 136, 225, 280
ロヴィゴ公爵（Savary, Jean Marie René, duc de Rovigo） 22, 248–250, 252, 278
ロカ，ジョン（Rocca, Albert-Michel-Jean, dit John） 251, 255, 268, 269, 274
ロザンヴァロン，ピエール（Rosanvallon, Pierre）

5, 8, 50
ロストプチン総督 (Rostopchin, Fyodor)　255
ロック，ジョン (Locke, John)　51, 153, 228, 229
ロベスピエール (Robespierre, Maximilien)　6, 76, 80, 83, 92, 108, 117, 118, 134, 144, 149, 156, 242
ロラン夫人 (Roland, Jeanne-Manon, Madame)　64, 87, 116, 125

ワ 行

ワシントン，ジョージ (Washington, George)　73

図版出典一覧

第 1 章　生い立ち——ルイ 16 世の大臣ネッケルの娘（1766–89 年）

p. 15　Michel Winock, *Madame de Staël*, Librairie Arthème Fayard, 2010, 図版ページ.

p. 16　*Ibid.*

p. 18 右　Jean-Denis Bredin, *Une Singulière Famille: Jaques Necker, Suzanne Necker et Germaine de Staël*. Librairie Arthème Fayard, 1999, 図版ページ.

p. 18 左　*Ibid.*

p. 20　赤木昭三・赤木富美子『サロンの思想史——デカルトから啓蒙思想へ』（名古屋大学出版会, 2003 年）, p. 88.

p. 21　エリザベート・バダンテール『ふたりのエミリー——十八世紀における女性の野心』（筑摩書房, 1987 年）, 裏表紙.

p. 23　Emmanuel de Waresquiel, *Talleyran: le prince immobile,* Librairie Arthème Fayard, 図版Ⅴ.

p. 28　Bredin, *Une Singulière Famille,* 図版ページ.

p. 30　Jules Chamfleury, *Histoire de la Caricature:sous la république, l'empire et la restauration,* Adamant Media Corporation, 2006, p. 12.

p. 34　Bredin, *Une Singulière Famille,* 図版ページ.

p. 46　ジャック・ゴデショ（赤井彰編訳）『バスティーユ占領』（白水社, 1986 年）, p. 130.

p. 49　同上, p. 170.

p. 51　Bredin, *Une Singulière Famille,* 図版ページ.

第 2 章　革命とサロンのユートピア（1789–95 年）

p. 56　Chamfleury, *Histoire de la Caricature,* p. 32.

p. 57　François Giroud, *Les Femmes de la Révolution de Michelet,* Editions Carrere, 1988, p. 47.

p. 62　Chamfleury, *Histoire de la Caricature,* p. 93.

p. 74　Waresquiel, *Talleyran*, 図版Ⅲ.

p. 75　Winock, *Madame de Staël,* 図版ページ.

p. 78　ジャック・ゴデショ（瓜生洋一・新倉修・長谷川光一・山崎耕一・横山謙一訳）『フランス革命年代記』（日本評論社, 1989 年）, p. 84 をもとに作成.

p. 84　Chamfleury, *Histoire de la Caricature,* p. 128.

p. 86　*Ibid.*, p. 114.

p. 88 上　Giroud, *Les Femmes de la Révolution de Michelet*, p. 93.

p. 88 下　*Ibid.*, p. 137.

p. 89　『王妃マリー・アントワネット　「美の肖像」』（2011 年, 世界文化社）, p. 71.

p. 92　Jean-Paul Bertaud, Alan Forrest, Annie Jourdan, *Napoléon, le monde et les Anglais: Guerre des mots et des images*, Editions Autrement, 2004, p. 144.

p. 96　*Ibid.*, p. 57.

第 3 章　政治の季節（1795–1800 年）

p. 125　アラン・ドゥコー（渡辺高明訳）『フランス女性の歴史 3――革命下の女たち』（大修館書店, 1980 年）, p. 205.
p. 128　Waresquiel, *Talleyrand,* 図版 XIV.
p. 129　Chamfleury, *Histoire de la Caricature,* p. 149.
p. 131 上　スタール夫人肖像　1797 年（ジャン＝バティスト・イザベイ画）　ルーブル美術館　写真提供：ユニフォトプレス
p. 131 下　Waresquiel, *Talleyrand,* 図版 XV.

第 4 章　文学と自由主義（1800–10 年）

p. 170　ティエリー・レンツ（福井憲彦監修，遠藤ゆかり訳）『ナポレオンの生涯』（創元社, 1999 年）, p. 38.
p. 172　*Napoléon, dans l'image d'Epinal,* Editions Hoebeke, 2015, p. 8.
p. 185 上　Winock, *Madame de Staël,* 図版ページ.
p. 185 下　*Ibid.*
p. 187　シャトーブリアン　1806 年（ゲラン画）
p. 202　Marc Fumaroli, *Trois institutions,* Gallimard Education, 1994, 図版ページ.
p. 206　クマエの巫女《シビュラ》　1613–14 年（ドメニキーノ画）　ワレス・コレクション　写真提供：ユニフォトプレス
p. 209　ミゼーノ岬のコリンヌ　1819 年（フランソワ・ジェラール画）　リヨン美術館
p. 213　階段の聖母　1523 年（アントニオ・アッレグリ・ダ・コレッジオ画）　パルマ国立美術館　©2016. Photo Scala, Florence — courtesy of the Ministero Beni e Att. Culturali
p. 216　レンツ『ナポレオンの生涯』p. 69.
p. 219　戴冠式の衣装を身にまとい民法典に手をかざすナポレオン（ジロデ＝トリオゾン画）　モンタルジ美術館
p. 220　Winock, *Madame de Staël,* 図版ページ.
p. 226　*Ibid.*, 図版ページ.
p. 227　*Ibid.*

第 5 章　反ナポレオンと諸国民のヨーロッパ（1810–17 年）

p. 241　レンツ『ナポレオンの生涯』p. 62.
p. 247　Bertaud, Forrest, Jourdan, *Napoléon, le monde et les Anglais*, p. 102.
p. 249 上　レンツ『ナポレオンの生涯』p. 72.
p. 249 下　Winock, *Madame de Staël,* 図版ページ.
p. 252　*Ibid.*
p. 254　*Ibid.*, 図版ページの地図をもとに作成.
p. 264　ジェイン・グレイの処刑　1833 年（ポール・ドラロシュ画）　ロンドン, ナショナル・ギャラリー
p. 269　スタール夫人とアルベルティーヌ（ヴィジェ＝ルブラン夫人画）　コペ城
p. 271　レカミエ夫人　1800 年（ジャック＝ルイ・ダヴィッド画）　ルーブル美術館
p. 273　Winock, *Madame de Staël,* 図版ページ.
p. 276　*Napoléon, dans l'image d'Epinal,* p. 97.
p. 279　Winock, *Madame de Staël,* 図版ページ.

年　譜

1766年（0歳）	アンヌ＝ルイーズ＝ジェルメーヌ・ネッケル，4月22日，パリで生まれる．父は銀行家ジャック・ネッケル，母はシュザンヌ・キュルショ，ともにスイス出身でプロテスタントの家系．教育熱心な母親のもとで一人娘はギリシア語・ラテン語をふくめ最高水準のリベラル・アーツを学ぶ．10歳にならぬうちから母のサロンで著名な思想家たちと交わり，神童ぶりを発揮したと伝えられる．
1776年（10歳）	4月中旬〜6月初旬，両親とともにイギリス滞在．10月，ルイ16世によりネッケルが「国庫長官」に任命される．翌年6月「財務長官」に昇格．
1781年（15歳）	ネッケル，2月に『国王への財政報告書』を公表，史上初の「情報公開」により世論の圧倒的な支持を得るが，宮廷の守旧派と対立，5月19日に辞職．
1784年（18歳）	ネッケル，スイスのレマン湖畔にあるコペの城館を購入．10月下旬から翌年4月まで，家族で南仏を旅行．
1786年（20歳）	1月，スウェーデン大使エリック＝マグヌス・ド・スタール男爵と結婚し，スタール夫人となる．ヴェルサイユの宮廷に出仕．
1787年（21歳）	7月，女児を出産（2年足らずで死去）．
1788年（22歳）	8月，ネッケル「財務総監」に復帰．この頃，ルイ・ド・ナルボンヌと知り合う．11月，ネッケル夫人のサロンで披露されたスタール夫人の『ジャン＝ジャック・ルソーの著作と性格についての書簡』（『ルソー論』）が20部ほど印刷される．まもなく多数の海賊版が出回って評判になり，作家デビューを果たす．
1789年（23歳）	ヴェルサイユで5月4日の「三部会」の市中行列，翌日には三部会開会式を観る．「三部会」は6月に「国民議会」を名乗り，7月9日「憲法制定議会」となることを宣言．事態の進展に恐れをなした特権身分の圧力により，国王は7月11日，改革派のネッケルを罷免．7月14日，バスティーユ襲撃．国外に脱出していたネッケルに職務復帰の命令が届き，7月30日，スタール夫人は父とともにパリ市庁舎に帰還する．群衆の熱狂に迎えられ，歓喜のあまり失神．10月5〜6日，「女たちのヴェルサイユ行進」と呼ばれる示威行動が起き，宮殿で民衆に対峙する王妃マリー＝アントワネットの姿を至近距離から見守る．
1790年（24歳）	8月31日，男児オーギュストを出産（父親はナルボンヌ）．ネッケル，議会と政策面で対立し，9月3日，辞職してスイスに戻る．以後，ネッケルは政治思想家として執筆に専念するが，父と娘の親密な知的交流は生涯つづく．スタール夫人はスイスとパリを往復する生活．10月，戯曲『ソフィー』『ジェイン・グレイ』をごく少数刊行．
1791年（25歳）	6月，国王一家のヴァレンヌ逃亡事件．王権の凋落は覆うべくもな

い．9月「1791年憲法」が成立．スタール夫人のサロンは穏健な立憲王党派の拠点として影響力を増す．12月6日，ナルボンヌが軍事大臣に任命される（翌年3月更迭）．

1792年（26歳）　4月「立法議会」はほぼ満場一致でオーストリアに対する宣戦布告を採択して国王に提案．フランス革命を発端として新たなヨーロッパ的秩序を求める戦争は，ナポレオン帝政が崩壊する1815年まで23年間，短い中断を挟みながら継続する．5月頃からサン＝キュロットの存在感が増し，議会と国王の亀裂が露わになる．8月10日，パリ市の蜂起コミューンが王権の停止を求め，13日，国王一家がタンプル塔に監禁される．立憲王政の崩壊をふまえ「国民公会」が召集される．スタール夫人は身の危険を顧みず，ナルボンヌはじめ親しい貴族たちの亡命のために奔走．「9月虐殺」と呼ばれる騒擾のさなか，危機一髪というところでパリ脱出に成功する．11月20日，スイスで男児アルベールを出産（父親はナルボンヌ）．

1793年（27歳）　1月初旬「国王裁判」が結審，21日，ルイ16世処刑．6月に採択された「1793年憲法」（ジャコバン憲法）は施行されず，「公安委員会」の牽引する「国民公会」においてジロンド派の粛正が加速してゆく．スタール夫人はナルボンヌに合流して，1月20日〜5月25日，イギリスに滞在．ロンドンの社交界では「この上なく過激で隠謀好きの民主主義者でテムス川に火をつけかねない女」との評判をとる．コペに戻り，スウェーデン人のアドルフ＝ルイ・ド・リビングに出遭う．9月初旬**『王妃裁判についての省察』**を刊行するが反響はない．10月16日，マリー＝アントワネット処刑．

1794年（28歳）　前年につづき革命裁判とギロチンがフル活動．この年の4月から7月27日のロベスピエール失脚（テルミドール9日の事件）までが「大恐怖政治」と呼ばれる絶頂期．恐怖政治の終焉後，テルミドール派主導の国民公会は1795年10月27日までつづく（テルミドールの反動）．

　スイスに居を構えていたスタール夫人は，フランスから脱出した人びとを匿い，精力的に援助する．4月に**『ズュルマ』**発表．病身だったネッケル夫人が5月15日に死去．この年，リビングと恋仲になり，ナルボンヌとの仲を清算し，9月にはバンジャマン・コンスタンと出遭って意気投合する．夫スタール男爵とは友人として協力関係を保つ．年末にスイスで，翌年2月にパリで刊行した**『ピット氏とフランス人に宛てた平和についての省察』**（**『平和についての省察』**）は国外でも認知され，イギリス下院でピットの政敵フォックスにより引用される．

1795年（29歳）　5月**『断片集』『フィクション試論』**を刊行．同26日，知的盟友となったコンスタンとともに恐怖政治の衝撃から立ちなおりつつあるパリに帰還．ただちに「宣言文」をいくつかの新聞に掲載し，共和主義を選択する旨公表．パリ最高峰の「セレブ」であるスタール夫人はいわゆる「黄金のサロン」を主宰．政局の変転に翻弄され中断しながらも，第一統領ナポレオン・ボナパルトに追放されるまで，数年にわたり固有の言論空間をとおして世論に働きかける．7月下旬**『国**

内平和についての省察』を印刷するが，中道路線の主張が王党派と共和派の急進的な両極から攻撃される危険を察知して，刊行を見合わせる．8月「国民公会」において「1795年憲法」が採択される．10月5日，パリで王党派が反乱を起こすが，バラスの配下だった将軍ボナパルトが大砲により鎮圧（ヴァンデミエール事件）．スタール夫人は反乱に荷担したとみなされ，10月15日，追放令を受ける．10月27日，総裁政府成立．スタール夫人は年末にスイスに戻り，その後1年以上とどまる．

1796年（30歳）　4月22日，総裁政府により，スタール夫人が国境を越えたら逮捕せよとの命令が下される．4月，ボナパルトのイタリア遠征開始．赫々たる戦果を上げながら各地を転戦し，翌年の夏，チザルピナ共和国を建国．

　コンスタンはパンフレット『**フランスの現政府の力とこれに同盟すべき必要性について**』を6月に，スタール夫人は『**個人と諸国民の幸福に及ぼす情念の影響について**』（『**情念論**』）を10月に発表．二人は今や知的活動と感情生活の両面で完璧な伴侶となっている．

1797年（31歳）　1月，スタール夫人は密かにスイスを出発，一足先にフランスにもどり足場を作っていたコンスタンのもとに身を寄せる．バラスが後ろ盾になり，5月にパリの旧スウェーデン大使館に帰還．6月8日，女児アルベルティーヌ出産（父親はコンスタン）．7月，スタール夫人が助力して亡命先アメリカからの帰国を許されたタレイランが外務大臣となる．12月6日，タレイラン邸のパーティで，スタール夫人と将軍ボナパルトが初めて顔を合わせ，二人の会話が伝説となる．

1798年（32歳）　スタール夫人はコペ，パリ，そしてパリ近郊サン＝トゥアンの別荘などを拠点として生活．堂々たる政治論『**革命を終結させうる現在の状況とフランスで共和政の基礎となるべき諸原理について**』（『**革命を終結させうる現在の状況**』）をほぼ完成させるが，草稿は筐底に眠り20世紀まで人目に触れることはない．年末より『**文学論**』に着手．ボナパルトは5月からエジプト遠征軍の司令官として地中海をわたり，カイロからシリアなどを転戦．

1799年（33歳）　4月中旬から7月中旬までサン＝トゥアンに，その後コペに戻り11月初旬まで滞在．11月9日，ボナパルトによる「ブリュメール18日のクーデタ」の当日，スタール夫人はコンスタンとともにパリに帰還．12月，新憲法が制定され，統領政府成立．シエースの力添えでコンスタンは護民院に任命される．

1800年（34歳）　1月5日，コンスタン，護民院における初舞台の演説で第一統領ナポレオンの逆鱗にふれる．4月下旬に刊行された『**文学論**』に対して賛否両論の反響が寄せられる．5月中旬から10月中旬までコペに滞在．『**デルフィーヌ**』の執筆を開始．ドイツ語を学び始める．11月中旬，批判に応えた**改訂版**『**文学論**』を刊行．長らくイギリスに亡命していた無名のシャトーブリアンが，この再版に対し辛辣な書評を寄せ，一躍注目を浴びる．シャトーブリアンとスタール夫人はまもなく和解し生涯の友人となる．

1801年（35歳）　スタール夫人はコペとパリに滞在し執筆をつづける．第一統領，革

	命で打撃を受けたカトリック教会との和解をめざしてローマ教皇庁と交渉を開始．7月中旬に「コンコルダート」(政教条約) 調印．
1802年 (36歳)	1月，護民院の一部改選が行われ，第一統領の介入によりコンスタンは排除される．3月25日，フランス，スペイン，オランダ，イギリスのあいだでアミアン平和条約締結．4月18日，外交条約コンコルダートと付随する国内法の議会承認を祝賀するミサが，ノートル＝ダム寺院で行われる．その4日前に刊行されたシャトーブリアンの『**キリスト教精髄**』がベストセラーに．カトリック信仰復興の気運はめざましい．この年，ナポレオンは民法典の編纂にとり組むかたわら，公教育を整備し，レジオン・ドヌール勲章を設けるなど着々と新体制を固め，8月「終身統領」となる．病気治療のためコペをめざしたスタール男爵は旅の途中で，5月8日夜，スタール夫人に看取られて死去．夫人は11月から翌年の7月までスイスに滞在．12月中旬『**デルフィーヌ**』刊行．
1803年 (37歳)	『**デルフィーヌ**』の結婚制度にかかわる問題提起とカトリック批判が第一統領により反体制的とみなされ，2月10日，スタール夫人はパリに入ることを禁じられる．5月，英仏の対立が露呈し，フランスはふたたび領土拡大に転じる．9月中旬，スタール夫人は密かにフランス国内に戻るが，10月15日，第一統領による国外追放の命令が届く．10月23日，意を決してコンスタンとともにドイツに向かう．メッツでシャルル・ド・ヴィレルに会見し，『ドイツ便り』の構想を得る．12月14日から翌年2月29日までヴァイマル滞在．宮廷で歓迎され，ゲーテ，シラー，ヴィーラントなどと交流．
1804年 (38歳)	3月1日，ヴァイマルを出発，ライプツィヒを経て3月8日から4月19日までベルリンに滞在し，宮廷やサロンに出入り．作家として名をなしていたアウグスト・ヴィルヘルム・シュレーゲルを説得して家庭教師になってもらう．ネッケル危篤の報せを受けたスタール夫人は急遽コペに向かうが，途中ヴァイマルで，最愛の父が4月9日に死去していたことを知る．狂気のような悲嘆．5月19日，コペに戻る．コンスタンの度重なる求婚を拒絶．実務能力を発揮してネッケルの莫大な遺産を確認し，父の遺稿に序文を付して，秋に出版．12月，シュレーゲルと子供たちをともないイタリア旅行に出発．トリノ，ミラノ，ローマ，ナポリ，フィレンツェ，ヴェネツィアなどの名所旧跡や景勝地を巡る．現地では社交も怠らず，ヴィルヘルム・フォン・フンボルトなど旧知の知識人と再会，コペの常連でもあるイタリア通のシスモンディなど一流の案内役を得てイタリアの歴史と文化を精力的に学ぶ． 　この年の3月21日，第一統領は王位継承権をもつダンギアン公爵を拉致して処刑．スタール夫人はベルリンで事件を知り，衝撃を受ける．5月18日，元老院令によりナポレオン1世誕生，フランスは帝政に移行する．12月2日，パリのノートル＝ダム寺院で教皇ピウス7世臨席のもと新皇帝の戴冠式と聖別が行われる．
1805年 (39歳)	5月，イタリア王となったナポレオンはミラノで聖別式に臨む．スタール夫人がミラノを再訪したのは，その直後．6月下旬，イタリ

ア旅行を終えてコペに帰還．知的で容姿端麗なプロスペル・ド・バラントに出遭い恋仲となる．『**コリンヌまたはイタリア**』執筆開始．8月，シャトーブリアンがコペを訪問．戯曲『**砂漠のアガール**』を創作，この年の冬から身内で演じる舞台熱が高まり，ヴォルテール，ラシーヌなども演目となる．

1806年（40歳） 4月下旬，密かにフランス国内にもどり，オセール，ルーアンなどに滞在．コンスタン『アドルフ』の執筆開始．この頃から二人は激しい衝突と束の間の和解をくり返す．

1807年（41歳） スタール夫人の国内滞在を知ったナポレオンが苛立つ．4月下旬，スタール夫人がコペに向けて発ったのとほぼ同時に『**コリンヌ**』が刊行され，大評判となる．コペで友人たちと賑やかな夏．シスモンディやシュレーゲルもそれぞれ著作を発表．スタール夫人は戯曲『**ジュヌヴィエーヴ・ド・ブラバン**』を執筆し，演劇に熱中．12月4日，ウィーンに向けて出発．

1808年（42歳） ウィーンの宮廷で丁重にもてなされ，5月22日まで滞在．ヴァイマルを経由して7月初旬コペに戻り，『**ドイツ論**』の執筆開始．

1809年（43歳） 5月，コンスタンの秘密結婚が発覚し，嵐のような三角関係がつづく．コペの城館は来客繁く，ときに滞在者は30名．ヨーロッパの自由主義勢力の拠り所，ナポレオンにとっては思想的な「武器庫」となっていた．

1810年（44歳） 4月，スタール夫人は密かにフランス国内に入り，一族郎党を引きつれてロワール川沿いの知人の城館に滞在．遠来の客や地元の招待で賑やかな夏．夫人が外出すれば人だかりができたという．9月，検閲を経た『**ドイツ論**』を印刷製本．同24日，ナポレオンの指示により，24時間以内に国外退去し，『**ドイツ論**』の草稿と校正刷りを提出せよとの命令を，警察大臣ロヴィゴがスタール夫人に伝達．10月6日，スタール夫人はコペに向けて出発．『**ドイツ論**』は同14〜15日に断裁された．ジュネーヴで青年士官ジョン・ロカと出遭う．

1811年（45歳） ナポレオンによる迫害が本格化．ロヴィゴの配下カペルが知事としてジュネーヴに赴任．コペの城館も厳しく監視され，忠実なシュレーゲルはじめ，モンモランシー，レカミエ夫人など長年の友人たちがスタール夫人との交友を理由に追放処分となる．『**追放十年**』『**自殺論**』の執筆開始．

1812年（46歳） 4月7日，コペで男児を秘密出産（父親はジョン・ロカ）．5月23日，コペを脱出，ウィーン，モスクワ，サンクトペテルブルク，ストックホルム経由でイギリスをめざす．同行したのは3人の子供たち，シュレーゲル，ロカ，夫人の腹心の友でもある家庭教師のファニーことランダル嬢，そして4名前後の使用人．ナポレオン率いる大陸軍は，6月24日，ニェーメン川をわたってロシア侵攻を開始．スタール夫人の一行がブロディ（西ウクライナ）でロシア国境を越えたのは，革命記念日の7月14日．1,000キロをひた走り，8月2日，モスクワに到着，ロストプチンに歓迎される．同13日から9月7日までサンクトペテルブルクに滞在．皇帝アレクサンドル1世に二度にわたり拝謁し，クトゥーゾフとも面会．この間，ロシア皇

	帝はスウェーデンの王太子ベルナドットと会談し，イギリスを同盟国とする反ナポレオン勢力の結束を固めている．9月24日，ストックホルムに到着したスタール夫人は，モスクワ炎上を知る．安全が確保されたところで**『追放十年』**の執筆を再開．**『フランス革命についての考察』**の執筆開始．
1813年（47歳）	1月，完成した**『自殺論』**を旧知の間柄である王太子ベルナドットに献呈し，6月初旬までストックホルムに滞在．6月18日，ロンドン到着．スウェーデン軍に入隊した次男アルベールが決闘で落命したとの報せが届く．コペから持ちだした草稿や校正刷りをもとに刊行した『ドイツ論』初版は数日で売り切れる．ナポレオン帝政の崩壊を視野に入れた国際政治の舞台で，スタール夫人の存在感が増してゆく．
1814年（48歳）	4月6日，ナポレオン，退位宣言に署名．5月12日，スタール夫人はパリに帰還して，ルイ18世を擁する復古王政と和解．夫人のサロンには諸国の王族，政治家，軍人が詰めかけた．7月19日から9月30日まで滞在したコペでも華やかな社交生活．
1815年（49歳）	3月，ナポレオンがエルバ島を脱出したとの報せをパリで受け，コペに戻る．「自由帝政」を標榜するナポレオンに依頼されたコンスタンは「帝国憲法付加法」を起草．「百日天下」が潰えた10月中旬，ナポレオンはセント＝ヘレナ島へ．
1816年（50歳）	1月，スタール夫人はジョン・ロカの病気治療とアルベルティーヌの結婚のためにイタリアに赴く．夏はコペに戻り，バイロン卿などと交わる．10月10日，ジョン・ロカと結婚し，4年前に生まれた子を認知．10月16日，パリへ．
1817年（51歳）	2月21日，パリの自宅で卒中のため麻痺状態となる．革命記念日の7月14日に逝去．1818年に大著『フランス革命についての考察』が，1820年に未完の『追放十年』と『スタール夫人全集』が，息子オーギュストにより刊行された．

※ 政治的な出来事についてはジャック・ゴデショ『フランス革命年代記』およびジャン＝ポール・ベルト『ナポレオン年代記』を参照．ボナパルトが政権を奪取した時点からスタール夫人は実質的に政治の現場から排除されているため，1800年以降の記述は最小限に留めた．

注

はじめに

(1) 政治学・政治哲学の第一人者による著作の表題である．Philippe Raynaud, *Trois Révolutions de la liberté, Angleterre, Amérique, France,* Presses Universitaires de France, 2009.「三つの自由革命」をめぐる歴史学の動向とスタール夫人の位置づけについては，第5章「5 歴史の始まり」でふれる．

(2) 樋口陽一『自由と国家――いま「憲法」のもつ意味』岩波新書，1989年，pp. 122–123, p. 129, pp. 149–153，他．同『憲法という作為――「人」と「市民」の連関と緊張』岩波書店，2009年，pp. 41–50，他．同『国法学――人権原論』補訂版，有斐閣，2007年．巻末「事項索引」の「国家からの自由」を参照のこと．とりわけp. 103の脚注はレジス・ドゥブレ，樋口陽一，三浦信孝，水林章『思想としての〈共和国〉――日本のデモクラシーのために』(みすず書房，2006年)に収録されたレジス・ドゥブレの論考「あなたはデモクラットか，それとも共和主義者か」にふれて論点を整理している．

「国家からの自由」と「国家による自由」については，三浦信孝氏による定義も参照しておこう．フランスの自由論には二つの対立する捉え方があり，これを自由主義的アプローチと共和主義的アプローチと名づけることができる．前者は「ロック的(もしくはコンスタン的)な国家からの自由」，後者はルソー的な「国家による自由」に対応する．ここでいう「国家からの自由」は「国家権力を制限することで保障される個人の私的自由と，人民主権の担い手として「公共の事がら(res publica)」に参加することで実現される「市民としての個人」の自由である」．三浦信孝「序 自由と自由主義の思想地図」三浦信孝編『自由論の討議空間――フランス・リベラリズムの系譜』勁草書房，2010年，p. 5.

(3) *Le Trésor de la Langue Française Informatisé* によれば，メーヌ・ド・ビランによる用法で「自由の発展に寄与する教説」«doctrine favorable au développement des libertés» と定義されている．

(4) 三浦信孝「序 自由と自由主義の思想地図」三浦編『自由論の討議空間』p. 7.

(5) 宇野重規「第6章 トクヴィルとネオ・トクヴィリアン――フランス・リベラリズムの過去と現在」三浦編『自由論の討議空間』pp. 215–216．なお政治的自由主義を「フランス革命の衝撃への対応」という観点から定式化したのは，ピエール・ロザンヴァロン『ギゾーのモーメント』(*Le moment Guizot,* 1985)であるという．

(6) 安藤隆穂『フランス自由主義の成立――公共圏の思想史』名古屋大学出版会，2007年．

政治学・政治思想分野におけるスタール夫人のモノグラフィーとしては，ロンドン大学博士論文(*Mme de Staël's contribution to liberalism in France,* 2001)を基調とする以下の論考が，唯一の邦語文献であると思われる．武田千夏「「開かれたアリストクラシー」の社会的インプリケーションについて――スタール夫人の自由論についての一考察(パートⅠ／パートⅡ)」『大妻比較文化』6号，2005年，pp. 50–64．同8号，2007年，pp. 50–64.

(7) Michel Winock, *Madame de Staël,* Fayard, 2010．引用文の出典が明記されておらず，ス

タール夫人の作品の批評校訂版や，政治学・歴史学における最近の研究成果が反映されているわけでもない．むしろ平明で物語的な評伝としての魅力が評価されたものと思われる．

(8)　Mona Ozouf, *La Cause des livres,* Gallimard, 2011, pp. 282–284. «Pour l'amour de Germaine» と題された文章は，ヴィノックによるスタール夫人の評伝が出版された直後に書評として書かれたものである．

(9)　Winock, *Madame de Staël*. «mauvais genre» については p. 12.『ズュルマ』の読解およびクリュドネル夫人については p. 87, p. 346.

(10)　私生活の記録ではないのだから「ジェルメーヌ」とは呼びたくないのだが，たんに「スタール」といえば別人を指すことになる．それに「ジェルメーヌとコンスタン」というカップルは平等とはいえない．一方で「ジェルメーヌ・ド・スタール」については，長すぎるというだけでなく，本人が実生活において「ファースト・ネーム＋夫の名」で認識されることは，おそらくなかっただろうと推察されるのである．1795 年にスタール夫人が共和主義に賛同することを公に宣言した短いテクストや，スウェーデン王太子に献呈した『自殺論』の署名は Necker, baronne Staël de Holstein あるいは Necker, Baronne de Staël-Holstein となっている．一方，1813 年に亡命先のロンドンで刊行された『ドイツ論』や 1820 年に長男オーギュストによって編纂された全集で著者名は Madame la baronne de Staël-Holstein である．同時代の女性でいえばコンドルセの妻の場合，著書に印刷されているのは Marie-Louise-Sophie de Grouchy Condorcet とフルネームだが，ここでは結婚前の名が併記されていることが重要なのである．19 世紀の市民社会において，既婚女性は家庭内ではファースト・ネームで呼ばれるが，社会的には○○氏の妻である○○夫人以外の何者でもなかったという条件が，名と姓の疎遠な関係を説明すると思われる．ちなみに小説論的にいえば，蓮實重彥『「ボヴァリー夫人」論』（筑摩書房，2014 年）が指摘するように，『ボヴァリー夫人』のテクスト上に「エンマ・ボヴァリー」という名は存在しないという厳然たる事実がある．これに対してバルザックの『ウージェニー・グランデ』やシャーロット・ブロンテの『ジェイン・エア』など，小説の表題にヒロインの名がフルネームで掲げられている場合，ほぼ例外なく未婚の女性なのである．

(11)　*Dictionnaire critique de la Révolution française*, sous la direction de François Furet / Mona Ozouf, Editions Flammarion, 5 vol., 2007 (1988). フランソワ・フュレ / モナ・オズーフ編『フランス革命事典』全 7 巻，河野健二，阪上孝，富永茂樹監訳，みすず書房，1998–2000 年．

(12)　三浦信孝「序　自由と自由主義の思想地図」p. 23. 宇野重規「第 6 章　トクヴィルとネオ・トクヴィリアン」によれば，研究所にレイモン・アロンの名が冠されていること自体，大きな意味をもつという．哲学者，社会学者で英米系の事情にも通じたアロンがリベラリストであることは確かだとしても，アロンはしばしばサルトルと比較され，しかも影響力ははるかにサルトルのほうが優っていた（pp. 214–215）．マルクス主義の後退と学問のグローバル化にフランスの政治学が有効に対応するための素地は，このような制度的布置によって担保されたともいえる．

(13)　念頭に置いているのは，近年の研究の動向として重要であると思われる以下の刊行物である．François-René de Chateaubriand, *Grands écrits politiques,* Présentation et notes par Jean-Paul Clément, tome I, II, Imprimerie Nationale Editions, 1993. Benjamin Constant, *De la Religion considérée dans sa source, ses formes et ses développements,* texte intégral présenté par Tzvetan Todorov et Etienne Hofmann, Actes Sud, 1999.

(14)　ポール・ベニシュー『作家の聖別――1750–1830 年　近代フランスにおける世俗の精神的権力到来をめぐる試論』片岡大右，原大地，辻川慶子，古城毅訳，水声社，2015 年．

ベニシュー（1908–2001）はアルジェリア出身のユダヤ人．高等師範学校に学んだのち，中等教育に携わり，第二次世界大戦中はアルゼンチンに亡命，50歳でハーヴァード大学に招聘され，ようやく研究者として安定した地位を得た．65歳で刊行した『作家の聖別』につづき『預言者の時代』『ロマン主義の祭司』『幻滅の流派』により4巻からなるロマン主義研究を完結．『マラルメに従って』は，これらの続篇ともみなせる著作である．邦訳には片岡氏による「ポール・ベニシューとその時代」と題した論考や「訳者あとがき」などが添えられており，フランソワ・フュレとの位置関係などについても周到な考察が展開されている．原典は以下を参照．Paul Bénichou, *Romantisme français,* 2 vol., Gallimard, Quarto, 2004.

（15）『近代ヨーロッパ宗教文化論――姦通小説・ナポレオン法典・政教分離』東京大学出版会，2013年．『ヨーロッパ文明批判序説――植民地・共和国・オリエンタリズム』同，2003年．

（16）『コリンナ――美しきイタリアの物語』佐藤夏生訳，国書刊行会，1997年．『ドイツ論1』梶谷温子，中村加津，大竹仁子訳，鳥影社，2000年，『ドイツ論2』中村加津，大竹仁子訳，鳥影社，2002年，『ドイツ論3』H. ド・グロート，梶谷温子，中村加津，大竹仁子訳，鳥影社，1996年．『フランス革命文明論』第1巻，第2巻，第3巻，井伊玄太郎訳，雄松堂出版，1993年．

（17）佐藤夏生『スタール夫人』清水書院，2005年．杉捷夫『スタール夫人・「文学論」の研究』筑摩書房，1958年．城野節子『スタール夫人研究』朝日出版社，1976年．

（18）Madame de Staël, *Œuvres complètes, série III, Œuvres historiques,* tome I, *Des circonstances actuelles et autres essais politiques sous la Révolution,* Sous la direction de Lucia Omacini, Honoré Champion, 2009, Introduction générale par Lucia Omacini.

第1章　生い立ち――ルイ16世の大臣ネッケルの娘（1766–89年）

（1）幼少期のスタール夫人については，主として佐藤夏生『スタール夫人』（清水書院，2005年），Michel Winock, *Madame de Staël*（Fayard, 2011）を参照した．なお佐藤氏の記述は，長らく評伝の決定版とされてきたGhislain de Diesbach, *Madame de Staël*（Perrin, 1983）をふまえている．Jean-Denis Bredin, *Une singulière famille, Jacques Necker, Suzanne Necker et Germaine de Staël*（Fayard, 1999）は，スタール夫人の専門研究者によるものではないが，引用文の出典も明記され，文献リストも更新されている．著者は弁護士として活動するかたわら，小説，エッセイ，評伝などを発表．アカデミー・フランセーズ会員．ブルダンもヴィノックも，スタール夫人の私生活については，かなりの部分をディーバッハに依拠していると思われる．そのディーバッハも幼少期についてはBéatrice d'Andlau, *La jeunesse de Madame de Staël: de 1766 à 1786*（Librairie Droz, 1970）を参照している．

（2）Sainte-Beuve, *Portraits de femmes,* Gallimard, folio classique, 1998, p. 132.
　幼いジェルメーヌのサロンでの立ち居振る舞いと表情については，以下も参照．佐藤『スタール夫人』pp. 20–21.

（3）Diesbach, *Madame de Staël,* pp. 21–37．第1章「子供になれなかった少女時代――1766年4月～1785年8月」というタイトルからも推察されるように，著者はネッケル夫人の性格や教育法を抑圧的なものとみなし，きわめて否定的に捉えている．ディーバッハによれば，ネッケル夫人は，即物的な現実世界から逃避して，感覚や肉体の訴えを軽蔑し，極端な羞じらいと魂の昂揚に身をまかせるが，それでいて率直に感情を吐露することは決してないという．一方でジェルメーヌは父親に対して恋愛感情のような熱烈な執着を抱いて

いたとされ，その遠因は母との確執にあるという解釈が導かれる．当事者たちの証言がないところで，こうした家族ドラマについて確実な議論を展開することはむずかしい．一方，いとこに当たるネッケル・ド・ソシュール夫人の言葉は，傾聴に値するだろう．スタール夫人は母シュザンヌの死後も，母をめぐる悪意を含んだ世評に対し，全面的に闘うという意志表示をしていたという．死者の記憶を歪めるほどの確執はなかったと考えるのが穏当だろう．Albertine Adrienne Necker de Saussure, *Notice sur le caractère et les écrits de Mme de Staël,* Treuttel et Würtz, 1820, ccxxxvj–ccxxxvij. ちなみにネッケル・ド・ソシュール夫人（1766–1841）は，博物学者オラス・ド・ソシュールの娘でジャック・ネッケルの甥と結婚した．自身も教育者として世に知られ，『スタール夫人の性格と著作』は，近親者の公正な発言というだけでなく，同時代の女性から見たスタール夫人の作品論としても貴重である．

(4)　Madame de Staël, *Correspondance générale,* tome I, *Lettres de jeunesse, 1777-décembre 1791,* Texte établi et présenté par Béatrice W. Jasinski, Champion-Slatkine, 2009, 編者による「序論」には，出版をめぐる諸々の困難や問題点が詳細に記されている．Introduction, Ⅶ–XV. ジェルメーヌの幼い頃の家族の愛称は「ミネット」，知人に手紙を書くようになってからは「ルイーズ・ネッケル」と署名している．

(5)　Marc Fumaroli, *Trois institutions littéraires,* Gallimard, folio, 2010, pp. 111–210. 工藤庸子『近代ヨーロッパ宗教文化論――姦通小説・ナポレオン法典・政教分離』（東京大学出版会，2013年）の終章「女たちの声」と同『いま読むペロー「昔話」』（羽鳥書店，同年）の「訳者解説」に，フュマロリに依拠して論を進めたページがある．なお，邦語文献としては赤木昭三，赤木富美子『サロンの思想史――デカルトから啓蒙思想へ』（名古屋大学出版会，2003年）が参考になる．サロンを主宰した女性たち，そこに集った文人や啓蒙思想家を紹介し，議論の内容にまで踏み込んだ著作だが，考察の対象は18世紀前半で終わっている．

(6)　Fumaroli, *Trois institutions littéraires,* p. 113.「会話」の「歴史性」という言葉で示唆したいのは，「会話」の内容に同時代の歴史的風景が見てとれるという自明の事実ではまったくない．想定されているのは，特定の事象なり状況なりが具体的な歴史の一時点に帰属するという事実を反省的に捉え，その帰属から派生する諸特徴を記述することによって，歴史を逆照射する作業である．たとえば19世紀の半ば，フローベールが小説の散文は「昨日生まれたばかり」と主張したときに，問われていたのは「書かれる散文」という文学言語の歴史性にほかならない．同様に，スタール夫人は「語られる言葉」がアンシャン・レジームのサロンにおいて獲得した前例のない輝きを認識し，みずから実践をとおして「会話」の技を磨きつつ，その富の歴史的性格について語りつづけたのだった．

(7)　古代の対話については Fumaroli, *Trois institutions littéraires,* pp. 114–116. 独特の歩行のリズムとともに屋外で展開される対話の醍醐味や，ソクラテスの鋭い介入がもたらす教育的な効果について，著者は解説している．19世紀にまで継承される学識の伝統については *Ibid.,* p. 137.

(8)　『いま読むペロー「昔話」』工藤庸子訳・解説，pp. 189–192.

(9)　Fumaroli, *Trois institutions littéraires,* p. 142.

(10)　エリザベート・バダンテール『ふたりのエミリー――18世紀における女性の野心』中島ひかる，武田満里子訳，筑摩書房，1987年，p. 27.

(11)　女性の知的活動が大目に見られていた18世紀，今日でいう「理系女子」が誕生したのは偶然ではない．「理系と文系」の分割は，19世紀初頭にナポレオンの大学によって制度化されて定着したものであり，啓蒙の世紀の「リベラル・アーツ」には文理を分かつ境

界がない．そもそも女性は理系の学問に向かないという無言の圧力も，相対的には弱かったはずである．この時代の女性科学者については，以下を参照．川島慶子『エミリー・デュ・シャトレとマリー・ラヴワジエ――18世紀フランスのジェンダーと科学』東京大学出版会，2005年．ナポレオンの大学については，以下を参照．工藤『近代ヨーロッパ宗教文化論』pp. 235–238.

(12) 『文芸通信』*Correspondance littéraire* は，1747年にレナル神父によって創刊された定期刊行物．実質的にはグリムが編集し，ディドロは寄稿者のひとりだった．手書きの写本として国外の王侯貴族に送付されており，部数はわずかだが反響と影響は大きかった．

(13) Denis Diderot, *Lettres à Sophie Volland,* Choix et préface de Jean Varloot, Gallimard, folio, 1984, pp. 113–114. 1760年9月，城館に滞在するディドロが，愛人でもあり知的な友人でもあったソフィ・ヴォランに宛てた手紙である．デピネ夫人には生存する娘はひとりしかいないから，名を明かされぬ四人姉妹は，夫人の娘ではないだろう．この断章についてフュマロリは，この頃ちょうど執筆されていたはずの『新エロイーズ』（1761年）に描かれたクラランの共同体を彷彿させるものがあると指摘している．Fumaroli, *Trois institutions littéraires,* pp. 170–171.

(14) ソフィ・ヴォラン宛ての手紙．1765年8月18日．*Œuvres complètes de Diderot,* revues sur les éditions originales… Etude sur Diderot et le mouvement philosophique au XVIIIe siècle. tome XXVIII / par J. Assézat, Garnier frères, 1876, p. 170.

(15) バダンテール『ふたりのエミリー』pp. 423–429.

(16) 同上，p. 388.

(17) Fumaroli, *Trois institutions littéraires,* p. 172. 引用元はネッケルが刊行したシュザンヌの遺稿集 *Mélanges extraits des manuscrits de Madame Necker,* Paris, 1798, tome I, p. 112.

(18) Fumaroli, *Trois institutions littéraires,* p. 172.

(19) Winock, *Madame de Staël,* p. 20. 夫唱婦随のブルジョワ的な家族像を思い描いていたシュザンヌは，膨大な量の手稿を残したが，書物の刊行は女性にふさわしくない野心とみなしていた．一方，ジャック・ネッケルは，政治家たるもの，世論に働きかけるためには，公開の場で正当な議論を展開してみせることが肝要であると考えていた．国王に仕える忠実な臣下というよりは，国民に働きかける為政者なのだという強い自覚をもったという意味で，ネッケルは新しいタイプの政治家だった．

(20) チュルゴは1774年から76年まで財務総監の職にあった．穀物取引の自由化を推進することで，規制が撤廃されれば生産意欲が刺戟されて農業者が富裕になる，その結果，工業も活性化されて経済全体の発展を招くというのが，チュルゴやコンドルセなど「自由化論者」の唱える議論の骨子だが，これに対してネッケルは「規制論者」として登場する．民衆の死活にかかわる小麦の価格は，政治の介入によって安定させるべきだという主張である．チュルゴは「科学的な方法論」を公にしたのち，「一般均衡」と呼ばれる理論を政治の現場に適用するのだが，ネッケルはチュルゴの「実験」がもたらした混乱を批判的に捉え『立法と穀物取引論』を執筆した．チュルゴの想定する「世論」が「政治経済学」の書物を読む知識人層の判断であるのに対し，ネッケルにとっては，軍隊に鎮圧された「小麦粉戦争」の当事者たち，すなわち飢えた民衆の声こそが，聞きとらねばならない「世論」なのだった．以上の問題については，安藤祐介『商業・専制・世論』（創文社，2014年）を参照．とりわけ「世論」をめぐるチュルゴとネッケルの展望の相違については，pp. 146–148. なお économie politique については，同書に以下のような指摘がある．ジャン＝バチスト・セイ（1767–1832）が，1803年の著作で社会の組織編成にかかわる学問である「政治学」と，社会の必要を満たす富の形成・分配・消費にかかわる「政治経済学」の区分を

明確にすべきだと提唱したという事実からふり返れば，18 世紀の言説空間においては統治の形態と富の問題が不可分のものとして論じられていたことを推測できる（p. 5）．1788 年，財務総監に復帰して挫折したネッケルは，統治と富が一体であった時代の幕引きに立ち会ったといえる．

ロザンヴァロンによれば，ネッケルは「世論」が市民社会の箍をゆるめ「一般意思」を浮上させる手段であることに気づいた最初の政治家であるという．Collège de France, Pierre Rosanvallon, *Histoire moderne et contemporaine, Les métamorphoses de la légitimité* (*démocratie au XXIème siècle*) - Septième cours, première partie, No. 13, 33:00〜35:00. なおロザンヴァロンは「世論の政治家」としてのネッケルを継承したのは，ギゾーであるとの展望に立つ．Pierre Rosanvallon, *La légitimité démocratique, Impartialité, réflexivité, proximité,* Editions du Seuil, 2008, p. 332, p. 336.

(21)　柴田三千雄『フランス革命はなぜおこったか——革命史再考』福井憲彦，近藤和彦編，山川出版社，2012 年，pp. 114–116. 革命勃発に至るまでの諸事件の推移とその歴史的解釈については，基本的にこの文献による．「国庫長官」は«directeur général du Trésor royal»の訳語．翌年 6 月，ネッケルは「財務長官」«directeur général des finances»に昇格する．国王顧問会議へ出席することのできるチュルゴの官職«contrôleur général des finances»には「財務総監」という訳語を当てるが，いずれにせよ，当時の用語法を厳密に追うことはむずかしい．

(22)　Pierre Rosanvallon, *Le Peuple introuvable, Histoire de la représentation démocratique en France,* Gallimard, folio, 1998, p. 380.

(23)　柴田『フランス革命はなぜおこったか』p. 118.

(24)　Winock, *Madame de Staël,* pp. 20–24.

(25)　柴田『フランス革命はなぜおこったか』pp. 124–125.

(26)　Madame de Staël, *Considérations sur la Révolution française,* Présenté et annoté par Jacques Godechot, Tallandier, 1983, p. 134. この重要な遺作については，第 5 章の最後であらためて取りあげる．大筋においてネッケルの政策を擁護するものであり，見苦しいほど全面的な賞賛だという説もあるのだが，後述のように本来が父の記憶に捧げる書物として構想されたものであることは念頭に置く必要がある．

柴田『フランス革命はなぜおこったか』（pp. 126–127, p. 163）により状況を補足しておこう．「名士会議」はフランス王政の公式の諮問機関のひとつで，メンバーは王の指名による．特権身分の牙城であり税制の既得権擁護を主張して譲らぬ「パリ高等法院」を嫌うルイ 16 世は，カロンヌの進言を受けて，名士会議を召集したが，1787 年 2 月に開催された会議は見るべき成果をもたらさなかった．カロンヌ罷免後，ブリエンヌが改革に当たったのち辞任．この時点で財務長官に復帰したネッケルの腹案とは，以下のようなものだった．全国三部会の開催様式は，第三身分の代表数を倍増し，討議は身分別とするが，租税問題だけは共同討議・頭割り採決という方式であり，これで切迫した課題である「課税の平等」への道が開けるだろうとネッケルは期待したのである．

(27)　12 月 27 日付「国王顧問会議決定」のポイントは，代議員総数を 1,000 人以上とし，議員数と住民数・課税額を比例させること，そして第三身分の代議員数を倍増することにあったが，審議形式や採決の方法（頭割り投票か否か）などは未定のままであり，このグレーゾーンのために，翌年 5 月，全国三部会開催と同時に大きな混乱が引きおこされた．柴田『フランス革命はなぜおこったか』pp. 187–188.

(28)　Madame de Staël, *Considérations sur la Révolution française,* p. 135.

(29)　Bertrand Binoche, *Religion privée, opinion publique,* Librairie Philosophique, J. Vrin, 2012,

p.168. 著者は『フランス革命についての考察』の上記引用をふくむ前後のページを取りあげて，スタール夫人の語彙の多様性を分析している．

(30) 後述のように，これはスタール夫人がルソーの文体に見てとった技法である．本書 p. 38.

(31) 資産の額は柴田『フランス革命はなぜおこったか』による (p. 114)．資産の起源の一つがフランス・インド会社にあることはまちがいない．フィリップ・オドレール『フランス東インド会社とポンディシェリ』(羽田正編，山川出版社，2006年，p. 36) によれば，18世紀半ばから，東インド会社の株券は銀行家の投資対象になっていた．当時フランスで投機に用いることができるのは，無記名株券だけであり，短期的な投資で平均6.5%の配当 (国債の収益は5%) を期待できたという．なお Madame de Staël, *Considérations sur la Révolution française* のゴデショの「序文」によれば推定資産総額は700万–800万リーヴル．ネッケルが共同経営者を務めるテリュソン銀行が7年戦争 (1756–63年) により蓄財し，その貢献ゆえにネッケルは「ジュネーヴ共和国のパリ駐在弁理公使」に任命されたとする (p. 9)．

政治家に転身する以前の金融家の経験から，ルイ16世の大臣の政策に照明を当てる興味深い論考がある．王寺賢太「代表制・公論・信用――『両インド史』の変貌とレナル，ネッケル，ディドロ」(富永茂樹編『啓蒙の運命』名古屋大学出版会，2011年，第2章) によれば，7年戦争のために経営不振に陥ったインド会社を再建するために，1763年，株主総会で提案された改革計画は，もともとネッケルとギヨーム＝トマ・レナルの二人三脚によるという．それは会社組織を王権の支配から切り離し，商業会社として再生させる構想であり，広く一般の投資を求め，経営組織に株主の選挙による代表制を導入することが提案されていた (pp. 43–44)．論考ではこれが「代表制・公論・信用のトライアングル」によるポリティクスと名づけられている．1770年代，ネッケルとディドロはレナル神父の『両インドにおけるヨーロッパ人の植民と商業についての哲学的・政治的歴史』通称『両インド史』に精力的に寄稿した．『両インド史』は1770年の初版から74年の第2版，そして80年の第3版と増補・改訂されており，その間に，アメリカ合衆国独立戦争 (1776–83年) の勃発を受けて政治的な急進化を見せる．この思想的転換にネッケルとディドロが果たした役割は大きいと著者は指摘する．1781年5月にネッケルが失脚すると，パリ高等法院に断罪された『両インド史』の著者レナルは，国外亡命を余儀なくされた (pp. 40–44)．

ここでレナル，ネッケル，ディドロの人脈をサロンで大切に温めたシュザンヌの内助の功を忘れずに強調しておきたい．十代のジェルメーヌが母のサロンで，新大陸の事情やアメリカ独立革命への共感を頻繁に耳にしていたという事実も重要である．

すでに見たように，1776年，ネッケルが「国庫長官」に抜擢された背後には，アメリカ独立戦争に肩入れする改革派貴族の要求と予想される戦費への対応という動機があった．そこでネッケルが採用した「大規模な借金政策」は，なるほど上記論考が指摘するように，インド会社再建計画で学んだポリティクス「代表制・公論・信用のトライアングル」の延長上にあり，商業活動の政治への応用にほかならないといえる．「活力を持った信用と信頼がもたらしうる資金源に比べれば，租税などわずかなもの」(王寺「代表制・公論・信用」p. 57) でしかないという発想で，大々的に公債を発行し，増税なしに戦費をまかなうネッケルの手法は「魔術師」の異名をとるほど国民に歓迎された．ところで「信用」の基盤が「世論＝公論」の支持にあることはいうまでもない．1781年の『国王への財政報告書』も「財政上の国家機密」の公開こそが「信頼」と「信用」を確立するための最善の手段であるという確信にもとづき公表されたものである (同，p. 60)．国家が国民の信頼を得るために必要とされる当面の方策は，地方の行政改革と三部会の開催により健全な代表

制を立ちあげることだとネッケルは考えていた．しかるにネッケルが国政に復帰した1788年の夏，事態は緊迫の度を増しており，もはやプラグマティストの慎重な手さばきで，頑迷な守旧派と性急な改革運動の相克を調整し，穏健派の中道路線を貫徹できる段階ではなかったのである．

（32）　Madame de Staël, *Considérations sur la Révolution française,* p. 137.

（33）　Winock, *Madame de Staël,* p. 41．ネッケルによる国庫貸付が開始された時期は1777年．当初の王庫貸付は240万リーヴルであり，1790年9月に40万リーヴルが返還された．1793年までは5%の年利が支払われていたが，これは当時としては有利とはいえない．後述のように，全額ではないが，還付が実行されたのは，スタール夫人の死の直前，第二次王政復古期である．スタール夫人の財産の全容については，以下を参照．Madame de Staël, *Correspondance générale,* tome I, Introduction, pp. XV–XX.

なお当時の労働者の平均賃金はヴィノックによる．じっさいには賃金をもらった徒弟が食と住居を保障されている場合も多いので評価もむずかしい．簡単な手仕事から錠前屋のような技術を必要とする職種まで，20スーから50スーぐらいというのが，革命史の専門家ジャック・ゴデショの推論である（1リーヴルは25スー）．ちなみに労働者が1日に必要とするパン2キロの健全な値段は8–9スーというところ．ゴデショ『バスティーユ占領』赤井彰編訳，白水社，1986年，p. 41.

（34）　柴田『フランス革命はなぜおこったか』pp. 169–173.

（35）　Benjamin Constant, *Cécile, Œuvres,* Gallimard, Bibliothèque de la Pléiade, 1957, pp. 149–150.

（36）　Winock, *Madame de Staël,* pp. 25–26.

（37）　Madame de Staël, *Correspondance générale,* tome I, *Lettres de jeunesse,* p. XXVIII．ネッケルの一家はカルヴァン派であるのに対し，スタール男爵はルター派のプロテスタントだった．

（38）　百瀬宏，熊野聡，村井誠人編『北欧史』世界各国史21，山川出版社，1998年，pp. 168–185.

（39）『ソフィあるいは忍ぶ恋』『ジェイン・グレイ』はのちに印刷されるが，内輪の回覧という程度の少部数である．その後1805年から07年にかけて，コペに滞在する友人たちとともに，演劇に熱中した時期もあるが，これも「素人芝居」の伝統を守った活動だった．『ジャン＝ジャック・ルソーの著作と性格についての書簡』で『演劇に関するダランベール氏への手紙』を取りあげたときにも，これを「演劇」に関する一般的な議論，すなわち公論に参入する手段としての演劇の功罪という問題につなげようとはしていない．スタール夫人と対照的なのは，いわゆる「女の人権宣言」で知られるオランプ・ド・グージュ．出自のはっきりしない女性が身ひとつでパリに出て，知的エリートの集団に働きかけようという野心をもったとき，手っ取り早いのは演劇の世界で多少ともスキャンダラスな話題になることだった．

（40）　校閲を依頼されたのは，ネッケル夫人のサロンの常連 Jean-Baptiste-Antoine Suard（1732–1817）である．1788年の原稿には，後述のように三部会の開催にかかわるアクチュアリティまでが書き込まれており，改変された部分があると推定される．Madame de Staël, *Lettres sur Rousseau, Œuvres complètes, série I, Œuvres critiques,* tome I, *Lettres sur Rousseau, De l'influence des passions et autres essais moraux,* sous la direction de F. Lotterie, Honoré Champion, 2008, Introduction par Florence Lotterie, pp. 21–23.

（41）『百科全書』第7巻の「ジュネーヴ」の項目を担当したダランベールが，この小都市のすぐれた統治を賞賛したうえで，演劇の導入を勧めたところ，ジュネーヴ側が反発し，ルソーに反論を依頼した．タイトルの示唆するところと異なって「演劇論」の枠組みにお

さまらぬ著作であり，ルソー自身の執筆の意図も読み取りにくい作品とされる．阿尾安泰「「演劇」をめぐって――『演劇に関するダランベール氏への手紙』」，桑瀬章二郎編『ルソーを学ぶ人のために』（世界思想社，2010 年，第 4 章）参照．ネッケル家の者たちは，ジュネーヴの政治にかかわる論争に強い関心を寄せ熟読していたものと思われるが，スタール夫人は具体的な内容や「パラドックス」の問題にまで踏み込むことはない．

(42) 本書 p. 30.

(43) Madame de Staël, *Lettres sur Rousseau*, pp. 51–52. 書簡体小説『クラリッサ・ハーロー』（1747–48 年）をはじめサミュエル・リチャードソンの作品は，フランスでよく読まれていた．ルソーが「フランスのリチャードソン」と呼ばれたことについては以下を参照．p. 52, note 43.

(44) *Ibid.*, p. 58, note 60.

(45) 1762 年 5 月に『エミール』が刊行されると，パリ高等法院で有罪宣告を受け，逮捕令が出たため，ルソーはスイスに逃亡する．続篇として書きはじめた『エミールとソフィ，または孤独に生きる人たち』は，両親と娘を失った若夫婦がパリに移住して堕落してゆく物語．未完のまま放棄されたが，1780 年の全集第 5 巻の補遺に収録されている．予想もしなかった続篇の展開に，読者は戸惑い混乱した．

(46) 桑瀬章二郎「人と生涯――ルソーという事件」桑瀬編『ルソーを学ぶ人のために』第 1 章，pp. 24–25.

(47) Jacques Necker, *De l'importance des opinions religieuses,* C. Plomteux (Liège), 1788.

(48) ネッケル夫人『離婚についての省察』は 19 世紀には再版されて読まれていた．夫への感謝の言葉については，以下を参照．Madame Necker, *Réflexions sur le divorce,* Librairie des bibliophiles, 1881, p. 77. なお éloge はサロンの文芸としてもてはやされたジャンルでもあったらしい．ネッケル夫人が娘に対して実践した教育プログラムには，歴史的な人物やサロンの常連に捧げる賛辞を書くという作文の課題もあった．Madame de Staël, *Des circonstances actuelles et autres essais politiques sous la Révolution,* sous la direction de Lucia Omacini, Honoré Champion, 2009, Introduction générale par Lucia Omacini, pp. 7–8.

(49) ポール・ベニシュー『作家の聖別――1750–1830 年　近代フランスにおける世俗の精神的権力到来をめぐる試論』片岡大右，原大地，辻川慶子，古城毅訳，水声社，2015 年，p. 51.

(50) Madame de Staël, *Lettres sur Rousseau,* p. 46, pp. 81–82.

(51) ルソーの「立法者」をめぐる問題の所在のみ確認しておこう．「立法者」le législateur とは，一般意思が何であるかを読み取り，それを言語化する責任者であるのだが，「あるがままの人間」が私利私欲を離れ，共同利益と一般意思を尊重することは決してない．それゆえ一般意思を法へと読み替える立法者は「神の視点」に立つことを求められ，その「存在不可能性」が暗示されてしまうだろう．ところがルソーは，この難問を解かぬまま，具体的な職務内容に論を進めているという．吉岡知哉「政治制度と政治」桑瀬編『ルソーを学ぶ人のために』第 7 章，pp. 155–157. なお富永編『啓蒙の運命』の第 8 章，桑瀬章二郎「「啓蒙」の完遂者ルソー――メーストルによる『社会契約論』批判」には「「立法者」概念の批判」と題した節があり，「反革命」の理論家ジョゼフ・ド・メーストルの視点から見ると，ルソーの「立法者」は「アポリア」（解決不可能な難問）を内包する概念であると指摘されている．pp. 238–245.

(52) 桑瀬章二郎「人と生涯――ルソーという事件」桑瀬編『ルソーを学ぶ人のために』pp. 33–34.

『社会契約論』の受容と革命思想との関係については以下を参照．フランソワ・フュレ /

モナ・オズーフ編『フランス革命事典 6』河野健二，阪上孝，富永茂樹監訳，みすず書房，2000 年，ベルナール・マナン「ルソー」の項，pp. 229–232. ルソーが『社会契約論』のなかで革命の原理を「抽象的」に示しており，革命家たちは確固たる意志をもってこれを実践に移したのだという解釈に，マナンは疑問を投げかけている．じっさいルソーの作品のなかで恒常的に版を重ねていたのは，『新エロイーズ』と『エミール』の 2 冊だけであり，革命が勃発してから『社会契約論』が一斉に読まれるようになったものの，当初は各陣営による解釈は多様であったとされる．

(53)　Madame de Staël, *Lettres sur Rousseau*, p. 88, note 138.

(54)　Madame de Staël, *Lettres sur Rousseau, Seconde Préface en 1814*, p. 39. 1798 年にも再刊されているが，このときは「序文」ではなく *Avertissement*（緒言）と題した短文が添えられていた．

(55)　*Ibid.*, pp. 39–40. ここでの「奴隷」という言葉は奴隷制の身体的な拘束を示唆するものではなく比喩的な表現．啓蒙の言説においては「市民的隷属」esclavage civil という含意は一般的なものである．

(56)　『ルソー論』が出版された時点での Champcenetz なる人物の攻撃文を紹介しておこう．モリエール『女学者』の登場人物の名を借りた韻文形式である．「アルマンドのエスプリとやらは，手当たり次第に読んだ本 / アルマンドの操が固いのは色気にご縁がないためで / からかう男を嫌がるけれど，原因を作っているのはご本人 / 恋人は要らぬとおっしゃるが，そもそもなり手がいないはず」Madame de Staël, *Lettres sur Rousseau*, Introduction, p. 28, note 32.

(57)　フランソワ・フュレ / モナ・オズーフ編『フランス革命事典 1』河野健二，阪上孝，富永茂樹監訳，みすず書房，1998 年，ラン・アレヴィ「全国三部会」の項，pp. 199–211. 三部会の選挙は制度として複雑であるだけでなく，実態がいかなるものであったのかさえ，正確には把握できないという．開会されてからも議員の資格審査が深刻な争点となった．第一身分と第二身分はそれぞれ 300 名，第三身分は 600 名という予定だったが，最終的な数字は異なっている．選挙手続きが間に合わなかったケースもあったから，市中行列に参加したのは，800 名に過ぎない．柴田『フランス革命はなぜおこったか』pp. 193–194.

(58)　Madame de Staël, *Considérations sur la Révolution française*, pp. 139–140. 伝統的な共同体に対応する「選挙集会」を基盤とした選出方法がもたらした結果であるが，第一身分は，高位聖職者より司祭が数においてはるかに多かった（司教 51 名，司祭約 200 名）．都市の中小ブルジョワの出身者からなる司祭集団は，十分の一税などの財政特権を放棄することとカトリックの権威を再建するという目標をセットにした改革を望んでいた．第二身分の貴族も思いがけぬ陣容となった．国王側近の大貴族（全体の 3 分の 1）や高等法院のメンバー（22 名）は，それぞれの領地にもどって集会に臨んだが，地元の中小貴族の反感を買って，期待したほどに選出されなかったのである．結局，軍隊しか知らぬ地方の保守的な小貴族が大勢を占めたが，開明的でリベラル派の貴族（90 名）も混じっており，全体として一体性の希薄な集団となった．柴田『フランス革命はなぜおこったか』pp. 190–192.

すべてが模索状態にある「選挙集会」では，おのずと「ソシアビリテ」の資質や公論形成の能力が高く評価されたはずである．アンシャン・レジームの廷臣にかわり，第三身分の「黒ずくめ」のブルジョワ男性が未来の政治主体となると見て，スタール夫人は深く感動したのである．

(59)　柴田『フランス革命はなぜおこったか』pp. 213–215.

(60)　フランソワ・フュレ / モナ・オズーフ編『フランス革命事典 3』河野健二，阪上孝，富永茂樹監訳，みすず書房，1999 年，フュレ「ルイ十六世」の項，p. 42.

(61) Madame de Staël, *Correspondance générale,* tome I, p. 314. 7月11日以降のネッケル家の行動については，同書の詳細な解説を参照．pp. 312–314.

(62) 柴田『フランス革命はなぜおこったか』pp. 216–218. ゴデショはネッケル追放に対するパリ市民の過激な反応について，フリー・メイソンやオルレアニストの陰謀という説を退け，以下のように客観的な条件から説明する．予想される3つの問題があった．①国民議会がパリから遠く離れた場所に移され，解散させられるという危惧 ②買占人を押さえてくれるはずだったネッケルがいなくなることによるパンの値上がり ③政府の破産と利子の支払い停止．つまり特権者は別として，フランス人の大部分にとって重大な不都合が生じるのであり，パリのみならずフランスの全土が反乱を起こす理由はあったというのである．ゴデショ『バスティーユ占領』p. 154. ネッケルが帰還したときの民衆の熱狂ぶりも，同じ理由によって説明される．

(63) フランソワ・フュレ / モナ・オズーフ編『フランス革命事典2』河野健二，阪上孝，富永茂樹監訳，みすず書房，1998年，マルセル・ゴーシェ「ネッケル」の項，p. 94.

「愛国派」（パトリオット）を自称する運動は，1788年秋から盛んになっていた．1787年のオランダの親仏勢力による革命運動などにも関連する初期の変革主体であり，コスモポリタンな性格がしだいにナショナリズムに転化してゆくが，当初はリベラル派貴族と上層ブルジョワが中心だった．全国三部会の第三身分で選出された代議員の多くは「パトリオット」で占められており，この集団を「変革主体」の第一世代と呼ぶことができる．柴田『フランス革命はなぜおこったか』p. 24, pp. 166–169, pp. 179–184.

(64) コレージュ・ド・フランスにおける2008–14年の講義については本書の第1章，注（20）参照．ロザンヴァロンは「自由」と「平等」の相克に初めて気づいたのはネッケルであるとして，1793年の論考 *Réflexions philosophiques sur l'égalité* の先見性を高く評価している．Pierre Rosanvallon, *La société des égaux,* Editions du Seuil, 2011, pp. 133–134.

(65) インド会社と「代表制」の問題については，本書第1章，注（31）参照．

(66) フュレ / オズーフ編『フランス革命事典2』ゴーシェ「ネッケル」の項，pp. 99–100.

(67) *Les Déclarations des droits de l'homme,* Présentation par Lucien Jaume, Flammarion, 1989.

(68) Madame de Staël, «Idées sur une Déclaration de droits», *Des circonstances actuelles et autres essais politiques sous la Révolution,* Introduction par Lucien Jaume, pp. 632–635. ジョームは『フランス革命についての考察』におけるスタール夫人の「人権宣言」批判（本文引用箇所）を導入にして，この未完の覚書を論じている．問題の草稿は，おそらく1795年憲法を念頭に，テルミドール期に執筆されたものと推察されるのだが，だとすれば，国民公会による恐怖政治の生々しい記憶のなかで，これに対抗する意図をもって書かれたことになる．

第2章　革命とサロンのユートピア（1789–95年）

(1) フランソワ・フュレ / モナ・オズーフ編『フランス革命事典1』河野健二，阪上孝，富永茂樹監訳，みすず書房，1998年，フュレ「八月四日の夜」の項，p. 232.

(2) 同上，p. 240. 王権が議会に対し拒否権を有するかについては綱引きがあったのち，「停止的拒否権」が，憲法草案については9月18日から認められることになった．これが8月の諸法に対して適用できるか否かは，明確ではないのだが，議会との全面対決を避けるための多少の配慮はなされている．なお，廃案にできる「絶対的拒否権」と異なり「停止的拒否権」は，議会の二つの会期中にかぎり特定の法令に対して拒否権を行使する権限に過ぎないが，執行権が立法権の活動を麻痺させることができるという意味で，その後も論

争の火種となった．フュレ / オズーフ編『フランス革命事典 4』キース・マイケル・ベイカー「憲法」の項，pp. 180–181．1792 年 6 月 20 日の騒擾では，議会の決定を妨害する国王夫妻を民衆が「拒否権夫妻」M. et Madame Véto と呼んで攻撃した．Winock, *Madame de Staël,* p. 63.

(3)　「愛国派《パトリオット》」については第 1 章，注（63）を参照．

(4)　フュレ / オズーフ編『フランス革命事典 1』ドニ・リシェ「革命的事件」の項，pp. 69–70. Bronislaw Baczko, *Politiques de la Révolution française,* Gallimard, 2008, Chapitre 3, Droits de l'homme, paroles des femmes, Les journées du 5–6 octobre 1789．10 月 5 日から 6 日にかけてヴェルサイユに居残った女たちの行動を，裁判所の記録文書など一次史料を用いて再構成する試みは興味深い．国王に面会し，警察の取り調べを受けた女たちについて調書が作成されたおかげで，代表者たちは匿名性を脱し，「女たちの声」が後世に遺された．バチコの記述からも推測されるように，当日何が起きたかはいまだ謎につつまれており，現場にいたスタール夫人の回想も全面的に信頼できるとはかぎらない．なお，行進に参加した庶民の女たちの人数はゴデショによれば 6,000–7,000 人である．ジャック・ゴデショ『フランス革命年代記』瓜生洋一，新倉修，長谷川光一，山崎耕一，横山謙一訳，日本評論社，1989 年，p. 54.

(5)　フュレ / オズーフ編『フランス革命事典 1』ドニ・リシェ「革命的事件」の項，pp. 71–72. このときの民衆の「沈黙」は，国王への賛美と攻撃の両方を回避するために，市当局が命じたものだった．ゴデショ『フランス革命年代記』p. 71.

(6)　フュレ / オズーフ編『フランス革命事典 1』オズーフ「ヴァレンヌ逃亡」の項，pp. 34–35．じっさいヴァレンヌ事件のあと，7 月 15 日には，ジャコバン・クラブで国王廃位の請願運動が決議され，立法議会は国王の免責という困難な課題に直面することになる．

(7)　Madame de Staël, *Correspondance générale,* tome I, pp. 493–494.

(8)　Jules Michelet, *Histoire de la Révolution française,* tome I, Edition Robert Laffont, 1979, p. 517．ミシュレによれば，89 年の大きな息吹につづき 90 年は友愛の年，そして 91 年は危機の到来を受けて憲法制定国民議会における議論が沸騰した年ということになる．邦訳は抄訳だが，該当ページの一部が紹介されている．ミシュレ『フランス革命史 上』桑原武夫，多田道太郎，樋口謹一訳，岩波文庫，2006 年，p. 319.

(9)　ミシュレの引用やスタール夫人の回想は上流社会にかかわるものだが，短命ながら政治文化の「女性化」feminization とみなせる先駆的な現象が革命初期に存在したことは否定できない．オランプ・ドゥ・グージュに関しては，オリヴィエ・ブラン『女の人権宣言――フランス革命とオランプ・ドゥ・グージュの生涯』（辻村みよ子訳，岩波書店，1995 年）は必読文献．とくに第 10 章「女性の権利」は重要である．

(10)　Henri Meister, *Souvenirs de mon dernier voyage à Paris,* 1795. Alphonse Picard et Fils, Librairie de la Société d'Histoire Contemporaine, 1910, p. 163．執筆は 1795 年，単行本として刊行されたのは 1797 年．イタリア語，ドイツ語に翻訳されて反響を呼んだ．参照したのは 1910 年の再刊で，序文と補遺がついている．

Henri Meister（1744–1826）はドイツ語ではハインリッヒ・マイスターだが，フランス語圏の著述家として知られた人物だからアンリ・メステルとする．チューリヒの牧師館で生まれ，ジュネーヴ滞在中にネッケル夫人となるまえのシュザンヌ・キュルショ，その保護者であり未来のスタール夫人の名づけ親となるヴェルムヌウ夫人に出遭う．当時ヴェルムヌウ夫人には 7 歳になる息子がおり，シュザンヌは家庭教師の役も務めていたのだが，その後釜に坐ったのが，メステルだった．ヴェルムヌウ夫人のおかげでグリムの『文芸通

信』に紹介され，その編集や執筆にかかわって，文人として知られるようになる．その後も人脈をおろそかにせず，ネッケル夫人のサロンに足繁く通い，スタール夫人が著名人になると，その「広報担当」を務めたという．Baczko, *Politiques de la Révolution française,* pp. 343–346. メステルの『文芸通信』への寄稿は，国民公会の時期は中断されたが，1773年から1813年まで40年にわたり，ドイツ，ロシア，スウェーデン，ポーランド，イタリアなどの貴顕にフランス便りを送りつづけた．スタール夫人のルソーに関する著作について『文芸通信』に好意的な書評を書いたのも，じつはメステルである．Madame de Staël, *Lettres sur Rousseau,* Introduction par Florence Lotterie, p. 23.

(11) Meister, *Souvenirs de mon dernier voyage à Paris,* p. 167.

(12) *Ibid.,* p. 166.

(13) Rousseau, *Emile ou de l'éducation,* Edition de François et Pierre Richard, Garnier Frères, 1964, p. 427. ルソー『エミール（中）』今野一雄訳，岩波文庫，1963年，pp. 365–366. 訳文は本書の文脈に即して手直しした．ルソー自身はサロンで不器用なふるまいをして傷ついていたにちがいないのだが，なおのこと，そのルソーが「ソシエテの精神」l'esprit des sociétés を高く評価していることは注目に値しよう．

(14) Meister, *Souvenirs de mon dernier voyage à Paris,* p. 170. メステルはサロンの会話のサンプル収拾も狙っている．ところどころにイタリックで挿入される台詞をもうひとつご紹介しておこう．興に乗りすぎた客を上手に黙らせるには？――「まあ，神父さま，本当にお話がお上手ですわ．でも，覚えてらして，テーブルにふさわしいのは，大きなナイフと小さなお話だってこと」*Ibid.,* p. 179.

(15) Meister, *Souvenirs de mon dernier voyage à Paris,* p. 171.

(16) *Ibid.,* pp. 171–173.

(17) Fumaroli, *Trois institutions littéraires,* 図版ページ，Abraham Bosse, *L'Ouïe* のキャプション．

(18) 本書 p. 64–67.

(19) Baczko, *Politiques de la Révolution française,* p. 348. 傍点はバチコ．

(20) *Ibid.,* pp. 358–360.

(21) Talleyrand, *Mémoires du Prince de Talleyrand, Mémoires et Correspondances du Prince de Talleyrand,* Edition intégrale présentée par Emmanuel de Waresquiel, Robert Laffont, pp. 154–155. スタール夫人が話題にしていたのは，ヌーヴェル・フランスからカリブ海に広がる domaine d'Occident と呼ばれる地域．複雑な歴史的由来や植民地行政のことなどを説明していたのだろう．上述のとおり，ネッケルはディドロとともにレナル神父の『両インド史』に寄稿したこともあり，スタール夫人と新大陸の深い関係は父親から譲り受けたものである．本書第1章，注（31）参照．

(22) Baczko, *Politiques de la Révolution française,* pp. 361–362.

(23) Michelet, *Histoire de la Révolution française,* tome I, p. 518.　ジャンリス夫人とスタール夫人が並列されているのは偶然ではない．二人は生前から，とりわけナポレオンとの関係をめぐり敵対するライヴァルとみなされていた．村田京子「ジャンリス夫人の生涯と作品」『人間科学 大阪府立大学紀要』5号，2010年，pp.3–36.

(24) Baczko, *Politiques de la Révolution française,* p. 366. フイヤン派はしだいに過激化するジャコバン・クラブから1791年7月に離脱して，フイヤン修道院を拠点とした穏健派．当初はかなりの勢力を占めていたが，ロベスピエールとの対決で敗北する．

(25) Gouverneur Morris, *Journal (1789–1792)*, édition établie par A. Cary-Morris, Mercure de France, 2002. モリスはスタール夫人のサロンの常連だったが，ネッケルとも親しく交

流し，1794年11月にネッケルがペンシルヴァニアに4,000アルパンの土地を購入したときの仲介を務めている．Winock, *Madame de Staël,* p. 92.

(26) Baczko, *Politiques de la Révolution française,* pp. 373–374. 執筆活動から完全に遠ざかっていたわけではない．1791年4月16日付けで *Les Indépendants* 誌に掲載された数ページの匿名の論考 «A quels signes peut-on connaître quelle est l'opinion de la majorité de la nation?» がスタール夫人のものであることは確認されており，これは全集にも収録されている．Madame de Staël, *Des circonstances actuelles et autres essais politiques sous la Révolution,* sous la direction de Lucia Omacini, Honoré Champion, 2009, pp. 559–566.

(27) Baczko, *Politiques de le Révolution française,* pp. 370–372. Comtesse de Flahault（のちに Madame de Souza）は，スタール夫人と同様，サロンの女主人として革命に参入し，イギリスに亡命して文筆家になった．スタール夫人はモリスから入手した情報を，ただちにネッケルのもとに届けたらしい．なお，問題の「覚え書き」が水泡に帰したのは，すでに弱体化した王権にとって内容が実態にそぐわなかったからであり，スタール夫人が妨害活動をしたわけではないという．

オーギュストの誕生は1790年8月31日．1792年11月20日，スイスのロールで同じくナルボンヌが父親とされるアルベールが生まれている．

(28) Jean Bredin, *Une Singulière Famille,* Fayard, 1999, pp. 234–237. ルイ15世と実の娘マダム・アデライドとの近親相姦による子供だという説もあったという．ゴデショもルイ15世が父親であろうと示唆している．Madame de Staël, *Considérations sur la Révolution française,* p. 634, note 29.

(29) Winock, *Madame de Staël,* p. 62.

(30) 国王は1790年6月に採択された「聖職者民事基本法」は承認したが，議会が宣誓拒否僧への弾圧を強める法令を可決したのに対しては拒否権をもって抵抗した．同じく拒否権の対象となったもう一つの法令は，強硬な革命推進派として知られるマルセイユおよびブレストなどの2万に及ぶ連盟兵をパリに駐屯させるという提案だった．フュレ / オズーフ編『フランス革命事典1』ドニ・リシェ「革命的事件」の項，pp. 72–73.

(31) Madame de Staël, *Considérations sur la Révolution française,* pp. 275–276.

(32) フュレ / オズーフ編『フランス革命事典1』ドニ・リシェ「革命的事件」の項，pp. 74–76.

(33) スタール夫人がコミューンの人名リストを入手して，この面識のない人物に白羽の矢を立て，個人的な接触を試みたのは，文筆家でもある著名な女性という自分の立場が，下手な物書きでもある相手の男性に対し，プラスに作用するだろうとの戦略による．面会を求めると翌朝の7時という「民主的」な時間を指定されたが，友好的な会見の成果として2人の友人の命を救うことができたという．後述のように，スタール夫人は，偶然のことから，この Manuel という名の人物に保護されてパリを脱出する．彼は急進的なジャコバンではあったが，「九月虐殺」のときは，劇作家ボーマルシェをはじめ，何人かの穏健派を救ったとされる．国王の処刑に反対し，1793年の末に処刑された．Madame de Staël, *Considérations sur la Révolution française,* p. 282–283, p. 637, note 63.

(34) フュレ / オズーフ編『フランス革命事典1』ドニ・リシェ「革命的事件」の項，p. 76.

(35) マリー＝アントワネットに仕えるランバル公妃が，収監されていた牢から引き出され民衆に惨殺されたのは，翌9月3日のことである．Madame de Staël, *Considérations sur la Révolution française,* p. 284, p. 637, note 65. 民衆は斬られた首を掲げてタンプル塔に迫り，王妃に対面を強要したとされる．スタール夫人によれば，これは抑制の利かなくなった暴力が「弱き性」への配慮さえ失い，好んで弱者を標的にする「狂気」に変貌したという意味合いをもつ象徴的な出来事なのである．この事件については後述の『王妃裁判について

の省察』でも触れている．Madame de Staël, *Réflexions sur le procès de la reine, Œuvres complètes. série Ⅲ, Œuvres historiques,* tome I, *Des circonstances actuelles et autres essais politiques sous la Révolution,* sous la direction de Lucia Omacini, Honoré Champion, 2009, pp. 56–57.

(36) Madame de Staël, *Considérations sur la Révolution française,* pp. 283–286. スイスに本拠を構えたスタール夫人は，国民公会による恐怖政治の時期，亡命を余儀なくされた「自由の友」の面々を受けいれるが，当時コペはフランス共和国の勢力下にあった．滞在者たちはスタール男爵の提供する偽のパスポートを携えて生活していたものの，命の危険に曝されることもあり，友人の息子を救ったというスタール夫人の武勇伝も記されている．*Ibid.,* pp. 310–312.

(37) Winock, *Madame de Staël,* pp. 70–72, p. 80.

(38) スタール夫人に出遭ったころのフランシス・バーニー（1752–1840）は『エヴェリーナ』（1778年）『セシリア』（1782年）などの著作で知られていた．その後，夫となったダーブレイが革命の終了を待って軍務に復帰したのを機に渡仏．ナポレオン帝政期の10年をフランスで過ごして長編小説『さすらう女——女性の困難』（1814年）を執筆した．先駆的なフェミニストであると同時に，サミュエル・ジョンソン，エドマンド・バークなどにも高く評価された作家である．スタール夫人もバーニーも，父親を深く尊敬してその影響下にあり，ブルジョワ出身で宮廷に仕え，動乱のなかで国境を越えて生きた．両者の作品に同時代性が色濃く認められることはいうまでもない．ファニー・バーニーとも呼ばれるが，これは愛称である．

(39) イギリス滞在とナルボンヌとの生活については，Winock, *Madame de Staël,* pp. 72–82. ちなみに「過激で隠謀好きの民主主義者」という形容にある「民主主義」という語彙は，使われた文脈や環境により，肯定的もしくは否定的な二極の価値のあいだを揺れ動く．ここでは穏健なイギリス人から見れば明らかに道を踏み外したフランス革命に荷担した女という意味だろう．

(40) Madame de Staël, *Réflexions sur le procès de la reine.* 書誌情報は上掲．注（35）．

(41) Winock, *Madame de Staël,* p. 73.

(42) フュレ / オズーフ編『フランス革命事典1』オズーフ「国王裁判」の項，pp. 144–147. ミシュレが国王の処刑に反対するのは，これが「宗教」としての王権を承認し，その「復活」を準備する行為だからである．裁判で「王権のむなしさ」を白日のもとに曝し，国王の命は救ったうえで，民衆がその権力を奪い返して，国王の神秘性に終止符を打つというのが，ミシュレの想定する解決法だった．

(43) 同上，p. 150.

(44) Madame de Staël, *Considérations sur la Révolution française,* p. 290.『フランス革命についての考察』の著者がもともとアメリカ革命にも共感を寄せており，恐怖政治を経たのち総裁政府期に穏健な共和主義を信奉した人物であることを忘れてはなるまい．人民は王政を廃止することはできるが，廃位されたルイに国王としての責任を負わせるのは不当であるとスタール夫人は考える．処刑によって国王は宗教的な存在になってしまったという見解は，ミシュレに通じるものである．

(45) *Ibid.,* p. 291. フュレ / オズーフ編『フランス革命事典1』オズーフ「国王裁判」の項，p. 154.

(46) フュレ / オズーフ編『フランス革命事典1』オズーフ「国王裁判」の項，p. 158.

(47) フュレ / オズーフ編『フランス革命事典3』フュレ「ルイ一六世」の項，p. 49.

(48) 同上，p. 34.

(49) Madame de Staël, *Réflexions sur le procès de la reine,* pp. 34–35.

(50) フュレ / オズーフ編『フランス革命事典 2』ジャック・ルヴェル「マリー＝アントワネット」の項，p. 206. 訳語は一部変更した.

(51) ミシュレ『フランス史Ⅵ』大野一道，立川孝一監修，藤原書店，2011年，第3章「女たちの恐るべき躍進」.

(52) アラン・ドゥコー『フランス女性の歴史 3――革命下の女たち』渡辺高明訳，大修館書店，1980年.

(53) 周知のようにフランスで女性の参政権が認められたのは，1944年である（日本は1946年）. ナポレオン法典によって，公共圏と親密圏における男女の棲み分けが進展した19世紀，ブルジョワ階級の女性たちは政治の「討議空間」から徹底的に排除されてゆく. 1848年の2月革命や6月の騒擾，1871年のパリ・コミューンで女性の姿が見られるとしたら，それは路上に繰りだした庶民の女たちである.

(54) 「フェミニズム」という言葉は，1837年にシャルル・フーリエによって初めて使われたとされる. オランプ・ド・グージュ，テロワーニュ・ド・メリクールなど，女性解放を叫んだ先駆的な女性は少なからずいたし，女性に特化された「政治クラブ」も短命ながら存在したが，そこから「連帯感」が生まれ，社会運動が形成されるには至らなかった. ドゥコー『フランス女性の歴史 3』pp. 133–138.

(55) オリヴィエ・ブラン『女の人権宣言――フランス革命とオランプ・ドゥ・グージュの生涯』辻村みよ子訳，岩波書店，1995年，第10章. 著者は，この宣言が「最も嫌われていた「オーストリアの雌狼」」に捧げられていることを指摘しているが，なぜ王妃なのかという疑問を呈することはない. p. 238. ちなみにオランプ・ド・グージュは「国王裁判」のときも処刑に反対している. 王妃処刑の半月後に斬首されてしまったこの女性の活動は，後世のフェミニズムや女性史のなかで再評価されたものであり，同時代的な存在感や影響力は限られていたと思われる.

(56) Madame de Staël, *Réflexions sur le procès de la reine,* pp. 59–60.『フランス革命事典 2』ジャック・ルヴェル「マリー＝アントワネット」の項は，性的スキャンダルをめぐる誹謗中傷の嵐，トリアノン宮殿での秘められた私生活をめぐる暴露文学などをたっぷりと紹介している. 王妃は政治的にはネッケルと対立していたから，スタール夫人が迫害された王妃に対して個人的な恩義を感じていた可能性はない. 不当な裁判にかけられ，低俗で下品な「暗黒伝説」の犠牲になろうとしている象徴的な女性に対し，公正な弁護を買って出たものであることを強調しておきたい.

(57) Winock, *Madame de Staël,* p. 84. じっさい文書は国民公会に提出されることはなく，パリの書店で流通しただけだったが，それでも後述のように，ネッケルに対して処罰は下された.

(58) Madame de Staël, *Réflexions sur le procès de la reine,* Introduction par Jean-Pierre Perchellet, p. 20.

(59) フュレ / オズーフ編『フランス革命事典 2』ルヴェル「マリー＝アントワネット」の項，p. 226. ミシュレは1793年の夏に王政そのものの全面否定という運動が起きたと捉えている. 政治クラブで人びとは口々に「国王（複数形）を殺せ！」と叫び，国民公会は王妃を裁判にかけることを決定し，さらに王政は墓のなかでも殺された. 8月10日には，サン＝ドゥニ大聖堂にあるフランス歴代君主の墳墓を破壊することが決定されたのである. Michelet, *Histoire de la Révolution Française,* tome II, Présentation de Claude Mettra, Robert Laffont, 1979, pp. 544–545. マリー＝アントワネットがタンプル塔から革命裁判所に隣接するコンシエルジュリーの牢に移送されたのは，熱狂的な運動のさなか，8月1日の夜のことである.

(60)　Madame de Staël, *Réflexions sur le procès de la reine,* Avertissement, p. 31. 匿名の著者は，王妃を間近に見る機会には恵まれてはいたが「個人的な関係」は希薄であり，したがって自分の省察は「すべての感じやすい心」の持ち主に信頼されるだろうと述べている．1814年の再刊のさいに「1793年8月，この書き物が出版されたとき，著者がスタール夫人であることは，誰もが知っていた」という注が加筆され，これは1820年の全集でも踏襲された．

(61)　Madame de Staël, *Réflexions sur le procès de la reine,* Introduction par Jean-Pierre Perchellet, pp. 20–21. パンフレットの内容をタレイランは高く評価し，かりにマリー＝アントワネットが良書によって救われるとしたら，この本がそれに当たるだろう，と賞賛しているのだが，「冒頭の数ページ」つまり女性読者への叙情的な呼びかけの部分については抵抗感を示している．

(62)　*Ibid.,* pp. 21–22.

(63)　Madame de Staël, *Réflexions sur la paix adressées à M. Pitt et aux français, Œuvres complètes, série III, Œuvres historiques,* tome I, *Des circonstances actuelles et autres essais politiques sous la Révolution,* sous la direction de Lucia Omacini, Honoré Champion, 2009, Introduction par Lucien Jaume, pp. 71–72.

(64)　フュレ / オズーフ編『フランス革命事典4』ドニ・リシェ「革命の諸議会」の項，pp. 74–75.

(65)　福井憲彦編『世界各国史12――フランス史』pp. 258–260. スタール夫人がイギリスに滞在していた1793年2月初め，国民公会がイギリス・オランダに宣戦布告したため，夫人は急遽スイスにもどった．

(66)　ゴデショ『フランス革命年代記』pp. 141–143.

(67)　Madame de Staël, *Réflexions sur la paix,* p. 90, Introduction par Lucien Jaume, pp. 73–74.

(68)　フュレ / オズーフ編『フランス革命事典1』ドニ・リシェ「バーゼルとハーグの条約（一七九五年）」の項，p. 225.

(69)　Madame de Staël, *Réflexions sur la paix,* Introduction par Lucien Jaume, pp. 75–76. シエースが温めていたヨーロッパ構想は「革命フランスを姉妹共和国，それも妹の共和国の帯で取り囲む」というものだった．フュレ / オズーフ編『フランス革命事典1』リシェ「バーゼルとハーグの条約（一七九五年）」の項，p. 226.

(70)　Madame de Staël, *Réflexions sur la paix,* Introduction par Lucien Jaume, p. 76.「王政派」は，国王の「絶対拒否権」と「二院制議会」を要求して敗退した．*Ibid.*, note 32. ラファイエットは，1791–92年には，その「王政派」の流れを汲む穏健な「立憲派」の花形といえる存在だったが，8月10日事件と王権の失墜ののち蜂起を企て，逃亡を余儀なくされた．国外では亡命した軍人ではなく，戦争捕虜という待遇を受け，プロイセンとオーストリアで5年にわたり収監された．スタール夫人はラファイエット解放のために発言しつづける．

(71)　Madame de Staël, *Réflexions sur la paix,* Introduction par Lucien Jaume, p. 79, note 47. 亡命者の公正な定義をめぐる議論は，テルミドール期に盛んに行われた．スタール夫人の主張はレドレルやバンジャマン・コンスタンに引き継がれる．

(72)　Madame de Staël, *Réflexions sur la paix,* Introduction par Lucien Jaume, p. 77.

(73)　*Ibid.,* p. 77.

(74)　*Ibid.*, p. 72, note 14. チャールズ・フォックスは野党ホイッグ党の内部では『フランス革命の省察』の著者エドマンド・バークと対立していた．フォックスは『平和についての省察』の刊行にさいし，スタール夫人に賛辞を寄せている．Winock, *Madame de Staël,* p. 103.

（75）　Madame de Staël, *Réflexions sur la paix,* Introduction par Lucien Jaume, p. 78. 本書では触れることはできないが，スタール夫人の革命解釈は，1790年に刊行されたエドマンド・バーク『フランス革命の省察』*Reflections on the Revolution in France*への反論として構築されたという側面が少なからずある．ジョームも示唆するように，革命の両義性をめぐる引用の文章などは典型的な議論といえよう．

（76）　Madame de Staël, *Réflexions sur la paix,* Introduction par Lucien Jaume, p. 80.

（77）　Madame de Staël, *Zulma, Fragment d'un ouvrage, Œuvres de Jeunesse,* Présentation de Simone Balayé, Texte établi par John Isbell et annoté par Simone Balayé, Desjonquères, 1997, pp. 101–120.

（78）　Madame de Staël, *Essai sur les fictions, Recueil de morceaux détachés, Œuvres de Jeunesse,* Desjonquères, 1997, pp. 131–156.

（79）　Giovanni Paoletti, « Fiction, connaissance morale et mélancolie dans l'*Essai sur les fictions* de Madame de Staël », *Passages par la fiction, Expériences de pensée et autres dispositifs fictionnels de Descartes à Madame de Staël,* Textes réunis par Bertrand Binoche & Daniel Dumouchel, Hermann Editeurs, 2013, p. 213.

（80）　フュレ / オズーフ編『フランス革命事典 1』フュレ「恐怖政治」の項，pp. 107–113, p. 119.

（81）　ヴァロワ王朝の末裔と称する女詐欺師がマリー＝アントワネットの意志で動いていると見せかけて，高額の首飾りを横領し，売りさばいたという事件だが，その複雑な絡繰りについてはアレクサンドル・デュマ・ペールの『王妃の首飾り』（1849–50年）をお読みいただきたい．革命史の視点からして重要なのは，高等法院と宮廷との修復しがたい亀裂や大物の廷臣どうしの確執が，この事件によって白日のもとに曝されたことである．じつは詐欺の被害者にすぎぬ国王と王妃の威信は地に落ちて，王政の弱体化に拍車がかけられた．柴田三千雄『フランス革命はなぜおこったか――革命史再考』福井憲彦，近藤和彦編，山川出版社，2012年，pp. 99–104.

（82）　本書第3章「4　未完の政治学と憲法案」参照．

（83）　Winock, *Madame de Staël,* p. 87.

（84）　Madame de Staël, *Zulma,* Avertissement, p. 103.『ズュルマ』が『個人と諸国民の幸福に及ぼす情熱の影響について』の「愛」の章に編入されなかった理由は何か．「批評的エッセイ」の内部に一定の長さと密度をもつ「フィクション」を挿入することは，当然のことながら形式的に無理がある．「本来は○○に挿入されるはずだった」と指摘する著者の狙いは，「批評的エッセイ」の哲学的な考察と「フィクション」の内容が呼応しあっているという事実そのものに読者の注意を喚起することにあり，じっさいに挿入されなくとも損失は少ないともいえる．スタール夫人の著作のなかでは『自殺論』のみが，フィクションを内包したエッセイというかたちを保持しているのだが，この形式が19世紀に引きつがれることはない．

（85）　ポール・ベニシュー『作家の聖別――1750–1830年　近代フランスにおける世俗の精神的権力到来をめぐる試論』片岡大右，原大地，辻川慶子，古城毅訳，水声社，2015年，pp. 81–82.

（86）　Madame de Staël, *Zulma,* Avent-propos, p. 105.

（87）　辞書によれば「ラタニヤ」の語源はカリブ海の言語であるらしいが，それにしても，なぜオリノコ川の岸辺がえらばれたのか．シモーヌ・バレイエは「序文」でマルモンテルの『インカ帝国の滅亡』（1776年）との関連を示唆しているが（Madame de Staël, *Œuvres de Jeunesse,* Introduction par Simone Balayé, p. 12），南米大陸西岸のペルーはオリノコ川

とは地理的に離れており，これに対して，レナル神父と家族ぐるみの交流をもったスタール夫人にとって，カリブ世界は幼いころから馴染み深いものだった．オリノコ川の河口を舞台とした『ロビンソン・クルーソー』も念頭にあったかもしれない．ルソーが『エミール』で推薦したこのベスト・セラーは，啓蒙の世紀のフランスで，とりわけ文明と野蛮の出遭いという観点から愛読された作品である．

(88) *Passages par la fiction,* Textes réunis par Bertrand Binoche & Daniel Dumouchel. とくに以下を参照．Bertrand Binoche & Daniel Dumouchel, « Introduction, *Esquisse de typologie* », pp. 5–12. Giovanni Paoletti, « Fiction, connaissance morale et mélancolie dans l'*Essai sur les fictions* de Madame de Staël », pp. 213–229.

(89) Madame de Staël, *Essais sur les fictions, Œuvres de Jeunesse,* p. 132.

(90) Winock, *Madame de Staël,* pp. 87–93.

(91) 本書 pp. 32–33.

(92) Benjamin Constant, *Cécile,* Gallimard, Bibliothèque de la Pléiade, 1957, p. 150.

(93) 本書 p. 102. Madame de Staël, *Essais sur les fictions, Œuvres de Jeunesse,* p. 132, note 2. 初版の原注で，神話を宗教の観点から考察するすぐれた論考として草稿のタイトルと内容が紹介されていた．さらに再版のときにコンスタンの名が書き加えられた．なおコンスタンの『宗教論』は，ツヴェタン・トドロフの「解説」を付したアカデミックな版が再刊されている．Benjamin Constant, *De la Religion considérée dans sa source, ses formes et ses développements,* texte intégral présenté par Tzvetan Todorov et Etienne Hofmann, Actes Sud, 1999.

第 3 章　政治の季節（1795–1800 年）

(1) Madame de Staël, *Réflexions sur la paix intérieure, Œuvres complètes. série Ⅲ, Œuvres historiques, tome I, Des circonstances actuelles et autres essais politiques sous la Révolution,* sous la direction de Lucia Omacini, Honoré Champion, 2009, Introduction par Lucien Jaume, p. 123.

(2) フランソワ・フュレ / モナ・オズーフ編『フランス革命事典 5』河野健二，阪上孝，富永茂樹監訳，みすず書房，2000 年，ピエール・ノラ「共和国」の項，p. 140.

(3) 「才能と徳」という表現は，人権宣言の第 6 条「平等原則」の項にある「徳および才能による以外の差別なく」sans autre distinction que celle de leurs vertus et de leurs talents という言葉にも呼応しており，この時代の文献にしばしばセットで使われる．なお，ここでいうフランス語の vertu は日本語の「徳」という言葉の儒教的な響きと異なり，後述のように明確に政治的なものである．本書，169 ページ．

(4) Madame de Staël, *Réflexions sur la paix intérieure,* Introduction par Lucien Jaume, pp. 125–126.『大国における執行権について』（*Du Pouvoir exécutif dans les grands états,* 1792）の著者ネッケルにとって憲法の課題は「秩序と自由，権威ある行動と権力の穏健さとの困難な結びつき」を見出すことである．Madame de Staël, *De l'influence des passions, Œuvres complètes, série I, Œuvres critiques,* tome I, *Lettres sur Rousseau, De l'influence des passions et autres essais moraux,* p. 142, note 21.

(5) Madame de Staël, *Réflexions sur la paix intérieure,* p. 168, note 39.

(6) Madame de Staël, *Réflexions sur la paix intérieure,* Introduction par Lucien Jaume, pp. 125–126. なおコンスタンの「中間党」をめぐる議論は，本書 pp. 133–134. mitoyen という言葉は，所有者の異なる土地と土地の境界を示す壁（mur mitoyen）や境界線上に掘られた井戸（puits mitoyen）という表現で使われる．壁や井戸そのものは「共有財産」とい

うイメージであろう．

（7）　Madame de Staël, *Réflexions sur la paix intérieure,* p. 154, note 26. Introduction par Lucien Jaume, p. 127. 革命期における「民主主義」という語彙の使用については，以下を参照．*Dictionnaire de philosophie politique,* sous la direction de Philippe Raynaud et Stéphane Rials, Presses Universitaires de France, 1996, pp. 152–153.

　フランソワ・フュレ / モナ・オズーフ編『フランス革命事典 3』河野健二，阪上孝，富永茂樹監訳，みすず書房，1999 年，パトリス・ゲニフェー「ロベスピエール」の項によれば，ロベスピエールは「民主主義」と「共和主義」は「同義語」であると主張した（p. 68）．結果として，国民公会と立場を共有しなかった者たちにとって「民主主義」という用語は否応なく「恐怖政治」の記憶と結びつく．「人民は公会が望むことを望んでいるとされ，公会はロベスピエールと公安委員会が指示することを望むとみなされる」という了解は，代表制の理念を無効にするものだろう．

（8）　Madame de Staël, *Réflexions sur la paix intérieure,* p. 167.

（9）　*Ibid.,* p. 144, note 10.「制限王政」と訳したフランス語は monarchie limitée ではなく monarchie mixte だが，辞書によればほぼ同義．ルソー『社会契約論』にも「混合政体」gouvernements mixtes と題したが章あり（第 3 編第 7 章），権力の分割と相互の抑制を必要条件とみなしている．スタール夫人が念頭に置いているのも，代表制議会によって国王の権力に歯止めがかかる政体である．

（10）　フランソワ・フュレ / モナ・オズーフ編『フランス革命事典 5』ピエール・ノラ「共和国」の項，p. 141.

（11）　王党派は「民衆」の反乱の規則を守って行動したつもりだったが，失敗した．後述のように，スタール夫人は王党派の人びとに「人民主権」の名において行動するには経験も知見も不足していると警告していた．バスティーユの攻撃から始まる群衆の怒濤のような革命運動は，今後再現されることはない．ヴァンデミエール 13 日以降，帝政の開始までは「クーデタ」による小刻みの政変がつづくだろう．フュレ / オズーフ編『フランス革命事典 1』河野健二，阪上孝，富永茂樹監訳，みすず書房，1999 年，ドニ・リシェ「革命的事件」の項，p. 84.

（12）　«Aux rédacteurs des *Nouvelles Politiques,* [Paris, 31 mai-2 juin 1795.]», *Œuvres complètes, série III, Œuvres historiques,* tome I, *Des circonstances actuelles et autres essais politiques sous la Révolution,* p. 622. スタール夫人の当時の状況については，以下を参照．Introduction par Florence Lotterie, pp. 623–625.「宣言」は共和派系の媒体を中心に 7 月まで数回にわたり掲載された．

（13）　次項で詳しく述べるように，テルミドール事件のあとサロンを再開した上流階級の女性たちは，国民公会のメンバーと親交を結ぶことで，牢に繋がれた友人やその家族，帰国を望む亡命者などのために奔走していた．コンスタンの証言によれば，スタール夫人もそうした理由で国民公会に正面から異議を申し立てにくい微妙な立場にあったが，「三分の二法令」への苛立ちは本音であったという．にもかかわらず「三分の二法令」に反対しなかった理由は，ブロニスラフ・バチコによれば「政治のプラグマティズム」（醒めた現実主義）にあるという．Madame de Staël, *Des circonstances actuelles et autres essais politiques sous la Révolution, Œuvres complètes, série III, Œuvres historiques,* tome I, Introduction par Bronislaw Baczko, p. 209. Bronislaw Baczko, *Politiques de la Révolution française,* Gallimard, 2008, pp. 408–411.

（14）　Winock, *Madame de Staël,* Fyard, 2010, pp. 118–119. 頭角を現した女性にはありがちなことだろうが，スタール夫人は「策士」とみなされていた．とりわけフランスが 1791

年の年末に対仏同盟と戦火を交えることになったのは，スタール夫人がナルボンヌを焚きつけたからだという解釈が根強く残っていた．研究者の緻密な調査が示すところによれば，まずジロンド派が開戦論に傾き議会も大多数が賛同した結果，ナルボンヌが着任する以前に決断は下されていたという．Madame de Staël, *Réflexions sur la paix,* Introduction par Lucien Jaume, pp. 74–75.

1795 年 10 月に追放令が出たのちも，スタール夫人はフランス国内にとどまり，スウェーデン大使夫人という身分を盾にして 2 ヵ月にわたり撤回を求めつづけた．夫人の滞在する場所は，国内であろうとスイスであろうと，重要人物が出入りする情報センターになっていた．Baczko, *Politiques de la Révolution française,* p. 425–426.

(15) Baczko, *Politiques de la Révolution française,* p. 423.

(16) Winock, *Madame de Staël,* p. 114, pp. 127–129. Baczko, *Politiques de la Révolution française,* pp. 427–431. フランスとの国境を越えたら逮捕するようにという命令が出ていたことは，まちがいのない事実であり，フランスとの文通も開封されていた．この時点において，スイス出身のバンジャマン・コンスタンはもとより，両親も夫も外国生まれであるスタール夫人は，おそらくフランスの「市民」citoyen とはみなされていなかった．本人は危機的な場面でスウェーデン大使夫人の権利を振りかざすことはあったが，夫と国籍を同じくするという意識，つまり自分はスウェーデン人だという意識はまったくもっていなかったように見える．一方で今日的な国籍概念を参考にして，素朴な「属地主義」を適用すれば，1798 年にフランスがジュネーヴ共和国を併合したときに，ジュネーヴにルーツをもつスタール夫人は結果として「フランス人」になったともいえるはずだが，事態はさほど明快ではない．上述トマス・ペイン（本書 p. 84）のように外国人が「名誉市民」と認められ，国民公会に参加した時期もあり，アンシャン・レジーム末期から 19 世紀にかけて，フランスへの法的あるいは市民的帰属という問題はきわめて複雑に変化する．そもそもフランスで「国籍法」が制定されて法概念としての「国籍」nationalité が定義されたのは，1 世紀のちの 1889 年のことなのである．

(17) 執筆開始の時期については，以下を参照．Madame de Staël, *De l'influence des passions sur le bonheur des individus et des nations,* Introduction par Florence Lotterie, pp. 114–115.

(18) アダム・スミス『道徳感情論』はコンドルセ夫人ソフィーによる仏訳が 1798 年に刊行された．スタール夫人は仏訳刊行に際してコンドルセ夫人に賛辞を送っている．ただし『個人と諸国民の幸福に及ぼす情念の影響について』がコンドルセの政治的な立場に批判的であったところから，コンドルセ夫人とスタール夫人の関係は微妙であったとされる．Madame de Staël, *De l'influence des passions sur le bonheur des individus et des nations,* Introduction par Florence Lotterie, p.121, note 26. *Des circonstances actuelles,* p. 442, note 14.

(19) Béatrice Didier, *Madame de Staël,* Ellipes, 1999, pp. 27–29. 安藤隆穂『フランス自由主義の成立——公共圏の思想史』（名古屋大学出版会，2007 年）もイデオローグとの関連と相違という観点から『情念論』を分析している．pp. 194–198.

(20) Madame de Satël, *De l'influence des passions sur le bonheur des individus et des nations,* p. 137. 社会的な事象は多数の観察結果から予測できるという確率論的な発想は，ネッケルと親交のあったスイスのベルヌーイ家の数学者たちやコンドルセにも見られる．厳密な科学として政治を語るという目標は，後述のように『革命を終結させうる現在の状況とフランスで共和政の基礎となるべき諸原理について』において一定の成果を挙げる．さらに『文学論』第 II 部第 6 章においても，離婚や犯罪に関する統計という話題が取りあげられており，こちらではコンドルセの著作（*Essai sur l'application de l'analyse à la probabilité des décisions rendues à la pluralité des voix,* 1785）にも言及し，数学を基礎とする science morale

への大きな期待が10ページにわたり語られる．Madame de Staël, *De l'influence des passions sur le bonheur des individus et des nations,* p. 137, note 9, note 10. Madame de Staël, *De la Littérature,* Présentation par Gérard Gengembre et Jean Goldzink, Flammarion, 1991, pp. 367–376.

(21)　Madame de Staël, *De l'influence des passions sur le bonheur des individus et des nations,* p. 146. 政治的にはスタール夫人に近い立場にいたボワシー・ダングラスが，1795年の議会演説で「最良の人びとによる貴族政」という表現を使っており，これもメリトクラシーにもとづくエリート集団に国政を担当させるという構想であるという．*Ibid.,* note 35. アンシャン・レジームの「特権身分」とは一致しない「貴族政」という用語は，モンテスキューやルソーにも見られるものである──「共和政において，人民が全体として最高権力をもつとき，それは民主政である．最高権力が人民の一部の手中にあるとき，それは貴族政と呼ばれる」（モンテスキュー『法の精神（上）』野田良之，稲本洋之助，上原行雄，田中治男，三辺博之，横田地弘訳，岩波文庫，1989年，p. 52.）「そこで，貴族政には，三つの種類がある．自然的なそれ，選挙によるそれ，世襲的なそれだ．最初のものは素朴な国民にしか適さないし，最後のものは，あらゆる政府の中で最悪のものだ．選挙による貴族政がもっともよい．これこそ本来の意味の貴族政だ」（ルソー『社会契約論』桑原武夫，前川貞次郎訳，岩波文庫，1954年，p. 99.）スタール夫人のいう「選挙による貴族政」は，ルソーの定義をふまえたものだろう．モンテスキューの引用からも明らかなように，ここでの「貴族政」は「君主政」への回帰を意味しない．

なお「最良の人びとによる貴族政」については，以下も参照のこと．Lucien Jaume, *L'Individu effacé ou le paradoxe du libéralisme français,* Fayard, 1997, p. 62. 武田千夏「「開かれたアリストクラシー」の社会的インプリケーションについて──スタール夫人の自由論についての一考察（パートⅠ/パートⅡ）」『大妻比較文化』6号，2005年，pp. 50–64. 同8号，2007年，pp. 50–64. とくにパートⅡ，pp. 33–34.

(22)　1793年9月5日の「国民公会」における「恐怖政治開始の採決」は，異様な興奮状態のなかで行われた．朝からサン＝キュロットが議会に侵入し「パンとギロチンの両方を，パンを得るためにギロチン」を要求した．フランソワ・フュレによれば，貴族の「隠謀」に対する無産者たちの不信感と猜疑心は1789年の革命勃発当初から存在したという．フュレ/オズーフ編『フランス革命事典1』フュレ「恐怖政治」の項，pp. 103–105.

(23)　フュレも指摘するように，事件から20年後に書かれた『フランス革命についての考察』おいて，スタール夫人は歴史的な観点に立ち，「恐怖政治」の一因は旧社会の「病的な不平等」から生まれた「狂信的な平等主義」にあったと分析している．アンシャン・レジームとフランス革命が相乗効果をもたらして，血腥い独裁の生成を援けたというのである．同上，pp. 124–125. Madame de Staël, *Considérations sur la Révolution française,* Présenté et annoté par Jacques Godechot, Tallandier, 1983, pp. 303–307.

(24)　コンスタンは1797年に«Des effets de la terreur»と題した論考を発表している．小文字の「恐怖」の「効果」という問題構成が，ここでは使われてはいない「恐怖政治《テロリズム》」という語彙を想起させるのだが，この論考がスタール夫人の『情念論』への応答であることは，政治システムと人間を峻別するという共通の姿勢からも見てとれる．「恐怖《テロル》というものが，システムに還元されて，そのかたちで正当化されると，テロリストたちの獰猛で荒々しい暴力より，はるかに恐ろしいものとなる．このシステムが存在するかぎり，この罪＝犯罪はくり返されるだろうが，一方でテロリストたちが存在しているからといって恐怖《テロル》がくり返されるとは限らないからである．公認の原則としての恐怖《テロル》こそが，永遠に危険なものなのだ．それは最も賢明な者たちを道に迷わせ，最も人間的な者たちを堕落させるだろう」

Constant, *De la force du gouvernement actuel de la France et de la nécessité de s'y rallier*, Flammarion, 2013, p. 179. ちなみに terroriste というフランス語の初出は terrorisme と同じく 1794 年である．

(25) Madame de Staël, *De l'influence des passions sur le bonheur des individus et des nations*, pp. 234–235. スタール夫人は 1789 年にネッケル邸でロベスピエールに出遭っている．『フランス革命についての考察』のなかでも，そのときの印象（貧相な容姿と冷徹な人格）を回想しているが，歴史的な位置づけが行われたのちの描写は，はるかに客観的なものになっている．Madame de Staël, *Considérations sur la Révolution française*, pp. 313–314.

(26) Madame de Staël, *De l'influence des passions sur le bonheur des individus et des nations*, Introduction par Florence Lotterie, pp. 124–126.

(27) Winock, *Madame de Staël*, p. 137, p. 139.

(28) Baczko, *Politiques de la Révolution française*, pp. 376–378. Constant, *De la force du gouvernement actuel et de la nécessité de s'y rallier*. 第 6 章「大国における共和政の可能性に対し，経験から導かれた反論」および第 7 章「共和政統治の利点」参照.

(29) Baczko, *Politiques de la Révolution française*, p. 375. 括弧内のスタール夫人の引用は本書 p. 118.

(30) Madame de Staël, *De la Littérature*, pp. 313–319. Baczko, *Politiques de la Révolution française*, pp. 398–399.

(31) Baczko, *Politiques de la Révolution française*, pp. 401–402.

(32) *Ibid.*, pp. 403–405. Antoine-Clair Thibaudeau, *Mémoires sur la Convention et le Directoire*, tome I, Baudouin, 1824, pp. 133–139.

(33) 「三分の二法」とヴァンデミエール事件との関係については，本書 pp. 110–111.

(34) Charles de Lacretelle, *Dix ans d'épreuves pendant la révolution*, chez A. Allouard, 1842, pp. 250–251. なおこの回想録は 2011 年に Editions Tallandier から復刊されている．

(35) Baczko, *Politiques de la Révolution française*, pp. 411–413, p. 724, note 37.

(36) フュレ / オズーフ編『フランス革命事典 1』ドニ・リシェ「革命的事件」の項，p. 84.

(37) Baczko, *Politiques de la Révolution française*, pp. 413–421.

(38) ロラン夫人はスタール夫人と同じく平民出身で教育を受けた女性．美しく聡明で意志堅固，情熱をもって政治に参加した．獄中から恋人に宛てた手紙や回想録が残されており，その記憶はロマネスクな色彩に染められている．アラン・ドゥコー『フランス女性の歴史 3――革命下の女たち』渡辺高明訳，大修館書店，1980 年，pp. 205–215.

(39) Baczko, *Politiques de la Révolution française*, pp. 421–425.

(40) *Ibid.*, p. 425, p. 726, note 42. 手紙の宛先は，ネッケル夫人のサロンについて貴重な証言を残したアンリ・メステルである．«La république m'exile, la contre-révolution me pend» という警句のような文章はよく引用される．バチコもこれを小見出しに立てている (p. 419).

(41) *Ibid.*, pp. 426–430. スタール夫人専属の密偵による報告書から，この上なく愚劣なジョークの一例を紹介しよう（1796 年 1 月 25 日付け，外務大臣ドラクロワ氏宛て）．かのご婦人はコンスタンをともないローザンヌに赴いて，共和国支持を表明したのち，掌を返すように亡命貴族のために弁明した，等々の一般的な報告につづく，コペ滞在にかかわる文章である．「彼女は最近ナルボンヌからの連絡を受けとった．あるとき父親が夕食の席で彼女にこう尋ねた．貴女はどうやってサン＝キュロットの役に立とうというつもりなのかね？ あら，わたし，と彼女は答えたのである，今まで一度も他人様の役に立とうなどと思ったことありませんわ．何度か試して役に立ったことはありますけど，キュロット

（下穿き）なしのフランス人なら」*Ibid.*, p. 428.

(42) *Ibid.*, p. 431. スタール夫人の国外追放という措置が取り下げられたわけではないが，本人が国境を越えたらただちに逮捕せよという命令そのものは撤回されたらしい．

(43) *Ibid.*, p. 433. 議会は毎年 3 分の 1 が改選されることになっており，当然のことながら，立法機関としての安定や継続性は望むべくもなかった．

(44) *Ibid.*, pp. 438–439. 1 ページ以上にわたって引用された書簡を訳出する余裕はないが，文体も内容も格調高く，バチコが「素晴らしい」remarquable と賞賛するだけのことはある．

(45) *Ibid.*, pp. 440–441.

(46) フュレ / オズーフ編『フランス革命事典 1』ドニ・リシェ「クーデタ」の項，pp. 134–136.

(47) Baczko, *Politiques de la Révolution française,* pp. 445–453. フォンターヌのミソジニーについては以下を参照．*Ibid.*, p. 447, pp. 452–453.

(48) フュレ / オズーフ編『フランス革命事典 1』リシェ「クーデタ」の項，pp. 136–137. Baczko, *Politiques de la Révolution française,* p. 457.

(49) Baczko, *Politiques de la Révolution française,* p. 458. 1798 年の初め，フランス軍はエジプト・シリア戦役の資金を調達する意図でスイスに進軍した．共和国は占領下の国にいる亡命者を死刑にするという法律を維持していたから，スタール夫人は父ネッケルのことを心配してスイスに戻り，コペを離れるよう父に勧めたのだが，フランス軍は総裁政府の保護令を携えて友好的な会見を求めてきたという．このとき，ルイ 16 世の大臣として国庫に預けた 200 万フランの返還も求めたが，折り合いがつかなかった．Madame de Staël, *Considérations sur la Révolution française,* pp. 344–347. ヴィノックによれば，ネッケル自身が請願書を提出し，コンスタンが総裁政府に働きかけて，1798 年 7 月 31 日，亡命者リストから名前を削除してもらうことに成功したという．Winock, *Madame de Staël,* p. 159.

(50) Baczko, *Politiques de la Révolution française,* pp. 454–456. ちなみにタレイランの帰国のために最も誠実かつ精力的に動いたのはスタール夫人である．タレイランからの感謝の手紙に以下のような文章がある――「貴女のおかげで一件落着，私の望みを全面的に叶えてくださった〔…〕．貴女がどこに住まわれようと，この先私は自分の人生をお側で過ごすことになるでしょう」．タレイランはスタール夫人の愛人だったという説は，この人物が得意とする不実な外交辞令が根拠となったものらしい．じっさい帰国したタレイランをバラスに紹介したのもスタール夫人であり，おかげでタレイランは 1797 年 7 月，外務大臣に任命された．この時期のタレイランとの親密な関係という観点からしても，スタール夫人が政治の絡繰りにかかわっていたことはまちがいないといわれている．なお 20 年後の『回想録』で，タレイランはスタール夫人の「保護」は失念したかのように当時の状況を想起している．Emmanuel de Waresquiel, *Talleyrand, le prince immobile,* Editions revue et augmentée, avec des documents inédits, Fayard, 2006, p. 197, p. 205, p. 215. タレイランはボナパルトが 2 年後に政権を握ると第一統領との連携をえらび，まっ先にスタール夫人を見捨てることになる．夫人は『追放十年』で，この「友情への裏切り」を厳しく責めている．Madame de Staël, *Dix années d'exil,* Edition critique par Simone Balayé et Mariella Vianello Bonifacio, Fayard, 1996, pp. 89–90.

(51) フランソワ・フュレ / モナ・オズーフ編『フランス革命事典 2』河野健二，阪上孝，富永茂樹訳，みすず書房，1998 年，フランソワ・フュレ「ボナパルト」の項，pp. 172–173. ボナパルトが戦略的に権力から遠ざかるために「長期の迂回」としてエジプトに遠征するのは，半年後のことである．

（52） Baczko, *Politiques de la Révolution française,* pp. 461–463. Antoine Vincent Arnault, *Souvenirs d'un sexagénaire,* Duféy, 1833, pp. 26–27.

『フランス革命についての考察』によれば，当初スタール夫人は未知の「英雄」にまつわる幻想をもっていたという．当時のボナパルトは「文人風」の言葉を語っており，政権の中枢にいる者たちが居丈高な言辞を弄するのと対照的だった．亡命者を厳しく処罰するという共和国の方針には従わなかった．妻を深く愛しており『オシアン』の美に感動するという噂も聞いていた．しかし，イタリアから帰還してエジプトに遠征するまでの数ヵ月に，しばしばこの人物を観察する機会にめぐまれて，自分の見方は一変した．ボナパルトにとって人生はチェスのゲームのようなもの．憐憫，魅力，宗教などによって心を動かされ，方針を変えることなどありえない．自制しているときには何かしら傲慢なものを，くつろいでいるときは低俗なものを感じさせる．傲慢のほうが本人に似合うので，こちらを惜しみなく使う．Madame de Staël, *Considérations sur la Révolution française,* p. 337–339.

（53） Baczko, *Politiques de la Révolution française,* p. 479, p. 734, note 78. サロン文化の破壊者としてナポレオンがもたらした害悪について，スタール夫人は直接・間接に批判することをやめなかった．

（54） Madame de Staël, *De la Littérature,* p. 333.

（55） 年譜は以下を参照．『バンジャマン・コンスタン日記』高藤冬武〔訳〕，九州大学出版会，2011年，pp. 685–688. 1804年から16年までの『日記』のほか「アメリーとジェルメーヌ」と題した小品を収録し，年譜，家系図，解説，詳細な註を付した大判700ページの学問的労作である．なお，パリ滞在と文人シュアールについては以下を参照．Benjamin Constant, *Le Cahier rouge, Œuvres,* Texte présenté et annoté par Alfred Roulin, Gallimard, Bibliothèque de la Pléiade, 1957, p. 93, p. 1423 (p. 93, note 2).

（56） Benjamin Constant, *De la force du gouvernement actuel de la France et de la nécessité de s'y rallier,* Préface et notes de Philippe Raynaud, Flammarion, 2013. 収録されているのは『フランスの現政府の力とこれに同盟すべき必要性について』（1796年）『政治的反動について』（1797年）『恐怖政治の諸結果』（1797年）の3篇．テルミドール期と自由主義のかかわり，コンスタンの初期思想，そしてスタール夫人とコンスタンとの思想的蜜月という観点から読み解くことができる．ちなみにマルセル・ゴーシェが編纂・解説した政治論集が1980年に刊行されているが，こちらは1814年の『ヨーロッパ文明との関係における征服と簒奪の精神について』を巻頭に置き，1815年の『政治学原理』など円熟期の主要な論考を収録したものである．

コンスタンに関する邦語文献としては，安藤隆穂『フランス自由主義の成立——公共圏の思想史』（名古屋大学出版会，2007年）のほか，以下を参照．古城毅「商業社会と代表制，多神教とデモクラシー——バンジャマン・コンスタンの近代世界論とフランス革命論（一）～（五）」，『国家学会雑誌』第127巻3/4号～11/12号，2014年．とくに（四）においてネッケルおよびスタール夫人との関連が詳しく論じられている．

（57） Benjamin Constant, *De la force du gouvernement actuel de la France et de la nécessité de s'y rallier,* Préface par Philippe Raynaud, p. 10. レノーによれば，君主の正統性（légitimité）という原則と新しい世界秩序を和解させようと努力したシャトーブリアンにおいても，アンシャン・レジームを過去の秩序とみなす歴史観は共有されている．*Ibid.*, p. 10, note 2.

（58） 本書p. 115.

（59） Constant, *De la force du gouvernement actuel de la France et de la nécessité de s'y rallier,* Préface par Philippe Raynaud, p. 11.

（60） スタール夫人の指摘については本書p. 119.「才知あふれる人物がいったことだが」と

いうたぐいの合いの手は，スタール夫人の文体の特徴のひとつ．権威にもとづく断定的な引用を避け，軽妙な「会話」のリズムを演出しながら読み手を説得する技法だろう．

(61) 本書 p. 119.

(62) Constant, *De la force du gouvernement actuel de la France et de la nécessité de s'y rallier,* p. 59. 1792年にプロヴァンス伯爵（未来のルイ18世）に提出されていた強硬な復古王政の構想が，ちょうどこの時期（1795年）に公表された．編者フィリップ・レノーは『フランスの現政府の力』の関連するページに例外的に長い脚注を設け，過激な文書の復讐心も露わな内容を詳細に報告している．じっさい共和派勢力にとって「白色テロ」の危惧が荒唐無稽なものではなかったことは一目でわかる．*Ibid.*, p. 56, note a, p. 197, note 11. 引用文でコンスタンは monarchiste という用語を使っているが，実質的には，英国モデルの二院制立憲王政をめざす monarchien を指すというレノーの指摘にならい「王政派」と訳した．*Ibid.*, p. 198, note 15.

(63) Constant, *De la force du gouvernement actuel de la France et de la nécessité de s'y rallier,* p. 195.『ル・モニトゥール』は，1789年に創設された政府の広報誌であり，官報に近い性格をもっていた．当初の名称は Gazette nationale だったが，副題の Le Moniteur universel が1811年から正式名称になった．ちなみにコンスタンは，1796年にフランス市民権公認請求を提出するのだが，翌年に「五百人会」から回答保留決定が下り，1798年，スイスがフランスの支配下に入ったことにより，結果的にフランス市民と認められた．さっそく4月の「五百人会」の選挙に打って出たが落選．『バンジャマン・コンスタン日記』高藤冬武〔訳〕，「年譜」p. 668. より複雑な「国籍」の問題については，以下を参照．*Ibid.*, Notes par Philippe Raynaud, p. 201, note 2.

(64) *Ibid.*, Préface par Philippe Raynaud, pp. 16–17. コンスタンの論争相手と著作のタイトルは以下のとおり．Adrien Lezay-Marnesia, *De la faiblesse d'un gouvernement qui commence, et de la nécessité où il est de se rallier à la majorité nationale.*

(65) Baczko, *Politiques de la Révolution française,* pp. 409–410.

(66) Constant, *De la force du gouvernement actuel de la France et de la nécessité de s'y rallier,* Préface par Philippe Raynaud, pp. 8–10.

(67) *Ibid.*, p. 17. スタール夫人における「政治のリアリズム」とコンスタンの「変節」なるものは実質的にシンクロナイズしているのだが，とりわけ後者は名前に絡めた地口——Constant どころか Inconstant ではないか——によって，その「無節操」「移り気」が揶揄される．これはコンスタンの人物像をめぐる通俗的な伝統になっている．

(68) Madame de Staël, *Considérations sur la Révolution française,* pp. 347–348. 死んでも闘いつづけた巨人という比喩の出典は，アリオストの『狂えるオルランド』であるという．*Ibid.*, p. 652, note 217.「ローマ共和国」は革命期にフランスの「姉妹共和国」として立ちあげられた短命な衛星国家の1つで，1798年2月15日に建国．「後宮」での政変とは「五百人会」の圧力による「総裁政府」の首のすげ替えを指す．具体的には1899年6月18日，プレリアル30日の政変のこと．*Ibid.*, p. 652, note 219.

(69) Constant, *Des Réactions politiques, De la force du gouvernement actuel de la France et de la nécessité de s'y rallier,* p. 106.「序」には1797年3月30日の日付がある．

(70) *Ibid.*, p. 116.「知識人」と訳したのは「見識ある人びと」を指す homme éclairé であり，やや誤解を招くかもしれないが，概念として「知識人」intellectuel に類似する人間像は，啓蒙思想の「文人」のなかにも存在した．知的活動にかかわる者の社会的な責務というニュアンスを明確にともなう intellectuel という名詞が使われるようになったのは，19世紀の半ばあたり，流行語となったのは世紀末にドレフュス事件が国民を二分する論争を

引きおこした時期である．

(71) フュレ / オズーフ編『フランス革命事典 5』ピエール・ノラ「共和国」の項，pp. 141–142.

(72) Winock, *Madame de Staël,* p. 11, p. 160. この著作の先鋭な性格については，後述のようにバチコやマルセル・ゴーシェも全面的に認めているが，ヴィノックの「評伝」では，政治思想史の専門的な視点による作品分析は行われていない．

(73) Madame de Staël, *Des circonstances actuelles et autres essais politiques sous la Révolution, Œuvres complètes. série III, Œuvres historiques,* tome I, sous la direction de Lucia Omacini, Honoré Champion, 2009, Note sur l'histoire de l'ouvrage et de ses éditions par Lucia Omacini, p. 277.

(74) Albert Thibaudet, *Histoire de la littérature française,* Avant-propos de Michel Leymarie, CNRS Editions, 2007, pp. 86–87. チボーデがスタール夫人の「自由主義」をいかに位置づけたかについては後述する．本書 pp. 281–282.

(75) 1906 年の初版は J. Vienot によりパリの Librairie Fischbacher から，1979 年の批評校訂版は Honoré Champion の 2009 年版と同じく Lucia Omacini の校訂によりジュネーヴの Droz から出版されている．2009 年の全集版は大判 700 ページの高価な書物であり，研究者の関心も薄いということか，日本の大学図書館のデータを検索してみると，ヒット件数は驚くほど少ない．

(76) Madame de Staël, *Des circonstances actuelles,* Note sur l'histoire de l'ouvrage et de ses éditions par Lucia Omacini, pp. 283–284.

(77) Madame de Staël, *Des circonstances actuelles,* pp. 304–305.

(78) *Ibid.,* pp. 398–399.「競争心」émulation は健全な刺戟となって政治を活性化するというのが，スタール夫人の持論であり『文学論』の第二部第三章には「競争心」というタイトルがつけられている．「他のところ」については，本書 p. 114.

(79) Madame de Staël, *Des circonstances actuelles,* Introduction par Bronislaw Baczko, pp. 225–226.

(80) *Ibid.,* pp. 189–192.

(81) たとえば共和国が樹立されたのが「出版物によってその準備がなされるより 10 年も早かった」ことが，最大の不幸であると指摘されている．Madame de Staël, *Des circonstances actuelles,* p. 436.

(82) *Ibid.,* Introduction par Bronislaw Baczko, pp. 193–195. コンスタンによれば，世論はもともと代議政体を望んでいたが，1792 年から 93 年にかけての共和国政府が，その願いをこえて世論を抑圧する「恐怖政治」を産んだ．そして，ひとたび「恐怖政治」が打倒されると，世論が 1789 年に欲したものより低い水準に引き戻されたのであり，これが「反動」であるという．本書 p. 137. この捉え方は，スタール夫人によって共有されている．フュレ / オズーフ編『フランス革命事典 5』モナ・オズーフ「自由」の項，pp. 278–279.

(83) Lucien Jaume, *L'Individu effacé ou le paradoxe du libéralisme français,* Fayard, 1997, p. 58. ピエール・ノラについては，本書 p. 138.

(84) Madame de Staël, *Considérations sur la Révolution française,* Chronologie par Jacques Godechot, pp. 48–49.

(85) 1793 年憲法は『フランス革命についての考察』においても，ほとんど検討の対象にすらならない．1793 年憲法と 1795 年憲法の相互関係については，以下を参照．田村理「11 人委員会によるフランス 1795 年憲法草案の起草」『専修法学論集』108 号，2010 年，pp. 1–42. 田村氏によれば，ボワシー・ダングラスの報告演説における次の台詞から想像

されるほど，単純な全面否定によって新憲法の編纂が進められたわけではないという――「私たちは全員一致でこの憲法（1793年憲法）を，アナーキーを組織化したもの以外の何ものでもないと宣言します」p. 2.

(86)　樋口陽一「四つの八九年――または西洋起源の立憲主義の世界展開にとってフランス革命がもつ深い意味」によれば，1793年を1789年といかに関連づけるかという問題は，革命をいかに解釈するかという問題と不可分である――「この両者（フランス革命によって掲げられたルソー＝ジャコバン型と，アレクシス・ド・トクヴィルが描きだしたアメリカ型という二つの国家モデル）を比較するに際してはじめに，一七九三年と対置された一七八九年ではなくて，一七九三年によって完成された一七八九年がここで問題なのだ，ということを明確にする必要がある．この二つの日付はフランス革命の経過の中で激突する二つの方向を象徴しており，それらの関係についての厖大な論争があることは，周知の通りである．一方の側にとってフランス革命は一七九二―九三年の段階ぬきには終わることなかったはずのものであり，他方の側にとっては，一七九三年は，逸脱，上すべり，そして悪夢でしかなかった.」J-P・シュヴェヌマン，樋口陽一，三浦信孝『〈共和国〉はグローバル化を超えられるか』平凡社新書，2009年，p. 55. この問題については，以下も参照．樋口陽一『自由と国家――いま「憲法」のもつ意味』岩波新書，1989年，第Ⅲ章「個人と国家　どう向き合うか――〈1789〉対〈1689〉の意味」.

スタール夫人の場合，『フランス革命についての考察』においても記述の焦点はもっぱらジャコバンの支配と恐怖政治に絞られており，1793年憲法の意義が検討されることはない．1798年のスタール夫人とコンスタンの選択は，とりあえず1792–93年の問題を迂回して，持続可能な共和政を1789年に接続することであったと思われる．

(87)　本書 p. 51.　フュレ / オズーフ編『フランス革命事典2』マルセル・ゴーシェ「ネッケル」の項．pp. 95–96. 主要著書『大国家における執行権力について』(1792年)，『フランス革命について』(1796年)，『政治と財政にかんする最後の見解』(1802年) は，1791年憲法，共和国3年 (1795年) 憲法，共和国8年 (1799年) 憲法について検討している．実施されなかった1793年憲法についての分析は1796年の著作に含まれていたが，のちに削除したとネッケルは断っている．

(88)　Madame de Staël, *Des circonstances actuelles,* Introduction par Bronislaw Baczko, pp. 239–241.

(89)　*Ibid.*, p. 231.

(90)　フュレ / オズーフ編『フランス革命事典5』ピエール・ノラ「共和国」の項，pp. 140–141.

(91)　誤解を招きやすい「貴族政」という言葉について補足しておこう．「政治的平等と主権と代表制統治について」と題した25ページに及ぶ「序文」の冒頭に「貴族政」に関する議論があり，これが著作の主要なテーマであることが一目でわかる．「自然的な貴族政」aristocratie naturelle とは，換言すれば「最良の人びとによる統治」gouvernement des meilleurs なのだと著者はいうのだが (p. 294)，この「貴族政」は，以前に紹介した「最良の人びとによる貴族政」aristocratie des meilleurs (本書 p. 115) とほぼ同義だろう．それは「終身」の，つまり安定性はあるが一代かぎりのメリトクラシーである (p. 377)．そのような「貴族政」は「世襲」の特権身分の対抗勢力ともなりうるとスタール夫人は考える．「民主主義者は勝ち取ることを，貴族たちは保全することを知っている」という指摘もあり，保守＝保全されるべきものが，これまでの革命的プロセスによって獲得された万人のための価値であることは暗黙の了解である (p. 376).

(92)　樋口陽一『国法学――人権原論』補訂版，有斐閣，2007年，p. 9.「中間集団」の解体

を決定したのは，1791 年 6 月 14 日＝17 日のデクレ，通称ル・シャプリエ法である．「同一の身分および職業の市民のすべての種類の同業組合の廃止は，フランス憲法の本源的基礎の一つであるから，いかなる口実およびいかなる形式のもとであっても，それらを事実上再建することは禁止される」というものだが，これは身分制同業組合から個人を解放し「自由な諸個人」を析出するために不可避の経過点であったと著者は指摘する．

(93) バチコの指摘によれば「代表制」についてのスタール夫人の議論は，充分に練りあげられたものでない．そこには「縮図」という言葉から推測される社会的な側面と，人間の本性に潜む基本的欲求としての「二つの利害」という観念が，曖昧に並置されているからである．Madame de Staël, *Des circonstances actuelles,* Introduction par Bronislaw Baczko, pp. 228–229.

(94) Madame de Staël, *Des circonstances actuelles,* p. 373. 750 人という人数は，現行の 1895 年憲法における「五百人会」と「元老会」250 人の議員数を足したもの．

(95) フランソワ・フュレ / モナ・オズーフ編『フランス革命事典 7』河野健二，阪上孝，富永茂樹訳，みすず書房，2000 年，マルセル・ゴーシェ「スタール夫人」の項，p. 86. 原典で 60 ページ近い第 2 部第 1 章「憲法について」の議論をゴーシェはきわめて凝縮されたかたちで紹介しているが，大筋においてバチコの読解，そしてバチコを道案内にした本書の読解と大きな齟齬はない．

(96) Madame de Staël, *Des circonstances actuelles,* Introduction par Bronislaw Baczko, p. 255. 「火船」brûlot は火を放った船を敵の船団に突っ込ませる戦法を指し，過激な言論を喩えていう．ちなみに 1795 年憲法は，改正が不可能なほど厳しい条件によって守られていた．改正案は五百人会が提案して元老会が承認したのち，議員が全員入れ替わるまで（バチコによれば 9 年！）毎年両院で批准されたのち，さらに人民投票にかけられる，等．そのためもあって，政治の舞台では，空疎な護憲の身振りと，あからさまな憲法違反が平然と混在することになった．それにまた，憲法は本来，統治組織を立ちあげるために必要な最小限の原理のみを記すべきなのだが（日本国憲法は本文 103 条），フランス 1795 年憲法（全体で 377 条）は 1791 年憲法（210 条）と同様，細部にこだわりすぎるという大きな欠陥を抱えていた（総裁外出時の護衛の人数指定まで！）．*Ibid.*, pp. 246–249. スタール夫人はネッケルの著作を通して，こうした問題点を知悉しており，さらにパリの緊迫した政局については，父親以上の情報を手にしていた．いったい誰が権力を掌握して，行き詰まった状況を打破するか，バラスか，タレイランか，それともボナパルトなのか，というところまで，事態は差し迫っていたのである．

(97) Madame de Staël, *Des circonstances actuelles,* Introduction par Bronislaw Baczko, p. 198. バチコの「解説」の原題は«Opinions des vainqueurs, sentiments des vaincus».

『革命を終結させうる現在の状況』が執筆された 1798 年における「歴史の勝者」は第一共和政を担った第三身分出身の知識人とこれを支持した民衆であり，「歴史の敗者」は貴族であることを念のため確認しておこう．スタール夫人の革命経験のなかには，1792 年の「9 月虐殺」など，みずからも命の危険に曝された民衆蜂起の記憶が深く刻まれている．民衆や労働者や農民を「弱者」として捉える女性の視線は，時代を下ればジョルジュ・サンドに認められる．当然のことだが，両者の相違は個人の性格に由来するものではなく，何よりも社会構造の変容という視点から説明されるべきだろう．

(98) Bertrand Binoche, *Religion privée, opinion publique,* Librairie Philosophique J. Vrin, 2012.

(99) ホッブス『リヴァイアサン（二）』水田洋訳，岩波文庫，1992 年，第 31 章，pp. 299–300. この論点については第 39 章の《キリスト教のコモン－ウェルスと教会はまったく同一である》と題した段落も参照．ホッブス『リヴァイアサン（三）』水田洋訳，岩波文庫，

1982 年，pp. 166–168.

(100)　Pierre Bayle, *Commentaire philosophique sur ces paroles de Jésus-Christ: «Contrains-les d'entrer»*, 1688. 表題は『〈強いて入らしめよ〉というイエス・キリストの御言葉に関する哲学的注解』と訳されている.

(101)　ルネ・レモンのようなカトリック系の重鎮が展開するライシテをめぐる議論の根本問題がここにある．カトリック教会の見解において，宗教は私人の「意見」に属するものではないのである．レモンによるなら，宗教の存在が公共圏で認知され，とりわけ儀式を執り行う「礼拝」culte の権利を認められたときに，初めて「信教の自由」が保障されたといえる．ルネ・レモン『政教分離を問いなおす――EU とムスリムのはざまで』工藤庸子，伊達聖伸訳・解説，青土社，2010 年，pp. 43–45, pp. 53–56.

(102)　Madame de Staël, *Des circonstances actuelles*, p. 411.

(103)　革命と宗教の原理的な関係，諸宗教の実践や衰退，そして 20 世紀初頭における歴史家の論争については，以下の文献が充実している．フュレ / オズーフ編『フランス革命事典 4』河野健二，阪上孝，富永茂樹訳，みすず書房，1999 年，オズーフ「革命的宗教」の項，pp. 43–60. 革命期にキリスト教の伝統と訣別した諸宗教の活動については，アルベール・マチエ『革命宗教の起源』（杉本隆司訳，白水社，2012 年）に詳しいが，記述の対象はロベスピエールまで，つまり総裁政府期はふくまれない．「敬神博愛教」については，ビノシュも簡単に言及しているが（p. 76），マチエの博士論文が圧倒的な存在感をもつ．Albert Mathiez, *La théophilanthropie et le culte décadaire, 1796–1801 : essai sur l'histoire religieuse de la Révolution*, F. Alcan, 1903.

(104)　Bertrand Binoche, *Religion privée, opinion publique*, p. 77.

(105)　Madame de Staël, *Des circonstances actuelles*, p. 412. モンテスキュー『法の精神（上）』第 1 部第 8 編第 13 章「有徳の人民における宣誓の効果」参照．なお，モンテスキューの「政治的な徳」については，本書 p. 169 で言及した.

(106)　Jacques Necker, *De l'importance des opinions religieuses*, C. Plomteux, 1788. 第 1 章「宗教的な観念と公的秩序」冒頭の一段落を読んだだけで，スタール夫人が父に多くを学んだこと，そのネッケルはルソーとモンテスキューをふまえていることが確認できる――「大方の政治社会の起源については，明確に知られてはいない．しかし歴史が示すところによれば，人びとが国民という集団に結束した時点において，同時に公的礼拝が定着したこと，宗教的な観念が秩序と従属にかかわる法の維持のために適用されたことが確認できる．宣誓の効力によって，人民を政治家に，政治家をその公約に結びつけているのは，そこに宗教的な観念があるからだ」．つづいてネッケルは君主同士が契約を遵守するのも，兵士が将軍に忠実に仕えるのも，生活習慣に働きかけて善き行いや献身の行為を引き出すことができるのも，宗教的な意見があるおかげだと述べる．ただし，とネッケルは付言する．現代は，啓蒙の進んだ国において哲学が宗教の威光に挑み，論争を仕掛ける時代なのである．したがって自分も「論理的な思考」raisonnement のみによって自説を擁護することにしたい，等々．*Ibid.*, pp. 25–26. なお 1788 年という出版の時期からして，国政を担う意欲のあるネッケルが，反カトリック的な見解を著作に盛り込むはずはない．それにしても啓蒙の視点から宗教を語り，宗教と和解しようという試みにおいて，ネッケルの姿勢は先駆的なのである.

『宗教的な意見の重要さについて』はフランス語では 1842 年までに 9 回，英語で 4 回（内，アメリカで 3 回）版を重ね，ドイツ語とオランダ語にも翻訳された．Madame de Staël, *Considérations sur la Révolution française*, p. 658, note 64. なお，この著作についてスタール夫人は 1788 年の『ルソー論』でも言及している（本書 p. 41）.

（107） Madame de Staël, *Considérations sur la Révolution française,* p. 389.
（108） 本書 pp. 143–144.
（109） Bertrand Binoche, *Religion privée, opinion publique,* pp. 80–81.
（110） 上述のように1791年9月のタレイランの「公教育」にかかわる議会演説は，スタール夫人が執筆に協力したといわれており，革命初期には，教育への関心が人一倍強かったと思われる．本書 p. 73 参照．Madame de Staël, *Des circonstances actuelles,* p. 313, note 30. 初等教育にかかわる1793年12月19日法（提案者はガブリエル・ブーキエ）により，国民公会は親が子供を教育する「義務がある」として「義務教育」の発想を法制化した．ただし教育方針に関する親の選択権を排除する方式は，スタール夫人の目には国家による思想の強制と映っていた．*Ibid.,* p. 264, note 192. フュレ / オズーフ編『フランス革命事典 4』ブロニスラフ・バチコ「公教育」の項，pp. 202–204, p. 207. コンドルセ他著『フランス革命期の公教育論』坂上孝編訳，岩波文庫，2002年．
（111） 厳密な学をめざすスタール夫人が，いわゆる「幾何学的な方法論」（本書 p. 141）に対立する抽象的な議論として批判するのが vague と形容される形而上学，とりわけゴドウィンの思想である．この批判をスタール夫人はコンスタンと分かちあっている．Madame de Staël, *Des circonstances actuelles,* p. 441, note 13, pp. 442–443 のほか，Vague と題した草稿も参照．*Ibid.,* pp. 518–521.「政治学」とは現実の出来事に即したもの，観念ではなく事実を対象とするものだという父の教えが反映されたテクストである．

第4章　文学と自由主義（1800–10年）

（1） Madame de Staël, *Des circonstances actuelles et autres essais politiques sous la Révolution, Œuvres complètes, série III, Œuvres historiques,* tome I, sous la direction de Lucia Omacini, Honoré Champion, 2009, p. 447. アカデミー・フランセーズは1793年8月8日の国民公会デクレにより廃止されたのち，1795年8月22日のデクレにより「フランス学士院」に統合されて復活することになった．学士院は当初三部門に分かれており，ボナパルトは1797年12月25日に「物理・数学」部門の会員に選出された．*Dictionnaire Napoléon,* sous la direction de Jean Tulard, Nouvelle édition, revue et augmentée, Fayard, 1999, tome I, p. 33, tome II, p. 38.
（2） Madame de Staël, *Des circonstances actuelles,* p. 447, note 22.
（3） 本書 pp. 147–149. 引用文中の「軍事的な精神は征服し，自由は保全するものであるからだ」という文章の原文は以下のとおり．L'esprit militaire est conquérant, la liberté est conservatrice.
（4） フランソワ・フュレ / モナ・オズーフ編『フランス革命事典 1』河野健二，阪上孝，富永茂樹訳，みすず書房，1998年，フュレ「ブリュメール一八日」の項，p. 288. シエースの来歴については同上 pp. 281–286, ボナパルトについては pp. 286–290.
（5） 総裁に指名されたシエースにコンスタンが書き送った1799年5月18日付けの書簡には，次のような文言がある――「私はあなたの指名が共和国の，一八ヵ月にわたりかくも背徳や愚行と闘ってきたこの哀れな共和国の最後の希望であるとみておりました……．一七八九年に世論を創出した同じ方が一〇年後にそれを蘇生させたとしても驚きではありません……．〔…〕フランス全体は凡庸と腐敗に疲弊しています．フランス全体は徳と知識に渇えています……」．フュレ / オズーフ編『フランス革命事典 1』フュレ「ブリュメール一八日」の項，p. 283.
（6） Winock, *Madame de Staël,* Fayard, 2010, p. 171.

(7)　Madame de Staël, *Considérations sur la Révolution française,* Présenté et annoté par Jacques Godechot, Tallandier, 1983. 全体が 6 部からなる書物の第 4 部はブリュメールのクーデタから帝政の崩壊まで，第 5 部は王政復古とナポレオンの百日天下などを論じ，第 6 部で英仏との比較論を展開するというのが後半の構成だが，第 5 部と第 6 部は，未完の部分が少なくないとされる.『フランス革命についての考察』というタイトルにもかかわらず，後半 3 部は，革命が終結したのちの歴史に当てられているのである．ちなみにスタール夫人は「皇帝ナポレオン」が誕生したのちも，原則として「ボナパルト」という呼称で通している．一般的用法としては「将軍ボナパルト」が「ナポレオン・ボナパルト」に移行したのが，第一統領の終身制が認められた 1802 年頃といわれており，皇帝を「ボナパルト」と呼ぶのは慣例への違反である．シャトーブリアンから 19 世紀後半の『ラルース大辞典』に至るまで,「ボナパルト」と「ナポレオン」の使い分けには，それぞれ微妙な意志表示の意図がこめられている．工藤庸子『近代ヨーロッパ宗教文化論――姦通小説・ナポレオン法典・政教分離』東京大学出版会，2013 年，p. 138, 注 11.

(8)　政治の現場にあって「有徳の人」という言葉を殉教者のごとくふりかざしたのは，じつはロベスピエールである.「徳は迫害され罪の勝利は避けがたい」という主題を，彼は倦むことなく語ったが，その「腐敗せざる人」「人民そのもの」であるロベスピエールに極限的な「罪」を認めるスタール夫人は，当然のことながら別様の「徳」を折あるごとに語ろうとするのである．フランソワ・フュレ / モナ・オズーフ編『フランス革命事典 3』河野健二，阪上孝，富永茂樹訳，みすず書房，1999 年，パトリス・ゲニフェー「ロベスピエール」の項，pp. 51–56.

(9)　シャトーブリアンとナポレオンについては以下を参照．工藤庸子『近代ヨーロッパ宗教文化論』第Ⅱ部「ナポレオン　あるいは文化装置としてのネイション」第 1 章「詩人と皇帝」第 2 章「皇帝と教皇」.

(10)　モンテスキュー『法の精神（上)』野田良之，稲本洋之助，上原行雄，田中治男，三辺博之，横田地弘訳，岩波文庫，1989 年，「序文」pp. 33–34.

(11)　http://www.asmp.fr/presentation/institution.htm

(12)　本書 p. 142.

(13)　「道徳・政治科学アカデミー」が自由主義的なイデオローグたちの拠点となったことが，閉鎖の理由だった．その後，復古王政下でリベラル派の政治家として出発し，七月王政で実権を握ったギゾーにより，1832 年にアカデミーが再開され，今日に至っている.

(14)　モンテスキュー『法の精神（上)』p. 31.

(15)　Madame de Staël, *Considérations sur la Révolution française,* p. 360.

(16)　「クーデタ」という語彙の歴史的な用法と内容の変遷については以下を参照．フュレ / オズーフ編『フランス革命事典 1』ドニ・リシェ「クーデタ」の項，pp. 127–128.「クーデタ」という語彙そのものは 17 世紀から存在するが，これは「公共の利益への配慮から君主がとる「特別な」処置」を指していたという．語彙の定義という意味で「公共の利益」よりも「特別な」処置の暴力性のほうが注目されるようになったのは 1823 年の『アカデミー・フランセーズ辞典』第 6 版からであるという.

フランス 19 世紀の半ばに，ある種の「分水嶺」が存在し，そこから反覆の時代が始まるという見立てのもとに執筆した前著『近代ヨーロッパ宗教文化論』と本書との関連という意味で，前著の一段落を引いておきたい――「十九世紀の半ば，フローベールは歴史の分水嶺に立っていたとこれまで述べてきた．政治のレヴェルでいえば，一八四八年の二月革命によって成立した第二共和制は短命におわり，四年後にはナポレオン三世の第二帝政に移行する．その間の政治の推移は，一七八九年の大革命勃発からナポレオンの戴冠まで

を，愚かしく模倣するかのようだった．カール・マルクスの「一度目は悲劇，二度目は茶番《ファルス》」というあまりにも有名な言葉を引くまでもない．第二共和制と第二帝政は，滑稽にして不細工な反復だったという歴史認識を，小説ならではの中立的な手法によって造形したのはフローベールの『感情教育』である」．p. 141.

(17) ジャン＝ポール・ベルト『ナポレオン年代記』瓜生洋一，新倉修，長谷川光一，松嶌明男，横山謙一訳，日本評論社，2001年，p. 10.「保守元老院」の議員を任命する権利は3名の統領にあり，立法権と執行権の不均衡は決定的なものだった．なお1799年12月22日には第一統領によって任命される29名からなる「参事院」Conseil d'Etat が発足した．統領体制の中枢をなす機関であり，かつてネッケルが対応に苦労した「国王顧問会議」Conseil du roi を彷彿させた．同上，pp. 11–12.「護民院」は1807年に廃止される．

(18) Madame de Staël, *Considérations sur la Révolution française,* p. 363. スタール夫人の二院制構想については，本書 pp. 147–148.

(19) 『クロムウェル，カエサル，マンク，そしてボナパルトの比較考察——英語文献の翻訳断章』と題した匿名のパンフレットが1800年11月1日に刊行された．著者として取り沙汰されたのは，当時内務大臣だったフォンターヌ（スタール夫人の論敵，本書 p. 127），リュシアン・ボナパルトなど．リュシアンの出過ぎた言論活動は，第一統領によりスペイン大使に任命されるという実質的な左遷により処罰された．Madame de Staël, *Dix années d'exil,* Edition critique par Simone Balayé et Mariella Vianello Bonifacio, Fayard, 1996, p. 100, note 2. なお権力を可視化するボナパルトの才能については，以下を参照．工藤庸子『近代ヨーロッパ宗教文化論』pp. 169–172. 若き将軍としてデビューしたイタリア戦役のときから，ボナパルトは御用新聞を発行し，メディア戦略を練っていた．

(20) ベルト『ナポレオン年代記』p. 11.

(21) Madame de Staël, *Dix années d'exil,* Histoire de l'Œuvre par Simone Balayé, pp. 10–30. 表題の「十年」は，バレイエによれば1803年9月の追放令から数えての年数である．*Ibid.,* p. 17.

(22) Emmanuel de Las Cases, *Mémorial de Sainte-Hélène,* Préface de Jean Tulard, Présentation et notes de Joël Schmidt, Editions du Seuil, 1968, tome II, pp. 1363–1364. 周知のように，ラス・カーズの「覚書」は記憶にもとづくものであり，ナポレオンがこのとおりの言葉を口にしたという保証はない．それにまた，これは「ナポレオン神話」を立ちあげるプロパガンダの意図が明白な書物である．とはいえ無数に存在するナポレオン言行録のなかで『セント＝ヘレナ覚書』が圧倒的な支持を受けたことも事実なのであり，人間ナポレオンを彷彿させる台詞を記録して，その要点とニュアンスを見事に描出するという能力において，ラス・カーズは傑出していたという．*Ibid.,* tome I, Préface de Jean Tulard, pp. 12–13.

(23) Chateaubriand, *Mémoires d'outre-tombe,* tome I, Nouvelle édition établie, présentée et annotée par Jean-Claude Berchet, Librairie Générale Française, 1989, p. 392. 第5編第10章，1821年に執筆された革命期を回想するページのなかに，問題の文章はある．『墓の彼方の回想』は40年にわたり断続的に執筆された．それぞれの篇や章には初稿が書かれた時期，見直しが行われた時期（第5篇は1846年）などが記されているが，日付が事実に即していないケースもあるらしい．

(24) *De la Littérature considérée dans ses rapports avec les institutions sociales.*

(25) Madame de Staël, *Des circonstances actuelles,* p. 435.『文学論』が提起する「完成可能性」perfectibilité をめぐる議論や，「哲学の作家」と「想像力の作家」の区分などが引用につづくページに素描されている．

(26) Madame de Staël, *De la Littérature,* Présentation par Gérard Gengembre et Jean Gold-

zink, Flammarion, 1991, p. 66.

(27)　18 世紀における語彙の定義については，『文学論』の「編者解説」に『百科全書』を中心とした分析がある．Madame de Staël, *De la Littérature,* Introduction par Gérard Gengembre et Jean Goldzink, p. 8–14.『百科全書』で関連する項目を渉猟すれば，今日の「文学」とは異なる知の営みと領域が見えてくる．たとえば「文芸」Lettres については，一般に学習によって得られる知識 lumières，とりわけ Belles-Lettres や Littérature の知識を指すと説明されている．そこで Belles-Lettres を調べると Lettres のなかでも文学的なもの，美にかかわる領域という指摘があるが，訳語としては，Lettres も Belles-Lettres も同じ「文芸」を使うしかないだろう．一方 Littérature という語彙がアカデミー・フランセーズの『大辞典』に収録されたのは 1740 年版からであるという．1762 年版『大辞典』によれば Lettres の定義は「あらゆる種類の知見 science および教説 doctrine」とあり，Littérature の定義には「博識」érudition と「教説」doctrine が並列されている．Littérature が今日の「リテラシー」にも通じる用法として，高度な技能というニュアンスを帯びることはあるけれど，要するに「文芸」と「文学」という二つの語彙が，領域として明確に差異化されているとは思われない．なお 18 世紀において「物を書くことを生業とする人」という意味での homme de lettres は écrivain より一般的な用語であり，écrivain は「書記」のような職業を指すこともある．まるで迷路にはまり込んだような具合だが，今日，ある種の自明性とともに流通している「文学」や「作家」などという語彙が，じつはスタール夫人の『文学論』によって定着したということだけは確言できるだろう．

(28)　杉捷夫『スタール夫人・「文学論」の研究』（筑摩書房，1958 年）は特記すべき文献である．著者が 1945 年から構想していた『フランス文芸批評史』を中断して執筆したものであり，その中から「抜け出した一章」であるという．抜け出すにはそれなりの理由があって，19 世紀の文芸批評史をたどる「最初の踏み石」がスタール夫人の『文学論』であると考え，調べているうちに 1 冊になってしまったと著者は述べている．政治論文を含め『文学論』以前の著作も客観的かつ公正に紹介し，同時代の「文芸批評」との関連を調査したものであり，日本語で読めるモノグラフィーとしての信頼性を保っている．「最初の踏み石」という位置づけと，後述の「未熟な文学史」という形容が，似て非なるものであることはいうまでもない．

(29)　*La Querelle des Anciens et des Modernes, précédé d'un essai de Marc Fumaroli,* Gallimard, 2001.「新旧論争」の全体的な展望については，以下の「序論」と「跋文」を参照．Marc Fumaroli, «Les abeilles et les araignées», pp. 7–218, Postface de Jean-Robert Armogathe, «Une ancienne querelle» pp. 801–849. 18 世紀の文人にとっては基礎的な教養であった「新旧論争」の枠組みをふまえてスタール夫人が『文学論』の議論を組み立てていることは明らかだが，それは必ずしも「論争」そのものに参入する意図からではないだろう．夫人自身は，あるサロンで「中立派」としてふるまい「ホメロスに乾杯」して「論争」を収めたという．*Ibid.,* p. 797.

(30)　「完成可能性」については，以下を参照．*L'Homme perfectible,* sous la direction de Bertrand Binoche, Editions Champ Vallon, 2004. ビノシュによれば，スタール夫人の「完成可能性のシステム」は，一方で，知的能力そのものの質的な向上を想定することを退け，その点で，コンドルセへの反論となる．他方では，量的な蓄積はあるにしても，それを将来に向けた甘い期待とはしないという意味で，ゴドウィンへの反論となっており，上記引用の「何人かの思想家の夢想にあるような荒唐無稽な未来」という表現は，暗にゴドウィンを批判したものであるという．ただし，カントについてのスタール夫人の解釈は，明らかに「哲学的な厳密さ」を欠くとビノシュは指摘している．*Ibid.,* Bertrand Binoche, «Les

Equivoques de la perfectibilité », p. 25, pp. 29–30. 付言するなら，当時のスタール夫人のカントに関する知識はじっさい断片的なものだろう．夫人が本格的にドイツ語を学び，カントを原典で読むのは『ドイツ論』執筆の時期である．

コンスタンにとっては，とりわけゴドウィンが，乗りこえねばならぬ先駆者だった．この頃にスタール夫人と共有した「完成可能性のシステム」という問題は，夫人の死後も引きつがれ，生涯の研究テーマである宗教論のなかに組みこまれることになる．*Ibid.*, Ghislain Waterlot, « Perfectibilité et vérité de la religion chez Benjamin Constant », pp. 252–273. なお「新旧論争」という大きな文脈のなかで「完成可能性」の概念を再考することの重要性については，オーギュスト・コントとコンドルセの関係を論じた以下の論文，とくに p. 279 を参照．*Ibid.*, Pierre Macherey, « Comte dans la querelle des anciens et des modernes: la critique de la perfectibilité », pp. 274–292. コンスタンに関する邦語文献としては，以下を参照．堤林剣「コンスタンと近代人の自由」「四　ペルフェクティビリテ論」pp. 191–196, 三浦信孝編『自由論の討議空間――フランス・リベラリズムの系譜』勁草書房，2010 年，第 5 章．

(31)　「新旧論争」と「南と北の文学」という二つの問題構成がいかに交叉するかについては，以下を参照．Madame de Staël, *De la Littérature,* Présentation par Gérard Gengembre et Jean Goldzink, pp. 30–31.

(32)　ラス・カーズの『セント＝ヘレナ覚書』に記されたナポレオンの台詞．本書 p. 175 および注 (22) 参照．

(33)　Sainte-Beuve, *Chateaubriand et son groupe littéraire sous l'Empire,* vol. 2, Garnier, 1861, pp. 191–192.『オシアン』はスコットランドの伝承．1762 年にマクファーソンによって紹介されてから「南方の文学」のホメロスに匹敵する「北方の文学」の元祖とみなされ顕揚されるようになっていた．証言を残した Charles-Julien Lioult de Chênedollé (1769–1833) はシャトーブリアンとの交流によって名を残した人物であり，ヴィノックによるスタール夫人の評伝には名前がない．

(34)　*Ibid.*, vol. 2, p. 190. 正確にはこの部分は，やや辛辣な洗練を売り物にするリヴァロル――「明晰ならざるものはフランス語ならず」という警句一つによって歴史に名を残した文人――との比較論になっている．なおサント＝ブーヴによれば，スタール夫人の「会話」の調子をもっともよく伝えているのは，『ドイツ論』の最後のページであるという (本書 p. 240)．

(35)　ラ・アルプは 1786 年からリセ (高等学校) で文学の連続講義を行い，これが評判になっていた．恐怖政治のあいだは中断していたが，1794 年から講義を再開し，1799 年から 1805 年まで，著作が刊行された．文壇に復帰してからは，フォンターヌとともに『メルキュール・ド・フランス』誌に拠り，親カトリックの作家として反・啓蒙哲学論争を展開するようになる．スタール夫人とラ・アルプの関係については，杉捷夫『スタール夫人・「文学論」の研究』(筑摩書房，1958 年) の第 6 章を参照．

(36)　総裁政府期のフォンターヌによる批判については，本書 p. 127 参照．シャトーブリアンの年譜は以下による．Chateaubriand, *Mémoires d'outre-tombe,* tome 4, Nouvelle édition établie, présentée et annotée par Jean-Claude Berchet, Librairie Générale Française, 2002, pp. 725–736.

シャトーブリアン研究の泰斗ジャン＝クロード・ベルシェによれば，スタール夫人の『文学論』刊行は文壇的な事件であり，古典派のフォンターヌは，啓蒙哲学のスター的存在に一矢を報いることで，メディア戦を展開しようと考えたのである．フォンターヌの批判は以下の 3 点に要約できる．①浅学の身で広範な主題を俯瞰し，臆断による論述が多い

こと　②「完成可能性」という仮説そのものと「近代派」に特有の歴史観への批判　③ギリシアに対するローマの優位，そしてホメロスに対するオシアンの優位という見取り図への批判．フォンターヌは編集を託された『メルキュール・ド・フランス』誌のために華やかな話題を必要としていた．その目玉商品となるはずの無名の人物が，偽名を使って帰国しパリに潜伏していたシャトーブリアンだった．おりしも革命後の祖国再統一をめざすナポレオンが，カトリックとの宥和を謀っていた時期である．『文学論』を批判するフォンターヌの論考の第1回掲載時には「スタール夫人と同じ問題を斬新な方法で扱った書物」が近く刊行されるとの予告があり，11月号にはネッケルを批判したフォンターヌのエッセイが「プロテスタントの謹厳な道徳 vs. カトリックの宗教的な美」という対立の構図を鮮明に打ち出したうえで，『キリスト教精髄』という題名まで明かして『文学論』との対比を行い，匿名の亡命者の知られざる才能を大々的に喧伝する．そして1800年11月半ばに再刊された『文学論』に対する批判が「スタール夫人の作品の第2版についてのフォンターヌ氏宛ての書簡」というタイトルで，12月22日の『メルキュール』誌に掲載された．筆者の実名は明かされず，署名は「『キリスト教精髄』の著者」となっていた．まだ刊行されていない書物のタイトルを掲げるとは，なんと周到な広報活動であることか．ベルシェによれば，シャトーブリアンの批判は，内容的にはフォンターヌの批判をそのまま踏襲したものであるという．Jean-Claude Berchet, *Chateaubriand,* Gallimard, 2012, pp. 320–323.

(37)　『墓の彼方の回想』には，反響の大きさを回顧する一文がある．ロンドンで刊行された「革命に関する二分冊の大著」(『フランス革命との関係で考察した古今の諸革命についての歴史的・政治的・道徳的試論』*Essai historique, politique et moral sur les révolutions anciennes et modernes, considérées dans leurs rapports avec la Révolution française*, J. Deboffe, 1797. 一般的な略記は『諸革命論』) がなしえなかったことを，わずか数ページの雑誌原稿が実現してくれた，ようやく自分の名が知られるようになった，というのである．Chateaubriand, *Mémoires d'outre-tombe,* tome II, Nouvelle édition établie, présentée et annotée par Jean-Claude Berchet, 2001, pp. 42–43.

(38)　Chateaubriand, *Essai sur les révolutions, Génie du christianisme,* Texte établi, présenté et annoté par Maurice Regard, Gallimard, Bibliothèque de la Pléiade, 1978, p. 1266.

(39)　*Ibid.,* p. 1265.「書簡」冒頭の段落からの引用．『文学論』の再版が到着してすぐ，新たに書きおこされた「序文」と「注」に目を通したが失望したという報告があり，ただちに「完成可能性」をめぐるこの「揚げ足取り」となる．

(40)　*Ibid.,* pp. 1278–1279.

(41)　ポール・ベニシューによれば，コンスタンはシャトーブリアンの『キリスト教精髄』を軽蔑しきっていたという．スタール夫人の『文学論』に「借り物のキリスト教的な形式を纏わせた一種の剽窃」だとみなしたのである．スタール夫人が「完成可能性」に帰したものを，シャトーブリアンはキリスト教に帰したのであり，相違はそれだけだというコンスタンの辛辣な批判は，1800年12月の「スタール夫人の作品の第2版についてのフォンターヌ宛ての書簡」におけるシャトーブリアンの論理構成からも裏づけられる．ポール・ベニシュー『作家の聖別――1750–1830年　近代フランスにおける世俗の精神的権力到来をめぐる試論』片岡大右，原大地，辻川慶子，古城毅訳，水声社，2015年，pp. 265–266.

(42)　『アタラ』の「序文」の最後でシャトーブリアンは「さる著名な女性」に関する「書簡」に触れて，こう述べる――「かりに誇りを傷つけてしまったのであれば，それは自分のやりすぎということだろう．問題の文章は撤回することをお認めいただきたい．それにスタール夫人ほどの輝かしい人生，類い希な才能をもつ方であれば，孤独な人間，それも

私のような無名の人物が与えたかもしれぬ小さな傷など容易に忘れてくださるにちがいない」. Chateaubriand, *Œuvres romanesques et voyages,* vol. I, Texte établi, présenté et annoté par Maurice Regard, Gallimard, Bibliothèque de la Pléiade, 1969, p. 22.

(43) この時期，シャトーブリアンはフォンターヌという保護者がいるだけでは心許ない状況にあり，敵対しかねぬ陣営にも接近する必要に迫られていた．亡命者として正式に帰国を認めてもらうためには第一統領ナポレオンの承認が必要だったし，経済的な意味でも生活の基盤を一から築かなければならなかった．「和解の食事会」の経緯については，以下を参照．Jean-Claude Berchet, *Chateaubriand,* pp. 332–333. ちなみに『墓の彼方の回想』には，フォンターヌの文筆家としての資質を高く評価したページがあるのだが，そこでシャトーブリアンは——自分の演じた役回りはケロリと忘れてしまったかのように——スタール夫人に対してフォンターヌは全く不当であったと述べている．Chateaubriand, *Mémoires d'outre-tombe,* tome I, p. 689.

(44) 『情念論』(『個人と諸国民の幸福に及ぼす情念の影響について』) の目次および内容に関しては，本書第3章 pp. 112–119 参照．

(45) Madame de Staël, *De l'influence des passions, Œuvres complètes, série 1, Œuvres critiques,* tome I, *Lettres sur Rousseau, De l'influence des passions et autres essais moraux,* sous la direction de F. Lotterie, Honoré Champion, 2008, p. 199.

(46) 二つの版には異同がある．ジュネーヴ版のほうが先行して印刷に入り，その校正刷りを利用してパリ版に手が加えられたため，完成度は後者のほうが高いとされる．『デルフィーヌ』の草稿類は一部に欠落はあるが，充実したコーパスとして保存されており，しかも著者自身が第4版の刊行に際し物語の結末を大きく書き換えるという構想を練っていた．ただし，この改訂版は著者の死後に息子が編集した全集で採用されたものであり，著者の最終的な決断であったという保証はない．ヒロインの死に方にかかわる大きな揺らぎもふくめ，『デルフィーヌ』は決定稿の存在しない作品なのである．現在の普及版は1802年のパリ版を底本としている．Madame de Staël, *Delphine,* GF Flammarion, 2000, Présentation par Béatrice Didier, tome I, pp. 14–18.

(47) この問題については『近代ヨーロッパ宗教文化論』第Ⅱ部第4章「1「ナポレオン法典」をめぐって」の項で検討した．後述のように『デルフィーヌ』のなかでは，既婚の女性テレーズと恋仲にあるトスカナ貴族セルベランが，離婚が法的に可能になれば，正式に結婚を申し込むと語る．プロテスタントのルバンセは，離婚した女性エリーズと結婚しており，不幸な既婚の男女は離婚によって救われると確信している．

(48) アンシャン・レジームの特権身分と結びついたカトリック修道会は，独身義務により人口増加に足かせをはめ，産業の発展に寄与しない無為の徒を養っているとして，啓蒙思想の側から厳しい批判を浴びていた．1789年10月28日に新たな修道誓願を認めない決定が下され，1790年2月13日には，修道誓願が無効とされた．そして同年，7月12日，聖職者民事基本法が議会で可決される．Madame de Staël, *Delphine,* Présentation par Béatrice Didier, GF Flammarion, 2000, tome Ⅱ, p. 391, note 15. その後もカトリック勢力への圧力と迫害は増していったが，「世俗の法」と「神の掟」の力関係が簡単に決着するはずはない．デルフィーヌがスイスの修道院に隠れたのは，レオンスから地理的に遠ざかるためだけでなく，フランスの法律から逃れるためでもあった．法律は修道誓願を破棄することを求めたが，世論は修道女になった女性が還俗することはスキャンダルだとみなす．法と習俗のあいだの相克は，デルフィーヌの絶望の一因となるだろう．

(49) Madame de Staël, *Corinne ou l'Italie,* Edition de Simone Balayé, Gallimard, folio classique, 1985, p. 96, p. 105.

（50）　ポール・ベニシュー『作家の聖別』, p. 57. ルソーの系譜を引く文人たちの理神論は，人間肯定の「晴朗な神学」を導くことになる．そもそも神自身が我々のために自然をつくったのであり，そのような神は理論上は「我々の存在の源泉」であるが，「人間存在の完成形態」のようにも見えることがあるとベニシューは指摘する．

（51）　君主に仕える貴族にとって「名誉」は至上の価値であるという指摘は『文学論』にもあった．本書 p. 181．ここでモンテスキューのつぎの言葉を思い出してもよいだろう――「共和制においては徳が必要であり，君主制においては名誉が必要であるように，専制政体の国においては「恐怖」が必要である」．モンテスキュー『法の精神（上）』岩波文庫，第1部第3編「三政体の原理について」第9章「専制政体の原理について」p. 82.「栄光」を求めて革命に参加するルバンセが，共和制に馴染む「徳」の人であるのに対し，レオンスはあまりにも純粋な「名誉」の人なのである．

（52）　文学史では先行作品とみなされる18世紀の書簡体小説，ルソーの『新エロイーズ』の場合も，ラクロの『危険な関係』の場合も，個と集団の葛藤や相克という社会的な問題意識ははるかに希薄だといえる．

（53）　« Compte rendu de *Delphine* par Benjamin Constant, Le Citoyen français, 10 janvier 1803 », Madame de Staël, *Delphine,* tome II, Annexes, p. 379.

（54）　本書第4章，注（46），および pp. 259–260.

（55）　Winock, *Madame de Staël,* pp. 176–178, pp. 190–198. コンスタンの過激な演説の影響は，その日の夜から友人たちがスタール夫人のサロンに寄りつかなくなるという現金な反応にあらわれた．Madame de Staël, *Dix années d'exil,* pp. 85–86. コンスタンが「護民院」から排除された経緯は以下のとおり．1802年1月に，護民院議員の5分の1改選が俎上に載せられたとき，議員資格を失う者を籤引きで決めるか，指名制にするかで議論があり，ナポレオンの圧力のために，後者の手法により，コンスタンを含む抵抗勢力20名がリストに記載されることになった．Madame de Staël, *Dix années d'exil,* p. 121, note 3.

（56）　1803年2月パリからの退去を命ぜられたスタール夫人はスイスに戻っていたが，秋になり，ナポレオンも対英戦争などに忙殺されているところだから見逃してくれるだろうと期待してコペを発ち，パリから10里の距離に落ちついた．そこでスタール夫人は，自分が相変わらず迫害の対象であることを知る．友人たちとテーブルに着いているとき，第一統領の署名した命令――24時間以内にパリから40里以上の距離に退去せよとの命令――を携えた警官が現れた．その男のほうに歩んでいくときに「花の香りと太陽の美しさ」に胸を打たれたとスタール夫人は書いている．パリに潜んで四方に働きかけてみたが，第一統領の敵意は変わらぬことがわかり，夫人は10月23日，コンスタンにともなわれてベルリンに向けて発つ．Madame de Staël, *Dix années d'exil,* pp. 148–158. サント＝ブーヴの言及する「パリ立ち退き」は，1803年秋の出来事である．

（57）　Sainte-Beuve, *Portraits de femmes,* Gallimard, folio classique, 1998, p. 190.

（58）　Lucien Jaume, *L'Individu effacé ou le paradoxe du libéralisme français,* Fayard, 1997, p. 26.

（59）　Madame de Staël, *Dix années d'exil,* p. 160, note 1. ヴィルヘルム・フォン・フンボルトはドイツを代表する言語学者にして政治家であり，博物学者アレクサンダー・フォン・フンボルトの兄．上述のようにゲーテは『フィクション試論』を訳して紹介しており（本書 p. 98），その後もスタール夫人の著作に強い関心を示していた．

（60）　この時期のスタール夫人の行動については，Madame de Staël, *Dix années d'exil* 巻末の詳細な年譜を参照．シュレーゲルの証言は以下による．Winock, *Madame de Staël,* p. 230.

（61）　Winock, *Madame de Staël,* p. 231. 父の死の直後に公証人とやりとりした書簡が残されているが，ヴィノックによれば，複雑にして莫大なネッケルの資産を相続するさいにス

タール夫人が専門用語を駆使しながら発揮した実務能力は，超人的なものだったらしい．ネッケルは資産の管理についても，然るべき知識を娘に伝授していたのである．ちなみに，ちょうどこの年，1804 年に「ナポレオン法典」により，フランスの女性は未成年と同様に「法的に無能力」incapacité juridique とみなされて，みずから所有する財産の管理権さえ失った．

(62) コペ・グループには，シスモンディのほかにも『ラティウム旅行記』（「ラティウム」はローマを中心とするイタリア中部の古称）の著者ボンステッテンなどのイタリア通がおり，パリのサロンで作られた人脈もある．スタール夫人は 1802 年にもイタリア旅行を計画したことがあったという．古典の素養にくわえて，ギボンやモンテスキューを読むことで，イタリアという土地への関心が芽生え，すでに『文学論』の執筆時にはイタリア・ルネサンス，マキャヴェリ，ダンテなどが新しいテーマとして浮上していたのである．Madame de Staël, *Corinne ou l'Italie,* Préface par Simone Balayé, pp. 10–11．いずれ『イタリア紀行』を書くことになるゲーテが 1786 年から 88 年にかけて長いイタリア旅行をしたことも知られていた．さらには 1796–97 年のボナパルトによるイタリア侵攻やフランス軍が収奪してパリに持ち帰った貴重な芸術品も引き金となって，政治と文化の両面においてイタリアは注目されていた．ローマ教皇庁に特使の秘書官として赴任したシャトーブリアンも，1804年4月にイタリアの風土を称えるエッセイ *Lettre à M. de Fontanes sur la campagne romaine* を発表しており，これが刺戟になった可能性もある．

(63) Béatrice Didier, *Madame de Staël, Corinne ou l'Italie,* Gallimard, foliothèque, p. 38．2 月 2 日，ネッケル宛ての手紙でスタール夫人は「新しい小説の構想」が沸いたと報告したのち，以下のように述べている．「ドイツ人というのは不思議な民ですね，この上なく自然な感じで，完璧にロマネスクな想像力を見せるのです．ただし彼らはイギリス人のように感じやすくはないし，フランス人のように優雅ではないし，イタリア人のような感覚はもちあわせない」．イタリアが『コリンヌ』の舞台となった理由の一つは，「感覚」sensations の国であるからだろう．

参照したディディエの著作は，第一線の文学研究者による手頃な作品解説のシリーズで，資料を含めて 200 ページ弱の小ぶりな書物である．フランスの学校教育や大学教養課程におけるオーソドックスな読解を知るという意味でも多いに活用したい．邦語文献としては村田京子「絵画・影像で読み解く『コリンヌ』の物語」が豊富な資料を添えて周到な議論を展開している．大阪府立大学学術情報リポジトリ，女性学講演会 18 (1), p. 30–69．本書の図版については，この資料を参照した．また『コリンナ――美しきイタリアの物語』（佐藤夏生訳，国書刊行会，1997 年）にはシモーヌ・バレイエによる「解説」も収録されている．pp. 395–408.

(64) Madame de Staël, *Corinne ou l'Italie,* Préface par Simone Balayé, p. 11.

(65) 後述のように『コリンヌ』の人物造形はさほど単純でも図式的なものでもないのだが，一般に「南の女」は自由奔放で情熱的，「北の女」は憂愁に充ち純潔で家庭的という了解は，ほとんど「紋切型」と化している．この通俗的な定義は，フランス 19 世紀小説の女性登場人物たちを類型化するときにも，それなりに有効だろう．とりわけスタンダールは『恋愛論』において，さながら客観的事例にもとづく人類学であるかのように，こうした分類学を展開してみせた．

(66) 本書 p. 179.

(67) 後述のように，この名はヒロインの本名ではない．コリンヌあるいはコリンナは，紀元前 6 世紀，ピンダロスの恋人にしてライヴァルと讃えられた女性詩人．

(68) 本書 p. 196.

(69) コリンヌの戴冠に，時事問題への目配せを見てとることもできる．スタール夫人がイタリアを探訪したのは，半年前にノートル・ダム寺院で聖別式を行ったばかりの皇帝ナポレオンが，イタリア国王としてミラノで戴冠した時期と重なっている．ローマの初代皇帝アウグストゥスにみずからをなぞらえることを好んだフランスの皇帝に対し，コリンヌの二輪馬車と戴冠式は，表象のレヴェルでの挑戦として造形されていると思われる．村田「絵画・影像で読み解く『コリンヌ』の物語」pp. 35–38.

(70) 『コリンヌ』の前半は，ヒロインがオズワルドとともにイタリア各地を巡りながら美術作品やモニュメントについて長々と自説を開陳する場面が大方を占める．饒舌な逸脱のようにも見えるこれらのページは，一方では「イタリア」という副題によって正当化されているのだが，それだけでない．シモーヌ・バレイエによれば，スタール夫人がヒロインに託した美術論や古代世界の歴史解釈には，レッシング，ヴィンケルマン，カント，シラー，シュレーゲルなどの業績，すなわちフランスではまだあまり知られていなかった美術史，哲学，思想領域の新しい解釈が，具体的な知見として反映されているという．Madame de Staël, *Corinne ou l'Italie,* Préface par Simone Balayé, p. 15.

『コリンヌ』におけるドイツの影響を論じるためには，まずスタール夫人が読破した文献を読む必要があり，これは凡人の果たせる課題ではない．それにしても古典主義からロマン主義への転換点に位置づけられる作品にとって，この問題がきわめて重要であることだけは指摘しておきたい．なお前注でも参照した村田京子「絵画・影像で読み解く『コリンヌ』の物語」は，ヴィンケルマンの美学などにも言及し，コリンヌの屋敷を飾る美術コレクションや即興詩の内容も分析の対象としており，充実した邦語文献である．

(71) Didier, *Madame de Staël, Corinne ou l'Italie,* p. 11.

(72) *Ibid.*, p. 53.

(73) 世間の評判を考えれば未婚の男女が二人だけでローマを離れることの危険は計り知れない．周囲はそれぞれに異なる理由から反対するのだが，この旅立ちは女が愛ゆえに男に仕掛けた賭けであり，それと同時に結論を先送りするための切ない便法でもあった．ちなみにコリンヌの純潔は，オズワルドの敬意によって守られている．おそらく『デルフィーヌ』の場合と同様に，恋人たちは唇を重ねたこともないだろうと推察されるのである．こうしたプラトニックな男女関係は，小説内部の論理的な整合性によって支えられている．ここに同時代の習俗の素朴な反映を認めたり，あるいは逆に，著者の人生経験との矛盾をあげつらったりすることは，知性と感性と想像力の結晶である「フィクション」を貶めるものであると強調しておこう．

(74) エッジャモンドを名乗るイギリス人がローマを訪れたときに，コリンヌが不意に警戒し，自宅に招待することを拒絶するというエピソードがあるのだが，おそらく読者はオズワルドの困惑を共有するだけであり，200ページ先の謎解きに，この話が絡んでいることに気づく者はあまりいないだろう．エッジャモンドの一族であれば，自分の顔を知っているかもしれず，身元が知れる可能性があると考えて，コリンヌは警戒したのである．気を悪くしたオズワルドを引き留めるために，ここでコリンヌは思わず流暢な英語で語りかける（pp. 169–170）．後述の『ロミオとジュリエット』の上演を含め，ヒロインのルーツがイギリスにあることを暗示する細部の仕掛けは，じつはあちこちで見出される．

(75) この語彙がアカデミー・フランセーズの『大辞典』に登録されるのは第6版（1835年）であり，そこには「一つの民の国民性は，国が独立を失っても長く生きのびることができる」*La nationalité d'un peuple peut survivre longtemps à son indépendance* という用例が引かれている．モンテスキューの風土論などから推測されるもの，たとえば地域住民が共有する属性などとは明らかに異なる，自律的な特性であることがおわかりいただけよう．

(76) Didier, *Madame de Staël, Corinne ou l'Italie,* pp. 42–52.

(77) 本書 p. 208.

(78) ビノシュも『デルフィーヌ』と『コリンヌ』における「公論＝世論」の支配とその犠牲となる女性という主題に注目している．ただし，二つの小説において主人公の男性たちがそれぞれに，アンシャン・レジームと近代市民社会の秩序を体現しているという指摘はない．Bertrand Binoche, *Religion privée, opinion publique,* Librairie Philosophique J. Vrin, 2012, pp. 112–113. 国民性とヒロインの幸福という観点から『コリンヌ』を読み解いた論考としては以下を参照．Mona Ozouf, «Germaine ou l'inquiétude», *Les mots des femmes,* Fayard, 1996, pp. 113–141.

(79) 戯曲の創作は『砂漠のアガール』(1805 年)『ジュヌヴィエーヴ・ド・ブラバン』(1807 年) など．その他，ヴォルテールやラシーヌなどが演目となることもあり，スタール夫人はもちろんヒロイン役だった．演劇熱が最高潮に達したのは 1805–06 年であるという．Winock, *Madame de Staël,* p. 268.

(80) Sainte-Beuve, *Portraits de femmes,* pp. 197–198. 注に記された「常連」の名前は，コンスタン，A.-W. シュレーゲルのほか，シスモンディ，ボンステッテンなどである．*Ibid.,* p. 666, note 70.

(81) Winock, *Madame de Staël,* pp. 275–276.

(82) Sainte-Beuve, *Nouveaux Portraits et critiques littéraires,* tome 3, Hauman, Cattoir et Ce, 1836, p. 124. ナポレオンの戴冠とコリンヌの戴冠の呼応関係を論じた文献については，本書第 4 章，注 (69) を参照．

(83) Madame de Staël, *Delphine,* tome I, p. 53.

(84) Madame de Staël, *De l'Allemagne,* Chronologie et introduction par Simone Balayé, GF Flammarion, 1968, tome I, p. 21. Winock, *Madame de Staël,* p. 336, p. 345.

(85) 後述のように，スタール夫人は『追放十年』で当時の出来事を詳しく回想している．経緯については諸説あるらしいが，スタール夫人は校正刷り一部と手書き原稿を手荷物に入れて持ちだすことに成功し，別の校正刷りが密かにアウグスト・ヴィルヘルム・シュレーゲルに託されて，さらに製本済みの貴重な 1 冊がウィーンにいるシュレーゲルの弟フリードリヒのもとに届けられたらしい．本書 220 ページの図版はその 1810 年版『ドイツ論』である．Madame de Staël, *De l'Allemagne,* tome I, Introduction par Simone Balayé, p. 30. Madame de Staël, *Dix années d'exil,* p. 13, pp. 196–201.

(86) 『ナポレオン事典』の「検閲」censure の項によれば，検閲について熱心だったのは，当時の通説のようにフーシェではなくナポレオン自身だったという．ただしナポレオンの関心はむしろ新聞雑誌に向けられていた．*Dictionnaire Napoléon, A-H,* sous la direction de Jean Tulard, Nouvelle édition, revue et augmentée, Fayard, 1999, p. 412. 1810 年の決定の趣旨は，言論統制の責任を警察省から内務省に移管して，出版に先立つ「検閲制度」を復活するというものだったが，警察大臣が確保した最終的な権限として現物の「差し押さえ」が可能だったということらしい．なお，スタール夫人がロンドンとパリで刊行した版で，今日も定本とみなされているテクストには，検閲による削除命令の箇所が« »付きで再現されており，ところどころに著者による辛辣なコメントが注記されている．また「序文」の冒頭の段落には，このような杜撰な検閲制度を定めるくらいなら，いっそ法律など抜きにして，ただ絶対権力を行使すればよいのだという趣旨の，まことに尤もな批判が置かれている．Madame de Staël, *De l'Allemagne,* tome I, p. 37.

ロヴィゴは自分の意志で印刷差し止めを決めたとスタール夫人に伝えているが，シモーヌ・バレイエの周到な実証研究によれば，ナポレオン自身の介入があったという．ロヴィ

ゴによってスタール夫人の国外追放が滞在先の知事に指示されたのは 9 月 24 日，夫人がコペに向けて出発したのが 10 月 6 日，書物の断裁は同月 14–15 日に行われた．Madame de Staël, *Dix années d'exil,* Histoire de l'Œuvre par Simone Balayé, p. 12, p. 197, note 3, Chronologie de Madame de Staël, p. 542. Winock, *Madame de Staël,* pp. 369–373.

(87)　Madame de Staël, *De l'Allemagne,* tome I, p. 66. 第 4 章「恋愛と名誉に及ぼす騎士道精神の影響について」によれば，絶対君主政のフランスが早々に忘れてしまった「騎士道精神」が，ドイツの封建制のなかで温存されてきたのであり，この経緯から，ドイツ的な恋愛における男性の誠実さが説明されるという．

(88)　Fumaroli, *Trois institutions littéraires,* p. 119, p. 326, note 5.

(89)　Madame de Staël, *De l'Allemagne,* tome I, p. 101. 以下は前著『近代ヨーロッパ宗教文化論』の「スタール夫人素描」の項（p. 524）で筆者が『ドイツ論』の同じページから引用し，本書の構想を育む糧とした断章である——「おそらく一般に認められていることだろうけれど，世界中でパリほどに，会話のエスプリとたしなみが広く浸透している都市はない．国にのこした友人たちを思う心とは別に，人が「ホームシック」と呼ぶもの，あのいうにいわれぬ望郷の念があり，それは語り合うことの愉しみに関係するのである．フランス人はどこにいようと，自国にいるのと同程度にこの愉しみを味わうことはできない」．

(90)　Philippe Raynaud, *La Politesse des Lumières, Les lois, les mœurs, les manières,* Gallimard, 2013, chapitre 3. La Géographie des Lumières selon Mme de Staël, pp. 191–217.

(91)　当時の文芸の世界では，詩と演劇は圧倒的に重要なジャンルであり，小説はマイナーだった．スタール夫人も，現実の世界と想像の世界を行き来させる小説は，あらゆるフィクションのなかでいちばん「安易」facile なジャンルだという指摘から「小説」の章（第 2 部第 28 章）を書き始めている．個人の思い出に頼って創意工夫という課題を回避したような作品が書けてしまうというのが，その理由である．とはいえスタール夫人自身が詩でも演劇でもなく小説を書くことに野心を燃やしたのだから，そのことを念頭に置いて読み込めば，興味深い論点は少なからずある．『ドイツ論』の「文芸時評」的な性格については後述するが，ゲーテの小説は 1796 年の『ヴィルヘルム・マイスターの修業時代』はいうまでもなく，仏訳が刊行されたばかりの 1809 年の『親和力』まで懇切に紹介されている．Madame de Staël, *De l'Allemagne,* tome II, pp. 41–50.

(92)　ネルヴァルによる『ファウスト』の翻訳と『ドイツ論』との関係については，以下を参照．畑浩一郎「翻訳の詩学——『ファウスト』翻訳に見るネルヴァルの poétique の変遷」．『仏語仏文学研究』第 19 号，東京大学仏語仏文学研究会，1999 年，pp. 3–28.『ドイツ論』は『ファウスト』に「続篇」の構想があると明確に予告しているわけではない．ネルヴァル自身を含め，フランスの読者は「舞台は中断されている」というスタール夫人の表現を字義通りに受けとって『ファウスト』を「未完の作品」とみなすようになり，予期せぬ「第二部」の刊行に当惑したという．それにしても未来に開かれた終幕というスタール夫人の読解は，現時点で読み返してみれば正鵠を射たものといえるはずである．

(93)　ジョームは，スタール夫人によるカントの「文字通り衝撃的な発見」découverte proprement bouleversante は 1801 年の出来事であるとしている．Jaume, *L'Individu effacé ou le paradoxe du libéralisme français,* p. 26, note 4.

(94)　*Ibid.*, p. 48.

(95)　*Ibid.*, p. 25.「教説《ドクトリン》の母」mère de la Doctrine という表現を使ったのは，アルベール・チボーデである．本書 pp. 281–282.

(96)　Jaume, *L'Individu effacé ou le paradoxe du libéralisme français,* p. 45.

(97)　Madame de Staël, *De l'Allemagne,* tome II, p. 189.

(98) Jaume, *L'Individu effacé ou le paradoxe du libéralisme français,* pp. 45–47. ナポレオンの元老院演説については *Ibid.,* p. 47, note 61.

(99) Madame de Staël, *De l'Allemagne,* tome I, pp. 191–192. 検閲による削除命令については本書 pp. 220–221 および第 4 章注（86）参照.

(100) 原文は L'indépendance de l'âme fondra la liberté de l'Etat. Jaume, *L'Individu effacé ou le paradoxe du libéralisme français,* p. 54. なお 1813 年の序文では「魂の自立が国家のそれを築くにちがいない」L'indépendance de l'âme fondra celle de l'Etat となっている. 初版がロンドンで刊行されたときドイツの国土はナポレオン帝国の支配下にあり,「国家のそれ」は, あからさまに「ドイツの独立」を指していた. Madame de Staël, *De l'Allemagne,* tome I, p. 43.

第 5 章　反ナポレオンと諸国民のヨーロッパ（1810–17 年）

(1) Madame de Staël, *De l'Allemagne,* Chronologie et introduction par Simone Balayé, GF Flammarion, 1968, tome II, p. 237.

(2) 本書 pp. 156–157.

(3) 本書第 3 章「5 宗教と自由と公論について」の項を参照. ビノシュによる「寛容のパラドックス」については, 本書 pp. 151–154 参照. スタール夫人は, ヴォルテールの思想書における皮肉な文体や, 批判すべき対象を「揶揄」するという手法に違和感を覚えていた. ネッケルの宗教論『宗教的な意見の重要性について』との関係については, 稿をあらためて検討するべきだろうが, 目次に並んだキーワード「宗教的な観念」「宗教的な意見」「幸福」「美徳」「公の礼拝」「神の存在」「道徳」等を一瞥するだけで, スタール夫人が『ドイツ論』においても亡き父の「宿題」を念頭に置きながら議論を積み重ねたのだろうと推察できる. Jacques Necker, *De l'importance des opinions religieuse,* Chez C. Plomteux.

(4) 工藤庸子『ヨーロッパ文明批判序説――植民地・共和国・オリエンタリズム』東京大学出版会, 2003 年, 第 II 部「3　共和国の辞典」の「宗教とは何か」の項（pp. 265–274）.

(5) 神秘主義への関心は, コンスタンが先導したものらしい. Winock, *Madame de Staël,* Fayard, 2011, p. 346. ヴィノックは男女関係のもつれに疲れたスタール夫人がクリュドネル夫人に癒やしを求めたと解釈しているが, 知的探究の到達点に神秘主義が組みこまれていることは『ドイツ論』第四部の精緻な論理構造からしても明らかである.

(6) Sainte-Beuve, *Chateaubriand et son groupe littéraire sous l'Empire,* vol. 2, Garnier, 1861, p. 190. アルベール・チボーデもサント＝ブーヴの評価を踏襲している. Albert Thibaudet, *Histoire de la littérature française,* CNRS Editions, 2007, pp. 82–83.

(7) Lucien Jaume, *L'Individu effacé ou le paradoxe du libéralisme français,* Fayard, 1997, p. 55.

(8) ポール・ベニシュー『作家の聖別――1750–1830 年　近代フランスにおける世俗の精神的権力到来をめぐる試論』片岡大右, 原大地, 辻川慶子, 古城毅訳, 水声社, 2015 年 pp. 264–265. 第 5 章「4 ジェルメーヌ・ド・スタールとバンジャマン・コンスタン」において, 著者はしばしばスタール夫人とコンスタンの思想的一体性を前提とした複数形の主語を用いている. 二人が分かちあうものと二人を分かつものを個別研究によって検証することは, 今後の課題だろう.

(9) ベニシュー『作家の聖別』p. 266.「熱狂〔精神の昂揚〕《アントゥージアスム》」がスタール夫人の思想の中核にあることは多くの論者が指摘しているが, その解説はしばしば「紋切型」の反覆にとどまっている. ひとつの語彙が孕む哲学的な射程を明らかにして, その語彙の歴史性と政治性を問う, 周到にして模範的な議論が『作家の聖別』の随所に展開されていることを, あ

らためて強調しておきたい．なお1789年の「愛国派」については，第1章注（63）を参照．

（10）　Madame de Staël, *Corinne ou l'Italie,* Edition de Simone Balayé, Gallimard, folio classique, 1985, p. 354. ベニシュー『作家の聖別』pp. 360–361.

（11）　Madame de Staël, *De la Littérature,* Edition établie par Gérard Gengembre et Jean Goldzink, GF Flammarion, 1991, pp. 206–207.

（12）　*Ibid.*, pp. 360–361. このとき参照したカントの論文は『美と崇高の感情に関する省察』（1763年）であるという．

（13）　Didier, *Madame de Staël,* pp. 104–105. ディディエによれば，スタール夫人以前に romantique という語に特別の意味を与えた作家がいなかったわけではない．ルソーにおいてそれはとりわけ野性的な風景と結びついていたが，セナンクールの『オーベルマン』（1804年）では，郷愁を呼び覚まし理想への憧れを誘う風景の哲学的な観照へと意味が拡大した．これに対してスタール夫人は「北の文学」と「南の文学」という文明史的な見取り図のなかに romantique の源泉を位置づけ，未知のドイツ文化圏に未来の可能性を見出したのである．

（14）　Madame de Staël, *De l'Allemagne,* tome I, Introduction par Simone Balayé, p. 31.

（15）　Madame de Staël, *Dix années d'exil,* p. 201. 警察大臣サヴァリ将軍（ジャン＝マリ＝ルネ・サヴァリ）がナポレオンによって帝政貴族の称号を授与され「ロヴィゴ公爵」を名乗ったのは1808年である．スタール夫人は，その栄誉は無視してよいとみなしたものか，「サヴァリ」と名指すことが多い．ただし，歴史文献ではロヴィゴのほうが一般的であるところから，混乱を避けるために統一する．

（16）　Winock, *Madame de Staël,* p. 256.

（17）　ヴィノックが随所で言及するように，スタール夫人は親しい間柄のジョゼフ・ボナパルトに仲介役を頼んだり，しっかり者の長男オーギュストをロヴィゴや皇帝のもとに派遣したり，あるいは直接に嘆願書を書いてみたり，個人的な働きかけについては労を惜しまなかった．その一方で，1800年から1810年の主要著作4冊についていうなら，小説でナポレオンの登場以前に舞台を設定しただけでなく，批評的な論考において現代世界を語るときも，フランス以外の国政や宮廷しか話題にしない．しかもみずからの立場の弁明として，さらには後世に向けた歴史の証言として，当面は発表できる可能性のない「反ナポレオン文学」の大著2冊を執筆していたのである．個人としてのふるまいと公共圏に向けた発言を使い分けるという意味でも，明らかに周到な戦略が練られている．

（18）　Madame de Staël, *Dix années d'exil,* Edition critique par Simone Balayé et Mariella Vianello Bonifacio, Fayard, 1996, Histoire de l'Œuvre par Simone Balayé, p. 21.『追放十年』というタイトルについて，あらためて確認しておこう．スタール夫人は1792年の「9月虐殺」以来，断続的に亡命を経験しているのだが，シモーヌ・バレイエによれば，この著作の「十年」は明らかに1803年のドイツ旅行から1813年のロンドン滞在までを指している．*Ibid.*, pp. 17–18. 先行する時期の記述が含まれているのは，「反ナポレオン文学」としての総合的な性格を補強するためだろう．

（19）　*Ibid.*, p. 13, p. 15.

（20）　本書 p. 126.

（21）　Winock, *Madame de Staël,* pp. 260–261.

（22）　Madame de Staël, *Dix années d'exil,* p. 204, note 3.

（23）　*Ibid.*, pp. 204–205. 原文は3月となっているが，スタール夫人の記憶には曖昧なものが少なからずあるため，日付は原則として編者による詳細な年譜に拠ることにする．

(24) *Ibid.*, pp. 348–359.「偽装された手稿」については，シモーヌ・バレイエによる解説を参照．*Ibid.*, Histoire de l'Œuvre par Simone Balayé, p. 20. ルートヴィヒ大公（1772–1806）は，プロイセン国王フリードリヒ2世の甥に当たり，この事件の2年後，戦闘で死去した．*Ibid.*, p. 162. ちなみにダンギアン公爵処刑にかかわる『追放十年』のページは，シャトーブリアンの『墓の彼方の回想』にそのまま引用されている．Chateaubriand, *Mémoires d'outre-tombe*, tome II, Nouvelle édition établie, présentée et annotée par Jean-Claude Berchet, Garnier, 1998, p. 210.

この事件がフランスとヨーロッパの世論を震撼させたのは，これがナポレオンによる権力の簒奪という物語を決定的に裏書きしてしまったからである．シャトーブリアンが，報せを受けて即座に反ナポレオンの決意を固め野に下ったことは上述した（本書 p. 218）．ダンギアン公爵処刑は「独裁制」の本質とともに，フランス第一帝政の「正統性」légitimité という問題に深くかかわっている．シャトーブリアンもスタール夫人も，フランス内外の反響を具体的に記録し，事件の真相を究明し，その政治的な射程を考究する必要を痛感していた．

(25) Madame de Staël, *Dix années d'exil*, pp. 154–155. exil という言葉は「亡命」と訳されることも多いのだが，ここで問題となるのは，当事者が進んで母国を離れるという仕草ではない．またナポレオンの「追放令」は「国外追放」だけではない．パリから40里とか50里とか「罪状」に応じて距離が定められており，統領政府期のスタール夫人は，とりあえずパリから10里という譲歩を引き出したいと願っていた．

(26) Madame de Staël, *Considérations sur la Révolution française*, p. 658, note 56.

(27) 「水腫症」hydropisie と極秘の出産については Winock, *Madame de Staël*, p. 408. カペルの報告書については Madame de Staël, *Dix années d'exil*, p. 222, note 2. ちなみにスタール夫人一行の失踪に気づいたカペルがロヴィゴに送った報告は6月4日付けであり，監視が万全ではなかったことが裏づけられる．*Ibid.*, p. 225, note 3.

(28) Winock, *Madame de Staël*, pp. 412–414. Madame de Staël, *Dix années d'exil*, pp. 228–230. 編者による詳細な注を参照．

(29) Madame de Staël, *Dix années d'exil*, pp. 306–307. ロヴィゴは『回想録』のなかで，アレクサンドル1世とベルナドットの同盟関係に最も貢献したのが，スタール夫人であると述べている．Winock, *Madame de Staël*, p. 424. 1813年1月にスタール夫人がザクセン＝ヴァイマル公妃に送ったロシア，スウェーデン，イギリスの同盟に関する手紙については *Ibid.*, p. 425.

(30) Madame de Staël, *Dix années d'exil*, Histoire de l'Œuvre par Simone Balayé, p. 16.

(31) *Ibid.*, p. 365, p. 308, note 1.

(32) ロシア人は北方の民よりむしろ南方の民との関係が深い，あるいはむしろアジア的な性格との関係が深い，と著者は述べている．Madame de Staël, *Dix années d'exil*, p. 263.

(33) Madame de Staël, *Réflexions sur le suicide, Œuvres complètes, série I, Œuvres critiques*, tome I, *Lettres sur Rousseau, De l'influence des passions et autres essais moraux*. 逐語訳すれば「自殺についての省察」となるが，慣例に倣う．刊行の時期および定本については，以下を参照．Introduction par Florence Lotterie, p. 338.

(34) Winock, *Madame de Staël*, pp. 62–63.

(35) Madame de Staël, *Trois nouvelles*, Gallimard, folio, 2009, p. 74.

(36) 『デルフィーヌ』の今日の定本では初版の結末が復活されており，1820年版の結末は「『デルフィーヌ』の道徳的目的についての小察」などとともに「補遺」として巻末に収録されている．Madame de Staël, *Delphine*, tome II, pp. 342–383. 新ヴァージョンの意図，複

数のヴァージョンの存在については以下を参照．*Ibid.*, p. 339, pp. 375–376, p. 405.

1820年の全集の構成と編者オーギュストの意図については，以下を参照．Madame de Staël, *Œuvres complètes, série 1, Œuvres critiques,* tome I, *Lettres sur Rousseau, De l'influence des passions et autres essais moraux,* Présentation du volume par Florence Lotterie, p. 11. 今日刊行が進められている批評校訂版全集も『ルソー論』と『情念論』と『自殺論』を一冊にまとめるという方針は踏襲している．

(37)　『ドイツ論』第4部では，火事の現場で子供を救うために炎のなかに飛び込む母親の例，晩年のルソーの不幸などが検討の素材として取りあげられている．Madame de Staël, *De l'Allemagne,* tome II, pp. 273–279. デルフィーヌの述懐については以下を参照．*Delphine,* tome I, p. 224. なおポール・ベニシューも，コンスタンとスタール夫人の哲学的思考における「犠牲」や「苦痛」の重要さを指摘している．『作家の聖別』p. 264.

(38)　*Encyclopédie du protestantisme,* sous la direction de Pierre Gisel, Presses universitaires de France, 2006, pp. 923–924. *Dictionnaire critique de théologie,* sous la direction de Jean-Yves Lacoste, Presses universitaires de France, 1998, p. 1373.

(39)　工藤庸子『近代ヨーロッパ宗教文化論』第I部「ヒロインたちの死生学」の全体が，この問題に関連するのだが，とくに第2章「死の宗教性をめぐって」を参照していただきたい．

(40)　本書 pp. 240–242 などを参照．

(41)　Madame de Staël, *Delphine,* tome I, Présentation par Béatrice Didier, p. 14.

(42)　Madame de Staël, *Réflexions sur le suicide,* pp. 385–394. スタール夫人は1787年に戯曲『ジェイン・グレイ』を書いており，クライスト事件とは反対に，にわかに採用された素材ではない．むしろ伝説的な薄命の女王の死が「自殺論」の核となるエピソードとして長年温められてきたと考えるべきだろう．

『フィクション試論』については，本書 pp. 101–103.

(43)　モンテーニュ『エセー1』宮下志朗訳，白水社，2005年，p. 131. スタール夫人は古典の造詣は深いが，モンテーニュに言及することはさほど多くはない．『文学論』では第1部第8章の締めくくりに「文芸ルネサンス」にかかわるページを設け，「マキャヴェリやモンテーニュは，プリニウスやマルクス・アウレリウスに比べ，はるかに優れた観念と知識をもっていた」として，「近代派」の立場を明確に述べている．Madame de Staël, *De la Littérature,* p. 177.

(44)　Madame de Staël, *Dix années d'exil,* Chronologie de la vie de Madame de Staël, p. 544.

(45)　Madame de Staël, *De l'Allemagne,* tome I, Introduction par Simone Balayé, p. 30.

(46)　Winock, *Madame de Staël,* p. 442.

(47)　*Ibid.,* pp. 469–472.

(48)　コンスタンとスタール夫人の晩年の不和については，『アドルフ』のヒロイン像が原因だったという説もあるが，1806年に書き始められた時点でスタール夫人は初期の草稿を読んでいる．途中経過において痴話喧嘩のような確執はあったらしいが，1816年にロンドンで刊行されたときには好意的な反応を見せた．Winock, *Madame de Staël,* p. 480.

むしろコンスタンの『日記』を一読してみれば，二人の関係が第三者には想像しがたい狂気を孕んでいたことが推察されるはずである．暗号形式の記録法のサンプルを以下に紹介しておこう．①肉の快楽　②常々問題の永遠の関係断ちたし〔スタール夫人との関係〕③思出，瞬時の魅力からこの関係に戻る　④仕事（中略）　⑪デュ・テルトル夫人〔シャルロット〕との計画〔結婚〕に迷う　⑫デュ・テルトル夫人への愛（以下⑰まで省略，シャルロットは「秘密結婚」に至る相手）というふうに，数字が符牒になっている．たとえば

1805年5月25日には──④．②．午餐，オシェ．夜，ゲ夫人宅．来信，スタール夫人．②．②．②．②．②．②．⑫．⑫．⑫．①．という具合．『バンジャマン・コンスタン日記』高藤冬武〔訳〕，九州大学出版会，2011年，p. 290, p. 294.〔　〕は訳者注，（　）は工藤注．

(49) Benjamin Constant, «De Madame de Staël et de ses ouvrages», *Portraits Mémoires Souvenirs,* Textes établis et annotés par Ephraïme Harpaz, Librairie Honoré Champion, 1992, pp. 212–213.

(50) Chateaubriand, *Mémoires d'outre-tombe,* tome Ⅲ, Nouvelle édition établie, présentée et annotée par Jean-Claude Berchet, 1998, p. 579.

(51) Constant, «Mémoires de Juliette», *Portraits Mémoires Souvenirs,* p. 280.

(52) *Ibid.,* p. 282.

(53) シャトーブリアンの『墓の彼方の回想』は，曖昧な記憶をロマネスクに粉飾して提示する傾向がある．レカミエ夫人と初めて会ったのは1801年なのだから，その後12年の空白があって，1817年のスタール夫人の晩餐で再会したという記述は，計算が合わない．ベルシェの評伝によれば，二人は1814年の朗読会で再会しており，その後レカミエ夫人はシャトーブリアンに積極的な関心を寄せるようになっていたという．Chateaubriand, *Mémoires d'outre-tombe,* tome Ⅲ, p. 579. Jean-Claude Berchet, *Chateaubriand,* Gallimard, 2012, pp. 612–613. スタール夫人の晩餐会は，自分の死後に精神的な支えを失うであろうレカミエ夫人への配慮をともなう催しだったかもしれない．

(54) Chateaubriand, *Mémoires d'outre-tombe,* tome Ⅲ, p. 656. Francisはシャトーブリアンのファースト・ネームFrançois-RenéのFrançoisを英語にしたもの．スタール夫人は手紙でも「フランシス」と呼びかけている．ちなみにシャトーブリアンは，イギリスでの亡命生活を終えるころには，英語でものを考えるほどになっていたという．

(55) Chateaubriand, *Mémoires d'outre-tombe,* tome Ⅲ, p. 657.

(56) *Ibid.,* pp. 663–664. 1829年から，レカミエ夫人は同じ修道院の一角に大きなアパルトマンを借りて住み，シャトーブリアンの活動を全面的に支えるようになる．壁には「ミゼノ岬のコリンヌ」がかけられ，暖炉のうえには，シャトーブリアンとスタール夫人の肖像画が飾られていたという．Berchet, *Chateaubriand,* p. 617, pp. 790–791, pp. 857–859. 19世紀後半に活躍した批評家エドモン・ビレによる『墓の彼方の回想』の「序文」には，「ミゼノ岬のコリンヌ」が壁いっぱいに鎮座するサロンの光景が，見てきたような筆致で描かれている．Chateaubriand, *Mémoires d'outre-tombe,* tome I, Texte établi par Edmond Biré, Garnier, 1910, Introduction par Edmond Biré, p. V.

(57) Mona Ozouf, *La Cause des livres,* Gallimard, 2011, p. 283.

(58) Emmanuel de Las Cases, *Mémorial de Sainte-Hélène,* Préface de Jean Tulard, Présentation et Notes de Joël Schmidt, Editions du Seuil, 1968, tome Ⅱ, p. 1088.『セント＝ヘレナ覚書』の信憑性については，本書第4章，注（22）参照．

(59) Constant, «De Madame de Staël et ses ouvrages», *Portraits Mémoires Souvenirs,* pp. 220–221.

(60) Balzac, *La Vieille Fille, La Comédie humaine,* Ⅳ, Gallimard, Bibliothèque de la Pléiade, 1976, p. 911. 辞書によれば「個人の自由，とりわけ政治的自由に好意的な立場」という意味でのlibéralの用法は18世紀半ばには存在した．ここではopinions libéralesという組み合わせが表現として新鮮だということだろう．注目したいのは，1816年に設定された小説の場面で「自由」の符牒としてアレクサンドル1世，スタール夫人，コンスタンの名が，いわば三点セットのように喚起されていたという事実である．

（61）　Madame de Staël, *Considérations sur la Révolution française,* Introduction par Jacques Godechot, p. 32.

（62）　*Considérations sur la Révolution française* の本文は，批評校訂版を編纂する目処が立たなかったため，初版のままであり，今日も校訂版は刊行されていない．ただし，ジャック・ゴデショによる序文と詳細な注は，フランス革命史の文献としての価値を画期的に高めている．ゴデショには『反革命――理論と行動 1789–1804』（平山栄一訳，みすず書房，1986年），『フランス革命年代記』（瓜生洋一，新倉修，長谷川光一，山崎耕一，横山謙一訳，日本評論社，1989年）などの邦訳がある．なお「ゴデショ」「ゴドショ」が混在する名前の発音については『反革命』の訳者，平山栄一氏が直接本人に確認したという表記に倣う．

ここでは「環大西洋革命」について，川北稔氏による簡潔な定義を紹介しておこう．英仏の歴史を不可分のものとして捉え「産業革命すなわち工業化の波とフランス革命がもたらしたイデオロギー」が両輪となって近代世界が形成されるという見方を「二重革命」と呼ぶ，という指摘につづき，その「変形版」としての「環大西洋革命論」が，以下のように説明されている――「パーマーとゴドショの提唱したこの議論は，フランス革命とイギリス産業革命に，アメリカ独立革命やラテンアメリカ諸国の独立を含めて，一八世紀後半から一九世紀初頭にかけて一連の革命の大波がみられたとするものであった．これらの革命の自由主義的側面を強調し，環大西洋世界の一体性を主張する点で，この議論には冷戦時代の産物という一面があったが，視野を狭義のヨーロッパから西半球にも拡大した点で，意味があった」．岩波講座『世界歴史 第17巻――環大西洋革命』樺山紘一他編集，岩波書店，1997年，川北稔「環大西洋革命の時代」pp. 4–5．「大西洋革命」テーゼについては，以下も参照．柴田三千雄『フランス革命はなぜおこったか――革命史再考』福井憲彦，近藤和彦編，山川出版社，2012年，pp. 26–29.

（63）　Madame de Staël, *Considérations sur la Révolution française,* Introduction par Jacques Godechot, pp. 7–8, p. 26.

（64）　Philippe Raynaud, *Trois Révolutions de la liberté, Angleterre, Amérique, France,* Presses Universitaires de France, 2009.

（65）　Madame de Staël, *Considérations sur la Révolution française,* Avertissement de l'auteur, p. 58. ネッケルがイギリスを範とした立憲王制を模索していたという意味で，父へのオマージュとフランス革命論とイギリスの歴史と社会への新たな関心は，じつは一体をなしている．

（66）　Albert Thibaudet, *Histoire de la littérature française,* CNRS Editions, 2007, p. 86.

（67）　*Ibid.*, p. 87.『革命を終結させうる現在の状況とフランスで共和政の基礎となるべき諸原理について』が刊行された経緯については，本書 pp. 139–140.

（68）　フュレ / オズーフ編『フランス革命事典 7』マルセル・ゴーシェ「スタール夫人」の項，pp. 80–81, p. 83.

（69）　全体の構成のみを以下にまとめておこう．第1部第1章「全般的考察」ではギリシア・ラテンのモデルから説き起こし，封建制，独裁制，代表制という歴史の進展が，個人の自由という普遍的な要請に添ったものであると述べる（ここでの「独裁制」は統治の恣意性や暴力性ではなく，立法権と執行権を統合する君主制を指す）．第2章以降，フランス史を封建制から絶対君主制の時代へと通観し，ルイ16世の治世，ネッケルの政策などを詳細に辿って革命の勃発に触れたのち，ミラボーの登場と憲法制定議会の召集から第2部に移行する．第3部は1791年憲法の分析から始めて，1799年の総裁政府崩壊までを記述し，第4部はブリュメール事件以降，ナポレオンの退位までを網羅する．第5部は王政

復古の経緯とナポレオンの百日天下を語り，第6部はイギリスの政治と社会を俯瞰したのち，これを範としてフランス革命を総括するという構想だが，編者オーギュストの注が示すように，最後の2部は決定稿とはいいがたい．1813年6月から1814年5月までのロンドン滞在で得た知見は，第6部に反映されるはずだった．おそらく著者は英仏の革命の比較という視点から簡潔な「イギリス論」を書こうとしていたのであり，『コリンヌ』のイタリア論と『ドイツ論』と並べてみれば「ヨーロッパ文明論」の布置が着々と固められてゆくさまが見てとれる．

(70)　スタール夫人『フランス革命文明論』井伊玄太郎訳，雄松堂出版，1993年，第1巻「訳者序文」pp. Ⅲ–Ⅷ．第3巻「訳者解説」pp. Ⅲ–XⅧ．

(71)　Madame de Staël, *De l'Allemagne,* tome I, Chronologie et introduction par Simone Balayé, GF Flammarion, 1968, p. 48. 引用については，本書 p. 222 参照．